바위의 돔, 예루살렘, 9월 6일

우마야드 모스크, 다마스쿠스, 9월 13일

바알벡, 9월 18일

비수툰, 10월 2일

굼바드 이 알라비얀, 하마단, 10월 2일

금요일 모스크, 베라민, 10월 10일

올자이투묘/술타니야 돔, 술타니야, 10월 12일

굼바드 이 카부드(훌라구의 어머니 무덤탑), 마라가, 10월 16일

타럭 하나 모스크, 담간, 11월 13일

고하르 샤드 영묘(무살라 내)와 미너렛, 헤라트, 11월 23일

칼라 이흐티야르 알-딘 시타델 전경, 헤라트, 11월 24일

바야지드 사원의 무덤탑과 미너렛, 마슈하드, 1월 9일

알리 베르디 칸 다리, 이스파한, 2월 11일

마이단(이맘 광장), 이스파한, 2월 11일

시라즈의 금요일 모스크, 2월 17일

아르데시르 궁전, 피루자바드 인근 고르, 2월 23일

나크시 이 루스탐의 조로아스터 무덤, 페르세폴리스, 3월 1일

왕궁 단지, 페르세폴리스, 3월 2일

키루스 대제의 무덤, 파사르가대, 3월 3일

셰이크 루트폴라 모스크, 이스파한, 3월 18일

셰이크 루트폴라 모스크 내부 모자이크, 이스파한, 3월 18일

샤 모스크, 이스파한, 3월 18일

샤 모스크 내부 돔 모자이크, 이스파한

금요일 모스크, 야즈드, 3월 20일

간즈 이 알리 칸 대학 내 중국풍 장식 , 케르만, 3월 24일

금요일 모스크의 스투코 조각,
아르디스탄, 3월 30일

굼바드 이 카부스, 4월 24일

고하르 샤드 모스크와 이맘레자 사원, 마슈하드, 5월 6~7일

라드칸의 탑, 마슈하드 인근, 5월 6일

호자 아부 나스르 파르사 사원, 발흐, 5월 30일

승리의 탑, 가즈니, 6월 15일

옥시아나로 가는 길

로버트 바이런
민태혜 옮김

The Road to Oxiana

옥시아나로 가는 길

로버트 바이런

민태혜 옮김

이 책을 향한 찬사

아시아를 내려다보지 않고 또한 함부로 치켜세우지도 않는 산뜻한 시선으로 페르시아 건축을 답사한 이 여행기가 21세기 여행 유튜버나 블로거의 기록이 아니라 약 100년 전 영국인의 글이라고? 바이런은 여행자의 자아를 낯선 풍경에 투영하지 않고, 그렇다고 해서 무리하게 현지인인 척도 하지 않는다. 감상에 젖지 않지만, 낭만을 즐긴다. 영국인인 특권을 누리지만, 피지배국들의 민족주의에 공감한다. 억지로 서사를 구축하려 들지 않고, 직접 보고 들은 것에 대한 판단을 어떤 권위에도 위탁하지 않으며, 결과적으로 유머러스하고 세련된 관찰담을 남겼다. "영국이 점령했었음에도 그리스 요리를 더 맛없게 바꾸지는 못했다"라고 쓰는 영국인 작가를 싫어할 수 있을까? 그래서 그저 즐겁게 읽다 보면 어느새 독자는 15세기 티무르 제국의 전성기를 간직한 '옥시아나'의 지리와 문화에 능통해지고, 이내 이후 잦은 전쟁과 종교 분쟁에 시달린 탓에 바이런이 보았던 장면들마저 파괴된 그 지역의 현재를 겹쳐보면서 자못 숙연해진다. 그 자체로 기념물이 된 여행기이고, 그 누구보다도 내 취향에 맞는 유머를 가졌기에 좋아할 수밖에 없는 여행자이다.

―김명남(번역가)

"20세기 최고의 논픽션 100권 중 하나!"
"로버트 바이런의 시대를 초월한 눈부신 이야기는 아마도 20세기 최고의 여행서일 것이다."

―「가디언The Guardian」

"여행기이자 미학적 선언문이자 사회 관찰서. 바이런은 재치 있고, 매력적이며, 거침없는 이상적인 동반자이다."

—「더타임즈The Times」

"제1차 세계대전과 제2차 세계대전 사이 소설에 『율리시스』가 있고 시에는 「황무지」가 있다면, 여행서에는 『옥시아나로 가는 길』이 있다."

—미국의 비평가 폴 퍼셀Paul Fussell, 『어브로드Abroad』(1982) 중

"『옥시아나로 가는 길』은 비평을 넘어서는 신성한 텍스트다."

—브루스 채트윈Bruce Chatwin, 『파타고니아』 저자

"감각적이고 조각한 듯한 아름다운 여행기"

—윌리엄 달림플William Darlymple, 『아나키Anarchy: 동인도 회사』 저자

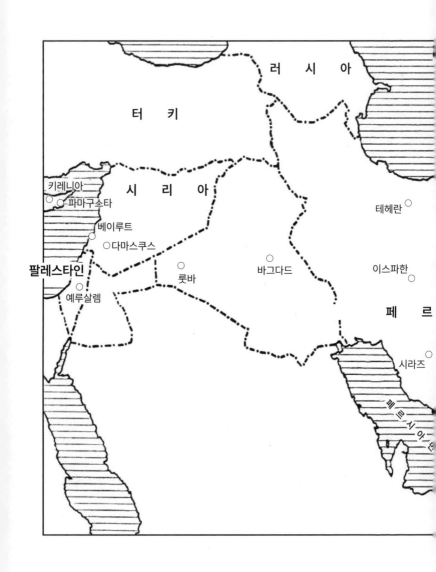

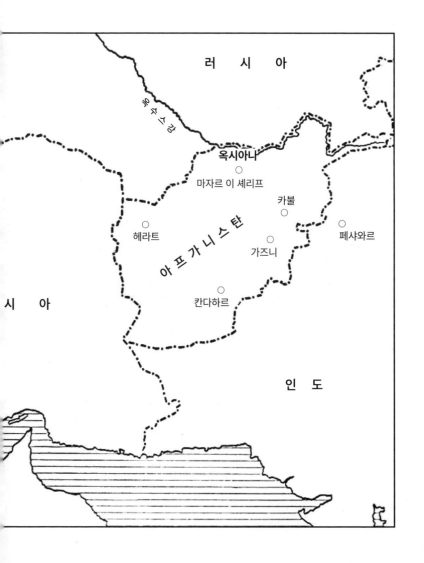

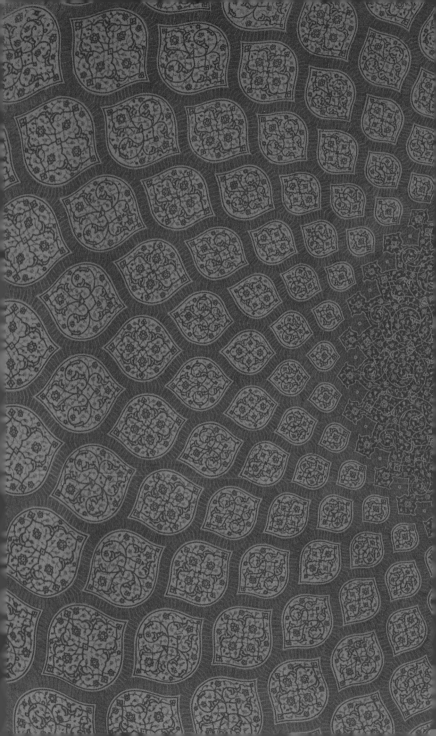

차례

1부

일러두기

1. 본문의 대괄호는 저자의 주석이며, 괄호는 저자의 부연 설명이다.
2. 본문의 지명과 인명은 원문 그대로 번역하였으며, 중요 인물이나 지명은 현재의 명칭이나 이칭을 각주로 달았다.
3. 본문의 이탤릭체는 원문의 표기를 그대로 반영한 것이다.
4. 각주는 모두 옮긴이의 주석이다.
   · 위키피디아(www.wikipedia.org), 아치넷(www.archnet.org), 브리태니커사전(www.britannica.com), 이라니카사전(https://www.iranicaonline.org/), 대한건축학회 온라인 건축용어사전(http://dict.aik.or.kr/), 글로벌 플랜츠(https://plants.jstor.org/), 유네스코 세계유산(https://whc.unesco.org/en/list/) 사이트를 참조했다.
5. 본문의 사진은 저자가 직접 촬영한 것이다
6. 본문에 언급된 건축물 중 일부는 참고용으로 최근 사진을 책의 앞부분에 수록했다. 아치넷, 위키커먼스(https://commons.wikimedia.org/), 유네스코 세계유산 사이트에서 찾았다.

베네치아Venice

—— 1933년 8월 20일

2년 전 주데카Giudecca에 있는 펜션에 머물렀을 때와는 달리 이곳은 즐거움으로 가득하다. 오늘 아침 우리는 리도Lido에 갔다. 총독궁*은 곤돌라에서 보는 것보다 쾌속정에서 보는 것이 더 아름다워 보였다. 바람 없는 잔잔한 날, 유럽에서 해수욕을 하는 것은 분명 최악이다. 물은 시가의 끄트머리가 떠다니는 입속의 뜨거운 침과 같고 해파리 떼가 몰려 있다.

리파가 저녁 식사를 하러 왔다. 버티는 모든 고래는 매독에 걸린다고 말했다.

---

*   베네치아 산 마르코폴로 광장에 있는 두칼레 궁을 가리킨다.

— **8월 21일**

티에폴로*의 프레스코화「클레오파트라의 연회 Cleopatra's Banquet」가 그려져 있는 라비에나 Labiena 궁전과 고급스러운 왕실 사진으로 가득한 숨 막히는 미로 같은 파파도폴리 Pappadopoli 궁전을 둘러본 후 우리는 해리스 바에 들러 문화에 짓눌렸던 시간에서 벗어나 숨을 돌렸다. 불편한 수다와 속사포 같은 인사말이 오가는 사이에 영국인들이 도착했다.

저녁에 우리는 해리스 바에 다시 갔고, 우리를 초대한 사람은 샴페인과 체리 브랜디를 섞은 음료를 대접했다. 해리는 "효과를 제대로 보려면 최악의 체리 브랜디만 한 것이 없죠"라고 은밀하게 귀띔해 주었다. 정말 그랬다.

그전까지 우리 초청자와의 친분은 사냥터에 국한되어 있었다. 그래서인지 녹색 비치 조끼와 흰색 메스 재킷**을 입은 그가 낯설게 보였다.

— **8월 22일**

곤돌라를 타고 산 로코 San Rocco 대회당으로 갔다.

---

*　지오반니 바티스타 티에폴로 Giovanni Battista Tiepolo(1696~1770). 주로 궁전의 프레스코화를 그렸으며 가볍고 화려한 색채와 다양한 화면 구성 등 18세기 로코코 양식의 대표적인 화가다.
**　앞이 트인 짧은 상의.

거기서 틴토레토Tintoretto*의 「그리스도의 십자가 처형 Crucifixion」을 보고 숨이 멎을 만큼 감동했던 사실을 완전히 잊고 있었다. 레닌의 이름이 적힌 오래된 방명록은 치워졌다. 리도에는 산들바람이 불었고 바다는 거칠고 시원했으며 쓰레기는 없었다.

우리는 차를 타고 철도 옆의 석호 위를 따라 새로 난 도로 옆에 있는 말콘텐츠Malcontents에 차를 마시러 갔다. 말콘텐츠는 한때 팔라디오**를 다룬 모든 책에 언급될 정도로 유명했으나, 9년 전 란츠베르크Landsberg가 발견했을 때는 그 명성을 잃고 문도 창문도 없이 폐허 속에 남아 있었다. 란츠베르크는 그곳을 사람이 살 수 있는 곳으로 만들었다. 커다란 홀과 방의 비율은 수학적으로 완벽했다. 다른 사람이었다면 집을 이탈리아 가구, 골동품 딜러가 파는 허접스러운 것들, 금박 따위로 채웠겠지만, 란츠베르크는 마을에서 구한 소박한 목재로 만든 가구로 집을 꾸몄다. 전

기를 사용하지 못할 때 쓰는 양초를 제외하면 어떤 물건도 '시대'를 보여 주지 않는다.

사람들은 건물 외관의 측면에 대해 논쟁을 벌이고 후면에 대해 비판한다. 하지만 건물 정면에 대해서는 어떤 의견도 묻지 않는다. 그것은 이미 정립된 관행이며 기준이기 때문이다. 시각적으로 명쾌하고 분명하기 때문에 분석은 할 수 있어도 의문을 제기할 수는 없다. 나는 현관 아래 잔디밭에서 다이앤과 함께 해 질 녘의 빛이 건축물의 모든 구조를 선명하게 드러내 주는 장관을 구경했다. 유럽은 나에게 유럽의 지성이 얼마나 훌륭한지를 보여 줌으로써 다시 없을 멋진 작별 인사를 한 셈이다. "문명을 떠나려 하다니, 분명 실수하는 거예요." 다이앤은 자신의 존재를 통해 그 점을 증명했다. 나는 울적해졌다.

집안에는 촛불이 켜지고, 리파는 춤을 췄다. 우리는 비바람을 뚫고 차를 몰아 돌아왔고, 나는 알람 시계를 가지고 잠자리에 들었다.

SS 이탈리아호

—— 8월 26일

궁전에 소속된 콧수염을 기른 약간 뚱뚱한 곤돌라 사공이 5시에 나를 기다리고 있었다. 새벽에는 모든 도시가 똑같은 모습을 하고 있다. 런던의 옥스퍼드가Oxford Street조차도 텅 비어 있는 새벽의 모습이 아름답게 보일 수 있듯 이 베네치아도 지금은 많은 것을 덜어 낸 그림 같은 풍경처럼 보였다. 나에게 러스킨*이 처음 본 철도 없는 베네치아를 달라, 아니면 쾌속선이나 세계적인 부호들을 주든지.** 네덜란드 사람들이 민족 복장을 그대로 간직하고 살아가는 네덜란드 해안 인근의 섬처럼 변하지 않는 인간 박물관은 끔찍하다.

트리에스테Trieste에서 출발하는 이 배는 구약 성서에서 처음 행했던 장면을 연상시켰다. 독일에서 온 유대인 난민들이 팔레스타인으로 떠나고 있었다. 한편에는 덕망

---

* 존 러스킨John Ruskin(1819~1900). 19세기 빅토리아 시대의 예술평론가이자 건축비평가. 다양한 학문에 조예가 깊었다. 고딕 건축에 관심이 컸으며 고딕 부흥에 큰 영향을 미쳤다.

** 역사적이고 때 묻지 않은 그대로의 베네치아를 보고 싶다는 열망과 동시에, 쾌속선을 타거나 대부호처럼 고급스럽게 베네치아를 즐기고 싶다는 저자의 상반된 열망을 표현하는 것이다.

있고 존경받는 랍비 한 분이 있었는데, 그의 제자들은 물론 여덟 살 먹은 아이들에 이르기까지 모두 랍비처럼 정통 곱슬머리에 둥근 비버 모자*를 쓰고 있었다. 다른 한편에는 해변용 옷을 입고 화려하게 치장한 한 무리의 소년과 소녀들이 노래를 부르며 감정을 억누르고 있었다. 그들을 배웅하기 위해 사람들이 모여 있었다. 배가 출발하자 각자의 개인적인 고민, 잃어버린 여행 가방, 자리를 지정받지 못한 것에 대한 걱정 등은 잊었다. 랍비와 그의 수행 원로들은 갑자기 마구 손을 흔들었고, 소년과 소녀들은 예루살렘이라는 단어가 반복되는 엄숙한 찬송가를 부르며 승리의 기쁨을 노래했다. 해변에 모인 군중은 부두 끝까지 따라가 배가 수평선에 닿을 때까지 서 있었다.

바로 그때 팔레스타인 고등판무관의 부관 랄프 스토클리Ralph Stockley가 부두에 도착해서 배를 놓쳤다는 사실을 알게 되었다. 그의 동요한 모습이 보였지만 뒤이어 띄운 배 덕분에 긴장이 누그러졌다.

북풍이 사파이어빛 바다에 흰 물결을 일으키며 활기찬 유대인들을 침묵에 잠기게 했다. 어제 우리는 이오니아 제도Ionian Islands를 지나 항해했다. 익숙한 해안은 건조

---

*   비버 털로 만든 모자.

하고 인적이 뜸해 보였지만 희망적인 분위기로 인해 무한히 아름다웠다. 그리스의 남서쪽 모퉁이에서 우리는 동쪽으로 방향을 틀어 칼라마타Kalamata의 만을 지나 마타판곶Cape Matapan에 도착했다. 타이게투스Taygetus에서 마지막으로 본 마타판곶은 마치 지도 위에 그려진 것처럼 먼바다를 배경으로 하고 있었다. 바위투성이의 표면은 불그스름한 금빛으로 물들고 그림자는 투명한 파란색으로 변했다. 해가 지자 그리스는 울퉁불퉁한 실루엣이 되었으며 유럽 최남단 등대가 깜박이기 시작했다. 다음 만에서 모퉁이를 돌자 기테이온Gytheion에서 전깃불이 반짝였다.

스토클리는 보어전쟁* 당시 다리에 총을 맞고 36시간 동안 방치되어 구조대가 오기까지 버텼던 그의 상관의 일화를 들려주었다. 보어족은 다리를 향해 낮게 총을 쏴 다른 사람들도 마찬가지로 다리에 총을 맞았다. 몇몇 시체에 독수리들이 모여들었다. 부상자들은 독수리가 다가오지 못하도록 움직일 수 있는 한 미약하게나마 움직여야 했다. 움직일 수 없는 부상자들은 산 채로 눈을 파먹혔다. 새들이 자기 위 몇 미터 떨어진 곳에서 맴돌고 있는 동안 스토

---

* 1899~1902년 보어인(남아프리카에 거주하는 네덜란드계 백인)이 세운 트란스발Transvaal공화국 및 오렌지 자유국Orange Free State과 영국 사이에서 벌어진 전쟁. 두 공화국은 군사력에서 압도적 우위에 있는 영국에 패하여 결국 영국의 식민지가 되었다.

클리의 상관은 자신의 운명을 예견하며 그때 느낀 감정을 얘기해 주었다고 한다.

오늘 아침 산토리니의 두 봉우리가 붉게 물든 새벽하늘을 가르고 있었다. 로도스섬이 시야에 들어왔다. 내일 정오면 키프로스Cyprus*에 도착한다. 9월 6일 목탄차 운행자들이 베이루트에 도착하기 전까지 일주일 동안 그곳에서 나만의 시간을 보내게 될 것이다.

---

* 　지중해 동부의 섬으로 소아시아와 인접해 있다. 16세기 오스만 튀르크의 지배를 받다가 제1차 세계대전 중 영국의 식민지가 되었으며 1960년 독립하여 1961년 영연방에 가입했다.

키프로스

키레니아Kyrenia*

—— **8월 29일**

이 섬의 역사는 굉장히 풍부하다. 정신적 소화 불량을 안겨 줄 정도다. 니코시아Nicosia**에는 1931년 폭동으로 파괴된 정부 청사를 대신해 새로운 정부 청사가 세워졌다. 정부 청사 밖에는 1527년 영국의 헨리 8세***가 예루살렘 성 요한 교단에게 선물한 대포가 있다. 여기에는 튜더의 문장이 새겨져 있다. 그러나 1928년 영국 통치 희년을 기념하기 위해 발행한 주화에는 1191년 이 섬을 정복하고 이곳에서 결혼한 리처드 쾨르 드 리옹Richard Coeur de

---

*   키프로스 북부의 항구 도시.

**   키프로스의 수도.

***   헨리 8세Henry VIII(1491~1547, 재위: 1509~1547). 영국 절대주의 왕정을 이끈 튜더왕가(1485~1603) 출신의 왕. 영국 절대왕정 체제를 확립했다. .

Lion[*]의 문장이 새겨져 있다. 나는 라르나카_{Larnaca}^{**}에 상륙했다. 서기 45년 여기서 몇 킬로미터 떨어진 곳에 사도 바울^{***}과 바르나바_{Barnabas}^{****}가 상륙했다. 라자로^{*****}는 라르나카에 묻혔다. 켄 주교의 조카 이온과 윌리엄도 각각 1693년과 1707년에 죽어서 여기 묻혔다. 이곳의 역사는 기원전 1450년 이집트의 공고문에서 시작된다. 12세기 말 뤼지냥 가_{Lusignans}^{******}의 통치와 문화로 명성을 얻었는데, 보카치오와 성 토마스 아퀴나스 등 많은 작가가 이 가문의 피터 1세^{*******}에게 책을 헌정했다. 1489년 캐서린 코르나로_{Catherine Cornaro} 여왕은 베네치아에 통치권을 넘겼고, 80년 후 마지막 베네치아 사령관은 튀르크인에게 잡

---

[*]　리처드 1세(1157~1199, 재위: 1189~1199)의 별칭이다. 헨리 2세의 셋째 아들로 생애 대부분을 전장에서 보냈으며 그러한 그의 용맹함으로 인해 '사자왕'이라는 별칭이 붙었다.

^{**}　키프로스 남부의 해안 도시.

^{***}　신약 시대 인물로 기독교 전파에 크게 이바지했다.

^{****}　신약 성서 「사도행전」에 나오는 키프로스 태생의 유대인. 히브리 이름은 요셉이다.

^{*****}　예수의 유대인 친구. 가톨릭, 정교회, 성공회에서는 라자로, 개신교에서는 나사로라고 한다.

^{******}　프랑스 기원으로 한 왕조. 12세기에서 15세기에 걸쳐 레반트 지역을 통치했다.

^{*******}　피터 1세(1328~1369, 재위: 1358~1369)는 키프로스의 왕이자 예루살렘의 명목상의 왕이다. 십자군 전통의 주요 계승자로서 이슬람 세력에 맞서 싸웠으며 튀르크족에게서 베드로의 고향 키프로스를 지키려 했다.

혀 죽임을 당했다. 그 후 300여 년에 걸친 망각의 세월은 베를린 조약*으로 끝이 났고, 이 섬은 영국에 조차되었다. 1914년 영국은 이 섬을 합병했다.

이 지역의 경관은 다른 그리스 섬보다는 아시아에 더 가깝다. 땅은 하얗게 바랬고 녹색 덩굴이나 검은색과 황갈색 염소 무리만이 건조한 고독을 달래 준다. 라르나카에서 니코시아로 가는 깨끗한 아스팔트 도로를 따라 나무가 늘어서 있는데 카수아리나나무와 사이프러스나무도 있다. 하지만 바람이 불어와 나뭇가지를 꺾어 놓는다. 이 맹렬하고 뜨거운 바람은 매일 오후 바다에서 거세게 일어나 무수히 많은 수차를 돌린다. 마을 외곽의 숲에 서 있는 이 흉측한 철골들이 내는 삐걱거리는 소리가 이 섬의 대표적인 노래다. 저 멀리에는 항상 산이 보인다. 이 풍경 너머로 강철과 라일락의 반들거리는 독특한 빛이 걸려 있어 산의 윤곽과 원근감을 선명하게 하고, 방랑하는 염소 한 마리 한 마리, 외따로 서 있는 캐럽 나무 한 그루 한 그루를 마치 입

---

*   베를린 조약에는 1878년의 베를린 조약과 1884~1885년에 맺어진 베를린 조약이 있다. 저자는 1878년의 베를린 조약을 말하는 것으로 보인다. 1878년의 베를린 조약은 유럽의 정치적 지형과 정세를 결정한 협약이다. 특히 영국과 오스만 제국은 이 협약이 진행되는 과정에서 비밀리에 '키프로스 협약Cyprus Convention'을 맺고 영국이 베를린 회의에서 오스만 제국을 지지하는 대가로 오스만 제국으로부터 키프로스의 관할권을 받고 1914년 완전히 합병했다.

체경으로 보는 것처럼 하얀 땅에서 도드라져 보이게 만든다.

　이 풍경은 대체로 아름답지만, 인간의 터전으로서는 폭력적이고 험악한 곳이다. 심지어 이 계절에는 유령의 고 갯짓처럼 고개를 끄덕이는 작은 회색 아스포델을 제외하고는 꽃도 별로 없다. 그리스인들은 이 꽃을 '촛불꽃'이라고 부른다. 니코시아와 해안 사이에 있는 산의 북쪽 면이 살기에 더 적합하다. 그곳의 땅은 더 비옥한 듯 붉고 계단식 밭에는 캐럽 나무가 듬성듬성 자라고 있다. 내가 지나갈 때는 마침 캐럽 수확이 한창이었는데, 남자들은 긴 장대로 열매를 내리치고 여자들은 열매를 자루에 담아 당나귀에 싣고 있었다. 캐럽은 가축 사료를 만들기 위해 수출된다. 캐럽은 쪼그라든 바나나처럼 생겼고 아주 맛이 없다.

　나는 니코시아의 대주교를 찾아가 키티Kiti의 성직자들에게 서한을 보내 달라고 요청했다. 하지만 그의 수행원들은 비협조적이었다. 이곳의 교회가 영국에 대한 반대를 주도하고 있는 데다 내가 영국 언론에서 이들의 대의를 대변했다는 사실도 알 수 없었기 때문이다. 그러나 대주교는 비록 늙고 귀가 잘 들리지는 않았지만 방문객을 맞이하는 것을 기뻐하는 듯 보였고, 비서에게 타자기로 편지를 쓰게 했다. 편지가 완성되자 그들은 붉은 잉크를 묻힌 펜을 그에게 가져다주었고, 그는 5세기 제노 황제*가 부여한 특권에 따라 '+키프로스의 시릴Cyril of Cyprus'**이라고 편지에 서명했다. 이 섬의 세속 총독들은 줄곧 대주교의 이 특권을 빼앗으려 했다. 터키***인들은 교회를 성가시게 하려고, 영국인들은 교회를 장식용 병풍처럼 만들기 위해서였다.

오늘 아침 수도원을 보러 벨라 파에스Bella Paese에 갔다. 가는 길에 내 운전기사가 약혼녀를 만나고 싶다고 해서 옆 마을에 들렀다. 그의 약혼녀와 그녀의 이모가 커피와 설탕에 절인 호두를 줬다. 우리는 바질과 카네이션 화분에 둘러싸인 발코니에 앉아 여느 때처럼 마을 지붕 너머로 바다를 내려다보고 있었다. 이모의 두 살배기 아들은 의자를 밀며 "난 증기선이야, 난 자동차야"라고 계속 외쳤다. 내가 탄 진짜 자동차가 떠나자 아이는 크게 실망하여 울면서 나를 따라 산 아래까지 내려왔다.

오후에 성에서 누군가 하얀 상의를 입고 흰 수염을 기른 신사를 가리키며 제프리 씨라고 알려 주었다. 그가 섬의

---

*   제노Zeno 황제(425~491, 재위 474~491). 동로마 제국의 황제로 동고트족 반란을 진압하고 동방교회들의 갈등을 해결하려 노력했다.
**   제노 황제로부터 부여받은 지위를 확인하고 키프로스 대주교 시릴의 서명이 진짜임을 증명하는 서명이다.
***   2022년 공식 국명이 튀르키예Türkiye로 변경되었다.

유물을 책임지고 있었기 때문에 나는 그에게 직접 내 소개를 했다. 그가 움찔했다. 나는 키레니아 포위 공격에 관한 그의 책을 언급하면서 몰라본 것을 보상하려고 노력했다. 그는 "저는 많은 것을 썼습니다. 내용이 다 기억나지는 않지만 가끔 읽어 보면 꽤 흥미롭습니다"라고 대답했다.

우리는 성으로 향했고, 그곳에서 몇몇 죄수가 무분별하게 발굴 작업을 하고 있는 것을 발견했다. 우리가 나타나자 그들은 삽을 내려놓고 옷을 벗어 던지고는 오후 수영을 즐기기 위해 옆문을 통해 바다로 뛰어나갔다. 제프리 씨는 "즐거운 삶"이라며 "그들은 쉬고 싶을 때만 이곳에 옵니다"라고 했다. 그는 죄수들의 발굴로 밝혀진 13세기 건물터의 평면도를 제작했다. 그는 설명하느라 목이 말랐고 그래서 우리는 물을 마시러 사무실로 갔다. 그는 "최악의 물이란, 목이 마르게 만드는 물입니다"라고 말했다.

⸻ 8월 30일

귀가 45센티미터나 되는 초콜릿색 당나귀를 타고 성 힐라리온St Hilarion 성으로 올라갔다. 성벽에 당나귀와 함께 회색 노새도 묶어 놓았다. 노새는 찬물을 담아 캐럽 잎으로 입구를 막은 커다란 진흙 암포라를 지고 있었다. 가파른 길과 계단이 예배당, 홀, 저수조, 지하 감옥을 거쳐 성의 가장 높은 곳과 감시탑으로 이어졌다. 반짝이는 은빛 바위와 녹색 잎이 난 왜소한 소나무 아래로, 산은 약 914미터 아래 해안 평야까지 내리막을 이루고 있었다. 무수히 많은 작은 나무와 그 그림자로 얼룩진 녹슨 붉은색의 끝없는 파노라마가 펼쳐졌으며, 그 너머로 푸른 바다 건너 96킬로미터 떨어진 곳에 소아시아Asia Minor*와 토로스Taurus 산맥의 선이 나타났다. 적에게 포위되었다 해도 이런 경치로 위안을 받으면 분명 보상이 되었을 것이다.

니코시아(152미터)

—— 8월 31일

'작은 사고로 일주일 지연되어 14일에 베이루트에 도착하니 크리스토퍼에게 차를 출발하지 말라고 알려 주기 바람. 장치 고장 때문은 아님.'

이 전보로 일주일의 여유가 더 생겼다. 나는 그 시간을 예루살렘에서 보내기로 했다. 내 생각에 '장치'는 아마도 목탄으로 작동하는 설비인 것 같다. 전보 보내는 비용을 고려해 보면 장치가 작동하지 않는다고 생각할 수밖에 없다. 그렇지 않다면 왜 굳이 아니라고 변명할까?

---

*   오늘날 대부분 튀르키예 영토에 속하는 지역으로 아나톨리아라고도 한다.

오래전 런던의 그리스 공사관에서 나는 긴 가운을 입고 레모네이드 한 잔을 든 채로 긴장해 있는 소년을 소개받은 적이 있다. 그가 바로 아시리아 동방교회*의 총대주교인 마르 시문Mar Shimun 성하였는데, 지금은 키프로스에 망명 중이라 오늘 아침 크레센트 호텔로 그를 만나러 갔다. 플란넬 바지에 수염이 덥수룩한 건장한 체격의 그는 영국 대학(그의 경우 케임브리지) 특유의 억양으로 나에게 인사를 했다. 나는 조의를 표했다. 그는 최근 사건** 이야기를 꺼냈다. "아이Ai가 프랜시스 험프리스Francis Humphreys 경에게 말했듯이 바그다드의 신문들은 몇 달 동안 우리를 상대로 지하드Jehad***를 선포해 왔어요. 아이는 험프리스 경에게 우리의 안전을 보장할 수 있는지 물었고, 험프리스 경은 가능하다고 대답했습니다. 그들은 저를 넉 달 전에 감옥에 가뒀습니다. 그때도 그는 아무것도 하지 않았습니다. 무슨 일이 일어날지 모두가 알았는데도 말이죠. 이제부터 저는 제네바로 가서 우리의 대의명분과 그 외 여러 가지를

---

*   아시리아 동방교회Assyian Church of the East. 아시리아 정교회, 동방 아시리아 교회 등으로도 불린다.

**   시멜레 대학살Simele Massacre 또는 아시리아 학살 사건. 1933년 이라크가 영국의 위임통치에서 벗어난 후 이라크 군대가 아시리아인을 학살하고 추방한 사건이다.

***   아랍어로 '성전'을 뜻하는 말로, 종종 무력이나 테러를 의미하는 말로 오해되기도 한다. 대개 개인 및 집단의 도덕성과 윤리를 강조하고 이를 함양할 것을 촉구한다.

호소하려 합니다. 앞으로도 계속 그렇게 할 겁니다. 그들은 강제로 나를 비행기로 끌고 갔어요. 하지만 그 많은 불쌍한 사람들은 어떻게 될까요? 강간당하고 기관총에 맞고… 아이는 몰랐습니다." 그리고 기타 등등 여러 가지에 관해 이야기했다.

그야말로 영국 외교 정책의 배신의 시대를 알리는 또 다른 기념비적인 사건이다. 이런 일은 언제까지 계속될까? 의심할 여지 없이 아시리아인들은 아주 다루기 힘들다. 그러나 마르 시문이 지적한 점은 영국 당국이 이라크인의 의도를 알았거나 알 수 있는 충분한 수단이 있었음에도 이를 막기 위한 아무런 조치도 취하지 않았다는 것이다. 나는 이것이 진실이라고 믿는다.

파마구스타 Famagusta[*]

—— 9월 2일

여기에는 그리스인 마을인 바로샤 Varosha와 터키인 마을인 파마구스타, 이렇게 두 마을이 있다. 바로샤에 있는 영국인 거주 지역에는 행정 사무실, 영국인 클럽, 공공 정

---

[*]　　키프로스 동부 연안의 항만 도시.

원, 수많은 저택, 그리고 내가 머무는 사보이 호텔이 있다. 파마구스타는 오래된 마을로 성벽이 항구 옆을 둘러싸고 있다.

키프로스가 프랑스나 이탈리아의 소유였다면 오늘날 많은 관광 선박이 로도스 섬을 찾듯이 파마구스타에도 많은 관광 선박이 방문할 것이다. 방문객은 영국 통치하의 의도적인 몰교양으로 인해 좌절하게 된다. 고딕 양식의 중심지는 아직은 완벽하게 벽으로 둘러싸여 있다. 하지만 이 중심지는 누구나 짓고 싶어 하는 건물에 의해 훼손될 수 있으며, 오래된 집은 새집보다 훨씬 불결하다. 교회는 궁핍한 가족들이 세 들어 살다시피하고 요새에는 언제나 인간의 배설물이 깔려 있다. 성채는 공공 사업부에 속한 목수의 상점이며, 궁전은 경찰서를 통해서만 접근할 수 있다. 이러한 영국적인 관리 감독은 비록 예술과는 거리가 멀지만, 마을이 박물관처럼 다 죽어 가는 분위기가 되지 않도록 하는 데는 이점이 있다. 가이드, 엽서 판매자, 그들과 유사한 부류의 부재 역시 매력적인 요소다. 그러나 교회의 이름이나마 아는 사람은 두 마을을 통틀어 오직 한 사람뿐인데, 그는 합리적인 대화를 나눌 수 없을 정도로 부끄럼이 많은 그리스인 교사다. 그나마 방문객들에게 그 장소의 역사와 지형에 대한 정보를 알려 주는 제프리 씨가 쓴 책은 64킬로미터나 떨어진 니코시아에서만 판매되고 있을 것이다. 대성당을 제외한 모든 교회는 항상 잠겨 있고, 그

열쇠는, 만약 행방을 추적할 수 있다는 가정하에서지만, 별도의 공식 사제 또는 교회를 사용하도록 위탁받은 가족이 보관하고 있다고 한다. 그리고 그들은 파마구스타가 아니라 바로샤에 가야 찾아볼 수 있다. 이런 식으로 말하는 게 조금 심할지 모르겠으나, 다른 방문객들과 달리 그리스어를 약간 할 줄 아는 나조차 사흘이나 투자하고도 건물을 다 살펴보는 데 완전히 실패했다. 이러한 무관심한 모습은 영연방 학생들에게 나름의 흥미를 불러일으킨다. 그러나 수익성 있는 관광객을 끌어들일 수 있는 그런 종류의 흥미는 아니다. 관광객을 만족시키는 것은 오직 하나, 영국 점령기부터 유래된 터무니없는 허구인 '오셀로의 탑Othello's Tower'*뿐이다. 택시 기사들만 이 허구를 옹호하는 것은 아니다. 건물에는 마치 그 건물이 차나 신사라도 되는 것처럼 '차Teas' 혹은 '신사Gentlemen'라고 쓰인 현수막이 걸려 있다. 이 현수막은 당국이나 다른 누구라도 제공할 수 있는 유일한 안내서다.

나는 마르티넨고Martinengo 요새 위에 서 있다. 이 거대한 토성의 외벽에는 돌을 잘라 붙였으며 약 12미터 아래에는 바위를 깎아 만든 해자가 둘러싸고 있다. 예전에

---

*   14세기 뤼지냥가가 지은 성으로 후에 베네치아인이 개량했다. 셰익스피어의 희곡 「오셀로」는 이 성의 이름에서 유래한 것으로 추정된다.

는 이곳으로 바다가 흘러들어 왔었다. 이 산악 요새 안에서 마차 두 대가 내 발밑에 떨어지는 햇살 속으로 빠져나왔다. 성벽을 빙 둘러 난간이 좌우로 뻗어 있고, 그 사이로 굵직한 둥근 탑이 이어져 있다. 전경은 황폐하다. 그 너머로 헐렁한 바지를 입은 터키인이 낙타 무리를 이끌고 이동하고 있다. 작게 움푹 파인 곳에는 두 명의 터키 여성이 무화과나무 아래에서 무언가를 요리하고 있다. 그 너머로 작은 집들이 뒤섞인 마을이 시작된다. 진흙으로 지은 집, 기념비에서 캔 돌로 만든 집, 붉은색 지붕을 얹은 하얀 회반죽으로 새로 지은 집들. 무질서한 데다 편의 시설도 없다. 집들 사이로 야자수가 우뚝 솟아 있고, 그 주변에 주말농장이 자리하고 있다. 그리고 이 혼란 속에 우뚝 솟아 있는 오렌지색 돌로 된 고딕 성당의 덩굴무늬 장식과 부벽이 멀리 청록색 하늘과 사파이어빛 바다가 만나는 곳을 가로지른다. 왼쪽으로 라일락빛 산맥이 해안선을 따라 이어진다. 항구에서 나온 배 한 척이 증기를 내뿜으며 그곳으로 향한다. 발밑에서 황소가 끄는 수레가 모습을 드러내고 있다. 낙타가 누워 있다. 그리고 옆에 있는 탑 꼭대기에서 분홍색 드레스에 챙이 넓은 모자를 쓴 여인이 감상에 젖은 채 니코시아 방향을 바라보고 있다.

라르나카

이곳의 호텔은 썩 훌륭하지 않다. 다른 곳의 호텔들은 깨끗하고 깔끔하며 무엇보다도 저렴하다. 음식은 맛이 없다. 하지만 영국이 점령했었음에도 그리스 요리를 더 맛없게 바꾸지는 못했다. 좋은 와인이 몇 가지 있고, 물은 달콤하다.

나는 12킬로미터 떨어진 키티로 차를 몰고 나갔다. 그곳에서 헐렁한 바지를 입고 장화를 신은 사제와 교회지기가 공손하게 대주교의 편지를 받았다. 그들은 나를 교회 안으로 데려갔다. 그곳에는 아름다운 모자이크가 있었다. 내가 보기에는 10세기 작품인 것 같았지만, 다른 사람들은 6세기 작품이라고 한다. 성모의 옷은 암회색에 가까운 연보라색이다. 성모 옆의 천사들은 흰색, 회색, 담황색 천을 둘렀으며, 공작 날개의 녹색은 천사들이 들고 있는 녹색 지구본에도 반복적으로 보인다. 얼굴, 손, 발은 나머지 부분보다 더 작은 입방체로 채워져 있었다. 전체적인 구성은 특별한 리듬감을 띠고 있다. 크기는 실물보다 더 작고, 교회는 너무 낮아 모자이크된 궁륭 천장*을 약 3미터 가까이

---

* 아치로 이루어진 반원형의 천장을 말한다. 형태와 기능에 따라 원통형 궁륭, 교차 궁륭, 늑재 궁륭 등 다양하다.

에서 살펴볼 수 있다.

SS 마사 워싱턴SS Martha Washington호

—— **9월 4일**

부두에서 크리스토퍼를 발견했다. 그의 턱수염은 잘 빗질되어 있었지만 5일 동안 자르지 않아 들쑥날쑥했다. 그는 목탄차 운행자들에게 아무 소식도 듣지 못했지만 예루살렘을 탐사하는 것은 환영했다.

배에는 승객 9백 명이 타고 있었다. 크리스토퍼는 나를 3등석 구역으로 안내했다. 만약 3등석의 탑승자가 동물이었다면 착한 영국인들은 영국동물학대방지협회에 알렸을 것이다. 요금은 저렴했다. 그들은 유대인들이었기에 원하기만 한다면 더 좋은 선실에 더 많은 돈을 지불할 수 있다는 것을 사람들은 알고 있다. 일등석이라고 해서 훨씬 더 좋은 것도 아니었다. 나는 한 프랑스 법정 변호사와 선실을 같이 쓰고 있는데 그가 늘어놓은 술병과 장식품 때문에 핀 하나 꽂을 공간조차 없다. 그는 나에게 영국 대성당에 대해 길게 이야기를 늘어놓았다. 더럼Durham 대성당은 볼 만한 가치가 있었다고 한다. "선생님, 나머지에 대해 말하자면 그것들은 그냥 배관을 설치한 것에 지나지 않습니다."

저녁 식사에서 한 영국인 옆에 앉은 나는 즐거운 항해였기를 바란다고 말을 걸면서 대화를 시작했다.

그는 "예, 좋은 항해였어요. 선함과 자비가 우리를 내내 따라다녔습니다"라고 대답했다.

피곤에 지친 한 여성이 제멋대로 구는 아이를 이끌고 고군분투하며 지나가고 있었다. "아이들과 여행하는 여성들을 보면 항상 미안한 마음이 들더군요." 내가 말했다.

"전 동의할 수 없습니다. 제게 어린아이들은 한 줄기 햇살과도 같으니까요."

나중에 갑판 의자에 앉아 성경을 읽고 있는 사람을 보았다. 개신교에서는 이런 사람을 선교사라고 부른다.

팔레스타인[*]

예루살렘[**](853미터)

—— **9월 6일**

니카라과의 나환자들이 어제 우리보다 영국령 항만
당국과 더 잘 지냈을 것이다. 그들은 새벽 5시에 배에 올라
와 두 시간 동안 줄을 서서 기다리게 한 후 비자 없이, 게다
가 팔레스타인행 승인도 받지 않은 여권을 가지고 어떻게
팔레스타인에 상륙할 수 있는지 물었다. 나는 비자는 살

---

[*]   팔레스타인이라는 명칭은 고대 그리스의 헤로도토스가 쓴 『역사』
      에서 처음 보이며, 시리아와 맞닿은 지중해의 남동쪽 이스라엘, 가
      자 지구, 요르단강 서안 지구 전체를 가리키는 지리학적 지역을 의
      미한다. 이러한 지리학적 의미와 별개로 현재 요르단강 서안지구
      와 가자지구에 대해 주권을 주장하고 있는 국가로서 팔레스타인이
      있다.

[**]   기독교, 유대교, 이슬람교의 성지로 이스라엘과 팔레스타인이 자
      신들의 수도라고 주장하는 분쟁 지역이다. UN은 1948년 총회결
      의안을 통해 예루살렘은 국제법상 어느 한 국가에 속하지 않는다
      고 선언했다.

수 있으며, 팔레스타인행을 위한 승인 시스템은 외무부에서 행하는 더 조잡한 형태의 부정행위 중 하나에 불과하며 여권의 유효성과는 아무 관련이 없다고 설명했다. 또 다른 참견쟁이는 내가 러시아에 다녀왔다는 사실을 알아차리고 끝없이 질문해 댔다. 언제 가셨었나요? 무슨 일로 가셨어요? 아, 즐거웠나요? 지금은 어디로 가고 계십니까? 아프가니스탄으로요? 왜요? 다시 한 번 영광입니다. 그는 내가 세계 일주를 하는 중이라고 생각하는 것 같았다. 그런데 그들은 크리스토퍼의 외교 비자에 너무 정신이 팔린 나머지 하선 카드 주는 것을 잊어버렸다.

흥분한 군중이 통로 위쪽 주변으로 몰려들었다. 유대인은 세계에서 가장 품행이 바른 사람으로 보일 수도, 가장 형편없는 사람으로 보일 수도 있다. 이들은 최악이었다. 그들은 악취를 풍기고, 빤히 쳐다보고, 밀치고, 악을 쓰며 말했다. 다섯 시간 동안 그곳에 있던 한 남자는 울기 시작했다. 랍비도 그를 위로하지 못하자 크리스토퍼는 바 창밖으로 위스키와 탄산음료를 권했다. 그는 거절했다. 우리 짐은 차근차근 보트로 옮겨졌다. 나는 그 뒤를 따라갔다. 크리스토퍼는 하선 카드를 받으러 다시 돌아가야 했다. 우리가 야파Jaffa '항구'의 일부인, 파도를 일으키는 암초를 지나는 동안 큰 놀이 일었다. 한 여자가 내 손 위에 토를 했다. 그녀의 남편은 아이를 돌보면서 다른 팔로 키 큰 베로니카가 심어진 화분을 받치고 있었다.

"위층으로 올라가세요!" 땀을 뻘뻘 흘리며 아무렇게나 몰려 있던 군중이 두 줄로 나뉘었다. 나는 30분이 지나서야 의사를 만날 수 있었다. 그는 늦어서 미안하다고 사과하며 검사 없이 진단서를 내주었다. 아래층에서는 뱃사공들이 돈을 요구하고 있었다. 우리 두 사람과 짐을 운송하는 데 1파운드 2실링이 들었다. "책을 쓰십니까?" 세관원이 과세할 음란물 작가를 찾아내려 추궁하듯 물었다. 나는 바이런 경*이 아니니 하던 일이나 마저 하라고 그에게 대답했다. 마침내 우리는 차를 한 대 발견하고, 성지에 경의를 표하기 위해 후드를 내리고 예루살렘으로 향했다.

킹 데이비드 호텔은 상하이 이쪽 편 아시아에서 유일하게 좋은 호텔이다. 그곳에서 보낸 모든 순간이 소중했다. 전반적인 장식은 조화롭고 절제되어 있어 엄격해 보이기까지 한다. 하지만 홀에 걸려 있는 이 안내문을 보면 그렇게 느껴지지 않을지도 모르겠다.

---

*   조지 고든 바이런George Gordon Byron(1788~1824). 영국의 철학자이자 19세기 낭만주의 문학의 대표적인 시인. 방탕한 생활을 했던 것으로 알려져 있다.

〈예루살렘 킹 데이비드 호텔 실내 장식에 대한 공지〉

이곳은 고대 셈족* 스타일로 영광스러운 다윗 왕** 시대의 분위기를 자아내도록 장식했습니다. 온전히 재현하는 것은 불가능했기 때문에 장식가는 다양한 옛 유대 스타일을 현대적인 감각에 맞게 꾸미고자 노력했습니다.

입구 홀: 다윗 왕 시대(아시리아*** 영향)

메인 라운지: 다윗 왕 시대(히타이트Hittite**** 영향)

독서실: 살로몬 왕***** 시대

바: 살로몬 왕 시대

---

*   셈어를 사용하는 민족을 총칭하는 말. 에티오피아, 이라크, 이스라엘, 요르단, 시리아, 아라비아반도, 북아프리카 등지에 살고 있다.

**   다윗David왕(기원전 1040년경~기원전 970년경, 재위: 기원전 1010~기원전 970). 고대 이스라엘의 제2대 왕으로, 목동이었던 어린 시절 적국인 블레셋의 골리앗과 싸움에서 승리한 것으로 유명하다.

***   기원전 2450년경부터 기원전 609년까지 메소포타미아 지역을 지배했던 고대 왕국이다. 기원전 7세기 이집트와 바빌로니아를 정복하여 오리엔트 최초의 통일국가를 이루기도 했다.

****   기원전 2000년경 소아시아의 시리아 북부에서 철기 무기를 바탕으로 발전했던 국가.

*****   솔로몬Solomon 왕(기원전 990년경~기원전 931년경, 재위: 기원전 970~기원전 931)은 이스라엘의 제3대 왕으로 이스라엘의 전성기를 이끌었다.

레스토랑: 그리스-시리아 스타일

연회장: 페니키아* 스타일(아시리아 영향) 등

G. A. 후프슈미트

장식가, OEV & SWB

제네바

예루살렘 경관의 아름다움은 톨레도Toledo**의 풍경과 비교할 수 있다. 산속에 세워진 이 도시는 깊은 계곡 위 암반에 자리하며 총안銃眼이 뚫린 벽으로 둘러싸여 있다. 모아브Moab의 먼 언덕까지 이 나라 지형의 윤곽선은 실제 지도의 등고선과 비슷하다. 규칙적이고 층층이 쌓인 곡선이 경사면을 따라 올라가다 난데없이 나타나는 계곡에 웅장한 그림자를 드리운다. 대지와 바위는 불타듯 붉은 오팔의 빛을 반사한다. 우연이었든 계획적이었든 이러한 도시 배치를 시도해 하나의 예술 작품을 만들어 냈다.

구체적으로 살펴보면, 가파르고 구불구불한 거리는

---

* 오늘날 지중해 연안의 레바논, 시리아, 이스라엘 북부의 해안지역을 중심으로 약 3,200년 전부터 약 2,900년 전까지 번성했던 국가 혹은 그 문명. 이들이 사용했던 페키니아 문자는 그리스에 전해져 오늘날의 로마 알파벳의 기원이 되었다.

** 스페인 마드리드 남쪽의 도시.

톨레도조차도 비교가 되지 않는다. 넓은 계단에는 자갈이 깔려 있고, 길은 폭이 어찌나 좁은지 낙타 한 마리가 영국 도로 한 차선을 차지하는 버스만큼이나 소란을 일으킨다. 새벽부터 해 질 녘까지 킹 데이비드 거리를 밀치며 오르내리는 인파는 정장과 뿔테 안경의 유행을 모르는, 그야말로 '동양의 모습'을 그대로 간직하고 있다. 여기 꼿꼿한 콧수염을 기른 사막의 아랍인이 금으로 장식된 낙타 털로 만든 풍성한 옷을 입고 지나가고, 문신을 새긴 얼굴에 수놓은 드레스를 입고 바구니를 머리에 이고 가는 아랍 여성, 수염을 다듬고 페즈fez*에 깔끔한 흰색 터번을 두른 이슬람 사제, 곱슬머리에 비버 모자를 쓰고 검은색 가운을 입은 정통 유대인, 높은 굴뚝 모양 모자 아래 수염을 기르고 쪽진 머리를 한 그리스 사제와 그리스 수도사도 지나간다. 이집트, 아비시니아Abyssinia**, 아르메니아Armenia에서 온 사제와 수도사, 갈색 가운을 입고 흰색 토피topee***를 쓴 라틴 신부, 노르만 왕국의 유산으로 알려진 흰 베일 아래 뒤로 젖힌 머리쓰개를 한 베들레헴의 여인, 그리고 이러한 일상을 배경으로 종종 정장과 린넨 드레스를 입은 사람과 카메라를 매고 다니는 여행자도 보인다.

---

*　　　무슬림을 상징하는 원통형 모자.

**　　아프리카의 에티오피아를 말한다.

***　사파리 헬멧이라고 알려진 모자의 일종.

예루살렘은 그림 같은 풍경 그 이상이지만 동양의 많은 마을의 스타일과 비교하면 더 조잡하기도 하다. 더러운 곳이 있을 수는 있겠지만 벽돌이나 회반죽을 바른 건물이 없어 부스러지거나 변색된 곳은 없다. 건물은 전체적으로 치즈처럼 희끄무레한 돌로 지어졌으며, 태양이 온갖 불그스름한 금빛으로 바꾸어 놓아 자연스럽게 반짝인다. 하지만 매력과 낭만은 어디에도 없다. 그래도 모든 것이 개방적이고 조화롭다. 역사와 종교의 연관성은 어린 시절의 첫 기억에 깊이 뿌리내리고 있지만 실제로 드러나는 현실 앞에서는 사라져 버린다. 솟아나는 믿음, 유대인과 기독교인의 애도, 성스러운 바위에 대한 이슬람교의 헌신은 이 땅의 정신을 신비롭게 남겨 두지 않는다. 그 정신은 미신적 경의를 불러일으키는 강력한 감화력이며 아마도 그로 인해 미신적 경의가 유지되기야 하겠지만, 예루살렘의 영적 분위기와는 별개로 존재한다. 예루살렘의 정신은 사제들보다는 평범한 세속의 백인대장*에게 더 공감한다. 그 백인대장들이 여기에도 있다. 그들은 반바지에 토피를 쓰고 있으며 말을 걸면 요크셔 억양으로 대답한다.

---

*	센추리온Centurion. 백부장이라고도 한다. 고대 로마군의 전문장교로 보통 60~80명, 경우에 따라 백 명으로 이루어진 보병 중대장에 해당한다. 귀족 중심의 천인장과 달리 평민으로 구성되어 있다.

눈부신 주변 환경을 배경으로 한 성묘 교회Church of the Holy Sepulchre는 가장 누추한 교회처럼 보인다. 실제보다 더 어둡고, 건축물은 더 나쁘고, 숭배의식은 더 타락한 것처럼 보인다. 방문자는 내적 갈등을 겪는다. 객관적인 척하는 것은 거만하고, 경건함을 가장하는 것은 위선적이다. 선택은 그 사이 어디쯤엔가 있다. 하지만 나로 말할 것 같으면, 그 선택이 나를 피해 갔다. 출입구에서 한 친구를 만났는데, 그 친구가 성지에 대처하는 법을 알려 주었기 때문이다.

그는 짧은 수염과 긴 머리에 높은 원통형 모자를 쓰고 검은 옷을 입은 사제였다.

나는 그리스어로 "아토스Athos산에서 오셨습니까?"라고 물었다.

"네, 도키아리우Docheiariou 수도원에서 왔습니다. 제 이름은 가브리엘입니다"라고 그가 대답했다.

"혹시 아리스타르쿠스Aristarchus의 형제 아니신가요?"

"그렇습니다."

"아리스타르쿠스가 죽었나요?"

"맞습니다. 누가 그 소식을 당신에게 전했나요?"

나는 다른 책에서 아리스타르쿠스에 대해 쓴 적이 있었다. 그는 아토니테Athonite 수도원에서도 가장 부유한 바토페디Vatopedi 수도원의 수도사였다. 성산Holy Mountain에서 5주를 보낸 후 지치고 굶주린 상태에서 도착한 우리를 돌봐주었다. 한때 영국 요트에서 하인으로 일했던 적이 있는 그는 매일 아침 우리를 찾아와 "점심은 몇 시에 드시겠습니까?"라고 물었다. 그는 젊고 효율적이며 물질적이어서 수도사의 소명과는 전혀 어울리지 않았고, 할 수만 있다면 돈을 모아 미국으로 가겠다고 결심한 사람이었다. 그는 자신을 모욕하는 나이 든 수도사들을 미워했다.

우리가 방문하고 1~2년 후 어느 날, 그는 리볼버를 구입하여 그 존경할 만한 불한당 두 명을 쏴 죽였다. 전해진 이야기에 따르면 그랬다고 한다. 확실한 것은 그가 자살했다는 것이다. 외부적으로 아리스타르쿠스보다 더 분별 있는 사람은 없었고, 아토니테 공동체는 이 비극을 수치스러워했고 침묵했다.

가브리엘은 자기 머리를 두드리며 "아리스타르쿠스는 머리가 깨졌어요"라고 말했다. 아리스타르쿠스가 내게 말해 줘 알고 있었지만 가브리엘은 자신의 천직을 만족스러워했고 그래서 형의 폭력을 단지 일탈로 여길 수도 있었다. "예루살렘은 처음이신가요?" 그가 화제를 바꾸며 이야기를 이어 갔다.

"오늘 아침에 도착했습니다."

"제가 안내하겠습니다. 어제는 무덤 안에 있었습니다. 내일 아침 11시에 다시 들어가려고요. 이쪽으로 오십시오."

우리는 대성당만큼 높고 넓은 원형 방에 들어섰다. 얇은 돔은 원형으로 늘어선 거대한 기둥이 떠받치고 있었다. 텅 빈 바닥 한가운데에는 구식 철도 엔진과 비슷하게 생긴 미니어처 교회당이 있었다.

"아토스산에 마지막으로 가 본 게 언제입니까?" 가브리엘이 물었다.

"1927년입니다."

"기억납니다. 도키아리우 수도원에 오셨었죠."

"네. 제 친구 시네시오스Synesios는 잘 지냅니까?"

"아주 잘 지냅니다. 하지만 아직 장로가 되기엔 너무 어리죠. 이리로 들어오세요."

나는 터키 바로크Turkish Baroque 양식*으로 조각된 작은 대리석 방에 들어섰다. 안쪽 성소로 가는 길은 무릎을 꿇은 프란체스코 수도회 신도 세 명이 막고 있었다.

"도키아리우에 또 아는 사람이 있습니까?"

"프랭크포르트Frankfort를 압니다. 그는 잘 있습니까?"

"프랭크포르트?"

"프랭크포르트, 시네시오스의 고양이요."

"아! 그 고양이… 저 사람들은 신경 쓰지 마세요. 그들은 가톨릭 신자입니다. 그 고양이, 검은 고양이죠."

---

* 오스만 바로크 건축Ottoman Baroque architecture. 유럽 바로크 양식의 영향을 받은 18세기와 19세기 오스만 제국의 건축 양식이다.

"맞아요, 뛰어오르기도 하고."

"알아요. 이제 도착했네요. 머리 조심하세요."

가브리엘은 마치 쐐기풀처럼 프란체스코 수도회 신도들을 헤치고 약 1미터 높이의 구멍으로 뛰어들었다. 거기서 밝은 불빛이 나왔다. 나는 따라 들어갔다. 안쪽 방은 사방 약 2미터 정도의 정사각형이었다. 낮은 돌판 위에 한 프랑스 여인이 황홀경에 빠져 무릎을 꿇고 있었다. 그녀 옆에는 또 다른 그리스인 수도사가 서 있었다.

"이 신사분은 아토스산에 가 본 적이 있습니다." 가브리엘이 그의 친구에게 말했다. 그 친구는 프랑스 여인을 지나쳐 다가와 나와 악수를 했다. "6년 전이었는데, 이분이 시네시오스의 고양이를 기억하고 있네요." 그리고 돌판을 가리키며 "여기가 무덤입니다"라고 말했다. "내일 온종일 여기 있을 거예요. 저를 꼭 보러 오세요. 공간이 별로 없죠? 나가시죠. 다른 곳도 보여 드리겠습니다. 이 붉은 돌은 시신을 씻었던 곳입니다. 네 개의 등잔은 그리스 양식이고 나머지는 가톨릭과 아르메니아식입니다. 갈보리Calvary* 는 위층에 있어요. 친구분께 올라오라고 해주세요. 여기가

---

* 골고다Golgotha라고도 한다. 예루살렘 성벽 외곽에 있는 언덕으로 정확한 위치는 확실하지 않지만, 과거부터 성묘 교회가 골고다 언덕 위에 세워졌다고 하여 지금에 이른다. 라틴어 갈보리와 아람어 골고다는 둘 다 해골이라는 뜻이 있는데, 이 언덕의 지형이 해골 모양을 하고 있어서 붙여진 이름이다.

그리스 부분이고 저기는 가톨릭 부분입니다. 여기 이분들은 그리스식 제단에서 기도하지만 실은 가톨릭 신자들이에요. 갈보리가 그곳에 있었거든요. 십자가 위에 새겨진 문구를 보세요. 진짜 다이아몬드로 되어 있는데 차르*가 선물한 것입니다. 그리고 이 조각상을 보세요. 가톨릭 신자들이 여기에 와서 이것들을 바칩니다.”

가브리엘은 유리 상자를 가리켰다. 그 안에는 밀랍으로 만든 성모상이 있었는데 전당포에서 파는 목걸이, 시계, 펜던트 등이 걸려 있었다.

“여기 내 친구는 가톨릭 신자입니다.” 나는 심술궂게 가브리엘에게 말해 주었다.

“아, 그래요? 그럼 당신은요? 개신교 신자? 아니면 종교가 없나요?”

“여기 있는 동안은 정교회 신자가 될 것 같습니다.”

“신께 그렇게 말씀드리겠습니다. 이 구멍 두 개 보이시죠? 그리스도의 다리를 하나씩 그 구멍에 넣었어요.”

“그게 성경에 나와 있나요?”

“물론이죠. 성경에 나와 있습니다. 이 동굴이 갈보리입니다. 지진으로 바위가 갈라진 곳이에요. 사모스 Samos에 계시는 저의 어머니는 자식을 열세 명이나 두셨지요. 이제

---

*   러시아 제국 황제를 칭하는 말이다.

미국에 있는 형과 콘스탄티노플Constantinople*에 있는 누나, 그리고 저만 남았습니다. 저기 니코데모스Nicodemus**의 무덤과 아리마태아Arimathaea의 요셉 무덤이 있습니다."

"아리마태아의 요셉은 영국에 묻힌 줄 알았는데요."

가브리엘은 마치 '터무니없는 소리!'라고 말하듯 미소를 지었다.

"여기 알렉산더 대왕***이 예루살렘을 방문했을 때 선지자 중 한 사람의 영접을 받는 그림이 있는데, 어떤 선지자인지는 기억나지 않습니다." 그가 계속 말했다.

"그런데 알렉산더 대왕이 예루살렘을 방문한 적이 있었습니까?"

"확실해요. 사실대로 말씀드릴 뿐입니다."

"죄송합니다. 전설인 줄 알았어요."

우리는 마침내 햇빛 속으로 빠져나왔다.

"내일모레 날 보러 오시겠다면 무덤에서 다시 나올게

---

*   현재 튀르키예의 수도 이스탄불의 옛 이름. 동로마 제국의 수도였다.

**   신약 성서 「요한 복음서」에 나오는 유대인. 바리새파 사람으로 예수가 처형된 후 예수의 제자 중 한 사람인 아리마태아 요셉과 함께 예수의 시신을 가져가 매장했다.

*** 알렉산더 대왕(기원전 356~기원전 323, 재위:336~323)은 마케도니아의 왕으로, 그리스, 소아시아, 이집트, 페르시아에 걸친 대제국을 건설했다. 그가 정복한 지역에 그리스 문화가 전파되었으며 이렇게 형성된 문화를 헬레니즘 문화라고 하며 예술, 문학, 철학 등의 발전에 큰 영향을 미쳤다.

48

요. 밤새도록 들어가 있다가 11시에 나올 거예요."

"자고 싶지 않으세요?"

"아니요, 자는 게 싫어요."

다른 성지로는 통곡의 벽과 바위의 돔이 있다. 고개를 끄덕이며 책을 읽거나 거대한 석조물 틈새로 머리를 집어넣는 유대인 애도객들은 성묘 교회에서 종교의식을 행하는 사람들만큼 매력적이지는 않다. 그러나 적어도 이곳이 밝기는 하다. 태양이 빛나고 벽 자체는 잉카의 벽에 견줄 만하다. 바위의 돔은 예언자 무함마드*가 승천했던 거대한 바위를 보호하고 있다. 그리고 여기에 그 연관성과는 별개로 예루살렘에 걸맞은 기념물이 있다. 성벽과 감람산을 조망할 수 있는 수천 평에 달하는 흰 대리석 단은 아치가 세워져 있는 곳과 이어지는 여덟 개 계단을 통해 여러 방향에서 접근할 수 있다. 기단 중앙에는 주변 공간에 비해 왜소해 보이는 낮은 팔각형 건물이 파란색 타일로 장식되어 있고, 그 위에는 팔각형의 3분의 1 정도 너비의 파란색 타일로 덮여 있는 원통부가 돔을 받치고 있다. 원통 위의 돔

---

*   무함마드 이븐 압드 알라Muhammad ibn Abd Allah(약 571~632). 이슬람교의 창시자. 알라의 계시를 받아 이슬람교를 창시했다. 그는 다신교 사회였던 아랍에 유일신 알라에 대한 숭배를 강조하고 윤리적이고 도덕적인 행동, 사회 정의, 불우한 이들에 대한 동정을 강조했다. 그의 설교와 계시를 적은 것이 이슬람 경전 『쿠란Quran』이다.

은 구근 모양이며 금박은 오래되어 세월이 느껴진다. 한쪽에는 더 큰 팔각형의 자식인 듯 또 다른 소형 팔각형이 기둥 위에 놓여 있고 그 안에 있는 분수를 보호하고 있다. 그 내부는 그리스 양식의 영향이 보인다. 대리석 기둥은 비잔틴 양식*의 주두를 지탱하고 있다. 빙글빙글 돌아가는 아라베스크** 장식에 금박 모자이크로 덮인 궁륭 천장은 틀림없이 그리스 장인의 작품으로 보였다. 철제 장벽은 십자군이 이곳을 교회로 바꾼 막간의 기독교 시대를 기념하는 것이다. 이곳은 7세기에 이슬람 사원으로 설립되었지만 오랜 세월이 지나면서 현재의 모습을 갖게 되었다. 최근 들어 비잔틴 양식의 주두를 지나치게 밝게 다시 칠했는데, 시간이 지나면 점차 색조가 누그러질 것이다.

모스크를 처음 봤을 때는 너무 늦어서 안으로 들어가지 못했지만 킹 데이비드 거리 아래쪽 입구에서 살짝 엿볼 수 있었다. 한 아랍인이 우리 앞을 가로막고 안내를 해주기 시작했다. 나는 지금은 구경부터 하고 설명은 내일 들

---

* 동로마 제국, 비잔티움 제국의 미술 양식을 말한다. 그리스·로마와 동방 문화가 결합된 우아하고 세련된 특징을 보인다. 건축에서는 벽돌, 돔, 궁륭 천장, 모자이크 장식이 가장 큰 특징이며 미술에서는 모자이크와 프레스코화가 주를 이룬다.
** 이슬람 건축물이나 공예품을 장식하는 데 사용되는 양식화된 문양으로, 문자, 식물, 기하학적 모티프를 반복적으로 사용하는 이슬람의 장식 무늬를 말한다.

고 싶다고 말했다. 과연 그가 친절하게 자리를 비켜 주었을까? 그러자 그가 대답했다. "나는 아랍인이고 내가 원하는 곳에 머물 겁니다. 이 모스크는 당신의 것이 아닙니다. 제 것이죠." 아랍의 매력이란 참, 이쯤 해두기로 하겠다.

이날 저녁 우리는 베들레헴으로 갔다. 이미 땅거미가 내려앉아 예수탄생기념 성당을 받치고 있는 웅장한 열주를 거의 알아볼 수 없었다. 가이드들은 성묘 교회에서보다 훨씬 더 지루했다. 나는 예수가 탄생한 구유동굴이나 그들이 보여 주는 것은 무엇이 되었건 혼자서 보라고 크리스토퍼를 남겨 두었다.

—— 9월 7일

바위의 돔 뜰에 있는 올리브 나무 아래에 앉아 있는데, 한 아랍 소년이 그늘에 앉아 큰 소리로 뭔가를 반복하고 있었다. 영어 연습이었다. "걸프스 앤드 프로몬토리즈 Gulfs and promòntories(만과 곶), 걸프스 앤드 프로몬토리즈, 걸프스 앤드 프로몬토리즈"라고 반복해서 되뇌었다.

"프로몬토리즈promòntories가 아니라 프로몬토리즈 pròmontories란다"라고 중간에 내가 악센트를 고쳐 주었다.

"걸프스 앤드 프로몬토리즈, 걸프스 앤드 프로몬토리즈, 걸프스 앤드 프로몬토리즈. 딜리버 모술Deliver Mosul(모술을 구출하라), 딜리버 모술, 딜리버 모술. 걸프스 앤드…" 그는 소묘 수업에서 1등을 했다며 카이로에 가서 공부하여 화가가 되고 싶다고 말했다.

스토클리는 어젯밤에 파티를 열었다. 거기서 아랍인 손님 두 명이 좋은 친구라는 사실을 알게 되었다. 그중 한 명은 터키 외무부에서 근무했는데 예전부터 케말과 그의 어머니를 알고 지냈던 사람이었다. 전쟁*이 일어났을 때 그는 살로니카Salonics**의 영사였는데 그곳에서 사라일*** 에게 툴롱Toulon으로 추방당했다. 터키 국경이 너무 가까웠기 때문에 겪지 않아도 됐을 고난을 겪으며 모든 가구와 재산을 잃었다. 화제는 아내와 함께 산책하던 중 야파의 모래사장에서 저격당한 유대인 지도자 알로소로프Arlosorov 에 대한 이야기로 넘어갔다. 범인들은 영국인을 몰아내고 유대인 국가를 세우려는 급진적인 정당인 유대인 수정주의자****로 추정된다. 그들은 영국인이 떠나고 나면 아랍인들이 단 한 명이라도 유대인이 남아 있는 것을 얼마나 오랫동안 인내할 거라고 생각하는지 나는 모르겠다.

———

*　　　제1차 세계대전을 말한다.

**　　그리스 제2의 도시 테살로니키의 다른 이름.

***　모리스 폴 에마누엘 사라일Maurice Paul Emmanuel Sarrail(1856~1929). 제1차 세계대전 당시 프랑스 장군으로, 1915년 독일, 오스트리아-헝가리, 불가리아 연합군에 맞서는 살로니카 작전 수행을 위해 살로니카 사령관으로 임명되었다.

****　수정주의 시오니즘. 요르단강 양안에 유대인 국가를 세우자는 주장이다.

오늘 아침 우리는 유대인 기관*의 주요 인사인 조슈아 고든Joshua Gordon 씨의 손님으로 텔아비브에 갔다. 크리스토퍼가 아버지의 아들로 인정을 받았던 지방 정부 청사에는 밸포어, 사무엘, 알렌비, 아인슈타인, 레딩 등 시오니즘** 주창자들의 초상화가 걸려 있었다. 지도에는 인구 3천 명에 불과한 살아 보겠다고 발버둥 치던 유토피아에서 7만 명이 모여 사는 번창한 지역으로 발전하기까지의 모습이 연도별로 표시되어 있었다. 팔레스타인 호텔에서 나는 고든 씨에게 야파에 대한 아랍인의 주장을 시험 삼아 제시해 보았다. 그는 경멸했다. 땅 없는 아랍인들을 돌보기 위해 위원회가 설립되었지만 겨우 몇백 명밖에 찾을 수 없었다고 했다. 한편으로는 트란스요르단Transjordan***의 아랍인들은 유대인들에게 이곳에 와서 나라를 개발해 달라고 간청하고 있었다.

나는 유대인들이 미래의 평화를 위해서라면 불편을 감수해서라도 아랍인들을 달래는 편이 더 이익 아니냐고 묻자, 고든은 아니라고 대답했다. 아랍인과 유대인이 유일

---

*   Jewish Agency for Israel. 이스라엘 유대인 기관은 세계에서 가장 큰 유대인 비영리 단체로 이스라엘 국가 설립과 유대인의 이스라엘 이주를 지원하는 데 중요한 역할을 했다.

**   유대인의 민족주의 운동.

***   요르단의 동쪽 지역을 가리키는 말로 대부분 현재 요르단에 포함되는 지역이다. 요르단 왕국의 옛 명칭이기도 하다.

하게 서로 이해할 수 있는 기반은 바로 영국에 대한 공동 저항이지만, 유대인 지도자들은 이를 용인하지 않을 것이라고 했다. "나라를 개발한다고 하면 아랍인들은 틀림없이 괴로워할 겁니다. 아랍인들은 나라를 개발하는 것을 싫어하거든요. 이게 제 결론입니다." 최근 사막의 아들들에게는 그들의 견해나 행동을 지지하고 정당화해 주는 옹호자들이 충분하다. 나는 오히려 현재 세계에서 유일하게 예산을 확장하고 있는 유대인들을 축하해 주는 것이 더 신선하다고 생각한다.[*]

이탈리아인은 고든 씨의 풀밭에 있는 또 다른 뱀이었다. 얼마 전, 고든 씨는 다른 사람들과 함께 이탈리아 선박을 대신해 우편물을 운송할 영-팔레스타인 선박회사를 설립하려고 시도한 적이 있었다. 하지만 영국인이 협조해 주지 않아 실패했다. 이탈리아는 모든 팔레스타인 사람에게 로마에서 무료 교육을 제공하고 요금도 감면해 주고 있다. 물론 1년에 2백 명밖에 갈 수 없다고는 한다. 하지만 고든 씨는 자비를 들여서라도 런던에서 공부를 마치려는 학생들이 겪을 어려움을 생각하며 씁쓸해했다.

오렌지 벨트와 오페라 하우스를 방문한 후 우리는 먹

---

[*] 저자는 어떤 정치적 관점이나 주제에 대한 논쟁이나 토론을 하는 것보다는 경제 발전, 예산 확대를 지지하며 이와 관련하여 유대인 공동체에 경의를 표하고 있다.

을 감으러 갔다. 갑자기 바닷가의 인파 속에서 *이탈리아인* 아란슨 씨가 걸어 나오면서 인사를 했다. "안녕하세요, 안녕하세요, 당신도 여기 있었군요? 이맘때 예루살렘은 정말 한산하지 않나요? 하지만 내일은 사람들이 들를지도 모르죠. 먼저 갈게요."

텔아비브가 러시아에 있었다면 전 세계는 텔아비브의 도시 계획과 건축, 명랑한 공동생활, 지적 추구, 젊음이 넘치는 분위기에 열광하고 있을 것이다. 하지만 러시아와 다른 점은 바로 이것들이 미래를 위한 목표가 아니라 이미 이루어진 현실이라는 것이다.

—— 9월 10일

어제 우리는 키시 대령과 점심을 먹었다. 크리스토퍼가 먼저 방으로 들어갔다. 그런데 대령이 나에게 이런 말을 했다. "당신이 마크 사이크스Mark Sykes 경의 아들이군요." 아마도 그런 혈통의 영국인이라면 크리스토퍼 같은 수염을 기를 리 없다고 지레짐작하고 한 말이리라. 점심 식사 중에 대령이 스위스에서 파이살* 국왕이 사망했다는

---

*   파이살 1세 빈 알 후세인 빈 알리 알 하셰미Faisal I bin Al-Hussein bin Ali Al-Hashemi (1885~1933, 재위: 1918~1920 시리아 아랍왕국의 왕, 1921~1933 이라크 왕국의 왕). 이라크의 파이살 1세. 범아랍주의를 내세워 다양한 종교와 민족의 통합을 추진했다.

소식을 알려 주었다. 벽에는 루빈이 그린 멋진 예루살렘 그림이 걸려 있었는데, 고든 씨가 그가 여행 중만 아니었더라면 우리가 텔아비브에 갔을 때 꼭 방문하면 좋았을 것이라고 했던 사람이었다.

나는 호텔 맞은편에 있는 YMCA에 수영을 하러 갔다. 건강 검진을 면제받는 대가로 2실링을 지불한 후, 마늘 냄새를 풍기는 털이 덥수룩한 키 작은 남자들 틈에서 옷을 갈아입고, 살충제 비누로 몸을 문질러 닦는 것을 거절했다는 이유로 험악한 싸움을 하고 나서야 마침내 뜨거운 물로 샤워를 했다. 그런 다음 수영장에 도착해 체육 교사가 진행하는 수구 경기를 하는 사이에 들락날락하면서 몇 미터를 헤엄쳤더니 소독약 냄새가 진동하여 저녁 식사를 하러 나가기 전에 서둘러 돌아와 목욕을 해야 했다.

우리는 고등판무관과 아주 즐겁게 식사했다. 큰 파티에서는 썩 괜찮지만 작은 파티에서는 좀 당황스러운 공식적인 의전 같은 것은 없었다. 사실 아랍인 하인들만 빼면 우리는 영국의 한 시골집에서 식사하고 있는 것 같은 느낌이 들었다. 폰티우스 필라투스Pontius Pilate*는 손님들에

---

* 본디오 빌라도라고도 한다. 신약 성서에서 그리스도에게 십자가형을 선고한 것으로 알려진 사람으로, 종종 권위와 권력을 가진 인물로 묘사된다. 여기서는 고등판무관을 빗댄 것으로 보인다.

게 편안하고 즐거운 이탈리아의 지주를 떠올리게 해주었을까?

돌아와 보니 호텔에서 댄스파티가 열리고 있었다. 크리스토퍼는 바에서 학교 친구를 만났는데, 그 친구는 모교의 이름을 걸고 말할 테니 수염을 깎으라고 크리스토퍼에게 간청했다. "사이크스, 솔직히 말해서, 아니, 이런 말은 하고 싶지 않지만, 그러니까 내 말은, 신경 쓰지 말게. 말하지 않는 게 낫겠군. 오래된 친구라는 게 이런 거지 안 그래? 그러니까 나라면 반드시 수염을 밀겠어. 왜냐하면 사람들이, 있잖아, 사람들은 분명히 이렇게 생각할 거야. 그러니까 솔직히 말하고 싶지 않은데, 정말 말하기 어렵군. 만약 자네가 정말로 알고 싶다면 말이지, 자네가 지금 말하라고 밀어붙인 거야, 안 그래? 그러니까 이런 거야. 나는 사람들이 자네를 좀 비열한 사람이라고 생각할 수도 있다는 거야."

모두 잠자리에 들자 나는 구시가지로 걸어갔다. 안개에 뒤덮인 거리는 마치 11월의 런던 같았다. 성묘 교회 안에서는 러시아 농민 여성 합창단이 참석한 가운데 무덤에서 정교회 예배가 진행 중이었다. 구근 모양의 다이아몬드 왕관을 쓰고 자수로 장식한 긴 사제복을 입은 흰 수염이 난 주교가 성묘 교회의 문을 통해 은은한 촛불 속으로 모습을 드러내자 분위기가 엄숙하게 바뀌었다. 예배가 끝나자마자 가브리엘이 나타나 한 노인과 회계 담당자와 함께

커피를 마시라고 나를 성구 보관실로 밀어 넣었다. 나는
3시 30분이 지나서야 집에 도착했다.

시리아 SYRIA*

다마스쿠스 Damascus**(670미터)

—— 9월 12일

여기는 완전한 혼란 속의 동양이다. 내 방 창문 너머로 자갈이 깔린 좁은 길이 보이는데, 그 거리에 퍼져 있는 향신료가 들어간 음식 냄새가 한 줄기 선선한 바람을 타고 잠시 사라졌다. 새벽이다. 맞은편 작은 미너렛minaret***에서 들려오는 무에진muezzin****의 음산한 고음과 멀리서 들려오는 말소리에 사람들은 잠에서 깨어난다. 곧 노점상들

---

*   서아시아 지중해 연안에 위치하며 수도는 다마스쿠스다. 원래는 시리아를 포함하는 레반트 지역을 폭넓게 아우르는 말이었다.

**   시리아의 수도. 기원전 3000년경에 세워진 세계에서 가장 오래된 도시 중 하나이며, 이슬람의 4대 도시(메카, 메디나, 예루살렘, 다마스쿠스) 중 하나다.

***   모스크에 부속된 첨탑.

****   이슬람에서 하루 다섯 번 기도 시간을 알리는 사람.

의 아우성과 말발굽 소리가 들리기 시작할 것이다.

팔레스타인을 떠난 것이 후회된다. 위대한 자연의 아름다움을 간직하고, 그 명성에 걸맞은 외관을 가진 수도가 있고, 풍부한 경작물과 엄청나게 늘어나는 세입을 보유하고 있으며, 화가, 음악가, 건축가 등 자생적인 근대 문화의 토대가 있고, 자비로운 영주처럼 백성을 위하는 행정부를 가진 나라를 발견하는 것은 참 신선한 일이다. 유대 민족주의자가 아니더라도 이런 상황이 유대인 덕분이라는 것을 알 수 있다. 그런 그들이 쏟아져 들어오고 있다. 작년에는 6천 명에게 출입 허가가 주어졌다. 1만 7천 명이 도착했고, 추가로 1만 1천 명이 감시가 없는 국경 지역을 통해 넘어왔다. 팔레스타인에 도착하면 여권을 버리기 때문에 추방당할 수가 없다. 하지만 이들에게는 생계를 유지할 수단이 있는 것으로 보인다. 이들에게는 기업가 정신, 끈기, 기술 교육, 자본이 있다.

지평선에 드리워진 먹구름은 아랍의 적대감이다. 피상적인 관찰자에게는 정부가 아랍인의 민감한 감정을 받아들임으로써 그들의 호의는 전혀 얻지 못하면서 오히려 그들이 부당하게 괴롭힘을 당한다는 느낌이 들게 부추기는 것처럼 보인다. 아랍인들은 영국인을 증오하며 그들에게 불만을 표출할 기회를 놓치지 않는다. 나로서는 왜 이런 정부의 태도가 그들의 상황을 지지하는 모습으로 비치는지 이해할 수가 없다. 그들에게는 인도인이 내세우는 평겟거리인 인종 차별이라는 이유도 없다.

어젯밤 저녁 식사 시간에 페르시아 이야기를 하던 크리스토퍼는 같은 테이블에 앉은 사람들이 우리를 쳐다본다는 사실을 알아차렸다. 그들은 갑자기 페르시아어로 말하기 시작했다. 크리스토퍼는 나에게 속삭이면서 혹시 자신이 샤Shah* 혹은 그들 나라를 비하하는 말을 하지는 않았는지 기억해 내려 했다. 우리는 중세의 폭정에 현대적 감성으로 접근하고 있는 것 같다. 니콜슨 부인이 영국 대중에게 테헤란에서는 마멀레이드를 살 수 없었다고 말해 외교적 문제가 발생했다.

─── 9월 13일

오마이야 모스크Omayad Mosque는 1893년 화재 이후 많이 복원되었지만 사실 건립은 8세기로 거슬러 올라간다. 위층에 갤러리가 있는 웅장한 대회랑은 베네치아의 산소비노Sansovino 도서관만큼이나 균형이 잘 잡혀 있으며, 기본적인 이슬람 양식으로 위풍당당하게 일정한 리듬으로 쭉 이어져 있다. 원래 아무 장식도 없는 맨 벽에 반짝이는 모자이크로 옷을 입혔다. 이런 모습의 일부가 유럽 최초의 풍경화 속에 남아 있다. 폼페이의 모든 그림 같은 풍경, 열

---

*   페르시아어로 왕이라는 뜻.

주형 궁전과 바위로 둘러싸인 성은 단순한 장식이 아니라 실제 풍경이다. 이는 내부의 형태적 한계가 나무의 본질이나 정체성, 시냇물의 에너지와 관련되어 있음을 보여 준다. 이 그림들은 그리스인이 그렸을 것이며, 엘 그레코 El Greco*의 「톨레도 풍경 landscapes of Toledo」의 전조를 보여 준다. 지금도 태양이 외벽의 파편을 포착하면 사람들은 녹색과 금색이 빛나던 최초의 휘황찬란함을 상상할 수 있다. 사막의 메마른 영겁의 시간을 보상하기 위해 아랍 소설에서 묘사된 마법의 장면처럼 궁정 전체가 빛났던 바로 그 순간의 웅장함 말이다.

베이루트 Beyrut**

—— 9월 14일

이곳에 오기 위해 우리는 차에 좌석 두 개를 차지하고 앉았다. 우리 옆에는 말벌처럼 검은색과 노란색 줄무늬가

---

*   본명은 도미니코스 테오토코풀로스 Doménikos Theotokópoulos(1541~1614). 그리스 태생의 에스파냐 화가. 에스파냐 르네상스에 기여했다. 1577년 에스파냐의 톨레도로 이주하여 활동했다.

**   지중해 동부 해안 도시로 레바논의 수도다. 고대 페니키아 왕국의 도시국가 중 하나로 이슬람과 기독교 문화가 어우러진 독특한 문화를 가지고 있다.

있는 가운을 입고 무릎 사이에 채소 바구니를 얹은 커다란 체격의 아랍 신사가 앉았다. 앞에는 채소 바구니를 들고 어린 아들을 동반한 아랍인 과부가 있었다. 그녀는 20분마다 창밖에다 토를 해서 중간중간 멈출 수밖에 없었다. 멈추지 않으면 그녀의 토사물이 창문을 통해 차 안으로 날아들었기 때문이다. 즐거운 세 시간은 아니었다.

이 게시물은 목탄차 운행자들의 출발을 알리는 신문 스크랩에서 가져왔다. 심지어 「더 타임즈The Times」에서는 칼럼의 반을 할애했다. 「데일리 익스프레스Daily Express」는 이렇게 썼다.

다섯 명의 남자가 어젯밤 비밀 탐험을 위해 웨스트 엔드 호텔을 떠났다. 어쩌면 가장 낭만적인 탐험이 될지도 모른다.

그들은 런던을 떠나 마르세유와 사하라 사막으로 향했다. 목적지가 어디일지 아는 사람은 거의 없다.

섣부른 발표는 심각한 정치적 결과를 초래할 수 있기 때문이다…

이 다섯 남자는 이동식 가스 장치로 구동되는 트럭 두 대로 이동할 것이다. 일반 숯을 연료로 사용하며, 약 80~100킬로미터마다 연료를 보충해야 한다. 이 새로운 발명품이 사용된 것은 이번이 처음이지만 앞으로 도로 운송에 보편적으로 활용될 가능성이 높다.

그런 말도 안 되는 이야기에 엮여 있는 자신의 이름을 보는 것은 성가신 일이다.

지금 우리는 자동차와 일행을 태우고 올 샹폴리옹 Champollion호를 기다리고 있다.

—— **9월 16일**

내 예감은 현실이 되었다.

새벽에 샹폴리옹호에 탔다. 골드만? 헨더슨? 트럭 두 대? 아무도 그들에 대해 들어본 적이 없다고 했다. 하지만 실패와 황당무계한 이야기를 알고 있는 루터가 그곳에 있었다.

아브빌Abbeville에서 탐험대의 차가 고장 났다고 한다. 그들은 휘발유로 계속 탐험을 이어 갈 수 있었겠지만, 비밀리에 차를 영국으로 돌려보냈다. 이번에는 언론에 알리지 않고 영국에서 이 발명품을 좀 더 완벽하게 만들어 약한 달 남짓 후 새로운 시도를 준비할 예정이다. 내가 런던에 돌아가 있다가 탐험이 실패했다는 것이 알려지면 안 되니까 나를 안전하게 페르시아로 보내기 위해 미리 루터를 보내 주었다. 근거는 없지만 사실 나는 협박범의 능력과 성향을 타고났는지도 모른다.*

우리는 하루 대부분을 바다에서 보내며 충격에서 회복했고, 화요일에 바그다드로 가는 네언 버스**에 자리를 예약했다.

네언 씨는 목탄차가 궁금했는지 오늘 저녁 술을 마시러 왔다. 오랫동안 그 발명품이나 그와 유사한 다른 발명품에 대해 알고 있었지만 그는 회의적이었다. 우리는 세상 더할 수 없을 정도로 그에게 신뢰를 불어넣어 주려 했지만 그의 확고한 의심에 반대할 수 없었다. 시리아 전체가 11월에 도착할 그의 새로운 풀먼 버스*** 사진에 흥분하고 있다.

다마스쿠스

—— 9월 18일

이 해안에 도착한 이후 크리스토퍼와 나는 로열 스위

---

*   의도하지 않았지만 모든 상황이 저자가 말했던 대로 움직이고 있다는 비유적 표현으로 보인다.

**   네언 운송회사가 운영하던 사막 횡단 버스.

***   풀먼 컴퍼니는 미국에서 철도 붐이 일었던 19세기 중후반부터 20세기 전반까지 철도 차량을 제조한 회사인데, 이 회사는 노면전차와 트롤리 버스를 만들기도 했다.

트룸에서 소다수 한 병에 이르기까지 모든 비용을 절반으로 줄이는 방법을 알게 되었다. 우리의 이 기술은 바알벡 Baalbek*의 호텔에서 훌륭하게 사용되었다.

"저 방이 400피아스터piastre**라고요? 400? 맙소사! 갑시다! 차 불러요. 350피아스터? 150피아스터라고 말씀하시는 거겠죠? 350피아스터라고요? 귀먹었어요? 안 들리나요? 150피아스터라고 했잖아요. 가겠어요. 다른 호텔도 있으니까요. 자, 짐을 실읍시다. 바알벡에 더 머물러야 하는지 의문이군요."

"하지만 선생님, 여긴 일류 호텔입니다. 아주 훌륭한 저녁 식사가 다섯 가지 코스로 제공됩니다. 여긴 가장 좋은 방입니다. 욕실도 딸려 있고 유적지의 전망이 한눈에 보이지요."

"세상에, 유적지가 당신 것이오? 공기까지 돈을 내야 하나요? 저녁 식사로 다섯 가지 코스는 너무 과하고 목욕도 안 할 것 같네요. 아직도 300이라니! 더 내려요. 조금 더 내리라니까요. 250이라, 좀 낫네요. 하지만 나는 150이라고 했잖소. 그럼 200으로 하죠. 나머지 50은 당신이 지불

---

*   레바논의 베카Beqaa 계곡에 있는 도시로 그리스와 로마 시대에는 헬리오폴리스Heliopolis라는 이름으로 알려졌었다.

**   주로 중동과 북아프리카에서 사용되었던 화폐단위. 그 가치는 지역과 역사적 맥락에 따라 달라진다.

해야 할 겁니다. 그럴 거죠? 그럼 200? 싫어요? 알았어요. (아래층으로 내려가 밖으로 나가려 한다.) 안녕히 계시오. 뭐라고요? 못 들었어요. 200이라고요? 내 그럴 줄 알았어."

"위스키와 소다는 얼마죠? 50피아스터라. 정말 50피아스터네요. 우리가 누구라고 생각하는 거요? 아무튼 당신은 항상 위스키를 너무 많이 주는군요. 50피아스터가 아니라 15피아스터 내겠소. 웃지 마시오. 딴 데로 도망가지 말고요. 난 정확히 이만큼의 위스키를 원해요. 더도 말고 덜도 말고 딱 반만요. 30이라고요? 50의 반이 30입니까? 계산이 안 돼요? 그래, 소다수. 이제 20, 아니, 25가 아니라 20이오. 25는 위스키고. 이 두 가지는 다르잖소. 당장 병을 가져오세요. 그리고 이제 왈가왈부하지 맙시다."

다섯 가지 코스로 구성된 저녁 식사를 하는 동안 우리는 그 남자에게 육즙이 가득한 새 요리에 대해 칭찬했다.

"자고새입니다, 선생님." 그가 대답했다. "작은 우리에 넣고 살찌우죠."

유적지 입장료는 1인당 5실링이었다. 베이루트에 전화를 걸어 이 요금을 깎은 후, 우리는 걸어서 유적지를 방문했다.

"가이드 필요하신가요, 무슈?"

침묵.

"가이드 필요하신가요, 무슈?"

침묵.

"무엇을 하고 싶으세요, 무슈?"

침묵.

"어디에서 오셨습니까, 무슈?"

침묵.

"어디로 가시겠습니까, 무슈?"

침묵.

"무슨 볼일 있으세요, 무슈?"

"아니요."

"바그다드에 일이 있으십니까, 무슈?"

"아니요."

"테헤란 Teheran*에 일이 있으십니까?"

"아니요."

"그럼 무슨 일을 하십니까, 무슈?"

"시리아 여행 중입니다."

"해군 장교입니까, 무슈?"

"아니요."

"그럼 당신은 누구세요, 무슈?"

---

* 이란의 수도. 기원전 6000년경부터 사람이 살았다고 하며 13세기 이 지역의 중심지였던 라이Ray가 몽골의 침입으로 파괴되면서 도시가 생겨났다. 1796년 카자르 왕조의 수도가 되면서 오늘날의 테헤란으로 성장했다.

"남자요."

"뭐라구요?"

"HOMME(남자)."

"알았습니다. 관광객님."

'여행가 voyageur'라는 말조차 구식 표현이라 이제는 잘 사용하지 않는데, 그럴 만한 이유가 있다. 그 단어에는 칭찬의 뉘앙스가 깃들어 있기 때문이다. 자고로 여행자란 지식을 찾아 떠나는 사람이며, 현지인들은 자신들의 지역적 관심사로 그들을 즐겁게 해주는 것을 자랑스럽게 여겼다. 유럽에서 이러한 상호 감사의 태도가 사라진 지는 오래되었다. 유럽에서 '관광객'은 이제 특이한 현상이 아니다. 그저 풍경의 일부일 뿐이며 열 명 중 아홉 명은 여행 비용 외에 지출할 돈도 거의 없다. 그러나 여기서 관광객은 여전히 이례적인 존재다. 사업상의 이유로 런던에서 시리아로 왔다면 틀림없이 부자일 것이다. 사업과 무관하게 멀리까지 올 수 있다면 틀림없이 굉장한 부자일 것이다. 하지만 그가 그 장소를 좋아하든 말든, 방문의 이유가 무엇이든 누구도 신경 쓰지 않는다. 스컹크는 스컹크이듯 그저 수입을 얻어 낼 관광객일 뿐이다. 젖소나 고무나무처럼 착취당하기 위해 존재하는, 인간이라는 종의 기생적 변종일 뿐이다.

회전식 개찰구에서 마지막 분노가 일었다. 노쇠하고 정신이 깜박깜박하는 노인이 표를 한 장 한 장 일일이 다

쓰느라 10분이 걸렸다. 그 후 우리는 이 사소한 문제에서 벗어나 고대의 영광 속으로 걸어 들어갔다.

바알벡은 돌의 승리다. 규모에 있어서 정교한 웅장함의 승리다. 바알벡의 언어는 시각적인 언어로서, 뉴욕을 개미집처럼 왜소하게 만든다. 이 돌은 복숭아색이며 성 마틴 인 더 필즈St Martin-in-the-Fields*의 기둥이 그을음으로 얼룩져 있듯이 붉은 금색으로 얼룩져 있다. 투명하지는 않지만 자두꽃처럼 희미하게 가루가 묻어 있는 대리석같이 반들반들한 질감이다. 새벽은 복숭아빛 도는 금빛과 푸른 공기가 함께 빛나고 기둥 없는 텅 빈 바닥조차 보랏빛 깊은 창공에 대비되어 햇살을 받아 살아 있는 형체를 갖는 때로, 주피터 신전에 남아있는 여섯 개의 기둥을 올려다보기에 딱 좋은 시간이다. 고개를 들어 보라. 채석된 돌 위로 부서진 주두까지 이어지는 엄청나게 큰 거대한 수직 기둥, 집채만 한 처마 장식, 이 모든 것이 푸른 하늘을 떠다닌다. 성벽 너머로 줄기가 하얀 포플러의 푸른 숲, 그 너머로 연보라색과 파란색, 금색과 장미색으로 반짝이는 먼 레바논까지 바라보라. 그리고 산을 따라 저 멀리 빈 공간으로 시선을 옮겨 보라. 사막, 그 돌투성이의 텅 빈 바다로. 높은 곳의 공기를 마셔 보라. 부드러운 손으로 돌을 쓰다듬어 보

---

*   영국 런던 트라팔가 광장에 있는 교회.

라. 만약 거기서 무언가를 느낀다면, *관광객 여러분,* 서양에 작별을 고하고 바로 동양으로 발길을 돌리시라.

유적지가 문을 닫자, 우리는 다른 곳으로 발길을 옮겼다. 해 질 녘이었다. 신사 숙녀들이 삼삼오오 모여 개울가 잔디밭에서 피크닉을 즐기고 있었다. 어떤 이들은 대리석 분수대 옆 의자에 앉아 물담배를 피웠고, 간간이 있는 나무 아래 잔디밭에서 랜턴을 켜고 식사 중인 이들도 있었다. 별이 쏟아지고 산비탈이 검게 물들었다. 나는 이슬람의 평화를 느꼈다. 내가 이 평범한 경험을 언급하는 이유는 현재 이집트와 터키에서 이런 평화가 허락되지 않고 있기 때문이다.[*] 반면에 인도에서는 다른 모든 것과 마찬가지로 이슬람 역시 독특하게, 그리고 전적으로 인도 문화에 스며든 것처럼 보인다. 어떤 의미에서는 그렇다. 인간이나 제도 모두 정체성의 변화 없이는 압도적인 환경에 맞설 수 없기 때문이다. 개인적인 경험에 대해서도 이렇게 말할 수 있을 것이다. 페르시아에 대한 사전 지식 없이 이슬람 인도를 여행할 때, 나는 지중해가 아닌 발트해 연안에서 출발하여

---

[*] 1930년대, 이집트는 독립했음에도 영국의 영향을 크게 받고 있어 진정한 독립에 대한 열망과 군주제 역할의 변화와 관련한 불확실성이 커지고 있었다. 튀르키예의 경우, 아타튀르크의 정치사회개혁이 추진되는 과정에서 신구 갈등이 주요한 사회불안 요인이었다. 저자는 튀르키예와 이집트가 이러한 정치, 사회, 경제적 변화에 따른 불안정한 상황에 놓여 있는 것에 대해 언급한 것이다.

유럽 고전주의를 관찰하는 인도인처럼 모든 것이 낯설었다.[*]

어제 오후 바알벡에서 크리스토퍼가 무기력증을 호소하며 침대에 누워 있는 바람에 출발이 미뤄졌다. 레바논 상공이 어두워지고 몹시 추워졌다. 다마스쿠스에 도착한 그는 퀴닌 두 알을 먹고 잠자리에 들었다. 두통이 어찌나 심했는지 그는 뿔 달린 코뿔소가 된 꿈을 꿨다고 했다. 위기는 넘겼지만 오늘 아침에 일어났을 때 체온이 39도 가까이 올라갔다. 내일로 예정된 네언 버스 좌석을 취소하고 금요일 좌석을 다시 예약했다.

—— 9월 21일

한 젊은 유대인이 우리와 딱 붙어 다니게 되었다. 이게 다 호텔 종업원 중 한 사람이 히틀러를 빼닮았기 때문에 일어난 일이었다. 내가 그 사실을 이야기하자 유대인과 지배인은 물론 히틀러를 닮았다는 웨이터까지도 폭소를 터뜨렸다. 그는 거의 서 있을 수도 없을 지경이었다.

---

[*] 저자는 페르시아에 대한 사전 지식 없이 인도를 여행하는 자신이 지중해에서 꽃피운 유럽 고전주의를 전혀 다른 발트 연안에서 찾는 인도인과 유사하다고 말하면서 새롭고 낯선 문화에 적응해야 함을 강조한다.

루터와 나는 프랑스군의 폭격으로 폐허가 된 먼지투성이의 땅을 지나가고 있었다. 점쟁이가 모래 쟁반에 점을 치고 있었고, 한 가난한 여인과 쇠약해진 아이가 점괘를 기다리는 모습이 보였다. 근처에도 비슷한 점쟁이가 있었지만 사람들의 관심을 받지 못했다. 나는 그 앞에 쪼그려 앉았다. 그는 내 손바닥에 모래를 조금 쥐어 주고 쟁반에 뿌리라고 말했다. 그런 다음 모래 위에 상형문자 세 줄을 그리고 내 인내심을 시험하듯 한두 번 훑어보고 잠시 생각에 잠기더니 진하고 깊게 대각선을 그리고 나서 이렇게 말했다. 아랍인으로 변장해서 9개월 동안 메카에서 지낸 적이 있던 루터가 상당히 정확하게 통역해 주었다.

"당신에게는 당신이 좋아하고 당신을 좋아하는 친구가 있습니다. 며칠 안에 그는 여행 경비를 보내 줄 것입니다. 그는 나중에 당신과 함께 할 것입니다. 당신은 성공적인 여행을 하게 될 것입니다."

내 공감 능력은 알아서 잘 작동하는 것 같다.

우리가 묵고 있는 호텔은 알루프 씨가 소유하고 있으며 그의 자식들이 꼭대기 층에 살고 있다. 어느 날 저녁 그는 우리를 유리 케이스와 금고가 늘어선 공기가 통하지 않는 지하실로 안내했다. 여기서 그는 다음과 같은 물건을 가져왔다.

기독교 상징과 성모 수태고지 그림 도장이 찍혀 있는 커다란 은색 그릇 한 쌍.

1925년 후세인 왕의 가족이 초대 칼리프Caliph* 아부 바크르**의 유언이라고 주장하며 메디나Medina***에서 가져왔다고 전해지는 길이 약 1~1.2미터, 너비 약 45센티미터의 진흙색 천에 쓰인 문서.

달걀 껍데기처럼 얇은 짙은 파란색 유리로 된 약 25센티미터 정도 높이의 비잔틴 양식의 병. 깨지지 않았음.

갈라진 입술, 유리 눈, 밝은 푸른 눈썹을 가진 금으로 된 헬레니즘 양식의 두상.

트렁크에 담긴 금으로 된 미라.

그리고 약 24센티미터 높이의 작은 은 조각상도 있는데, 비교할 만한 것은 없지만 알루프 씨는 히타이트의 유물이라고 여긴다. 이 물건이 진품이라면 근동에서 최근 몇 년 동안 가장 주목할 만한 발견 중 하나임이 틀림없다. 어

---

*   정치와 종교 권력을 모두 장악하여 이슬람 제국을 이끄는 최고 통치자. 제4대까지 칼리프를 선출하던 시기를 정통 칼리프 시대라 하고 이후 우마이야조와 아바스조에서 세습 지위가 된다.

**   아부 바크르 압달라 빈 아비 쿠하파Abū Bakr 'Abd Allāh ibn 'Abī Quḥāfa(573~634, 재위 632~634). 이슬람 제국 제1대 정통 칼리프.

***   메카 다음가는 이슬람교 제2의 성지. 622년에 무함마드가 이곳으로 성천하여 632년 이곳에서 병사했다. 661년까지 정통 칼리프 시대의 수도였다.

깨가 넓고 엉덩이가 좁은 남자 인물상이다. 머리에는 몸만큼이나 커다란 뾰족모자를 쓰고 있다. 왼팔은 부러졌고, 오른팔은 다친 뿔 달린 황소와 홀笏을 들고 있다. 허리에는 철사로 된 띠를 둘렀다. 이 철사와 홀, 황소 꼬리와 뿔, 모자는 모두 금으로 만들어졌다. 금이 어찌나 유연한지 알루프가 홀을 쉽게 직각으로 구부렸다가 다시 곧게 펼 수 있을 정도였다. 하지만 아무리 설득해도 유물 사진 찍는 것을 허락해 주지 않았다. 그 지하실에서 언제 어떻게 그것을 빼낼지 궁금하다.

수요일이 되자 크리스토퍼가 기운을 회복했다. 루터는 우리를 데리고 엘 하즈 모하마드 이븐 엘 바삼의 집에 차를 마시러 갔다. 그는 일흔의 노인으로 베두인Bedouin*의 옷을 입고 있었다. 그의 가족은 도티**와 친분이 있었고 아랍문화 애호가들 사이에서 유명했다. 전쟁 당시 낙타로 큰 돈을 번 그는 전쟁이 끝난 후 독일 마르크화 투기로 4만 파운드를 잃었다. 우리는 대리석 테이블에서 차를 마셨는데, 의자는 앉으면 우리 턱이 테이블에 닿을 정도로 낮았다.

---

*   중동 사막 지역에서 유목 생활을 하는 아랍인. 종교는 이슬람이다.

**   찰스 몬터규 도티Charles Montagu Doughty(1843-1926). 영국의 시인, 작가, 탐험가이자 여행가. 1870년대 중동 지역을 여행했으며 한동안 베두인과 함께 생활하기도 했다.

웅성거림과 침을 꿀꺽꿀꺽 삼키는 듯한 아랍어 대화 소리를 듣다 보니 저절로 윈스턴 처칠이 연설하는 모습이 떠올랐다.

아랍인들은 우리보다 프랑스인을 더 미워한다. 그럴 만한 더 많은 이유가 있지만 그들은 더 예의 바르게 행동한다. 다시 말해 유럽인을 만나면 그들이 어디까지 참을 수 있는지 시험해 보려 하지 않는다. 덕분에 방문객에게 다마스쿠스는 기분 좋은 도시가 된다.

이라크 IRAK*

바그다드 Baghdad**(35미터)

—— 9월 27일

지구상에서 이 장소를 매력적으로 만들 수 있었던 것은 역설적이게도 바로 이곳으로 오는 우리의 험난한 여정 그 자체였다. 우리는 2인승 뷰익의 뒤쪽 임시 좌석에 부착한 바퀴가 두 개 달린 바나나 모양의 텐더tender***를 타고

---

*   문명의 발상지인 메소포타미아의 티그리스강과 유프라테스강 유역을 중심으로 발전했던 국가다. 서기 7세기에 이슬람 세력이 페르시아 지역을 차지한 후 이슬람 문화의 황금기를 이루었다. 1258년 몽골 제국에 의해 크게 파괴된 이후 쇠퇴를 거듭하여 16세기부터 이라크 일대는 오스만 제국의 통치하에 들어간다. 제1차 세계대전 중 영국인들이 이라크를 점령했다.

**   이라크의 수도. 고대 메소포타미아에서 가장 오래된 도시 중 하나로 8세기 아바스 왕조의 수도가 되면서 중국의 장안, 동로마 제국의 콘스탄티노플 등과 더불어 동서 무역의 중심지로 번성했다.

***   주요 작업선에 물자를 공급하거나 닻을 옮기는 데 사용하는 보조선 혹은 기관차 뒷부분에 연결해 기관차에 보급할 연료 및 물을 적

여행했다. 우리는 이 차를 완곡하게 에어로 버스라고 불렀다. 모든 대형 버스의 아버지라 할 만한 더 큰 버스가 뒤를 따랐다. 차는 먼지 때문에 밀폐되어 있었는데 식수 탱크에서 물이 새는 바람에 질퍽거리는 채, 시속 64킬로미터로 길도 없는 사막을 가로질러 덜컹거리며 달렸다. 햇살은 채찍처럼 내리쬐고, 돌멩이가 얇은 차 바닥에 계속 부딪히는 소리에 귀가 먹먹해지고, 땀범벅이 된 동료 다섯 명이 뿜어내는 냄새에 숨이 막혔다. 정오에 우리는 점심을 먹기 위해 차를 세웠다. 식사는 '웃는 얼굴 서비스'라고 적힌 판지 상자에 담겨 제공되었다. 만약 우리가 여기서 운송업을 했다면 '찌푸린 얼굴 서비스'가 될 뻔했다. 버터를 싼 종이와 달걀 껍데기가 온 데 흩날리며 아라비아 시골을 망쳐 놓았다. 해 질 무렵 우리는 룻바Rutbah에 도착했다. 내가 1929년 인도로 가는 길에 여기서 점심을 먹은 이래로 룻바는 쿨리coolie* 집단과 야영지로 둘러싸여 있었다. 이는 모술Mosul 파이프 라인**의 결과물이다. 이곳에서 우리는 식사를 했는데 위스키와 탄산음료는 각각 6실링이었다. 밤이 되자 우리의 영혼은 고양되었다. 창문으로 달이 비쳐

재하는 차량. 여기서는 자동차에 부착하는 보조 공간을 가리킨다.

* 아시아 지역, 주로 중국이나 인도 출신의 비숙련 노동자.

** 이라크의 키르쿠크Kirkuk에서 레바논의 트리폴리Tripoli까지 이어진 송유관. 1930년대에 건설되었으며 이라크에서 지중해 연안까지 원유를 운송할 목적으로 만들어진 중요한 인프라 시설이다.

들었고 물라 부인의 선창으로 이라크인 다섯 명이 노래를 불렀다. 우리는 장갑차 호송대 옆을 지나쳤는데 이 호송대는 파이살 국왕의 장례식을 마치고 돌아오는 파이살의 형제들, 알리 전 국왕과 에미르 압둘라Emir Abdullah를 호위하고 있었다. 새벽이 밝아오자 황금빛 사막이 아니라 끝없이 펼쳐진 진흙탕이 드러났다. 바그다드에 가까워질수록 더 황량해졌다. 지금까지 수줍어 얘기를 잘 안 하던 물라 부인은 두꺼운 검은 베일로 자신의 매력을 숨겼다. 남자들은 검은색 작업 모자를 썼다. 9시가 되었을 무렵, 아라비안나이트의 도시가 적막한 거리를 펼쳐 놓자 우리는 런던의 에지웨어 로드Edgeware Road의 끝자락에 서 있는 듯한 기분이 들었다.

메소포타미아가 한때 풍요로웠고 훌륭한 예술과 발명품을 만들어 냈으며, 수메르Sumer,* 셀레우코스Seleucos 왕조,** 사산Sasan 왕조를 호의적으로 대했다는 사실을 떠올린다 해도 별로 위안이 되지 않는다. 메소포타미아 역사

---

* 고대 메소포타미아 남부 지역을 중심으로 수메르인이 일으킨 고대 문명. 문자와 청동기를 바탕으로 도시 국가를 건설했다.

** 알렉산더 대왕의 헬레니즘을 계승한 왕국 중 하나(기원전 312~기원전 63)로, 알렉산더 대왕이 신임했던 장군인 셀레우코스 1세 니카토르Seleucus I Nicator가 기원전 312년에 세운 제국이다. 현대 튀르키예, 이란, 이라크, 시리아, 중앙아시아 일부 지역에 이르는 광대한 지역을 지배했다.

에서 가장 중대한 사실은 13세기에 훌라구*가 관개 시스템을 파괴했다는 것이다. 그날부터 지금까지 메소포타미아는 진흙의 유일한 장점인 식생의 비옥함을 잃고 그저 진흙땅으로만 남아 있었다. 이 진흙 평원은 어찌나 평평한지 드물게 있는 도랑의 물줄기 옆에 한쪽 다리로 쉬고 있는 왜가리 한 마리가 무선 안테나만큼 높아 보일 정도다. 이 평원에 진흙 마을과 진흙 도시가 세워진다. 강은 진흙물을 싣고 흐른다. 공기는 기체로 정제된 진흙 같다. 사람들도 진흙색이고 진흙색 옷을 입는다. 그들의 민족 전통 모자는 형식화된 진흙 파이에 불과하다. 사람들은 바그다드가 신의 특혜를 받은 땅의 수도라고 생각할지도 모르겠다. 하지만 진흙 안개 속에 숨어 있으며 기온이 섭씨 43도 정도 이하로 떨어지기만 해도 주민들은 추위를 호소하며 모피를 꺼내 입는다. 지금 이 도시를 유명하게 한 단 한 가지는 바로 치료하는 데 9개월이나 걸리고 흉터를 남기는 종기다.

나보다 이곳을 더 싫어하는 크리스토퍼는 테헤란에 비하면 이곳은 천국이라고 말한다. 사실 그가 페르시아에 대해 내게 말한 모든 것을 믿었다면 내일 페르시아로 향하

---

*   훌라구 칸Hulagu Khan(1217년경~1265, 재위: 1256~1265). 칭기스칸의 손자로 몽골의 통치자. 훌레구 울루스(일 한국)의 초대 칸이다. 몽골 제국을 중앙아시아, 중동 지역까지 확장하는 데 성공했다. 특히 이슬람 제국의 수도 바그다드를 점령하고 아바스 칼리프 왕조를 정복했다.

는 우리의 출발은 유배 선고라고 생각해야 할 것이다. 나는 믿지 않는다. 크리스토퍼는 페르시아를 사랑하기 때문이다. 그는 점잖은 중국인처럼 이렇게 말한다. 그의 아내의 안부를 물어보면 그는 그 허수아비 같은 마누라가 정말 죽지도 않는다고 답할 것이다. 무슨 말이냐면 그의 존경스럽고 아름다운 아내가 건강하다는 뜻이다.

이 호텔은 불쌍하고 싸우기 좋아하는 작은 아시리아인들이 인정 넘치게 운영하고 있다. 그들은 여전히 반쯤은 삶에 대한 공포 속에 살고 있다. 내가 바그다드 사람에게 맡기고 싶은 사람이 딱 한 명 있는데 다우드Daood(다비드)라는 약삭빠른 젊은이다. 그는 테헤란으로 가는 모든 차의 가격을 올려놓고 크테시폰Ctesiphon 개선문*을 "멋진 쇼, 선생님. 훌륭한 쇼"라고 말했다.

이 개선문은 지상에서 3.81미터 높이로 솟아 있으며 폭은 약 25미터다. 진흙으로 만들어졌는데도 1,400년 동안 끄떡없었다. 한쪽 측면이 아닌 양 측면과 아치 앞면까지 보여 주는 사진도 있다. 바그다드에서 벗어나자, 전체적으로 보면 잘 구워지지 않은 벽돌이 희끄무레한 담황색

---

*   크테시폰은 페르시아의 도시 중 하나로 아르사케스 왕조와 사산 제국의 수도였다. 크테시폰의 개선문은 이 고대 유적지에 남아 있는 건축물로 타크 카스라Tag Kasra라고 불린다..

의 아름다운 색을 띠고 파란 하늘과 어우러져 있다. 이곳의 기단은 최근 수리를 마쳤는데, 아마 건축된 이후 처음일 것이다.

이곳 박물관에는 경비가 있는데, 그들은 우르Ur*의 보물을 안전하게 지키기 위해서가 아니라 방문객들이 진열장에 기대다 황동을 더럽힐까 봐 지키고 서 있는 것이다. 전시물 중 골무보다 큰 것은 하나도 없어 우르의 보물을 보지는 못했다. 바깥쪽 벽에는 파이살왕이 거트루드 벨**을 기리기 위해 세운 기념비가 있다. 나는 파이살왕이 그 비문을 읽으라는 뜻에서 새겼다고 생각하고 비문을 읽으려고 가까이 다가갔다. 그러자 경찰 네 명이 소리를 지르며 나를 끌어냈다. 나는 박물관 관장에게 이유를 물었다. "시력이 나쁘면 특별 휴가를 받으면 됩니다"라고 그가 톡 쏘아붙였다. 다시 한 번, 이런 아랍의 매력이라니.

우리는 피터 스칼릿과 함께 식사했는데, 그의 친구인 워드는 파이살의 장례식에 갔다가 있었던 일을 이야기해 주었다. 그날은 타는 듯 더웠는데 한 덩치 큰 흑인이 고관

---

* 이라크 남부에 위치한 수메르의 도시 유적지.

** 거트루드 마거릿 로시언 벨Gertrude Margaret Lowthian Bell (1868~1926). 영국의 고고학자, 정치가, 여행가로 여섯 차례에 걸쳐 팔레스타인, 시리아, 이라크를 방문하여 기록으로 남겼다. 20세기 초 영국의 중동 정책과 이라크 국가 건립에 영향을 미쳤다.

전용 구역 안으로 들어갔다가 잠시 후 쫓겨났다. 영국군 사령관은 "빌어먹을, 관리인들이 내 그늘을 빼앗아 갔어"라고 소리쳤다고 한다.

점쟁이의 예언대로 돈이 나를 기다리고 있었다.

2부

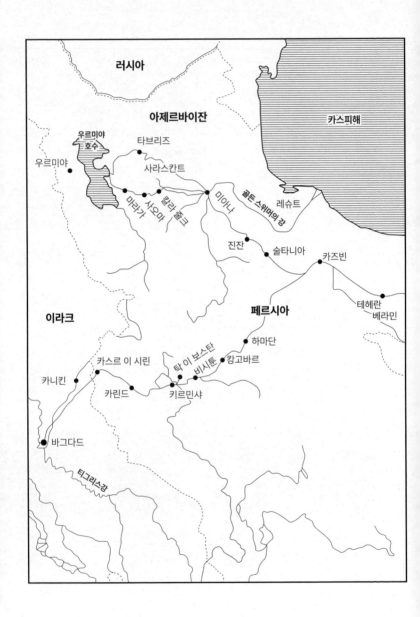

러시아

아제르바이잔

카스피해

우르미야 호수

타브리즈

우르미야

사라스칸트

미아나

골든 스위머의 강

레슈트

마라가

사오마

킬란챠크

진잔

술타니아

카즈빈

이라크

페르시아

테헤란
베라민

하마단

카스르 이 시린

탁 이 보스탄

비시툰

캉고바르

카니킨

카린드

키르민샤

바그다드

티그리스강

페르시아 PERSIA*

키르만샤 Kirmanshah**(1,490미터)

—— 9월 29일

우리는 어제 스무 시간 동안 이동했다. 이동보다도 논쟁하느라 더 힘들었다.

타는 듯 뜨거운 먼지 폭풍이 카니킨Khanikin으로 향하는 길 내내 우리를 휘감았다. 탁한 먼지 바람 사이로 언덕이 줄지어 나타났다. 크리스토퍼가 내 팔을 붙잡고 "이란의 성벽!"이라고 엄숙하게 말해 주었다. 잠시 후 우리는 작은 언덕을 넘어 다시 평지에 도착했다. 상큼

---

* 원래 서양에서 '이란 민족'을 뜻하는 말로, 오늘날 이란 영토에 근거를 두고 발흥했던 여러 왕조를 가리킨다. 지역적으로는 현대 이란에 해당하는 남서아시아 지역을 이른다. 1935년 팔라비 왕조의 레자 샤가 국명이 페르시아가 아니라 이란임을 공식적으로 확인하고 대외적으로도 이란으로 통일했다.

** 이란 케르만샤Kermanshah주의 주도.

한 신록의 오아시스가 마을과 국경을 알려 줄 때까지 이렇게 언덕과 평지를 오가는 일이 8킬로미터마다 반복되었다.

페르시아와 이라크가 서로 상대국 운전기사의 입국을 거부했기 때문에 여기서 우리는 차를 갈아탔다. 그 일만 빼면 우리의 입국 수속은 호의적이었다. 페르시아 관리들은 이 넌더리 나는 세관 관습에 대해 우리에게 동정심을 표하면서 우리가 세 시간 동안 머물 수 있게 해주었다. 내가 일부 사진과 의약품에 부과되는 관세를 지급하자 그들은 마치 공작 부인이 자선 단체를 위해 기부금을 모금할 때 그 액수에 신경 쓰지 않는다는 듯 쳐다보지도 않고 돈을 가져갔다.

나는 크리스토퍼에게 "샤는 왜 저런 모자를 쓰게 하죠?"라고 사람들의 옷차림을 흉봤다.

"쉿. '샤'라는 말은 입 밖에 내지 마세요. 그냥 스미스 씨라고 부르세요."

"스미스 씨는 무솔리니예요. 이탈리아에서 항상 그렇게 부르거든요."

"음, 브라운 씨는 어때요?"

"그건 러시아에서 스탈린을 부르는 이름이에요."

"그럼 존스 씨?"

"존스도 별로예요. 프리모 데 리베라*가 죽었으니 그건 히틀러에게 돌아가야 할 별칭이죠. 하여간 이런 평범한 이름들이랑 헷갈리네요. 누가 누군지 기억하려면 마조리 뱅크스**라고 부르는 게 좋겠어요."

"알았어요. 일기장을 압수당할 경우를 대비해서 당신도 그렇게 쓰도록 해요."

앞으로 그래야겠다.

경찰이 테헤란에 가는 허가증을 내줄 동안 우리는 카스르 이 시린Kasr-i-Shirin***에서 한 시간을 더 보냈다. 그때 이란의 웅장함이 펼쳐졌다. 뒤에서는 지는 해가, 앞에서는 떠오르는 달이 비추는 가운데 둥근 산기슭의 광활한 파노라마가 사산 제국****의 폐허에서 멀어져 갔고 마을 여기

---

*   미구엘 프리모 데 리베라Miguel Primo de Rivera(1870~1930). 스페인 제2공화국의 정치가이자 파시스트 정당 팔랑헤당의 지도자.

**   이후 저자는 이 여행기에서 페르시아의 통치자를 지칭할 때 마조리뱅크스Marjoribanks라고 한다. 당시 페르시아의 왕은 레자 샤 팔라비Reza Shah Pahlavi(1878~1944, 재위: 1925~1941)로, 이란제국 초대 샤다. 개혁을 추진하고 열강과의 불평등한 조약을 무효화하는 등 이란의 민주화와 외세로부터의 독립을 추진한 것으로 평가받는다. 그러나 내정에 있어서는 심한 황제 독재로 반발을 샀다.

***   이란 케르만샤주의 도시.

****   아르다시르 1세가 기원전 208~224년에 왕조를 개창하여 기원후 651년 아랍에 의해 멸망할 때까지 존속했던 마지막 페르시아 제국이다. 장기간 이어진 비잔틴 제국과의 전쟁과 이슬람화된 아랍족의 도전을 받아 몰락했다.

저기서 호박색 불빛이 반짝였다. 저 멀리서 웅장한 산봉우리들이 솟아오르더니 마침내 진짜 성벽이 모습을 드러냈다. 우리는 생기를 불어넣어 주는 신선한 공기를 뚫고 속도를 올렸다 늦추었다 하면서 산기슭까지 내달렸다. 그리고 삐죽한 소나무가 별무늬를 만들어 내면서 빼곡하게 자라고 있는 뾰족한 산봉우리 사이로 난 길까지 계속 올라갔다. 반대편에 있는 카린드Karind*에서 우리는 시냇물과 귀뚜라미의 음악을 들으며 식사를 했다. 달빛에 물든 포플러 정원을 바라보며 달콤한 포도도 한 바구니나 먹었다. 방에는 인쇄물이 하나 걸려 있는데, 한 페르시아 여성이 마조리뱅크스의 품에 안겨 있고 그 위로 크테시폰 개선문 꼭대기에서 이 모습을 만족스럽게 내려다보고 있는 잠시드Jamshyd,** 아르타크세르크세스Artaxerxes,*** 다리우스Darius****가 그려진 그림이었다.

---

*   케렌드 이 가르브Kerend-e Gharb. 이란 케르만샤주의 도시.

**   고대 페르시아 신화에 나오는 인물. 피르다우시의 서사시 「샤나메 Shahnameh」에 따르면 신화적인 피슈다드 왕조의 제4대 왕으로 알려져 있다.

***   고대 페르시아 제국 아케메네스 왕조의 왕. 이 이름을 가진 왕은 여러 명이 있는데, 그중에서 많은 내부 반란과 그리스와의 전쟁을 종결하고 비교적 안정된 시기를 이끌었던 아르타크세르크세스 1세 (?~기원전 424년, 재위: 기원전 465~기원전 424)를 말하는 것으로 보인다.

****   다리우스 1세(기원전 550~기원전 486, 재위: 기원전 522~기원전 486). 고대 페르시아 제국의 전성기를 이끌었던 아케메네스 제국의 제3대 샤한샤다. 중앙집권체제를 강화하고 왕조의 전성기를 확립했다.

테헤란(1,190미터)

—— 10월 2일

키르만샤에서 운전기사는 자신의 기분을 내비쳤다. 그는 하마단Hamadan에서 하룻밤을 보내는 대신 카즈빈 Kazvin에서 자고 싶어 했다. 이유를 밝히지 않았는데, 이유가 있는지조차 의심스러웠다. 그는 그저 이 인형보다 저기 다른 인형을 원하는 아이 같았다. 호텔의 전 직원이 끼어들기 시작한 논쟁을 끝내려고 나는 아침에 탁 이 보스탄 Tak-i-Bostan으로 갔다. 결국 그날 우리는 하마단보다 더 멀리 갈 수 없었다.

탁 이 보스탄 동굴에서 작업한 조각가는 한 명 이상일 게 틀림없다. 아치 위의 천사들은 콥트Copt교도*의 얼굴을 하고 있으며, 그들이 입은 옷은 르네상스 시대의 청동 메달처럼 얇고 섬세하게 조각되어 있었다. 아치 내부의 측면 패널은 천사들 조각보다 더 도드라진 부조로 되어 있지만, 완성도는 서로 달랐다. 왼쪽 패널은 정교하게 마무리된 반면, 반대쪽 패널은 미완성이었으며 다소 평평한 평면에 조각되어 바위에 돋을새김된 것이 아니라 마치 바위에 붙여 놓은 것처럼 보인다. 그리고 그 뒤쪽에는 움직이는 영화처

---

*   주로 이집트의 기독교 신자를 말한다.

럼 사냥과 궁정 장면이 확연하게 대조를 이루고 있다. 그 가운데에 공허한 무자비함을 지닌 말 탄 왕의 거대한 형상이 서 있다. 독일 전쟁 기념비를 생각나게 한다. 이것은 전형적인 사산 제국 양식이다. 나머지 예술가들이 페르시아인이었다는 것은 결코 믿기 어렵다.

동굴은 거대한 산 절벽 아래쪽을 깎아 만들었으며 앞쪽 저수지에 비쳐 보인다. 그 옆에는 무너진 유원지가 있는데, 숙녀 한 무리가 소풍을 즐기고 있었다. 끄트머리가 밖으로 삐져나온 더러운 셔츠, 라일락색 새틴으로 만든 무릎까지 오는 헐렁한 바지, 바지 아래로 라일락색 고무줄로 고정한 면 스타킹을 입은 길쭉하고 날카롭게 생긴 얼굴의 신사가 합류하면서 비로소 그곳은 낭만적인 장소가 되었다.

우리는 핏빛 바위 위에 책의 낱장처럼 조각하여 새긴 위대한 설형문자 비문을 보려고 비시툰Bisitun*에서 잠시 더 머물렀다. 그리고 헬레니즘 양식의 신전 잔해와 우리에게 벽돌을 던진 어린이들 한 무리 말고는 아무것도 없는, 폐허가 된 작은 동네 캉고바르Kangovar에서도 좀 지체되었다. 하마단에서는 에스터와 아비센나Avicenna의 무덤 대신 12세기 셀주크 왕조의 묘인 굼바드 이 알라비얀Gumbad-i-

---

*　　이란 케르만샤주 동부에 있는 마을. 비수툰 산의 다리우스 1세 시대에 만들어진 설형문자 비문으로 유명하다.

Alaviyan을 방문했다. 건물 외벽의 채색되지 않은 스투코* 패널은 부풀리고 구멍을 뚫어 만든 식물 문양으로 풍성하게 장식되어 있었다. 베르사유 궁전 버금가게 격식을 갖추고 풍요로운, 아마도 그들의 경제력을 고려하면 더 풍요로운 곳일지도 모른다. 세상의 부 대신 끌과 석고 덩어리로 이루어 낸 화려함이기 때문에, 디자인 하나만으로도 이미 눈부시다. 이것은 마침내 이슬람 예술에 관한 한 알함브라와 타지마할의 맛을 잊게 한다. 나는 페르시아에 와서 그 맛을 지워 냈다.

그날의 여정은 짜릿한 쾌감을 선사했다. 우리는 산을 오르내리고 끝없이 펼쳐진 평원을 가로지르며 여기저기 부딪히면서 나아갔다. 태양이 우리의 살갗을 태워 벗겼다. 사막 위를 악마처럼 춤추는 거대한 먼지 소용돌이가 질주하던 쉐보레를 멈춰 세우고 우리를 숨 막히게 했다. 갑자기 저 멀리 계곡 건너편, 당나귀 위에서 흔들거리는 청록색 항아리가 번쩍였다. 항아리의 주인은 더 칙칙한 파란색 옷을 입고 그 옆을 걸어가고 있었다. 거대한 돌무더기 속에서 길을 잃은 그 둘을 보면서 나는 왜 파란색이 페르시아의 색인지, 왜 페르시아어에서 파란색이 물을 뜻하는 단어인지 이해하게 되었다.

---

* 건축의 천장, 벽면, 기둥을 칠하는 치장 벽토로 석회 또는 석고를 주재료로 한다.

우리는 밤에 수도에 도착했다. 지평선에는 우리에게 미리 언질을 주는 희미한 불빛 하나 보이지 않았다. 그런데 갑자기 나무와 집들이 우리 주변에 나타났다. 낮에는 발칸 반도 같은 느낌이 좀 나는 곳이다. 하지만 하늘의 절반을 차지하는 엘부르즈Elburz산맥*은 그 산맥을 마주하는 거리에 놀라운 매력을 선사한다.

—— 10월 3일

영국 클럽에서 우리는 페르세폴리스Persepolis**에서 헤르츠펠트***의 조수로 일하고 있는 크레프터****가 미국 제

---

*   테헤란 북쪽에 자리한 산맥으로 아제르바이잔 국경에서 카스피해까지 동서로 뻗어 있다.

**   현재 이란 시라즈 북동쪽에 위치한 고대 유적지로, 고대 페르시아의 아케메네스 왕조(기원전 550년경~기원전 330)의 수도였다. 페르시아인의 도시라는 뜻의 파르사Pārsa에서 기원한 이름이다. 다리우스 1세 때부터 본격적으로 왕궁을 건설하기 시작해서 그의 아들 크세르크세스 1세가 완성했다. 반 인공, 반 천연의 기단 위에 세워진 거대한 왕궁단지다. 기원전 333년 알렉산더 대왕의 페르시아 침입으로 폐허가 되었다.

***   에른스트 에밀 헤르츠펠트Ernst Emill Herzfeld(1879~1948). 독일의 고고학자이자 이란학 연구자.

****   프리드리히 크레프터Friedrich Krefter(1898~1995). 독일의 고고학자

1차관 워즈워스와 깊은 대화를 나누고 있는 것을 보았다. 두 사람 모두 너무 흥분한 나머지 비밀을 떠들어 댔는데, 내용인즉슨 헤르츠펠트가 해외에 가고 없는 동안 크레프터가 다리우스가 페르세폴리스를 세웠다는 기록이 담긴 금과 은으로 된 명판을 여러 개 발굴했다는 것이었다. 그는 이론 수학으로 그들의 위치를 계산한 다음 구덩이를 파 보니 돌 상자 안에 그 명판들이 놓여 있었다고 했다. 그는 마지못해 우리에게 사진을 보여 줬는데, 고고학적인 질투와 의심이 그의 눈을 스쳐 지나갔다. 헤르츠펠트는 페르세폴리스를 자신의 사유지로 삼은 뒤 그곳에서 누구도 사진을 찍지 못하게 하는 것 같다.

오후에 나는 예의 바르고 몸집이 작은 노신사 미르자 얀츠를 방문했다. 우리는 그의 서재에 앉아 그가 직접 심은 제라늄과 피튜니아가 피어 있는 정원과 둥근 연못을 바라보고 있었다. 그는 이스파한Isfahan* 외곽에 있는 아르메니아인의 거주지 줄파Julfa의 대리인으로, 바이런이 저술한 『해적The Corsair』을 아르메니아어로 번역했다. 바이런은 베

이자 건축역사가. 에른스트 헤르츠펠트의 조수로 이란에서 고고학 발굴에 참여했다.

* 테헤란 남쪽 이란고원에 위치하는 교통의 요지로 도시의 역사는 아케메네스 왕조까지 거슬러 올라가며 칭기즈칸, 티무르에게 약탈당하기도 했다. 1598년 아바스 1세 때 사파비 왕조의 수도가 되었으며 페르시아의 도시 모습을 가장 잘 간직하고 있는 곳이다.

네치아에 있는 아르메니아 수도원을 알렸다는 이유로 아르메니아 국민의 사랑을 받고 있다. 우리는 페르시아인 대부분이 (글자 그대로나 은유적으로나) 동맹국*에 돈을 걸었던 전쟁에 대해 이야기했다. 해군에 대한 개념이 없던 그들은 영국이 200파르사흐farsakh** 떨어진 독일에 어떤 피해를 입힐 수 있는지 상상할 수 없었다. 미르자 얀츠는 좀 더 멀리 내다보았다.

"저는 사람들에게 다음과 같은 이야기를 하곤 했습니다. 바스라Basra에서 바그다드로 여행하던 중 며칠 동안 한 이슬람 지도자와 함께 머물렀는데, 그는 저를 대접하기 위해 최선을 다했습니다. 그는 부자였는데, 저에게는 춤을 추듯 까딱거리는 아름다운 회색 암말을 타게 하면서 자신은 기운 없는 검은 암말을 타고 조용히 제 옆을 따라왔습니다. 그래서 제가 그에게 '내게는 이토록 훌륭한 말을 주시면서, 당신은 왜 머리를 축 늘어뜨리고 다니는 느린 검은 암말을 타십니까?' 하고 물었지요.

그러자 셰이크sheikh***는 '제 말이 느리다고 생각하십니까? 경주 한번 해봅시다'라고 말했습니다.

---

*   제1차 세계대전에서 연합국의 반대 진영 국가를 가리키는 말로, 독일, 오스트리아-헝가리, 오스만, 불가리아를 가리킨다.

**   고대 페르시아의 거리 단위. 1파르사흐는 약 6.4킬로미터에 해당한다. 200파르사흐는 약 1,280킬로미터다.

***   아랍어로 부족의 수장이나 족장을 일컫는 말이다.

처음 400미터 동안은 내가 앞서 나갔습니다. 그러다 주위를 둘러보았죠. 셰이크가 손을 이렇게 움직이면서 말했습니다. '계속 가십시오. 계속.' 저는 계속 달렸습니다. 잠시 후 나는 검은 암말이 다가오고 있다는 것을 알아차렸습니다. 말에 박차를 가했지만 소용이 없었지요. 검은 암말은 여전히 기운이 없는 듯 다리 사이에 머리를 처박은 채 저를 지나쳤습니다. 나는 사람들에게 회색 암말은 독일, 검은 암말은 영국이라고 말하곤 합니다."

굴헥Gulhek*(1,370미터)

—— 10월 5일

나른한 아침이다. 로지아**의 차양막을 가리는 나무들. 나무 사이로 보이는 산과 푸른 하늘. 언덕에서 흘러내린 물줄기가 푸른 타일이 깔린 연못에 잔물결을 일으킨다. 축음기에서 흘러나오는 「마술피리」. 이곳은 테헤란의 심라Simla***다.

---

*   오늘날의 골학Gholhak. 이란 테헤란주에 있는 소도시.

**   한쪽 면 혹은 그 이상이 정원이나 외부와 연결되도록 트인 방이나 복도.

***   인도 북부의 히마찰프라데시주의 주도로 히말라야 산기슭에 있다. 1864년 영국령 인도의 여름 수도로 선포되어 매년 여름 콜카타(과

아시리아인들의 대피를 도와준 공군 장교가 2주 전에 바그다드에서 가방을 가져왔다. 그는 자신과 동료 장교들이 소문대로 아시리아인들을 폭격하라는 명령을 받았다면 사임했을 것이라고 말했다. 그들이 착륙한 모술 근처 비행장에는 대부분 성기에 총을 맞은 시체가 흩어져 있었다. 그 영국인들이 그들을 땅에 묻어 주어야 했다. 마을 쪽에서 바람이 불어 끔찍한 악취가 났고, 그 냄새는 나이 든 장교들에게 전쟁을 떠올리게 했다. 그들은 시체 사진을 찍었지만 바그다드로 돌아갈 때 압수당했고, 본 것을 말하지 말라는 명령을 받았다. 그는 이 같은 잔혹 행위를 은폐하여 영국의 체면을 지키려 한 것에 다른 누구라도 그러하듯 격렬하게 분노했다.

점심 식사 때 우리는 이스파한 근처에서 야생 당나귀를 쫓고 있는 미국인 사냥꾼 와일리 씨를 만났다. 대화는 카스피 호랑이와 물개, 야생마와 페르시아 사자로 이어졌다. 호랑이와 물개는 꽤 흔하다. 야생마는 2년 전 독일인이 쏜 총에 맞았다고 하는데, 안타깝게도 독일인의 하인들이 야생마의 고기뿐만 아니라 가죽까지 먹어 버려 아무도 그 야생마를 보지 못했다고 한다. 마지막 사자는 슈스타르Shustar 근처에서 있었던 전쟁 중에 목격되었다.

거 캘커타)의 수도 기능을 이곳으로 옮겼다.

정원과 과수원을 지나 헐벗은 작은 언덕을 올라가면서 본 산은 매우 아름다웠다. 마치 누군가를 부르는 목소리처럼 맑고 긍정적이었다. 동쪽의 눈 덮인 외로운 산은 데마벤드Demavend산*이었다. 해가 기울자 우리의 그림자가 길어지면서 평원 전체에 걸쳐 있던 하나의 거대한 그림자와 합쳐졌다. 아래쪽 언덕과 위쪽 언덕, 봉우리들까지 그림자 속으로 빨려 들어갔다. 그래도 어둑어둑해지는 하늘에 분홍색 석탄 같은 태양이 아직 데마벤드산 위에 떠 있었다. 하지만 말머리를 돌리자 변화의 반전이 있었고 그 변화는 계속 반복되었다. 해가 구름 더미 뒤로 사라졌다가 그 아래로 다시 나타나기를 반복했기 때문이다. 데마벤드산에는 그림자가 드리워졌지만 작은 언덕에는 빛이 비쳤다. 이번에는 더 빨리 그림자가 올라왔다. 산줄기가 어두워졌다. 분홍색 석탄이 다시 빛났지만 그 시간은 겨우 1분 정도였다. 그리고 숨어 있던 별들이 모습을 드러냈다.

오늘 저녁에 테이무르 타슈Teimur Tash**가 침대를 포

---

*   다마반드Damavand라고 쓰기도 한다. 이란 북부 엘부르즈산맥의 최고봉이다.

**   압돌호세인 테이무르타슈Abdolhossein Teymourtash(1883~1933). 이란 팔라비 왕조의 초대 궁정 장관을 역임한 정치가. 1933년에 앵글로-페르시아 석유회사와 관련된 반역죄로 3년 형을 받고 수감되었다.

함한 모든 안락함을 박탈당한 채 전날 밤 10시에 감옥에서 사망했다는 소식을 들었다. 1932년 모스크바에서 그의 영접을 받았던 나에게도 슬픈 일이다. 무소불능의 고관으로서 그를 알고 좋아했던 사람들은 큰 충격을 받았다. 그러나 이곳에서 정의는 왕실과 개인에게 있다. 그는 공개적으로 발에 차여 죽었을 수도 있다. 마조리뱅크스는 공포로 이 나라를 통치한다. 그리고 그 궁극적인 공포는 바로 왕실의 군홧발이다. 멀리 떨어진 곳에서도 죽음을 조종하는 무기의 시대에 이러한 공포정치는 권력을 유지하는 데에 더 효과적이라는 점에서 어쩌면 마조리뱅크스의 업적이라고 주장할 수도 있을 것이다.

테헤란

—— **10월 7일**

원활한 여행을 위해 내무부 장관 잠Jam, 앵글로-페르시아 석유회사*의 유통 매니저 무스타파 파테Mustafa Fateh,

---

* 1909년 마스제드 솔레이만Masjed Soleiman에서 유전을 발견한 후 설립된 영국 회사. 영국 정부는 1914년 회사 지분 51퍼센트를 매입하여 국영화했다. 이란 석유산업을 독점하고 석유의 생산, 정제 및 수출을 통제했다.

금석학자 파라졸라 바즐Farajollah Bazl 등 다양한 사람들을 초청했다. 그때 미르자 얀츠와 차를 마시면서 영어, 그리스어, 아르메니아어, 러시아어, 페르시아어로 대화를 나눴다. 주빈은 사르다르 아사드Sardar Assad 전쟁부 장관의 동생이자 바흐티아리Bakhtiari*의 위대한 족장 중 한 명인 에미르 이 장Emir-i-Jang이었다. 그는 미르자 얀츠의 딸에게 플러시 천으로 덮인 금박 인형 가구를 선물로 가져왔다. 모든 사람이 "와! 와!"를 외치고 파티는 열기를 띠었다.

아프가니스탄 대사 시르 아흐마드Shir Ahmad는 유대인 복장을 한 호랑이처럼 생겼다. 나는 "각하께서 허락해 주신다면 아프가니스탄을 방문하고 싶습니다"라고 말했다.

"아프가니스탄을 방문하고 싶다고요? (큰소리로) 당연히 아프가니스탄을 방문하셔야지요."

그의 말에 따르면 헤라트Herat**에서 마자르 이 셰리프Mazar-i-Sherif***까지 가는 길이 실제로 있다고 한다.

---

* 이란의 루르Lur족의 한 갈래다.

** 아프가니스탄 헤라트주의 도시. 이란과의 국경 인근에 위치하며 아프가니스탄에서 세 번째로 큰 오아시스 도시다. 12세기 이래 무역, 학문, 문화의 중심지 역할을 했다. 1835년 영국-페르시아 전쟁의 결과 아프가니스탄 영토로 편입되었다.

*** 아프가니스탄 북부에서 가장 큰 도시로 발흐주의 주도다. 쿤두즈, 카불, 헤라트 그리고 우즈베키스탄의 테르메스와 동서남북으로 연결되는 교통의 요지다. 티무르 제국, 가즈나 제국, 부하라 칸국 등 여러 왕조가 지배했던 곳이다.

약 10킬로미터 떨어진 라이에는 세로로 홈을 새긴 무덤탑이 있는데, 이 무덤탑의 아랫부분은 셀주크 양식이다. 그리고 여기서 좀 더 가면 있는 베라민Veramin에는 더 우아하지만 기념비적인 느낌은 덜한 다른 무덤탑이 있다. 이 무덤은 지붕이 있어서 아편 중독자가 들어가 살고 있었다. 점심 식사를 준비하던 그는 자기는 이곳에 살고 있으며 이 무덤탑이 3천 년이나 되었다고 우리에게 말해 주었다. 베라민의 금요일 모스크는 14세기에 지어졌다. 멀리서 보면 폐허가 된 틴턴 수도원Tintern Abbey*과 비슷하지만 첨탑 대신 돔이 있다. 돔은 서쪽 끝에 있는 정사각형 성소실 위의 팔각형 지붕 위에 솟아 있다. 전체적으로 평범한 카페오레 색 벽돌로 지어졌으며, 튼튼하고 소박하며 균형이 잘 잡혀 있다. 이는 무어식 건축과 인도의 파사드 건축**에서는 절대 하지 않는, 주제에 대한 생각을 표현한다. 내부에는 하마단의 굼바드 이 알라비얀에서 사용된 것과 같은 기법의

---

* 영국 웨일즈에 있는 수도원으로 1131년 건립이 시작되어 14세기에 완성되었다. 초기 영국식 양식에서 고딕 양식으로 전환되는 과정을 보여 준다. 특히 수도원의 폐허는 윌리엄 워즈워스의 서정시로 유명해졌다. 그 밖에 많은 회화의 주제가 되기도 했다.

** 파사드façade는 건축에서 건물의 정문으로 주 출입구인 현관을 포함하는 부분이다. 흔히 조각 등으로 장식되며 건물의 전체적인 개성을 결정한다. 파사드 건축은 외관을 장식적으로 만든 건축물을 말한다.

금요일 모스크, 베라민,

스투코 처리가 된 미흐라브mihrab*가 있지만, 후대에 만들어진 탓에 디자인이 거칠고 혼란스럽다.

현재의 사치 규제법 때문에 페르시아인 대부분이 그렇듯이 쇠락한 철도 짐꾼처럼 보이는 한 남자가 모스크에서 우리와 합류했다. 그의 손목에는 가죽 두건을 쓴 회색과 흰색의 얼룩덜룩한 매 한 마리가 앉아 있었다. 매는 둥지에서 가져온 것이었다.

우리는 한니발과 함께 식사를 했다. 그는 푸시킨처럼 피터 대제의 무어인**의 후손이자 어떤 영국 왕족의 사촌이다. 볼셰비키***에서 탈출한 그는 페르시아의 신민이 되었고, 지금은 페르시아인보다 더 페르시아의 생활 방식으로 살고 있다. 약 1미터 높이의 종이 랜턴을 든 하인이 미로 같은 오래된 시장을 지나 그의 집으로 우리를 안내했

---

*   모스크의 키블라qibla(메카가 있는 방향) 벽에 설치된 움푹 들어간 부분을 말한다.

** 푸시킨의 미완성 역사 소설의 영문 제목(The Moor of Peter the Great)이다. 이 소설의 주인공은 표트르 대제를 모신 아비시니아 흑인 귀족 출신이었던 푸시킨의 외조부를 모델로 삼아 창조된 인물이라고 한다.

*** 옛 소련 공산당의 별칭. 1903년 러시아 사회민주노동당이 분열될 당시 소수파를 의미하는 멘셰비키의 대립되는 당으로서 레닌이 이끄는 좌익 다수파를 지칭한다. 스탈린 사후 1952년 볼셰비키라는 명칭 대신 소비에트연방공산당이 공식 당명이 된다.

다. 다른 손님은 피르만 피르마의 아들인 카자르Kajar의 왕자와 홍콩에서 자란 그의 아내였다. 영국인보다 더 영국인 같은 그들은 바닥에서 식사를 해야 한다는 사실에 당황했다. 집은 작았지만 작은 풍차와 움푹 들어간 중정 덕분에 분위기가 좋았다. 한니발은 내년 시인 피르다우시*의 탄생 천 주년을 기념하기 위해 피르다우시 도서관 설립을 추진하고 있다.

진잔Zinjan**(1,676미터)

── 10월 12일

우리는 트럭으로 타브리즈Tabriz***에 도착하기 위해 노력해 왔고 지금도 마찬가지다. 지금까지는 여정이 계획대로 진행되지 않았다. 트럭은 4시에 출발할 예정이었다.

───────

*   아불 케셈 피르다우시 투시Abul-Qâsem Ferdowsi Tusi(940~1019 또는 1025). 페르시아 문학 사상 가장 영향력 있는 시인이자 세계 문학사상 최고의 시인 중 한 명이다. 그의 장편 서사시 「샤나메Shahnameh」는 6만 구절에 이른다.

**   이란 북서부 잔잔주의 주도인 잔잔Zanjan을 가리킨다. 사산 제국의 아르다시르 1세가 샤힌Shahin이라고 이름 붙인 도시다.

*** 이란 아제르바이잔주의 주도로 오아시스 유적지다. 13세기 이후 본격적으로 발전했으며 교통의 요지로 동서 교류에 중요한 역할을 했다.

4시 반에 차고지에서 택시로 우리를 카즈빈 게이트Kazvin Gate 밖의 다른 차고지로 보내 주었다. 5시에 이 차고지는 이곳에 아예 트럭이 없다면서 우리를 고장 난 버스에 태워 보내려 했다. 그래서 우리는 차를 빌리려고 했는데, 그 전에 먼저 첫 번째 차고지가 우리 보증금을 토해 내도록 해야 했다. 이 때문에 분란이 일어났다. 차를 빌리려는 사이에 트럭을 이용할 수 있게 된 것이다. 운전기사는 우리가 자기를 버리고 가면 경찰서에 가겠다고 협박했다. 그래서 우리는 그러지 않겠다고 했다.

다음 날 아침 우리는 카즈빈에서 다른 차를 빌렸는데, 운전기사가 자동차 덮개를 내리지 않겠다고 우겼다. 그가 시속 64킬로미터 속도로 달리다 웅덩이에 빠지면서 내 이마가 나무 버팀대에 부딪혀 찢어졌는데, 그때 내가 운전기사의 등을 급작스럽게 찌르고 말았다. 차가 멈추었다. 우리는 그에게 계속 가라고 말했다. 그는 그렇게 했다. 시속 16킬로미터로. 우리는 그에게 더 빨리 가라고 했다. 그는 잠시 그렇게 하더니 다시 속도를 줄였다.

크리스토퍼: "더 빨리! 더 빨리!"

운전기사: "다들 나를 치면 내가 어떻게 운전을 해요?"

R.B.[*]: "계속 가라고요!"

운전기사: "나리께서 날 싫어하는데 어떻게 운전을 해요?"

크리스토퍼: "조심해서 운전하세요. 우리가 싫어하는 건 당신이 아니라 위험한 운전이라고요."

운전기사: "아아, 내가 어떻게 운전을 해요? 저 나리가 저를 싫어해요. 지금 저도 힘들어요."

크리스토퍼: "저분은 당신을 좋아해요."

운전기사: "내가 머리를 다치게 했는데 어떻게 좋아하겠어요?"

그렇게 몇 킬로미터를 달려 경찰서에 도착했다. 여기서 그는 불만을 제기해야 한다며 차를 세워 버렸다. 할 수 있는 일은 오직 한 가지, 먼저 항의하는 것이었다. 우리가 차에서 뛰어내려 경찰서 사무실로 가자 그는 불안해했다. 우리가 그렇게 기민하게 경찰을 찾으면 경찰은 우리 편이 될 것이 분명했기 때문이다. 그러자 그는 계속 가자고 제안했다. 우리는 동의했다.

이 사건은 물리적 폭력을 가하려고 하는 것만으로도 페르시아인들이 느끼게 되는 극심한 공포를 보여 주는 실

---

* 저자인 로버트 바이런을 가리킨다.

레이자 경고였다.

우리는 나란히 달리는 산맥 사이로 쭉 뻗은 길을 따라 수 킬로미터를 계속 달렸다. 사막 너머로 술타니야 Sultaniya*의 돔이 어렴풋이 떠올랐다. 그곳에 도달하기 위해 우리는 길을 막고 있는 관개 시스템 전체를 헤치며 지나가야 했다. 그곳에서 우리는 또 다른 페르시아를 발견했다. 주요 도로에서 불과 몇 킬로미터밖에 떨어지지 않은 곳이었지만 사람들은 현대식 팔레비Pahlevi 모자** 대신 페르세폴리스의 부조에서나 볼 수 있는 오래된 투구 모양의 모자를 쓰고 있었다. 주민 대부분은 터키어를 사용했다. 찻집에서 우유를 응고시켜 만든 요거트와 비슷한 커드 한 그릇과 텐트만 한 크고 납작한 빵을 사서 영묘로 들어갔다.

이 놀라운 건축물은 1313년에 몽골 왕자 울자이투 Uljaitu가 완성한 것이다. 약 30미터 높이의 달걀 모양의 돔이 높은 팔각형 몸체 위에 놓여 있고, 팔각형의 난간 모서리에는 여덟 개의 미너렛이 빙 둘러서 있다. 벽돌은 분홍빛을 띠고 있다. 그러나 미너렛은 원래 청록색이었으며, 돔의 아랫부분은 청금석으로 윤곽을 그린 같은 청록색의 트

---

*　　이란 잔잔주의 도시 술타니예Sultaniyeh. 술타니야의 돔은 몽골제국의 통치자 울자이투의 영묘를 말한다.

**　　레자 샤 Reza Shah가 이란 제국에 도입한 남성용 모자.

술타니야의 돔(울자이투의 영묘), 술타니야.

레포일trefoil*에 둘러싸여 반짝거리고 있다. 평평한 사막에 진흙으로 만든 허름한 집들에 둘러싸인 이 거대한 몽골 제국의 기념물은 셀주크, 몽골, 티무르 제국의 지배하에서 페르시아 건축 사상 가장 행복한 영감을 만들어 낸 중앙아시아의 힘을 증언한다. 확실하게 이것은 타지Taj**와 수백 개의 다른 사원의 원형이 되는 파사드 건축이다. 그러나 이 건축물이 여전히 내적 힘을 풍기는 반면, 후대의 건축물은 경관적 세련미만을 성취할 뿐이다. 이것은 진정한 발명의 대담성을 지니고 있으며, 신념을 위해 우아함을 포기했다. 그 결과는 불완전할지라도 기술적 한계를 뛰어넘은 신념의 승리를 보여 준다. 그토록 위대한 건축이란 바로 이런 것이다. 브루넬레스키***를 떠올려 보라.

이곳의 여관에는 '그랜드 호텔 타운 홀Grand Hotel-Town Hall'이라는 간판이 붙어 있다. 우리는 이 호텔에서만 시간을 보낸 것은 아니었다. 앵글로-페르시아 석유회사의 현지 에이전트인 후세인 모하마드 앙고라니가 저녁 식사에

---

*   삼엽형 장식 무늬.

**   왕관 또는 왕관 모양의 묘라는 뜻이다.

***   필리포 브루넬레스키Filippo Brunelleschi(1377~1446). 이탈리아 르네상스의 대표적인 조각가이자 건축가. 피렌체의 산타 마리아 델 피오레Santa Maria del Fiore 대성당(일명 두오모Duomo 성당)의 돔을 설계했다.

우리를 초대했기 때문이다. 그는 화려하게 칠한 길고 하얀 방에서 우리를 맞이했다. 문과 창문마저도 하얀 모슬린으로 덮여 있었다. 가구는 새틴 베개 받침이 놓여 있는 황동 침대 틀 두 개와 하얀 천을 깐 빳빳한 세티settee* 한 벌로 구성되어 있었다. 각 세티 앞에는 멜론, 포도, 과자 접시가 놓여 있는 하얀색 작은 탁자가 있었다. 카펫이 두 겹으로 깔린 바닥 한가운데에는 갓을 씌우지 않은 키 큰 석유램프 세 개가 서 있었다. '아가Aga'라고 불리는 회색 수염에 담황색 프록 코트를 입은 집사가 우리 시중을 들었다.

소개장에는 우리가 술타니야를 방문하고 싶어 한다고 적혀 있었다. 우리를 초대한 집 주인은 우리가 이쪽으로 오게 되면 자기 차로 데려다주겠다고 했다. 폐가 되지는 않을까? 그는 사업이나 스포츠를 위해 매일 술타니야를 방문한다고 했다. 사실 그는 그곳에 집을 하나 갖고 있었으며 그곳에서 우리를 대접할 수도 있었다. 순진하게도 나는 이런 예의상 하는 말을 믿었다. 하지만 크리스토퍼는 잘 알고 있었다. 엄청난 식사─우리는 손으로 음식을 먹었다─를 마친 후 집사는 우리를 그랜드 호텔 타운 홀에 있는 아무것도 없는 좁은 우리 방으로 데려다주었다.

---

* 긴 안락의자.

아침 햇살만이 유일하게 느낄 수 있는 온기였기 때문에 나는 호텔 밖 거리에 나와 앉아 있다. 로이드 조지Lloyd George*처럼 생긴 체크 트위드 차림의 거만한 노인이 방금 다가와서 자신을 라이스 이 쇼사Reis-i-Shosa라고 소개했다. 이 말은 도로 대장, 즉 지방 도로 감독관이라는 뜻이다. 그는 영국인과 함께 바쿠Baku로 갔는데, 그곳에서 그를 도와준 대가는 볼셰비키 감옥행이었다.

타브리즈(1,370미터)

—— 10월 15일

마침내 진잔에서 우리는 트럭을 탔다. 크리스토퍼가 뒷좌석에 앉아 내 사진을 찍고 있는데 한 경찰관이 다가와 사진 촬영은 금지라고 말했다. 운전기사는 우르미야Urmiya 호수 근처에서 온 아시리아인이었고, 그 옆에는 테헤란에서 열린 선교 회의를 마치고 돌아오던 아시리아인 여교사 한 명이 앉아 있었다. 그녀는 기분 전환하라며 우리에게 모과 조각을 주었다. 그들은 내가 총대주교 마르 시문과

---

*   데이비드 로이드 조지David Lloyd George(1853~1945). 제34대 영국 총리를 역임한 정치가로, 제1차 세계대전 후 영국 대표로 베르사유 조약에 참가했다.

친분이 있다는 것에 관심이 많았다. 현재 경찰이 우르미야에 있는 코크란 부인의 여성 클럽을 폐쇄하는 등 기독교인 박해가 일어나고 있으니 타브리즈에서는 그에 대해 아무 말도 하지 말라고 충고했다. 여기에 생각이 미치자 그들은 한목소리로 찬송가 「이끌어 주소서, 온유한 빛이시여 Lead, Kindly Light」를 불렀고, 여교사는 운전기사가 평소 부르던 노래를 못 하게 하려고 이 노래를 가르쳤다고 알려주었다. 나라면 운전기사가 평소 불렀던 노래를 더 좋아했을 거라고 말했다. 그녀는 또한 라디에이터 캡에서 파란색 구슬을 떼어 내라고 설득했다고도 했다. 그녀는 그것이 '이슬람교도의 미신'이라고 했는데, 내가 그것은 정교회 기독교인들이 일반적으로 행하는 미신이라고 말하자 놀라서 아무 말도 못 했다. 그녀는 곧 미신이 때때로 효과가 있을 수도 있다고 인정했다. 예를 들어, 인간을 아내로 둔 메흐메트Mehmet라는 악마는 아내를 통해 장인의 응접실에서 전쟁을 예언했다고 이야기했다. 그녀는 자신이 성경을 실천하는 사람이라고 했고, 영국 사람 대부분이 담배를 피우는지 알고 싶어 했다. 건강을 걱정해야 하는 의사들이 흡연과 음주를 금지하지는 못할망정 오히려 자신들이 더 술과 담배를 하는 것을 이해할 수 없다고 했다.

나는 페르시아 당국에 공감하기 시작했다. 선교사들은 고귀한 일을 한다. 그러나 일단 원주민을 개종하거나 원주민 기독교인을 찾게 되면 선교사들의 유용성은 그리

크지 않다.[*]

이때 크리스토퍼는 트럭 뒷좌석에서 책을 읽고 있었다. 뒷자리에 같이 앉은 사람은 테헤란 사람 한 명, 이스파한 사람 한 명, 노새꾼 두 명, 그리고 운전기사의 조수였다.

테헤란 사람: "이 책은 뭐예요?"

크리스토퍼: "역사책이에요."

테헤란 사람: "무슨 역사?"

크리스토퍼: "룸Rum 술탄국[**]과 그 주변 국가들, 예를 들면 페르시아, 이집트, 터키, 프랭키스탄Frankistan[***]의 역사예요."

조수: (책을 편다) "야 알리[****]! 글자군!"

테헤란 사람: "읽을 수 있어요?"

---

[*] 선교사가 원주민을 기독교로 개종시키거나 기독교 공동체가 형성되면 이로 인해 지역 당국과 불필요한 마찰이나 문제가 일어날 수 있어 이렇게 쓴 것으로 보인다.

[**] 룸은 파르티아어 혹은 그리스어의 '로마인'이라는 말에서 파생한 것으로 이슬람 세계에서는 보통 당시 동로마 제국인 비잔틴 제국을 가리킨다.

[***] 프랑크의 땅이라는 뜻으로 땅을 의미하는 페르시아어 '-스탄'을 붙인 말로 서유럽 혹은 라틴 유럽을 가리킨다.

[****] 야 알리Ya Ali는 이슬람 문화권에서 사용하는 감탄사다. "오, 무함마드!", 또는 "오, 신이시여!"라는 뜻으로 상황이나 맥락에 따라 달리 쓰인다.

크리스토퍼: "물론이죠. 제 모국어인걸요."

테헤란 사람: "읽어 주세요."

크리스토퍼: "무슨 말인지 이해하지 못할 텐데요."

이스파한 사람: "상관없어요. 조금만 읽어 주세요."

노새꾼: "어서! 어서요!"

크리스토퍼: "로마 교황이 왕에게 종교적 저주를 퍼부었던 바로 그곳, 프랑스 중심부에 재판소를 세운다는 것은 놀랄 만한 일이지만, 11세기 프랑스 왕에 대해 정당한 평가를 한다면 우리의 놀라움은 곧 사라질 것이다."

테헤란 사람: "무슨 이야기예요?"

크리스토퍼: "교황Pope 얘기입니다."

테헤란 사람: "멍청이Foof? 그게 누구예요?"

크리스토퍼: "룸 술탄국의 칼리프 같은 사람입니다."

노새꾼: "룸 술탄국 칼리프의 역사야."

테헤란 사람: "닥쳐! 새 책이에요?"

조수: "순수한 신념으로 가득 차 있나요?"

크리스토퍼 : "종교와는 상관없어요. 이 책을 쓴 사람은 선지자를 믿지 않았어요."

테헤란 사람: "그는 신을 믿었나요?"

크리스토퍼: "아마도. 그렇지만 선지자들을 멸시했어요. 그는 예수는 평범한 사람(대체로 동의), 무함마드도 평범한 사람(대체로 의기소침), 조로아스터도 평범한 사람이라고 말했어요."

노새꾼(터키어를 사용하지만 잘 알아듣지 못하는 사람): "그를 조로아스터라고 불렀나요?"

크리스토퍼: "아니, 기번Gibbon*이에요."

다같이: "기분Ghiboon! 기분!"

테헤란 사람: "신이 없다고 말하는 종교가 있나요?"

크리스토퍼: "없는 것 같아요. 하지만 아프리카에서는 우상을 숭배하죠."

테헤란: "영국에도 우상 숭배자가 있어요?"

길은 산악지대로 이어졌고, 큰 협곡을 따라 골든 스위머Golden Swimmer의 강에 이르렀다. 강 이름이 된 수영하는 사람은 양치기 청년으로, 사랑하는 여인을 만나기 위해 협곡을 헤엄쳐 건너곤 했던 또 다른 레안데르Leander**였다. 그래서 결국 그 여인은 연인을 위해 방금 우리가 건넜던 실로 웅장한 다리를 만들었다고 한다. 가젤 무리가 우리 옆을 스쳐 지나갔다. 드디어 우리는 한겨울의 스페인처럼 회갈색 빛이 드리운 아제르바이잔 고원을 빠져나왔다. 이방인만 무는 벌레로 유명한 미아나Miana를 지나 늑대가

---

*   에드워드 기번Edward Gibbon(1737~1794). 영국의 역사가로, 대표작으로 『로마제국 쇠망사』가 있다.

**   레안데르는 그리스 신화 '헤로와 레안데르Hero and Leander'에 나오는 청년으로 헤로와 사랑에 빠져 그녀를 만나기 위해 밤마다 강을 건너갔다고 한다.

마당에 묶여 있는 쓸쓸한 카라반세라이caravanserai*에서 하룻밤을 보냈다. 타브리즈의 경찰은 우리에게 각각 사진 다섯 장(그들은 그 사진을 받지 못했다)과 다음과 같은 정보를 요청했다.

〈신고서〉

서명 로버트 바이런
    크리스토퍼 사이크스

국적 영국
    영국

직업 화가
    철학자

도착일 10월 13일
    10월 13일

동반자 진djinn** 하나
    헨리 제임스 등이 저술한 책

---

*   여행자 쉼터.

**   아랍인들이 믿는 초자연적인 수호신 또는 공기의 정령. 때로는 사악한 영적 존재를 말하기도 한다.

타브리즈는 레몬색 언덕으로 이어지는 화려한 빛깔의 산을 조망할 수 있는 곳이다. 마시기 좋은 백포도주와 토 나오는 맥주, 벽돌로 만든 궁륭 천장이 수 킬로미터 이어지는 멋진 시장, 망토를 두른 마조리뱅크스 청동상이 있는 새로운 시립 정원이 있다. 두 개의 기념물이 있는데, 15세기 모자이크로 장식된 유명한 블루 모스크의 잔해와 고도의 기술로 쌓은 작은 적갈색 벽돌산 같은 방주, 즉 시타델Citadel*이 그것이다. 이 벽돌산은 한때 모스크였던 것처럼 보이며, 만약 그렇다면 지금까지 지어진 모스크 중 가장 큰 축에 들 것이다. 이곳에서는 공무원들을 제외하고는 터키어만 사용한다. 상인들은 과거에는 번영을 누렸지만 계획 경제에 대한 마조리뱅크스의 신념 때문에 몰락하고 말았다.

마라가Maragha**(1,490미터)

── **10월 16일**

---

* 　성채를 뜻하는 말로, 시가를 방비하기 위해 성벽을 쌓아 만든 시설로 내부에 궁전을 비롯해 다양한 시설물을 세워 하나의 작은 도시를 형성한다.

** 　이란 동아제르바이잔주의 도시. 현재의 마라게Maragheh를 말한다.

오늘 아침 '도네갈Donegal*을 떠올리게 하는 시골 마을을 지나 차로 네 시간을 달려 이곳에 도착했다. 저 멀리 우르미야 호수가 그 너머 산을 배경으로 한 줄기 푸른색과 은색 빛으로 나타났다. 꼭대기에 구멍이 뚫린 정사각형 비둘기 탑**이 마을을 요새처럼 보이게 했다. 마을 주변에는 포도밭과 좁고 기다란 잎과 노란색 열매가 주렁주렁 달린 산죽Sanjuk나무[현지 튀르크인이 부르는 명칭. 페르시아어로 신지드sinjid, 영국 마가목의 친척] 숲이 있었다.

마라가 자체는 매력적이지 않다. 넓게 쭉 뻗은 길이 오래된 시장을 가로지르는 바람에 마을의 특색이 많이 사라졌다. 물수리만큼이나 긴 속눈썹을 가진, 페르시아어로 말하는 아이가 우리를 관리에게 안내해 주었다. 관리들은 우리에게 훌라구Hulagu의 어머니 무덤으로 알려진 12세기의 훌륭한 다각형 무덤탑을 보여 주었다. 이 탑은 자주색 벽돌로 문양과 글자를 만들면서 쌓아 올린 것이다. 영국식 텃밭에서 쿠란 경전의 문구가 쓰이는 곳으로 그대로 옮겨온 이 친근하고 오래된 재료는 반짝이는 파란색으로 상감 세공이 되어 있어 놀랍도록 아름다운 효과를 내고 있다.

---

*　　　아일랜드에 있는 작은 마을.

**　　　비둘기나 갈매기를 위해 만든 구조물.

내부에는 쿠픽Kufic*이 새겨진 프리즈frieze**가 있고 그 아래 벽에는 비둘기를 위한 둥지 구멍이 늘어서 있다.

우리는 이곳에서 미아나로 직행하는 것을 생각해 보았다. 그러면 타브리즈를 정점으로 하는 삼각형의 나머지 두 변을 따라가는 길을 단축할 수 있다. 이 여정이라면 적어도 건축학적으로는 알려지지 않은 미지의 지역을 통과해야 하는데, 지도 상으로는 아무것도 없이 텅 비어 있다. 문제는 타고 갈 말이었다. 우리는 어느 말 주인이 제시한 가격에 동의했다. 그러자 그가 오히려 당황스러워했다. 왜냐하면 최근에 아내를 잃어서 자신이 여행을 떠나면 아이들을 돌볼 사람이 없다는 것이었다. 한 시간에 걸친 논쟁 끝에 겨우 그를 설득했다. 그러나 말을 본 후 우리는 이 거래를 물리기 위해 다시 흥정해야 했다. 여관 주인이 다른 말을 찾고 있다. 내일 저녁에는 출발할 수 있기를 기대한다. 저녁에 출발하는 것이 이 나라의 관습이다.

---

* 오래된 이슬람식 서체 중 하나. 7세기 이라크 나자프Najaf 주의 도시 쿠파Kufa에서 시작되었다. 이 서체는 직선과 기하학적 정확성, 정사각형 또는 직사각형, 모음 표시와 분음 부호 생략이 특징이며 이슬람 건축, 도자기, 직물 등 다양한 영역에서 장식용으로 많이 사용되었다.

** 서양 건축에서 기둥과 지붕 사이의 띠처럼 되어 있는 부분을 엔타블러처entablature라고 하는데 그중에 주로 조각 장식이 되어 있는 부분을 말한다.

타스르 칸트 Tasr Kand*(약 1,520미터)

—— 10월 17일

달랑 집 한 채가 다인 별로 중요하지도 않고, 마라가에서 겨우 1파르사흐 떨어져 있는 이 마을의 이름 철자를 익히기 위해 나는 최선을 다했다. 지금 파르사흐(크세노폰의 파라상Xenophon's parasang)**는 우리에게 흥미로운 단위다. 1파르사흐는 약 6킬로미터에서 '안정화'되었지만, 일상적으로 사용할 때는 5킬로미터에서 11킬로미터까지 다양하다.

우리의 양가죽 코트와 침낭은 윗방에 아무렇게나 널려 있다. 유리를 끼우지 않은 창문으로 포플러의 꼭대기와 겨울을 예고하는 하늘의 마지막 빛이 보인다. 성냥불이 깜빡이고 등잔이 거친 진흙벽을 비춘다. 창문이 어두워진다. 경찰관 아바스가 화로 옆에 쭈그리고 앉아 집게로 아편 한 덩이를 데우고 있다. 그가 아편 몇 모금을 마시게 해주었는데 감자 맛이 났다. 구석에 있는 노새꾼의 이름은 하지 바바다. 크리스토퍼는 여전히 기번의 책을 읽고 있고, 닭고기와 양파가 냄비에서 보글보글 끓고 있다. 만약 이런 여

---

*   현재 어느 지역인지 명확하지 않다. 저자는 마을 이름 철자를 정확히 알지 못했던 것으로 보인다.

**   크세노폰은 그리스의 사상가이자 저술가로서 소크라테스의 제자다. 파라상은 고대 이란의 도보 거리를 재는 단위로 길이는 속도와 지형에 따라 달라지는데 약 5~6킬로미터에 해당한다.

정을 예상했다면 음식과 살충제를 좀 챙겨 왔을 거라는 생각이 문득 들었다.

마라가의 관리들은 '별의 집' 또는 천문대라는 뜻의 라사트카나Rasatkhana에 대해 들어본 적은 있지만 본 적은 없었다. 13세기에 훌라구가 지은 이 천문대는 15세기 초 울루그 베그*가 달력을 개정하기 전까지 이슬람이 천문학에 한 마지막 공헌이었다. 우리는 일찍 출발하여 전속력으로 말을 달려 산 정상에 올라 탁자처럼 평평한 지점에 도착했다. 거기서부터 쭉 뻗은 자갈길이 직각으로 교차하여 동서남북의 여러 언덕으로 이어지고 있었다. 이 길은 천문학 계산을 돕기 위해 만들어졌고, 언덕들은 건물의 잔해라고 생각했다. 하지만 이곳이 우리의 목적지라면 우리보다 앞서 온 시장, 경찰서장, 군 사령관 등 나머지 일행은 어디로 갔을까? 우리 호위대가 그들을 찾아 사방으로 뛰어다니는 동안, 우리는 평원 가장자리에 서서 멀리 우르미야 호수와 광활한 대지를 바라보며 산기슭의 포플러 숲에 은밀히 숨어 있는 사냥개가 사라지기를 반쯤 기대했다. 갑자기

---

* 　미르자 무하마드 타라가이 빈 샤루흐 울루그 베그Mīrzā Muhammad Tāraghay bin Shāhrukh Ulugh Beg(1394~1449, 재위: 1447~1449). 티무르 제국의 문화적 황금기를 이끈 왕이다. 수학자이자 천문학자, 역사학자였지만 즉위한 지 3년이 안 되어 아들에게 살해당했다.

사라진 관리들은 우리 발밑 절벽의 중간쯤, 말 그대로 우리 바로 아래에서 발견되었다. 말을 이끌고 그쪽으로 미끄러지듯 내려가 보니 바위가 반원 모양으로 움푹 패어 있고, 그 한가운데에 동굴 입구가 있었다. 후자는 원래 자연적으로 생긴 것일 수도 있지만 인위적으로 커진 것이 분명하다.

동굴 안에는 제단이 두 개 있었는데, 하나는 남쪽인 입구를 바라보고 있었고, 다른 하나는 오른쪽, 혹은 동쪽에 있었다. 두 제단 모두 자연석을 잘라 만들었는데, 뾰족한 궁륭 천장이 있는 일종의 높은 성단소에 자리 잡고 있었다. 오른쪽 제단 뒤쪽 벽에는 메카를 가리키는 미흐라브가 투박하게 설치되어 있었다. 뒤쪽 제단 양쪽에는 두 개의 터널로 통하는 입구가 있었다. 이 터널들은 작은 방으로 이어졌고, 벽에는 등잔을 넣는 공간이 마련되어 있었다. 터널은 끝나지 않고 이어졌지만, 흙이 잔뜩 쌓여 있어서 터널을 따라 계속 갈 수 없었다. 우리는 이 터널들이 위에 있는 천문대와 연결되어 있었는지, 만약 그렇다면 낮에도 관측을 했는지 궁금했다. 태양이 비출 때도 우물 바닥에서 별을 볼 수 있다고 한다.

나는 다른 사람들이 보기에 이 사진들이 얼마나 재미없을지 생각하면서 동굴 내부를 찍고 있었다. 이때 경찰서장이 군 사령관에게 "영국 정부가 왜 이 동굴 사진을 찍으려 하는지 모르겠습니다"라고 귓속말하는 것을 크리스토퍼가 우연히 들었다. 뭐, 궁금하긴 할 것 같다.

　말은 엉덩이를 깔고 앉은 채 절벽을 따라 아래쪽 마을로 끌려 내려갔다. 그 뒤를 미끄러지며 따라 내려갔더니 서장의 집에는 과일과 차, 아라크 arak* 가 우리를 기다리고 있었다.

　오늘 저녁 마을을 떠날 때 마을 입구 밖에서 12세기에 지어진 또 다른 탑을 보았다. 역시 정사각형의 빛바랜 딸기색 벽돌로 지어졌으며 잘라 다듬은 돌 기단 위에 세워져 있었다. 세 면은 각각 아치형 패널 두 개로 나뉘었으며 벽돌을 트위드 문양으로 배열했다. 모서리에는 반원형 기둥이 둘러서 있었다. 네 번째 면에는 테두리에 복잡한 곡선 문양이 그려진 큰 패널 하나가 있고, 거기에 쿠픽 서체와 파란색 상감으로 장식된 출입구가 있다. 내부로 들어가니 깊지만 매우 낮은 스퀸치 squinch** 네 개가 지탱하고 있는 얕은 돔이 모습을 드러냈다. 여기에는 어떤 장식도 없었다.

---

* 　쌀, 야자즙으로 만든 독주.

** 　정방형 건물에 돔이나 첨탑 같은 상부구조를 지탱하거나 상부구조가 팔각형으로 보이도록 정방형의 각 모서리 부분에 덧대어 만든 아치형 부재, 까치발 장치 또는 그러한 구조를 말한다. 사산 조 페르시아에서 많이 사용되었다.

사실 어떤 것도 필요하지 않았으며 비율만으로도 충분했다. 서정적이면서도 견고한 고전적인 입체적 완벽함은 유럽인들에게 새로운 건축 세계를 보여 주었다. 유럽인은 이러한 특성이 아시아 건축의 또 다른 아름다움이 무엇이든 간에 유럽만의 특별한 발명품이라고 생각한다. 아시아적 건축 언어뿐만 아니라 전혀 다른 건축 언어로 표현된 이러한 특질을 발견하는 것은 놀라운 일이다.

사오마Saoma*(약 1,680미터)

—— 10월 18일

아바스와 노새꾼들이 아침부터 아편에 너무 취해 제시간에 출발하지 못했다. 우리가 불평하자 그들은 우리 앞에서 대놓고 비웃었다. 사실 그들의 매너는 형편없다. 매너를 중시하는 나라에서는 그 무례함에 대해 기분 좋은 유머를 할 필요가 없다. 그래서 오늘 저녁, 그들이 우리 방에 자리 잡고 앉으려 하자 나는 물담배와 찻물 끓이는 주전자 등속과 함께 그들을 쫓아냈다. 이에 크리스토퍼는 관습

---

*   현재 어느 마을인지 명확하지 않다. 이란 동아제르바이잔주에 있는 소도시 소우마에-예 소플라Sowmaeh-ye Sofla가 아닐까 추정된다. 이 마을은 소우마에Sowmaeh라고도 한다.

에 어긋난다며 불안해했다. 그러면서 자신이 바흐티아리 족장과 지내는 동안 그와 사적인 이야기를 나누고 싶어 하인들을 방에서 물러나게 해달라고 요청했다가 주인을 놀라게 만든 일화를 들려주었다. 나는 내게도 나만의 관습이 있으며, 그중 하나는 담배나 내가 고용한 노새꾼 때문에 불편을 겪지 않는 것이라고 대답했다.

우리는 오늘 말을 타고 5파르사흐를 갔다. 내내 나무 안장에 앉아 고문을 당하면서 겨우 커드 한 그릇으로 버텼다. 타스르 칸트를 지난 지 얼마 되지 않아 멋진 오래된 다리를 건너게 되었다. 은은한 붉은 벽돌을 쌓아 만든 그 다리는 석조 기둥 위에 아치 세 개가 작은 아치 두 개와 번갈아 가며 배치되어 있었다. 그 후 우리는 넓고 아무것도 없는 가을 막바지의 칙칙함을 드러낸 완만하게 경사진 고원으로 올라갔다. 일부만 쟁기로 갈아 놓아 짙은 갈색 땅이 군데군데 드러나 있었는데, 전체 지역은 경작이 가능해 지금보다 더 많은 인구를 부양할 수 있을 것 같다. 이것이 오늘 우리가 본 최초의 큰 마을이었다. 마을 한가운데에는 원시 시대 돌로 만든 숫양이 지탱하고 있는 거대한 석판이 있고 그 위에서 마을 사람들은 기름을 만든다.

우리는 촌장의 집에서도 가장 좋은 방을 차지했다. 마구간 위쪽의 냄새나는 방이기는 했지만, 벽은 새로 하얗게 칠해졌고 한쪽 끝에는 제대로 된 벽난로가 있었다. 벽에는 가정용품, 물단지, 대야, 백랍 머그잔이 들어 있는 벽감이 있으며 그중 몇 개의 벽감에는 장미 잎과 허브로 만든 포푸리*가 들어 있다. 가구는 없고 카펫만 깔려 있다. 징두리 판벽**을 따라 유행이 지난 무명 사라사 천으로 덮인 베개 받침과 퀼트 더미가 놓여 있다. 이 사라사 천은 전쟁 전에 중앙아시아 시장을 겨냥해 러시아에서 특별히 제작된 것이다. 베개 받침 하나에는 자홍색 바탕에 여러 개의 꽃 문양이 있고 그 꽃 한가운데 원 안에 증기선, 초기 자동차, 최초의 비행기가 그려져 있다. 화사하고 깨끗해 보인다. 하지만 벼룩이 방금 내 손 안에서 죽음을 맞이했다. 그 바람에 나는 그날 밤이 두려워졌다. 한 번도 벼룩에게 물려 본 적 없는 나보다는 크리스토퍼 때문이다. 그에게 벼룩은 음악당에서 공연되는 코미디쇼 그 이상으로 괴롭고 불편한 것이다.

젖소에서 갓 짠 따뜻한 우유 한 그릇이 도착했다. 우리는 그 젖소를 기리며 위스키를 개봉했다.

아제르바이잔 사람들은 페르시아어를 말할 때 k를 /ch/처럼 발음하지만 ch가 나오면 /ts/로 발음한다.

---

*   말린 꽃이나 허브를 넣어 만든 방향제 주머니.

**   바닥에서 1미터 정도의 높이까지 판재를 붙여 마무리한 벽.

칼라 줄크 Kala Julk*(약 1,680미터)

—— 10월 19일

작은 구름이 창공에서 빛나고 있다. 완만한 경사면을 따라 올라가니 쟁기질 된 붉은색과 검은색 땅이 격자무늬를 만들고, 그 사이사이로 작은 회색 탑을 얹은 마을이 둥지를 튼 모래언덕의 시골 풍경이 파노라마처럼 펼쳐진다. 멀리 보이는 산을 배경으로 언덕들이 분홍색과 레몬색의 줄로 이어져 있고 마지막에는 들쭉날쭉한 라일락빛의 경계가 만들어진다. 타브리즈 위로 쌍둥이 봉우리가 우리와 동행한다. 노랑나비 한 무리도 우리와 함께한다. 저 아래에서 말을 탄 사람 한 명이 다가온다. "당신에게 평화를." "당신에게 평화를." 따가닥, 따가닥, 따가닥, 따가닥… 다시 우리만 남았다.

어제 크리스토퍼가 숙소 주인에게 2토만toman**짜리 지폐를 교환해 주었는데, 아바스가 오늘 아침 그 거스름돈을 받고는 내놓지 않으려 했다. "당신, 도둑이에요?" 크리스토퍼가 따지자 그는 대뜸 "네, 맞아요"라고 대꾸했다. 그

---

* 현재 어느 마을인지 명확하지 않다.

** 토만은 이란의 옛 금화 단위로 지금도 일상에서 사용되고 있다. 현재 이란 화폐 단위로 환산하면 1토만은 10리알에 해당한다.

리고 그런 모욕적인 발언에 대해 심히 불평하며 자기 주머니에는 1천 토만이나 있다면서 숨도 쉬지 않고 바로 이어서 사람이 때때로 선물 없이 어떻게 살 수 있겠냐고 되물었다. 냉랭해질 대로 냉랭해진 그와의 관계는 식사하러 들어간 집에 지불할 식대를 훔치려 했을 때 최악으로 치달았다. 그는 주인 노인을 향해 채찍을 들었고, 내가 그들을 떼어 놓고 아바스에게 심한 욕을 하지 않았다면 아바스는 그 노인을 내리쳤을 것이다.

이런 일이 있고 난 뒤, 인적이 드문 숨 막히는 계곡을 지나 소금기 있는 개울가를 달리던 중 크리스토퍼가 우리 경비가 든 지갑을 잃어버린 것을 알았을 때 얼마나 굴욕적이었는지 모른다. 이제는 전적으로 아바스에게 의지해 공짜로 쉴 곳을 구걸해야 했기 때문이다. 그때 그는 외딴곳에 방문해야 할 마을이 있다면서 뒤처져 있었는데, 우리는 그가 우리의 지갑을 들고 도망친 게 아닌가 의심했다. 몇 분 후 그는 다시 합류했다. 우리는 우리가 처한 곤경을 그에게 설명했다. 그는 약간 의기양양했지만, 지갑을 찾아오라고 노새꾼 중 한 명을 되짚어 보냈다.

우리는 현지 유지의 집사에게 후한 환대를 받았고, 지금은 달콤한 냄새가 나는 불 옆에 비스듬히 누워 두 명이 하는 브릿지 게임을 즐기고 있다. 약간의 보상이 된다. 보글보글 끓는 찻주전자에서 위안을 얻는다. 노새꾼이 지갑을 찾아서 막 돌아왔기를 신께 기도한다. 하지만 어림도 없는 꿈이었다. 그는 아직 출발도 안 했고, 이제는 하지 바바와 같이 가길 원하고 있으며 두 사람에게 각각 1토만씩 달라고 한다. 나는 남은 12토만 중 2토만을 그들에게 주었고, 우리는 테헤란으로 돌아갈 때 필요한 1파운드가 조금 넘는 비용만 가진 채 여기 아제르바이잔 한가운데에 덩그러니 남았다.

나중에 크리스토퍼가 셔츠에서 단추가 채워진 지갑을 발견했다. 노새꾼을 돌려세우기에는 너무 늦었다. 그래도 우리는 아바스를 의심한 것이 마음에 걸려 그에게 2토만을 주었다. 비록 그에 대한 의심을 드러내지는 않았어도 말이다.

아크 불라그Ak Bulagh*(약 1,680미터)

—— 10월 20일

벼룩 때문에 잠에서 깬 크리스토퍼가 몸이 아프다고 했다. 그러자 집사는 그에게 검은 꿀 한 통을 가져다주면서 나흘간 이걸 먹고, 동시에 커드와 모든 음식을 요리할 때 쓰이는 버터인 로간드rogand를 먹지 않으면 벼룩이 자기

---

*   현재 어느 마을인지 알 수 없다.

를 피하는 것처럼 크리스토퍼에게도 달라붙지 않을 것이라고 일러 주었다. 데운 우유와 계란을 아침으로 먹는 동안 열네 살 정도로 보이는 한 소년이 노인 한 명과 하인 한 무리를 대동하고 들어왔다. 이 소년은 대지주처럼 보였는데 우리에게 많은 훌륭한 음식과 배려를 베풀어 준 사람이었다. 노인은 그의 삼촌이었다. 소년의 이름은 무함마드 알리 칸이며, 오늘 밤 우리를 묵게 해준 집 주인은 그를 '모든 마을의 영주'라고 불렀다.

노새꾼들은 밤에 32킬로미터를 걸어서 우리가 점심을 먹은 마을까지 갔다가 돌아왔다. 오늘 그들은 아편을 먹지 않았는데도 평소처럼, 어쩌면 더 활발하게 움직였다.

우리는 1파르사흐를 더 가서 오래된 벽돌 찻집이 있는 품위 있는 마을 사라스칸트Saraskand*에 도착했다. 이곳에서 우리는 바이에른 연필, 강철 펜촉, 사라사 천도 파는 가게에서 포도를 좀 샀다. 오후에는 다시 불라그Dash Bulagh**에 도착해 개울가에서 휴식을 취하면서 회색 진흙 집들이 모여 있는 작은 동네, 말린 배설물을 펴 바른 원뿔형 탑, 벌거벗은 장밋빛 언덕을 배경으로 서 있는 황금빛 녹색 나무의 기다란 하얀 줄기를 가만히 바라보았다.

아크 불라그는 지대가 높고 상당히 개방된 곳이다. 몸을 피할 곳이라고는 바람에 흔들리는 나무 한 그루가 전부였다. 쌍둥이 봉우리 뒤로 해가 저물고 있다. 창문도 없는 지저분한 방에서 랜턴 불빛을 비추며 벼룩에 물려 열에 시달리는 크리스토퍼를 찬물로 닦아 주었다. 사실 일부 물린 자리는 피부가 벗겨져 쓰라려서 다른 소독제 대신 위스키를 뿌려 주었다. 다행히 그는 심하게 아프지 않아 촌장의 호의에 감사 인사를 할 수 있었다.

"평안하시길."

"평안하시길."

"선생의 상태는, 신의 뜻대로, 좋으신가요?"

"신께서 살피시고, 각하께서 친절을 베풀어 주신 덕분에 매우 좋습니다."

"제 하인들이 선생의 명령을 잘 따르려고 최선을 다할 것이니, 이곳을 당신의 집이라고 여겨 주시오. 기꺼이 당신을 보살피겠습니다."

"각하의 그림자가 절대로 줄어들지 않기를."

우리가 보살핌을 받지 못하는 아기처럼 카펫 위에 널브러져 있는 동안에도 그는 의식을 치르듯 가만히 다리는 내려놓고, 손은 가리고, 눈꺼풀을 떨어뜨린 채 앉아 있는 진중한 노인이다. 그는 17년 전 러시아인 네 명이 이곳에 왔었지만, 그전에도 그 후에도 서유럽인은 본 적이 없다고 했다. 그의 아들 이스마일이 그의 옆에 앉았다. 허약한 아

이였다. 몇 년 전 아이가 너무 아파서 아이 아버지는 그를
위해 기도하러 메셰드Mashhad*에 가기도 했었다.

크리스토퍼는 약으로 아편 1회분과 액체로 된 검은
꿀 한 그릇을 먹었다. 이것이 우리가 할 수 있는 최선이다.

진잔

─── **10월 22일**

다시 '그랜드 호텔 타운 홀'이다.

미아나가 좀처럼 나타나지 않자 그곳으로 향하는 긴
하산길은 점점 지루해졌다. 다리우스처럼 차려입은 양치
기 소년이 우리에게 담배를 뜻하는 러시아어인 '파피루
스papyrus'를 달라고 했다. 노상의 찻집에서는 종종 러시아
어를 듣긴 했지만, 이 외딴 언덕에서 들으니 더 낯설게 느
껴졌다. 노새꾼과 아바스는 한적한 통나무집에서 한낮의
파이프 담배를 피웠다. 이 통나무집은 우리가 지나온 약
32킬로미터 안에 있는 유일한 집이었다. 미아나까지는 아

---

*   오늘날의 마슈하드Mashhad. 이란 라자비호라산주의 주도이며 시
      아파의 성지다. 동양과 메르브(현재의 마리)를 잇는 고대 실크로드
      상의 주요 도시였다.

직 두 시간이나 더 가야 하지만 미아나가 시야에 들어오자 말들은 속도를 높였다. 넓은 강바닥을 건너 서쪽에서 마을로 들어섰다.

우리가 하늘에서 뚝 떨어졌나 보다. 사람들이 집에서 달려 나와 우리를 에워쌌다. 나는 시민 경찰의 공격에 맞섰다. 크리스토퍼는 아바스가 소속된 도로경찰을 찾아가 도로경찰대 대장과 함께 돌아왔다. 그는 굉장히 우리를 못 미더워했다.

"도로에서 사진을 찍었습니까?"

크리스토퍼는 "네"라고 담담하게 대답했다. "사오마에 있는 맛있는 오래된 돌, 사실 숫양입니다. 정말이에요. 대장님, 당신이 직접 가서 봐야 합니다."*

아바스가 이 말이 사실이라고 확인해 주고 나서도 그의 의심은 가라앉지 않았다.

물론 노새꾼들은 자신들이 받아야 할 돈보다 더 많은 돈을 받으라는 말을 들었을 것이다. 크리스토퍼는 그들에게 페르시아 방문증 하나를 주며 고용주를 때려눕히거나 타브리즈 주재 영국 영사에게 불만을 제기하라고 했다. 우리는 트럭을 타고 새벽 1시에 진잔에 도착했고, 잠을 잘 수 있는 작은 골방을 받았다. 오늘 아침 침낭에서 벌레 열여

---

* 이는 크리스토퍼가 약간 유머러스하게 경찰의 의심을 누그러뜨리려고 말한 것으로 보인다.

섯 마리, 벼룩 다섯 마리, 이 한 마리를 죽였다.

크리스토퍼의 상태는 안타까울 정도다. 그의 다리는
무릎까지 부어오르고 온통 물집으로 덮여 있다. 오늘 오후
에 이곳에서 출발하는 차에 자리를 잡았고, 자정 무렵에
테헤란에 도착할 예정이다.

3부

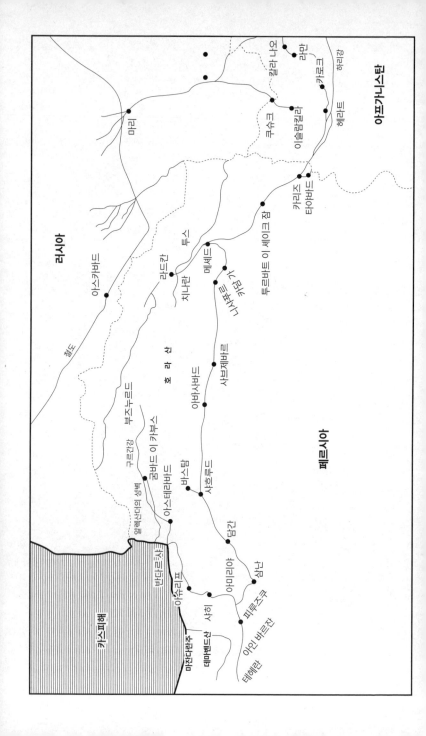

테헤란

—— 10월 25일

　　루터가 보낸 전보가 나를 기다리고 있었다. 그에 따르면 목탄차 운행자들이 21일에 베이루트를 떠날 것이라고 했다. 이 전보는 21일보다 일주일 전에 발송되었기 때문에 그들이 마르세유에 도착했는지조차 아직 확신할 수 없다. 이제 나는 그들이 도착할 때까지, 혹은 도착하지 못할 것이라는 소식을 들을 때까지 여기서 기다려야 할 것 같다. 겨울이 코앞에 다가왔는데 시간만 낭비하는 것 같아 너무 아깝다.

　　우리는 피트라우 부부가 운영하는 코크도르라는 펜션에 묵고 있는데, 이곳은 반려동물들로 넘쳐난다. 피트라우는 일본 대사의 요리사였는데, 파리에 사는 더비 경의 주방 보조로 경력을 시작했다. 드 바트 부부도 터키 양치기 개 카라고즐루와 함께 이곳에 있다.

크리스토퍼는 요양소에 가서 다리에 석고 붕대를 감았다. 열흘 동안 움직이면 안 된다고 했다. 상처가 아물 때까지 한 달이 걸릴 수도 있다. 아제르바이잔의 벼룩은 강력한 적수다.

나는 굴리스탄Gulistan*에 갔다. 그곳에서 샤는 대중에게 기이한 19세기 타일과 유리를 잘라 만든 스털랙타이트 stalactite**의 환상적인 아름다움을 보여 준다. 공작 왕좌는 그러한 주변 환경과 잘 어울린다. 좌석 아래에 보석과 에나멜로 장식된 사자의 부조만이 델리Delhi에서 온 원래 왕좌의 일부였던 것처럼 오래되어 보인다. 카자르 왕조***가 시라즈Shiraz****에서 가져온 또 다른 왕좌가 있는데, 정원으로 연결되는 왕실의 공식 접견실 같은 곳에 놓여 있다. 이것은 인물 조각상이 떠받치고 있는 단의 형태를 취하며

---

* 현재의 골레스탄Golestan. 이란 테헤란주에 속한 도시. 이곳의 궁전은 카자르 왕조의 대표적인 건축물이다.

** 종유석 모양의 장식. 이슬람 건축에서 볼 수 있는 복잡한 장식적인 까치발 구조(가구를 장식하는 데서도 볼 수 있다).

*** 1789년부터 1925년까지 존속했던 카자르족이 이란에 세운 왕조. 페르시아 현대화를 위한 많은 시도를 했으나 영토 상실과 권력의 약화가 이어졌고, 카자르 왕조 말기에 입헌혁명이 실패하면서 이란 팔레비 왕조의 설립으로 이어졌다.

**** 이란 파르스Fars주의 주도다. 1천여 년 동안 지역 교역의 중심지로 기능했다. 13세기 이후 페르시아 학문과 예술의 중심지가 되었고 18세기에는 카자르 왕조의 수도이기도 했다. 특히 시와 와인, 꽃의 도시로 알려져 있으며 수많은 정원과 과수로 유명하다.

반투명의 노란색-회색-녹색 빛이 도는 대리석 또는 동석*
으로 만들어졌고 군데군데 금박을 입혔다. 샤의 왕좌 앞에
있는 마당에는 작은 연못이 있다.

—— 11월 6일

아직 테헤란에 머물고 있다.

목탄차 운행자들에게서는 아직 소식이 없다. 그러나
최근 바그다드에서 온 관광 안내원이 결국 자동차가 고장
나고 말았다는 소문을 전해 주었다. 한편「더 타임즈」의 보
도에 따르면 노엘 대령이 동일한 목탄 연소 장치가 달린
롤스로이스를 타고 런던에서 인도를 향해 출발했다고 한
다. 아무래도 그는「더 타임즈」에 실린 탐험대의 첫 출발
기사가 이 발명품에 대한 충분한 보증이 된다고 생각했던
게 분명하다. 행운이 있기를!

절망에 빠져 있었던 나는 이틀 전 혼자서 아프가니스
탄으로 떠날 뻔했다가 막판에 가까스로 그 일을 피할 수
있었다.

미국의 대리 공사 워즈워스가 파커슨을 소개해 줬다.
턱은 튀어나와 있는 데다 비쩍 마르고 털이 콧잔등 끝까지

---

* 　　장식품을 만들 때 사용하는 부드러운 돌.

나 있어 영 매력적이지는 않았다. 목소리는 단조롭게 징징거리는 투였다. 그래도 다 감수해야 한다고 생각했다. 크리스토퍼가 쓰러졌으니 함께 여행할 다른 사람을 찾기가 어려울 것 같았다.

R. B.: "당신이 아프가니스탄에 갈 생각이라고 들었어요. 정말 괜찮다면 같이 갈 수 있을 것 같은데…."

파커슨: "먼저 제가 서둘러 여행을 하는 중이라는 점을 말씀드려야겠군요. 저는 이미 테헤란에서 이틀을 보냈습니다. 사람들이 공작 왕좌를 꼭 봐야 한다고 하더군요. 그게 뭐길래 그래야 하는지. 저는 특별히 보고 싶다는 생각이 들지 않아요. 솔직히 저는 뭔가를 보는 것에는 관심이 없습니다. 제 관심사는 역사입니다. 자유에도 관심이 있지요. 미국에서도 자유는 예전 같지 않습니다. 물론 제가 시간에 쫓긴다는 것을 이해해 주셨으면 합니다. 이번에 제가 이리로 여행한다고 했을 때 부모님은 크게 걱정하지 않으셨습니다. 저의 아버지께서는 최근 멤피스에 광고 회사를 차리셨어요. 제가 크리스마스 전에 집에 돌아오길 바란다고 하셨지만, 아마도 1월까지 머물게 될 것 같습니다. 일이 어떻게 풀리느냐에 따라 다르지만요. 남부 여행은 이스파한에서 하루, 시라즈에서 하루를 보낼 겁니다. 타브리즈도 가고요. 그리고 아프가니스탄도 있죠. 솔직히 가능하다면 아프가니스탄에는 가고 싶습니다. 계획은 아직 정해지

지 않았어요. 떠날 때만 해도 제가 페르시아에 갈 수 있을
지 확신할 수 없었습니다. 미국 사람들은 그곳이 위험하다
고 말했거든요. 여기 사람들도 아프가니스탄에 대해 똑같
이 말하더군요. 그 말이 맞을지도 모르죠. 그렇지만, 글쎄
요, 저는 좀 아닌 것 같아요. 저는 여행을 꽤 많이 다녔습니
다. 아이슬란드를 포함해서 유럽 국가 중에 러시아를 제외
하고는 안 가 본 나라가 없습니다. 알바니아에서는 도랑에
서 잠을 잔 적도 있었지요. 물론 그다지 힘들지는 않았지
만요. 나중에 멤피스에서 그 얘기를 많이 했어요. 그래서
가능하다면 아프가니스탄에 가고 싶습니다. 하지만 저는
굉장히 여행을 서둘러야만 해요. 카불Kabul*을 거쳐 갈 수
도 있고 안 갈 수도 있습니다. 만약 카불로 가게 되면 비행
기를 빌려서 돌아올 수도 있겠죠. 지금 당장은 인도를 못
간다고 해서 그렇게 안달이 나지는 않습니다. 인도는 너무
커서 다음 가을에 가려고 아껴 두고 있습니다. 테헤란에서
벌써 이틀을 보냈네요. 주로 사람들과 어울렸어요. 정말 즐
거웠지요. 하지만 제가 온 목적은 그게 아닙니다. 아시다시
피 저는 서둘러 여행하려고 여기에 온 것이거든요. 아프가
니스탄에는 가능하다면 내일 출발하려고 합니다. 멤피스

---

*　아프가니스탄의 수도. 아케메네스 제국 시기부터 3,500년이 넘는
　역사를 가진 유서 깊은 도시다. 고대 동서 교통의 요지로 1774년
　티무르 샤가 수도로 정했다.

출신인 워즈워스 씨가 아프간 대사에게 보내는 편지를 줬는데 제가 그걸 잃어버렸지 뭡니까. 그는 저에게 또 다른 편지를 써 주었지요. 오늘 아침에 다녀왔는데 대사를 만나지 못했어요. 여자분들과 함께 있었거든요. 대신 비서를 만났는데 그는 영어를 할 줄 몰랐고, 제 프랑스어 실력은 대학에서 배운 게 전부여서 그리 많은 얘기를 나누지는 못했습니다. 비자는 받을 수도 있고 못 받을 수도 있어요. 어쨌든 내일 아침에는 출발했으면 합니다. 아시다시피, 저는 서둘러 여행을 하려고 여기에 있는 거니까요."

R. B.: "동행자가 필요하다면 제가 함께 가서 비용을 분담할 수 있다고 제안하려고 했습니다. 당신만 괜찮다면 저는 아주 좋습니다. 저는 차를 가져갈 여유가 없거든요."

파커슨: "사실 저는 그다지 돈에 쪼들리지는 않습니다. 저는 미국의 다른 사람들과 마찬가지로 일을 합니다. 당신 같은 유럽 사람들과는 다르죠. 미국에서는 일을 하지 않아도 되는 계층은 없습니다. 심지어 일할 필요가 없어도 모두 일합니다. 그렇지 않으면 사회적으로 곤란을 겪을 테니까요. 이번 여행을 위해 4천 달러를 따로 모았어요. 그렇다고 해서 제가 돈을 낭비하겠다는 뜻은 아닙니다. 시간 여유가 있다면 아프가니스탄에 가려고 합니다. 저는 짧은 시간 안에 보고 싶은 걸 다 보려고 여기 왔으니까요."

R. B.: "여행 기간을 정확히 말씀해 주시면 계획을 세울 수 있을 것 같습니다."

파커슨: "그건 상황에 따라 다르죠." (이전에 했던 말을 더 길게 반복한다).

결국, 나는 파커슨의 비자 신청을 도와줄 수 있는지 알아보기 위해 직접 아프간 대사관을 찾아갔다. 그사이에 우리는 다음 날 다시 만나기로 약속했다. 크리스토퍼와 내가 유럽에서 막 돌아온 헤르츠펠트와 점심을 먹고 있을 때 그가 코크도르로 들어섰다.

파커슨: (식당을 가로질러 오느라 숨을 헐떡이며) "제 계획이 더 나은 방향으로 바뀐 것 같습니다. 아직 비자를 받지는 못했지만요. 하지만 곧 받을 수 있을 것 같아요. 당신과 급히 상의하고 싶은 점이 한두 가지 있습니다."

R. B.: "먼저 헤르츠펠트 교수님을 소개해 드려도 될까요?"

파커슨: "…만나 뵙게 되어 정말 반갑습니다, 선생님. 제가 서두른다는 걸 아실 테니 드리는 말씀인데…."

크리스토퍼: "앉지 않으시겠습니까?"

파커슨: "우선, 되도록 내일 아침 일찍 서둘러 출발하고 싶다는 말씀을 드리고 싶었습니다. 물론 그럴 수 없을지도 모르지만요. 하지만 일단은 그게 제 계획입니다."

헤르츠펠트: (지루함을 없애려고) "안뜰에 길든 여우 한 마리가 있던데요."

크리스토퍼: "예전에는 멧돼지도 키웠는데 손님이 자고 있을 때 침대에 들어가곤 해서 죽여야 했죠. 피트라우 부인은 왜 사람들이 그걸 그렇게 언짢아했는지 모르겠다고 하더군요. 멧돼지는 해치려는 게 아니라 그저 배를 긁어 달라고 했을 뿐이었다는데. 어쨌든 결국 사람들은 그 멧돼지를 죽였고, 그걸로 상황은 일단락되었습니다."

R. B.: "저 여우도 침대에 들어가서 적셔 놓던데요."

파커슨: "물론 정말 재밌는 얘기지만, 제가 농담을 잘 이해하지 못해서 아쉽네요. 이제 당신과 논의하고 싶은 점이 한두 가지 있습니다."

헤르츠펠트: "저는 페르세폴리스에서 고슴도치를 키우고 있습니다. 아주 잘 길들여 놓았죠. 차를 1분만 늦게 줘도 어찌나 화를 내는지, 그 뾰족한 거, 뭐라고 하더라, 퀼 quill이라고 하던가요? 어쨌든 그걸 곤두세워요."

파커슨: "한두 가지 말씀드릴 점은……."

헤르츠펠트: "그리고 사람처럼 화장실도 사용해요. 매일 아침 그 녀석이 일을 다 볼 때까지 기다려야 해요. 우리 모두 다 기다려야 합니다."

파커슨: (약하게) "매우 흥미롭긴 하지만, 아쉽게도 제가 아직 그 말을 다 이해하지 못한 것 같네요. 한두 가지 드릴 말씀이…."

R. B.: "제 방으로 가는 것이 좋을 것 같군요." (자리에서 일어난다.)

파커슨: "당신과 급히 논의하고 싶은 점이 한두 가지 있습니다. 아프가니스탄에 간다면 서둘러야 한다는 점을 분명히 말씀드리고 싶어요. 이제 솔직하게 말하겠습니다. 당신은 나를 모르고 나도 당신을 모릅니다. 그래도 우린 잘 지낼 것 같아요. 그러길 바라요. 하지만 미리 명확히 해야 할 게 있습니다. 제가 종이에 몇 가지 요점을 적어 왔는데 읽어드릴게요. 첫 번째는 개인적 관계입니다. 저는 여행을 꽤 많이 다녔습니다. 그래서 여행을 같이 다니다 보면 사람들 간에 최악의 일이 생기기도 한다는 사실을 잘 알고 있습니다. 멤피스에 사는 제 남동생은 음악을 아주 좋아해요. 하지만 저는 음악을 좋아하지 않아요. 한번은 파리에서 함께 지낸 적이 있었는데, 저녁 식사 후 동생은 콘서트에 가곤 했죠. 저는 따라가지 않았어요. 전 동생을 좋아하지만 그렇다 해도 이런 경우에는 좀 어려움이 생기기 쉽습니다. 나는 당신을 잘 모르고 당신도 저에 대해 잘 모릅니다. 우리는 어려움을 겪을 수도 있고 아플 수도 있습니다. 아플 때는 사람 좋게 굴기가 어렵죠. 힘들게 되면 개인적 관계에 대한 이 문제를 기억해야 한다고 생각합니다. 두 번째 요점은 '정치적'인 부분이라 할 수 있습니다. 솔직하게 말씀드리겠습니다. 저는 시간이 촉박합니다. 아시다시피 우리가 함께 아프가니스탄에 가게 된다면, 그러길 바랍니다만, 이번 여행에서 제가 주도권을 가져야 한다는 점을 분명히 하고 싶습니다. 그래서 제가 이 두 번째 요점을

정치적이라고 한 것입니다. 제가 어디에도 가고 싶지 않다고 결정하면 그땐 어디에도 갈 수 없을 겁니다. 물론 당신이 원하는 바를 맞춰드리기 위해 최선을 다할 것이고 공정하도록 노력하겠습니다. 저는 공정한 사람이라고 생각합니다. 멤피스 출신인 워즈워스 씨는 제 가족을 잘 아시니제가 공정하다는 사실을 보증해 주실 겁니다. 하지만 여행은 제가 이끌어 가야 합니다. 세 번째는 재정입니다. 이번여행에서 제가 많은 권한을 갖고 있으니 차 비용의 절반이상을 지불할 준비를 해두었습니다. 하지만 아시다시피시간이 촉박해서 제가 서둘러야 하고, 인도까지 바로 가서 거기서 배를 타고 갈 수도 있습니다. 말씀하시는 걸 들어 보니 돈이 급하신 듯합니다. 동료 여행자를 인도에 발이 묶이게 할 수는 없지 않겠습니까? 그래서 출발하기 전에 페르시아로 돌아갈 돈이 충분한지, 실제로 가지고 있는지 확인을 해야 할 것 같아서요."

R. B.: "네?"

파커슨: "저는 실제로 돈을 가지고 계시는지 확인을 해야겠습니다."

R. B.: "얘기는 그럼 이걸로… 안녕히 가시지요."

파커슨: "…떠나기 전에, 그래야 만약의 경우 당신이혼자서도 잘해 나갈 거라 확신할 수 있을 겁니다."

R. B.: "못 들었어요? 나가요!"

파커슨은 도망쳤다. 나가는 길에 헤르츠펠트와 크리스토퍼를 만나자 두 사람의 손을 정답게 감싸 쥐며 이렇게 말했다. "만나 뵙게 되어서 정말 반가워요. 안녕히 계세요. 이제 가야 해서요. 아시잖아요, 제가 빡빡하게 여행을 해야 해서요…."

그는 그렇게 도망치듯 가 버렸다. 나는 그를 뒤쫓아갔다. 고무장갑과 소독제가 없었다면 나는 그에게 손가락 하나 대지 않았을 것이다. 그는 위협하기 딱 좋은 사람이었다. 나는 전날 그가 옷 입는 것을 보고 근육이 거의 없다는 사실을 알았으니까.

—— 11월 9일

여전히 여기 있다.

나디르 샤 국왕*이 카불에서 암살당했다.

이라크의 가지 국왕**이 죽었다는 저잣거리의 소문이 아침에 은행까지 전해졌다. 공사관은 1시에 진실을 파악

---

* 모하마드 나디르 샤Mohammad Nadir Shah(1883~1933, 재위: 1929~1933). 아프가니스탄의 국왕. 아마눌라 칸의 군주제를 전복하고 새로운 아프간 군주제를 수립했다. 이후 아프간 내정을 안정화하고 대외적으로는 중립 정책을 추구하여 아프가니스탄의 주권을 지키고자 노력했으나 암살당했다.

** 가지 이븐 파이살Ghazi ibn Feisal(1912~1939, 재위: 1933~1939). 이라크 초대 왕 파이살 1세의 외아들로 1933년 아버지의 사망으로 왕위에 올라 가지 1세가 되었다.

했고, 로이터 통신은 저녁에 이를 확인해 주었다.* 인도 정부는 격하게 반응했지만 정작 아프가니스탄에서는 아무 소식이 없다. 소란이 있거나 말거나, 이런 사건이 내 여정에 도움이 될 리는 없을 것이다. 어쨌거나 내가 출발이나 할 수 있다면 말이지만.

크리스토퍼의 오랜 친구인 바흐티아리 족장 중 한 명이 우리와 함께 식사를 하러 개인실로 왔다. 그는 족장의 지위를 물려받은 사람이 외국인과 교제하는 것은 위험하므로 비밀을 지켜 달라고 부탁했다. 사실 모든 족장은 마조리뱅크스에게 비공식적으로 억류된 셈이다. 그들은 테헤란에 살면서 돈을 펑펑 쓸 수는 있지만, 고향인 바흐티아리로 돌아갈 수는 없다. 마조리뱅크스는 부족들을 두려워하여 경찰의 통제하에 있는 마을에 족장들을 정착시키고 마을에서 지도자들을 고립시켜 그들의 권력을 무너뜨리려 하고 있다. 그들은 과거에 정계의 실력자로서 너무 자주 왕을 바꾸어 왔다.

우리 손님은 미래에 대한 불길한 예감을 토로했다. 그는 페르시아는 항상 이런 식이었다면서 체념했다고 말했다. 지금 할 수 있는 유일한 일은 폭군이 죽을 때까지 인내심을 갖는 것뿐이라고도 했다.

---

* 가지 국왕은 1939년 자동차 사고로 사망했으므로 이때 소문은 거짓인 것으로 확인된 셈이다.

—— 11월 11일

토요일. 아직도 여기에 있다.

나는 화요일에 떠나기로 결정했다. 월요일에 30파운드짜리 모리스 자동차를 발견했다. 싼 가격에 산 것 같았다. 사실, 이로써 나는 다음 날 바로 떠날 수 있으리라 생각했다.

하지만 그렇게 차를 사고, 운전 면허증을 받고, 페르시아에 체류할 허가와 메셰드에 갈 수 있는 허가를 받고, 메셰드 총독에게 가져갈 편지와 도중에 또 다른 총독들에게 줄 편지를 받느라 나흘이나 지체되었다. 나는 신분증이 없어서 '법에 반항하는 사람'이라는 소리를 들었다. 신분증을 얻기 위해 나는 국가 기록 보관소에 어머니의 출생지에 관한 비밀이 담긴 서류를 3부나 제출했다. 그 사이 차주인은 분홍색 트위드 양털 코트를 입은 아주 늙은 변호사에게 위임장을 맡기고 테헤란을 떠났다. 거래가 이미 성사되었고 서명까지 공식적으로 확인했다. 그러나 경찰은 변호사의 위임장이 고용주의 모든 세속적 물품에 적용되기는 하지만 모리스 자동차는 그 물품 목록에 없다는 이유로 거래 등록을 거부했다. 이 결정은 상급 경찰관에게 항소하여 번복되었고, 그는 부하 직원에게 이 사실을 전화로 알렸다. 하지만 270미터 떨어진 해당 부서로 되돌아가 확인해 보니 그곳 사람들은 이 사실을 전혀 알지 못했다. 옆 부서에도 그 메시지를 받았는지 물어보았다. 마침내 누군가가 전화를 받았던 사람이 외출했다는 사실을 기억해 냈다. 천만다행히도 우리는 길에서 그를 만나 함께 그의 자리로 갔다. 그는 짜증을 내며 위임장 사본 없이는 아무것도 하지 않겠다고 했다. 위임장 사본이 준비될 때까지 그를 그냥 내버려 두는 편이 좋겠다고 생각했다. 변호사는 절뚝거리며 깨끗한 종이를 사러 나갔다. 차 주인 아들과 차고 주인, 그리고 나는 중앙 광장의 포장도로에서 서류를 작성하기 적당한 장소를 찾아 읽기 어려운 필체로 글을 쓰고 있는 늙은 서기 주위에 쭈그리고 앉았다. 서기는 코끝에 안경을 걸치고, 종이에 스텐실 작업이라도 하는 듯 구멍이 날 정도로 꾹꾹 눌러가며 글을 써 내려갔다. 그런데 한 문장이 채 끝나기도 전에 경찰이 우리에게 자리를 옮기라고 했다. 자리를 옮기고 또 다른 문장을 시작도 하기 전에 다시 옮기라고 했다. 우리는 혼란에 빠진 두꺼비 떼처럼 광장을 빙빙 돌며 여기저기서 단어 하나씩 잽싸게 써넣었다. 그동안 어스름이 깊어져 밤이 되었다. 사본을 제출하면 다시 사무실에서 그걸 복사해야 했다. 차라리 광장에 있을 때가 나았다. 사무실 전기가 끊겨 손가락이 타들어 갈 정도로 성냥을 그어대야 했기 때문이다. 나도 웃고, 다른 사람들도 웃고, 경찰도 미친 사람처럼 웃었다. 하지만 경찰은 갑자기 정색하더니 소유권 증명서는 사흘 안에 준비될 수 없다고 했다. 한 시간의 논쟁 끝에 다음 날 아침에 보자는 약속을 얻어 냈다. 다음 날 아침, 내가 증명서를 찾으러 가자 그들은 다시 사흘이라고 말했다. 그때 나는 혼자였고 내 의사를 분명히 전할 만큼의 페르시아어는 구사할 수 있지만, 거절하는 말을 이해할 정도는 아니라 유리한 점이 있었다. 다시 한 번 길 건너편의 담당관에게 떼 지어 몰려갔다. 남자들이 이 방 저 방으로 뛰어다니고 전화기가 울려 댔다. 문서가 완성되었다. 덧붙이자면, 이 모든 것은 지난 나흘 동안 내가 겪은 운명의 10분의 1 정도, 극히 일부분에 불과했다.

차는 1926년산이며 엔진은 조심스럽게 다뤄야 했다. 어제 시험 운전을 해보고 오늘 아침 6시에 출발하자고 제안했다. 그러나 시험 운전이 끝날 무렵 배터리가 고장 났다. 정오에 출발해서 오늘 밤 아미리야Amiriya에 도착해 최악의 길 중 하나를 완수하기를 기대한다.

노엘 일행은 어젯밤 롤스로이스 두 대에 나누어 타고 도착했다. 그들은 도버에서 목탄 장치를 내버렸다고 한다. 먼저 출발한 목탄차 운행자들은 다마스쿠스와 바그다드 사이의 사막에서 닷새 밤을 보냈으며 빅 엔드* 두 개를 고

---

* 자동차에서 연접봉이 크랭크 축에 연결되는 큰 끝부분을 말한다.

장 내고 현재 수리 중이라고 한다. 나는 여전히 그들이 이곳으로 올지 확신이 없다. 운을 기다릴 수는 없다. 15일 이후에는 언제라도 길이 봉쇄될 수 있다.

아인 바르잔Ayn Varzan*(약 1,520미터)

—— **오후 7시 30분 이후**

테헤란에서 96킬로미터 떨어진 곳에서 뒤쪽 차축이 고장 났다.

"호라산Khorasan**으로! 호라산으로!"성문에서 경찰이 외쳤다. 엘부르즈산맥의 협곡을 통과하는 동안 나는 짜릿한 쾌감을 느꼈다. 올라가건 내려가건 엔진은 항상 1단 기어에 있었다. 오로지 이것만이 마지막 혹은 다음 급커브 길에서 우리가 앞으로 혹은 뒤로 급작스럽게 움직이는 걸 막아 줄 수 있었다.

농부 일곱 명이 구호를 외치며 마을의 한 작업장까지

---

*   아예네 바르잔Ayeneh Varzan 또는 에인바르잔'Eyn Varzān.이란 테헤란주의 작은 마을로 다마반드산 인근에 있다.

**   이란 동북부의 오랜 역사를 지닌 지역으로 고대 파르티아, 박트리아, 페르시아 영역이었으며 오늘날의 투르크메니스탄, 아프가니스탄 북부, 타지키스탄을 포함하는 지역이다. 고대 실크로드를 따라 무역, 문화, 문명의 중심지로서 중요한 역할을 했다.

차를 밀고 언덕으로 올라갔다. 완전히 낭패였다. 하지만 나는 테헤란으로 돌아가지 않을 것이다.

샤흐루드Shahrud*(1,340미터)

—— **11월 13일**

다음 날 아침 아인 바르잔에 버스가 도착했다. 버스는 메셰드로 향하는 여성 순례자들로 가득 차 있었다. 아래 마당에서 들려오는 그들의 수다에 잠이 깼다. 5분 후 나는 운전기사 옆에 앉아 있었고, 내 짐은 여성들 자리 밑에 놓여 있었다.

아미리야 위쪽 고개에서 우리는 높이 솟아 있는 산봉우리, 능선, 산등성이의 행렬과 하늘 끝에 닿아 있는 데마벤드산의 새하얀 고깔을 뒤돌아보았다. 앞으로는 끝없이 펼쳐진 평원 위로 산들이 잔물결처럼 일렁이다 탄식하듯 사그라진다. 여기는 어둡고 저기는 빛나고, 그림자와 햇살은 그들의 주인인 구름을 따라 대지를 가로지른다. 노랗게 물든 숲이 외로운 마을 사람들을 감싸 안고 있었다. 다른

---

* 현재 이란의 셈난Semnan주에 있는 도시로 아케메네스 왕조 시기에 번성했다. 19세기 호라산과 테헤란 동부를 잇는 지리적 장점으로 인해 크게 성장했다.

쪽으로는 페르시아 동부의 검은 돌로 뒤덮인 사막이 펼쳐졌다. 삼난Samnan*에서 여성들이 벽돌로 만든 카라반세라이에서 차를 마시는 동안 나는 오래된 미너렛에 관한 이야기를 들었다. 나는 경찰이 나를 찾아내기 전에 그곳을 찾아냈다. 하지만 경찰이 나를 발견했을 때, 나는 이 아름다운 도시에 더는 머물 수 없다는 사실에 슬픔을 삼켰다. 우리는 황혼 속으로 차를 몰았다. 흑인 운전기사는 호의를 느낄 만한 가격을 제시하며 "우리와 함께 메셰드로 가시죠"라고 말했다. 나는 단호하게 담간Damghan**에서 내렸다.

그곳에는 11세기에 지어졌다는 내용이 새겨진 원형 무덤탑 두 개가 있다. 이 무덤탑은 정교하지만 가볍게 모르타르를 바른 카페오레 색깔의 벽돌로 지어졌다. 타릭 하나Tarikh Khana 또는 '역사의 집'으로 알려진 폐허가 된 모스크는 훨씬 더 오래되었다. 둥글고 땅딸막한 기둥은 노르만 시대 영국의 마을 교회를 생각나게 하는데, 사산조 전통에서는 생각지도 못한 로마네스크 양식***을 물려받았던 것이 틀림없다. 이슬람이 페르시아를 정복한 후 이슬람 건

---

*   이란 셈난주의 주도로 엘부르즈산맥 남쪽에 위치한다. 비단과 양탄자로 유명한 도시다.

**   이란 셈난주의 도시. 이란 고원의 가장 오래된 도시 중 하나다.

***   서유럽에서 9세기 후반에 생겨난 건축 양식으로 중세 시대 고딕 양식으로 발전했다. 육중하고 두꺼운 벽, 아치, 큰 탑, 장식적인 회랑이 특징이다.

축물 전체가 이 전통을 차용했다. 이런 식으로 예술적 가치를 성취하기 전, 그 차용 과정이 조잡하게 시작되는 이슬람 건축을 보는 것도 흥미롭다.

내가 점심시간이 지나도록 붙잡고 있자 선량한 경찰관들이 배고픔에 지쳐 쓰러지기 시작했다. 오후 늦게 서쪽에서 트럭 한 대가 들어왔고, 그들은 그날 식사를 해결할 수 있다는 유일한 희망으로 나를 트럭에 밀어 넣었다. 우리는 8시에 샤흐루드에 도착했고 자정에 떠날 예정이다.

훌륭한 시설인 페르시아의 카라반세라이는 현대 교통수단에 밀려 사라지지 않고 여전히 유지되고 있다. 여행자 쉼터는 어디에나 있지만 이 카라반세라이는 오래된 건축 평면도를 재현해 낸 듯하다. 여기에는 옥스퍼드 대학만큼 큰 사각형의 중정이 있으며, 거대한 문이 달려 있어 내부를 보호한다. 아치형 입구 근처에는 요리, 식사, 공동 숙소 및 업무 처리를 위한 공간이 있고, 다른 세 면에는 수도원 방과 비슷한 작은 방들이 빙 둘러 있다. 말과 자동차를 세워 둘 공간도 있다. 편안함을 주는 요소는 다양하다. 여기 마시스Massis 카라반세라이에는 스프링 침대, 카펫, 난로가 있고 부드러운 닭고기와 달콤한 포도를 먹을 수 있다. 담간에는 가구가 전혀 없었고 음식이라고는 미지근한 밥 한 덩어리뿐이었다.

니샤푸르Nishapur*(1,220미터)

—— 11월 14일

사람은 무엇이 되었건 그에 대한 전문가가 될 수 있다. 페르시아 어디에서도 내가 담간에서 탄 것과 같은 트럭은 볼 수 없었다. 신형 레오 스피드왜건은 처음 나선 여행길에서 평지에서는 시속 56킬로미터로 달릴 수 있었다. 이중 바퀴와 항상 시원한 라디에이터, 운전석에는 조명까지 장착되어 있었다. 마흐무드와 이스마일은 테헤란에서 인도 국경까지 기록적인 속도로 달리고 있다. 그들은 5분마다 내 상태를 확인하면서 내가 그들과 함께 두즈다브Duzdab**로 바로 가기를 원했다.

새벽은 거센 돌풍이 불고 이슬비가 부슬거리는 밤을 뚫고 마치 교수대에서 보내는 미소처럼 찾아왔다. 나는 치즈와 샤흐루드에서 먹고 남은 닭가슴살을 먹었다. 흐릿한

---

* 이란 북동부 라자비호라산주에 위치하며 실크로드를 중심으로 발전했던 도시다. 9세기 타히르Tahirid 왕조, 11세기 셀주크 제국 초기의 수도였으며 13세기 초 몽골의 침입과 지진으로 폐허가 되었다.

** 이란 남동부 시스탄오발루치스탄Sistan O Baluchestan주에 위치한 도시로 오늘날 자헤단Zahedan이라 불리며, 두즈다브라는 이름은 1930년대까지 사용되었다.

사막에서 덜 자란듯한 버드나무 두 그루와 찻집 하나가 눈에 들어왔다. 마흐무드와 이스마일은 길에서 만난 다른 동료들과 인사를 나누러 안으로 들어갔다. 나는 앉은 자리에서 졸았다.

아바사바드Abbasabad*에서 우리는 불을 피워 놓고 옹기종기 둘러앉아 있는데, 그곳 사람들이 우리에게 연한 녹회색 돌로 만든 구슬, 궐련용 파이프, 주사위를 팔려고 했다. 주홍색 러시아식 블라우스를 입고 있던 그들은 샤 아바스Shah Abbas**가 이주시킨 그루지야 식민지 주민의 후손이다. 그때부터 쭉 바람과 비를 맞으며 언덕 같은 회색 쓰레기 더미를 넘어갔다. 회색 체펠린zeppelin*** 같은 구름이 낮고 빠르게 움직인다. 드문드문 보이는 잿빛 마을은 황량하기 그지없다. 폐허가 된 성채 주위에 모여 있는 벌집 모양의 돔과 지구라트**** 같은 고대의 형상들이 빗속에서 녹

---

*   이란 셈난주의 도시.

**   아바스 대제(1571~1629, 재위: 1588~1629). 이란 사파비 왕조의 제5대 왕. 오늘날의 이라크와 아프가니스탄 지역을 회복하고 수도를 이스파한으로 옮겨 문화와 경제의 중심지로 만들었다. 그리고 왕권을 강화하고자 그루지야와 아르메니아인을 이스파한으로 이주시켰다.

***   20세기 초 독일의 페르디난트 폰 체펠린Ferdinand von Zeppelin과 후고 에케너Hugo Eckener가 개발한 비행선이다. 제1차 세계대전 전성기 항공편으로 운행되다 전쟁 중에는 독일이 폭격과 정찰용으로 사용하기도 했다.

****   고대 메소포타미아에 지어진 거대 건축물이다. 높은 곳이라는 의

아내리고 있다. 이 성채들은 역사의 여명기 이래로 이렇게 계속 녹아내렸고 여름이 오면 또다시 진흙 벽돌로 쌓아 올려진다. 이렇게 역사가 끝날 때까지 녹았다 쌓아 올려지고 솟아오르기를 반복할 것이다. 범람한 보라색 시냇물이 도로를 지나 들판으로, 그리고 사막으로 소용돌이쳐 흘러 들어간다. 지나간 흔적 자체가 물길이 된다. 하룻밤 사이에 포플러 잎은 다 떨어졌지만 플라타너스 나뭇잎은 그래도 하루 더 잎을 달고 있다. 낙타 떼를 이어 놓은 줄이 우리 옆에서 흔들거렸다. 떨렁, 수컷 낙타의 종소리가 울리더니 사라진다. 하얀 타바드tabard*를 입은 목동들이 자갈밭에 양 떼를 풀어놓은 뒤 강풍을 뚫고 지나간다. 검은 천막과 검은 양털 모자를 보니 우리가 투르코만Turcoman**과 중앙아시아의 경계에 도착했음을 알겠다. 여기가 바로 황금 무역로Golden Road다. 800년 전, 코스루기르드Khosrugird의 미너

미를 지닌 지구라트는 고대 수메르, 아카디아, 바빌로니아 등이 세웠던 종교적 장소로, 진흙을 구운 벽돌을 쌓아 만들었다.

* 중세 시대 말기 혹은 근대 초기에 유럽에서 남성들이 주로 입었던 소매가 없거나 짧은 야외용 코트다.

** 8세기경 중앙아시아의 아랄해와 카스피해 사이 지역에서 부족 연합을 형성했던 오구즈 튀르크Oghuz Turk에서 기원한 민족을 가리키는 말이다. 이들은 주로 투르크메니스탄, 이란, 아프가니스탄, 우즈베키스탄 등지에 거주하는 튀르크계 민족으로 오늘날까지도 이 민족 명칭은 이란, 아프가니스탄, 러시아 등지에서 사용되고 있다.

렛*은 지금 우리를 지켜보듯 이곳을 오가는 사람과 낙타를 지켜보았을 것이다. 사브제바르Sabzevar는 약 3.2킬로미터 더 떨어져 있다. 카라반세라이에서는 케밥, 커드, 석류, 현지에서 생산하는 적포도주 한 병을 제공한다.

해가 지자마자 트럭의 라이트가 꺼졌다. 마흐무드와 이스마일이라는 이 두 명의 무모한 기록 갱신자에게는 성냥도 심지도 없었다. 나는 둘 다 가지고 있었지만 꺼진 라이트를 고치기가 쉽지 않았다. 그래서 메셰드로 가는 대신 이곳에 머물러야 했다.

오마르 하이얌Omar Khayam**의 고향, 저주받은 곳이다.

메셰드(945미터)

---

* 이란 사브제바르 서쪽에 있는 12세기 탑이다. 1220년 몽골 침입으로 파괴된 실크로드의 도시 코스루기르드의 유일한 유적으로 셀주크 건축의 한 예를 보여 준다.

** 기야스 알-딘 아부 알 팟 우마르 이븐 이브라힘 니사부리Ghiyāth al-Dīn Abū al-Fath ʿUmar ibn Ibrāhīm Nīsābūrī(1048~1131). 페르시아의 천문학자, 수학자이자 시인. 셀주크 왕조의 궁정에 등용되어 천문대를 운영하고 기하학과 대수학을 발전시켰다. 태양력을 기초로 잘랄리Jalali력을 만들었으며 이항정리를 증명했다.

니샤푸르에서 메셰드까지 거리는 150킬로미터이다. 정오까지는 도착해야 한다.

하지만 내 아름다운 스피드왜건은 갈 수 없었고, 9시가 지나서야 브리티시 베드퍼드 필그림 버스에 올라탈 수 있었다. 길을 따라 26킬로미터 아래에 있는 카담 가Kadam Gah에서 사원으로 걸어 올라가는 동안 운전기사는 친절하게도 차를 세우고 기다리고 있었다. 구근 모양의 돔이 얹힌 이 작고 예쁜 팔각형은 17세기 중반에 지어졌으며 이맘 리자Imam Riza*의 안식처를 기리기 위해 세워졌다. 키가 큰 우산 소나무와 졸졸 흐르는 시냇물로 둘러싸인 바위 절벽 아래 평평한 단 위에 자리 잡고 있다. 태양이 타일에 부딪혀 짙은 색의 나뭇잎과 낮게 깔린 하늘을 배경으로 파란색과 분홍색, 노란색으로 반짝이고 있었다. 검은 터번을 두른 수염 난 세이드seyid**가 돈을 요구했다. 깡충거리고 발을 구르던 절름발이와 맹인들이 무서운 속도로 모여들었다. 나는 급히 버스로 도망쳤다.

버스에는 정원의 두 배에 달하는 승객과 짐이 실려 있

---

*   알리 이븐 무사 알-리다Ali ibn Musa al-Rida(766년 경~~818). 이맘 레자Imam Reza라고도 한다. 시아파의 열두 이맘 중 여덟 번째 이맘. 이맘이란 이슬람 지도자의 지위를 말한다.

**   예언자 무함마드의 후손. 이슬람 지도자를 의미한다.

었다. 목적지에 다 왔다는 생각에 흥분한 운전기사는 시속 64킬로미터로 내리막길을 질주하다가 비틀거리며 개울 바닥을 가로질러 반대편 경사면에 부딪혀 튀어 올랐다. 빠져나간 앞바퀴가 내 쪽으로 다시 굴러와 자동차 발판을 우지끈 소리를 내며 찌그러뜨리고 사막으로 굴러갔을 때는 정말 깜짝 놀랐다. "당신, 영국인이죠?" 운전기사는 넌더리가 난다는 표정으로 물었다. "저것 좀 봐요." 2.5센티미터 두께의 영국산 강철이 깔끔하게 뚫려 있었다.

새로 나사를 끼우는 데 한 시간 반이 걸렸다. 순례자들은 바람을 등지고 웅크리고 있었다. 남자들은 노란 양가죽을 뒤집어썼고, 여자들은 검은 천을 두르고 있었다. 다리가 서로 묶인 닭 세 마리가 잠시나마 자유를 누리고 있었다. 하지만 닭들의 울음소리에도 희망은 보이지 않았다. 다시 출발했을 때 운전기사는 조심성에 사로잡혀 시속 8킬로미터로 달렸고, 쉼터마다 차를 세우고 차를 마시며 긴장을 풀었다. 마침내 작은 고갯길에 이르자 새로운 경치가 나타났다.

불빛을 받은 층층이 쌓인 산들이 지평선을 둘러싸고 있었다. 동쪽에서 밤과 구름의 파도가 천천히 다가오고 있었다. 평원 아래로 보이는 뿌연 연기와 나무, 집들이 시아파의 성스러운 도시 메셰드에 도착했음을 알려 주었다. 차가운 가을 안개 속에서 금빛 돔이 번쩍이고 푸른 돔이 어렴풋이 보였다. 이맘 리자가 칼리프 하룬 알 라시드Harunal-Rashid* 옆에 안장된 이후 수 세기에 걸쳐 이 광경은 순례자, 상인, 군대, 왕, 여행자 등 사막에 지친 이들의 눈을 정화해 주었고 고장 난 버스 안에서 초조해하는 승객 수십 명에게도 마지막 희망이 되어 주었다.

수많은 돌무더기가 신성한 지역임을 나타내고 있었다. 남성 순례자들은 메셰드를 등지고 메카Mecca**를 향해 기도하러 버스에서 내려왔다. 운전기사는 요금을 받으러 따라 내려왔고, 남편들은 약혼을 했으므로 부득이 아내들이 타고 있는 버스로 다시 다가갔다. 요금을 받는 것에 격렬하게 항의하는 비명이 점차 최고조에 달하여 감사 기도를 드리려는 순간마저 날려 버렸다. 경건한 남편들은 피할 수 없는 계산을 미루겠다는 결의로 자신들의 이마를 돌무더기에 찧고 발에 신은 스타킹을 찢으면서 하늘을 향해 한숨을 내쉬고 눈을 굴리며 계속 기도했다. 철창 안에 있는 머리쓰개를 쓴 흉악한 욕심쟁이 여자들에게 밀려난 운전기사와 조수는 버스 주변에서 춤을 추고 있었다. 남편들은 한 명씩 슬금슬금 보이지 않는 곳으로 몸을 피하려 했다.

---

*   아부 자파 하룬 이븐 무하마드 알 마흐디Abu Ja'far Harun ibn Muhammad al-Mahdi(763~809, 재위: 786~809). 아바스 왕조의 제5대 칼리프다. 문학, 예술을 보호하고 학문을 장려하여 사라센 문화의 황금기를 이끌었다. 『천일야화』의 주인공으로 유명하다.

**   현재 사우디아라비아 메카주의 수도로 이슬람에서 가장 신성시되는 도시다. 모든 무슬림은 평생에 한 번 이상 메카 순례를 떠난다.

하지만 그들은 한 명씩 차례로 운전기사들에게 붙잡혔다. 그들은 각자 15분씩 항의했지만 결국 세 명만이 돈을 내지 않았고, 으르렁거리며 악담을 퍼붓던 이들은 주먹질과 발길질을 받으며 단체에서 쫓겨났다. 버스 앞좌석에서 내내 내 옆에 앉아 있었던, 신자 중 가장 활동적이었지만 징징 거리던 바리새인의 인솔로 그들은 느릿느릿 걸어서 언덕을 내려가기 시작했다.

버스가 그들을 따라가기 시작하자 뒤쪽의 여성들이 세 배로 소란을 피웠다. 그들은 주먹과 가재도구로 앞쪽의 운전기사와 나와 그들 사이를 가로막고 있던 얇은 나무 칸막이를 당장이라도 부숴 버릴 기세였다. 버스가 다시 한번 멈췄다. 베일을 벗고 거품을 물고 있는 사나운 여자들은 나에게 그 남자 세 명을 다시 데려오라고 호소했다. 이쯤 되자 어두워지기 전에 호텔에 도착하는 것 외에는 다 내 관심 밖이었다. 나는 운전기사에게 "남자들을 데리고 가든지 아니면 그냥 계속 가든지, 이 이상 멈춰 있으면 내 돈마저 못 받을 거요"라고 말했다. 이 말이 효과가 있었는지 그는 아직도 욕을 하며 도로를 따라 내려가고 있는 남자들을 붙잡아 다시 돌아오려고 했다. 그러나 그들은 거절했다. 그들은 자신들의 인생에서 가장 신성한 순간을 더럽힌 운전기사의 말은 듣지 않겠다며 호의를 단번에 거절하고 시궁창 같은 길로 되돌아갔다. 여자들은 다시 비명을 지르고 칸막이를 때려 부수었다. 칸막이에 금이 가고 버스 전체가 삐걱거리기 시작했다. "계속 가요!" 나는 차 바닥판이 브레이크에 딸려 들어갈 때까지 발을 구르며 소리쳤다. 버스에서 뛰어내린 운전기사는 도망간 사람들을 붙잡아 살려 달라고 할 때까지 흠씬 두들겨 팬 뒤에 다시 버스로 끌고 왔다. 바리새인은 또다시 버스 앞 내 옆자리에 앉으려 했다. 이번에는 내가 돌아 버릴 지경이었다. 나는 그에게 내 옆에 오지 말라고 했다. 그러자 그는 따끔따끔하고 침이 묻은 수염을 내 손에 대고 입맞춤을 퍼부었다. 한 번 밀치자 그는 나가떨어졌고, 나는 반대편으로 뛰어나와 이제 정신이 혼미해져 지치고 불쌍한 운전기사에게 저 남자와 잠시라도 같이 있느니 내 발로 메셰드까지 걸어갈 것이며 버스 요금은 내지 않겠다고 선언했다. 이 말을 듣고 여인들은 바리새인을 구박했다. 이 비굴한 짐승은 뒤쪽으로 들려 갔다. 그리고 우리는 대포차를 부수고도 남을 속도로 성스러운 도시를 향해 출발했다.

운전기사와 나는 서로를 바라보았다. 웃음이 터졌다.

—— 11월 17일

사원이 마을을 지배한다. 투르코만인, 카자크인, 아프간인, 타지크인, 하자라인이 유럽인처럼 보이려는 거무칙칙한 페르시아인 군중과 뒤섞여 사원 앞으로 몰려든다. 경찰은 이 광신도들을 두려워한다. 그래서 공식적인 반교권주의 정책으로 다른 곳에서는 모스크가 개방되고 있음에도 이곳은 여전히 이교도들의 사원 출입을 거부한다. 호텔에 있던 한 남자가 말했다. "들어가고 싶다면 제 모자를 빌려드리겠습니다. 그것만 있으면 되거든요." 나는 프랑스식 모자 케피képi를 흉내 낸 마조리뱅크스의 통치 상징인 그 모자를 불쾌하게 바라보았다. 그리고 파란 눈과 덥수룩한 콧수염으로는 검열을 통과하기 어려울 것이라는 결론을 내렸다.

얼마 전, 마조리뱅크스가 시스탄Sistan을 처음 방문했다. 현대적인 거리 계획에 대한 그의 욕구를 충족시키기 위해 겁에 질린 지방 당국은 포템킨 마을*을 건설했다. 그 새로운 마을의 벽은 전기로 장식되어 있어 그럴듯해 보였지만 실상은 들판을 둘러싸고 있을 뿐이었다. 트럭 한 대가 아이들 옷을 싣고 마조리뱅크스보다 하루 앞서 도착했다. 다음 날 아침, 학생들은 프랑스 유치원 원아처럼 차려

---

*   '초라하거나 바람직하지 못한 것을 감추려 겉모양만 번지르르하게 꾸민 겉치레, 혹은 어떤 것을 실제보다 더 좋아 보이게 하는 속임수 또는 계략'이라는 의미의 관용적인 표현이다. 이는 그리고리 알렉산드로비치 포템킨 타브리체스키Grigory Aleksandrovich Potemkin-Tauricheski(1739~1791)의 이름에서 유래한다. 크림 반도를 통치하던 포템킨은 예카테리나 여제가 이 지역을 시찰하러 온다고 하자 자신이 통치했던 지역에 대한 좋은 이미지를 여왕에게 심어 자신의 영향력을 키우려고 했다. 하지만 단기간에 개발할 수 없자 여제가 드네프르 강에서 배로 순시한다는 것을 알고 강 유역의 마을을 부유한 것처럼 보이도록 꾸몄다고 한다. 이러한 일화에서 유래한 말이 '포템킨 마을'이다.

입고 학교에 모였다. 차를 몰고 가던 군주가 차를 세웠다. 아이들의 옷이 후졌다는 이유로 교장을 해고하기에 충분한 시간이었다. 그러고 나서 그는 차를 몰고 가 버렸다. 하지만 아이들의 옷을 다 벗겨 다시 트럭에 마구 실어 마조리뱅크스가 시찰할 다음 장소로 보내는 것보다 앞서 도착하지는 못했다. 페르시아는 여전히 *하지 바바**의 나라다.

노엘 일행이 어제 도착했다. 온통 장미가 그려진 아프간 트럭에 헤라트행 좌석을 하나 잡았다. 내일모레 떠나기를 간절히 바란다.

—— 11월 18일

피르다우시의 고향인 투스Tus는 이맘 리자의 묘소를 중심으로 성장한 메셰드보다 앞서 존재했던 도시다. 러시아 국경의 아스카바드Askabad로 가는 길에서 북서쪽으로 28킬로미터 떨어진 곳에 있다.

언덕과 산등성이가 구시가지의 윤곽을 드러낸다. 아치 여덟 개로 이루어진 오래된 다리가 강을 가로지르고 있

---

*   영국의 외교관이자 소설가인 제임스 저스티니안 모리에James Justinian Morier(1782~1849)가 쓴 소설 『이스파한의 하지 바바의 모험The Adventures of Hajji Baba of Ispahan』의 주인공이다. 하지 바바는 교활하고 기회주의적인 페르시아인으로 묘사된다.

다. 그리고 시든 장미 꽃잎 색깔의 벽돌로 지은 거대한 돔을 얹은 영묘가 푸른 산을 배경으로 서 있다. 누구를 기념하기 위한 것인지는 아무도 모르지만 메르브Merv*에 있는 술탄 산자르**의 영묘와 비슷한 것으로 보아 12세기에 세운 것으로 보인다. 투스의 화려함을 간직하고 있는 유일한 건축물이다.

내년은 피르다우시 탄생 1천 주년이 되는 해다. 외국인들도 피르다우시에 대해 들어봤을 것이다. 외국인들은 그를 존경받을 만한 유일한 시인으로 여기지만, 사실 그들 중 누구도 그의 시를 읽어 본 적이 없을 것이다. 따라서 그들의 찬사는 그의 작품에 대한 것이라기보다는 그의 국적에 대해서일 것이다. 적어도 그것이 페르시아가 바라는 바이기도 하다. 축하 프로그램이 이미 발표되었다. 페르시아와 국경을 맞대고 있거나 페르시아와 또 다른 이해관계를 맞춰 보려는 정부들이 대표단을 파견해 마조리뱅크스의 동포들이 페르시아를 위한 서사시를 쓰는 동안 이웃 정부의 동포들은 겨우 대청으로 물들인 옷을 입는 정도 밖에

---

* 현재 투르크메니스탄의 마리Mary의 옛 이름. 실크로드의 톈산남로와 톈산북로가 서쪽에서 만나는 지점에 위치한 오아시스 도시다.

** 아흐마드 산자르Ahmad Sanjar(1086~1157, 재위: 1118~1157). 1097년부터 호라산의 셀주크 통치자였으며 1118년 이후 셀주크 제국의 술탄이 되었다. 몽골제국 이전 가장 오랫동안 재임한 무슬림 군주다.

되지 않았다는 점을 상기시키려 한다.* 그들은 오늘날에도 그런 비교가 부적절하지 않다는 것을 알게 될 것이다. 국왕 폐하의 새로운 철도, 공정하고 개방적인 정의, 정장에 대한 열정은 혼란한 세상에 희망을 준다. 사실, 샤 리자 팔레비Shah Riza Pahlevi가 피르다우시를 훨씬 능가한다.

산과 사막 사이에서 오랫동안 침묵했던 투스가 이 향기로운 발언의 무대가 될 것이다. 시인의 무덤이 있었을 것으로 추정되는 위치에 세운 기념비도 공개될 것이다. 거의 다 완공된 이 기념비는 즐거운 놀라움을 보여 주었다. 흰 돌로 덮인 정사각뿔이 넓은 계단 위에 서 있다. 그 앞에는 나무로 둘러싸인 긴 연못이 있고 고전적인 파빌리온** 한 쌍이 있다. 서구적 발상을 접한 동양적 취향의 한계를 감안할 때 디자인은 감탄할 만하다. 서양식 기념비는 최대한 단순하고, 페르시아식 정원은 언제나처럼 아름다워 이 두 가지가 적절한 비율로 조화를 이루고 있다. 의식이 끝나고 짤랑거리는 염소 종소리가 다시 들리면 피르다우시를 사랑하는 사람들은 이 가식 없는 사원에서 감사로

---

*   페르시아와 관계를 잘 유지하고자 하는 주변 국가들이 자신들은 문화적으로 선진적인 페르시아에 비하면 덜 발전한 나라라고 낮춤으로써 페르시아를 추어올리는 상황을 설명하고 있다.

**   정원에 세우는 정자나 쉼터, 대규모 건물에 부속되거나 별도로 지어진 별관, 분관 또는 박람회나 전시장에 임시로 세운 건물을 가리키는 용어다.

충만한 평화를 찾게 될 것이다.

오늘 오후 영사관에서 다과회가 열렸고 놀이도 이어졌다. 사형 집행인처럼 보이는, 아마도 그럴 가능성이 있는 경찰서장은 골무 찾기 대회에서 미국인 선교사 부인에게 팔이 묶이는 신기한 광경을 연출했다. 나는 미국 선교단 대표인 도널드슨 씨를 만났는데, 그는 개종자들을 신경 쓰는 대신, 아니 어쩌면 그들을 신경 쓰는 일 말고도 시아파 종교에 관한 책도 출판했다.

테헤란에서 온 전보에 따르면 목탄차 운행자들이 그곳에 도착했고, 세관에서 총을 내놓는 대로 이곳으로 올 것이라고 한다. 그들을 기다리는 것은 의미가 없다. 만나게 된다면 마자르 이 셰리프에서 만나야 한다. 지금도 눈 때문에 길이 막혀 있을지 모른다.

노엘은 이제 아프가니스탄으로 갈 비자를 받을 생각이다.

아프가니스탄

헤라트(914미터)

—— 11월 21일

노엘이 비자를 받아 나를 여기로 데려왔다. 아니 그렇다기보다는 오히려 내가 노엘을 데려왔다고 해야 할 것이다. 런던에서부터 내내 운전해 온 그는 다른 사람에게 운전대를 넘겨주게 되어 기뻐했다. 그는 오늘 오후 남쪽 도로를 타고 칸다하르Kandahar*로 떠났다.

죄수 같은 삶을 살고 있는 러시아 영사관 직원들을 제외하고 나는 이곳의 유일한 유럽인이다. 그래서 나는 최선을 다해 처신하고 있다. 대중의 시선이 나에게 그것을 요

---

*   현재 아프가니스탄 칸다하르주의 주도다. 알렉산더 대왕 원정 당시 세워졌다고 알려져 있으며 16세기에는 바부르가 이곳을 병합하고 이후 무굴 제국을 건설했다.

구하기 때문이다. 자전거로 세계 일주 중인 파르시Parsi* 인도인 세 명이 호텔에 머물고 있는데, 이들은 올여름에 새로 개통된 도로를 따라 마자르 이 셰리프에서 왔다. 그들은 이곳으로 오는 도중에 옥수스Oxus강**을 넘어 탈출해 와칸Wakhan-파미르Pamir 간 도로를 따라 호위를 받으며 중국 투르키스탄Chinese Turkestan***으로 이동 중이던 러시아인 몇 명을 만났다고 한다. 그중 한 명은 언론인이었는데, 부츠는 이미 구멍이 났지만 걸어서 베이징으로 가려 하고 있었다. 그는 자신이 겪고 있는 고난을 적은 편지를 그들에게 건네주었다.

헤라트에는 무디르 이 하리자Mudir-i-Kharija라는 헤라트 자체 외무 행정관이 있는데, 그는 내가 교통편을 찾을 수만 있다면 투르키스탄으로 갈 수 있다고 했다. 나는 또한 운두가 높은 검은색 아스트라칸astrakhan 모자****를 쓰고

---

*   인도에 거주하며 조로아스터교를 믿는 이란계 민족.

**   아무다리야Amu Darya강을 말한다. 오늘날 파미르고원에서 시작하여 힌두쿠시산맥을 지나 투르크메니스탄과 우즈베키스탄 국경 지대를 흐르는 강이다. 고대에 옥수스강이라 불렸다.

***   이 용어는 대략 중국의 서쪽 지역, 투르키스탄의 동쪽 지역을 이르는 말로, '동투르키스탄'이라고도 불렸다. 현재 중국의 신장 위구르 자치구, 타림 분지 일대, 티베트, 톈산 및 알타이 산맥 사이의 카자흐스탄 동부지역, 고비 사막, 몽골과 내몽골 자치구 일부가 이 지역에 해당한다고 추정한다.

****   아스트라칸에서 나는 양털로 만든 모자로 러시아와 중앙아시아에서 남성들이 쓴다.

힌덴부르크 스타일*의 회색 콧수염을 기른 잘생긴 노신사 압둘 라민 칸 총독을 접견했다. 그 역시 내가 원하는 곳으로 갈 수 있도록 허락해 주었고, 가는 길에 당국에 보낼 편지도 써 주었다.

나중에 나는 영어를 할 줄 아는 전신국의 관리자를 방문했다.

"아마눌라 칸**은 어디에 있습니까?" 그는 주위에 아무도 없는지 확인하려는 듯 창밖을 힐끗 쳐다보며 갑자기 물었다.

"로마에 있겠죠."

"그가 돌아오나요?"

"나보다 당신이 더 잘 알 텐데요."

"저는 아무것도 몰라요."

"그의 동생 이냐툴라가 지금 테헤란에 있어요."

---

*   끝이 위쪽으로 구부러진 콧수염. 파울 폰 힌덴부르크Paul von Hindenburg(1847~1934)는 독일의 장교이자 정치인.

**   가지 아마눌라 칸Ghazi Amanullah Khan(1892~1960, 재위: 1919~1929). 아프가니스탄 왕국의 왕이었으며 영국-아프가니스탄 전쟁이 끝난 후 영국으로부터 독립했다. 그는 서구식으로 아프가니스탄을 근대화하고자 했으나 반란으로 영국령 인도로 망명했다.

관리자가 자리에서 일어났다. "언제 도착했죠?"

"거기 살아요."

"무슨 일을 하나요?"

"골프를 쳐요. 너무 못 쳐서 외국 외교관들이 그를 피하죠. 하지만 나디르 칸 국왕이 암살당했다는 소식을 듣자마자 모두 그에게 전화를 걸어 골프를 치자고 하더군요."

전신국 관리자는 이 불길한 소식에 고개를 절레절레 흔들었다. 그러더니 이렇게 물었다. "골프가 뭐죠?"

오늘 저녁 지방 당국의 한 신사가 전화를 걸어 내가 잘 지내는지 물었다. 나는 내 방 창문에 유리가 있으면 좋겠다고 대답했다. 이 호텔은 카라치Karachi의 한 호텔에서 일한 적이 있는, 겉모습만 봐서는 아프리디인*인 세이드 마흐무드가 관리하고 있다. 그가 나에게 방명록을 보여줬는데, 거기서 캘커타Calcutta** 주재 독일 영사 그라프 폰 바세비츠***가 8월에 휴가를 마치고 돌아가는 길에 이곳에 머물렀다는 것을 알게 되었다. 1929년 이후 그에 대해 들어본 것은 이번이 처음이다.

---

*   현재 파키스탄과 아프가니스탄에 거주하는 파슈툰족을 말한다.

**   현재 인도 서벵골주의 주도인 콜카타의 옛 이름.

***   그라프 폰 바세비츠Graf von Bassewitz(1900~1949). 제1차 세계대전 말 독일 제국 육군에 잠시 복무했다. 1931년에 나치 친위대에 가입했으며 제2차 세계대전 때 나치 친위대 지도자로 활동했다.

헤라트는 동서로 길게 뻗은 경작지에 자리하며 남쪽
의 하리강과 북쪽의 파로파미수스산맥의 마지막 산모퉁이
에서 등거리로 약 4.8킬로미터 떨어져 있다. 여기에는 두
마을이 있다. 오래된 마을은 정사각형의 성벽으로 둘러싸
여 있고, 약 3.2킬로미터 길이의 큰 시장 터널이 마을을 대
각선으로 양분하고 있으며, 좁고 구불구불한 길이 미로처
럼 얽혀 있다. 북쪽에는 언덕 위에 세운 인상적인 중세 요
새인 시타델이 주변 평원을 내려다보고 있다. 그 맞은편에
는 신도시가 조성되어 있는데, 시장 입구에서 북쪽으로 이
어지는 대로와 그 대로와 직각으로 교차하는 거리로 이루
어져 있다. 이 길가에는 전면이 개방된 상점이 늘어서 있
고 그 위로 호텔 2층이 높이 솟아 있다. 이 호텔은 구리 세
공소들 사이에 자리하고 있는데, 동틀 무렵부터 해 질 녘
까지 구리 세공소에서 울려 퍼지는 쨍그랑 소리가 투숙객
들의 지루함을 덜어 준다. 사거리에서 더 가면 트럭 매표
소가 있는데, 매일같이 승객들이 상품 더미와 나무 상자
속에 든 러시아산 석유통 사이를 비집고 모여든다.

페르시아와 대조되는 모습에 정신이 팔려 사람들의
시선을 피하지 않고 마주 응시한다. 마조리뱅크스의 사치
금지법에 언급된 평범한 페르시아인의 모습은 인간의 존
엄성에 대한 모독이다. 사람들은 그 누추한 무리가 풍속,
정원, 승마술, 문학에 대한 사랑으로 수많은 여행자의 마

음을 사로잡은 종족이라고는 생각도 할 수 없다. 아프간인들이 어떻게 사랑받을지는 앞으로 두고 봐야겠지만, 우선 그들의 옷차림과 걸음걸이만으로도 충분히 신뢰할 만하다. 몇몇 관리는 유럽식 정장을 입고 멋진 양가죽 모자를 쓴다. 마을 사람들도 가끔 빅토리아 스타일의 양복 조끼나 인도 이슬람교도들이 입는 깃이 높은 양털 코트를 입는다. 그러나 이러한 수입품은 이불 더미만큼 큰 터번, 부분적으로 색이 들어간 담요 같은 망토, 곤돌라 모양의 금색 자수 구두까지 내려오는 헐렁한 흰색 페그 톱* 바지와 어우러져 오페라에서 인디언 숄을 입은 것 같은 이국적인 화려함을 선사한다. 이것은 아프가니스탄 사람들이 선호하는 남부 패션이다. 타지크인 또는 페르시아계 사람들은 투르키스탄의 퀼트 가운을 선호한다. 투르코만인들은 검은색 롱부츠, 긴 붉은색 코트, 검은 염소의 곱슬거리는 부드러운 털로 만든 버즈비**를 착용한다. 가장 독특한 의상은 이웃 고원 지대 사람들의 의상이다. 그들은 무릎 뒤까지 뻗은, 거의 날개에 가까운 가짜 소매가 달려 있고 스텐실처럼 무늬가 투각된 뻣뻣한 흰색 서지 천으로 만든 외투를 입고 거리를 활보한다. 가끔 머리 부분에 창문처럼 뚫려 있는 옷

---

*   허리통은 크고 바지 끝은 좁은 팽이 모양의 바지.

**   영국의 기병과 근위병이 쓰는 것과 같이 운두가 높은 털모자.

양목 천의 벌집*이 거리 풍경을 스쳐 지나간다. 이 사람은 여자다.

매서운 눈매와 독수리 부리 같은 콧날을 가진 거무스름한 헐렁한 옷차림의 남자들이 앞날에 대한 걱정 따윈 하나도 없다는 듯한 자신감으로 어두운 시장 안을 활보한다. 그들은 런던 사람들이 우산을 들고 다니듯 소총을 들고 장을 본다. 그런 위협적인 모습은 어느 정도는 연극적이다. 소총은 발사되지 않는 것일 수도 있다. 몸에 꼭 맞는 군복을 입은 군인들의 체격은 그리 인상적이지 않다. 번득이는 눈도 화장 때문인 경우가 많다. 하지만 이것은 전통이다. 법이 불확실하게 작동하는 나라에서는 그저 힘의 모습만 보여 주어도 평범한 시장통에서 반은 이긴 것이나 다름없다. 정부로서는 불편한 전통이리라. 하지만 적어도 그것은 현실적으로 국민의 평정심과 자신에 대한 믿음을 지켜 주었다. 그들은 유럽인이 유럽의 기준이 아니라 자신들의 기준에 따르길 원한다. 이것은 오늘 아침 아라크를 사려다가 깨달은 사실이다. 온 마을을 뒤져도 술은 단 한 방울도 없었다. 드디어 열등감 없는 아시아를 만난 것이다. 아마눌라는 마조리뱅크스에게 그가 페르시아를 서구화하는 것보다 자신이 아프가니스탄을 서구화하는 것이 더 빠를 것이라

---

* 여인들이 쓰고 다니는 부르카를 표현한 것으로 보인다.

고 자랑했다고 한다. 이것이 아마눌라의 최후였으며, 이러한 발언은 마치 선고처럼 오랫동안 그의 후계자들의 최후가 될지도 모른다.

헤라트에 가까워지자 페르시아에서부터 이어진 도로는 계속 산 아래쪽으로 가까워지다가 쿠슈크Kushk에서 뻗어 나온 도로와 만나 마을을 향해 내리막길로 접어든다. 우리는 어둡지만 별이 빛나는 밤에 도착했다. 이런 밤은 언제나 신비롭다. 미지의 나라에서 거친 국경 수비대를 보고 나니 좀처럼 느껴 보지 못한 설렘이 밀려왔다. 갑자기 길은 거대한 굴뚝 숲으로 들어섰고, 우리가 지나갈 때마다 굴뚝의 검은 윤곽선이 별빛을 받아 모였다 흩어졌다 했다. 잠시 나는 어리둥절했다. 저 거대한 굴뚝 몸체 때문에 작아 보이는, 멜론 껍질처럼 기묘하게 이랑이 진 부서진 돔의 실루엣이 나타날 때까지 나는 공장이 아닌 이 세상의 어떤 것을 기대하고 있었다. 전 세계에 이런 돔은 딱 하나 있는데, 바로 사마르칸트Samarcand*에 있는 타메를란Tamerlane** 무덤이라고 생각했다. 따라서 저 굴뚝들은 미너렛이어야 한다. 나는 크리스마스이브의 어린아이처럼 아

---

*   우즈베키스탄 중동부의 도시. 중앙아시아에서 가장 오래된 도시 중 하나로 11세기 티무르 제국의 수도였다.

**   유럽권에서 불렸던 티무르Timur(1366~1405, 재위: 1370~1405)의 이름. 튀르크 몽골계 정복자로 티무르 제국을 건설했다.

침이 오기를 간절히 기다리며 잠자리에 들었다.

아침이 밝았다. 호텔과 연결된 옥상에 올라가니 벌거 벗은 들판에 하늘색 기둥 일곱 개가 은은한 자홍색 산을 배경으로 솟아 있는 것이 보였다. 각각의 기둥 아래로 여 명이 옅은 금빛을 드리우고 있다. 그 가운데서 윗부분이 잘려 나간 멜론 같은 푸른 돔이 빛나고 있다. 빛이나 풍경 에 의존하는 그런 경치를 넘어서는 아름다움이다. 자세히 보면 모자이크의 모든 타일, 모든 꽃, 모든 꽃잎이 전체 구 성에 독특한 아름다움을 부여하고 예술적 천재성을 드러 내고 있다. 폐허가 되었어도 이러한 건축물은 당시가 황금 기였음을 말해 준다. 역사는 그 예술적 천재성을 이미 잊 어버린 걸까?

그렇지 않다. 15세기 헤라트의 세밀화는 그 자체로도 유명하지만 이후 페르시아와 무굴 회화*의 원천으로도 유 명하다. 하지만 그 세밀화와 이 건축물을 만들어 낸 사람 과 그들의 삶은 세상의 기억 속에서 그다지 큰 자리를 차 지하지 못하고 잊혔다.

그 이유는 헤라트가 아프가니스탄에 있기 때문이다.

---

* 페르시아의 세밀화에서 기원하여 남아시아의 무굴 제국에서 발전 한 회화 양식. 많은 고전문학의 삽화로 전설, 궁정 생활 등을 묘사 했으며 작품으로서 초상화가 많이 남아 있다.

반면 티무르 제국의 수도가 아니라 티무르의 수도였던 사마르칸트에는 헤라트로 가는 철도가 있다. 아프가니스탄은 얼마 전까지만 해도 말 그대로 접근이 불가능했다. 사마르칸트는 지난 50년 동안 학자, 화가, 사진작가들을 매료시켰다. 그래서 티무르 제국의 르네상스의 배경은 사마르칸트와 트란스옥시아나Transoxiana*라고 여겨지며, 제국의 정당한 수도 헤라트는 이름만 유령처럼 남아 있었다. 하지만 이제 사정이 달라졌다. 러시아는 투르키스탄을 폐쇄했고 아프간인은 나라를 개방했다. 그리고 균형을 바로잡을 기회가 찾아왔다. 미너렛을 향해 한가로이 걷다 보면 나는 누군가가 잃어버린 리비**의 책이나 알려지지 않은 보티첼리***의 그림을 우연히 발견한 듯한 기분이 든다. 그런 느낌을 전달하는 것은 불가능하다. 티무르 제국 사람들은 자신들의 모험담을 들려주기에는 너무 멀리 떨어져 있다. 하지만 그것들을 찾아내는 것이야말로 내 여행의 보람

---

*   지금 중앙아시아의 시르다리야강과 아무다리야강 사이에 위치하며 현재의 우즈베키스탄, 타지키스탄, 카자흐스탄 일부가 포함되는 지역이다. 비단길이 지나는 곳으로 고대 이래로 무역의 중심지로 번성했던 지역이다.

**   티투스 리비우스Titus Livius(기원전 59~17). 로마의 역사가로 『로마사』를 저술했다.

***   산드로 보티첼리Sandro Botticelli(1445~1510). 이탈리아 초기 르네상스 시대의 대표적인 화가로 종교화를 주로 그렸으며 신화를 주제로 한 그림도 그렸다. 대표작으로 「비너스의 탄생」이 있다.

이다.

어쨌든 이 동양의 메디치 가문*은 특별한 민족이었다. 티무르의 아들 샤 루흐**와 인도를 정복한 바부르***를 제외하고는 모두 사적인 야망을 위해 공공의 안녕을 희생했고, 정치적으로는 티무르가 그랬던 것처럼 왕국을 찾아 떠도는 자유분방한 인물로 남았다. 이러한 충동으로 제국을 건설한 티무르는 옥시아나****를 유목민에게서 해방시키고 중앙아시아의 튀르크족을 페르시아 문명의 궤도 안으로 끌어들였다. 같은 충동에 휩싸였던 그의 후손들은 오히려 이 업적을 무위로 돌리고 자멸했다. 그들은 왕위 계승의 법칙을 인정하지 않았다. 그들은 사촌을 살해했고 그런 살해 중 하나는 존속 살해라고 자랑했다. 그들은 잇따라

---

*   이탈리아 피렌체의 은행가이자 정치 가문으로 13~17세기 이탈리아 르네상스와 인문주의의 발전을 이끌었다.

**   샤 루흐 미르자Shah Rukh Mirza(1377~1447, 재위: 1405~1447). 정복자 티무르의 아들이다. 티무르 사후 티무르 제국의 서쪽 지역을 상실했지만, 동쪽 지역인 이란과 트란스옥시아나 지역을 통치하면서 나라를 안정시켰다. 학문과 예술에 대한 깊은 이해와 지원으로 울루그 베그 치세와 더불어 티무르 제국의 이슬람 문화 황금기를 이루었다.

***   자히르 웃 딘 무하마드 바부르Zahīr-ud-Dīn Muhammad Bābur(1483~1530, 재위 1526~1530). 16세기 초 인도에서 로디 왕조를 멸망시키고 무굴 제국을 세웠다. 페르시아 문화의 영향을 받았으며 그 문화를 인도 아대륙에 전파하는 데 계기를 마련했다. 그의 자서전이 남아 있다.

****   아프가니스탄 북쪽 국경 지대를 흐르는 아무다리야강 주변 지역을 가리킨다.

술에 취해 죽었다. 만약 쾌락이 그들 삶의 목적이었다면, 이 왕자들은 예술이야말로 최고의 쾌락이라고 믿었으며 신민들도 이를 따랐다. 그들에게 신사가 된다는 것은 자기 자신이 예술가가 되지는 못해도, 적어도 예술을 사랑하는 사람이 되는 것이었다. 유명한 장관 알리 시르 네바이Ali Shir Nevai*는 샤 루흐에 대해 비록 그가 시를 쓰지는 않았지만 시를 자주 인용했다고 기록했는데, 그의 이 첫 번째 언급에는 놀라움이 묻어난다. 그들의 취향은 창의적이었다. 그들은 그림에 대한 새로운 아이디어를 얻기 위해 중국으로 사람을 보내기도 했다. 라틴어에 만족하지 않고 이탈리아어에서 그 표현 수단을 찾아냈던 단테**처럼, 고전 페르시아어에 만족하지 않고 더 강력한 표현 수단으로서 튀르크어로도 글을 썼다. 이 시대가 가진 재능 중에는 세부적인 전기체적 묘사에 대한 본능이 있었다. 비록 연대기가 뒷받침되지 않은 음모와 내전에 대한 지루한 기록이지만, 그 안의 등장인물들은 피와 살이 있는 생생하게 살아 있는

---

* 니잠 알 딘 알리 시르 헤라위Nizām-al-Din 'Ali-Shir Herawī(1441~1501). 티무르 제국 시대 헤라트 출신의 문인, 화가, 수니파의 한 학파인 하나피 마투리디 신비주의자, 언어학자이자 정치인. 튀르크어 문학을 확립하고 튀르크어 문학 보급에 노력했다.

** 단테 알리기에리Dante Alighieri(1265년 경~1321). 이탈리아 르네상스 시대의 대표적인 시인 중 한 사람이다. 라틴어가 아닌 모국어인 이탈리아어로 자신의 대표작인 『신곡』을 저술했다.

존재들이다. 이들은 우리 주변에서 알고 지내는 사람들과 똑같다. 우리는 종종 초상화를 통해 그들이 어떻게 보이고, 어떤 옷을 입고, 어떻게 앉는지 알 수 있다. 그들이 세운 기념비도 비슷한 인상을 준다. 그것들에는 개인적 성향이 반영되어 있는데, 이슬람 역사에서 보기 드문 현상인 인본주의의 시대를 보여 준다는 것이다.

유럽의 기준으로 판단하면 그것은 한계가 있는 휴머니즘이었다. 우리와 마찬가지로 티무르 제국의 르네상스도 15세기 민족주의 국가가 출현하기 전에 일어났고, 왕자들의 후원으로 이루어졌다. 그러나 한 가지 점에서 두 운동은 달랐다. 유럽의 르네상스는 대체로 이성을 중시하여 신앙에 반발한 것이었다면, 티무르 제국의 르네상스는 새롭게 신앙의 힘을 강화하는 방향으로 움직였다는 것이다. 중앙아시아의 튀르크인들은 이미 중국의 물질주의와 접촉을 끊은 상태였다. 이슬람은 이미 종교로 확립되어 있었으므로, 이슬람을 단순히 종교로서가 아니라 사회 제도의 기초로 받아들이도록 이끈 사람은 티무르였다. 어쨌든 튀르크인은 지적 성찰에는 별 관심이 없었다. 티무르의 후손들은 페르시아 문화의 흐름을 그들 자신을 위한 향락으로 전환하면서 내세가 아닌 현생의 쾌락을 중시했다. 그들은 삶의 목적에 관한 문제는 성인과 신학자에게 맡겼다. 성인과 신학자가 살아 있을 때는 그들의 생계를 지원하고, 그들이 죽으면 그들을 추모하고 기념했다. 그러나 이를 실천하는 것은 이슬람의 틀 안에서, 비록 합리적 지성에 치우쳤을지는 모르나, 편견이나 감정 없이 그들의 상식에 따라 수행했다.

이렇게 길러진 정신적 자질은 16세기 초 튀르크어로 쓰인 바부르의 회고록에 그대로 드러난다. 두 번이나 영어로 번역된 이 회고록은 옥시아나에서 왕국을 잃고 인도에서 새로 제국을 건설하는 것만큼이나 일상적인 편의시설, 대화, 옷, 얼굴, 파티, 음악, 집, 정원에 관심이 많았고, 인도 개구리가 헤엄치는 거리를 언급하는 등 정치적인 것만큼이나 자연 세계에도 관심이 많았던 한 인간을 보여 준다. 그는 다른 사람에 대해서 뿐만 아니라 자신에 대해서도 솔직했다. 자신에 대한 묘사가 너무나 사실적이어서 번역본에서조차 그가 하는 말을 직접 듣고 있는 것 같은 착각이 들 정도로 그라는 인간이 고스란히 담겨 있다. 그는 티무르의 6대손으로 태어나 생애 말년에 이르러서야 인도를 정복하고 최초의 무굴 제국* 사람이 되었다. 그것도 옥시아나에서 재기하기 위해 30년 동안 노력한 끝에 얻은 차선에 불과했다. 그러나 그는 자신만의 취향이 있는 사람으로

---

*   16세기에서 19세기 중반까지 인도를 통치한 이슬람 왕조. 1526년 바부르가 제1차 파니팟 전투에서 델리의 술탄 이브라힘 로디 Ibrahim Lodi를 물리치고 건국했다. 무굴 제국 시기에 이슬람과 힌두교가 융합되어 독특한 인도의 이슬람 문화가 발전했으며 이 지역의 예술, 건축, 문학의 발전에 크게 이바지했다.

서 그토록 마음에 들지 않는 나라에서도 삶을 지속하기 위해 최선을 다했다. 이 나라에 대한 그의 발언은 그가 열망했던 기준을 보여 준다. 그는 인도인은 추하고, 그들의 대화는 지루하며, 과일은 맛이 없고, 동물도 잘 키우지 못한다고 생각했다. "공예와 작품에서는 형태나 대칭, 방법이나 품질이랄 만한 것이 없다. … 건축에 있어서도 우아함이나 기풍, 외관이나 규칙성을 연구하지 않는다"고 했다. 그는 매콜리*가 인도의 교육을 비난했듯이, 그리고 기번이 비잔틴을 비난했듯이 고전적 전통에 비추어 그들의 관습을 비난했다. 그리고 우즈벡족이 옥시아나와 헤라트를 정복한 후 다른 지역에서는 사라져 버린 고전적 전통을 이곳에 새롭게 심기 시작했다. 그와 그의 후계자들은 인도의 얼굴을 바꾸어 놓았다. 그들은 인도에 국제 공통어, 새로운 회화학교, 새로운 건축 양식을 도입했다. 영국 통치의 기초가 된 인도 통합 이론을 부활시켰다. 마지막 황제**는 빅토

---

*   토머스 바빙턴 매콜리Thomas Babington Macaulay(1800~1859). 영국의 역사가이자 휘그당 정치인. 『영국사The History of England』를 집필했는데, 여기서 그는 서구문화의 우월성을 주장했다. 인도에 서구 교육 시스템을 도입하고 영어를 공용어로 하는 데 중요한 역할을 했던 것으로 알려져 있다.

**   바하두르 샤 2세Bahadur Shah II(1775~1862, 재위: 1837~1857). 서예가이자 시인이었던 황제는 영국 통치하에서 허수아비나 다름없었다. 1857년 세포이 항쟁을 지원했다가 영국군에 체포되어 퇴위했다.

리아 여왕에게 길을 내주고 랑군Rangoon*에서 유배 생활을 하다 1862년에 사망했다. 티무르의 후손은 오늘날까지 델리의 미로 속에서 자존심을 지키며 가난하게 살아가고 있다.

구리 세공소들이 모여 있는 시장통의 호텔로 돌아왔다. 베버리지 부인의 바부르 번역본이 테이블을 차지하고, 나는 바닥에 놓인 침낭 속으로 들어갔다. 헤라트는 둘로 쪼개진 티무르 제국, 즉 페르시아와 옥시아나 중간에 있다. 그리고 두 제국을 잇는 두 개의 길 중 내가 가야 할 길이 더 쉬워 보인다. 나머지 길은 메르브를 경유하는데, 사막인 데다 물이 없다. 따라서 지리적으로 보면 사마르칸트보다 헤라트가 수도로 더 적합했다. 그래서 1405년 티무르가 죽은 후 샤 루흐가 이곳을 수도로 삼았다. 헤라트는 정치, 문화, 상업적으로 중앙아시아의 대도시가 되었다. 카이로, 콘스탄티노플, 베이징에서 대사들이 왔으며, 브렛슈나이더Bretschneider는 『동아시아 자료로 본 중세 연구Mediaeval Researches from Eastern Asiatic Sources』에서 이에 대한 중국 측 기록을 소개했다. 1447년 샤 루흐가 사망한 후 20년간의 혼란 끝에 티무르의 아들 오마르 셰이크Omar Sheikh의 후손

---

* 현 미얀마의 수도 양곤의 옛 이름.

인 후세인 바이카라*가 이 도시를 차지했다. 그리고 40년 동안 이곳에 평화가 유지되었다. 이때가 바로 르네상스 시대의 여름이었다. 이때 미르혼드Mirkhond**와 혼데미르 Khondemir***가 역사를 쓰고, 자미****는 시를 쓰고, 비흐자드 *****는 그림을 그렸다. 알리 시르 네바이는 문학적 튀르크 어의 옹호자였다. 바부르가 젊은 시절에 보았던 것은 바로 이 시대, 즉 우즈벡의 군대가 진군하고 사마르칸트가 이미 쇠망했던 바로 그 시대의 헤라트였다. 그는 나중에 이렇게 회고했다. "사람이 사는 이 세상 어디에도 술탄 후세인 미 르자******의 통치하에 있었던 헤라트 같은 도시는 없었다.

———

*   술탄 후세인 바이카라 미르자Sultan Husayn Bayqara Mirza(1438~1506, 재위:1469~1506)라고도 한다. 헤라트의 티무르 제국 통치자. 노련한 정치인이기도 했지만 티무르 제국의 르네상스를 이끌었다고 평가 받을 만큼 예술에 대한 관심이 높았으며 학문의 후원자로 잘 알려 져 있다.

**   무하마드 이븐 흐반드샤 이븐 마흐무드Muhammad ibn Khvandshah ibn Mahmud(1433/34~1498). 티무르 제국의 술탄 후세인 바이카라 치세에 활동했던 역사가.

***   기야스 알 딘 무하마드Ghiyath al-Din Muhammad(1475/6~1535/6). 티 무르 제국, 사파비 제국, 무굴 제국의 역사가.

****   누르 앗딘 압드 알 라흐만 자미Nūr ad-Dīn 'Abd ar-Rahmān Jāmī(1414~1492). 페르시아의 신비주의 수피문학 작가이자 시인, 학자.

***** 카말 웃딘 베흐자드Kamāl ud-Dīn Behzād(약 1450년대 중반~ 1530년대 중반). 페르시아 이슬람 시대 세밀화 전통의 최전성기를 이루었던 화가다. 티무르 제국 말기와 사파비 페르시아 초기 황실 화원의 수 장을 지냈다.

****** 후세인 바이카라 미르자Husayn Bayqara Mirza. 후세인 바이카라를

… 호라산 그리고 무엇보다 헤라트는 학식 있고 타의 추종을 불허하는 사람들로 가득 차 있었다. 누구나 어떤 일을 맡든 완벽하게 해내고자 하는 열망과 목표를 가지고 있었다."

바부르는 1506년 가을에 3주 동안 이곳에 머물렀다. 바부르에게도 맑고 화창했던 날이 점점 짧아지고 추워지고 있는 그런 날씨였을 것이다. 그는 매일 말을 타고 관광에 나섰다. 오늘 아침 나는 그가 다녔던 길을 따라 그가 보았던 건물들을 살펴봤다. 남은 것은 별로 없었다. 미너렛 일곱 개와 무너져 내린 영묘 하나가 우리 시대의 초상화다. 그러나 그들의 역사가 나머지를 보충해 준다. 빠진 역사를 알아내려면 나는 후대의 작가, 군인, 고고학자에게 의지해야 한다. 그중에서 특히 두 사람이 내 호기심을 끌었다.

그들이 오기까지 오랜 시간을 기다려야 했다. 티무르 제국의 르네상스는 1507년 그 빛을 잃었다. 헤라트가 우즈벡에게 함락된 해다. 그렇게 되리라는 것을 알았던 바부르는 스스로 물러나, 우즈벡의 지도자인 샤이바니*가 어떻

───

가리킨다.

*   무하마드 샤이바니 칸Muhammad Shaybani Khan(1451~1510, 재위: 1500~1510). 우즈벡족의 칸. 우즈벡 통합을 위해 노력했으며 트란스옥시아나에 국가를 건설했다. 1500년 티무르 제국을 사마르칸트에서 몰아내고 부하라, 헤라트를 차례로 정복하여 샤이바니 제

게 자신의 문화를 부풀리고 비흐자드의 그림을 수정하려고 했는지 기록하여 그에 대한 못마땅함을 드러냈다. 3년 후 샤 이스마일*은 티무르 제국을 점령하고 그의 새로운 페르시아에 합류시킨다. 그림자가 깊어진다. 1544년, 옛 영광의 마지막 불꽃이 샤 타흐마스프**를 만나러 인도에서 이스파한으로 향하던 바부르의 아들 후마윤***을 맞이한다. 300년이 흐른 후, 다시 무대의 막이 오르고 나디르 샤 Nadir Shah의 제국의 잔해와 19세기 군인 여행자들이 등장한다.

19세기 초에 영국 장교 몇몇이 헤라트를 방문했다. 그중 한 명인 엘드리드 포틴저****는 1838년 페르시아 군

국을 세웠다.

*   샤 이스마일Shah Ismail(1487~1524, 재위: 1501~1524). 이란 사파비 왕조의 초대 샤한샤다. 시아파 이슬람을 국교로, 타브리즈를 수도로 삼았다. 그리고 샤이바니 제국을 몰락시켰다.

**   샤 타흐마스프Shah Tahmasp(1514~1576, 재위: 1524~1576)는 사파비 왕조의 제2대 왕. 10세 나이로 왕위에 올랐으나 초기 불안한 왕권을 안정시키고 우즈벡족과 오스만튀르크 제국의 침공으로부터 사파비 제국을 지켜내 가장 오랫동안 제국을 통치했다.

***   미르자 나시르 웃 딘 무하마드Mirza Nasir-ud-Din Muhammad(1508~1556, 재위: 1530~1540 /1555~1556). 무굴 제국의 제2대 황제. 문화에 대한 조예가 깊었으며 페르시아 문화의 영향을 받아 무굴 제국의 궁정 문화를 변화시켰다. 후마윤의 무덤은 인도 최초의 정원식 무덤이다.

****   엘드리드 포틴저Eldred Pottinger(1811~1843)는 영-인도군 장교이자 외교관으로, 1837년 러시아 지원을 받은 페르시아 군대가 헤라

대에 맞서 도시 방어 체계를 조직하여 헤라트에서 페르시아 군대를 몰아냈다. 이후 그는 모드 다이버*의 소설 주인공이 되었다. 만약 플로라 애니 스틸**류의 소설을 좋아한다면 나쁘지 않다. 다른 한 명은 나중에 카불에서 암살당한 번즈였는데, 그의 인도인 비서 모훈 랄Mohun Lal***은 1834년 「벵골 아시아 학회지Journal of Bengal Asiatic Society」에 이곳의 기념물에 대한 글을 발표했다. 1845년 변장을 하고 카불에 침투하려고 두 번이나 시도했다가 결국 되돌아간 프랑스 용병 페리에도 있다. 그가 쓴 책 역시 내 방 탁자 위에 놓여 있지만 그 영향은 미미해서 쓸데없는 혼란만 가중한다. 그러다가 19세기 중반에 헝가리인 밤베리와 러시아인 카니코프라는 두 학자가 등장했다. 밤베리의 보하라Bokhara**** 여행의 진정성은 종종 의심을 받아왔는데, 분명

트를 포위했을 때 이곳에 머무르고 있었다. 그는 아프가니스탄 군대를 도와 페르시아 군대를 몰아냈다. 이후 영국 역사가들은 그를 '헤라트의 영웅'이라 불렀다.

*   모드 다이버Maud Diver(1867~1945). 인도와 인도 영국인들을 주제로 한 소설과 단편, 전기 등을 쓴 영국 작가.

**   플로라 애니 스틸Flora Annie Steel(1847~1929). 22년간 인도 펀자브에서 살았던 작가로, 인도를 배경으로 한 책을 주로 썼다.

***   모한 랄 카슈미리Mohan Lal Kashmiri(1812~1877). 인도의 여행가, 외교관, 작가다. 소위 그레이트 게임Great Game에서 주목할 만한 역할을 한 최초의 인도인이라 할 수 있다. 1838~1842년 제1차 영-아프가니스탄 전쟁에서도 중심적인 역할을 했다.

****   부하라Bukhara로 표기하기도 한다. 현재 우즈베키스탄에서 일곱

헤라트에 대한 그의 설명에는 코놀리와 애벗 같은 장교에게서 얻을 수 없었던 내용은 하나도 없다. 카니코프 역시 마찬가지로 상당히 실망스럽다. 그는 겨울 내내 헤라트에 있었지만 1860년 「저널 아시아티크Journal Asiatique」에 실린 그의 기사에는 몇 가지 비문과 평면도만 포함되어 있다.

1885년에 결국 군사 개입*이 이루어졌다. 러시아 군대가 아프가니스탄 북서쪽 국경에 집결하고 있었지만 인도 정부는 물론이고 아프간인들도 국경이 어디인지 알지 못했기 때문에 그들을 막을 수 없었다. 이 문제를 해결하기 위해 두 강대국 사이에 공동국경위원회Joint Boundary Commission**가 구성되었고, 영국 측에서는 역사가인 A. C. 예이트와 C. E. 예이트라는 두 형제가 위원회에 참석했다. 그들은 당시 거의 알려지지 않은 나라를 여행하면서 모든 것을 군인처럼 정확하게 보고했다. C. E. 예이트는 마치 새

번째로 큰 도시다. 실크로드 상에 위치했으며 티무르 제국이 쇠망할 때까지 오랫동안 무역, 학문, 문화, 종교의 중심지 역할을 했다.

* 러시아 군대가 수백 명의 아프간인을 살해한 판즈데Panjde 사건을 가리킨다.

** 영러 국경위원회Joint Anglo-Russian Boundary Commission. 아프가니스탄의 북쪽 국경을 결정하기 위해 영국과 러시아 제국 간에 있었던 기구로 1884, 1885, 1886년에 열렸다. 특히 1885년 판즈데 사건 이후 열린 위원회에서 러시아가 군사 작전으로 점령한 지역 중 가장 먼 지역은 포기하는 대신 판즈데는 유지하는 것으로 합의하여 아무다리야강을 아프간 북부 국경선으로 설정했다.

로운 야전포나 되는 것처럼 헤라트의 유물에 책의 한 장을 할애했다. 하지만 그는 결코 그 유물의 아름다움에 무감각하지 않았다. 그는 나의 주요한 안내자 두 명 중 첫 번째 안내자다. 나는 그를 탁자 위에서 내 무릎 위로 당겨왔다.

두 번째 역시 군인이다. 혼자서 전쟁을 벌이려는 사람에게도 군인이라는 단어를 적용할 수 있다면 말이다. 1914년 가을, 소수의 독일군이 아시아에서 영국군을 애먹이기 위해 콘스탄티노플에 집결했다. 독일군 일부는 페르시아에 머물렀는데, 그중에는 크리스토퍼의 영웅 바스무스도 있었다. 또 일부는 아프가니스탄으로 건너갔다. 아프가니스탄에서의 성공은 1919년으로, 시기적으로 너무 늦었지만 아마눌라의 인도 공격으로 입증되었다. 이들 독일인 중에는 오스카 폰 니더마이어Oskar von Niedermayer도 있었다. 1924년에 그가 찍은 인도 사진이 책으로 출판되었다. 이 책에 에른스트 디에즈Ernst Diez 교수가 서문을 기고했는데, 그는 니더마이어의 사진과 역사서 및 여행자들의 참고 자료를 대조하여 그 책에 나오는 건물 대부분을 식별하고 연대를 밝혀 냈다. 디에즈는 내 오랜 지인이다. 나는 그의 커다란 4절판* 책 『호라산의 건축기념물Churasanische Baudenkmäler』을 가지고 테헤란에서 출발했다. 어쩌면 이 책

---

*   쿼토quarto. 한 면에 4페이지씩 총 8페이지를 인쇄한 후 두 번 접어 만드는 책이나 팜플렛 형식을 말한다.

이 너무 무거워서 모리스의 차축을 부러뜨렸을지도 모른
다. 니더마이어와 나는 모르는 사이다. 노엘의 롤스로이스
가 같은 운명에 처할까 봐 디에즈의 책을 두고 떠나라고
그에게 전화했을 때, 운 좋게도 메셰드 영사관에서 니더마
이어의 책을 발견했다.

이쯤에서 그만해야겠다. 현지 의사가 찾아왔다.

아프간에서 의료 활동을 하는 친절한 펀자브인이다.
그가 소식을 듣고 영어 연습을 하러 왔다. 나는 그에게 총
독과의 인터뷰에 대해 말하면서 페르시아의 의심에서 벗
어나 자유로운 분위기에서 지낼 수 있어서 좋다고 말했다.

"여기에 의심이 없다고 생각하면 큰 오산입니다. 모
든 것을 의심해야 해요. 물론 이 점에서 아프가니스탄이
페르시아보다는 낫지만요. 현재 이 마을에는 인도인과 러
시아인 등 외국인 스무 명이 거주하고 있는데 그들을 감시
하려고 약 120명의 요원을 고용했어요. 그들이 당신을 감
시하지 않는다고 생각하십니까? 지금도 아래층에서 당신
을 감시하고 있어요. 저에게는 보입니다. 그들도 항상 나를
지켜보고 있습니다. 그들은 내가 당신의 방으로 올라갔다
고 즉시 보고할 겁니다. 러시아인들도 당신을 지켜보고 있
을걸요. 그들이 당신의 움직임을 궁금해한다는 건 의심의
여지가 없어요. 그들은 모든 곳을 감시하고 있습니다. 나는
그들이 우체국도 통제하고 있다고 확신합니다. 올해 초, 저

는 영국에 사는 친척에게 편지를 썼는데 우연히 쿠슈크의 러시아 철도와 이곳까지의 거리를 언급했습니다. 예, 불과 128킬로미터 떨어져 있어요. 얼마 후에 일 때문에 러시아 영사관을 방문했는데, 그들은 나에게 단도직입적으로 말했습니다. '왜 이런 종류의 정보를 유출합니까? 당신의 업무는 이와 아무런 관련이 없습니다'라고요. 그들은 제 편지를 읽었다는 사실을 숨기는 척도 하지 않았습니다. 그래서 그 이후로 편지를 전혀 쓰지 않습니다.

아프가니스탄에서 지내기에는 지금 시기가 좋지 않습니다. 나디르 샤 국왕이 살해되었으니 문제가 생길 겁니다. 한 달 안에 문제가 생길 거예요. 아니면 부족들이 산에서 움직이기에 더 좋은 봄이 되면요. 하지만 내 생각에는 한 달 안이에요. 여기서 하고 싶은 것이 있으면 다 하세요, 선생님. 빨리요. 보고 싶은 것을 다 보세요. 그리고 빨리 이곳을 떠나십시오. 저는 휴가를 떠날 예정입니다. 트럭을 구하는 대로 나와 내 가족은 떠날 겁니다. 칸다하르로 가서 라호르Lahore에 있는 우리 집으로 갈 거예요. 여긴 나쁜 나라입니다, 선생님. 다시는 돌아오지 않을 거예요."

—— 11월 23일

나의 두 안내자의 말을 머릿속에 떠올리며 북쪽 길을 따라 걸어 올라갔다. 이 길은 길이가 550미터 정도 되는 거대한 언덕이 있는 방향으로 난 신도시 도로 네 개 중 하나다. 이 언덕은 인공적인 것으로 보이며, 발흐Balkh 인근의 언덕과 비슷해 보였다. 따라서 마을 방어를 위해 만든 외곽의 또 다른 성벽에 올라가면 무살라Musalla*의 형세를 살펴볼 수 있다. 무살라는 사람들이 이곳에 있는 미너렛 일곱 개와 영묘를 한꺼번에 부르는 명칭이다. 그러나 실제로는 서로 다른 시기에 지어진 개별 건물의 일부로, 그중 일부는 샤 루흐 치세에, 하나는 후세인 바이카라 치세에 지어졌다.

모든 미너렛의 높이는 약 30~40미터다. 다양한 각도로 기울어져 있고, 꼭대기가 부러지거나 바닥이 뒤틀리고 부식되었다. 이들 사이의 가장 먼 거리는 서남서에서 동북동까지 약 400미터 정도 된다. 서쪽의 두 개는 다른 것보다 더 굵지만 동쪽의 네 개와 마찬가지로 각각 발코니가 하나씩 있다. 가운데에 홀로 서 있는 미너렛에는 발코니가 두 개 있다. 영묘는 서쪽에 있는 두 미너렛 사이에 있지만, 방향은 북쪽이다. 높이는 두 미너렛의 절반 정도밖에 되지

---

*   원래 무살라는 모스크와는 별도의 기도 공간, 혹은 모스크보다 작은 기도실을 의미한다. 여기서는 헤라트에 있는 고하르 샤드의 무살라를 가리킨다.

않지만 멀리서 보면 더 작아 보인다.

조각보처럼 펼쳐진 갈색 들판과 노란 과수원에서 두서없이 솟아올라 있는 푸른 탑의 행렬은 가장 부자연스러운 모습을 하고 있다. 초창기 이슬람 군주들은 외따로 단독이나 쌍으로 미너렛을 세우는 관습이 있었다. 델리의 쿠트브 미나르Kutb Minar*와 그와 유사한 미너렛의 기단을 보면 그러한 관습을 알 수 있다. 이 관습은 15세기까지는 널리 적용되지 않았지만 일곱 개나 만들어지지도 않았다. 미너렛 내부의 타일 작업이 지상 약 12미터 정도에서 갑자기 끊기는 것을 보면 원래는 이것이 벽이나 아치로 연결되어 있었고 여러 모스크나 대학 건물의 일부였으리라는 것을 알 수 있다. 그렇다면 그 건물들은 다 어떻게 된 걸까? 이 정도 규모의 건물은 무너지더라도 잔해를 남긴다. 이처럼 흔적이나 단서 하나 없이 저절로 사라지지는 않는다.

이건 참 비통한 이야기다. 이 풍경을 목격한 예이트조차도 군인답지 않은 한숨을 토해냈다. 페리에는 그 당시 폐허가 된 채로 남아 있는 이 건물들이 아시아에서 가장 훌륭하다고 생각했다. 다른 여행자들도 그 놀라운 아름다움과 모자이크의 광채, 금박으로 새겨진 비문의 웅장함에 동의했다. 코놀리는 자기 기억이 맞다면 미너렛이 서른 개

---

*   힌두교와 이슬람교 양식이 혼합된 높이 73미터의 5층 탑이다.

있었다고 한다. 사실 영어 산문과 페르시아어의 차이를 감안할 때 그의 묘사는 전성기 건축에 대한 혼데미르의 묘사와 다르지 않다.

1870년대와 80년대에 헤라트는 끊임없이 영국인들의 입에 오르내렸다. 심지어 빅토리아 여왕의 편지에도 등장한다. 예상대로 러시아가 이곳을 점령한다면 저지대에 있는 칸다하르 도로는 러시아가 인도 국경으로 향하는 철도를 놓을 자리가 될 것이다. 1885년 판즈데 사건*이 일어났다. 상트페테르부르크는 이미 공동국경위원회에 동의했지만 러시아군은 메리Mery** 남동부의 아프간군을 공격하여 몰아냈다. 헤라트로의 진격은 언제든 일어날 수 있는 일이었으므로, 에미르 압두라만Emir Abdurrahman은 방어 태세를 갖추라는 명령을 내렸다. 러시아군이 북쪽에서 접근해 올 것이었다. 따라서 마을의 이쪽에서 러시아군에게 엄폐물이 될 수 있는 모든 건물은 철거되어야 했다. 수년 동안 인도군 장교들은 그러한 조치에 대해 조언해 왔다. 이

———

* 아프가니스탄 토호국과 러시아 제국 간에 벌어진 무력 충돌 사건이다. 아프가니스탄의 헤라트에 인접한 판즈데는 러시아가 중앙아시아로 세력을 확장하는 데 전략적으로 중요한 지역이었다. 1885년 러시아가 남하하여 아프가니스탄의 판즈데 지역까지 점령하자 이를 저지하려는 영국과 외교적 마찰이 일었다. 양국은 1885~1887년에 공동국경위원회를 열어 아프가니스탄의 북서쪽 국경을 결정했다.

** 현재의 마리.

특별한 명령은 영국의 영향을 받은 것으로 생각되지만, 증거는 델리와 전쟁 사무소의 기록 보관소가 그들의 기록을 공개할 때까지 기다릴 수밖에 없다. 어쨌든 4백 년간의 야만의 시대에서 살아남은 15세기 이슬람 건축의 가장 영광스러운 작품들은 영국의 승인하에 영국 위원들의 눈앞에서 완전히 파괴되었다. 아홉 개의 미너렛과 영묘만이 이 비극을 피해 갔다.

남아 있는 것조차도 안전하지 않다. 니더마이어가 이곳에 온 이후로 이미 미너렛 두 개가 사라졌다. 그것들은 1931년 지진으로 무너졌는데, 그 지진으로 인해 그가 촬영한 돔이 얹혀 있던 두 번째 영묘도 파괴되었다. 어제 쿠슈크와 페르시아 국경으로 향하는 길의 갈림길 근처에서 그 현장을 봤는데 잔해가 쌓여 있었다. 복원이 완료되고 기초가 강화되지 않는 한 다른 기념물도 곧 무너져 잔해로 남게 될 것이다.

그러나 1885년까지 이 건물이 어떻게 버텨 왔는지 보여 주기에 충분할 정도의 정보와 자료는 남아 있다.

재작년에 무너진 미너렛은 서쪽에 있는 굵은 미너렛 한 쌍이었다. 원래는 미너렛 네 개로 모스크의 모서리를 표시했다. 이것이 진짜 무살라였다. 이제 니더마이어가 찍은 사진으로만 남게 되었다. 지진으로 사라진 미너렛 중 하나에 새겨진 비문에 따르면, 1417년에서 1437년 사이에 티무르의 아들 샤 루흐의 아내 고하르 샤드 베굼Gohar

Shad Begum*이 사비로 지었다고 한다. 건축가는 십중팔구 시라즈 출신의 카바마드 딘Kavamad-Din일 개연성이 높다. 그는 샤 루흐의 치세 동안 자신의 건축적 재능으로 샤 루흐를 섬겼다. 역사가 다울랏 샤Daulat Shah는 샤 루흐 궁정의 위대한 빛 네 개 중 하나로 그를 언급하고 있다.

누구보다 이 주제를 잘 알고 있으면서 나와는 달리 여행의 감정에 얽매이지 않는 디에즈는 이 미너렛들이 이슬람의 다른 어떤 건축물도 따라올 수 없는 '믿기지 않을 정도의 풍요로움과 섬세한 취향'으로 장식되어 있다고 말한다. 그는 오로지 사진만 보면서 이야기한다. 하지만 어떤 사진이나 설명으로도 하늘색 꽃이 만발한 듯한 푸른 포도색이나 그토록 깊고 찬란한 빛을 내는 복잡한 곡선을 표현할 수는 없다. 바로크 스타일의 쿠픽이 새겨진 흰색 대리석 패널이 떠받치고 있는 기단의 여덟 면에는 노란색, 흰색, 올리브색, 산화철의 붉은색이 찻잔의 무늬만큼이나 섬세하게 그려진 꽃, 아라베스크, 문구들의 미로 속에서 돋보이는 두 가지 파란색과 서로 얽혀 어우러져 있다. 상단부는 꽃으로 가득 찬 작은 다이아몬드 모양의 마름모꼴로 덮여 있지만 여전히 푸른 포도색이 주를 이루고 있다. 각각

---

* 티무르 제국의 왕 샤 루흐의 비로 1447년 샤 루흐 사망 후 제국을 실질적으로 통치했다. 그녀는 티무르 제국의 문화 르네상스를 이끌었으며 그녀의 후원하에 지어진 이슬람 건축물이 많이 남아 있다.

은 돋을새김 된 흰 파이앙스faience*로 테두리를 두르고 있어 각 미너렛 상단부가 반짝이는 그물에 싸인 것처럼 보인다.

장식적인 측면에서 미너렛은 일반적으로 건물에서 가장 정교하지 않은 부분이다. 따라서 무살라의 사라진 나머지 부분의 모자이크가 오늘날 남아 있는 모자이크를 능가하거나 동등한 수준이라면 이전에도 이후에도 이런 모스크는 결코 없을 것이다.

하지만 아직은 잘 모르겠다. 고하르 샤드는 메셰드의 사원 안에 또 다른 모스크를 지었다. 이 모스크는 아직 온전하다. 만일 다시 이 길로 돌아오게 되면 어떻게든 봐야겠다.

자세히 살펴보면 영묘의 장식은 두 미너렛에 비해 떨어진다. 돔의 원통부는 볼록한 삼각형의 스투코와 결합된 라일락 빛깔의 육각형 모자이크로 채운 기다란 패널로 둘러싸여 있다. 돔 자체는 청록색이며 사마르칸트에 있는 티무르의 영묘와 마찬가지로 돔의 늑재에는 검은색과 흰색의 다이아몬드 형태가 흩어져 있다. 각 늑재는 둥글고 약 20미터짜리 오르간 파이프처럼 굵직하다. 돔 아래쪽 벽에는 유약을 바른 벽돌 몇 개와 런던 교외 클래펌Clapham의

---

* 일반적으로 주석이 함유된 유약을 바른 도자기를 가리킨다. 9세기 이전 중동 지방에서 처음 사용된 것으로 추정된다.

별장을 연상시키는 독특한 창문 세 개를 제외하고는 아무런 장식이 없다. 그러나 이러한 개별 요소의 수준은 때로는 거칠더라도 좋은 비율과 전체 아이디어의 견고함으로 상쇄된다. 맹목적이고 기념비적 과시가 목적이라면 늑재형 돔과 맞먹는 건축적 장치는 거의 없다.

이것 역시 고하르 샤드의 작품으로 보인다. 바부르는 그녀가 후원한 세 건물, 즉 그녀의 모스크 무살라, 그녀가 세운 마드라사Madrassa* 또는 대학, 그리고 그녀의 영묘에 대해 이야기한다. 혼데미르는 묘지가 대학 안에 있었다고 여러 차례 기술한다. 그녀는 확실히 그 영묘에 묻혔고, 예이트는 묘비문을 적어 놓았다. 그는 다른 다섯 명의 비문도 기록했는데 모두 티무르 왕자들이었다. 25년 전에는 카니코프가 모두 아홉 개의 비문을 기록했다. 지금은 직사각형 상자 모양에 꽃무늬가 새겨진 무광택의 검은색 돌로 된 것 세 개만 남아 있다. 하나는 나머지 두 개보다 작다.

다음으로 영묘의 동쪽에는 발코니 두 개가 있는 단독 미너렛이 있다. 이 미너렛의 기원이 나를 당혹스럽게 한다. 꽃무늬로 장식되어 있지만 평범한 벽돌쌓기로 분리된 파

---

* 아랍권에서 교육 주체나 교육 수준과 상관없이 일반적인 의미의 '학교'를 가리킨다. 종종 고등교육기관을 가리킬 때도 있지만 관례적으로 고등교육기관을 말할 때는 '자미아'를 쓴다. 서양에서는 주로 이슬람 신학 학교 혹은 대학을 가리키는 말로 사용하기도 한다.

란색 마름모꼴 장식은 무살라 미너렛의 장식에는 비교가 되지 않는다. 아마도 고하르 샤드가 후원한 대학의 일부였으리라. 대학은 당연히 모스크보다 수수했을 것이다. 바부르는 대학, 모스크, 영묘가 모두 가까운 곳에 있는 것처럼 말한다.

고하르 샤드에게 호기심이 생긴다. 종교적 기반을 마련한 그녀의 경건함 때문이 아니라 예술적 감각을 지닌 한 여성으로서 말이다. 그녀는 그런 본능을 가지고 있었거나 그런 본능을 가진 사람들을 고용하는 방법을 알고 있었을 것이다. 이 예술적 본능은 그녀의 성격을 보여 준다. 이뿐만 아니라 그녀는 부자였다. 취향, 성격, 부는 권력을 의미하는데, 마법사를 제외하고 이슬람 역사에서 이처럼 영향력 있는 여성은 흔치 않다.

구불구불한 운하를 가로지르는 다리 근처에 미너렛 네 개가 남아 있다. 이것들도 하얀 그물망으로 둘러싸여 있는 듯 보이지만 무살라 미너렛의 파란색보다 더 밝은 파란색이라 손이 닿을 듯 가까이서 보면 마치 반짝이는 머리카락으로 만든 그물을 통해 하늘을 보는 듯하고, 문득 꽃이 심어진 것처럼 보이기도 한다. 이 미너렛은 1469년부터 1506년까지 헤라트를 통치한 후세인 바이카라의 이름을 딴 후세인 바이카라 대학의 네 모서리를 표시한 것이다. 근처에 있는 일곱 펜의 돌Stone of the Seven Pens로 알려진 그의 할아버지의 묘비는 영묘에 있는 묘비와 같은 유형이

지만 더 풍부한 조각으로 유명하며, 여전히 인기 있는 성
지로 숭배받고 있다.

이 미너렛의 서정적이고 덜 거만한 아름다움은 이
를 만들어 낸 시대를 반영한다. 고하르 샤드와 달리 후세
인 바이카라는 단순한 이름 그 이상의 존재다. 적어도 체
형은 친숙하다. 비흐자드가 그를 그림으로 그렸다. 바부르
는 그의 모습은 물론 취미도 기술했다. 그는 비스듬한 눈
에 흰 수염을 길렀고 허리는 호리호리했다. 빨간색과 초록
색 옷을 입고 평상시에는 작은 양가죽 모자를 썼다. 그러
나 축일에는 '종종 세 겹으로 된 터번을 넓고 아무렇게나
감아올려 왜가리 깃털을 꽂고 기도하러 가기도 했다'. 이
것은 그가 할 수 있는 최소한의 일이었다. 말년에 그는 류
머티즘으로 몸이 불편해져 제대로 기도를 할 수 없었기 때
문이다. 몸집이 작은 다른 사람들과 마찬가지로 비둘기 날
리기와 투계, 투양 시합을 즐겼다. 시인이기도 했지만 시는
익명으로 발표했다. 만나 보면 그는 쾌활하고 유쾌했지만
과도하게 화를 내고 목소리가 컸다. 사랑에 있어서도 정통
파건 이교도건 상관하지 않았으며 만족할 줄 몰랐다. 그는
수많은 후궁과 자녀를 두었다. 결국에는 그들이 그의 국가
의 평화와 그의 노년을 파괴했다. '그의 아들, 군대, 마을
사람에게 일어난 일은 모두가 악행과 쾌락을 과도하게 추
구'한 결과였다.

바부르는 종교적으로 엄격한 사람은 아니었지만 헤

라트에서 열린 수많은 파티는 어쩔 수 없이 그를 술에 취하게 만들었다. 그는 살면서 처음으로 이런 일이 어떻게 일어났는지 설명하면서 그러한 분위기가 청년의 평정 상태에 미치는 영향을 보여 주었다. 그럼에도 그는 자신이 위대해졌을 때 헤라트를 회상하며, 위대한 한 시대를 보았고 어떻게 살아야 할지를 배우며 마치 탈레랑*처럼 한 시대가 사라지는 것을 목도한 사람으로서 여전히 존경심을 가지고 기록한다. 그 시대의 휴머니즘은 그의 삶의 본보기였다. 역사에서 그의 업적은 힌두스탄**의 삭막한 열기와 툽상스러운 군중 속에 그것을 다시 심고, 그것을 소중히 간직할 후손을 남긴 것이었다.

무디르 이 하리자가 나흘 후에 트럭 한 대가 안드코이 Andkhoi***로 떠난다고 말해 주었다. 이 말은 곧 거기서 마자르 이 셰리프로 가는 다른 트럭을 찾아야 한다는 뜻이다. 그는 투르키스탄에서 카불로 가는 도로는 훌륭하고, 우편

---

* 샤를 모리스 드 탈레랑 페리고르Charles-Maurice de Talleyrand-Périgord(1754~1838). 프랑스의 정치가, 외교관, 성직자. 프랑스 혁명, 나폴레옹 시대, 부르봉 왕정복고에 이르기까지 급변하는 정권 교체기에도 놀라운 정치적 적응력으로 영향력을 유지했다.

** 현재 인도의 대부분을 포함하는 지역을 가리킨다.

*** 알렉산더 대왕이 창건했다고 하는 아프가니스탄 북부 지역의 도시. 파로파미수스와 옥수스강 사이에 위치하며 서북쪽에는 투르크메니스탄과 국경을 접하고 있다.

트럭이 여전히 운행 중이라고 덧붙였다.

메셰드의 페르시아 제국은행은 아프가니스탄에서 사용할 수 있도록 봄베이Bombay* 지점 앞으로 된 루피 어음을 주었다. 오늘 아침에는 새로 설립된 국영 무역 회사인 시르카트 아샤르미에 어음 하나를 바꾸러 갔다. 사무실에 있는 사람은 어음은 고사하고 숫자조차 읽지 못했다. 하지만 그들은 100루피의 가치가 있다는 내 말을 믿었고, 눈치껏 칸다하르의 현재 환율을 알아낸 후 1실링짜리 은화 672개를 세어 주었다. 나는 동전을 자루 두 개에 나누어 담고 만화 속 백만장자처럼 시장 인파를 헤치며 느릿느릿 걸었다.

—— **11월 24일**

오늘, 현지의 의혹이 공개적으로 드러났다.

나는 성벽 북쪽에 있는 이크티아르 앗 딘Ikhtiar-ad-Din의 시타델을 언급한 적이 있다. 이 요새는 원래 14세기 카르트 왕조**의 여러 왕의 치세에 지어졌는데, 추정컨대 그들이 몽골에 대한 충성을 던져 버렸던 그 무렵으로 보인다. 그들의 이러한 행위가 보여 주는 페르시아 민족주의

---

* 인도 마하라슈트라주의 주도인 뭄바이의 옛 이름이다.

** 1244년부터 1381년까지 호라산 일대를 지배했던 페르시아의 왕조다. 수도는 헤라트였다. 튀르크 몽골 출신임에도 페르시아 문화, 예술, 문학이 그들의 통치 기간에 번성했다.

의 부흥은 얼마 가지 못했다. 14세기 말, 또 다른 파도가 중앙아시아에서 물밀듯 밀려 들어왔다. 티무르 군대는 카르트 제국과 그들의 성을 모두 파괴했다. 나중에 샤 루흐는 성이 필요하다는 것을 깨닫고 1415년에 남자 7천 명을 투입하여 옛 성을 재건했으며, 그 이후로 헤라트의 정치사는 이 성을 중심으로 돌아갔다. 지금은 총사령관과 수비대가 주둔하고 있다.

북쪽 면은 길이가 거의 400미터에 달하는 거대한 성벽으로 이루어져 있으며, 반원형 탑이 간격을 두고 튀어나와 있다. 그중 가장 서쪽에 있는 탑에는 진흙 표면에 푸른색 벽돌로 무늬를 만들어 장식했다. 이러한 특이한 재료 조합은 샤 루흐가 이 탑을 복원할 때 만들어졌을 것임을 시사한다. 탑을 살펴본 후 사진을 찍기 위해 성채와 신도시를 구분하는 벽으로 둘러싸인 연병장의 가장 멀리 떨어진 구석까지 갔다. 여기서 나는 다시 약 20문 정도의 대포가 있는 포병창 근처까지 갔다. 이곳은 멀리서 보면 해체된 거리 측정용 수레 더미로 착각할 수 있다. 그런 다음 탑 하단부에 있는 쿠픽 비문을 베껴 쓸 분필을 가지러 호텔로 돌아왔다. 이때 무디르 이 하리자가 수행원으로 내게 붙여준 노인은 점심을 먹으러 갔다.

그가 돌아왔을 때 나는 비문을 베끼러 다시 성채로 돌아가야 한다고 말했다. 그는 연병장이 닫혔다고 대답했다.

"닫혔다고요? 한 시간 전만 해도 열려 있었는데요."

"네, 그랬지만 지금은 닫혔어요."

"좋아요, 그럼 내일 갑시다."

"내일도 문을 닫을 것입니다."

"그렇다면 지금 바로 가죠."

나는 빠른 걸음으로 출발했고, 노인은 나에게 항의하면서 느릿느릿 뒤쫓아왔다. 내 예상대로 연병장 문은 여전히 활짝 열려 있었다. 하지만 내 수행원의 속삭임을 들은 보초가 나를 불러냈다. 나는 총독 바로 그분이 직접 성채를 방문해도 된다고 말했다고 주장했지만, 노인은 무디르 사히브*의 명령이니 그건 중요하지 않다고 했다.

호텔로 돌아오는 길에 의사를 만났다. 그는 총사령관을 보살피러 시타델로 가는 중이었다. 그는 30분 후에 장교 한 사람과 함께 돌아왔다. 그 장교가 말하기를 총사령관은 내게 비문을 베껴도 좋다고 했다고 한다. 그가 나와 동행하기로 했다.

나는 동행해 준 장교를 당황스럽게 하지 않기 위해 포병창 쪽으로는 눈길을 주지 않으려고 애를 썼다. 그러나 나의 환상은 그 포병창에 완전히 사로잡혔다. 이제 나는 막강한 무력의 비밀을 쥐게 되었다. 이 비밀은 인도를

---

* 무디르Mudir는 아랍어로 지방 행정관을 가리킨다. 사히브sahib는 아랍어로 동료라는 의미이지만 중세 시대 이후 중앙아시아와 인도 등지에서는 존칭으로 사용되었다.

향한 소련군의 진격을 버텨 내거나, 상황이 더 나빠진다면 소련군의 진격을 가속화할 수도 있을 것이다. 나는 그 비밀을 보고한 공로로 빅토리아 십자무공훈장을 받고 어쩌면 내각의 한자리를 차지하고 있을 내 모습을 상상했다.

흥미로운 발견이었다. 이런 개인적인 경험을 통해 스파이가 어떻게 자신의 천직을 찾게 되는지 알게 되다니.

연병장 밖에 택시 승강장이 있다. 우리가 나오자 어린 말 두 마리가 앞다리를 들어올리며 일어섰다. 그리고 가벼운 마차도 아닌, 페르시아 왕실 문장이 새겨져 있고 내부가 하늘색 새틴으로 퀼트 처리된 우렛소리가 나는 푸른 랜도landau*를 끌며 앞으로 나아갔다. 노인과 나는 마을 북동쪽 산악의 첫 번째 비탈에 있는 가자르 가Gazar Gah의 사원으로 향했다.

누구나 가자르 가에 간다. 바부르가 갔고, 후마윤도 갔다. 샤 아바스는 이곳의 상수도를 개선했다. 이곳은 여전히 헤라트 사람들이 가장 좋아하고 방문객들 앞에 가장 자랑스럽게 내세우는 휴양지다. 담장을 두른 곳이 세 군데

---

*   2인승 사륜마차.

가자르 가의 묘지에 있는 이반(중국의 영향을 보여준다), 헤라트.

있다. 첫 번째 담장 안에는 우산 소나무 숲과 피크닉을 위해 만든 2층의 십각형 파빌리온이 있다. 두 번째는 불규칙한 건물로 둘러싸여 있으며 중앙에는 뽕나무와 장미 덤불로 그늘진 연못이 있다. 세 번째는 직사각형 모양으로 전부 무덤으로 채워져 있는데, 그중에는 에미르 도스트 모하마드*의 무덤도 있다. 맨 끝에는 약 24미터 높이의 벽에 아치가 높이 솟아 있다. 이는 이반ivan**이라고 불리는데 그 내부의 모자이크는 중국의 영향을 보여 준다. 그 앞의 오래된 상수리나무 아래에 성자의 무덤이 있다. 흰색 대리석으로 된 머릿돌에는 그의 생애와 그와 관련된 전설이 새겨져 있다.

호자 압둘라 안사리Khoja Abdullah Ansari***는 1088년, 참회하던 중에 몇몇 소년이 던진 돌에 맞아 죽었다. 향년 84세였다. 사람들은 그 소년들에게 공감했다. 심지어 성자

---

* 에미르 도스트 모하마드 칸 바라크자이Emir Dost Mohammad Khan Barakzai(1792~1863, 재위: 1826~1839/ 1843~1863). 아프가니스탄의 토후국 바라크자이 왕조의 창시자다. 1826년 두라니 왕조 쇠망 후 아프가니스탄의 군주가 되었다.

** 아이반aivan, 이완iwan이라고도 한다. 중앙아시아와 서아시아 건축에서 나타나는 일종의 테라스로, 주로 건물 중앙에 위치하며 중정을 향한 부분이 개방되어 있는 직사각형의 공간이다.

*** 아부 이스마일 압둘라 알-하가위 알 안사리Abu Ismail Abdullah al-Harawi al-Ansari(1006-1088). 수피 이슬람 성인으로 쿠란 주석가이자 수피 학자, 전통주의자였다. 특히 아랍어와 페르시아어의 달변가이며 시적 재능을 지닌 것으로 알려져 있다.

들 사이에서도 그는 엄청나게 말이 많아 지겨워할 정도였다. 그는 요람에 있을 때 이미 말을 했고, 열네 살에는 설교를 시작했으며, 평생 미치광이 이슬람 지도자들과 교류했다. 시 10만 편을 암송하고(어떤 이들은 120만 편이라고도 한다), 그보다 더 많은 시를 지었다. 그는 고양이를 사랑했다. 샤 루흐는 그를 위해 특별한 헌정을 해야겠다고 생각해 1428년 현재의 형태로 사원을 재건했다. 당시는 중국 대사관이 있었던 시기라 이반에 중국의 영향을 받은 문양이 있는 이유가 설명이 될지도 모르겠다. 15세기 후반에는 영묘에 공간이 부족해지자 지위가 낮은 티무르족 일부가 이곳에 묻혔다. 카니코프는 후세인 바이카라의 형제인 모하마드 알 무자파르Mohammad-al-Muzaffar의 무덤을 포함한 다섯 개의 무덤에 주목했는데, 이 중 모하마드 알 무자파르의 묘비명은 장례식의 상투적인 문구를 거부하고 바이순구르*의 아들인 그의 사촌 모하마드에게 살해되었음을 후손들에게 알리고 있다. 나는 측면 아케이드에 늘어선 작은 방에서 검은 돌로 된 왕실 무덤 하나를 발견했다. 그것은 세 가지 다른 판석에 일곱 펜의 돌보다 더 정교하게 조각되어 있었다. 나머지 무덤들의 신원은 확인할 수 없었다.

---

*   기야스 웃 딘 바이순구르Ghiyath ud‐din Baysunghur(1397~1433). 티무르 제국의 샤 루흐의 아들. 예술, 건축의 후원자이자 페르시아 세밀화의 주 후원자였다.

중정 남동쪽 모퉁이에는 돔을 얹은 파빌리온이 있다. 내부에는 청금석 바닥에 금색 꽃이 그려져 있다. 페리에는 샤 아바스가 고용한 이탈리아 화가 지랄디의 서명이 이 그림에 첨부되어 있는 것을 보았다고 한다. 하지만 다시 찾을 수 없었다.

랜도를 타고 집으로 돌아가는 길에 '여행자의 왕좌'라는 뜻을 가진 탁트 이 사파르Takht-i-Safar에 들렀다. 폐허가 된 계단식 정원인데, 가을 오후의 끝자락, 밤바람의 첫 휘파람 소리가 들려오는 시간이 되자 본연의 애수가 더해졌다. 상단의 빈 수조에서부터 연못으로 이어지는 물길이 테라스에서 테라스로 쭉 이어져 내려간다. 후세인 바이카라의 이 유원지는 강제 노동으로 지어졌는데, 백성들이 그가 정한 관대한 도덕적 허용치를 넘어서면 감옥에 보내는 대신 술탄의 정원을 가꾸는 일에 동원되었다고 한다. 19세기까지 이곳에는 파빌리온이 있었고 물이 계속 흐르고 있었다. 모훈 랄은 '물 화살로 건물 꼭대기와 싸우는' 이 위대한 분수에 대해 언급한다. 얼마나 멋진 문구인가! 모훈 랄은 「뱅갈 저널Bengal Journal」의 편집자에게 자신의 영어 실력에 대해 늘 사과했지만, 때때로 아주 훌륭한 글을 쓰곤 했다. 그가 당시 헤라트의 통치차였던 바르 모하마드Var Mohammad에 대해 '그는 우울하고 노쇠한 왕자다. 인류의 연민을 불러일으킬 정도다'라고 묘사했던 것 이상의 표현은 찾아보기 힘들 것이다.

한 헝가리인이 이곳에 도착했다. 그는 막 칸다하르 병원에서 한 달간 입원하고 나온 참인데, 여전히 위장이 좋지 않아 음식을 먹을 수 없었다. 그는 굶어 죽어가고 있다. 기운 나라고 수프와 오발틴*을 주었더니 그는 서툰 프랑스어로 말하기 시작했다.

"5년 동안, 선생님, 저는 여행을 다녔어요. 앞으로 5년은 더 여행할 겁니다. 그러면 뭔가 글을 써야 할 것 같아요."

"여행 좋아하십니까?"

"누가 아시아 여행을 좋아할 수 있겠어요, 선생님? 저는 좋은 교육을 받았습니다. 부모님이 이런 곳에서 이러고 있는 저를 본다면 뭐라고 하시겠어요? 여기는 유럽과 달라요. 베이루트는 유럽과 비슷하지요. 베이루트라면 괜찮다고 할 수 있겠죠. 하지만 이 나라, 이 사람들…, 제가 본 것들! 그것들에 대해서는 말로 다 할 수가 없습니다. 할 수가 없어요. 아아아아!"

그는 그 기억이 떠올랐는지 괴로워하면서 두 손에 머리를 파묻었다.

---

*   음료의 일종. 맥아 추출물, 설탕, 유청을 넣어 만든 우유 맛이 나는 음료 브랜드다.

"이리 오세요. 그 끔찍한 경험을 저에게 털어놓으십시오. 기분이 나아질 겁니다."

나는 그를 부드럽게 토닥이며 말했다.

"저는 다른 사람들보다 제가 우월하다고 생각하는 그런 부류가 아닙니다. 사실 저는 다른 사람들보다 나을 게 없습니다. 어쩌면 더 나쁠지도 모르죠. 하지만 이 사람들, 이 아프간 사람들은 인간이 아닙니다. 그들은 개, 짐승일 뿐입니다. 짐승보다 못한 존재입니다."

"왜 그렇게 말씀하시죠?"

"이유를 모르시겠습니까, 선생님? 선생님도 보신 게 있잖아요? 저기 저 사람들을 보세요. 그들은 손으로 음식을 먹습니다. 손으로요! 정말 끔찍해요. 어느 마을에서 한 미친놈을 봤는데 벌거벗고 있었어요…. 벌거벗었다고요."

그는 잠시 침묵했다. 그러더니 진지한 목소리로 물었다. "스탐불Stambul*을 아십니까, 선생님?"

"네."

"저는 스탐불에서 1년 동안 살았습니다만, 선생님, 그곳은 탈출구가 없는 지옥이라고 말씀드리겠습니다."

"그랬군요. 하지만 당신은 여기 와 있으니 탈출구를 찾은 셈이네요?"

---

*   튀르키예의 이스탄불을 말한다.

"감사합니다, 선생님. 제가 해냈습니다."

── 11월 25일

난 오늘 떠났어야 했다.

밤사이 비가 내렸고 오늘 아침에도 여전히 비가 내리고 있었다. 그런데도 짐을 싸 놓고 12시까지 방에 앉아 있었다. 대개 이런 상황이라면 트럭이 출발하지 않을 거라는 생각이 들었다. 그래서 다시 짐을 풀고 마스지드 이 주마 Masjid-i-Juma에 갔다.

마스지드 이 주마는 금요일 모스크라는 의미다. 모든 마을에 하나씩 있다. 유럽으로 치면 마을 크기에 따라 교구 교회 또는 대도시의 대성당에 해당하며, 보통은 가장 오래되고, 간혹 그 지역에서 가장 큰 건물이기도 하다. 유럽 도시에 있는 수도원이나 성당이 여전히 중세 시대를 보여 주고 나머지는 시대에 따라 변해 온 것처럼, 헤라트에서는 성벽 안의 이 음울한 오래된 모스크가 교외의 티무르 제국의 화려한 행렬에 오래되고 지루한 음악을 반주한다. 그 행렬의 영광은 하룻밤 사이에 자라나 특별한 한 개인을 기리고 꽃을 피우고는 스러졌다. 이 금요일 모스크는 티무르 제국이 등장하기 전에 이미 오래되어 폐허가 되었다. 티무르 제국의 이야기가 더 이상 들리지 않는 지금이 오히려 더 잘 보존되어 있다. 700년 동안 헤라트 사람들은 그 안에서 기도해 왔고, 지금도 그렇게 하고 있다. 이 모스크의 역사는 곧 그들의 역사다.

나는 구시가지의 음울한 미로를 빠져나와 길이 약 90미터, 폭 약 60미터의 포석이 깔린 중정으로 들어섰다. 궁륭 천장에 앞쪽이 개방된 홀인 이반 네 개가 중정을 둘러싼 회랑의 각 면 중간에 하나씩 설치되어 있다. 서쪽의 주 이반에는 푸른 큐폴라*로 덮인 거대한 탑 두 개가 있다. 이것들과 한쪽 구석에 기대어 있는 우산 소나무를 제외하면 색깔이라고는 찾아볼 수 없다. 흰색 도료, 불량 벽돌, 깨진 모자이크 조각뿐이다. 정사각형 연못에 하얀 옷을 입고 지나가는 이슬람 율법 학자와 그의 제자들이 반사되어 비친다. 고요함과 햇살이 낡은 거리에 평화를 선사한다. 내가 원했던 평화였다. 트럭에 대한 저주와 여행에 대한 나의 의심. 나는 그 모든 것을 잊었다.

이 모스크는 고르 왕조**의 삼의 아들 기야스 앗 딘***이 1200년에 세운 것으로, 그는 가즈나Ghazna 제국****을 해

체한 후 헤라트를 수도로 삼았다. 그리고 이를 델리에 있는 쿠트브 미나르의 바닥에 새겨 기념했다. 약 3미터 높이의 첨두아치 복도가 교차하는 아케이드는 그의 작품이다. 또한 북동쪽 모퉁이에 있는 아치 위의 화려한 벽돌 안에 쿠픽 레전드*가 있어 원래 장식이 어땠는지 짐작할 만한 단서를 준다. 이 근처에는 기야스 앗 딘의 묘지가 있다. 모스크에 부속된 정사각형의 별관으로 돔은 완전히 무너졌다. 잔해 속에 묘지는 있지만 돌이나 비문은 없다.

이것은 티무르 제국이 등장할 때까지는 영묘로 남아있었다. 카르트 왕조의 통치자들은 이곳에 묻혔다. 14세기에 벽을 다시 칠하면서 고풍스러운 벽돌처럼 보이도록 구불구불한 선을 표면에 새겨 넣었다. 또한 신기한 가시덤불 같은 쿠픽을 사용하여 주요 이반 내부에 빙 둘러 명문을 새겼다. 의식적으로 고대주의적인 느낌을 살리기 위해 가즈니Ghazni**에서 차용했던 것으로 보인다.

예상대로 주 이반 뒤에는 성소실이 있었는데, 위험하다는 이유로 1498년에 알리 시르 네바이의 명으로 철거되었다. 왕자들에 이어 알리 시르 역시 예의범절과 행실 면

---

* 쿠픽 문자로 쓰인 역사적, 종교적 또는 상징적 의미를 지닌 명문 혹은 그러한 장식 요소를 말한다.

** 아프가니스탄 동부 가즈니주의 주도다. 카불과 칸다하르를 잇는 교통의 요지에 위치한다. 예전에는 가즈닌, 가즈나로 불렸으며 가즈나 제국의 수도였다.

에서 티무르 제국 르네상스의 본보기가 되었다. 그는 초창기에 후세인 바이카라의 곁을 지켰고 그와 함께 부를 쌓았다. 하지만 야망을 자극할 부인과 자식이 없던 그는 예술을 위해 권력을 내려놓았다. 바부르는 "재능과 업적을 가진 그런 후원자 혹은 보호자로 알려진 사람은 없으며, 그런 사람이 나타났다는 이야기도 들어본 적이 없다"고 했다. 그는 후세인 바이카라를 시아파에게서 구해 냈지만, 그가 이성적인 사람이었다는 것은 점성술과 미신을 경멸하는 태도에서 잘 드러난다. 그의 재산은 공공사업에 사용되었다. 호라산에만 370개의 모스크, 대학, 카라반세라이, 병원, 독서실, 다리를 지었다. 그는 방대한 도서를 수집하여 역사가 미르혼드에게 맡겼다. 바부르는 "음악에 있어서도 그는 좋은 곡들, 훌륭한 곡조와 서곡을 작곡했다"고 덧붙였다. 헤라트 사람들은 비스킷에 가리발디의 이름을 붙이듯이 새로운 안장과 손수건 등 상업적 발명품에 그의 이름을 따서 붙일 정도로 그를 존경했다. 학자들 사이에서 그는 문학의 수단으로서 튀르크어를 수호하는 투사였으며, 페르시아의 조롱에 맞서 튀르크어를 지켜 낸 사람으로 기억된다. 그는 1501년에 사망했고, 5년 후 바부르는 그의 집에 머물렀다.

인생의 말년에 이르러 그는 폐허가 된 오래된 금요일 모스크를 보면서 그 역사적 중요성을 깨닫고, 술탄의 허락을 받아 복원을 시작했다. 작업은 직접 소매를 걷어붙이고 삽을 든 그의 지휘에 따라 몹시 서둘러서 진행되었다. 상단부 아케이드에는 아래에 있는 아치의 위치에 맞추어 아치 모양으로 구멍을 뚫은 차단벽을 추가하고, 중정을 마주하는 두 아케이드의 외벽에는 모자이크 처리를 하여 통일성을 부여했다. 적어도 계획은 그랬다. 그것은 완성되지 못했고 남서쪽 모퉁이 부분만 온전히 남아 있다. 혼데미르에 따르면 새로운 성소실도 지어졌는데 중국풍으로 장식되었다고 한다. 성소실은 완전히 사라졌다.

티무르 제국의 또 다른 유물 하나가 모스크에 보존되어 있다. 바로 지름 약 1미터의 청동 가마솥이다. 이는 부조로 새겨진 아라베스크와 명문으로 장식되어 있다. 투르키스탄시의 하즈라트 야사비Hazrat Yassavi 모스크에 티무르의 명령으로 주조된 비슷한 가마솥이 지금도 남아 있다[1935년 페르시아 전시회를 위해 레닌그라드Leningrad*로 옮겨졌으며 아마도 그곳에 남아 있을 것이다]. 헤라트의 가마솥은 주 이반의 계단 위에 있는 장식장 안에 보관되어 있는데, 중국 대사관의 기록에서 이에 대한 언급을 찾을 수 있다.

1427년 2월 21일 금요일, 이 모스크에서 샤 루흐는

---

* 오늘날의 상트페테르부르크.

목숨을 잃을 뻔한 사건에 휘말렸으며 여기서 그가 죽음을 모면한 이후 제국은 20년을 더 유지할 수 있었다. 그때와 같은 주, 같은 요일, 같은 장소에서 기존 정부를 뒤엎으려는 또 다른 음모가 좌절되는 것을 방금 목격했다.

이틀 전 러시아 영사관 관리들은 전 국왕은 물론 새 국왕도 암살당했다는 소문을 시장에 퍼트렸다. 아마눌라에게 유리하도록 혼란을 조장하려는 것이었다. 여기서 러시아 관리들은 총독을 전혀 고려하지 않았다. 총독은 아마눌라를 지독히 싫어했고, 1년 전에 아마눌라에게 득이 되는 반란을 진압하여 군대의 존경을 받고 있었다. 러시아인들은 목요일 오후에 이런 미끼를 던져두면 금요일쯤 사람들이 그걸 물 거라고 확신했다. 결과적으로는 사람들은 총독이 던진 미끼를 물었다. 압둘 라힘 칸Abdul Rahim Khan은 금요일 모스크에서 열린 종교 집회에서 소문을 부인하고 어떤 경우에도 질서가 유지될 것이라고 단언했다. 마지막 발언은 사람들을 우울하게 만들었다. 그들은 왕에게는 전혀 관심이 없었지만, 사람들의 반목을 조장하고 시아파 상인들을 약탈할 수 있는 폭동을 고대하고 있었다. 이 유쾌한 꿈은 이제 봄까지 미뤄졌다.

오늘 오후 터번을 두른 아이들 한 무리가 내 방으로 뛰어들어 왔다. 한 명은 망치, 한 명은 못, 한 명은 끌을 들고 와서 창문에 유리를 끼워 넣었다. 그들이 조금만 더 일찍 왔더라면 좋았을 텐데. 트럭이 멀쩡하다면 내일은 반드시 떠나야 한다.

　형가리인이 아프다는 전갈이 왔다. 어젯밤 그는 유령처럼 창백했는데 지금은 열로 얼굴이 붉어져 있어 아프다는 것을 알 수 있었다. 그를 보호하는 것이라곤 바닥에 깔 작은 매트와 몸을 덮을 해진 러그가 전부였다. 나는 최선을 다해 약을 먹이고 담요를 덮어 주며 의사의 진찰을 받아야 한다고 말했다. 부엌에서 30분 동안 실랑이를 벌인 후 의사를 부르러 사람을 보냈는데 의사가 이미 잠들었다는 답이 돌아왔다. 그래서 나는 의사를 직접 만나러 갔다. 그의 여자들이 베일을 벗고 있으면 안 되니까 약간 긴장하면서 그의 집으로 들어가 그를 설득했다. 의사는 말라리아라는 진단을 내리면서 환자가 병원에 가야 한다고 말했지만, 환자는 그가 인도 바보라며 병원에 가지 않겠다고 버텼다. 세 시간 후 그를 병원으로 데려갈 남자가 왔다. 바로 그때 무디르 이 하리자에게서 의사가 입원을 요청하는 공식적인 소견서를 작성할 때까지 병원에 가지 말라는 명령이 도착했다. 나는 이 소견서를 받아 오라고 늙은 내 수행원을 보냈다. 그러자 터키인 한 명이 들어와 무디르 이 하리자가 이미 퇴근했기 때문에 내일까지는 입원 허가서를 발급할 수 없다고 말했다. 나는 그냥 포기했다.

　파르시인들은 그 형가리인은 돈이 하나도 없으니 아

프간 당국이 정부 비용으로 그에게 음식을 제공하고 이송해야 한다고 말한다. 헝가리인은 자신을 도와준 사람들에게 고마워할 줄 모른다. 카불의 영국 공사관은 그에게 인도 비자 발급을 거절했던 것 같았다. 엄청난 애국자는 아니지만 '가난한 백인'을 탐탁잖아 하는 파르시인의 관점에서는 꽤 정당한 것이었다. 나는 그가 메셰드로 돌아가는 길에 먹으라고 수프용 큐브 통조림과 약간의 크림치즈를 그에게 주었다.

보온병을 뜻하는 페르시아어를 몰라 내 하눔*을 달라고 했다가 주방은 온통 웃음바다가 되었다.

—— 11월 26일

구름 한 점 없이 따뜻한 날이 밝았다. 1년 중 가장 이상적인 날씨다. 9시에 트럭 운전기사를 만났는데, 그는 11시에 출발해야 한다고 말했다. 11시에 보니 트럭은 한창 휘발유 통을 싣는 중이었다. 운전기사의 조수는 나에게 1시에 출발할 준비가 끝날 것이라고 했다. 1시에 짐을 내려놓고 나서야 오늘 출발하지 않는다는 사실을 알게 되었다. 다른 승객들은 어제 비가 와서 모두 마을로 돌아갔고

---

*   하눔Khanum은 여성 왕족이나 귀족을 칭하는 말이다.

다시 나타나지 않았다.

　내 여생을 이곳에서 보내야 할 것 같은 기분에(이대로
라면 내 삶도 오래 가지 못할 것이다) 방을 깨끗이 청소했다. 호텔
전체를 한번 묘사해야겠다. 아래층에는 앞쪽이 유리로 된
큰 방 세 개가 도로 쪽을 향하고 있다. 첫 번째 방은 부엌인
데, 도로 위에 피 웅덩이와 목이 잘린 수탉 머리가 그려진
그림으로 표시되어 있다. 두 번째와 세 번째 방은 상판이
대리석으로 된 탁자들로 채워져 있으며, 「일러스트레이티
드 런던 뉴스Illustrated London News」의 초기 발행본을 잘 아
는 인도인이 유리에 그린 유럽 풍경이 걸려 있다. 여기에
도 세이드 마흐무드의 책상, 봄베이에서 가져온 다리 달린
캐비닛 축음기, 인도 음반 더미가 있다. 주방 옆 외부 계단
은 채광창으로 들어온 빛이 비치는 긴 복도까지 이어지고
그 양쪽에 방이 있다. 내 방은 뒤쪽에 있는데, 구리 세공소
에서 나오는 소음을 피할 수 있는 사각형 상자 같은 방으
로, 천장은 기둥과 외가지가 그대로 드러나 있고, 흰 벽에
는 하늘색 징두리 판벽이 둘러 있다. 바닥에는 타일이 깔
려 있으며, 타일 틈새에는 먼지 뭉치와 짚이 끼어 있다. 바
닥 절반은 카펫으로 덮여 있고, 나머지 절반에는 내 침구
와 방수 시트가 깔려 있다. 가구라고는 윈저 의자 두 개와

흰색 미국산 천으로 덮인 테이블이 전부다. 테이블 위에는 후플라 게임*에서 이기고 상품으로 받는 그런 종류의 파란색과 흰색의 나선형 꽃병이 놓여 있다. 꽃병은 유리로 된 분홍색 장미로 장식되어 있다. 여기에 세이드 마흐무드는 단추 같은 노란 데이지를 가운데 놓고 불그스름한 초콜릿색 국화로 둥글게 감싼 후 작은 노란 국화를 두른 다발을 꼭 묶어서 꽂아 놓았다. 백랍 대야와 우아한 물단지가 있어 맨바닥에서 씻을 수 있다. 내 침구는 녹색 침낭, 노란색 양가죽 코트, 주홍색 사라사 천으로 만든 아프간 퀼트 이불이다. 그 옆에는 내 램프, 보스웰의 책, 시계, 담배, 포도한 접시가 공문서 송달함 위에 손이 쉽게 닿도록 놓여 있다. 보온병은 채워지기를 기다리고 있다. 넥타이, 모자, 거울을 걸 못 세 개를 박았다. 문과 창문이 서로 마주 보지 않았다면, 문이 닫혀 있고 창문에 제대로 된 유리가 끼워져 있었다면 나는 아주 편안했을 것이다. 하지만 외풍은 바다의 폭풍과 같았다. 모든 쓰레기가 창문을 통해 지방정부 청사의 정원으로 휩쓸려 간다.

달빛이 비치는 복도에 들어서자마자 나는 숨을 멈추었다. 소총 네 자루가 내 배를 겨누고 있었다. 맞은편 방에

---

*   멀리 있는 기둥이나 막대기에 고리를 던져 끼우는 놀이.

쪼그리고 앉아 있던 하얀 옷을 입은 유령 같은 인물 네 명이 소총을 들고 나를 향해 서 있었다. 나는 희미한 흰색 터번 아래 어둠 속에서 그들의 눈동자가 장난기로 반짝이는 것을 보았다. 다른 네 명은 나를 등지고 창밖을 향해 소총을 겨누고 있었다. 분명 멋진 저녁 파티였을 것이다. 하지만 전신국 관리인은 오늘 아침에도 다가올 격변에 대해 떠들어댔고 나는 아주 잠깐 혹시 아마눌라가 실제로 도착한 건 아닐까 궁금했다.

이곳의 기념물 하나는 금요일 모스크보다 훨씬 더 오래되었다. 10세기에 무카다시Mukadasi*가 쓴 기록에 따르면 말란의 다리Bridge of Malan는 한 조로아스터교 사제가 세웠다고 한다. 천 년 동안 이 다리는 하리강을 건너 인도와 왕래하던 통로였다. 오늘날에도 아치 26개(혼데미르 시대에는 28개였다)가 여전히 남아 있으며 폭은 트럭 두 대가 나란히 지나갈 수 있을 만큼 넉넉하다. 아치 모양은 제각각인데, 매년 봄 홍수 때마다 한두 개씩 무너지는 탓에 여러 번 재건하다 보니 그런 것 같다. 하지만 교각은 오래된 기초 위에 놓여 있는 것으로 보인다.

이 마을은 남쪽에서 바라볼 만한 가치가 있다. 푸른

---

* 　알 마크디시Al-Maqdisī(945/946~991). 중세 아랍의 지리학자.

랜도를 타고 강에서 다시 돌아올 때, 총안이 있는 으스스한 회색 흙벽이 마치 미래에도 여전히 대포가 있을 것처럼 회색 평원과 마을을 내려다보고 있었다. 성벽은 세 개다. 가장 높은 성벽은 높이가 약 24미터 정도이며 쭉 늘어선 탑으로 둘러싸여 있다. 나머지 두 개에는 그물망처럼 총안이 뚫려 있다. 그 아래에는 갈대가 자란 넓은 해자가 있다. 콘스탄티노플은 육지 쪽에 동일한 시스템을 갖추었는데 그곳은 돌로 되어 있는 반면 여기는 진흙으로 되어 있다.

해자를 따라서 난 길에서 우리는 바람 쐬러 나온 신사 세 명을 만났다. 그들은 발을 높이 내딛으며 걷는 조랑말이 끄는 작은 갈색 이륜마차에 서로 포개 앉아 있었다. 거기에는 남작 저택에나 있을 법한 홀을 채우기에 충분할 만큼의 무기가 가득했다.

카로크Karokh*(1,340미터)

—— 11월 28일

오늘 아침에는 짐을 싸는 대신 자리에 앉아 책을 읽었다. 계략은 성공했다. 1시에 트럭이 출발했다. 하마터면 놓

---

* 카루크Karukh라고도 한다. 아프가니스탄 헤라트주의 도시.

칠 뻔했다.

산을 넘어 바미안Bamian*으로 가는 길목에는 하리강
이 흐르는 계곡을 따라 동쪽으로 넓은 마카담macadam 도로
가 뻗어 있다. 하지만 아직 그곳에 도착하지는 못했다. 이
길을 따라 20킬로미터를 내려가 팔라 핀Pala Pin 마을에서
우리는 북쪽으로 난 좁은 길로 접어들었다. "라 투르키스
탄Ra Turkestan, 라 투르키스탄." 승객들이 한목소리로 외쳤
다. 투르키스탄으로 가는 길! 어찌나 좋게 들렸는지 꿈만
같았다.

다음 32킬로미터는 협곡에서 강을 건너는 일이 반복
되는 여정이었는데, 협곡의 경사 길, 아니 정확하게는 경사
가 없는 길에서 과감하게 운전하면 자동차도 노새만큼 잘
달릴 수 있다는 것을 보여 주었다. 3시 반에 우리는 하룻밤
을 묵어가기 위해 차를 세웠다. 도로 근처에는 우산 소나
무 숲에 가려진 사원이 있었는데, 그 소나무의 달콤한 냄
새가 〈라벤나의 소나무 숲Pinetum at Ravenna〉**을 떠올리게
했다. 이탈리아에 대한 기억이 얼마나 생생하게 남아 있

---

*   아프가니스탄 카불 북서쪽 힌두쿠시산맥에 위치한 도시. 6~7세기
      에 만들어진 53미터 높이의 불상을 비롯해 많은 불교 유적과 이슬
      람 시대의 문화유적이 남아 있다.

**   에드워드 리어Edward Lear(1812~1888)가 그린 그림의 제목. 라벤나
      는 이탈리아 북동부 도시로 서로마 제국의 수도였고 8세기에는 비
      잔틴 제국의 중심지였다.

는지! 먼저 더 큰 세상을 보지 못했더라면 나는 치과의사나 공무원이 되었을지도 모른다. 안뜰에는 호르주horhju라고 불리는 나무가 있었다. 큰길 맨 위쪽에는 아치 하나가 얌전하게 서 있는데, 아치 위의 양철 큐폴라가 멀리서부터 우리를 반겨 주듯 반짝이고 있다. 이것은 한 이슬람 지도자의 무덤이다. 그는 1807년 페르시아와 싸우다 참수형을 당했다고 한다. 그의 아들 아불 카심Abul Kasim이 그를 추모하기 위해 이 사원을 세우고 나무를 심었다.

쭉 늘어선 건물이 중정을 둘로 나눈다. 우리는 위층에 있는 방을 배정받았다. 승객 중 군인들은 방을 배정받자마자 바로 제복을 벗고 터번, 긴 겉옷, 헐렁한 바지로 갈아입었다. 각반과 튜닉이 어지럽게 널려 있어 발코니에 내 침구를 널고 있는데 몸집이 좀 뚱뚱한 중년 신사 행렬이 아래층 뜰로 들어섰다. 가운과 터번을 벗은 그들은 갈라진 나무 앞에 멈춰서서 차례로 갈라진 틈을 비집고 들어가려 했다. 그 틈을 통과한 사람은 내세에 구원받을 수 있다고 한다. 구원받을 이들은 몇 명 되지 않았다.

"혹시 아라크를 가지고 있나요?" 그들이 가 버리자 문지기에게 속삭이듯 물었다.

그는 나를 무덤으로 가는 큰길로 안내했다. 아치 지붕

에 서서 학이 머리 위를 선회하고 눈 덮인 산의 지평선에 붉은빛이 스며드는 것을 바라보고 있는데 또 다른, 더 뚱뚱한 사람들의 행렬이 다가오기 시작했다. 행렬 앞에는 승마용 부츠를 신고 녹색 퀼트 가운을 걸친 위엄 있는 인물이 성큼성큼 걸어가고 있었다. 커다란 터번 아래로 가로로 뻗친 흰 턱수염이 파우터 비둘기의 가슴처럼 부푼 큰 가슴 위를 덮고 있었다. 문지기가 "하즈라트 사히브Hazrat Sahib*께서 유럽 여행자 나리를 맞이하러 왔습니다"라고 친절하게 이야기해 주었다.

"저기 아래 연못의 물고기가 아주 크더군요." 내가 정중하게 말문을 열었다.

"저것들 말이군요!" 하즈라트 사히브가 무시하는 듯한 눈빛으로 대답했다. "마드라사에 있는 것들을 보셔야 합니다."

우리가 행렬을 지어 마을 학교로 걸어가자 사람들이 일어나 절을 했다. 쿠란의 글귀가 걸려 있는 베란다 아래에는 이슬람 율법학자가 어린 소년들에 빙 둘러싸여 앉아 있었다. 소년들은 배운 것을 스승 앞에서 반복해서 외우고 있었다. 버드나무와 내가 모르는 여러 종류의 나무들이 정사각형 연못 주위에 점점이 흩어져 있었다. 하즈라트 사히

---

*   하즈라트는 고위 성직자나 고위 관리를 가리키는 존칭으로 성하, 예하라는 뜻이며 사히브는 ~나리, ~님이라는 뜻이다.

브는 빵을 달라고 하여 연못에 던졌다. 오리 떼가 달려들었지만, 괴물 같은 잉어 떼가 수면 위로 솟아올라 오리 떼를 쫓아냈다. 오리는 배가 고팠다.

달빛 어린 길 위로 소나무 줄기가 긴 그림자를 던진다. 산들바람은 강풍용 각등 안의 불꽃을 휘저어 놓는다. 내게 딱 붙어 있던 군인 누르 모하마드Nur Mohammad가 발코니 구석에서 잠들어 있다. 그는 내 코를 겨누던 소총을 베고 누워 있다. 우리가 저녁 식사를 마치자 하즈라트 사히브가 견과류와 석류가 담긴 백랍 쟁반을 들고 돌아왔다. 뒤이어 차가 나왔는데 유리잔이 아니라 사발에 담겨 있어 중국과 더 가까워진 느낌이 들었다.

"어느 정부 소속이시죠?" 하즈라트 사히브가 물었다.

"잉글리스탄Inglistan 정부입니다."

"잉글리스탄? 그게 뭐죠?"

"힌두스탄이랑 같은 거죠."

"잉글리스탄도 힌두스탄의 일부인가요?"

"네."

대상隊商들이 길을 따라 올라오고 있다. 쩔렁, 쩔렁, 수컷 낙타의 종소리가 밤을 가득 채운다. 누르 모하마드의 코 고는 소리에도 지지 않고 종소리는 점점 더 커진다. 내 펜이 제멋대로 움직인다. 이제 자야 할 시간이다.

칼라 나오Kala Nao*(884미터)

—— 11월 30일

오늘 아침 9시 반에 이곳에 도착해 휴식을 취했다.

카로크에서 출발한 길은 협곡의 강이 갈라놓은 물결 치는 풀밭 위로 이어졌다. 푸딩 같은 얼굴을 한 카자크족 부족이 말, 당나귀, 소를 타고 지나갔다. 외진 여행자 쉼터 에서 안드코이에서 내려오던 트럭 두 대가 우리에게 그 길 에 대한 소식을 전해 주었지만 안심할 수는 없었다. 마침 내 개울로 변한 강은 끝없이 구불거리는 계곡 중 하나로 우리를 이끌었다. 계곡에는 산모퉁이가 마치 두 개의 톱니 바퀴처럼 계곡 양쪽에서 번갈아 가며 나타났다. 32킬로미 터를 더 달린 후에야 북쪽에서 이 계곡을 빠져나왔다. 만 년설의 맨 아래 경계선에 이르렀을 때 트럭이 멈추고 말았 다. 차 바퀴는 달걀 거품기처럼 빙글빙글 돌았다.

우리는 준비를 단단히 했었다. 체인 뭉치, 삽 세 개, 곡 괭이, 트럭이 벼랑으로 떨어지는 것을 방지하기 위해 튼튼 한 로프도 준비했다. 다음 1.6킬로미터를 이동하는 데에 꼬박 네 시간이 걸렸다. 어떤 사람들은 땅을 팠고, 어떤 사 람들은 밧줄을 꼭 붙잡았으며, 또 어떤 사람들은 구세주의

---

*　칼라에나우Qala-e-Naw. 아프가니스탄 바드기스Bādghīs주의 도시.

나귀가 앞에 있기라도 하는 양 박하 냄새가 나는 허브 가지를 던졌다. 갈팡질팡하고 환호성을 지르며 사우작Sauzak 고개의 좁은 산등성이에 도착했을 때는 날이 거의 저물고 있었다.

스러져 가는 빛 사이로 80킬로미터 떨어진 곳에 약속의 땅의 성벽이 서 있었다. 바로 힌두쿠시산맥을 향해 뻗어 있는 산악 성벽, 반드 이 투르키스탄Band-i-Turkestan*이었다. 폭풍우를 머금은 하늘 위로 금빛 깃털 구름이 두둥실 떠다녔다. 벌거벗은 붉은 바위층과 봉우리가 고갯길을 지키고 있었다. 지쳐 초라해진 외로운 보초병처럼 서 있는 향나무가 예고해 준 산 북쪽의 습기는 저 아래 작은 언덕 위 숲속으로 수렴되고 있었다.

그 습기가 우리의 발목을 잡았다. 우리가 도로를 지나고 나면 눈 아래 도로는 바셀린처럼 미끄러웠고 경치 좋은 곳의 관광철도만큼이나 가팔랐으며, 트럭의 차축 거리보다 1미터도 더 넓지 않은 길도 나왔다. 우리는 나뭇가지를 쳐내고, 밧줄을 붙잡고, 급커브 모서리에는 돌을 쌓았지만 다 허사였다. 브레이크나 핸들 따위는 신경도 쓰지 않는 트럭은 반들반들한 바위를 게처럼 비틀거리며 내려가고, 타이어는 타이어대로 허공에 매달려 이 절벽에서 저 절벽

---

*   아프가니스탄 북부에 있는 산악 지대. 산맥은 길이가 300킬로미터, 높이는 3,497미터에 달한다.

으로 대포를 쏘듯 쾅쾅거리며 제 갈 길만 갔다. 그동안 우리는 어스름과 얼어붙은 진흙탕을 헤치며 트럭을 뒤쫓아 걸어 내려갔다. 양치기 한 명이 저 아래에서 우리를 소리쳐 불렀다. 그 옆에는 달빛 아래 또 다른 트럭이 뒤집어져 바퀴를 공중으로 쳐든 채 너부러져 있었다. 우리의 희망도 꺼져 가고 있었다. 마침내 우리가 탁 트인 경사로에 도착했을 때 운전기사는 더 운전할 수 없었고 우리도 더는 걸을 수 없었다.

군인들은 거센 바람이 잦아드는 좁은 오솔길에서 불을 피웠다. 음식을 만들 만한 것은 아무것도 없었고 설상가상으로 물도 없었다. 나는 아침부터 목이 말라서 급기야 라디에이터용 휘발유 통에 담긴 흰 진흙, 녹은 눈, 기름이 뒤섞인 것을 마셨다. 길은 험하고 바람은 담요를 날려 버렸지만 달은 참 밝게도 빛났다. 군인들은 발을 동동 구르며 보초를 섰다. 그리고 스스로를 안심시키려 노래를 불렀다. 나는 내 잠을 방해하는 이런저런 것들에 대해 구시렁거렸는데, 깨어나 보니 한낮이었다. 열 시간 동안 잠을 잤던 것이다.

그날 밤 우리가 가려던 마을은 불과 15분 거리에 있었다. 여기서 우리는 안드코이에서 온 트럭 두 대를 더 발견했다. 승객들은 유대인이었는데, 나는 그들의 타원형 얼굴과 섬세한 이목구비, 챙이 털로 된 원뿔형 모자를 보고 보하라 공동체의 사촌쯤 된다는 것을 알 수 있었다. 그들도 야외에서 잠을 잤다. 그러나 그들의 문제는 야외에서 잠을 자는 것보다 더 심각했는데 바로 일종의 대탈출이었던 것이다. 여성 중 몇 명이 손짓으로 나를 옆으로 불러서 러시아어로 낮게 말을 걸기 시작했다. 내가 러시아어를 못한다고 하자 그들은 내 금발을 가리키면서 러시아인이 틀림없다며 의심스러워하는 표정을 지었다. 우리가 이 고갯길에 대해 설명하자 그들은 측은할 정도로 불안에 떨었다. 어머니들은 아이들을 꽉 끌어안았고, 노인들은 더러운 손톱으로 수염을 빗질하면서 몸을 흔들고 신음했다. 좀 더 가서, 더 많은 유대인을 싣고 위험천만한 속도로 달리는 트럭 두 대를 더 만났다.

칼라 나오, 즉 '새로운 성'은 주민 약 2천 명이 사는 작은 장이 서는 마을이다. 마을의 큰길 맨 끝에서 나는 폐허가 된 정원에 앉아 있는 총독을 발견했다. 그 옆에는 키가 거의 1.5미터 정도 되는 그의 회색 종마가 버려진 화단을 앞발로 긁고 있었다. 헤라트의 무디르 이 하리자가 보낸 편지를 보자마자 그는 나에게 거리가 내려다보이는 방을 내주었고, 누르 모하마드는 그곳에서도 계속 나를 돌봐주었다. 총독은 "닭 값에 신경 쓰지 마십시오. 당신은 손님이니까요"라고 말했다. 예의 바르고 친절한 말이었지만 덕분에 나는 닭 두 마리를 사지 못했다. 그중 한 마리는 내일 여행을 위해 필요한 것이었다.

오늘 오후 누르 모하마드와 나는 산비탈에 있는 동굴

을 보려고 왔던 길을 따라 2.4킬로미터쯤 되돌아갔다. 동굴 바로 아래에서 나는 현기증에 시달렸고 고립되기 전에 다시 내려가야 했다. 누르 모하마드가 탐험을 마치고 돌아와서 동굴에 그림이나 조각은 없다고 확실하게 말했다.

방금 전 보라색 모피 안감을 댄 망토를 두르고 전기 손전등을 든 총독 비서관이 방문하여 이 일기장에 긴 문장을 써 주었다. 그의 표현에 따르면, 내 아름다운 만년필을 사용할 특권을 누려 보려는 것이라고 한다.

—— 12월 1일

또 하루의 휴식, 하지만 그렇게 감사하지는 않다.

밤에 폭풍우가 몰아쳤다. 바람이 어찌나 셌던지 방 반대편에 있는 문 두 개가 쾅 소리를 내며 확 열리는 바람에 나는 바닥에서 쓸려 내려갈 뻔했다. 그렇게 깨어난 나는 몸 상태가 좋지 않다는 것을 깨달았다. 이 시설에는 '일반적인 사무실'이 없으며 대신 뒤쪽의 중정이 사람과 짐승 모두를 위한 공간으로 사용된다. 바깥 계단에 다다랐을 때 나는 미끄러지고 말았다. 손전등은 꺼지고 유일한 옷인 우비는 내 머리 위로 날아갔다. 나는 서리 속에서 내 몸에 달라붙은 눈과 배설물을 침대 삼아 알몸으로 나자빠졌다. 잠시 너무 멍해서 움직일 수가 없었다. 뭔가 부서지긴 한 것 같았다. 내 머리가 깨진 건지 계단 바닥이 깨진 건지 확인해야 했다. 부서진 것이 계단이라는 사실을 알고 나자 웃음이 터졌다.

지금도 눈이 많이 내려서 출발할 수 없다.

오늘 아침 총독의 비서관이 사환을 보냈다. 그는 말을 빙빙 돌리다가 비서관이 내 펜을 선물로 받고 싶어 한다고 말했다. 나는 거절했다. 나중에 그가 직접 찾아오기까지 했다. 뭔가 선물해야겠다고 생각한 나는 그를 앉히고 채색 초상화를 그려 주었다. 그는 내가 세심하게 공들여 묘사한 모피 안감이 달린 망토에 관심을 보이며 만족해했다.

유대인들이 모두 돌아왔다. 짐 트럭 네 대에 60명이 넘는 사람들이 타고 있다. 또한 한 무리의 투르크멘 사람들도 도착했는데, 여성들은 산수유꽃이 촘촘히 박힌 은박판이 달린 붉은색의 커다란 머리 장식을 하고 있었다. 이들 때문에 식량이 부족해졌다. 연료도 없다. 문을 열어야만 방에 불을 밝힐 수 있어 옷을 있는 대로 껴입고 침대에 누워 체온을 유지해야 했다. 상점에서 러시아 담배와 스완 잉크*를 판매하지만 둘 다 그다지 위안이 되지 않는다. 하지만 북극에서도 견딜 수 있는 집에서 뜨개질한 양말을 몇 개 살 수 있었다.

---

* 영국의 잉크 브랜드.

—— 12월 2일

이곳 사람들은 우리가 투르키스탄에 도착하더라도 카불로 내려가는 길은 눈으로 막혀 있을 것이라고 한다. 지도상 높이로 보건대 그러리라 생각했다. 말을 타고 가면 한 달은 걸릴 테니 아무래도 내가 가진 것보다 더 많은 돈과 장비가 필요할 것 같다. 크리스마스에 집에 전보를 보낼 수 없을지도 모른다는 생각에 걱정도 된다. 한편 눈은 계속 내리고, 그들은 유대인들을 데려가기 위해 말을 가져오라고 헤라트로 사람을 보냈다. 나도 그들과 함께 돌아가야 할 것 같다.

심지어 누르 모하마드조차도 우울해한다. 그는 끊임없이 기도하고, 혹시라도 내가 기도하는 방향에 있으면 나를 향해 엎드려 기도한다.

—— 12월 3일

설사가 이질로 악화되었다. 돌아가야겠다.

겁먹은 것일지도 모른다. 하지만 나는 이걸 상식적인 행동이라고 하고 싶다. 어쨌거나 여행을 중단해야 하는 상황에서 그 둘의 차이가 무슨 의미가 있나 싶다. 하지만 전에는 아무도 몰랐던 여정을 보낼 수 있다는 사실을 알게 되었다.

날씨가 개어 결심이 더 어려워졌다. 혹시나 내 결심이 흔들리지 않도록 독한 위스키 한 모금을 마시고 일찍부터 총독을 기다렸다. 나는 회의실에서 그를 발견했다. 그는 기다란 방 끝에 있는 화로 옆에 쪼그리고 앉아 있었다. 그는 내 맥박을 재 보고 아픈 것 같지는 않다고, 그리고 아프다고 해도 통행증을 주려면 헤라트에 전화해야 한다고 했다. 그 순간 전화가 고장 났고 타고 갈 말도 없었다. 오늘 저녁 전화가 수리되었고 통행증도 마련되었으며 내일 아침 8시에 말을 보낼 테니 살펴보라는 연락이 도착했다.

트럭은 새벽 4시에 출발할 것이다. 내가 이렇게 아프지만 않았다면 같이 갈 수 있었을 텐데.

라만Laman*(1,400미터)

—— 12월 4일

고개 아랫마을.

말들이 제시간에 오기는 했다. 한 마리는 앞다리를 땅에 댈 수 없었고 다른 두 마리는 묵시록에 나오는 죽음의 말을 닮았다는 것이 문제였다. 내가 항의했고, 내 항의로 총독은 잠에서 덜 깬 채로 옷을 입었다. 그는 더 이상의 무례함을 범하지 않기 위해 나에게 관용 말 세 마리와 안내

---

*   아프가니스탄 바드기스주의 소도시.

인을 5파운드에 제공했다. 현명한 지출이었다. 20분마다 내가 이상을 호소하여 일정이 지연되었음에도 우리는 반나절 만에 계획의 두 배를 달성했으며 내일은 카로크에 도착하려 한다. 그런데 거기까지 열세 시간이 걸린다고 한다.

아프간의 말안장도, 굶주림의 고통도 반짝이는 은빛 언덕 사이를 달리며 감상하는 경치의 아름다움을 망칠 수는 없었다. 카자크족은 협곡과 계곡이 만나는 곳에 진흙 벽을 쌓아 해마다 겨울을 나는 숙소로 쓰고 있었다. 각 야영지는 하얀 풍경과 대비되는 낮고 검은 돔의 실루엣을 만들어 냈다. 으르렁거리는 개 무리가 우리를 맞이하러 비탈길을 달려 내려왔다. 그중 살루키*는 워털루 컵**에 참가하는 개처럼 조심스럽게 움직였다. 한 야영지에 있던 두 남자가 우리를 막아섰다. "당신의 키빗카kibitka***는 어디 있죠?" 그들이 물었다.

"내 뭐요?"

"키빗카요."

"뭔지 모르겠어요."

---

*   견종의 하나.

**   1836년에서 2005년까지 영국 랭커셔주의 그레이트 알트카에서 개최되었던 개를 이용하여 토끼를 사냥하는 대회였다.

***   중앙아시아 유목민의 전통 가옥 유르트Yurt 또는 몽골의 게르Ger 와 유사한 이동식 가옥이다.

경멸과 짜증이 섞인 표정으로 그들은 펠트*천과 나뭇가지로 만든 자신들의 오두막을 가리키며 "당신 키빗카, 키빗카가 있어야 합니다. 대체 어디 있죠?"

"잉글리스탄에요."

"그게 어디요?"

"힌두스탄이요."

"러시아에 있나요?"

"네"

이 마을 사람들은 이상하게도 불친절하다. 달걀? 파라핀? 건초? 그런 건 하나도 없다. 비용을 내겠다고 했지만, 내가 정부 관리와 동행하고 있어서인지 그들은 내 말을 믿으려 하지 않았다. 결국 정부 관리의 권위로 우리가 원하던 것을 얻어 냈고, 벽 네 개와 구멍이 뚫리기는 했지만 그래도 지붕이 있는 집을 얻을 수 있었다. 불행히도 바닥 중앙에 있는 모닥불 연기는 지붕 구멍으로 빠져나가지 않았다. 하지만 잠시나마 따뜻해서 좋았다. 우리 일행은 모두 일곱 명이다.

안내원은 마을 사람들이 우리에게 악의를 품고 있다고 의심한다. 나는 안심이 되지 않았다. 내 위쪽 벽에는 약

---

* 양모로 만드는 직물의 일종. 실로 짜는 것이 아니라 양모 섬유에 수분, 열, 압력을 가해 만든다.

간의 헝겊으로 막아 놓은 틈이 있다. 그런데 갑자기 놀랍게도 헝겊이 사라지더니 손 하나가 불쑥 나타나 내 소지품을 더듬거렸다. 내가 안내원에게 말하자, 그는 소총을 들고 밖으로 달려 나갔다. 그러나 총성은 들리지 않았다.

우리는 돌로 구멍을 막았다. 잠을 자야 한다. 내 마음은 여름에 이 여행을 할 계획으로 가득 차 있다. 아마 그때쯤이면 크리스토퍼도 올 수 있을 것이다.

카로크

— **12월 6일 오전 2시 30분**

오늘 거의 96킬로미터를 이동했고, 이제 막 수프 한 잔과 함께 침대에 누웠다. 첫 번째 수탉이 울고 있다.

헤라트

— **12월 8일**

정말 멋진 하루였다! 신이시여, 텅 빈 위 때문에 더 이상 모험하지 않도록 저를 구해 주소서.

동도 트기 전에 말을 타고 라만을 출발해 고개에 올랐다. 유령 같은 형상의 향나무가 회색 안개 속에서 흔들리다가 사라졌다. 눈이 말들의 발소리를 덮어 주고 있었다. 마침내 태양이 고갯길 위로 솟은 봉우리를 드러냈고, 푸른 하늘과 하얀 세상을 배경으로 봉우리를 더욱 붉게 물들였다. 나는 먼저 떠난 트럭이 이미 도착했는지 궁금해하면서, 그리고 내 우유부단함을 한탄하면서 반드 이 투르키스탄과 작별 인사를 나눴다. 내리막길에서 말이 빠르게 달리기 시작했다. 내 페이스에 맞추려는 노력은 허사가 되었다. 맞출 수 없거나 맞출 만한 요령이 없었다. 등자를 밟고 서면 술이 달린 주홍색 천을 덮었는데도 나무 안장이 내 다리를 찢는 것 같았다. 내가 동쪽으로 잠자코 앉아 가볍게 달리면 뱃속은 견딜 수 없을 만큼 요동쳤다. 온갖 방법을 다 시도해 보았다. 안장 앞머리에서 앞을 보고 앉기도 하고, 안장 끝에도 앉아 보고 옆으로도 앉아 보았다. 몸을 돌려 꼬리를 보면서 타는 것도 생각해 보았다. 그러나 고통스럽든 그렇지 않든, 나는 그날 밤 카로크에 도착할 계획이었고 안내원도 그럴 생각이었다. 라만 사람들이 우리가 그곳에 도착하지 못할 것이라고 예언했기 때문이다. 오후 내내 쉬면서 말에게 풀을 먹인 다음, 우리는 끝없는 계곡을 따라 터벅터벅 내려갔다. 산자락 모퉁이를 돌 때마다 초원을 볼 것으로 기대했지만 그때마다 우리를 기다리는 것은 또 다른 산자락 모퉁이였다. 카로크는 계곡 입구에서 한참 떨어진 곳에 있다는 것을 그제야 알았다. 해가 떨어지자 나는 내 말을 부드러운 포장재로 안장을 덮은 안내원의 말과 바꿨다. 마침내 우리는 계곡을 빠져나왔다. 협곡의 강 건너편에 있는 축축한 노란색의 고지대는 하얀 눈이 줄무늬처럼 쌓여 있고, 그 위로 납빛 구름이 파란 잉크색 모자를 쓰고 있는 산까지 넓게 펼쳐져 있었다. 양 떼를 몰고 가는 하얀 옷을 입은 양치기와 멀리 마을에서 피어오르는 연기가 대자연의 거대한 푸대접에도 개의치 않고 인간의 역량을 보여 주었다. 협곡을 따라 내려갔다가 올라가는 일이 반복되었다. 안내원은 걱정스러워하며 빨리 가자고 재촉했다.

세 번째로 물을 튀기면서 강을 건너는 동안 마지막 남은 희미한 빛마저 사라졌고, 달도 별도 그 빛을 대신하지 못했다. 손전등을 켜는데 발소리가 들렸다. 안내원은 바싹 긴장하여 굳어졌지만, 이내 한 명뿐이라는 사실을 알아채고는 소총을 휘두르며 앞으로 달려 나가더니 어둠 뒤에서 모습을 드러내면 쏴 버리겠다고 위협했다. 마침내 우리는 한 마을에 도착했다. 그곳은 카로크가 아니라 카로크 사르 Karokh Sar였고, 안내원은 여기서부터 지름길을 알고 있다고 말했다. 길이 좁아졌다. 우리는 이리저리 방향을 바꾸며 걸어갔다. 우리는 왔던 길을 되짚어 가려 애썼다. 결국 우리는 길이 아닌 길을 따라가고 있었던 것이다.

"여기가 정말 카로크로 가는 길이 맞나요?" 나는 열 번이나 물었다.

"네, 맞습니다. 제가 몇 번이고 말했잖아요. 당신은 페르시아어를 알아듣지 못하는군요."

"맞는지 어떻게 알아요?"

"저는 압니다."

"그건 대답이 아니죠. 페르시아어를 모르는 것은 바로 당신이네요."

"아, 그래요. 저는 페르시아어를 몰라요. 그렇죠? 전 아무것도 몰라요. 이 길이 어디로 가는지도 모르겠어요."

"카로크로 가는 길인가요, 아닌가요? 대답해 주세요."

"모르겠어요. 페르시아어를 몰라요. 모르겠어요. 당신은 카로크, 카로크, 카로크라고 말하지만, 난 카로크가 어딨는지 모른단 말이예요."

그러고는 갑자기 풀썩 주저앉아 손으로 머리를 감싸쥐고 신음했다.

우리는 길을 잃었다. 통행금지 시간에 개인의 안전이 보장되지 않는 나라에서 곤란한 상황에 처한 셈이다. 하지만 이 상황이 마법처럼 내 고통을 없애 주었다. 안내원이 어떤 목적을 품고 나를 이 고갯길로 데려온 건 아닌지 잠시 의심했다. 하지만 그가 앓는 소리를 하는 걸 보면 그렇지 않은 것 같았다. 부당한 생각일지 모르지만 그는 강도일 수는 있어도 배우는 못될 것 같았다. 그는 내가 짐을 내리는 것도 도와주려 하지 않았다. 마침내 나는 그를 절망에서 흔들어 깨웠고 그는 말이 도망가지 못하도록 묶어 두는 데 동의했다. 그러고 나서 그는 다시 자기 자리에 털썩 주저앉아 내가 주는 음식을 마다했고, 담요를 어깨에 둘러

주겠다는 것도 거부하려 들었다. 날씨는 매우 추웠고 우리는 다시 짙은 안개구름 속에 갇혔다. 나는 침구를 펴고 저녁으로 계란, 소시지, 치즈, 위스키를 먹고 보스웰을 조금 읽은 다음 돈 가방을 발 사이에 두고 큰 사냥용 칼을 주먹에 쥔 채 풀 향기를 맡으며 잠이 들었다.

달빛 때문에 깨어 보니 새벽 한 시였다. 그리고 우리가 머무는 자리가 절벽 끝이라는 것을 알았다. 저 까마득한 아래로 강이 은빛 뱀처럼 굽이쳐 흘러갔다. 바로 그때 우리 앞 한 3.2킬로미터 정도 떨어진 곳에 어두운 부분이 나타났고, 그게 카로크의 소나무 숲임을 알 수 있었다.

정말 운 좋게 눈에 띈 것이었다. 우리가 말을 탈 채비를 하기가 무섭게 밤새 건물은 폭격을 맞은 듯 계속 무너져 내렸다. 구름이 다시 몰려왔다. 그러나 안내원은 바로 정확하게 그 방향을 잡았고, 한 시간 후 우리는 커다란 카라반세라이의 문을 두드리고 있었다. 그는 사원보다 더 편안한 곳이라고 했다. 그 말은 사실이었다. 카펫이 깔린 넓은 방에서 혼자 잠자리에 들었는데, 다음 날 아침 늦게 기도를 하러 온 수염 난 현자 세 명이 나를 깨워 주었다. 그들은 내 호기심 어린 눈빛에도 굴하지 않고 계속 기도했다.

우리는 4시에 헤라트에 도착했다. 세이드 마흐무드와 그의 전 직원들은 내가 돌아온 탕자라도 되는 양 반갑게 맞이했다. 한 명은 카펫을 깔아 주었고, 다른 한 명은 씻을 물을 가져왔다. 내가 요청하지 않았는데도 넥타이, 거울, 모자를 걸 못을 교체해 주었다. 새 냄비에는 내가 아주 좋아했던 잼이 담겨 있었다. 내일은 세이드 마흐무드가 스펀지케이크를 사 주겠다고 약속했다.

그렇다. 인도인은 가고 없었으며 헝가리인도 떠났다. 그사이에 다른 서유럽인도 몇 명 왔다. 그가 믿었던 내 친구들이었다. 아, 그들이 여기 있었다.

문 안에는 목탄자 운행자들이 서 있었다.

"안녕하세요." 내가 구석에서 인사했다.

"당신? 어, 안녕하세요."

"위스키를 다 마셔서 죄송합니다."

"천만에요. 괜찮습니다."

"내 건강 때문에."

"아프다고 들었습니다."

"아프가니스탄은 춥지 않으세요?"

"비가 와서 불편했어요."

"그래도 건축물은 마음에 드시겠죠?"

"오, 매력적입니다."

우리가 상상했던 재회는 아니었다. 투르키스탄에 열흘이나 늦었으니 그들은 이제 남쪽 칸다하르로 가야 한다. 그들은 내가 함께하길 원했다.

저녁으로 자고새 고기가 나와 분위기가 밝아졌다.

—— 12월 11일

그들은 그들끼리 떠났다. 내 목표는 투르키스탄이지 목탄차 시험 운행이 아니었다. 지금도 마찬가지다. 나는 페르시아로 돌아가 봄을 기다릴 생각이다.

페르시아

메셰드

—— **12월 17일**

끔찍한 여행이 나를 쓰러뜨렸다. 그래서 며칠 공백이 생겼다.

그래도 날씨는 운이 좋았다. 길은 잘 말라서 다니기에 아주 좋았다. 네제프Nejef*로 향하는 순례자 일행이 트럭 뒷좌석을 가득 채웠다. 앞자리 내 옆에는 검은 터번과 갈색 낙타털 망토를 입은 경건한 젊은 세이드가 앉아 있었는데, 그는 이슬람 도시를 구경하기 위해 이라크를 떠나 두즈다브와 퀘타Quetta를 거쳐 인도로 가는 중이었다. 국경 초소인 이슬람킬라Islamkillah에서 잠을 자고 나서, 우리는 19킬로미터에 이르는 인적 없는 땅을 마주했다. 습지에 서식하

---

*   나자프Najaf. 이라크 바그다드 남부에 있는 도시로 나자프주의 주도다. 시아파 이슬람교도의 성지 중 하나다.

는 새 떼와 우울한 초원을 거느린 이 길고 좁은 땅이 아프가니스탄과 페르시아 두 나라를 가로지르고 있다. 카리즈 Kariz*에서 페르시아의 세관 때문에 지체되는 동안 한 독일인이 나에게 다가왔다. 그는 러시아로 귀화했다가 그곳에서 막 탈출해 인도로 가기 위해 이렇게 멀리까지 걸어왔지만 결국 아프가니스탄 당국에게 입국이 거부되었다고 했다. 그의 아내는 마을에서 병을 앓고 있었고, 무일푼에 절망적인 상황이었다. 나는 그에게 주려고 돈을 더듬더듬 찾고 있었는데 그는 자존심이 상했는지 사라져 버렸다.

허벅지에 농포가 생겼는데, 발목부터 사타구니까지 다리 전체가 부어올라 거의 걸을 수 없을 정도로 커졌다. 고통을 없애기 위해 아라크를 주문했고, 세이드는 과장된 두려움을 보이며 항의했다. 페르시아에서 음주 같은 사소한 세속의 문제까지 성직자가 뭐라 할 일은 아니라고 생각한 나는 코르크를 뽑아서 병 입구를 그의 수염 속으로 밀어 넣었다. 그는 마치 폭행당한 수녀처럼 몸부림쳤지만, 트럭 안에는 도망갈 곳이 없었다. 병이 보일 때마다 그는 매연이 심하다면서 운전대 위로 엎어져 신과 운전기사에게 불경의 죄를 저지른 나를 벌해 달라고 기도했다. 운전기사는 웃었다. 자정에 투르바트 이 셰이크 잠Turbat-i-Sheikh

---

*   이란 라자비호라산주의 도시. 아프가니스탄과의 국경 지역에 위치한다.

Jam*에 도착할 때까지 신은 아무것도 하지 않았다.

카라반세라이에서 짐을 내리는데 군인들이 내 안장 가방을 훔쳤다. 문이 잠겨 있다고 생각한 나는 멀쩡한 한쪽 다리로 온 힘을 다해 문으로 돌진했다. 하지만 문은 잠겨 있지 않았고, 내가 돌진하던 기세에 그중 네 명은 바닥에 대자로 쓰러져 버렸다. 그들 중 한 명은 훔친 물건 위로 몸을 구부리다 뜻하지 않게 내 무릎에 부딪혀 자빠졌다. 나머지는 화가 나서 메뚜기처럼 뛰어다니며 부엌까지 나를 쫓아왔다. 부엌에 모여 있던 사람들이 그들을 비웃으며 창피를 주었다. 어디서 잘 수 있냐고 물었더니 난로 근처에 깔린 매트 가장자리로 친절하게 나를 안내해 주었다. 거기는 이미 다섯 명이나 자리를 차지하고 있었다. 뜨거운 물이 담긴 주전자를 들고 중정 건너편에 있는 폐허를 찾아가 조용히 다리에 찜질을 했다. 찬 바람이 세 번 정도 불어와 내 살을 감고 있는 붕대를 얼려 버렸다. "여기가 편안합니까?" 하얀 보따리를 안아 든 세이드가 내 뒤로 살금살금 다가와 물었다. 나는 아라크 병으로 그를 쫓아 버렸다.

지금까지 메셰드의 돔을 보고 나만큼 기뻐한 순례자는 없었을 것이다. 영사관의 햄버 부인은 내가 다시 돌아

---

*   토르밧 이 잠Torbat-e Jam. 호라산의 고대 도시 중 하나.

오면 머물러 달라고 했지만, 나는 망설이는 척할 힘조차 없었다. 미국 병원에서 다리에 부항을 떴다. 다음 날 아침, 깨어 보니 깨끗한 시트가 내 턱까지 덮여 있고 쟁반 위에는 아침 식사가 놓여 있었다. 내가 잊고 있던 세상을 만나 새삼 크게 놀랐다.

—— 12월 21일

활력과 좋은 기운이 돌아오고 있다. 전에는 읽지 않았던 『안나 카레니나』 덕분이다. 다리는 혼자 옷을 입을 수 있을 만큼 부기가 가라앉았다. 병원에 있으면서 나는 병원에 대한 지식을 얻게 되었다. 어제 내가 병실에 있는 동안 한 남자는 마취 없이 치아 일곱 개를 뽑았고, 다른 남자는 고환에 암이 있는지 검사를 받고 있었다.

선교사들을 학대하는 사람들은 그들의 의료 활동을 본 적이 없었다. 호라산 전체의 건강이 그들에게 달려 있다. 개종이 아니라 이 의료 활동 때문에 당국은 그들을 싫어하고 방해한다. 로마의 이슬람 선교사들보다 더 호소력 없는 종교에 질투할 것도 없는데 말이다. 페르시아인들은 자기 코를 잘라 얼굴을 망치는 재주가 있다. 그들은 융커스 항공 서비스가 외국의 우월성을 드러낸다는 이유로 중단시켰다. 대신 그들은 도로를 만들었지만, 관세를 높여 자동차 수입을 금지했다. 그들은 관광객 유입을 원하지만 누군가가 이란 빈민의 사진을 게재했다는 이유로 사진 촬영

을 금지한다. 한편 경찰 규정을 준수하는 것은 그것 자체
가 전문성이 필요한 직업이라는 것을 지난 하루 이틀 동안
알게 되었다. 개발의 불길에 휩싸인 마조리뱅크스의 땅은
아프가니스탄과 우울한 대조를 이룬다. 토끼와 거북이가
떠오른다.

—— 12월 24일

햄버 부인이 인도로 떠났다. 햄버 씨는 친절하게도 나
에게 크리스마스를 함께 보내자고 했다.

매일 아침 나는 말 두 마리가 끄는 마차를 타고 호자
라비Khoja Rabi 사원으로 가서 그림을 그렸다. 짧은 겨울 해
가 허락하는 평화를 만끽한다. 1621년 샤 아바스가 마을
외곽의 정원에 이 사원을 지었다. 청록색, 청금석, 보라색,
노란색의 화사한 타일은 앙상한 나무와 낙엽이 흩날리는
텅 빈 화단 사이에서 독특한 우울감을 자아낸다. 지금 내
기분에 딱 맞다.

다른 기념물로는 1451년에 지어진, 시장 내 폐허가
된 마스지드 이 샤Masjid-i-Shah* 모스크가 있다. 이 모스크에

---

* 마슈하드에 있는 모스크로 샤의 모스크라는 뜻이다. 이 모스크는
티무르 제국의 아미르 기아스 알 딘 말릭 샤에 의해 지어진 것이라
고 여겨지기도 하며 일부 역사 기록에 따르면 원래는 1426년에 죽

는 헤라트에서 본 발코니 두 개가 있는 미너렛처럼 파란색과 보라색으로 장식된 미너렛 두 개가 있다. 그리고 후대에 폐허가 된 아치형 건물인 무살라가 있다. 건물 표면은 복잡하지만 아름답지는 않은 모자이크로 장식되어 있다. 훌륭한 이맘 리자의 사원도 있다.

모스크, 영묘, 노점, 시장이 미로처럼 얽혀 있는 이곳이 이 마을의 중심지다. 이 신성한 지역은 최근에 넓은 순환도로가 생겨 두 지역으로 분리되었고, 여기서부터 다른 주요 거리가 사방으로 뻗어 있어 모든 곳에서 돔과 미너렛이 보이는 풍경이 완성된다. 해 질 무렵 처음 도착했을 때 안개가 자욱한 하늘에 거대한 바다색 돔이 떠 있었고, 그 옆에는 금빛 돔이 희미하게 빛났으며 유령 같은 미너렛 사이에는 요정 같은 등불이 줄지어 매달려 있었다.

두 번의 장례식을 거치면서 호라산의 수도가 투스에서 메셰드로 옮겨졌다. 809년 칼리프 하룬 알 라시드는 트란스옥시아나에서 일어난 반란 때문에 혼란에 빠졌다. 그의 아들 마문Mamun은 메르브까지 진군했고, 뒤이어 칼리프가 투스에서 병으로 사망하자 32킬로미터 떨어진 성지에 그를 매장했는데 그곳이 지금의 메셰드다. 마문은 메르브에 머물렀고, 816년에 시아파의 여덟 번째 이맘인 메디

은 말릭샤의 영묘로 지어졌다고도 한다. 같은 이름의 모스크가 이스파한에도 있다.

나의 알리 아르 리자Ali-ar-Riza를 그곳으로 불러 칼리프의 후계자로 선포했다. 그러나 2년 후 이맘도 투스에서 사망했는데, 마문이 아버지의 무덤을 방문하는 데 동행하던 중이었다. 정통 교리에 따르면 그는 포도를 너무 먹는 바람에 사망했다고 한다. 그러나 시아파는 마문이 그를 독살했다고 믿는다. 어쨌든 그는 하룬 알 라시드 옆에 묻혔고, 그의 무덤은 네제프의 알리 무덤 다음으로 시아파 세계에서 가장 성스러운 장소가 되었다.

그렇게 사원은 성지가 되었고 도시가 주위를 둘러싸고 있다. 순례자들은 이맘의 무덤을 숭배할 때 하룬 알 라시드의 무덤에는 침을 뱉는다. 우리에게 그 이름은 아시아의 모든 찬란함을 연상시키지만, 시아파에겐 성인을 살해한 자의 아버지를 떠올리게 할 뿐이다.

내켜 하지 않는 경찰관의 안내를 받아 아침 내내 순환도로 반대편에 있는 여러 건물의 지붕 위에서 쌍안경으로 사원을 살펴보면서 시간을 보냈다. 중정 세 개가 있는데 각각 이반(페르시아 모스크 건축의 특징인 첨두아치의 천장과 높은 파사드를 가진 전면이 개방된 거대한 홀을 설명할 다른 말이 없다)을 네 개씩 갖고 있다. 북쪽과 남쪽을 향하고 있는 두 중정은 같은 선상에 있지만 같은 축에 있지는 않다. 멀리서 보면 중정에 깔린 타일이 무명 사라사 천처럼 보이며 17세기 또는 18세기에 만들어진 것으로 추정된다. 그 사이에는 금으로 도금된 선박의 조타 키 모양을 한 돔이 솟아 있다. 이맘의 무덤임을 표시하는 돔으로, 1607년 샤 아바스가 세웠다. 1672년 샤르댕*은 이스파한에서 지진 발생 후 이를 수리하기 위해 도금하는 것을 목격했다. 그 옆에는 금빛 미너렛이 서 있고 남쪽 중정의 동쪽에도 그런 미너렛이 하나 더 있다.

세 번째 중정은 북쪽과 남쪽 중정과 직각으로 서쪽을 향하고 있다. 고하르 샤드가 1405년에서 1418년 사이에 지은 모스크다. 거대한 미너렛 두 개를 측면에 둔 맨 끝의 성소실 위에는 바다처럼 푸른 구근 모양의 돔이 솟아 있고, 돌출부에 검은색의 대담한 필체로 쿠픽이 새겨져 있으며 꼭대기는 얇은 노란색 덩굴손으로 장식되어 있다.

전체 중정의 모자이크는 아직 손상되지 않은 것처럼 보인다. 심지어 400미터 떨어진 곳에서도 다른 중정의 모자이크 색상과의 차이를 구별할 수 있었다. 헤라트의 사라진 영광을 엿볼 수 있는 단서가 여기에 있다. 나는 페르시아를 떠나기 전에 반드시 이 모스크에 들어가야 하고, 또 들어갈 것이다. 하지만 지금은 아니다. 지금은 계획이 없다. 봄이 올 때까지 기다려야 한다. 아마도 그때쯤이면 고하르 샤드에 대해서도 더 많이 알게 될 것이다.

---

* 장 밥티스트 샤르댕Jean-Baptiste Chardin(1643~1713). 프랑스의 보석상이자 여행가. 사파비 왕조의 페르시아와 근동지역을 여행하고 『존 샤르댕 경의 여행The Travels of Sir John Chardin』을 저술했다.

햄버와 나는 영사관에서 하트 부부, 부부의 어린 아들 키이스와 점심을 먹었다. 나는 푸딩을 너무 많이 먹었고, 크리스마스 오후면 늘 그렇듯 속이 더부룩했다. 그래서 저녁을 먹기 위해 컨디션을 조절했다. 햄버는 미국 사절단 전체와 하트 부부, 볼리비아에서 온 한 젊은 독일인 여성을 초대했다. 가정교사인 그녀는 튜턴식 칵테일을 마시고 콧노래를 부르며 즐거운 시간을 보냈다. 게임이 이어졌다. 나는 여자 모자 다듬기 대회에서 남자부 상으로 만년필을 받았다.

테헤란

—— **1월 9일**

햄버의 친절한 집에서 다시 잔인한 세상으로 돌아가야 하는 슬픈 순간이었다.

돌아오는 길에 샤흐루드에 들렀다. 이른 아침이었고, 정오까지 아무도 일어나지 않는 라마단 기간이기에 허락 없이 말을 타고 산을 넘어 아스테라바드Asterabad*로 가는

---

* 현재는 고르간Gorgan이라 불리며 아스테라바드는 옛 이름이다. 이란 골레스탄주의 주도다. 테헤란의 북동쪽에 위치한다.

길에 있는 활기 없는 작은 마을 보스탐Bostam*으로 갔다.
14세기에 지어진 바야지드Bayazid 사원에는 켄트식 오스
트 하우스**와 같은 탑이 있어서 목가적으로 보였지만 내
부의 스투코 미흐라브의 화려함은 놀라움 그 자체였다. 사
실 이 기법은 항상 놀랍다. 그 효과는 평범한 재료와 전혀
균형이 맞지 않는다. 여기에서는 부조보다는 선에 더 많이
의존하기 때문에 하마단처럼 활기가 넘치지 않는다. 그러
나 과시하지 않는 화려함과 무질서하지 않은 복잡함이라
는 미덕을 동시에 가지고 있다. 모스크 근처에는 14세기
초에 지은 무덤탑이 서 있는데, 둥근 외벽은 작고 가장자
리가 날카로운 부벽으로 둘러싸여 있다. 벽돌을 번갈아 가
며 어긋나게 층층이 쌓고 벽돌 양 끝이 맞닿는 부분의 공
간에는 작은 문양을 찍어 미세한 질감이 느껴진다.

샤흐루드로 돌아오자마자 체포되었지만, 경찰서장은
내가 서류를 작성하는 동안 친절하게 대해 주었다. 나는
라마단*** 동안 밤낮을 바꾸는 관습을 존중하고 싶은 마음
은 간절하지만, 유적을 찾아다니는 내 처지에서는 좋을 게

---

*   바스탐Bastam. 이란 셈난주의 도시. 대호라산 시대인 6세기에 세워
        졌다.
**   오스트 하우스는 홉을 말리기 위한 건물로 원뿔형 지붕이 독특하
        며 주로 켄트와 이스트 에식스 지방에서 많이 볼 수 있다.
***   이슬람력으로 아홉 번째 달이다. 이때 이슬람교도들은 한 달간 일
        출에서 일몰까지 금식한다.

없다고 말했다. 그는 다소 창피해하며 동의했다. 아마 라마 단이 후진적이라는 터무니없는 칙령이 유포된 것 같다.

저속 기어를 넣은 트럭이 내는 소음이 내 귀를 때리는 테헤란은 벨벳 발이 달린 유령들이 사는 도시처럼 보였다. 앵글로-페르시아의 난장판을 뚫고 나는 이브닝 정장을 꿰입고 새해 전야 무도회에 끌려갔다. 돌아온 여행자의 추억을 방해하지 않으려는 평범한 예의만 기대했던 나는 사람들이 내 여행에 관심을 보여 크게 감동했다. 뜻밖에 공사관의 새 비서인 버스크를 만났는데, 그가 나보다 키가 크다는 사실에 놀랐다. 학교 다닐 때, 우리가 만난 적이 없을 때부터 그는 키가 가장 작은 남자아이 중 하나였기 때문이다.

"내가 그렇게까지 소문난 난쟁이는 아니었지, 그렇지?" 그가 푸념하듯 물었다.

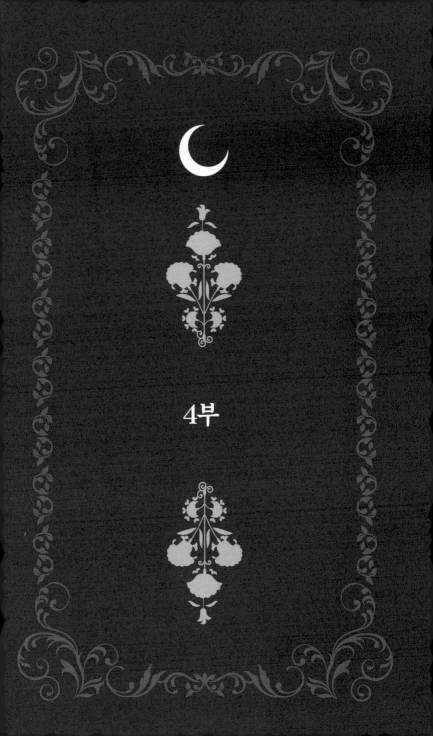

4부

테헤란

—— 1월 15일

빌어먹을 곳 같으니라고.

11월에 내가 떠난 직후, 마조리뱅크스는 쿠데타의 위협을 느낀 것 같았다. 그는 새로운 철도를 시찰하고 투르코만 경주에 참석하기 위해 아스테라바드로 갔다. 전쟁부 장관이자 바흐티아리 칸의 수장인 사르다르 아사드Sardar Assad도 동행했다. 음모가 있다는 첫 공개적 징후는 사르다르 아사드가 트럭을 타고 테헤란으로 예기치 않게 돌아온 것이었다. 부족의 귀족 중에서도 가장 부유하고 저명한 인물의 여행으로는 상당히 이례적이었다. 미르자 얀츠와 차를 마시는 자리에서 만난 적이 있었던 사르다르 바하두르 Sardar Bahadur와 에미르 이 장Emiryi Jang 등 그의 형제들은 현재 감옥에 수감되어 있으며, 군대와 비행기가 이스파한 남쪽의 바흐티아리 지방으로 파송되었다. 한편, 지금까지 마조리뱅크스의 최측근이라는 위험한 명예를 누려온 시라즈 출신의 카슈가이Kashgai인* 거물 카밤 알 물크Kavam-al-Mulk에 대한 의혹이 제기되고 있다. 현재 그는 가택에 연금되어 있고, 딸들의 친구인 파머 스미스 양은 음식에 독이 들어 있을지도 모른다는 불안감에 휩싸여 있다.

정말 음모가 있었는지는 아무도 모른다. 하지만 이젠 모두 음모가 있을 것이라고 생각한다. 마조리뱅크스가 위암에 걸렸다는 둥, 스위스에 있는 왕세자가 학교에서 돌아오는 길에 살해당할 것이라는 둥, 부족들이 봄에 반란을 일으킬 것이라는 둥 온갖 소문이 나돌았다. 나는 어떤 소문도 믿지 않는다. 독재 정권은 항상 이런 소문을 퍼뜨린다. 나를 성가시게 하는 것은 극에 달한 반외국인 정서였다. 바흐티아리족의 불명예는 부분적으로 영국인과의 우정에서 기인한다고 할 수 있다. 페르시아 생활의 문명화된 면을 보고 싶어 하는 방문객들은 항상 바흐티아리의 영토를 통과하여 여행했다. 그 결과, 공식적으로 외국인과 어울리도록 지시받은 사람들을 제외한 모든 페르시아인은 외국인을 보면 마치 미친개를 본 듯 겁을 먹고 몸서리를 친다.

이러한 정서는 드 바트가 영국으로 돌아오는 길에 「더 타임즈」에 기고한 기사로 더욱 강화되었다. 기사에 따

---

*   투르크계 이란의 부족 연합.

르면 마조리뱅크스가 외교단이 보는 앞에서 투르코만 경주에 참여한 기수를 폭행했다는 것이었다. 페르시아 언론은 영국에서 왕은 3천 명의 경호원 없이는 감히 궁전을 나가지 못하며, 왕세자는 개 1백 마리를 키우는데, 그 개들은 특별한 사다리를 타고 그의 침대에 기어 올라가 그곳에서 잠을 잔다고 보도했다. 이러한 돌발 상황에 겁을 먹은 런던 외무부는 주요 기사 내용을 수정하도록 「더 타임즈」를 설득하여 현대 페르시아 상황을 튜더 왕조의 상황에 빗대어 마조리뱅크스의 업적을 헨리 8세의 업적과 비교하는 기사를 냈다. 하지만 이는 페르시아의 상처에 소금을 뿌린 격이었다. 왜냐하면 튜더 왕조는 후진적이라고 취급받기 때문이다. 이러한 외무부의 개입으로 수백 파운드의 전보 비용을 지불해야 했고, 나아가 이전 장관들이 공들여 만들어 놓은 영국에 대해 페르시아인들이 가지고 있는 두 가지 강박관념, 즉 페르시아의 무례한 언동이 런던을 공포에 떨게 하고 영국 외무부는 언론 통제를 일삼는다는 믿음을 강화하는 결과를 낳았다. 영국인의 선의라는 이 지옥 속에서 페르시아인들은 존엄성을 모욕하는 작은 움직임에도 지치지 않고 반응한다. 감사하게도 내 추천서를 써 준 사람은 미국인이다.

—— **1월 17일**

　　페르시아인들의 마음에는 아프간인들이 자신들보다

먼저 서구화를 달성하지 않을까 하는 극도의 질투심이 뒤틀린 형태로 도사리고 있다. 내가 아프가니스탄에 다녀왔다는 말을 듣자 교양 있는 페르시아인은 자제하려는 듯 심호흡을 하고 아프간의 복지에 대해 정중하게 관심을 표하면서 내가 그 나라에서 철도, 병원 혹은 학교를 봤는지 고양이처럼 상냥한 태도로 물어본다. 물론 병원과 학교는 모든 이슬람 국가에 있다고 대답했고, 철도에 대해서는 자동차 시대에 증기기관은 구식이라고 답했다. 미르자 얀츠에게 아프간 사람들은 여기 사람들처럼 속삭이는 대신 솔직하게 정치적 문제를 논의한다고 말하자, 그는 "당연하죠, 그들은 우리 페르시아인들보다 교양이 부족하니까요"라고 대답했다.

아프간 사람들은 혐오감을 다른 방식으로 돌려준다. 그들이 표현하는 것은 질투가 아닌 경멸이다.

어제 아프가니스탄 대사 시르 아흐마드를 방문해 내 여행에 관해 이야기를 나누었다. 무지갯빛의 벨벳 실내복을 입고 삶은 달걀 덮개 같은 수염을 쓰다듬는 그의 모습은 그 어느 때보다 호랑이처럼 보였다.

R. B.: "각하께서 허락해 주신다면 봄에 아프가니스탄으로 돌아가려 합니다."

시르 아흐마드: (조용하게) "돌아간다고요? (그르렁거리며 아주 큰 소리로) 물론 그러시겠죠."

R. B.: "그리고 사이크스와 동행하길 바랍니다만."

시르 아흐마드: (보통 어조로) "그러길 바란다니요. 그럴 것까지야 없습니다. (그르렁거리며 큰 소리로) 당연히 그와 동행할 수 있습니다. (아주 조용하게) 그에게 비자를 주겠습니다."

R. B.: "저는 아프간 사람들이 큰 목소리로 진실을 말하기 때문에 좋아했습니다. 그들은 음모로 가득 차 있지 않습니다."

시르 아흐마드: (곁눈질하며 조용하게) "하, 하, 틀렸어요. 그들은 음모를 많이, (보통 어조로) 많이, (점점 크게) 아주 많이 꾸밉니다. 어리석군요. (조용하게) 당신은 그 사람들을 제대로 알지 못하는 겁니다."

R. B.: (의기소침하여) "각하, 어떤 상황에서든 각하께서는 저를 환대해 주셨습니다. 아프가니스탄에 대해 글을 쓰면 먼저 당신에게 보여 드리겠습니다."

시르 아흐마드: (아주 큰 소리로) "왜죠?"

R. B.: "혹시라도 불쾌해하실까 봐요."

시르 아흐마드: (보통 어조로) "그럴 필요 없습니다. (점점 큰 소리로) 전혀요. (큰 소리로) 볼 생각이 없습니다. 보고 싶지 않아요. 우리에 대해 좋게 썼다면 친구가 칭찬한 것이니 기분이 좋을 것입니다. 나쁘게 썼다 해도 조언을 한 셈이니 기쁘게 여길 겁니다. 당신의 생각을 쓰세요. (약하게) 당신은 정직한 사람이니까요."

R. B.: "각하께서는 정말 훌륭하십니다."

시르 아흐마드: (약간 강한 어조로) "그래요, 하, 하. 아프간 사람들은 모두 좋은 사람들입니다. 그들은 착하게 삽니다. (아주 약하게) 와인도 없고, (큰 소리로) 다른 남자의 아내를 만나지도 않죠. (약간 강한 어조로) 그들은 신과 종교를 믿지요. 모든 아프간인은 선하고, 바이올린fiddles입니다."

R. B.: "바이올린?"

시르 아흐마드: (약간 약한 어조로) "fiddles, 아닌가요? 프랑스어인가요? faithfuls인가요?"*

R. B. : "페르시아인과는 매우 다르군요."

시르 아흐마드: (약간 강한 어조로) "다르지 않습니다. (점점 크게) 다르지 않아요. 페르시아인들도 바이올린입니다.** (아주 약하게) 이야기 하나를 들려 드리죠.

(보통 어조로) 페르시아인은 시아파이고 아프간인은 수니파입니다. 페르시아인들은 알리***를 사랑하지요. 아프간 사람들은 알리에 대해서는 (큰 소리로) 별로 관심이 없습니다. (보통 어조로) 모후람Mohurram****기간에 페르시아인들

---

*   시르 아흐마드가 신자라는 뜻의 faithful과 바이올린을 뜻하는 fiddle을 헷갈린 것이다.

**   대사는 대화 중에 계속 fiddle이라고 말한다. 저자는 대사가 틀린 단어를 사용하는 것을 그대로 옮겨 적었는데 대사가 계속 틀린 단어를 사용하는 것이 꽤나 신경쓰였던 것 같다.

*** 알리는 무하마드의 손자로 시아파 이슬람에서 중요한 인물이다.

**** 무하람Muharram. 이슬람력의 첫 번째 달 이름이자 이슬람의 신년 축제로, 이 기간에 아슈라Ashura라고 하는 행사를 연다. 시아파 이

은 알리의 죽음을 기억하고 기념합니다. 작년에 그들은 나에게 발라디야Baladiya,* 그러니까 구청에서 열리는 축제를 즐기러 가자고 했지요. 저는 갔습니다. (점점 큰 소리로) 갔어요. (보통 어조로) 시장 옆에 서 있었죠. 그 주위에 물라Mullah**들이 전부 서 있었습니다. 군중이 많았어요. (점점 크게) 엄청난 군중이었죠. (보통 어조로) 군중 모두, 예, 젊은 남자, 노인, (아주 큰 소리로) 심지어 페르시아 군대의 장교들, (아주 약하게) 울고 또 울고 (큰 소리로) 가슴을 때리고, 그렇게 알리의 죽음을 기억합니다. (약간 약하게) 모두 바이올린입니다. 모두 종교를 사랑하죠. 나는 수니파라서 그런 광경을 좋아하지 않습니다. 남자들이 울고, 관리들도 울죠. (큰 소리로 그르렁거리며) 나는 좋아하지 않는단 말입니다. (약간 약하게) 물라들이 나에게 연설을 하겠냐고 묻더군요. (아주 큰 소리로) '물론입니다' 하고 내가 말했습니다. (아주 약하게) '연설을 하겠습니다.' (약간 약하게) 먼저 내가 그들에게 물었죠. (아주 약하게) '알리는 페르시아인이었습니까?'라고요. (보통 어조로) 물라는 내가 멍청하다고 생각한 모양이더군요. 그들은 이렇게 대답했습니다. (큰 소리로) '각하께서는 많이

이슬람교도들은 이때 수니파에 항거하다 순교한 제3대 이맘 후사인 이븐 알리Husayn ibn Ali를 애도하는 행사를 열고, 수니파는 모세가 홍해를 가르던 사건을 기념하여 금식한다.

*   아랍의 행정구역.

**   이슬람 율법학자.

배우신 분입니다. 각하께서는 알리가 아랍인이라는 것을 알고 계십니다.' (약간 약하게) 나는 그들에게 두 번째 질문을 했지요. (아주 약하게) '전부 아리아인이었습니까?'

(보통 어조로) 물라들은 내가 더 멍청한 사람이라고 생각했습니다. 그들은 (큰 소리로) '각하께서는 아랍인이 아리아인이 아니라는 것을 알고 계십니다'라고 말했습니다. (약간 약하게) 나는 그들에게 세 번째 질문을 했습니다. (아주 약하게) '페르시아인과 아랍인은 같은 인종입니까?' (보통 어조로) 물라들은 내가 제일 멍청한 사람이라고 생각하더라고요. 그들이 맞아요. (점점 크게) 그들이 맞습니다. (큰 소리로) '각하께서는 교육을 잘 받은 분이시니 페르시아인이 아리아인이고 아랍인은 아리아인이 아니라는 것을 알고 계십니다'라고 말하더군요. (보통 어조) 나는 바보예요. 모든 물라, 모든 군중은 나를 바보라고 생각합니다. 저는 그들에게 물었습니다. (아주 약하게) '알리는 페르시아인의 친척이 아니었습니까?' (보통 어조) 물라가 말하기를, (큰 소리로) '친척이 아니었습니다.' (약간 강하게) '고맙습니다.' (큰 소리로) '정말 고맙습니다.' 내가 말했습니다. (보통 어조) 그런 다음 군중 몇 사람에게 아라비스탄Arabistan*에서 모후람 기간을 보

---

*　　이란 남서부에 위치한 지역으로 후제스탄Khuzestan의 옛이름. 주로 아랍 민족이 거주하며 아랍 문화의 영향을 받은 지역이다. 또는 아라비아반도를 가리키기도 한다.

냈는지 물어봤습니다. 그들이 그렇다고 대답해서 저는 이렇게 물었습니다. (아주 약하게) '아랍 남자들은 알리를 기억하기 위해 우나요?'(보통 어조) 그들은 아니라고 말하더군요.

(큰 소리로) 나는 말했습니다. '그러니까, 아랍인들은 알리의 친척이지만 그를 기리기 위해 울지 않습니다. 페르시아인들은 울면서 알리를 기리지만 그들은 그의 친척이 아닙니다.'(보통 어조) 물라들은 제 말이 맞다고 했습니다. (큰 소리로) '이상하군요.' 그래서 내가 말했습니다. '정말 이상하군요. 나는 페르시아인들이 왜 우는지 이해하지 못하겠습니다. (그르렁거리며) 아프가니스탄에서는 여섯 살짜리 남자아이가 울면 여자애 같다고 하거든요!'(보통 어조) 물라들은 매우 미안해했고, 수치스러워했습니다. 그들은 나에게 이렇게 말하더군요 '각하께서는 20년 전 페르시아에서 모후람 기간을 경험하지 못하셨습니다. 그때는 우리가 요즘보다 더 많이 울었습니다. 앞으로 10년 후면 더 나아질 것입니다. 우리는 더 이상 울거나 가슴을 치지 않을 것입니다. 각하도 그런 변화를 볼 수 있을 것입니다.' (약간 약하게) 모후람 기간이 끝나고 그 다음 주에 샤께서 나를 궁전으로 초대했습니다. 저는 갔습니다. (점점 크게) 갔어요. (보통 어조) 샤께서 말씀하시더군요. '각하는 페르시아의 친구입니다.' 내가 샤게 말했습니다. (아주 약하게) '폐하께서는 굉장히 친절하십니다. 저는 이런 대접을 받을 자격이 없습니다. 물론 폐하께서는 진실만을 말씀하십니다. 저는

페르시아의 친구이고말고요. 하지만 폐하께 어떻게 제가 친구라는 것을 아시는지 여쭙는 것을 허락해 주십시오.' (약간 약하게) '각하,' 샤가 말했습니다. (약간 약하게) '각하께 서는 모후람 기간에 페르시아인들이 우는 것을 금지하셨 습니다. 저도 금지했습니다. (그렁거리는 큰 소리로) 제가 명령 했으니 내년에는 울지 않을 겁니다.'

(아주 약하게) 모후람 기간은 다시 돌아옵니다. 두고 볼 겁니다. (점점 크게) 두고 볼 거라고요.

—— 1월 18일

나스르 알 물크Nasr-al-Mulk 부인이 어제 카라고즐루 저 택에서 환영회를 열었다. 카라고즐루 가문은 하마단 출신 의 또 다른 부족 가문이지만 지금까지는 왕실의 불만을 잘 피해 왔다. 실제로 나스르 알 물크 부인은 살아 있는 사람 중에서 유일하게 마조리뱅크스에게 가끔씩 자기 의견을 전할 수 있는 사람이라고 한다. 나는 그 말을 믿는다. 내가 양단을 씌운 의자에 레모네이드를 쏟을 것 같다는 생각이 들었는지 나에게 바로 자기 마음을 말하는 것을 보니 그 말에 신빙성이 있는 것 같다.

환영회는 5시부터 8시까지 이어졌다. 관객 약 3백 명 과 재즈 밴드가 있었다. 사르다르 아사드가 감옥에서 '사 망'했다는 소문이 돌았다.

마르코프라는 러시아 건축가가 이곳에 새로 탈출한 러시아 난민들을 위한 쉼터를 열었다. 메셰드 성문 근처의 작은 집에서 우리는 러시아인 50여 명을 발견했다. 그들은 한결같이 오래된 러시아 냄새를 내뿜고 있었다. 대체 어디서 온 냄새일까? 모두 건강해 보였지만 소녀 두 명은 몸이 안 좋아 보였다. 낡은 옷과 장난감은 아이들을 위해 여기저기에서 끌어모은 것이었다. 그들 중 한 명은 사마라 Samarra에서 온 사제로, 국경 근처에서 일자리를 구하려고 3년을 보낸 끝에 국경선을 몰래 넘을 수 있었다고 한다. 그는 오래된 훌륭한 성상을 가지고 있었지만 다른 가족들이 힘들게 구한 성상은 흉물스럽고 쓸모없는 것이었다.

이 집의 목적은 난민들이 도착하면 장거리 이동을 한 그들을 맞이하여 휴식과 좋은 음식을 제공하고, 이스파한, 키르만Kirman* 혹은 기타 중부의 다른 지역으로 분산되기 전에 장화와 옷을 갖추어 주는 것이다. 작년에만 국경을 넘은 투르코만인 2만 5천 명 외에도 매년 1천 명씩 러시아에서 페르시아로 탈출하고 있다. 대부분은 반볼셰비키가 아니다. 그들은 그저 굶주림으로부터 도망치는 것일 뿐이다. 다른 지역 노동자들의 집 주변에 쌓여 있는 빈 거북이 껍데기 더미에 대한 난민들의 설명이 사실이라면, 외국인

---

* 이란 케르만주의 주도.

들이 러시아령 중앙아시아 방문을 단념하는 것도 당연하
다. 거북이가 주식이라니.

이러한 낙담이 러시아에 대한 거부감로 이어지는지
어떤지 알아보기 위해 러시아 영사 다티예프와 자주 어울
려 다녔다. 그는 일부 다른 공산당 동지들처럼 그렇게 엄
격하지 않고 영국의 블룸즈버리Bloomsbury*처럼 야단스러
운 트위드 옷을 입었으며 챙이 있는 모자를 쓰고 있다. 그
는 처음 보러 갔을 때는 체리 타르트, 두 번째 갔을 때는 크
렘 드 망트**를 나에게 대접했다.

—— 1월 22일

크리스토퍼가 차를 샀고 우리는 어제 이스파한으로
떠날 계획이었다. 하지만 눈 때문에 도로가 막혔고 우리의
가방을 들고 오던 심부름꾼은 이곳과 하마단 사이에서 길
을 잃었다.

아르메니아어로 하는 「오셀로」 공연을 보고 왔다. 지
루함만 더해 준 공연이었다. 주연은 모스크바의 스타 파파
치안이 맡았는데, 그는 완성도 높은 연기로 모스크바인의

---

*   영국 런던의 캠든구에 위치하는 지역으로 20세기 초 버지니아 울
       프, E.M. 포스터 등 작가, 예술가, 출판업자들이 모여 살던 곳이며
       이들을 블룸즈버리 그룹이라고 불렀다.

**   달콤한 민트 맛이 나는 알코올 음료.

명성을 확실히 지켜 냈다. 나머지는 현지 아마추어 배우들이었는데, 우리의 옛날 복장을 참고할 만한 다른 모델을 알지 못했는지 이스파한의 프레스코화 속 유럽인들을 흉내 내어 옷을 입었다.

게다가 독일 대사 블뤼허는 나치 선전 영화인 「독일, 깨어나다Deutschland Erwacht」를 보여 주기 위해 영화관에서 파티를 열었다. 영화에서 히틀러, 괴벨스, 그리고 나머지 사람들이 함성을 지르며 나타났다 사라졌다. 간간이 차와 케이크가 나왔다. 다티예프는 챙 있는 정장용 모자를 쓰고 있었고 대사는 캡을 쓰고 있었다. 나는 블뤼허에게 연민을 느꼈다. 내가 독일인이 아닌 것에 감사했다.

── **1월 25일**

여전히 여기 머무르고 있다. 눈이 내리는 날씨도 여전하다. 가방과 심부름꾼도 여전히 길을 잃은 상태다.

도화지를 사러 동네 문구점에 들어갔는데, 카운터에 서 있는 로마 교황 대사를 발견했다. 나는 내 머릿속에 떠오르는 생각 말고는 할 말이 아무것도 생각나지 않았다.

"봉주르, 예하."

"봉주르, 선생."

침묵.

"예하께서는 예술가이신가요?"

"예?"

"화가이십니까? 크레용이나 물감을 사시려고요?"

공포가 그의 성자 같은 안색을 할퀴고 지나갔다.

"전혀 아닙니다. 나는 초대장을 사러 왔습니다."

시르 아흐마드와 앵글로-페르시아 석유회사의 현지 주재 이사 토미 잭스Tommy Jacks가 클럽에 저녁 식사를 하러 왔다. 캐비어, 비트, 보르시borscht*, 구운 연어, 버섯을 곁들인 구운 자고새, 감자 칩과 샐러드, 가운데 얼음을 넣은 뜨거운 머랭 푸딩, 데운 보르도산 적포도주 클라레로 구성된 훌륭한 저녁 식사였다.

시르 아흐마드: (약간 강한 어조로) "잭스 부인은 어디 계십니까? (목소리를 낮추어) 그분은 아름다우십니다."

잭스 : "그녀는 여기 들어올 수 없습니다."

시르 아흐마드: (아주 큰 소리로) "아니 왜 안 되죠? (크게 그르렁거리며 약간 강한 어조로) 화가 나네요. (점점 큰 소리로) 아주 화가 납니다."

그 후 우리는 브리지 게임을 했지만 시르 아흐마드가 동작을 섞어 가며 자신의 이야기를 설명하느라 계속 테이

---

* 　붉은 순무로 맛을 낸 러시아 및 동유럽권의 전통 수프 요리.

블을 떠나는 통에 승부를 내야 하는 세 판째 게임을 끝내지 못했다. 아프가니스탄 왕실 역사에 관한 이야기가 30분 동안 이어졌는데, 알고 보니 시르 아흐마드가 아마눌라 국왕 및 현 국왕과 사촌관계가 되는 것은 왕가의 창시자가 자식을 120명이나 낳았기 때문이라는 것이었다. 그리고 그는 아마눌라의 유럽 여행 이야기를 이어 갔다. 여러 고귀한 이탈리아인들과 함께 로마 오페라의 박스석 안에 있었다고 한다.

"(보통 어조로) 이탈리아 여자가 내 옆에 앉았습니다. 그녀는 (눈을 이글거리며 아주 큰 소리로) 커다란 숙녀였어요. 와! 덩치가 컸냐고요? 아뇨, 뚱뚱했어요. (보통 어조로) 그녀는 이집트 부인(이집트 여성 장관)보다 더 뚱뚱하고 가슴이 (점점 큰 소리로) 너무 큽니다. (약간 세게) 그래서 박스 밖으로 삐져나올 정도였습니다. 다이아몬드와 금을 주렁주렁 달고 있었어요. (아주 약하게) 저는 겁이 났습니다. 가슴이 내 얼굴을 덮쳐서 (강하게) 숨이 막히는 건 아닌지 자꾸 살펴야 했어요."

화제는 버킹엄 궁의 국빈 만찬으로 옮겨갔다.

"(보통 어조로) 왕세자가 나에게 말을 걸더군요. (약하게) 그에게 말했죠. '왕세자 전하, (세게) 당신은 어리석습니다! (그르렁거리며) 어리석다고요!' (보통 어조로) 왕세자께서 말씀하시길, (약하게) '내가 왜 어리석다는 건가요?' (보통 어조로) 제가 대답했습니다. '전하께서는 말을 타고 장거리 장애물 경주를 하시니 드리는 말씀입니다. 위험한 일입니다. (점점 큰 소리로) 위험합니다. (약하게) 영국인들은 전하께 변고가 생기길 바라지 않습니다.' (보통 어조로) 왕*이 그 얘기를 듣더니 여왕에게 '메리, 각하가 우리 아들을 어리석다고 하는군요'라고 했습니다. 그는 매우 화를 내시더군요. (점점 큰 소리로) 아주 많이요. (약간 강하게) 여왕께서 왜 자기 아들에게 어리석다고 했는지 물으셨죠. 저는 그가 장애물 뛰어넘기를 하기 때문이라고 대답했습니다. 여왕께서 내게 말씀하시길, (목소리를 낮추면서) '각하, 당신 말이 옳군요. (점점 큰 소리로) 당신 말이 옳아요.' (보통 어조로) 여왕은 제게 고마워했습니다. 왕께서도 그러셨고요."

—— **1월 29일**

아직 테헤란이다.

어제 아침, 우리는 하루 안에 이스파한에 도착할 생각으로 새벽 3시에 일어나 6시에 마을을 빠져나왔다. 16킬로미터쯤 달리자 얼어붙은 길이 나왔다. 도로에 흐르던 물이 녹았다가 다시 얼어붙은 것이다. 나는 속도를 높였다. 결국 우리는 18미터 지점에서 사고가 나 차가 전복될 뻔했으며, 가련하게도 완전히 차가 멈추어 버렸다. 그 순간 해

---

*   당시 영국 국왕은 조지 5세였다.

가 떠올랐다. 눈 덮인 평원에 불빛이 반짝이고 새하얀 엘부르즈산맥이 푸른색과 금색으로 물들었으며 얼음장 같은 공기에 따스한 온기가 감돌았다. 아름다운 풍경에 환호하며 우리는 수도로 돌아왔다.

폐소 공포증을 완화하기 위해 우리는 마조리뱅크스의 궁전이 있는 다르벤드Darbend 위쪽의 산악 지대에서 하루를 보냈다. 크리스토퍼는 왕실 정원사 중 한 명과 대화를 나누었다. 마조리뱅크스는 꽃을 좋아하나 보다.

—— 2월 6일

여전히 테헤란이다.

크리스토퍼는 3일에 이스파한으로 떠났다. 전날 밤 나는 예전에 걸렸던 것과 같은 아프간 감염병에 걸려 앓았다. 그래서 이스파한으로 가는 대신 요양원으로 가야 했다. 그곳에서 하루에 백 번씩 찜질을 받고, 종기를 절개하고, 부항을 뜨고, 고름을 제거했다. 요양원은 영국식이었다. 식민지에는 큰 자랑거리지만, 그 운영은 공사관과 앵글로-페르시아 석유회사 사이에 불화의 근원이 되고 있어 유지되지 못할 수도 있다.

의사가 내일모레 퇴원해도 된다고 한다.

쿰Kum*(975미터)

—— 2월 8일

드디어 출발했다.

호블랜드 부부가 나를 태워 주었다. 그는 키르만샤에서 영사를 지내다 시라즈로 전근하게 되어 자동차 두 대로 검은색 스패니얼 한 마리와 함께 이사하는 중이다. 출발하기 전에 24시간 동안 비가 와서 출발 시각을 놓쳤다. 자동차보다 배를 타는 편이 더 빨랐을 것 같다.

19세기 초에 재건된 이곳의 사원은 높은 금색 돔과 푸른 미너렛 네 개로 훌륭하게 구성되어 있다.

델리잔Delijan**(1,520미터)

—— 2월 9일

다시 이곳에서 발이 묶였다.

차 마실 시간에 맞추어 이스파한에 도착할 예정이었는데, 길목에 45미터 너비의 급류에 휩쓸려 있는 트럭 두

---

*   오늘날 콤Qom이라고 하며 이란 콤주의 도시다. 파티마 사원이 있는 이슬람교 시아파 십이이맘파의 성지다.

**   이란 마르카지Markazi주의 도시.

대와 포드 차량이 보였다. 델리잔으로 되돌아가는 것 말고는 다른 수가 없었다. 예전에 여기서 촌장의 집을 빌린 적이 있었다. 촌장의 집에는 여름에 통풍이 잘되도록 문을 열어 두는 밀실로 통하는 풍차 탑 두 개와 회반죽에 거울 조각을 끼워 넣어 문양을 만들어 장식한 큰 방이 있다. 그 방에는 80년대 봄베이에서 찍은 노퍽 스타일 재킷을 입은 신사들의 캐비닛판 사진*이 걸려 있다. 호블랜드 부인이 스패니얼을 끌고 문지방을 넘어가자, 사팔뜨기 노파가 부정한 동물이 한때 성자가 잠을 잤던 곳을 더럽힌다고 강하게 항의했다. 그녀는 결국 집 주인이자 우리의 임대료가 필요했던 형제들 때문에 입을 다물었다.

오후에는 안뜰을 그렸다. 가지를 바싹 자른 나무 그루터기 하나, 빈 연못, 빗물이 뚝뚝 떨어지는 빨랫줄을 보자 페르시아 정원에 대한 새로운 생각이 샘솟았다. 정원 맨 끝에는 궁륭 천장의 여름 별장이 있었는데, 내가 연필을 들자마자 갑자기 모든 것이 한꺼번에 무너져 내렸다. 그후로도 멀리서 또 다른 붕괴가 일어났다. 델리잔의 진흙은 건축 자재로 보자면 악천후를 견디기에 적합하지 않다.

타오르는 장작불 옆에 있는 내 작은 방에 자리를 잡고 앉았다. 형제 중 맏형인 아가 마흐무드가 나에게 시아파

---

* 1870년 이후 널리 사용된 사진 스타일. 108×65밀리미터 크기의 카드에 얇은 사진을 붙여 만든다.

경전에 나오는 하즈라트 하산Hazrat Hassan*에 대해 읽어 주었다. 이따금 그는 읽기를 멈추고 이 집은 자기 집이니 임대료는 자신에게만 지불해야 한다고 속삭였다.

—— 2월 10일

강으로 차를 몰았다. 강 수위는 그 어느 때보다 높다. 그러나 곧 해가 얼굴을 내밀었고 우리는 희망을 품는다.

밤새 건물은 폭격을 맞은 듯 계속 무너져 내렸다. 마을 전체에 온전하게 남아 있는 지붕이 거의 없다.

이스파한(1,585미터)

—— 2월 11일

우리는 오늘 오후에 도착했다. 날씨와 질병만 아니었다면 정확히 3주 전에 이곳에 와 있었어야 했다.

델리잔에는 밤사이 또 비가 내렸다. 우리는 절망이라는 옷을 입고 마음을 비우고 아침을 먹고 있었는데, 강물이 줄어들었다가 다시 빠르게 불어나고 있다는 소식이 들

---

*   하산 이븐 알리 이븐 아비 탈리브Hasan ibn ʿAlī ibn Abī Tālib(626~670, 재위: 661~670). 알리와 파티마의 장남이자 예언자 무함마드의 손자. 알리에 이어 시아파의 두 번째 이맘으로 여겨진다.

려왔다. 5분 뒤, 우리는 삽을 든 농부와 함께 차의 발판에 서서 죽기 살기로 길을 파헤치고 있었다. 호블랜드는 기세 좋게 지그재그로 급류를 건너 건너편에 무사히 도착했다. 호블랜드 부인과 나는 차 안에 갇혀 오도 가도 못하고 있었는데 남자 스무 명이 차를 밀어서 밖으로 끌어냈다.

어두워지기 전에 이스파한을 한 바퀴 돌 시간이 있었다. 연못에 비친 소나무와 거대한 베란다 사진으로 오랫동안 눈에 익은 치힐 수툰Chihil Sutun*을 지나 마이단Maidan**에 들어섰다. 하얗게 칠해진 2층짜리 아케이드가 길이 400미터, 너비 140미터의 공간을 빙 둘러싸는 구조였다. 가까운 쪽 끝에는 폐허가 된 시장 입구가 있고, 반대편 끝에는 메카 방향으로 비스듬히 돔, 이반, 미너렛이 모여 있는 마스지드 이 샤***의 푸른색 정문이 있으며 각각 그 앞에는 폴로용 대리석 골대가 한 쌍씩 세워져 있다. 오른쪽에

---

* 이스파한에 있는 정원의 긴 연못 끝에 있는 페르시아식 정자로, 샤 아바스 2세가 연회용으로 지은 궁전이다.

** 17세기 초 샤 아바스 1세 때 지어진 나크시 이 자한Naqsh-e Jahan 또는 이맘Emam 광장이라 불리는 곳을 말한다. 샤 모스크, 셰이크 루트폴라 모스크, 알리 가푸 궁전 등이 이 광장 주변에 모여 있다.

*** 마스지드 이 이맘Masjid-i Imam 사원을 말한다. 샤 모스크, 즉 왕의 모스크다. 마이단 남쪽에 세워진 모스크로, 1597년 사파비 왕조가 수도를 이스파한으로 옮기면서 샤 아바스가 1611년부터 건설을 시작하여 1630년에 완공했다.

는 벽돌로 만든 신발 상자 모양의 궁전 알리 가푸Ali Gapu*
가 있고, 그 맞은편에는 꽃무늬가 가득한 셰이크 루트풀라
Sheikh Lutfullah 모스크의 소서 돔**이 파란색 벽감 위에 비
스듬히 앉아 있다. 대칭 구조지만 과하지는 않다. 형식적
인 공간과 다양한 낭만적인 건물 사이의 대조가 무척 아름
답다. 이 아름다운 효과를 더 이상 망치지 못하도록, 바흐
티아리족 신사들이 이곳에서 폴로를 치거나 말을 타는 것
을 허용하지 않는다는 것을 보여 주기 위해 이곳을 개발하
면서 한가운데에 장식용 연못을 만들었다. 연못은 고딕 양
식의 철제 난간과 막 피어난 피튜니아 화단으로 둘러싸여
있다.

　　마이단과 그 기념물은 17세기에 지어졌다. 마을 중심
부에 있는 금요일 모스크***는 더 오래전인 11세기에 지어졌
다. 헤라트의 똑같은 모스크에서처럼 마을의 전체 역사가
한 건물과 그 건물의 복원 과정에 담겨 있다. 티무르 제국
의 매력과 마찬가지로 사파비 제국의 색채의 매력도 이 유
서 깊은 역사의 웅장함 앞에서는 그 빛을 잃는다. 대부분

---

* 　　아바스 1세 때 지어진 궁전으로 셰이크 루트풀라 모스크 맞은편에
　　있다. 사파비 왕조의 공식적인 궁전으로 사파비 왕조의 대표적인
　　건축물이자 이란 이슬람 건축의 상징이라 할 수 있다.

** 　　반원형보다 얕은 형태의 돔. 로마나 비잔틴 건축에서 많이 볼 수
　　있다.

*** 　　마스제데 자메Masjed-e Jāmé 사원을 말한다.

어설프고 어떤 것은 흉물스럽다. 하지만 이슬람 돔의 미덕인 만족에 대한 맹목적 표현이라는 점에서 셀주크 제국의 말렉 샤Malek Shah가 세운 평범한 벽돌로 만든 거대한 달걀 모양의 돔에 필적할 만한 것은 거의 없다.

1710년 사파비 왕조의 술탄 후세인 치세에 지어진 샤의 어머니 대학College of the Mother of the Shah에 도착했을 때는 어스름이 깔리고 있었다. 입구를 지나면 좁고 움푹 파인 웅덩이가 검은색 아치로 이어지고 잔물결 하나 없는 웅덩이에 그 아치가 반사되어 두 겹으로 겹쳐 보여 마치 건물을 짓는 카드놀이처럼 보였다. 흰 줄기의 오래된 포플러 나뭇가지들을 방금 쳐냈는지 포장도로 위에 쳐낸 나뭇가지가 흩어져 있었다. 나는 샤 아바스의 거리인 차르 바그Char Bagh로 나와 두 줄로 늘어선 나무 아래로 차를 몰아 알리 베르디 칸Ali Verdi Khan 다리에 이르렀다. 이 다리는 시라즈로 가는 길과 장엄한 경치를 볼 수 있는 강 건너 1.6킬로미터 길이의 언덕으로 이어진다. 아치형 벽이 다리 위의 양쪽 길을 둘러싸고 있으며, 그 바깥쪽에는 보행자를 위한 작은 아케이드가 있다. 이곳은 사람들로 붐볐고 마을 주민 모두 여기에 오려고 서두르고 있었다. 내 모든 기억을 통틀어 그런 인파는 처음이었다. 불이 켜졌다. 미풍이 불었는데, 그렇게 한기가 느껴지지 않는 바람은 4개월 만에 처음이었다. 나는 봄과 솟아오르는 수액의 냄새를 맡았다. 몸의 긴장이 풀리고 마음은 어떤 질문도 하지 않으며 세상은 환희로 가득한 드문 절대적 평화의 순간 중 하나였다. 그만큼 내가 테헤란에서 벗어나 있다는 뜻이기도 했다.

—— 2월 13일

이곳에는 근육질에 흡연과 음주를 사악한 것으로 보고 금지하는 유형의 선교 활동을 하는 자들이 많다. 안경과 트위드 코트, 플란넬 바지를 입은 남자들이 어린 소년들과 함께 차르 바그 거리를 성큼성큼 걸어가고 있다. 그 남자들에게는 영국인 교장의 흔적이 역력하다. 그들의 등은 마치 척추가 너무 올곧아 구부러질 수 없을 것처럼 꼿꼿하다. 이 모든 것 뒤에는 최근 옥스퍼드 그룹 운동*의 사도가 된 성공회 주교가 도사리고 있다. 이스파한의 부크먼주의! 이것은 시카고의 바하이Bahai교도들**에 대한 잔인한 복수다.

영국 윤리의 더 인도적인 옹호자는 이곳에서 30년 동안 살았던 갈랜드 부주교였다. 그동안 그는 여성 한 명을 개종시켰다고 말하곤 했다. 개종한 여성은 배교 때문에 따

---

* 　1921년 미국 루터파 교회 목사 프랭크 부크먼Frank Buchman이 창설한 종교운동으로 주로 옥스퍼드의 학생들이 많아 붙여진 이름이며, 옥스퍼드 대학과는 무관하다. 부크먼주의라고도 한다. 1938년 이후 MRA(도덕 재무장) 운동으로 발전했다.

** 　북미에서 최초로 설립된 바하이 공동체 중 하나가 시카고에 있다. 바하이교는 이란인 미르자 후세인 알리 누리Mirza Husayn Ali Nuri 가 1921년에 창시한 이슬람 계통의 신흥 종교다.

돌림을 당해 임종할 때 와 달라고 사람을 보낼 수 있는 유일한 친구가 부주교였다. 그녀는 그에게 마지막 부탁이 하나 있다고 말했다.

"말씀하세요." 피보호자의 마지막 순간을 편안하게 해주고 싶은 마음에 부주교가 대답했다.

"물라를 불러 주세요."

그는 그렇게 했다. 그 후에도 그는 이 이야기를 여러 번 했다.

오늘 오후 빗속을 산책하는 즐거움은 송장 한 구로 마무리되었다. 시신은 들것에 실려 나가고 있었는데 하필 진흙탕이 된 미끄러운 길을 지나가다 우리와 부딪히고 말았다. 체크무늬 식탁보 밑으로 빠져나온 손과 발이 경련을 일으킨 듯 손짓했다.

강 건너 줄파에는 17세기 이슬람 사원을 닮은 아르메니아 성당이 있다. 내부 벽에는 그 당시의 이탈리아 전통 유화가 그려져 있다. 부속 박물관이 있지만, 이곳의 보물들은 예술적으로 흥미롭다기 보다 역사적인 측면이 강하다.

아바데Abadeh*(1,860미터)

—— **2월 14일**

페르시아는 관리들이 타고난 선한 본성을 발휘할 때 매우 유쾌하다.

나는 호블란드 부부와 일찌감치 이곳에 도착했다. 길에서 좋은 말을 발견하고는 경찰서장에게 한 시간 동안 그 말을 타도 되는지 물어보았다. 입에 거품을 문 말 두 마리가 바로 휴게소 문 앞에 있었다. 우리는 지는 해를 바라보며 들판을 가로질러 전력 질주했다. 그래서 말이 달리는 동안 도랑도 둑도 볼 수 없었다. 우리의 목적지는 인적 드문 정원이었다. 경찰관 하비불라는 몇 분 동안 시냇물 소리와 반짝임에 넋을 잃고 조용히 앉아 있었다. "여기는 여름에 와 봐야 해요." 그가 감상에 젖어 말했다. 그러고는 그런 감상적인 태도가 부끄러웠는지 가젤과 야생 양 사냥 이야기를 꺼냈다.

내가 탄 갈색 말이 하비불라의 말이었기 때문에 그에게 10크라운을 주었다. 저녁 늦게 그는 경찰서장의 명령에 따라 나에게 돈을 돌려주었다. 만약 내가 그에게 보답할 수 있다면 시라즈 경찰서장에게 그를 추천하고 싶다.

아바데는 사람들이 좋아하는 마을이다. 주요 거리에

---

* 이란 파르스주의 도시. 이스파한, 예즈드, 시라즈 사이에 있어 세 지역과 교류할 수 있는 지리적 장점이 있다.

는 자갈이 깔끔하게 깔려 있고 주민들은 매우 부유하다. 그들은 페르시아에서 최고로 좋은 신발을 만들어 낸다. 날씨는 매우 건조하다. 다른 모든 곳이 침수된 지금도 이곳은 비가 내리지 않았다.

줄파의 레드 와인은 그리스에서 자란 부르고뉴산 포도주 맛이 난다. 우리는 오늘 각자 한 병씩 마셨다.

시라즈(1,520미터)

—— 2월 17일

남쪽, 축복받은 남쪽! 지중해의 이른 아침 같은 상쾌함을 선사한다. 하늘은 구름 한 점 없이 맑게 빛난다. 사이프러스의 검고 뾰족한 꼭대기가 달걀 껍데기 색 언덕과 저 멀리 눈 덮인 보랏빛 산을 가로지르고 있다. 높은 기둥 위에 파꽃 모양의 청록색 돔들이 평평한 진흙 지붕의 바다 위로 솟아올라 있다. 호텔 정원의 나무에는 귤이 주렁주렁 매달려 있다. 나는 침대에서 글을 쓰고 있고, 열린 창문으로 불어오는 부드러운 봄 공기는 지난밤 후끈했던 작은 방을 낙원으로 만들어 준다.

아바데에서 오는 길에 페르세폴리스에 잠시 들러 연단으로 이어지는 대연회장 계단을 뛰어 올라갔다. 나는 그곳에 사용된 돌이 항상 궁금했다. 흰 대리석으로 만든 기둥은 크림색, 갈색, 검은색으로 풍화되었다. 약간 분홍빛을 띠지만 펜텔리콘Pentelicon*의 대리석보다 좀 더 백토질이고 덜 투명해서 파르테논 신전의 아름다움인 햇빛을 흡수한 듯한 느낌은 부족하다. 돋을새김은 매우 불투명하고 질감이 미세한 칙칙한 회색 돌에 새겨져 있었으며 노출된 부분은 얼룩덜룩하게 검은색으로 변해 있었다.

새 계단을 볼 시간은 없었지만, 다음에 더 오래 방문할 때를 대비해 헤르츠펠트에게 명함을 남기고 왔다.

영사관 도착은 호블랜드 가족에게 중요한 순간이었다. 그들은 앞으로 3년 동안 이곳에서 살아야 했다. 우리가 차를 마시며 앉아 있는데, 크리스토퍼가 페르시아 부족에 파견된 비밀 요원이었던 바스무스의 악랄함을 알게된 것을 매우 기뻐하며 들어왔다. 독일군이 전쟁에서 승리했다면 바스무스가 로렌스 대령의 자리를 차지했을 것이라고 했다. 우리는 피루자바드Firuzabad**에 함께 가려 한다. 영국군과 영국에 불만을 품은 페르시아 부족들 간의

---

*   그리스 아테네 북동부에 있는 산. 대리석의 산지로 알려져 있다. 파르테논 신전도 이 산에서 나는 대리석으로 지어졌다.

** 이란 파르스주의 도시다. 아르데시르의 영광이라고도 한다. 시라즈 남쪽에 위치하며 도시는 흙벽과 해자로 둘러싸여 있다. 고대에는 고르Gor라고 불렸으며 사산 제국의 원형 도성 유적이 있다.

전투 지형이 그를 매료시킬 것이다. 그리고 아르데시르 Ardeshir 궁전*에도 가려 한다.

여기에는 여전히 영국 점령의 유물이 남아 있다. 택시에는 테넌트 맥주 광고가 붙어 있고 호텔 매니저는 저녁 식사로 감자 칩을 내놓았다. 전쟁 전에 자연의 작용으로 산 하나가 만들어졌는데, 리시포스Lysippus**가 조각한 듯한 등을 대고 누워 있는 밸푸어 경***의 모습과 비슷하게 생긴 산세가 중심가의 전망을 완성한다. 이 산은 지금 눈의 산이라는 뜻의 쿠 이 바르피Kuh-i-Barfi라고 불린다. 눈이 쌓여 있다면 그 이름이 잘 어울렸겠지만, 눈은 없다. 진짜 이름은 쿠 이 밸푸어Kuh-i-Balfour이며, 산 이름의 바르피는 밸푸어가 페르시아어로 와전된 것이다.

내가 주사를 맞으러 영국 선교부에 갔을 때 여의사 메스 박사가 담배를 권하며 자기도 한 대 피웠다. 다시 남쪽이다!

---

*   224년 사산 제국의 아르데시르 1세가 세운 궁전으로 페르시아의 고대 도시 고르의 북쪽에 위치한다.

**   기원전 4세기 그리스의 조각가, 고대 그리스의 가장 위대한 조각가 3인 중 한 명으로 여겨진다.

*** 아서 제임스 밸푸어Arthur James Balfour(1848~1930). 영국의 정치가. 보수당 영국 총리를 역임했다(1902~1905). 외무장관 시절 유대인의 팔레스타인 정착을 지지하는 밸푸어선언을 발표했다.

시라즈의 기념물은 중요하다기보다 호기심을 불러 일으킨다. 비록 금요일 모스크의 중정 외관 자체는 폐허가 되었지만, 잔해는 고대의 훌륭한 석조물을 보호하고 있는 것처럼 보인다. 중정 중앙에는 돌로 된 일종의 이동식 예배소가 있는데, 잘 마름질한 돌로 만든 굵고 둥근 기둥이 네 개 세워져 있다. 지금은 푸른 하늘 말고는 아무것도 떠받치고 있지 않은 이 기둥의 꼭대기는 돌을 파서 만든 문구들로 둘러싸여 있다. 이것은 내가 본 것 중에 돌과 도자기가 함께 사용된 유일한 예다. 사레*의 복제품 코나Kona**를 보면 알 수 있듯이 마음에 드는 조합은 아니다.

대학의 중정도 폐허가 되었지만 그나마 분홍색과 노란색 꽃으로 꾸며진 18세기 타일 작업은 개선된 상태다. 중정을 주로 장식하고 있는 것은 팔각형 연못 옆에 펼쳐진 무화과나무다. 예쁜 팔각형 연결 통로가 연못으로 이어진

---

* 프리드리히 파울 테오도르 사레Friedrich Paul Theodor Sarre(1865~1945). 독일의 동양학자, 고고학자이자 이슬람 예술품을 수집한 미술사가다. 1911~1913년까지 두 차례에 걸쳐 에른스트 헤르츠펠트와 9세기 아바스 왕조의 수도였던 사라마를 발굴하는 데 참여했다.

** 코나는 후다 하네Khuda Khane를 말한다. '신의 집'이라는 뜻으로, '꾸란의 집'이라는 뜻인 '바잇 알 먀샤프Bayt al-Mashaf'라고도 불린다. 1351년에 마흐무드 샤가 세웠다.

다. 이 연결 통로는 박쥐 날개 모양의 얇은 스퀸치가 떠받치고 있는 소서 돔으로 덮여 있다. 이것들은 17세기의 풍부하지만 차가운 느낌의 모자이크로 장식되어 있다.

마을 외곽에는 한때 돔이 덮여 있었던 높은 정사각형의 건물이 하나 있다. 하툰Khatun으로 알려진 이 건물은 무자파르Muzaffar 왕조 때 어느 왕의 딸의 무덤이라고 한다. 하지만 후대에 지어진 것으로 보인다. 건물 정면은 무너졌지만 평범한 벽돌로 된 측면과 뒷면은 각각 모자이크 처리된 스팬드럴spandrel*이 있는 두 줄의 아치형 패널로 하중이 분산되어 있다. 벽돌은 언덕과 같이 발그레한 담황색이다.

그 너머에는 정원이 두 개가 있는데 각각 시인 하피즈Hafiz와 사디Saadi의 무덤이 있다. 이 정원 말고도 흰 비둘기와 오케스트라처럼 재잘거리는 한 무리의 참새로 한껏 들뜬 사이프러스, 소나무, 오렌지나무가 있는 기분 좋은 정원들이 많다. 정원 밖 맨땅에는 어린 양가죽을 말리거나 말린 양가죽 묶음이 놓여 있었다. 남부에서는 이렇게 빨리 양치는 시즌이 시작된다.

---

* 아치 윗부분 혹은 아치와 아치 사이에 만들어지는 삼각형 모양의 공간, 또는 사각형 공간에 원을 그렸을 때 만들어지는 네 귀퉁이의 삼각형 공간을 말한다. 보통 다양한 문양으로 장식된다.

오늘 저녁 나는 헤르츠펠트의 스태프 중 한 명인 베르 그녀를 만나 페르세폴리스에서의 사진 촬영에 대해 자문을 구했다. 그의 조언에 따라 나는 헤르츠펠트에게 공식적으로 허락을 구하는 편지를 쓰면서 그의 새로운 발견을 훔치려는 생각은 조금도 없다는 점도 조심스럽게 전했다. 베르그녀는 알라 호 아크바르 게이트Allah-ho-Akbar Gate 근처에 머물고 있었다. 금요일이었던 어제는 시라즈 사람 전부가 이 길에 나와 있었다. 일부는 친구들과 함께 아랫마을을 구경하기 위해 산책을 나왔고, 일부는 소풍에서 돌아오는 길이었다. 말을 탄 사람들이 많았다. 이곳의 말들은 끝없는 즐거움을 선사한다. 사막의 아랍 말만큼 뼈대가 가늘지는 않지만 주로 아랍 혈통이며, 북쪽 투르코만 계통과의 교배로 인해 홀쭉한 잡종의 모습에서는 벗어났다. 그들은 종종 이니셜을 새긴 안장 천으로 잘 꾸며져 있다. 나귀조차도 쿠션, 숄, 장식 술을 가득 단 커다란 흰색 짐승이 되어 세련된 분위기를 풍긴다. 그래서 말을 탄 사람과 나귀를 탄 사람은 함께 즐거운 행렬에서 나란히 빠른 걸음으로 흥겹게 걷는다. 나귀는 중년층을 위한 것이고, 가장 어린 소년들은 가장 어린 말을 탄다. 특히 아이가 말에서 떨어지지 않도록 단단하게 매어 준다. 말을 탄 순간 페르시아인들은 자신들의 위엄을 되찾는다. 팔레비 모자*조차도 그 위엄과 우아함을 망치지 못한다. 그들은 마치 말 잔등에서 자란 것처럼 안장 위에 편하게 앉아 그대로 있을 수 있다. 영사관의 담당관으로 있을 때 그들과 함께 폴로를 한 적이 있던 크리스토퍼에 따르면, 그들은 고삐를 꽉 붙잡지 않고도 완벽하게 균형을 잡으면서 말을 탄다고 한다.

와인은 페르시아 남부의 또 다른 선물이다. 그 명성이 널리 퍼졌고 어원 학자들은 셰리sherry**의 이름이 세레즈Xerez에서 유래했는지 시라즈에서 유래했는지에 대해 논쟁을 벌인다. 지금까지 우리는 이곳에서 세 가지 품종을 발견했다. 맛은 그다지 유명하지 않지만 내가 어떤 셰리보다 선호하는 매우 드라이한 황금빛 와인, 처음에는 별 특징이 없지만 식사와 잘 어울리는 드라이한 레드 클라레, 그리고 마지막으로 맛있는 행복을 가져다주는 더 달콤한 로제 와인이다. 만약 포도밭에 이름이 있고, 다양한 와인을 구별하고 보관할 수 있는 코르크 마개가 있다면 시라즈는 진짜 빈티지를 생산할 수 있을 것이다. 그러나 종교에 대한 시각이 관대하고 개방적인 페르시아인들은 주로 종교적 죄악을 저지르려고 술을 마시는 것이기에 맛에는 거의

---

*   이란 전통 모자의 한 종류.

**   포도주의 한 종류.

신경 쓰지 않는다. 외국인이 이런 부분을 개선해 보려고 한다면 독일인이 타브리즈에서 그랬듯이 필연적으로 자신들의 브랜드를 모방하려고 할 것이다. 2등급 호크hock*는 마실 만하지만 구미가 당기지는 않는다. 나는 그보다 맛은 떨어지지만, 그 자체의 맛을 지닌 와인을 더 선호한다. 한편 지중해에서 오래 살았던 호블랜드 부부는 다가오는 가을에 포도밭을 어떻게 할지 체계적으로 연구하며 계획을 세우고 있다.

—— 2월 18일

시라즈의 매력이 증발해 버렸다.

크리스토퍼와 나는 경찰서장을 방문하여 일반적인 형식 절차를 완료하고 나서, 피루자바드에 갈 수 있는 허가를 요청했다. 보통은 법을 무시하는 카슈가이인 때문에 허가를 잘 내주지 않는다고 한다. 실제로 헤르츠펠트와 아우렐 스타인**은 1880년대 디윌라푸아*** 이후 그곳의 기념

---

*   독일산 백포도주.

**   마르크 아우렐 스타인Marc Aurel Stein(1862~1943). 헝가리 태생의 영국 고고학자이자 탐험가. 세 번에 걸쳐 중앙아시아를 탐사했으며, 특히 둔황 막고굴에서 나온 필사본과 유물을 연구하여 유럽 학계에 소개함으로써 둔황학 정립을 이끈 사람이기도 하다.

***   마르셀 오귀스트 디윌라푸아Marcel-Auguste Dieulafoy(1844~1920). 프랑스의 고고학자로 1885년 이란의 수사Susa(현재의 슈시Shush)에서 발굴 작업을 했으며 『페르시아의 고고학 예술L'Art antique de la

물을 본 유일한 사람인 것 같다.

　　서장이 나를 빤히 쳐다보며 말했다. "당신은 갈 수 있습니다만, 혼자 가야 합니다."

　　"이해가 안 돼요. 나는 갈 수 있고 사이크스는 못 간다는 뜻인가요?"

　　"그렇습니다."

　　참으로 실망스러운 일이었다. 그러나 더 나쁜 일이 이어졌다. 산 공기를 마시려고 차를 몰고 마을 밖으로 나가려는데 알라 호 아크바르 게이트에 있던 경찰이 차를 멈춰 세우고는 나가려면 걸어서 가라고 했다.

　　나중에 나는 여러 가지에 관심이 많은 총독을 방문했다. 그는 플라톤과 오스카 와일드의 작품을 페르시아어로 번역하면서 번역은 예술이라는 것을 알게 되었다고 말했다. 내가 경찰과 있었던 일을 얘기하자 그는 서장에게 전화를 걸었다. 서장은 실수 같은 건 없었다고 대답했다.

　　이 말을 듣자마자 크리스토퍼는 다시 경찰서로 가서 설명을 요구했다. 궁지에 몰린 서장은 테헤란으로부터 크리스토퍼가 마을을 떠나지 못하게 막으라는 명령을 받았다고 실토했다. 말도 안 된다. 그는 피루자바드에도 부시르Bushire에도 갈 수 없었고, 사격도 할 수 없었으며 심지어

Perse』을 저술했다.

나중에는 시골 산책도 할 수 없었다.

　내가 이 나라에서 만난 모든 외국인들, 즉 외교관, 사업가, 고고학자 등 다양한 국적과 거주 조건을 가진 사람 중에서 이곳 주민들을 좋아하고 그들의 민족주의적 성장통에 공감하며 때로는 무리할 정도로 그들의 미덕을 일관되게 옹호하는 사람은 크리스토퍼가 유일하다. 외국인 혐오증이 심한 페르시아 당국은 그를 첫 번째가 아니라 마지막에 괴롭혔어야 했다. 형편없는 늙은 마조리뱅크스는 유럽인의 의견에 너무 민감해서 그에게 복수하기란 쉬운 일이다. 그러나 노망난 과대망상증 환자를 짜증 나게 해서 분은 풀릴지 모르나 이 나라에서 누군가가 누렸어야 할 즐거움을 파괴한 것에 대한 보상으로는 한참 모자란다.

카바르Kavar*(약 1,585미터)

─── 2월 20일

　페르시아 여행의 시작은 대수 방정식과 비슷하다. 답이 나올 수도 있고 안 나올 수도 있다. 우리는 페르시아 여행을 위해 어제 하루를 전부 쏟아부었고 오늘 아침 6시에

---

* 　이란 파르스주에 있는 도시.

출발했다. 하지만 그 이후 온종일 기병대와 말을 기다리며 이곳에서 시간을 허비했다.

경찰은 두 종류로 나뉜다. 하나는 마을을 통제하는 나스미야Nasmiya고 나머지 하나는 법에 따라 내륙 도로 등을 통제하는 암니야Amniya다. 나스미야 서장의 조언에 따라 나는 암니야 서장을 방문했다. 그의 부하들이 피루자바드로 가는 내 여정을 책임져야 하기 때문이다. 그는 뚱뚱하고 유쾌한 친구로 나를 돕고 싶어 했다.

총독은 이미 그에게 전화로 나의 방문 목적과 신분을 설명했다. 따라서 그가 첫 번째로 한 일은 총독에게 전화를 걸어 내 여행의 목적과 신원을 재차 확인하는 것이었다. 만족스러운 답변을 받은 그는 곰곰이 생각하더니 총독이 편지에 내 목적과 신원을 명시하면 문제가 단순해질 거라는 의견을 밝혔고 총독도 동의했다.

편지를 가지러 가기 전에, 피루자바드로 가는 길에 도둑이 있다는 소문을 들은 나는 호위를 받아야 하는지 서장에게 물었다. 그는 그럴 필요까지는 없다고 대답했다. 나는 서둘러 택시를 타고 시라즈에 있는 시타델 아르크Ark로 가서 총독에게 공손한 말을 쏟아 내고 그의 오렌지나무를 칭찬하면서 편지가 준비되었는지 물었다.

그는 생각에 잠긴 표정으로 "여행에 호위해 줄 사람이 있어야 한다고 생각하지 않으십니까?"라고 물었다.

"그 점에 대해서 각하의 훌륭한 충고가 필요합니다. 암니야 서장은 필요 없을 것이라고 하더군요."

"내가 전화해 보겠소."

"물론이죠." 수화기 너머로 암니야 서장이 대답하는 소리가 들렸다. "호위병은 반드시 있어야 합니다. 호위병 없이는 갈 수 없을 겁니다. 하지만 문제가 있었습니다. 현지 재무장관이 방금 토지 평가(이 중에는 카밤 알 물크의 재산도 포함되어 있었다) 순회를 시작하면서 기마병 1백 명을 데리고 갔기 때문에 말이 남아 있지 않습니다. 그러니 저의 호위를 받으면서 걸어서 가야 할 겁니다."

"그렇다면 제가 말을 빌리겠습니다." 내가 말했다.

총독과 암니야 서장은 좋은 해결책이라고 했다.

한편 옆방에서 비서가 암니야 서장에게 줄 총독의 편지를 쓰고 있었다. 총독이 승인하자 정서본이 만들어졌다. 그는 여기에 서명하고 봉인한 후 나에게 건네주었다. 택시를 타고 떠난 지 두 시간 만에 암니야로 돌아왔다.

"혹시 피루자바드까지 데려다줄 호위병이 있어야 한다고 생각하시나요?" 암니야 서장이 붙임성 있게 물었다.

"예하께서 그 점에 대해 조언을 해주셔야겠습니다."

"제 생각에는 그래야 합니다. 한 사람이면 될까요?"

"물론입니다. 저는 군대를 위해 말을 고용할 만큼 부자가 아닙니다."

"물론 아니죠, 누군들 그렇겠습니까? 다섯 명이면 충

분할 거라고 생각합니다. 당연히 모두 관용 말을 탈 것입니다. 말이 충분히 여유가 있습니다. 그리고 카바르까지 장교 한 명을 차에 태우고 가시면 일이 수월해질 겁니다. 그가 그곳에서 당신이 탈 말을 준비할 겁니다. 5시에 호텔로 당신을 찾아가서 일을 처리하라고 말해 두겠습니다."

"예하께서는 정말 친절하십니다. 제가 차를 마시러 가야 해서 그러는데, 그에게 5시가 아니라 8시에 와 달라고 해주실 수 있을까요?"

"원하시는 대로 하십시오. 7시에 오라고 말해 두겠습니다."

우리는 포드를 타고 떠났다. 우리 일행은 나를 포함해 새 하인 알리 아스가르Ali Asgar, 술탄, 즉 대장인 운전기사, 그의 조수이며, 짐 가방, 음식, 와인도 같이 실었다. 시간을 절약하기 위해 이번 한 번만 왕자처럼 여행하고 있다. 하인이 없으면 짐을 싸고 푸느라 매일 반나절을 써야 한다.

토후국에 가까워지자 술탄은 난간에 총안이 뚫린, 훌륭하게 마무리된 아주 기본적인 암니야 요새를 살펴보기 위해 차를 세웠다. 부족을 통제하는 체계와 암니야가 작동하는 방식을 보는 것은 흥미로웠다. 그들은 훌륭한 군대이며 마조리뱅크스의 혁신 중 최고다.

요새와 자동차 길은 카바르에서 끝이 났다. 카바르는 하지 압둘 카림 시라지 소유의 마을이다. 그는 최근에 자기 집을 손수 새로 지었다. 벽에 칠한 진흙은 아직 덜 말랐지만 나는 거기서 왠지 모를 편안함을 느꼈다. 마당에 있는 연못은 괴물 석상에서 솟아나는 물줄기로 깨끗하게 유지된다.

그는 마을 외곽에 약 1만 5천 평 정도 되는 오래된 정원을 소유하고 있다. 정원사는 짚으로 엮은 벽에 난 쪽문으로 나를 들여보내 주었다. 나는 페르시아 정원을 여러 개의 정사각형과 직사각형으로 나누고 있는 곧게 뻗은 잔디밭 길을 돌아다니며 오후 시간을 보냈다. 길마다 포플러나 플라타너스로 꾸몄으며 관개 수로가 설비되어 있다. 정원 안의 정사각형 구획 안에는 과일나무가 자라고 있거나 맨땅에 쟁기질이 되어 있었다. 정사각형이라고 하면 일정한 형태를 가진 것처럼 들리는데, 실제로는 농장 또는 벌판이라는 말이 이 페르시아 정원을 설명하는 데 더 적합하다. 이날 오후는 겨울과 봄이 만난 듯하다. 강하고 따뜻한 바람이 공기를 가르며 플라타너스 낙엽의 바스락거리는 소리를 실어 온다. 그 잎사귀 사이로 어린 고사리의 꼬부라진 파릇한 잎사귀가 삐져나와 있다. 여기저기서 장미나무 잎은 너무 일찍 싹이 터 서리를 맞아 검게 변했다. 앙상한 사과나무 가지에는 죽은 겨우살이가 엉켜 있었고, 수백 년 된 거대한 밤나무 가지가 갈라지는 부분에는 팔람다르palamdar의 둥지가 있었다. 정원사가 그게 뭐라고 했는데, 까치? 다람쥐라고 했던가? 둘 중 하나였다. 첫 나비가 날아들었다. 내가 모르는 종류의 먼지투성이 흰색 나비였는데 갓 부화해 세상이 아직은 자신에게 너무 갈색처럼 보였는지 어리둥절해하면서 날아다니고 있었다. 새로 깨어난 작은 멋쟁이 나비* 한 마리는 이미 작년 9월에 정원을 살펴보아 잘 알고 있다는 듯 익숙한 솜씨로 이리저리 날아다니며 둘러보고 있었다. 정원에는 그들을 위한 꽃이 있었다. 복숭아(또는 자두)가 꽃을 피웠는데, 그 붉은 꽃봉오리, 하얗고 투명한 꽃잎, 반짝이는 푸른 하늘과 어우러진 검은 줄기의 눈부신 자태에 숨이 멎을 지경이었다. 담 너머로 연보라색과 사자색의 황량한 산맥이 끝없이 펼쳐진다. 양과 아이들의 울음소리가 나를 다시 입구 쪽으로 이끌었다. 어린 소녀가 마을 묘지 옆에서 양들을 지키고 있었고 거기에는 편백나무과에 속하는 커다란 잎이 축 늘어진 거대한 침엽수 세 그루가 있었다. "카르지Karj라고 합니다." 운전기사가 말했다. "그런데 뭐가 크다는 거죠? 로레스탄Luristan**의 부루지드Burujird***에 있는 나무를 본 적이 없어서 그런 말씀을 하시는 겁니다." 나무 구멍에서 주변을 살펴보던 회색 올빼미 한 마리가 맨 먼저 날아올랐다. 총알 머리 모양을 한 노란 수련이 점점이 피어 있는 늪지에는 이미 습지 암

---

* 작은 멋쟁이 나비는 보통 페인티드 레이디painted lady라고 불리는 나비의 한 종류다.

** 로레스탄Lorestan. 이란 서부 자그로스산맥 인근에 위치하며 주민은 주로 바흐티아리인이다.

*** 보루제르드Borujerd. 로레스탄주의 도시.

닭이 둥지를 틀고 있었다.

　침대에 누워 로제 와인 한 병을 마시고 있다. 전쟁 당시 영국 연대의 요리사였던 알리 아스가르가 냄비에 자고 새를 '굽고' 있다. 기병대가 모여들었고 말들은 행진하고 있었다. 피루자바드까지 이틀이 걸린다는데, 나는 하루 만에 도착했으면 한다.

피루자바드(1,340미터)

—— 2월 22일

　노력 끝에 바람대로 해냈지만, 나머지 일행은 힘들어했다. 카바르에서는 9파르사흐, 즉 57킬로미터라고 했다. 점심 식사를 하려고 멈췄을 때를 제외하면 11시간을 달렸는데, 좋은 길과 나쁜 길이 얼추 비슷했으니 평균 시속이 6.4킬로미터 미만으로 떨어진 적은 없을 것이다. 분명 거리는 64킬로미터 이상이었다.

　말 뱃대끈이 끊어지고, 날뛰는 말 때문에 짐이 땅에 내동댕이쳐지는 등 일상적인 작은 소란을 겪은 후 우리는 7시가 되어서 출발했다. 돼지 떼가 크기별로 줄지어 달리면서 길을 건너고 있었다. 우리 호위병 중 한 명이 돼지들의 진로를 막아 보려 했지만, 땅에 돌이 너무 많아 실패하고 말았다. 길을 따라 달리다 보니 우리는 돼지들과 나란히 달리게 되었다. 그러자 아까 그 호위병이 "한 마리 원하시나요?"라고 외쳤다. 나는 그러지 않았다. 영국 사냥법이 심어 놓은 희미한 억제력이 나를 주저하게 했다. 돼지 떼가 방향을 틀었고 나는 페르시아인이 전속력으로 질주하면서 안장에 앉아 총을 쏘는 장면을 볼 기회를 놓쳤다.

산허리는 덤불과 분홍색 꽃을 피운 야생 과일나무로 뒤덮여 있었다. 그 아래에는 죽은 늑대 한 마리가 누워 있었다. 말들이 힘들어하는 셰일층으로 된 비탈길을 어렵게 오른 끝에 묵Muk 고개 정상에 도착했다. 거기서 우리는 개울을 따라 이동했다. 개울 둑에는 짙푸른 그레이프히아신스가 흩어져 피어 있었다. 그 길을 따라 우리는 돌출된 두 절벽 사이에 있는 좁은 통로인 잔지란Zanjiran 협곡에 도착했다. 강도들로 유명한 장소다. 길이 사라졌다. 그저 개울만 흐르고 있을 뿐이었지만 울퉁불퉁한 바위, 나무줄기와 가시덤불이 깊이를 알 수 없게 뒤엉켜 막혀 있어 말이 지나갈 수가 없었다. 협곡에서 빠져나온 물은 물길이 이쪽저쪽으로 갈라지는 관개 수로로 모여들었다.

관목이 우거진 뜨거운 평원이 끼어들었다. 이 평원은 약 30미터 정도의 거리를 두고 또 다른 평원과 떨어져 있었다. 평원 가장자리에서 멀리 마을들이 보였다. 반대편 산의 검은 틈새가 우리의 목적지인 탕 아브Tang-Ab 혹은 워터 패스Water Pass였다. 나는 이스마일라바드Ismailabad에서 소 뼈가 여기저기 흩어져 있는 에메랄드빛 잔디밭의 나무 아래에 앉아 커드 한 그릇을 먹었다.

황폐한 지역이었고, 촌장은 무서워서 혼이 나가 있었다. 그곳에 경찰이 올 일은 거의 없었기 때문이었다. "저기 이브라히마바드Ibrahimabad*로 가셨어야죠." 그는 미안해하면서 말했다. 내가 말을 가져다 달라고 부탁하자 그는 새 말을 원하는 것으로 오해하고 키우던 말을 내주었다. 거절하기엔 너무 큰 편의였다. 사례로 5크라운을 건넸지만 그는 받기를 꺼렸다. 나는 언제 어디서나 통하는 말로 그를 설득했다. "당신의 아이들을 위해서예요."

워터 패스의 절벽은 마치 도끼로 산을 깎은 것처럼 대각선으로 층을 이루고 있어 밀어 넣으면 다시 딱 맞춰질 듯했다. 크레타Crete섬** 남쪽 해안의 아기아 루멜리Aghia Rumeli*** 이후 이런 절벽이나 협곡은 본 적이 없다. 우리가 가까이 다가가서 보니 동쪽에서 언덕 밑을 따라 흐르던 강

---

* 이란 파르스주에 있는 작은 마을.

** 그리스에서 가장 큰 섬. 유럽 문명이 시작된 곳으로 여겨지며 미노 아 시대의 크노소스 궁전을 비롯한 고대 그리스 유적이 많이 남아 있다.

*** 크레타섬 서남부에 있는 마을로 사마리아Samaria 협곡 입구에 위 치한다.

이 갑자기 직각으로 방향을 틀어 수구를 향해 빠르게 오르막을 흘러가고 있는 것처럼 보였다. 협곡 전체 6.4킬로미터 내내 이 광경이 이어진 것 같은 착각이 든다. 이 특별한 지형은 폭이 800미터에서 90미터까지 다양하며 절벽 높이는 약 150~245미터다. 길은 구불구불 흘러가는 강을 건넜다가 다시 건너간다. 중간쯤에서 나는 고대의 첫 번째 흔적을 보았다. 동쪽 절벽 돌출부에 자리 잡고 있는 사산 제국의 성채와 긴 성벽으로 연결된 작은 요새다. 이 두 건물은 칼라 이 두흐타르Kala-i-Dukhtar와 칼라 이 파사Kala-i-Pasa로 알려져 있다. 칼라는 성을, 두흐타르는 처녀를 뜻하는 말로 우리말로 하면 딸이라는 뜻이다. 그런데 그 뜻을 잠깐 잊어버렸다. 알리 아스가르에게 그게 뭐냐고 물었더니 갑자기 영어로 대답했다. "두흐타르요, 나리? 두흐타르…, 아, 어린 아가씨라는 뜻이예요."

환상적인 단층이 길이 9미터, 폭 6미터의 거대한 직사각형 덩어리로 이루어진 동쪽 절벽으로 이어져 있었는데, 처음에는 잉카*인들이 쿠스코Cuzco**에 건설한 인공 도

---

* 콜럼버스가 신대륙을 발견하기 이전 시대 남서아메리카 대륙의 안데스산맥을 중심으로 가장 번성했던 문명 혹은 가장 큰 제국. 스페인의 피사로의 침략을 받아 1533년 스페인의 식민지가 되었다. 지금의 페루, 에콰도르, 볼리비아 일부, 아르헨티나 북서부, 칠레 북부, 콜롬비아 남부 지역 등이 이 제국에 속했다.

** 페루 남동부 쿠스코주에 있는 고산도시다. 잉카 제국(15세기 초

로인 줄 알았다. 어느덧 빛이 사그라들고 있었다. 알리 아스가르와 짐은 몇 킬로미터나 뒤처져 있었다. 그는 호위병 세 명과 함께 있었지만 나와 함께 있던 두 사람은 점점 더 걱정이 깊어졌다.

"뭐가 문제요?" 내가 물었다.

"강도들입니다."

"위대한 왕 중의 왕 리자 샤Riza Shah께서 페르시아의 모든 강도를 소탕했잖소."

"오, 그랬나요? 지난달에 그들은 내 앞에서 말 네 마리를 쏘았고 제 머리에 상처를 입혔습니다. 그들은 큰 보상을 노리고 각하를 해칠지도 모릅니다."

우리는 마침내 강 동쪽 둑에 있는 남문으로 빠져나왔다. 800미터 떨어진 곳에 있는 유령처럼 떠 있는 아르데시르 대궁전의 아치형 천장을 구별할 수 있을 만큼의 빛이 비치고 있었다. 내 대원들은 그 궁전을 아티쉬 하나Artish-Khana 또는 불의 집이라고 불렀다. 그 후 확 트인 들판에 들어서자 엄청나게 두꺼운 미너렛이 실루엣으로 드러날 만큼 별이 빛났다. 대원들은 마을이 어디 있는지 몰랐지만 곧 한 마을이 나타났고, 그 마을은 별이 빛나는 아름다운 풍경을 방해하는 우리 존재를 들판에서 치워 버리려는 듯

~1532)의 수도였으며 당시에 세워진 도로, 궁전, 신전, 성벽 등이 아직도 잘 남아 있다.

대원들을 마을로 이끌었다. 30분 후에 우리는 고요한 거리와 달빛으로 물든 벽들 사이에 서 있었다. 지나가던 유령이 우리를 총독의 집으로 안내했다.

　나는 위층으로 올라갔다. 방에는 가구라곤 하나도 없었다. 바닥 한가운데 있는 키 큰 황동 램프가 붉은 카펫과 아무것도 없는 새하얀 벽 위로 차가운 흰색 불꽃을 드리우고 있었다. 램프는 백랍 그릇 두 개 사이에 있었다. 그릇 중 하나에는 과일나무의 분홍 꽃가지가 가득했고, 다른 하나에는 제비꽃 다발로 감싼 커다란 노란 수선화 다발이 놓여 있었다. 총독은 수선화 다발 옆에 다리를 꼬고 두 손은 소매 속에 포갠 채 앉아 있었다. 과일 꽃가지 옆에는 그의 어린 아들이 앉아 있었다. 아이의 타원형 얼굴과 검은 눈, 휘어진 속눈썹은 페르시아 세밀화 화가가 이상적이라고 여기는 아름다움이었다. 책도, 펜도, 음식도, 음료도, 아무것도 없었다. 아버지와 아들은 봄의 광경과 향기에 넋을 잃고 있었다.

　먼지를 뒤집어쓰고 면도도 하지 않은 채 피곤에 찌들어 휘청거리는 야만인의 갑작스러운 출현은 그들의 예의범절을 시험하는 것이었다. 분명 시적 사색에 잠겨 있던 그들의 기분을 해쳤을 것이 틀림없었지만 그들은 놀라지 않고 선의를 가지고 손님을 맞았다. 내가 인형의 집 안에 든 개처럼 삐걱거리는 소리를 내며 바닥에 엎드려 수선화 다발에 코를 묻고 향기를 맡는 동안, 총독은 불을 붙여 찻주전자를 다시 불 위에 올려놓고 진한 적포도주를 나에게 따라 주었다. 그리고 직접 손으로 고기를 썰어 꼬치에 꽂아 케밥을 만들어 숯불에 구워 주었고, 귤을 까서 설탕을 뿌려 푸딩을 만들어 주었다. 마지막에는 나에게 자신의 침대를 내주겠다고까지 했다. 나는 내 침구도 곧 올 것이니 아래층 방에 넣어 달라고 부탁했다.

이 작은 부족의 시장 마을에는 암니야 경찰은 물론 나스미야 경찰도 없다. 총독의 안전은 군인 몇 명에게 달려 있다. 이곳 사람들은 입고 싶은 대로 옷을 입는다. 남자들은 줄무늬 옷을 입고, 무기를 매단 헐렁한 커머번드 cummerbund*를 둘렀으며, 챙 없는 검은색 빵 모양 모자를 쓴다. 팔레비 모자는 아주 드물게 예외적으로 쓴다. 이 모습은 마침내 많은 여행자가 사랑에 빠진 또 다른 페르시아이며, 이를 발견한 나는 할 수만 있다면 이곳에서 기꺼이 일주일을 머물고 싶었다. 하지만 크리스토퍼와 내가 '봄에 문제가 생길 것'이라고 예언된 일을 미리 피해 제때 아프가니스탄에 도착하려면 4월 15일까지는 테헤란을 떠나야 한다. 더는 꾸물거릴 수 없다. 실제로 문제가 발생할 가능성이 크다는 것은 아니지만 그 소문만으로도 한두 달 동안

---

*   연회용 정장 상의에 대는 비단 허리띠.

외국인에게 나라를 봉쇄하기는 충분할 것이다.

그래서 오늘 아침에는 내 성향과는 정반대로 기운 넘치게 유적지를 보러 출발했다. 총독은 내 말이 지쳐 있을 테니 다른 말을 내주겠다고 제안했다. 나는 고맙지만 안장이라는 말만 들어도 앓는 소리가 나올 지경이라고 정중하게 거절하고 걷기 시작했다. 피루자바드는 부시르보다 더 남쪽에 있다. 매우 더웠다. 마을 밖에서 편평한 지붕 위로 손을 흔드는 종려나무가 보였다. 나는 4킬로미터를 걸어서 아르데시르가 220년경에 세운 도시 구르Gur*에 도착했다. 괜히 말을 거부했나 후회하는 마음이 들 즈음 뒤쪽에서 달려오는 말들의 울음소리를 듣고 뒤를 돌아보았다. 잘 먹인 갈색 종마를 탄 총독이 맨 앞에 서 있었고, 그 뒤로 거친 회색 말을 탄 그의 아들이, 그 뒤로는 시장과 신사 몇 명, 마지막으로 흰털이 섞인 붉은 말을 탄 무장 병사 무리가 뒤를 따랐다. 기병대 한가운데에는 기수 없이 카펫을 산더미처럼 짊어진 커다란 흰 나귀가 활보하고 있었다. 총독이 말했다. "당신을 위한 것입니다. 우리는 손님을 걷게 하지 않습니다."

전날 밤의 '미너렛'은 사실 높이 24~30미터에 폭이 약 6미터인 견고한 사각형의 수직 기둥이라는 것을 알게

---

*   피루자바드를 가리킨다.

되었다. 거친 사산조 석조 공법으로 지어졌으며 입구나 입구의 흔적은 없었다. 측면에는 오르막 경사로가 있던 흔적이 남아 있는데, 분명 나선형으로 기둥 네 면을 둘러 가며 있었을 것이다. 헤르츠펠트가 그의 『여행기Reisebericht』에서 경사로가 기둥 주변을 돌아가면서 둘러싸고 있으며 올라가면서 전체가 체감하는 모양으로 탑이 만들어졌으나 그중 핵심만 남았다고 했던 것을 기억한다. 디윌라푸아는 이 기둥이 배화단拜火壇* 역할을 했다고 믿고 있으며, 마치 아즈텍**의 테오칼리teocalli***처럼 사제들이 아래에 있는 사람들을 모두 내려다볼 수 있도록 경사로를 쌓아 올렸다고 좀더 생생하게 묘사한다. 그러나 어떤 이론도 과도한 권력욕 외에는 어떤 목적으로 단단한 돌로 약 1,130평방미터의 건물을 이런 형태로 세우도록 했는지 제대로 설명해 주지 못한다. 피라미드조차도 속은 약간 비어 있다.

탑의 이름은 없지만, 하늘에서 떨어진 돌이 있었던 자리를 표시한다고 한다. 탑 주변의 약 800미터 반경 안에 있는 땅은 아르데시르의 수도의 지형을 보여 준다. 땅 위

---

*   조로아스터교에서 성화를 안치하는 단.

**   멕시코 원주민. 14세기 중반에서 16세기 중반까지 현재의 멕시코 시티를 중심으로 국가를 세우고 발전시켰던 이들 원주민 문명을 아즈텍 문명이라고 한다.

***   신의 집이라는 의미로 피라미드형으로 쌓아 올린 신전 혹은 사원을 가리킨다. 피라미드 꼭대기에서 종교 의식을 치렀다.

에 흩어져 있는 많은 주춧돌 또는 그 위에 무너져 내린 벽의 대부분은 땅 밑으로 겨우 30~60센티미터 정도 아래 묻혀 있는 것처럼 보이며 그 위에는 아직도 기단이 남아 있다. 기단은 직사각형의 각석으로 만들어졌으며, 아케메네스식으로 깔끔하게 잘라 맞추어, 어떤 모양의 돌이든 모르타르의 바다에 박아 놓는 식으로 엉망진창 쌓은 탑의 돌과는 매우 다르다. 이곳을 파 보고 싶다. 아직 사람의 손길이 닿지 않아 페르시아에서 가장 풍부한 유적지임이 틀림없다. 사산 제국의 유허는 아름답지 않다. 하지만 고대 세계와 현대 세계가 교차하는 모호한 역사의 흐름을 기록하고 있었다.

다른 사람들은 말을 타고 나는 나귀를 탔다. 나귀는 마치 살아 있는 어떤 말이든 다 이길 수 있다는 듯이 귀를 펄럭이며 도랑을 건너뛰면서 모퉁이를 돌 때마다 코 하나 차이로 총독의 준마를 앞지른다. 돌아오는 길에 정원에 들러 오래된 오렌지 나무숲에서 육두구를 넣은 커드를 마셨다. 마을 밖에서 누더기를 걸친 아이 세 명이 낙타 등에 탄 채 총독에게 경례했다. 총독이 자신의 준마를 당겨 세우자 말이 앞발을 쳐들고 섰다. 총독은 마치 이 장면이 또 다른 '금란의 들판'*이나 되는 것처럼 "당신에게 평화를. 각하의

---

*   Field of the Cloth of Gold. 1520년 6월 발링헴에서 열린 프랑스의 프랑수아 1세와 영국의 헨리 8세 간에 이루어진 정상회담이다.

건강은 신의 은총을 받아 좋으십니까?"라고 아이들에게 정중하게 답례를 보냈다. 대단한 농담이었고 우리도 웃었고 아이들도 웃었다. 이 모습은 피루자바드 총독 하지 세이드 만수르 압타히 시라지를 향한 내 마음이 따뜻해지는 진정한 자애로움이기도 했다.

이브라히마바드(약 1,340미터)

—— 2월 23일

그 매력적인 남자는 나와 함께 협곡으로 가려고 했으나 금요일인 오늘은 나스라바드Nasrabad의 정원에서 열리는 소풍에 참석해 지방 당국 관리들을 접대해야 해서 바빴다. 그는 내가 이렇게 빨리 떠날 것이라고는 생각하지 못했고 내가 소풍에도 올 것이라고 예상했다. 실제로 그는 내가 떠난다고 하자 마음의 상처를 받을 정도였다. 하지만 이번만큼은 진심으로, 그의 서운함은 나의 서운함에 비하면 아무것도 아니라고 그에게 말했다.

1514년 영·프조약의 후속 조치로 양국의 우의를 다지기 위해 열린 것이었다.

오늘은 완벽한 날이었다. 다른 어떤 날과도 비교할 수 없을 정도로 영국에서 시작된 모든 여정을 가치 있게 만드는 날이었다.

시작은 순조롭지 않았다. 어젯밤, 내가 이스마일라바드에서 타고 온 말이 시장에서 편자를 박던 중 고삐가 끊어져 도망쳤다. 호위병들은 나에게 대신 자기들 말 한 마리를 주겠다고 약속했는데, 이제 자신들이 유리하다고 생각했는지 늦잠을 잤다. 마을 밖에서 우리는 잃어버린 말을 발견했지만 그만큼 더 늦어졌다. 그 말은 길을 잃은 말 특유의 무력하고 우유부단한 태도로 길바닥을 야금야금 핥고 있었다. 마치 집으로 데려다줄 친절한 사람을 기다리는 듯 이따금 허공을 올려다보면서 말이다. 그 친절함을 보여주느라 우리가 30분을 허비하는 동안 우리 소유의 말은 땀을 삘삘 흘리며 괴로워하고 있었고, 이 무단 이탈자는 전처럼 편안하고 무심하게 속수무책으로 순진무구한 상태를 유지하고 있었다. 우리는 그 짐승을 협곡으로 몰고 갔다. 호위병 중 한 명은 우리 맨 뒤에서 경계를 서고 있었기 때문에 말이 반대 방향으로 도망치더라도 원래 있던 무리에서 벗어날 수 없었다.

강을 건너자 아르데시르 궁전의 규모는 엄청나게 커보였고, 그 아래 풀밭에 진을 친 카슈가이 천 텐트 두 개가 얼마나 작은지 알 수 있었다. 검은색 천막은 직사각형이었으며 낮은 돌담까지 펼쳐져 있었다. 개, 어린이, 양, 닭들이 풀밭을 어정거리고 있는 모습은 그들 위에 있는 무지막지한 궁전의 규모를 더 커 보이게 했다. 주름을 잔뜩 잡은 치마를 입은 두 여인이 긴 막대기가 달린 절굿공이로 천 위에 놓인 옥수수를 찧고 있었다.

궁전을 제대로 측정할 시간이 없었다. 하지만 곧 디윌라푸아의 입면도가 틀렸다는 것을 알았다. 건축 역사에서 이 건물의 중요성과 디윌라푸아가 지금까지 이 주제에 대해 작가들이 인용할 수 있는 유일한 정보였다는 사실을 고려할 때 이것은 참 흥미로운 발견이다.

입구는 원래 남쪽에 있었고 원통형 궁륭 천장의 이반을 통해 들어간다. 오늘날 주 파사드로 보이는 것은 동쪽을 향하고 있으며 강 건너 협곡 입구를 바라보고 있다. 그 뒤로는 양 옆에 중정 두 개가 있는데, 남쪽 중정은 약 600평이 조금 넘고, 북쪽 중정은 그보다 약간 작다. 중정은 연이어 나오는 돔 지붕이 있는 방 세 개에 의해 서로 분리되어 있다. 나란히 이어진 이 방들은 두 중정을 가로지르며 뻗어 있다. 동쪽 방은 반만 남아 있어 파사드의 경계선이 언뜻 보기에 가로 9미터, 높이 15미터의 개방된 현관 때문에 잘린 것처럼 보인다. 그러나 곧 실제로는 파사드가 ―편의상 파사드라는 용어를 사용하지만―전혀 없다는 것과 지금은 카슈가이 사람들이 살고 있는 푸른 산비탈 가장자리에 서 있던 동쪽 벽 전체가 점차 무너져 내려 첫 번째 방 앞부분이 파사드를 대신한다는 것도 알게 된다.

안쪽 방 두 개도 사방 약 9미터의 정사각형이며 모서리의 단순한 스퀸치 위에 바로 놓인 돔의 직경도 동일하다. 각 돔의 정점에 넓은 구멍이 뚫려 있고, 그 구멍 외부에는 돌출된 석조물이 구멍을 둘러싸고 있다. 지금은 이 구멍을 통해서만 빛이 들어온다. 이 구멍이 밀폐되어 있었다면 그 아래 방은 인위적으로 조명을 밝혀야 했을 것이며 각 돔은 다소 투박한 큐폴라로 덮여 있었을 것이다. 그래서 페리괴Perigueux*에 있는 로마네스크 양식의 대성당 돔 위의 그 특별한 유두 모양의 전례를 발견하게 된다. 중간 방의 돔은 다른 두 방보다 약 4.5미터 더 높다. 이보다 더 높은 타원형 큐폴라가 중간 방과 바깥쪽 폐허가 된 방을 분리하고 있으며, 두 방 사이 통로를 덮는 지붕 역할을 한다. 이 통로는 두 개 층으로 나뉘어 있지만, 위층 바닥에 있는 채광정**이 큐폴라의 구멍을 통해 들어온 빛을 아래쪽으로 비춘다. 이와 비슷한 통로가 중간 방과 뒤쪽 방을 분리한다. 이곳은 거대한 터널 형태를 이루는 아치형 지붕이 덮여 있으며 빛은 전혀 들어오지 않는다.

디욀라푸아는 돔 세 개를 모두 같은 높이로 계산하고

---

*   프랑스 남서부 누벨아키텐Nouvelle-Aquitaine 도르도뉴Dordogne주에 위치한 도시.

**   실내에 빛을 끌어들이기 위해 지붕에 설치하는 천창. 또는 대규모 건물에서 건물 중앙이나 건물의 부분 채광을 위해 만드는 외부 공간 혹은 마당.

통로의 큐폴라는 아예 다 빼먹었다.

미로처럼 얽힌 내부 벽과 중정 두 개를 가득 채운 무너진 석조물 더미를 이해하려면 오랜 시간이 필요할 것이다. 그러나 북쪽의 돔형 방 옆으로 터널 형태의 아치형 천장의 방 하나 혹은 연속된 방이 있었다는 사실을 알 수 있다. 아치형 천장은 사라졌지만, 그 천장을 지탱하던 반원형 상단부의 양쪽 벽체는 여전히 남아 있다. 이 양쪽 벽에는 다리의 벽처럼 바닥 쪽에 얕은 아치형 입구가 뚫려 있고, 그 아치의 곡선은 상부의 아치형 둥근 천장보다 더 작고, 아치 정점에 벽의 하중을 지지하는 데 필요한 버팀대를 끼워 넣어 두 배로 흉측하게 보인다.

대부분의 벽은 두께가 약 1.5미터 정도 된다. 돌은 가공하지 않고 모르타르로 틈새를 채웠다. 방 세 개는 스투코로 장식되었으며, 두 가지 스타일로 세련되게 다듬어졌다. 하나는 로마네스크 양식으로 송곳니 모양의 천장 돌림띠 장식 위에 스퀸치가 놓이고, 천정이 둥근 현관 입구는 동심원 몰딩으로 처리했다. 남쪽 중정의 비슷한 벽감에도 송곳니 모양 몰딩이 있다. 다른 하나는 페르세폴리스를 모방한 유사 이집트 양식으로, 아치형 출입구가 조가비 모양의 수평 캐노피로 덮여 있다. 캐노피는 방사형의 깃털 형태로 앞쪽과 바깥쪽으로 펼쳐진 모양이다. 이러한 전통은 이 양식이 사용되던 곳에서나 돌이라는 원재료를 보더라도 그다지 매력적이지 않다. 이를 연상시키는 세 번째 건축물로 20세기 초 더 저렴한 재료로 만든 런던 카운티 의회London County Council의 취향을 미리 보여 주는 듯하다.

고고학자만이 사산 제국의 건축에서 아름다움을 찾아낸다. 이러한 관심은 역사적인 것이다. 3세기 초에 세운 이 궁전은 건축의 발전에서 획기적인 건축물이다. 두 벽이 만나는 모서리를 가로지르는 단순한 아치인 스퀸치의 발견은 시리아에서 앵글 피어angle pier*가 지탱하는 연 모양의 궁륭 천장인 펜던티브pendentive**의 출현과 동시에 일어났다. 스퀸치와 펜던티브의 발명에서 중요한 두 가지 건축양식이 파생되었는데, 메소포타미아, 레반트, 인도에 영향을 미친 중세 페르시아 양식과 북유럽으로 퍼진 비잔틴 로마네스크 양식이다. 이전에는 정사각형의 네 개 벽 위에 돔을 배치하거나 내부 면적이 돔 자체의 면적을 훨씬 초과하는 형태의 건물에 돔을 올릴 방법이 없었다. 하지만 이이후 스퀸치와 펜던티브가 커지고 스퀸치가 스틸랙타이트와 박쥐 날개 구역***으로 확대됨에 따라 모든 형태와 크기

---

*   직사각형 건물의 모서리에 사용되는 'ㄴ'자형 버팀대를 말한다.
**   서양 건축에서 사각형의 건물 위에 돔을 배치하기 위한 구조적 장치. 건물 내부의 돔이 올라가는 네 귀퉁이의 삼각형을 이루는 부분이다. 이 건축 기법이 나타나기 전에는 스퀸치가 이와 유사한 기능을 했다.
***   돔 내부에서 형성되는 박쥐 날개 모양의 구조.

의 건물에 돔을 설치할 수 있게 되었다. 이러한 건축적 가능성이 기독교 세계로 확대되어 콘스탄티노플의 성 소피아*에서 절정에 달했고, 피렌체에서 브루넬레스키의 돔으로 재탄생되었다. 이슬람 세계는 현대 고고학의 질시 속에서 평정심을 유지할 수 있는 사람이라면 누구에게라도 발견되기를 기다리고 있다. 하지만 하나는 확실하다. 이 두 가지 원리가 없었다면 우리가 알고 있는 건축은 사뭇 달라졌을 것이고, 성 베드로 대성당, 미국 국회 의사당, 타지마할 등 세계인의 눈에 친숙한 많은 건축물은 존재하지 않았을 것이다.

나는 사르비스탄Sarvistan에 갈 수 있었으면 했다. 이곳보다 시라즈에 더 가깝고, 또 다른 사산 제국 궁전도 있다. 이 궁전의 둥근 기둥은 벽에서 일렬로 솟아오른 아치를 지탱하고 있다. 아마도 이곳이 이슬람 건축의 또 다른 위대한 특징인 아케이드의 발상지일 것이다. 담간 발굴에서 알 수 있듯이 기둥은 사산 제국 건축에서 매우 중요한 역할을 했으며, 사산 제국의 궁륭 천장 축조 재능을 고려하면, 대부분 아치를 지탱하는 데 사용되었을 것이다.

---

*   하기아 소피아Hagia Sophia 모스크. 튀르키예 이스탄불에 있으며, 동로마 제국이던 537년에 완성되어 1453년 오스만 제국에 점령당하기 전까지 동방정교회의 교회로 사용되었다. 1453년 이후 이슬람 사원으로 사용되다가 1935년에 박물관으로 재개장했다. 하지만 2020년 다시 모스크로 전환되어 사용되고 있다.

이러한 연쇄적인 발견에 고무된 나는 지붕에서 내려와서야 카슈가이인이 우리를 위해 차를 끓여 놓고 기다리고 있었다는 것을 알았다. 한 늙은 부족민이 송곳과 실을 가져와 내 안장 가방의 가로대 부분을 수선해 주었다. 젊은 남자 한 명은 칼라 이 두흐타르까지 가는 길을 안다며 협곡에서 우리를 기다리겠다고 앞서 나갔다. 그는 우리가 지나갈 때마다 위에서 우리를 맞아 주었다. 올라가는 길은 보기보다 쉬웠지만, 그래도 충분히 험난했다.

뒤에서 보면 성은 벼랑 위에 자리하고 있어 성 외벽에서 거의 깎아지른 듯 떨어지는 절벽으로 삼면이 막혀 있다. 등반의 마지막 단계는 곳과 주 절벽을 연결하는 고개를 오르는 것이었다. 그러면 북쪽을 향한 건물 뒤편으로 이어지는데, 이 견고한 성벽에는 문이나 창문이 없고 마치 경기장을 품고 있는 것처럼 구부러져 있다. 높고 얇은 부벽이 짧은 간격으로 성벽을 지탱하고 있으며 상단은 둥근 아치로 연결되어 있다.

바람이 심하게 불어서 벽 가장자리를 조심스럽게 기듯이 돌아 중앙의 방에 도달했다. 성에는 테라스가 세 개 있다. 저 아래 협곡에서 보면 입을 딱 벌리고 있는 검은 아치가 보이는데 그곳이 동쪽 지하실로 들어가는 입구다. 나는 외부로 내려가고 싶지 않았던 데다 이곳과 연결되는 나선형 경사로가 막혀 있어 그곳에 갈 수도 없었다. 그런 경사로가 두 개 있는데, 원래 이 건물 맨 밑바닥에서 내가 서 있는 방의 동쪽 모서리를 지나 3층으로 이어지는 정사각형의 망루 안에 있다.

이 방은 일반적인 형태로 아르데시르 궁전의 방과 비슷하며, 정사각형이고 스퀸치가 위의 돔을 받치고 있다. 스투코에는 총알구멍이 점점이 남아 있다. 그것만 빼면 상당히 잘 보존되어 있으며 장식은 없다. 각 벽은 끝이 넓고 둥근 아치 형태로 뚫려 있으며, 남쪽, 동쪽 및 서쪽 벽은 야외로 개방되어 있다. 북쪽 벽의 아치는 막혀 있고, 돌을 쌓아 그 위에 스투코를 발라 처리했다. 하지만 아치의 윤곽은 분명하게 보인다.

이 벽은 협곡 반대 쪽을 향하는 방의 한쪽 벽면을 이룬다. 그리고 그 방은 뒤쪽에 있는 곡선의 성벽으로 둘러싸여 있다. 여기서 궁금한 점이 생겼다. 방과 성벽 사이에 지금은 막혀 있는 아치 또는 아래쪽 바위 사이로 난 숨겨진 통로 외에는 입구가 없었던 것으로 보이는 넓은 구역이 있다. 뒤쪽에서는 통로의 흔적을 찾을 수 없었다. 지하에 통로가 있을 수도 있다. 하지만 내 생각에는 그렇지 않을 것 같다. 다른 사람들도 이 수수께끼를 알아차리고 아치 양쪽 벽을 깊숙이 파고 들어가 밀폐된 구역을 뚫으려고 시도한 것이 보였기 때문이다. 그들이 아무 이유 없이 그렇게 애쓰지는 않았을 것이다. 터널 중 더 긴 터널은 단단한 석조 건축 안으로 약 6미터 정도 뻗어나가다 막다른 벽으로 막혀 있었다.

남쪽에 있는 반대편 아치는 약 18미터 떨어진 협곡 가장자리까지 뻗어 있는 높은 벽 사이의 풀밭을 향하고 있다. 이 벽은 안쪽 끝에 있는 반원형 벽의 꼭대기에서 볼 수 있듯이 지름이 약 12미터인 원통형 아치 천장을 지탱하고 있었다. 다른 쪽 끝은 항상 열려 있었다. 따라서 피루자바드의 칼라 이 두흐타르는 페르시아의 이슬람 건축에 있어서 스퀸치의 돔 다음으로 가장 중요한 공헌을 한 사산 제국의 또 다른 원형을 제공하는데, 바로 이반 또는 전면 개방형 홀이다. 이 형태는 다른 어떤 형태보다도 초기 모스크의 성격을 크게 바꾸었다. 처음에는 성소와 메카의 방향을 알려 주기 위해 한쪽 면에만 사용되었지만, 나중에는 다른 쪽의 단조로움을 깨기 위해 사용되었으며 높이도 점점 더 높아졌다. 평평한 스크린 같은 앞면은 온갖 종류의 장식과 글씨가 들어가는 공간이 되었다. 측면에는 미너렛이, 상단에는 회랑과 큐폴라가 생겨났다. 이러한 변화는 이슬람 세계의 모든 도시의 얼굴을 바꾸어 놓았다. 그러한 발상이 시작된 곳에서 오래된 견과 나무에 기대어 오렌지를 먹고 있다니, 참 기분 좋은 일이다.

그런데 갑자기 카슈가이인 안내원이 "하맘hammam 보실래요?"라고 물었다.

나는 그게 무슨 말인지 궁금했다. 터키식 목욕탕은 일반적으로 황량한 산꼭대기에 있지 않기 때문이다. 경호원들이 소총을 들자 우리는 그 남자를 따라 절벽 가장자리로 난 작은 길을 따라 내려갔다. 잠시 후 경호원들이 "나르기즈Nargiz! 나르기즈!"라고 외치며 뛰어갔다. 나는 그들이 어떤 동물을 본 거로 생각하고, 뭐가 되었건 그에게서 나를 보호해야 할 안내원과 함께 계속 앞으로 나아갔다. 마침내 그가 절벽 아래로 몸을 숙이며 나에게 따라오라고 손짓했다. 우리는 양치류로 뒤덮여 고약한 냄새를 풍기는 터널 입구에 도착했다. 뼈와 새 깃털 등이 쌓여 있는 것으로 보아 짐승의 소굴인 듯했다.

터널을 따라 안쪽으로 약 12미터를 들어가니 동굴 문턱에 다다랐다. 이제 거의 칠흑같이 어두워졌다. 뜨거운 수증기와 보글거리는 소리가 우리를 엄습해 왔다. 문득 우리가 디딘 바닥이 단단한 바위가 아닌 흔들리는 진흙층으로 바뀌었다는 것을 깨달았다.

"당신이 먼저 가는 게 좋겠소." 내가 말했다.

카슈가이인이 말했다. "선생님이 먼저 가는 게 좋을 것 같습니다."

우리는 횃불을 피우기로 했다.

불을 밝혔지만 이조차도 동굴의 끝이나 거품의 행방을 밝혀내지 못했다. 낙인을 찍듯 진흙 위로 마구 발을 내디디고 있었는데 그때 횃불 연기가 박쥐 떼를 방해했다. 박쥐들이 빠져나갈 출구는 단 하나뿐이었는데 내가 그 길을 막고 서 있었다. 박쥐들의 날갯짓이 내 목에 닿는 순간, 나는 놀라서 터널에서 햇빛 속으로 도망쳐 나왔다. 거기서 나는 양치류 사이에서 대롱거리는 유해한 작은 생명체들을 바라보고 서 있었다. 참새와 개똥지빠귀의 중간 정도 되는 크기에 귀가 짧은 종류였고, 작은 분홍색 얼굴이 사악하게 나를 내려다보고 있었다.

웃음소리와 다리 두 쌍을 보고 경호원이 우리를 발견했다는 것을 알 수 있었다. 절벽에서 툭 튀어나온 바위를 타고 내려온 그들은 예상했던 동물의 생가죽 대신 내가 총독의 집에서 보았던 것보다 두 배나 더 큰 노란 수선화를 한 아름씩 들고 있었다. 이것이 바로 나르기즈[같은 이름이 아람어와 아르메니아어에서도 발견되며, 중국인들은 나이 키nai-ki라고 기록함. 베르톨트 라우퍼Berthold Laufer, 『중국 이란Sino-Iranica』(시카고, 1919), 427쪽 참조], 수선화였다!

한때 아래에서 위로 올라가는 길이 있었는지 확인하기 위해 가장자리 너머를 살펴보니 절벽 측면에 인위적으로 길을 만든 흔적이 보였다. 모르타르와 석조 공법 모두 사산 제국의 것이었다. 따라서 그 당시에는 동굴이 터키식 목욕탕으로 사용되었을 수도 있을 테니 그 이유 말고는 동굴에 길을 만든 또 다른 이유는 알기 어려웠다. 사산 왕족에 대한 기록은 특히 객관적이다. 그러나 나는 지금 슬리퍼를 신고, 이를테면 주말 동안 칼라 이 두흐타르에서 일행 중 류머티즘을 앓고 있는 사람들이 아침의 광천수를 마시고 귀부인들이 진흙으로 얼굴 마사지를 하던 그때 광경을 상상하기 시작한다. 마드므와젤 타부아*가 네부카드네자르**의 생애를 들어올리기에도 무거운 책으로 쓸 수 있었다면 나는 오늘 모은 자료로 아르데시르에 관한 책 두 권은 쓸 수 있을 것 같다.

산 아래에 다다르자 나는 강으로 뛰어들었다. 수영할 수 있을 만큼 깊었고, 너무 차갑지도 않았으며 더운 아침을 보낸 후라 무엇보다도 감사했다. 그러나 호위병에게는 위험해 보였는지 내가 물에서 나오자 나를 살리겠다며 나무 몇 그루를 뿌리째 뽑아 모닥불을 피웠다. 카슈가이인을 포함해 우리 일행은 여섯 명이 되었지만 알리 아스가르의 훌륭한 여행 준비 덕분에 안장 가방에 담아 온 것으로 모두 점심을 먹을 수 있었고 나중을 위해 와인 한 병을 남겨 두었다. 검은색과 흰색이 섞인 얼룩덜룩한 물총새 한 마리가 강줄기를 따라 오르락내리락하며 날아다니고 있었다. 유럽의 물총새보다 다소 컸지만 큰 머리와 몽톡한 꼬리, 그리고 번개처럼 재빨리 날아다니는 것을 보니 틀림없

---

* 주느비에브 타부아Geneviève Tabouis(1892~1985). 프랑스의 역사가이자 저널리스트. 대표작으로『투탕카멘』(1929),『네부카드네자르』(1931),『솔로몬』(1936)이 있다.

** 네부카드네자르Nebuchadnezzar(기원전 632~기원전 562, 재위: 기원전 605~기원전 562). 신바빌로니아 제국 제2대 왕으로 제국의 전성기를 이끌었다. 유대를 정복하고 솔로몬의 성전을 파괴한 후 유대인들을 바빌론으로 끌고 갔다. 이 사건이 바로 바빌론의 유수다.

는 물총새의 사촌이었다. 강둑에는 7.6센티미터 높이의 연보라색 아이리스 혹은 백합 한두 그루가 자라고 있었다.

협곡에는 사산 제국의 암각화 두 개가 있다. 플랑댕*과 코스테**는 그 암각화의 드로잉은 보여 주었지만 사진은 출판하지 않았다. 더 흥미로운 것은 아르데시르와 그가 몰아낸 아르사케스Arsacid 왕조***의 마지막 왕인 아르다룬Ardarun 5세 사이에서 벌어진 마상 창 시합을 묘사한 것이다. 이것은 피루자바드 끝자락 근처에 있는데, 안타깝게도 내가 그걸 놓쳤고 다시 갈 시간이 없었다. 나는 카슈가이인이 절벽 꼭대기에서 가리켜 보여 준 다른 한곳을 보기위해 다시 말을 타고 돌아갔다. 이것은 흔히 볼 수 있는 신호르무즈드Hormuzd와 왕(이 경우에는 아르데시르)이 반지를 쥐고 있는 모습을 묘사한 것이다. 왕은 머리에 풍선 같은 것

을 쓰고 있는데, 몇몇 전문가는 그것이 머리카락을 보호하기 위한 포대 같은 것이라고 한다. 그의 뒤로 수행원 여러 명이 따르고 있으며, 그들은 현대 권투에서 실제 사용되는 방어 자세(예술가는 경의를 표하는 의미로 이 자세를 묘사했을 것이다)를 취하고 있다. 주변에 살아 있는 것이라곤 강과 나무, 물총새가 유일한 거대한 절벽 사이에 작고 외롭게 자리한 어두운 자줏빛 도는 바위 한쪽 면에 새겨진 고대 인물들은 사산 제국의 승리보다는 그들이 승리한 암흑의 시대를 더 생각나게 했다. 이 고대의 인물들이나 협곡은 변한 것이 없다. 행인이 그렇게 흔하지 않고 접근하기가 덜 편하다는 점을 제외하고는 말이다. 예전에는 부조 근처에 다리가 있었지만, 지금은 1,300년 동안을 견딘 모르타르로 석재를 쌓아 올려 만든 교각이 무너져 강을 건널 수 없기 때문이다. 나는 갈대 사이로 말을 억지로 밀어 넣고 배가 물에 닿을 때까지 몰고 들어가 헤르츠펠트가 여기에서 보았다는 명문을 다급하게 찾아보았지만 헛수고였다. 거기에는 아르데시르의 장관인 아프르삼Aprsam이 다리를 건설했다는 기록이 있다고 한다.

호위병들은 또다시 협곡에서 밤을 보내야 할지도 모른다는 생각에 정신이 없었다. 바위나 나무 따위는 신경 쓰지 않고 미친 듯이 질주한 끝에 빛이 사라지고 개구리들이 울기 시작하기 전, 우리는 워터 패스에 다다를 수 있었다. 그곳에서부터는 달이 들판을 가로질러 이브라히마바드라는 색다른 마을로 우리를 안내했다. 이브라히마바드의 거리는 마치 런던의 지하철처럼 터널의 미로 속에 있었다. 그리고 터널 위에는 집들이 있다.

알리 아스가르는 열린 문 옆 옥상에서 기다리고 있었다. 쟁반 위에는 다구가, 선반 위에는 책과 와인이 놓여 있었다. "각하께서는 저녁으로 무엇을 드시겠습니까?"

염소, 말똥, 파라핀, 그리고 살충제에서 풍기는 냄새는 노란 수선화 향기에 가려졌다.

시라즈

—— 2월 25일

크리스토퍼는 아직 이곳에 남아 있지만 페르시아를 당장 떠난다는 조건으로 부시르에 갈 수 있는 허가를 받았다. 이 결정이 번복되지 않는 한 우리의 아프간을 향한 희망은 이걸로 끝이다. 외교적 갈등이 빚어지고 있는 만큼 그런 일이 일어날 수도 있다. 레지널드 호어 경은 그들이 자신의 공사관에 은밀한 공격을 취했을 때 기꺼이 모욕을 당하는 유형이 아니다. 크리스토퍼는 전직 공사관 담당관이자 그의 사촌이다. 페르시아 당국은 자신의 관점에서 이유를 만들어 내어 그를 달래려는 센스가 전혀 없었다. 테헤란 경찰서장 아이룸은 그저 추방 명령이 총참모부, 즉 마조리뱅크스에게서 내려왔다는 말만 반복한다. 벌레로 위장한 사자가 끝에 가서는 무섭게 변하게 될지도 모른다.

크레프터를 잠시 만났는데, 그는 시라즈 총독이 헤르츠펠트에게 페르세폴리스에서 고대 유적지를 촬영하는 사람들의 허가를 거부할 권리가 없다고 주장하는 것은 잘못되었다고 말했다. 그 권리는 공공교육부 장관의 명시적인 확인을 받은 것이기 때문이라는 것이다. 허풍일지도 모르니 총독에게 다시 물어봐야겠다. 이 대화를 나누고 나서 나는 페르세폴리스가 예술 직조의 중심지가 되고 기둥에는 자코비안Jacobean 시대* 패턴의 트위드 커튼이 드리워져 이제 교수가 거기에 집중하여 방문객들의 관심을 끌게 되는 꿈을 꾸었다.

카제룬Kazerun**(885미터)

---

* 영국과 스코틀랜드 역사에서 제임스 1세의 통치 기간(1603~1625)을 일컫는 말로 이 시기에 유행했던 건축, 시각예술, 장식예술, 문학에 이 단어가 붙는다. 자코비안 패턴은 꽃, 덩굴, 꽃이 핀 나무나 식물 등이 주를 이루는 문양이다. 이 용어는 야코부스Jacobus에서 유래한 말로 야코부스는 제임스 1세의 라틴식 이름이다.

** 이란 파르스주의 도시. 시라즈와 부시르(현 부셰르Busherh) 사이에 있으며, 샤푸르 1세의 동상이 있는 동굴이 있다. 인근에 사산 제국의 부조가 있는 고대 도시 비샤푸르Bishapur가 있다.

─── 2월 27일

어제가 내 생일이었다는 것을 알았다.

피르 이 잔Pir-i-Zan 고개 정상에서 이곳까지는 대부분 수직으로 깎아지른 듯한 절벽으로 약 1,520미터의 고도차가 있지만 전쟁으로 인해 페르시아가 얻은 혜택 중 하나인 좁은 선반식 도로로 그 문제가 해결된다. 고개 서쪽에서는 페르시아만의 차가운 회색이 새롭게 펼쳐진다. 에메랄드 빛 풀이 돋아나는 이맘때면 카제룬 계곡의 회색 마을, 불규칙한 들판, 구불구불한 길, 무너진 돌담이 아일랜드를 떠올리게 한다. 종려나무마저도 그런 비교를 해도 전혀 어색하지 않다.

인근 샤푸르Shapur의 유적지는 피루자바드와 같은 고고학 유적지지만 주요 도로에서 가까운데도 아직 발굴되지 않은 처녀지로서 그다지 흥미롭지는 않다. 이곳은 사산 제국을 세운 샤푸르 1세의 이름을 따서 붙였다. 여기에는 샤푸르 1세와 신과의 관계, 수많은 승리, 샤푸르 1세에게 생포된 로마 황제 발레리안*이 작은 협곡의 절벽에 묘사되어 있다. 기록물로서 이 부조는 마구, 모자, 바지, 신발,

---

*   푸블리우스 리키니우스 발레리아누스Publius Licinius Valerianus(?~260 또는 264, 재위: 253~260) 로마제국 제33대 황제. 사산 제국의 페르시아 황제 샤푸르 1세에게 포로로 잡혀 비샤푸르로 압송되어 그곳에서 생을 마감했다.

무기 등 사산 제국의 패션을 자세히 보여 준다. 기념물로서 이는 이집트, 메소포타미아, 이란의 초기 군주들이 살아 있는 바위에 불멸의 생명을 새겨 넣으려 한 무모한 충동이 남긴 흥미로운 유물이다. 예술 작품이라는 측면에서 보면 이 부조의 표현 양식은 아마 로마 포로들을 통해 로마에서 들어왔을 것이며 지중해의 위엄과 화려함의 외피 아래 교양 없는 허위 허식을 감추고 있다. 예술 없는 힘과 영혼 없는 형태를 동경하는 사람들은 이 부조를 사랑스럽게 여긴다.

실물 크기의 세 배에 달하는 샤푸르 동상은 협곡 뒤쪽 계곡 4.8킬로미터 위의 동굴 입구라는 지형적 조건 덕분에 그나마 잘 지켜졌다. 그곳까지는 180미터 높이의 오르막 길이 이어진다. 마지막 4.5미터는 거의 수직이었고 저 아래 계곡을 내려다보니 어질어질해서 나는 얼어붙어 꼼짝도 할 수 없었다. 하지만 내가 미처 저항하기도 전에 마을 사람들이 우리 점심과 와인을 싸듯 나를 포대 자루처럼 둘둘 싸매고 올라갔다. 동상은 높이가 6미터 정도 되었으며 입구 바로 안쪽 바닥에서 천장까지 닿을 듯했다. 벨라스케스* 스타일의 수염과 스페인 왕녀 같은 곱슬머리가 달린 왕관을 쓴 머리는 동굴 바닥에 놓여 있고, 그 위에는 모슬

---

* 디에고 벨라스케스Diego Velázquez(1599~1660). 17세기 스페인 바로크 미술을 대표하는 화가.

린 술이 주렁주렁 달린, 허벅지에서 잘려 나간 몸통이 기대어 있다. 하이드라는 사람이 1821년에 그 위에 자신의 이름을 새겨 넣었다. 마침 우리 인도인 운전기사 잠시드 타로포레발라Jamshyd Taroporevala가 자신의 이름을 추가하려는 것을 못하게 막았다. 앞코가 네모난 신발을 신은 샤푸르의 두 발은 여전히 조각상 받침대를 밟고 있다.

동굴 뒤쪽으로 거대한 구덩이들이 이어져 내려간다. 헤치고 들어갈 수 없는 어둠 속에는 예배소가 작게 구분되어 있다. 우리는 랜턴을 가지고 있었지만 그 거리까지 빛이 닿지 않아 무용지물이었으며, 그저 물이 너무 많아 탐험하기 어렵다는 것을 경고해 주는 정도였다.

협곡으로 돌아온 후 크리스토퍼와 나는 협곡을 흐르는 강에서 수영을 했다. 우리는 베이루트에서 함께 했던 마지막 해수욕을 기억한다. 오늘 아침 나는 그에게 작별인사를 했다. 그는 부시르로 갔고, 우리는 아프가니스탄이나 리츠에서 다시 만나 점심을 먹기로 했다.

페르세폴리스(1,680미터)

—— 같은 날 저녁

나는 여기 오는 길에 시라즈에 들렀다. 총독에게서 온 편지를 받아 모스타파비 박사에게 가져다주기 위해서

다. 박사는 페르시아 정부를 위해 발굴을 감시하고 있다. 마을을 빠져나오는 길에 춤을 추러 강둑으로 차를 몰고 가던 크레프터를 만났다. 그는 나에게 다른 편지 한 통을 주었다.

페르세폴리스 시라즈

동양연구소 페르시아 탐험대Oriental Institute Persian Expedition

친애하는 바이런 씨,

답장이 늦어서 죄송합니다. 깜빡 잊고 있었습니다. 상황은 이렇습니다. 페르시아에는 저작권 등을 보호하는 법이 없습니다. 따라서 사람들이 여기 와서 사진을 찍고, 찍은 사진을 판매하거나 출판하는 것을 막을 유일한 방법은 바로 사진 촬영 자체를 허용하지 않는 것입니다. 외국인이 사진을 찍다가 들키면 그 즉시 언론에 불평하는 기사가 실립니다(이미 세 번이나 그런 일이 있었습니다). 페르시아의 국가 기념물인데 페르시아인을 제외한 모두가 촬영할 수 있다고 말이지요. 이 일로 저는 정부와 무척 불쾌한 서신을 교환했습니다.

따라서 우리는 사진 출판에 관심이 있는 사람들은 시카고 대학교 동양연구소에서 사진을 가져와 출처를 표기해서 출판하는 것으로 합의했습니다. 미안하지만 예외를 둘 수는 없습니다. 작은 카메라로 여러 사람이 함께 기념사진을 찍는 것은 괜찮습니다. 그러나 출판은 안 됩니다.

진심을 담아,

에른스트 헤르츠펠트

크레프터는 이렇게 덧붙였다. "교수님은 혼자 계실 겁니다. 함께 지내시게 되면 기뻐하실 겁니다."

그럴까? 지금 나는 찻집에 딸린 마구간에서 갓 싸놓은 배설물 더미를 옆에 두고 자고 있다.

── 3월 1일

찻집은 페르세폴리스에서 길을 따라 2.4킬로미터쯤 올라간 곳에 있다. 나크시 이 루스탐Naksh-i-Rustam으로 가는 방향에 있어서 먼저 그곳으로 가기로 하고 막 출발하려는데 사람들이 개울이 넘칠 듯해서 걸어갈 수 없다고 했다. 때마침 말을 타고 지나던 사람이 아침 식사를 하러 찻집에 들렀다. "당신은 길을 갈 차가 필요하고 나는 들판을 갈 말이 필요하잖아요. 교환할까요?"라는 나의 제안에 그는 흔쾌히 동의했다.

나크시 이 루스탐 절벽의 조각은 엘람Elam 제국*에서

---

*   기록이 남아있는 오랜 문명 중 하나로, 기원전 2700년경부터 기원전 539년까지 존재했다. 티그리스강 동쪽 이란 고원 남서부 지역을 가리키는 옛 지명이다. 현재 이란서부의 일람주와 남서쪽의 후제스탄주, 이라크 남부를 중심으로 하는 지역이다. 엘람어를 사용했으며 메소포타미아의 여러 문명과 교류했다. 엘람 제국은 기원

아케메네스Archaemenes 제국, 사산 제국에 이르기까지 2천여 년에 걸쳐 다양하게 나타난다. 절벽 아래 인근에는 날짜가 불확실한 배화단 두 개와 아케메네스의 묘소가 있다. 마지막에 있는 아케메네스의 묘소만 아름답다. 나머지는 부정적인 예술이거나 혐오스러운 것이다. 그러나 산이 존재하는 한 절벽에 조각을 명령한, 바위에 집착하는 미치광이들은 분명 기억될 것이다. 그들은 그 사실을 잘 알고 있었다. 그들은 후손의 감사에는 관심이 없었다. 그들에게는 썩어 빠질 미학이나 법적인 자비도 없었다! 그들이 원하는 것은 오직 관심뿐이며, 어린아이나 히틀러처럼 힘에 의존하는 고집으로 그것을 얻어 냈다. 이 거대한 표의 문자로 기록된 이 한 문장 안에 선사 시대부터 현대에 이르기까지 왕의 신성한 권리가 등장했던, 인류 사상사의 결정적인 순간을 담아냈다.

절벽을 십자가 모양으로 깎아 낸 불변의 랜드마크인 아케메네스 왕들의 무덤 네 기가 돋보인다. 각각은 균일하게 얕은 부조로 지루하게 조각되어 있다. 맨 위에서부터 신과 왕—이 시기의 신은 사람 모습을 한 풍뎅이다—이 맺은 일반적인 서약으로 시작하여, 위아래로 겹친 투탕카멘 양식의 긴 의자 두 개로 이어진다. 소파는 왕에게 바칠 공

전 539년 아케메네스 제국의 키루스 대제에 정복당했다

나크시 이 루스탐의 절벽 조각, 페르세폴리스 인근

물을 이고 줄지어 늘어선 사람들로 둘러싸여 있다. 그리고 그 아래에 황소 머리의 주두를 받치고 있는 반원형 기둥으로 이루어진 가짜 파사드 부조가 십자가의 양쪽 팔 부분까지 확장되어 있다. 기둥 사이의 바위 표면은 설형 문자로 덮여 있다. 바위 절벽 안에 살고 있던 두 남자가 염소 털을 꼬아 만든 밧줄을 내려 준 덕에 나는 그것을 잡고 또 하나의 무덤으로 올라갔다. 절벽이 남쪽을 향하고 있었으니 서쪽에서 두 번째 무덤이다. 내부에는 벽감 세 개가 배열되어 있었고, 각 벽감은 통 세 개로 나뉘어 있었다. 하나 또는 두 개의 통에는 원뿔형 뚜껑이 있는데 억지로 열었던 적이 있는 것 같다. 분명 상단과 하단에 돌로 된 핀을 꽂아 회전할 수 있게 만든 돌 문으로 방 전체가 봉인되었을 것이다. 그 핀을 끼워 넣었던 구멍이 아직도 보인다.

무덤 아래에 있는 나크시 이 루스탐의 패널은 자주 언급됐고 실제로 확인되기도 했다. 절벽은 남쪽을 향하고 있다. 나는 동쪽에서 서쪽으로 역사적 의미에 대한 언급 없이 다음과 같이 적어 두었다.

절벽의 모서리와 두 번째 무덤 사이
1. 조각을 하기 위한 공간이 마련되었지만 단지 근대의 작은 명문만 남아 있다.
2. 사산 제국 사람들. 모슬린 카우보이 바지에 앞코가 사각형인 신발을 신고 있으며 긴 리본을 펄럭이며 머리에

풍선을 쓴 왕은 우화적 인물과 맞서고 있다. 그 인물은 성곽 모양의 관을 쓰고 있는데 버나드 파트리지*가 디자인했을 것 같은 휘어진 소시지를 쌓아 놓은 듯하다. 성별이 무엇인지 논란이 있는 이 인물은 왕과 자신 간의 어떤 약속을 나타내는 반지를 들고 있다. 그들 사이에는 아이가 하나 서 있고 왕 뒤에는 프리기아 모자**를 쓴 남자가 서 있다. 전체 모습은 기존의 지표면 아래로 이어져 있었는데 그 모습을 드러내기 위해 아랫부분 땅을 파헤쳐 놓았다.

두 번째 무덤 아래

3. 머리에 풍선을 쓴 사산 제국의 왕이 적을 물리치고 있다. 이 부분은 많이 손상되었다.

4. 위 부조 아래에는 다른 두 전사의 머리와 어깨가 기울어져 있다. 이 부분의 땅은 파내지 않아 대부분의 부조가 아래에 묻혀 있다.

두 번째 무덤과 세 번째 무덤 사이

---

*   존 버나드 파트리지John Bernard Partridge(1861~1945). 영국의 일러스트레이터.

**   고대 아나톨리아 지방의 프리기아에서 유래한 모자로 미국 독립혁명과 프랑스 혁명 당시 이 모자를 써서 '자유의 모자'라고도 불린다. 부드러운 원뿔형 모자로 끝부분이 앞쪽으로 구부러진다. 이 모자가 표현된 가장 오래된 유물이 페르세폴리스에 있다.

5. 말을 탄 채 무릎 꿇은 발레리안 황제의 경의를 받고 있는 샤푸르 1세의 모습이 실물 크기의 세 배로 조각되어 있다. 말은 로마식 자세를 차용했지만 강인함은 없다. 모든 사산 제국의 부조와 마찬가지로 근육은 없는, 속을 채운 인형 같다. 동쪽에 새긴 머리 중 하나는 아케메네스인의 모습을 하고 있다. 사산 제국이 자신을 알리기 위해 파괴한 초기 부조가 여기에 있었을 가능성이 있을까?

네 번째 무덤 아래

6. 패배한 적과 승리를 쟁취한 사산 제국의 왕. 그의 머리 풍선은 다른 것보다 작고 레몬 모양이며 식물의 줄기로 머리에 묶어 놓았다. 이 조각은 좀 더 생기가 있다. 로마의 영향을 받은 부분은 적고 그 시대의 진정한 천재성을 보여 주는 은색 접시 위에 새긴 기마 인물에 가깝다.

네 번째 무덤 건너편

7. 설교단이나 긴 통로에 있는 사산 제국 왕과 그의 신하들. 이 흥미로운 구성은 삼면이 돌출된 바위 전면에 새겨져 있다. 먼저 왕은 난간 가운데 공간에 그의 전신이 보이도록 조각되어 있다. 양쪽에는 난간에 가려 상체만 드러낸 인물들이 그를 수행하고 있다. 양쪽에 세 명씩 있고, 돌출부의 서쪽 면에 두 명이 더 있다. 이 인물들도 아케메네스인의 모습이지만 왕의 머리는 전형적인 사산 제국 사

람이다. 이전에 이곳에 아케메네스의 부조가 있었는지, 아니면 이 모습이 의식적인 전통주의의 결과인지 또다시 궁금해졌다.

8. 아케메네스인이 이 특별한 바위 표면에 무엇을 했든 간에, 사산 제국 사람들은 기원전 2000년 중반 무렵에 살았던 것으로 보이는, 따라서 엘람인이라고 불릴 수도 있는 누군가의 다음에 등장했다. 돌출부의 동쪽에는 매우 얕은 부조로 원시적인 새처럼 생긴 형상이 새겨져 있는 것이 보인다. 그 형상의 각진 윤곽선은 멕시코 상형 문자를 연상시킨다. 서쪽의 상반신만 보이는 인물 두 명 아래에 동일한 양식의 머리가 하나 보인다. 두 명의 얼굴은 다 측면이지만 눈은 정면을 보는 것으로 그려져 있다. 이는 이집트에서 친숙한 관행이다. [제럴드 라이틀링거Gerald Reitlinger는 저서 『해골의 탑Tower of Skulls』 99쪽에서 사산 제국 왕의 발 옆 돌출부의 주요 표면에 이런 유형의 또 다른 조각이 있는데, '꽉 끼는 드레스 가운을 입은 왕이 구불거리는 뱀으로 테두리를 한 왕좌에 앉아 있다'고 기록하고 있다.]

9. 서쪽 설교단의 무리에 거의 닿을 듯이 두 기병이 상징적인 반지를 잡으려고 몸을 앞으로 기울이고 있다. 여기서 사산 제국의 왕은 프리기아 모자 위에 풍선을 쓰고 있고, 신은 성곽 모양 왕관을 쓰고 있다. 말들은 주인의 적을 짓밟고 서서 사산 제국의 마구 제작 기술을 멋지게 뽐낸다. 안장에 끈으로 매달린 거대한 술이 말의 뒷다리 사

이로 드리워져 있다.

이 부조를 지나면 북쪽을 향하고 있던 절벽은 점차 완만한 경사면으로 이어진다. 모퉁이를 돌면 배화단 두 개가 나온다. 높이가 약 1.4미터이며 만약 갈색으로 칠했다면 신그리스식 와인 쿨러라고 착각할 수도 있다.

아케메네스 왕조의 묘소 하나가 네 번째 무덤 맞은편에 단독으로 서 있다. 이 무덤은 헤르츠펠트가 그럴 만한 이유가 있다는 것을 알아내기 전까지 오랫동안 고고학자들의 조롱의 대상이 되었던 조로아스터의 무덤으로 알려져 있다.

이것은 진정한 건축물이다. 누군가는 건물의 기능은 형태와 관련이 없으므로 우리가 알지 못하는 실제 건축의 전통을 보여 준다고 말할 수도 있다. 이것은 집의 복제품이다. 그 집은 어디에 있었을까? 페르시아? 이 건축물은 페르세폴리스에서 곧 꽃피우게 될 값비싸고 이종 교배된 세련된 모습에 대한 어떤 전조도 보여 주지 않는다. 이 집이 지중해 지역의 어느 국가에 있었다면 15세기 이탈리아와 조지아 시대* 영국 건축의 원류로 칭송받았을 것이다. 무

---

*　영국사에서 1714년에서 1830~1837년 사이의 하노버 왕조 출신의 조지 1세, 조지 2세, 조지 3세, 조지 4세가 재위하던 시기를 말한다. 특히 이 용어는 역사, 정치, 건축 분야에서 주로 사용된다.

게의 하중을 고려한 목조 건축 형태에서 발전한 그리스 신전과는 달리, 이 묘소는 벽돌이나 진흙을 쌓아 만든 형태에서 유래한 것으로 주제에 관한 생각을 전달하고 있다. 이것의 아름다움은 평평한 벽에 장식을 배치한 간격에 있다. 르네상스 시대 이후 모든 훌륭한 주거용 건축이 의존했던 이 원칙이 기원전 6세기 중반경 페르시아에서 이미 완벽하게 제시되었다는 사실은 놀랍다. 이러한 관점에서 나크시 이 루스탐 방문객들이 지금까지 얼마나 여기에 관심을 두지 않았는지 돌이켜보면 그 또한 못지않게 놀랍다.

건물은 사방 약 5미터의 정사각형으로, 지금은 지상에서 약 8미터 높이에 서 있지만, 원래는 북쪽 면 주변만 무계획적으로 파낸 트렌치에서 알 수 있듯이 약 3미터 정도 더 높았을 것이다. 벽의 두께는 약 1.4미터이며 콘스탄티노플의 골든 게이트Golden Gate*에 사용된 것과 같은 커다란 흰색 대리석 각석으로 만들었다. 건물 모퉁이는 얕은 부벽으로 보강되어 있으며, 부벽 겉면이 아니라 부벽과 부벽 사이의 공간에 작은 처마벽 돌림띠가 둘려져 있다. 평평한 지붕은 거대한 돌판 두 개를 나란히 놓아 만들었다.

동쪽, 남쪽, 서쪽은 각각 세 쌍의 창문으로 장식되어 있다. 대리석과 잘 어울리는 어두운 돌로 창의 테두리를

---

*   테오도시우스 성벽의 남쪽 끝에 위치한 기념비적인 개선문으로 수도의 정문이자 주요 의식이 행해지는 곳이기도 하다.

둘렀으며 돌판으로 막아 놓았다. 그리고 이 돌판의 측면과 상단에만 내부 보조 프레임을 둘렀다. 맨 아래쪽 창문은 폭보다 세로가 더 길고, 가운데 있는 창문은 정사각형이다. 맨 위쪽 창문은 맨 아래쪽 창문을 모방한 것이지만 축소형 으로 처마벽 돌림띠에 닿아 있다. 이러한 배치는 비트루비 우스Vitruvius*와 팔라디오를 떠올리게 한다. 수직으로 놓인 창문 사이의 거리는 동일하지만 수평으로 각 창 사이의 거 리는 창과 모서리 부벽 안쪽 사이의 거리 두 배 이상이다. 창문 외에도 벽은 작고 얕은 세로로 긴 직사각형의 벽감 문양으로 장식되어 있는데, 이는 마치 쐐쇠처럼 석조 이음 새에 걸쳐 있으며 사진 음판처럼 빛과 그림자의 얼룩이 반 전되어 보인다.

절벽을 마주 보고 있는 북쪽 면에는 쌍으로 된 창문은 없고 유일하게 건물의 절반보다 조금 더 올라간 곳에 작은 개구부가 하나 있다. 그 개구부의 문턱과 안쪽 바닥은 측 면 창문의 중간 높이쯤 된다. 이 개구부 위에는 양쪽 끝에 뿔 모양 돌기가 있는 아키트레이브architrave**가 있고 그 위

---

*   기원전 1세기 로마의 건축가로 카이사르와 아우구스투스 황제 시 대에 활동했다. 『건축 10서De Architectura 10』를 저술했다.

**   서양 고전 건축에서 기둥 위 프리즈와 코니스cornice(서양 건축에서 건 축 외벽의 수평의 띠 모양으로 돌출된 부분을 말하며 돌림띠라고 한다. 주로 벽면 상단의 추녀 밑에 외관을 돋보이게 한다)를 얹는 수평의 대들보 부분을 말 한다. 또는 문이나 창문을 둘러싼 가장자리를 가리키기도 한다.

에는 테두리 없는 작은 맹창이 있다. 석조 바닥을 통해 아래층 방으로 연결하려고 시도한 적이 있었던 것으로 보아 사람들이 그곳으로 올라갈 수 있을 것이다.

오후에는 페르세폴리스로 가서 파르스 총독이 보낸 편지를 모스타파비 박사에게 전달했다.

헤르츠펠트가 우리와 함께했다. 그는 발굴 현장을 보여 주었다. 그가 야생 암돼지 불불을 풀어 주었는데, 그 돼지가 심술 궂은 늙은 에어데일*이 갖고 놀던 돌을 가지고 도망쳐 버렸다. 그는 그 모습을 보며 아주 즐거워했다. 그러다 도망가는 암돼지의 발이 찰리 채플린의 발처럼 계단과 포장도로 위로 휘뚝이며 미끄러졌고, 개가 쫓아가며 으르렁거리는 소리, 돼지가 꿀꿀거리는 소리, 교수가 고함치는 소리가 뒤섞여 울리는 가운데 유적지 안에서 서로 추격하는 기괴한 장면이 연출되었다. 마침내 우리는 크레프터가 발굴자들을 위해 지은 집에 들어가 차를 마셨다. 집이라고 말하기는 했지만, 실은 부지에 나무로 재건된 궁전으로, 돌 문과 창틀이 통합된 이전의 아케메네스 양식으로 지어졌다. 무어 부인과 시카고 대학교가 자금을 지원한 결과, 예루살렘의 킹 데이비드 호텔과 베를린의 페르가몬 박

---

*   덩치 큰 테리어 종의 개.

물관의 중간 어디쯤에서 만나는 호화로운 건물이 세워졌다. 이것은 당연한 결과다. 호텔과 박물관이라는 두 가지 소용에 닿아야 하기 때문이다.

R. B.: "아마도 제 편지를 오해하신 것 같습니다."

헤르츠펠트: "완벽하게 이해했습니다. 여기서는 아무것도 촬영할 수 없습니다. 페르시아인들이 본다면 문제가 생길 겁니다."

R. B.: "당신이 착각하신 것 같습니다. 파르스 총독이 여기서 사진을 찍으라고 했습니다."

헤르츠펠트: "이 문제로 제가 겪은 어려움은 상상할 수 없을 정도입니다. 처음 이곳에 왔을 때 저는 시라즈에 현상할 사진을 보냈습니다. 사진작가는 도록을 만들고 자기 이름으로 판매했습니다. 그다음에는 제가 자리를 비운 사이 그 끔찍한 X라는 사람이 와서 제가 발견한 유물 사진을 백 장이나 찍어 갔어요. 제가 이 사실을 처음 알게 된 것은 신문에 그 사진이 그의 발견품이라고 실렸을 때였습니다. 지금은 마이런 스미스 씨가 허락을 요청하고 있어요. 그는 미국에서 제 후원자들에게 영향력을 행사하고 있고, 저는 그를 피하려고 시카고 대학에 제 사진 컬렉션 전부를 기증했습니다. 이 사람 때문에 편지를 열두 통이나 써야 했습니다."

R. B.: "다른 사람들이 당신이 발견한 유물의 사진을

판다면 그건 발굴 기금에서 돈을 훔치는 것과 같다는 것을 저는 잘 알고 있습니다. 하지만 제 입장에서 들어 보십시오. 저는 고고학자도 아니고 당신의 발견에는 관심이 없습니다. 제가 여기서 관심을 갖는 것은 건축적 형태입니다. 오래되어서가 아니라 건축 역사의 일부이기 때문이죠. 문을 예로 들면, 문은 인간과 관련해서만 존재하기 때문에 이 문과 르네상스 문, 코르뷔지에*의 문을 모두 같은 기준으로 판단할 수 있습니다. 그런 비교를 하기 위해 저는 사람들이 2천 년 동안 바라보고 이미 수백 번 스케치하고 사진으로 찍어 둔 참고될 만한 유적 사진 몇 장만 있으면 됩니다. 그리고 저는 제가 어떤 세부 사항을 묘사하고 싶은지 정확히 알고 있으니 이 사진들을 직접 찍고 싶습니다. 제가 당신이 발굴한 것들을 그냥 내버려 두리라는 것을 믿지 못하신다면 저에게 사람을 붙이셔도 됩니다. 합리적인 요청 아닌가요? 제가 사진을 찍는 것을 막을 법적 권리가 교수님에게 있다고 생각할 수도 있습니다. 하지만 그건 도덕적으로 옹호받을 수 없는 행위라는 걸 인정해야 합니다. 그건 마치 파르테논 신전이 갑자기 개인 별장이 되어 전

---

* 르 코르뷔지에Le Corbusier(1887~1965). 스위스에서 출생한 프랑스의 건축가이자 화가, 이론가. 근대 건축의 거장 3인 중 한 명으로 건축의 합리적, 기능적 조형을 중시한 기능주의적 건축가로 알려져 있다.

세계가 그곳에서 배제되는 것과 같을 테니까요."

헤르츠펠트: (고개를 치켜들며) "전혀 그렇지 않습니다. 유럽에는 항상 이런 규칙이 있었습니다. 제가 젊었을 때 발굴 작업을 할 때는 어떤 것도 촬영할 수 없었습니다."

R. B.: "하지만 이제 당신도 나이가 들었으니 나쁜 전례를 따를 이유는 없습니다."

헤르츠펠트: (몹시 화가 나서 담배를 뻐끔뻐끔 피우며) "저는 그 규칙이 전적으로 옳다고 생각합니다!"

독일 권위주의의 이런 태도는 나치에 의해 조국에서 막 쫓겨날 처지인 사람에게 어울리지 않는 것처럼 보였다. 다행히 크레프터가 들어오는 바람에 나는 그 말을 입 밖에 내지 않았고 그곳에서 일어나 나왔다.

"차는 어디 있나요?" 헤르츠펠트가 한층 친절하게 물었다. "뒤쪽에 차고가 있습니다. 당신 짐을 가져다 놓으라고 할게요."

"정말 친절하시지만 저는 길 위에 있는 찻집에 머물고 있습니다."

"거긴 편하지 않을 겁니다. 여기 계시지요."

내가 그의 제안을 거절하자 그들은 나라는 동료를 잃어서가 아니라 내가 환대의 족쇄에서 벗어난다는 사실에 상당히 실망한 것처럼 보였다.

헤르츠펠트는 "그럼 내일 뵙도록 하죠"라고 유쾌하

게 말했다.

"네, 그럼요." 나는 미소를 지었다. "안녕히 계세요. 친절하게도 묵어가라고 해주셔서 감사드립니다. 저도 그럴 수 있으면 좋을 텐데…."

그것은 사실이었다. 제정신인 사람이라면 안락함과 좋은 동료를 내버려 두고 똥 더미 옆에서 지내는 것을 좋아하지는 않을 테니 말이다.

── 3월 2일 정오

이른 시간에 이 편지를 보냈다.

친애하는 헤르츠펠트 박사님,

파르스 총독과 모스타파비 박사님은 당신에게 제가 지상 위에 있는 부분이나 아치, 기둥을 촬영하는 것을 막을 권리가 없다고 단호하게 말씀하셨습니다. 따라서 제가 촬영하는 것을 막을 유일한 방법은 다음 두 가지 중 하나입니다.

(1) 귀하에게 권리가 있다는 것을 증명하는 양해서를 보여주거나,

(2) 강제력을 행사한다.

원하는 방법을 선택하십시오.

내가 사진을 찍는 동안 기단 위에 작고 동그란 뭔가가 반짝거렸다. "당신처럼 무례하게 행동하는 사람을 만난 적

이 없습니다"라고 말하며 빙그르르 돌면서 반짝거리다 사라졌다.

누구한테 무례하다는 건지, 궁금했다.

그건 원칙의 문제였다. 나는 사진을 얻었고, 헤르츠펠트가 방문객들이 사진을 찍는 것에 대해 엄포를 놓는 행위를 드러내어 여행객들에게 도움이 되는 일을 했다. 하지만 대화가 끊긴 것은 유감이었다.

페르세폴리스에 대해서는 아직도 할 말이 많다.

벽이 진흙이고 지붕이 나무였던 페르세폴리스 전성기 당시의 모습은 다소 조잡해 보였을지도 모른다. 사실 할리우드에서 그걸 재현한다면 그렇게 보였을 것이다. 현재는 적어도 조잡해 보이지는 않는다. 이따금 발굴되는 알렉산더의 흔적 몇 가지를 제외하고는 돌만 살아남았으니까. 이렇게 화려하고 정밀하게 다듬어진 돌은 사람들이 그 위에 적용할 형태에 대해 어떤 생각을 하든 대단한 장려함을 갖게 된다. 이는 사용된 돌, 즉 단단하고 불투명한 회색과 더 밝은 흰색 돌 사이의 대비로 더 두드러진다. 좀 떨어진 곳에서 돌의 결 무늬나 홈 하나 없는 칠흑 같은 대리석으로 된 장식품도 발견되었다.

이게 다일까?

잠깐만, 더 상상해 보자. 옛날에는 말을 타고 이곳에 도착했다. 당신은 계단을 걸어 연단 위로 올라가 그곳에 진을 쳤다. 기둥과 날개 달린 짐승들은 별빛 아래에서 고독을 간직하고 있고, 달빛 가득한 텅 빈 평원에는 이 고독을 방해하는 어떤 소리나 움직임도 없었다. 당신은 다리우스와 크세르크세스Xerxes,* 알렉산더를 떠올렸다. 당신은 고대 세계에 홀로 서서 그리스인들이 바라본 아시아를 보았고, 그들의 마법의 숨결이 중국을 향해 뻗어 나가는 것을 느꼈다. 그런 감정은 미학적 질문이나 다른 어떤 질문도 할 여지를 남기지 않았다.

오늘날에는 트럭 두 대가 먼지구름을 일으키며 우르릉거리면서 지나가고, 당신은 자동차에서 걸어 나온다. 당신은 보호벽이 쳐진 접근로를 발견한다. 짐꾼의 안내를 받아 연단에 도착하자마자 경전철, 새로운 독일식 호스텔, 시카고에서 통제하는 학문적 악의를 담은 규정이 환영 인사를 한다. 이렇게 근대에 추가된 유용한 것들은 지성을 명료하게 한다. 그런 것들에 얽매이지 않고 당신은 자신을 설득하여 낭만적인 분위기에 젖을지도 모르겠다. 그러나

---

*   크세르크세스 1세(기원전 519?~기원전 465, 재위: 기원전 486~기원전 465).
    다리우스 1세의 아들로 페르시아 제국의 제4대 왕. 그리스 정복을
    위해 대군을 이끌고 그리스를 침공하여 초반 승승장구했으나 살라
    미스 해전에서 패한 후 페르시아 전쟁이 막을 내렸다. 이후 페르세
    폴리스에서 기거하면서 수많은 토목 사업을 벌였다.

그것이 불러일으키는 분위기는 전시를 보러 온 비평가의 분위기다. 이것이 더 큰 지식에 대한 대가다. 이렇게 된 것은 내 책임이 아니다. 역사와 풍경, 가벼운 바람과 쉽게 이해할 수 없는 우연을 꿈꾸며 뇌를 한가롭게 내버려 두는 것을 나보다 더 즐거워할 사람은 없을 것이다. 그러나 상황이 내가 보고 싶은 것보다 더 많은 것을 나에게 보여 주겠다고 한다면 기대와 다르더라도 그 사실을 굳이 거부하기보다는 받아들이는 것이 좋으리라.

기둥은 한마디로 정리할 수 있다. 그것들은 놀랍다. 봄베이에 있는 길버트 스콧* 경의 시청이 힌두교적 주제와 고딕 양식을 결합했던 것만큼이나 놀랍다. 노새처럼, 그러한 이종 교배는 생산력이 없다. 그것들은 건축의 일반적인 발전 과정과 전혀 관련이 없으며, 어떤 교훈도 주지 않는다. 그것들이 혹 현대 유행의 일부 흐름에 부합한다면 가볍게 좋아할 수는 있다. 하지만 페르세폴리스의 기둥은 그렇지 않다.

제일 먼저 기둥이 눈에 들어온다. 그다음 눈이 가는 다른 건축적 특징으로는 계단, 연단, 궁전의 문을 들 수 있다. 계단은 아주 많지만 괜찮다. 연단의 거대한 각석은 공

---

*   조지 길버트 스콧George Gilbert Scott(1811~1878). 영국의 건축가. 고딕 양식의 권위자로 수많은 고딕 성당 건축의 복원에 관여했다.

학적으로 문제가 있었지만 해결되었으니 이 또한 괜찮다. 그런데 예술이 없다. 하지만 출입구에는 예술이 있다. 출입구, 그것만이 진정한 발명의 빛을 발산한다. 그것은 다른 출입구와 관련하여 아이디어를 제안하고 논평한다. 이 출입구의 폭은 좁고 깊이가 있어서 끊임없이 움직이게 하는 반면, 지금 우리의 문은 사람을 잠시 멈추게 하여 자신을 그 틀에 맞추도록 요구한다. 문은 스톤헨지의 아치처럼 양쪽과 상단에 각각 하나씩 거대한 돌을 놓아 만들었지만 몰딩과 모서리는 마치 기계로 자른 것처럼 예리하고 섬세하다.

다음은 장식이다. 이곳의 부조들은 사진으로만 그것을 보았던 사람들에게는 예상치 못한 끔찍한 충격을 안겨 준다. 날씨에 노출된 부분에 있는 부조의 선과 리듬은 얼룩덜룩한 검은 반점이 있는 돌에서는 시적으로 드러난다. 반면 출입구 안쪽의 돌과 헤르츠펠트가 파낸 돌은 똑같은 선과 리듬을 가지고 있지만, 돌은 극도로 단단하기 때문에 세월의 흔적이 묻어나지 않고 여전히 밝고 부드러운 회색빛 그대로 남아 있어 알루미늄 냄비처럼 매끈하다. 그럼에도 이 깨끗함은 가짜 거장의 작품을 비추는 햇빛처럼 조각에 반응한다. 즉, 사람들이 기대했던 천재성이 아니라 당황스러운 공허감을 드러낸다. 크리스토퍼가 이 조각품에 대해 '지적이지 않은 냉정함'이라고 말한 것이 무슨 뜻인지 너무 잘 알 것 같다. 헤르츠펠트가 새 계단을 보여 줄 때

불쑥 든 생각은 '돈은 얼마나 들었을까? 공장에서 만든 걸까? 아니, 그렇지 않다. 얼마나 많은 인부가 몇 년 동안 이 끝도 없이 많은 형상을 깎고 다듬었을까?'였다. 물론 이 조각들은 기계적인 형상이 아니며, 정교함 그 자체가 죄가 되는 것도 아니다. 기교가 부족하다는 의미에서 싸구려도 아니다. 하지만 프랑스인들은 이를 포 봉faux bons*이라고 부른다. 기술은 있지만 마음에서 우러난 예술이 아니며, 위대한 예술은 더더구나 아니다. 그것들은 마음이나 느낌 대신, 지중해와의 접촉으로 속박되고 약화된 아시아의 예술적 본능을 가진 예술가가 채택한 영혼 없는 세련미, 겉치레를 뿜어낸다. 그 본능이 실제로 무엇인지, 그리고 이것과 어떻게 다른지 보려면 영국 박물관의 아시리아 부조를 살펴보면 된다.

계단의 패러핏parapet**과 밸러스트레이드balustrade***를 따라 장식된 크레넬레이션crenellation****은 그나마 충격이 덜하다. 헤르츠펠트는 이것들을 거의 완벽한 상태로 발

---

* 가짜로 좋은 것들이라는 의미.

** 흉벽, 난간벽을 말한다. 서양의 성곽이나 요새에서 병사를 보호하고 옥상에 총구를 내기 위해 만들어진 낮은 벽, 또는 건물의 옥상이나 다리의 가장자리나 끝에 세우는 낮은 벽.

*** 층계, 다리, 마루 등 가장자리를 막는 구조물로 일정 간격으로 난간벽에 세우는 짧은 기둥. 장식용으로 사용되기도 한다.

**** 건물이나 건물 부재에 부착하는 낮은 요철 모양의 난간, 혹은 그러한 난간을 붙인 것을 말한다.

견했다. 각 계단은 이 세 구성 요소로 이루어져 있으며 마치 어린아이의 벽돌 상자로 만든 것처럼 보인다. 이 울퉁불퉁한 혹 같은 것들로 궁전 전체를 장식했는데, 크레프터는 이 혹 같은 것들을 정성스럽게 재현했다. 그 자체로도 충분히 흉물스럽다. 게다가 부조에 잇닿아 이어지는 서투른 반복과 난간의 모난 그림자는 조각의 섬세함마저 망가뜨린다. 헤르츠펠트는 "생명을 불어넣는다"고 말했다. 맞다. 하지만 그것은 아름다운 생명이 아니며, 다른 모든 것을 죽이고 있다.

아바데

—— **3월 3일**

알리 아스가르는 더 이상 찻집에서 지내는 것을 견디지 못했다. 우리는 점심을 먹고 페르세폴리스를 떠났다.

새로 건설된 대로는 이스파한의 도로에서 갈라져 나와 키루스Cyrus 대제*의 무덤으로 이어졌다. 높은 계단식

---

* 키루스 2세 또는 키루스 대제(기원전 600~기원전 530, 재위: 기원전 550~기원전 530). 아케메네스 제국을 창건했으며 이란 건국의 아버지로 추앙받는다. 그의 치세에 페르시아는 서남아시아, 중앙아시아, 인도에 이르는 대제국이 되었다. 그의 무덤은 당시 제국의 수도였던 파사르가대Pasargadae에 남아 있다.

기단 위에 하얀 대리석 석관이 쟁기로 갈아 놓은 듯한 들판 가운데 홀로 서 있었다. 세월을 간직한 것처럼 보인다. 마치 바다의 밀물과 썰물이 모든 돌에 하나씩 입맞춤한 듯하고 모든 이음 부분은 텅 비어 있었다. 그 외로운 평온을 방해하는 어떤 장식이나 주목해 달라는 외침은 없었다. 알렉산더 대왕이 첫 번째 관광객이었다는 것만으로 충분하다. 예전에는 주변에 사원이 있었다. 남아 있는 기둥의 기단 위에 사원이 어떻게 서 있었을지 지금도 볼 수 있다.

그 이후로 솔로몬의 어머니 무덤Tomb of the Mother of Solomon이 되었다. 이러한 변화를 기리기 위해 내부 벽 중 하나에 작은 미흐라브와 아랍어 문구를 새겨 넣었다. 미흐라브 맞은편에는 헝겊 한 다발과 종들이 걸려 있고, 바닥에는 오래된 쿠란의 낱장이 흩날리고 있었다. 사원 경계 안쪽 땅은 이슬람교도의 무덤이 차지하고 있다.

800미터 더 가니 페르세폴리스 양식의 기단이 평범한 흰색 기둥 하나를 받치고 있었다. 그리고 그 근처에는 나크시 이 루스탐에 있는 것과 같은 묘소가 폐허로 남아 있었다. 마침내 태양의 마지막 빛줄기가 비 구름층에서 뿜어져 나왔고 나는 날개 네 개가 달린 키루스 조각상이 있는 고독한 대리석 비석을 향해 흙 덮인 들판을 가로질러 터벅터벅 걸어갔다. 이제 나는 정말로 페르세폴리스 방문객의 기분이 어땠을지 상상할 수 있었다. 자동차 헤드라이트의 섬광이 비추자 비로소 짙은 몽상에서 벗어났다.

이스파한

'석유 대장', 즉 앵글로-페르시아 석유회사 현지 지사의 매니저인 위쇼와 함께 지내게 되었다.

이스파한 총독의 이름은 트럼프 오브 라파엘Trump-of-Raphael이다. 그를 방문하기 전에 나는 위쇼의 직원 중 한 명에게 내 추천서를 번역해 달라고 부탁했다.

총독 각하

이스파한

영국의 학자 중 한 명인 번Birn* 씨가 그 지역의 역사적 건물 등을 방문하기 위해 귀하의 지역으로 가고 있습니다. 그는 또한 해당 건물들의 사진을 찍을 예정입니다.

그가 필요로 하는 모든 지원을 제공하도록 관계 당국에 필요한 지시를 내려 주십시오.

마흐무드 잠MAHMOOD JAM

(날인됨) 내무부

---

* 아마도 저자의 이름 바이런Byron을 편지 작성자 혹은 편지를 번역해 준 사람이 잘못 적은 것으로 보인다.

트럼프 오브 라파엘 씨가 마이단 개선 계획을 말해 주었다. 마조리뱅크스가 말라리아 모기가 번식할 수 있다는 이유로 새 수조 건설을 반대하면서 첫 번째 계획이 난관에 부딪혀 곤경에 빠졌다고 했다. 그럼에도 그는 나머지 계획을 진행할 것이라고 한다. 회랑이 둘려진 벽은 타일로 장식될 것이며, 도로는 북동쪽 끝의 시장 입구를 가로지르는 지점에서 양쪽에 큰 타일이 붙은 아치형 통로 아래를 지나가게 될 것이다. 건축가는 헤르츠펠트, 고다르 및 기타 석학들로 구성된 감독위원회에서 일하는 독일인이다.

—— 3월 9일

런던 전시회에 출품하고 난 이후 여왕을 위해 그림을 그렸던 화가 무자파르는 예술가들이 시키는 대로 그림을 그리던 예술적 기질이 없던 시대로 회귀한다. 그는 대대로 화가를 배출한 집안 출신으로 장인의 태도를 물려받았다. 사실 그는 펜 상자를 장식하는 것으로 그림을 시작했다. 나는 그에게 내 세밀화를 그려 달라고 부탁했고, 그는 보고 그릴 사진을 주면 그려 주겠다고 했다. 나는 당신에게 그림을 그려 달라고 한 것은 당신이 살아 있는 사람의 그림을 그릴 수 있는지 보기 위한 것이니 사진은 주지 않겠다고 대답했다. 그는 그릴 수 있었다. 그는 내 초상화를 그렸고 나는 페르시아 스타일의 나의 닮은꼴을 얻었다. 하지만 그림의 디자인은 내가 해야 했다. 종이 끝에서 머리까지 여백은 얼마를 두어야 하는지, 배경은 단순하게 할 것인지 아니면 장식을 많이 할 것인지 결정해서 말해 주어야 했다. 그의 제자들은 전통적인 문양 목록 중에서 하나를 골라 배경과 테두리를 그린다.

그는 페르시아와 유럽의 두 가지 스타일의 그림을 다 할 줄 안다는 것에 자부심을 갖고 있다. 그가 사진을 보고 그린 세밀화를 몇 점 본 적이 있는데, 색만 칠한 그냥 사진이었다. 얼마 전에는 현지 담배 브랜드를 위해 공작 두 마리가 그려진 끔찍한 포스터를 디자인하기도 했다.

그는 자랑스럽게 말했다. "나는 세밀화도 그릴 수 있고 이런 그림도 그릴 수 있어요. 루벤스*라도 이 두 가지를 다 할 수 없었을 겁니다."

왜 루벤스지? 왜 굳이 루벤스일까?

—— 3월 13일

테헤란에서 온 소식에 따르면 크리스토퍼는 현재 부시르 교도소에 수감되어 있다. 경찰서장 아이룸은 여전히 총참모부의 잘못이라고 말한다. 외무부 장관은 아이룸의 개인적인 명령 때문이라고 한다.

---

*   페테르 파울 루벤스Peter Paul Rubens(1577~1640). 17세기 바로크를 대표하는 벨기에 화가.

버지 벌클리 부인이 여성 백만장자 몇 명과 함께 이 곳에 도착했다. 총 재산 가치가 3천 2백만 파운드에 이른다. 그들은 캐비어가 바닥나서 비참해졌다. 어찌 보면 그들은 나보다 훨씬 불편하게 여행하고 있는 건지도 모르겠다. 그들의 위엄에 걸맞은 짐꾼 열두 명(각각 짐꾼 두 명이 있다)은 요리를 할 수 있고 돼지우리를 5분 만에 평범한 침실로 바꿀 수 있는 하인 한 명에도 미치지 못한다. 알리 아스가르가 바로 그런 사람이다.

일행 중 한 명이 비행기를 타고 오는 중인 무어 여사에 대해 이렇게 말하는 것을 들었다. "부자인가요? 어떻게 그녀는 우리 모두의 재산을 합친 것의 네 배가 넘는 것을 사들일 수 있죠?"

트럼프 오브 라파엘은 그들을 위해 티 파티를 열었다. 나는 영국 주교와 카자르 왕자 사이에 앉았다.

"당신은 어떻게 이곳에 오시게 됐습니까?" 주교가 성이 난 듯 물었다.

"여행 중입니다."

"여기는 무슨 특별한 이유라도?"

—— 3월 16일

어제는 마조리뱅크스의 생일이었다. 페르시아 관습에 따라 총독은 전날 밤 연회를 열었다.

이 갑작스러운 연회로 치힐 수툰은 활기를 되찾아 곰

팡내 나는 여름 별장에서 원래의 위풍당당한 유희의 돔으로 탈바꿈했다. 카펫이 깔렸고 피라미드 모양의 등불이 켜졌으며 수백 명의 사람들로 가득 찬 베란다는 거대해 보였다. 베란다의 나무 기둥과 색을 입힌 캐노피는 밤하늘로 우뚝 솟았으며, 세선 세공*된 반짝거리는 뒤쪽의 유리 벽감은 끝도 없이 멀리 떨어져 있는 것처럼 보였다. 검은 옷을 입은 페르시아인들이 손을 포개고 의자 아래로 발을 넣은 채 줄지어 앉아 있었다. 독일 치과의사 볼프 박사는 중절모를 쓰고 있었다. 앞쪽에는 케이크와 귤이 쌓인 테이블이 놓여 있었고 웨이터들은 끊임없이 찻잔을 건네주었다.

트럼프 오브 라파엘은 디너 재킷을 입고 도착했다. 디너 재킷 위에 입은 매킨토시**가 펄럭이고 있었다. 그는 그곳에 모인 사람들을 보고 매우 기뻐하는 모습이 역력했고, 모두가 그를 반가워했다. 그는 주변의 모든 사람과 악수를 나누고 영국 총독이 그랬던 것처럼 허수아비 공무원 대신 호스트 역할을 했다.

줄파에서 온 아르메니아 소년들로 구성된 브라스 밴드가 연주를 시작했고, 우리는 불꽃놀이를 보기 위해 앞쪽으로 이동했다. 긴 수조 옆에서 로켓, 회전 불꽃, 여러 가지

---

* 　가는 금실이나 금 알갱이를 표면에 붙여 장식하거나 두 가지를 연결하여 장신구나 물품을 만드는 기법이다.

** 　방수 레인코트.

다른 모양을 만들어 냈으며 마침내 황금 분수 두 줄이 검은 물속으로 쏟아져 들어가는 듯 폭죽이 터졌다. 맨 마지막으로 마조리뱅크스, 그의 복수심처럼 폭죽이 불꽃처럼 화르르 타올랐다. 밴드가 국가를 연주하고 첫 번째 리셉션이 끝났다.

두 번째 리셉션은 좀 더 엄선된 사람들이 모였다. 50여 명의 사람들이, 페르시아 예술과 정서에 대한 잘못된 생각을 전 세계에 심어 준 오마르 하이얌에 비견될 만한 사파비 왕조의 궁륭 천장이 있는 방의 프레스코화 아래 모였다. 독일인 은행장의 부인이 안주인 역할을 했다. 줄파에서 온 또 다른 밴드는 유리 벽장 안에서 재즈를 연주했다. 방 끝에는 차가운 음식을 차린 뷔페가 있었는데, 커다란 그릇에서 빨간 컵을 꺼내 나누어 주었다. 세 종류의 아라크와 한 종류의 줄파 와인으로 구성된 뷔페는 보기에는 무해해 보였지만 실상은 그렇지 않았다.

페르시아인은 카펫 없이는 단 한 명의 손님도 접대하지 않는데 하물며 파티는 말할 것도 없다. 춤이 시작되자 바닥은 성난 바다처럼 들끓었고, 몇몇 커플이 못에 걸려 그 광란의 바다에서 난파되고 나서야 비로소 모직 드레스의 거센 물결이 잠잠해졌다. 카자르 왕자들은 뷔페에서 공식적인 정적인 총독과 경찰서장과 격의 없이 어울렸다. 그들의 흠 잡을 데 없는 흡연과 까르띠에의 장식용 단추는 빌려 입은 내 정장을 초라하게 만들었지만, 어디에서나 다른 국적의 사람들을 말쑥해 보이게 만드는 독일적인 요소는 믿는 구석이 되어 주었다. 그중 한 명은 키가 2미터가 넘었고, 연미복에 10센티미터 깊이의 구멍 없는 칼라, 담황색 사냥용 양복 조끼를 입고서 대담하게도 내 커머번드를 훔쳐보고 있었다.

즐거운 저녁이었다. 트럼프 오브 라파엘 씨가 감동적인 태도로 파티가 어땠느냐고 물었을 때 나는 진심으로 그의 훌륭한 취향에 박수를 보냈다. 손님들의 즐거움을 망치는 가식, 자의식 가득한 민족주의적 전통주의나 페르시아의 근대성 같은 것은 전혀 없었다. 페르시아인들은 사교술을 타고났다. 이러한 분위기를 맛본 것만으로도 우리가 찬양해 왔던 이 오래된 괴물, 치힐 수툰의 생명력에 꽤 깊은 애정을 느끼게 되었다. 게다가 치힐 수툰에서 춤을 췄다고 말할 수 있는 사람은 많지 않을 테니까.

강 건너 위쇼의 집으로 걸어서 돌아오는 중에 본 차르 바그는 거리 전체가 환하게 불을 밝히고 있었다. 나무 아래에는 램프와 양초가 층층이 간격을 두고 놓여 있었고, 약 9미터 높이의 커다란 빛의 웨딩 케이크는 금박의 거울을 등진 채 붉은 빛을 드리우고 있었다. 지방 당국이 충성심을 증명하기 위해 많은 수고와 비용을 들인 이 화려함 속에서 차르 바그 대학의 물라들은 조용히 한 걸음 더 나아갔다. 그들은 으리으리한 현관의 난간에 무늬를 새긴 유리로 만든 샹들리에 세 개를 내려뜨렸다. 샹들리에의 창백한 양초가 아치 뒤의 공간을 배경으로 깜박거리자 샹들리에 사이에 매달린 금붕어가 들어 있는 구슬 세 개가 드러났다.

다음 날 오후에는 축하 행렬이 이어졌다. 오전 내내 앵글로-페르시아 자동차를 꾸미느라 지친 나는 점심 식사 후 잠이 들어 행렬을 놓쳤다. 위쇼도 마찬가지였다. 직원들이 모두 외출해 혼자 남아 매장 마당을 지켜야 했기 때문이었다.

── **3월 18일**

이스파한의 아름다움은 부지불식간에 마음을 훔쳐 간다. 하얀 나무줄기와 반짝이는 나뭇가지 차양 아래로 맑은 청보라색 하늘을 이고 있는 청록색과 봄빛을 머금은 노란색 돔을 지나, 구불구불 휘어진 모래톱으로 군데군데 얼룩지고 탁한 은빛 속에서 파란빛을 낚아챈 강을 따라, 강변에 늘어선 새들을 부르는 물오른 숲을 지나, 옅은 갈색 벽돌로 만든 다리를 건너고, 아치가 층층이 쌓인 파빌리온을 지나, 라일락빛 산맥, 펀치*의 등에 난 혹처럼 생긴 쿠

---

* 인형극 「펀치와 주디Punch and Judy」에 나오는 주인공 이름으로, 곱사등이에 잔인하고 기만적이며 권위에 맞서는 인물로 나온다. 주디는 펀치의 아내다.

이 수피Kuh-i-Sufi산과 눈처럼 새하얀 물보라를 일으키며 물러나는 다른 산줄기를 바라보면서 차를 달려 보라. 시나브로 이스파한은 지울 수 없는 이미지가 되어 모두가 개인적으로 비밀스럽게 소중히 여기는 장소의 화랑 속으로 스며든다.

나는 그렇게 이스파한이 내 마음속에서 지워지지 않도록 간직하지 못했다. 그저 기념물을 보느라 너무 바빴다.

몇 달을 돌아다녀도 끝내지 못할 정도였다. 11세기부터 건축가와 장인들은 도시의 운명, 취향의 변화, 정부, 신앙을 기록해 왔다. 건물들은 이러한 지역적 상황을 반영하고 있다. 이것이 바로 기념물의 매력이며, 대부분의 구시가지가 갖는 매력이다. 그러나 그중 몇몇은 독립적으로 예술의 정점을 보여 준다. 이스파한은 아테네나 로마처럼 인류에게 공통된 신선함을 선사하는 희귀한 장소 중 하나로 손꼽힌다.

금요일 모스크의 돔형의 방 두 개는 그 차이를 통해 이러한 특성을 보여 준다. 둘 다 11세기 말 거의 같은 시기에 지어졌다. 모스크의 주요 성소인 더 큰 돔에서는 거대한 기둥 열두 개가 돔의 무게와 프로메테우스적인 투쟁을 벌이고 있다. 사실 이 투쟁은 승리를 모호하게 만든다. 하중과의 투쟁에서 승리를 알아채려면 사전에 중세 건축공학이나 셀주크 제국의 특성에 관심을 가질 필요가 있다. 이 방을 모스크의 일부로 포함된 무덤탑인 더 작은 방과 비교해 보자. 작은 방의 내부는 대략 9미터 정사각형에 높이가 18미터 정도이며, 공간의 크기는 다른 방의 3분의 1 정도에 불과하다. 큰 방은 그 규모에 필요한 경험이 부족한 반면, 작은 방은 건축적 요소가 과잉된 부피를 잘 정제해 내면서 여전히 그 과잉된 우아함의 유혹을 견디는 순간, 너무 적은 경험과 너무 많은 경험 사이의 소중한 바로 그 순간을 구현해 낸다. 그래서 지나친 정제미가 그것을 성취하기 위해 했던 노력을 감추는 것과 달리, 각 건축적 요소는 잘 훈련된 운동선수의 근육처럼 그 노력을 숨기는 것이 아니라 최고 수준의 지적 의미에 맞게 조절하면서 고도의 정밀함으로 제 기능을 수행해 낸다. 이것이 바로 건축의 이상이며, 이는 관습적인 건축 구성 요소인 형태에 의해서가 아니라 균형과 비례라는 기사도 정신에 의해 달성된다. 그리고 이 작은 내부는 고전적인 유럽 밖에서 가능하리라고 생각했던 것보다 더 완벽함에 가까워졌다.

재료 그 자체는 경제성을 보여준다. 단단하고 작은 쥐색 벽돌은 금욕주의라는 단일 목적으로 쿠픽 문구와 스투코 상감과 같은 장식적 요소를 억누른다. 건물 뼈대를 보면 방은 아치 체계로 되어 있다. 즉, 각 벽의 중앙에 넓은 아치 하나, 각 모서리 옆에는 좁은 아치 두 개, 각 스퀀치에 소형 아치 네 개, 스퀀치 영역에 여덟 개, 돔을 받치는 스퀀치 위에 아치 열여섯 개가 있다. 피루자바드에서 만들어진 이 구조는 널리 퍼져 나갔고, 18세기에 페르시아 건축이 사라지기 전까지 훨씬 더 멀리 퍼져 나갔을 것이다. 여기서 우리는 젊음과 활력의 정점에 있는 그 체계를 포착한다. 심지어 이 정점의 단계에서도 이 체계는 다른 많은 건축물, 예를 들어 마라가의 무덤탑에서도 반복되거나 변형되어 나타난다. 그러나 페르시아 또는 이슬람 전체에서 이렇게 긴장감 있고 즉각적인 순수 입방체의 경이로움을 보여 주는 다른 건축이 있는지 의심스럽다.

돔 주위를 둘러 가며 새긴 명문에 따르면 이 무덤탑은 1088년 말렉 샤*의 장관인 아불 가나임 마르주반Abul Ghanaim Marzuban이 지었다고 한다. 그 순간 어떤 상황이 그러한 천재성의 비상을 유도했는지 궁금하다. 중앙아시아의 새로운 정신이 페르시아 미학에서 나온 유목민의 기운의 소산인 고대 고원 문명에 영향을 미친 결과일까? 하지만 셀주크 왕조만이 이런 영향을 미친 유일한 페르시아의 정복자는 아니었다. 이들 이전에는 가즈나 왕조, 그 이후에는 몽골 왕조와 티무르 왕조가 모두 옥수스강 북쪽에서 발흥했으며, 페르시아 땅에 들어와 새로운 르네상스를 일으켰다. 페르시아 예술의 마지막이자 가장 맥빠진 단계에 영향을 미친 사파비 왕조도 원래는 튀르크

---

*   말렉 샤Malek Shah 또는 말리크 샤Malik Shah 1세(1055~1092, 재위: 1072~1092). 셀주크 제국의 술탄. 그의 치세에 셀주크 제국은 가장 넓은 영토를 차지하면서 전성기를 맞았다.

족이었다.

이 마지막 시기가 이스파한에 오늘날과 같은 개성을 부여했으며, 신기하게도 또 다른 위대한 걸작을 탄생시켰다. 1612년 샤 아바스는 마이단의 남서쪽 끝에 샤 모스크 건설에 전념하고 있었다. 거대한 파란색 덩어리와 거대한 면적의 거친 꽃무늬 형태의 타일 세공은 오마르 하이얌 애호가들에게 그토록 소중한 일종의 '동양적인' 풍경, 즉 예쁘고 웅장하지만 일반적인 사물의 규모에서는 그다지 중요하지 않은 풍경을 만들어 내고 있다. 그러나 1618년에 그는 마이단의 남동쪽에 자신의 장인인 셰이크 루트폴라의 이름을 딴 또 다른 모스크를 지었다.

이 건물은 금요일 모스크의 작은 돔 지붕의 방과는 건축 미학적 측면에서 정반대 끝에 서 있다. 금요일 모스크는 그것만의 독특한 장점 외에도 대부분의 사람이 유럽 정신의 전유물로 여겨 온 그런 종류의 장점을 갖고 있기 때문에 주목할 만하다. 셰이크 루트폴라 모스크는 멋진 의미에서 페르시아적이다. 이성적 형태를 이성적 행동만큼이나 혐오스러워하는 오마르 하이얌 사단은 마음껏 그 속에 빠져들 수 있다. 금요일 모스크의 돔형의 방은 형태만 있고 색채가 없으며 건축적 응집력으로 장식성을 배제하는 반면, 셰이크 루트폴라 모스크는 원래 스퀸치에서 파생된 무수한 얇은 곡면의 신기루 아래에 구조적 암시나 역동적인 형태를 숨기고 있기 때문이다. 형태는 존재하고 반드시 존재해야 하지만, 그것이 어떻게 만들어지고 무엇이 그것을 지탱하는지는 일반인의 눈으로 의식하기 어렵다. 색과 패턴의 향연에서 시선이 분산되지 않도록 하는 것이 본래 의도이기 때문이다. 색상과 패턴은 페르시아 건축에서 흔히 볼 수 있는 요소다. 그러나 여기 페르시아 건축은 유럽인을 깜짝 놀라게 할 정도로 높은 수준을 갖고 있다. 유럽인만이 가지고 있다고 생각했던 것을 침해하기 때문이 아니라 추상적인 패턴이 그토록 심오한 화려함을 가질 수 있다는 것을 전에는 전혀 몰랐다는 점에서 그렇다.

이러한 원칙을 가능한 한 빨리 알리려는 듯 셰이크 루트풀라 모스크의 외관은 그로테스크할 정도로 대칭에 대해 무관심하다. 정면에서는 돔과 정문 입구만 보인다. 그러나 모스크와 그 반대편에 있는 궁전 알리 가푸의 축이 일치하지 않기 때문에 정문 입구는 돔 바로 아래에 있지 않고 약간 한쪽으로 치우쳐 있다. 하지만 이러한 변형이 거의 눈에 띄지 않는 것이 이 돔의 특징이며 페르시아나 다른 지역의 어떠한 돔과도 다른 점이다. 작은 벽돌을 쌓아 만든 후 연한 적갈색을 칠한 납작한 반구 표면에 대담하게 가지를 뻗은 장미나무를 흑백 상감으로 새겨 넣었다. 가까이에서 보면 특히 장미나무 가시에서 윌리엄 모리스*의

---

*   윌리엄 모리스William Morris(1834~1896). 영국의 직물 디자이너, 시인, 판타지 소설가, 사회주의 운동가. 영국의 전통 직물 예술을 되살

느낌을 약간 엿볼 수 있지만, 전체적으로 라파엘 전파pre-Raphaelite* 보다 더 형식적이며, 크게 만든 제노바 양식의 브로케이드brocade** 디자인과 비교할 만하다. 여기저기에 보이는 나뭇가지의 교차점이나 무성한 당초문 한가운데 있는 황토색과 진한 파란색 장식은 흑백으로 된 트레이서리tracery*** 의 엄격함을 완화하고 부드러운 황금빛이 도는 분홍색 배경과도 조화를 이룬다. 이러한 조화로움은 전체에 퍼져 있는 희미한 연한 파란색의 하단부 당초문으로 이어진다. 그러나 이 효과의 진수는 표면의 유희에 있다. 상감 부분은 유약 처리되어 있지만 얇게 바른 스투코는 그렇게 하지 않았다. 그 결과, 햇빛이 돔에 내리쬐면 유약 처리된 부분과 그렇지 않은 부분의 조각난 빛의 그 단속적인 번쩍임이 시간에 따라 변화하면서 문양에 모빌처럼 예기치 못한 세 번째 질감을 더한다.

외관이 서정적이라면 내부는 신고전주의적이다. 지

리는 데 기여했으며 빅토리아 시대 실내 장식에 큰 영향을 미쳤다.

* 1848년 윌리엄 홀먼 헌트William Holman Hunt, 단테 가브리엘 로세티Dante Gabriel Rossetti, 존 에버렛 밀레이John Everett Millais 등 영국의 젊은 화가들이 중심이 되어 만든 개혁적 유파다. 사실적이고 자연스러운 화풍을 되살리는 것을 목표로 했다.

** 무늬가 도드라지게 짠 옷감.

*** 주로 서양 고딕 건축에서 많이 볼 수 있으며 창의 윗부분이나 장미 창에 짜 넣은 장식적인 석재 구조물을 말한다. 장식 격자, 틈새기 장식이라고 한다.

름 약 21미터인 얕은 돔이 열여섯 개의 창문 위로 유영하고 있다. 바닥에서 창문 밑받침까지 주요 아치 여덟 개가 솟아 있는데 네 개는 모서리를 둘러싸고 있고, 네 개는 평평한 벽 공간에 있어 바닥의 경계가 정사각형을 이루도록 한다. 아치 꼭대기 사이의 공간은 박쥐 날개처럼 평면으로 나뉜 펜던티브 여덟 개가 차지하고 있다.

돔에는 레몬 모양의 칸막이가 그물처럼 삽입되어 있으며, 돔 정점에 있는 양식화된 공작 문양에서부터 아래로 내려올수록 칸의 크기가 커지고 장식이 없는 벽돌로 둘러싸여 있다. 레몬 모양의 칸막이 안은 평범한 스투코 위에 당초문을 상감하여 채워 넣었다. 진한 파란색 위에 흰색 명문을 넓게 새긴 테를 두른 벽에도 마찬가지로 짙은 황토색 스투코에 비비 꼬인 아라베스크 또는 바로크 양식의 정사각형이 상감되어 있다. 이 모든 상감 세공의 색상은 진한 파란색, 연한 녹색을 띤 파란색, 와인색처럼 뭐라 말할 수 없는 풍부한 색조들이다. 나선 모양의 청록색 테두리가 각 아치를 둘러싸고 있다. 서쪽 벽의 미흐라브는 짙푸른 초원 위에 작은 꽃을 그려 넣고 에나멜을 입혔다.

디자인의 각 부분, 평면, 반복, 갈라진 가지 또는 꽃은 제각기 그 나름의 음울한 아름다움을 지니고 있다. 하지만 전체의 아름다움은 보는 사람의 움직임에 따라 달리 드러난다. 유약을 바른 표면과 바르지 않은 표면의 유희로 인해 가장 빛나는 부분이 다시 한 번 산산이 부서진다. 그래

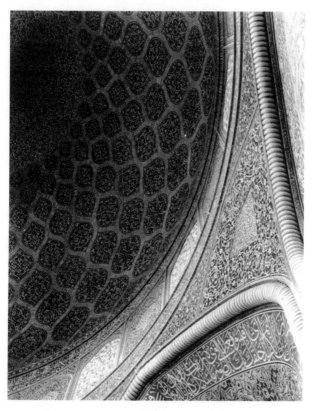

셰이크 루트폴라 모스크 돔 내부의 모자이크, 이스파한.

서 한 걸음 한 걸음 옮길 때마다 무수히 빛나는 패턴으로 재배열되며, 두꺼운 창문 트레이서리를 통과하는 빛의 패턴조차도 외부 트레이서리로 인해 변화무쌍하다. 외부 트레이서리는 창문 트레이서리에서 몇십 센티미터 떨어져 있어 각 실루엣의 모양이 매번 바뀌어 두 배로 다양해지는 효과를 낸다.

나는 이전에 이런 종류의 화려함을 마주한 적이 없다. 그곳에 서서 이와 비교할 만한 다른 실내 장식을 떠올려 보았다. 베르사유 궁전, 쇤브룬 궁의 도자기 방, 베네치아의 총독궁, 성 베드로 대성당 등이 떠오른다. 그것들 모두 풍요롭다. 하지만 이처럼 풍요롭지는 않다. 이곳의 풍부함은 입체적이다. 이는 빛을 더욱 빛나게 하는 그림자가 제 역할을 톡톡히 한 덕분이다. 셰이크 루트폴라 모스크에서는 빛과 표면, 패턴과 색상의 풍부함만이 존재한다. 건축 형태는 중요하지 않다. 로코코 양식에서처럼 질식할 만큼 장식적이지 않다. 그저 장관을 만들어 내는 도구일 뿐이다. 흙이 정원의 도구인 것처럼 말이다. 그러다 문득 금박과 유리를 살 돈만 있으면 레스토랑이나 영화관, 귀족의 응접실도 풍요롭게 보이도록 만들 수 있다고 생각하는 불쌍한 종족, 현대 인테리어 장식가들이 생각났다. 그들은 자신이 아마추어라는 사실을 거의 알지 못한다. 슬프게도 그들의 고객도 마찬가지다.

예즈드Yezd*(약 1,250미터)

—— 3월 20일

이스파한과 예즈드 사이의 사막은 따뜻한 봄 햇살이 비추는데도 그 어느 곳보다 더 넓고, 더 검고, 더 황량해 보였다. 유일한 위안은 카라트karat**의 환기 언덕이었다. 이는 16킬로미터, 32킬로미터 간격으로 중산모처럼 줄지어 늘어서 있으며 맑고 반짝이는 공기로 엄청나게 확대돼 보였다. 노엘이 페르시아 성인 남성 인구의 3분의 1이 이 지하 수로에서 끊임없이 일하고 있다고 말했던 것이 기억난다. 여러 세대에 걸쳐 수력학에 대한 감각이 발달한 페르시아인들은 거의 평평한 땅에서 아무런 도구 없이 64~80킬로미터 거리에 경사도를 만들 수 있으며, 지면에서 정해진 깊이 아래로 결코 내려가지 않는다고 한다.

나는 오늘 아침 생각하기도 싫은 사고를 치고 말았다. 어젯밤 주사를 맞으러 영국 선교부에 갔을 때 의사가 자리

---

*   현재는 야즈드Yazd로 불리는 이란 중부에 위치한 도시로 조로아스터교 문화의 중심지이기도 하다. 주변의 사막 지형에 적응하면서 독특한 페르시아 건축 양식을 발전시켰다. '바람을 잡는 도시'라는 별칭으로 알려져 있다.

**   카나트qanat, 서남아시아, 중앙아시아, 북부 아프리카 등 건조한 기후 지역에서 수분 증발을 막기 위해 만든 지하수로를 말한다.

를 비웠으니 그의 침실에서 자라는 친절한 제안을 감사히 받아들였다. 한밤중에 불쌍한 남자가 예기치 않게 돌아와 베개에 놓여 있는 낯선 머리를 보고는 소파에서 잠을 자야 했다. 그런데 더 나쁜 일은 그 뒤에 일어났다. 깨끗한 옷을 가져가기 위해 아침에 자기 방으로 들어왔던 그는 와인 한 병과 시가를 놓고 침대에 앉아 주정하고 있는 나를 보았다. 온종일 밖에 있어야 해서 나는 일찍 점심을 먹었다. 그에게 와인을 권하며 아무렇지도 않은 표정을 지으려고 했지만 그에게 좋지 않은 인상을 남겼다.

이곳에 도착했을 때 추천서가 없어서 걱정되었다. 알리 아스가르는 진지하게 "내가 당신의 추천서가 될게요" 라고 말하면서 현 예즈드 총독이 이스파한 시장으로 재직할 때 10년 동안 그를 섬겼다고 설명했다. 사실 내가 시라즈에서 그를 고용하기 직전에 총독이 그에게 돌아오라고 전보를 보냈지만 그는 거절했다. 그런데 우리가 총독의 사무실에 들어갔을 때 총독은 알리 아스가르를 보고 비명을 지르며 의자에서 벌떡 일어났다. 가장 밝을 때는 노년의 부목사와 같은 일면을 지니고 있는 알리 아스가르는 두 손을 모으고 무릎을 구부린 채, 빅토리아 시대의 아가씨처럼 겸손하게 히죽 웃으며 눈꺼풀을 껌벅이면서 서 있었다. 결국 그의 예언대로 총독은 나에게 따스함을 보이며 알리 아스가르와 함께 저녁을 먹으며 옛이야기를 나눌 수 있겠는지 물었다.

이렇게 해서 나는 똑똑하고 친절한 경찰관을 동행하여 모든 시설을 둘러볼 수 있었다. 예즈드와 같이 처음 방문하는 마을에서 기념물 사냥에 나서려면 탐험하기 편한 고도에서 시작해야 한다. 그래야 그 형태나 재료를 보고 어떤 돔이나 미너렛이 훌륭한지 찾아낼 수 있다. 오늘도 그렇게 찾아낸 단서마다 보물을 건졌고, 하루가 끝날 무렵에는 너무 피곤해서 집에 돌아갈 수 없을 정도였다.

퍼시 사이크스 경이 이곳의 건물에 주목한 유일한 작가이기는 하지만 그는 아주 간략하게만 언급했다. 사람들은 눈을 감고 여행을 하는 건지, 금요일 모스크의 정문이 어떻게 누구의 눈에도 띄지 않을 수 있는지 상상하기 어렵다. 높이가 30미터가 넘고 위로 갈수록 점점 좁아지고 뾰족해지는 아치는 보베Beauvais에 있는 성단소chancel*의 아치만큼이나 장관을 이룬다. 이 뒤에 있는 내부의 중정은 실망스러울 정도로 작은 울타리다. 하지만 벽과 돔, 미흐라브가 완벽한 상태의 14세기 모자이크로 덮여 있는 성소는 그렇지 않다. 헤라트 이후 내가 본 것 중 최고의 장식이다. 여기는 그곳의 작품과는 다르다. 색상은 더 차갑고 디자인은

---

* 보베의 성베드로 성당의 성단소를 말한다. 성단소는 가톨릭 성당에서 제단 주변의 공간으로 신자들의 공간과 마주 보는 영역이다. 주로 사제, 성가대 등이 자리한다.

금요일 모스크의 정문, 야즈드.

더 명료하고 정확하지만 그렇게 화려하지는 않다.

예사롭지 않게 늘어선 단순한 달걀 모양의 능묘들이 마을을 가로질러 가는 우리를 유혹했다. 놀랐던 것은 진흙과 거의 구분할 수 없는 벽돌로 지어졌기 때문에 잔해만 있을 거라고 생각했는데 가 보니 벽과 궁릉 천장, 돔이 차례로 드러났다. 돔은 전례가 없을 정도로 풍부하고 때로는 왜곡된 형식으로 대담하게 짚을 엮듯이 엮은 쿠픽으로 온통 뒤덮여 있었다. 그중 가장 정교한 것은 1324년에 지어진 영묘 바흐트 이 사앗Vakht-i-sa'at이다. 일부 다른 것들은 그보다 더 오래되었을 것이다. 예를 들어 열두 이맘 사원 Shrine of the Twelve Imams에는 11세기에 지어진 담간의 피르 알람 다르Pir Alam Dar 내부와 같은 양식의 쿠픽 프리즈가 있다.

우리는 시장에서 호기심을 불러일으키는 또 다른 것을 만났다. 바로 다르와자 메흐리즈Darwaza Mehriz라고 알려진 오래된 도시 성문 중 하나였다. 거대한 목재 문은 원시적인 조디악Zodiac*이 표시된 철판으로 보강되어 있었다. 그런 것들은 언제인지 짐작조차 할 수 없을 만큼 오래된 모습을 하고 있다. 그러나 원시적인 형태로는 신뢰할 수 있는 달력을 만들 수 없다. 그것은 예술적 기량 부족의 한

------

*   12 황궁도. 태양의 운행에 따라 별자리를 12등분 한 것.

징후일 수 있다.

예즈드는 여타 페르시아 도시와는 다르다. 정원을 둘러싼 울타리도, 시원한 푸른 돔도 없으며, 외부의 으스스한 불모지로부터 도시를 보호하지도 않는다. 도시와 사막은 하나의 색, 하나의 물질로 이루어져 있다. 마을은 사막에서 자라나 커지고, 더위의 증인인 높은 풍차탑은 사막이 자연적으로 성장함에 따라 총총히 들어서서 숲이 된다. 이 풍차들은 신드Sind의 하이데라바드Hyderabad에 있는 것만큼 환상적이지는 않지만 나름 멋진 윤곽선을 보여 준다. 항상 바다에서 불어오는 바람을 맞기 위해 탑에는 덮개를 돌출시켜 놓았다. 예즈드의 탑은 정사각형이며, 속이 빈 홈을 통해 사방에서 불어오는 바람을 붙잡아 그 아래에 있는 방으로 밀어 넣는다. 집의 양 끝에 있는 두 개의 방에는 집의 길이에 맞추어 통풍구를 설치했다.

현재 총독은 야심 찬 계획들을 세웠지만 오래된 미로를 통과하는 대로 하나만 유일하게 추진되었다. 그림 같은 풍경을 좋아하는 사람들은 이마저도 애석해한다. 그러나 이 덕분에 이제 주민들에게는 걷고, 숨을 쉬고, 서로 만나고, 먼 산을 바라볼 수 있는 장소가 생겼다.

키르만으로 가는 교통편을 찾기 위해 차고지로 갔다가 전직 부관과 이야기를 나눴는데, 그는 카밤 알 물크가 감옥에 있다가 지금은 석방되었고, 사르다르 아사드와 다른 바흐티아리 형제들의 생사는 아직 모른다고 말해 주었다. 그는 마조리뱅크스에 대해 분개했는데, 나는 그 이유가 궁금했다. 일흔네 살에 한쪽 눈을 실명한 그의 삼촌이 마잔다란에 있는 자기 농장을 마조리뱅크스에게 넘겨주지 않았다는 이유로 2년 동안 감옥살이를 한 적이 있었다고 이야기해 주어 궁금증이 풀렸다. 그 흉내 낼 수 없는 통치자는 전국 곳곳의 영지를 압류하여 많은 돈을 벌어들이고 있다. 다른 나봇Naboth*들이 완고하게 버티지 않았기 때문에 그런 일이 벌어진 것이다. 나는 이 남자의 무분별한 언행에 놀랐다. 하지만 그는 내가 자기를 배신하지 않으리라 생각한 것 같다. 물론 나는 그러지 않을 것이다. 이 일은 내가 예즈드에 도착하기 전에 일어난 일이고, 그는 그때 전직 부관이 아니었으니까.

바흐라마바드Bahramabad**(1,585미터)

---

*   히브리어 성경의 「열왕기」에 따르면 나봇은 궁궐을 지어야 하니 포도밭을 팔라는 아합의 말을 거절했고, 이를 들은 아합의 아내 예제벨 여왕이 포도밭을 빼앗기 위해 누명을 씌워 나봇을 처형했다고 한다.

**   이란 케르만주에 있는 마을. 오늘날의 라프산잔Rafsanjan의 옛 이름이다.

—— 3월 22일

밤새 차를 타고 이동한 후 키르만 도로에서 아침을 먹었다.

오늘은 노 루즈No-Ruz,* 즉 '새로운 날'로 페르시아의 새해 첫날이자 공휴일이다. 알리 아스가르는 어떤 이유에서인지 "목욕도 못 하고, 면도도 못 하고, 깨끗한 옷도 없어요"라고 작은 불만을 토로했다. 그러고는 영어로 "노 루즈, 페르시아의 크리스마스, 나리"라고 요점을 설명했다.

나는 적절한 선물을 준비했다.

키르만(1,740미터)

—— 3월 24일

우리가 도착했을 때 사나운 먼지 폭풍이 마을을 덮쳤다. 매일 오후 2시에서 4시 사이에 일어난다. 어제도 한 번 있었다.

에브테하지Ebtehaj는 자신의 가이드북**에 "고립된 지

---

*   노우루즈Nowruz, 나우루즈Nawruz, 누루즈Nooruz 등 다양한 이름으로 불리는 중앙아시아 유목민의 새해 축제다. 보통 춘분을 전후한 시기에 일가친척, 동네 사람들이 모여 줄타기, 경마, 전통 씨름 등 다양한 민속행사를 연다.

**   G. H. 에브테하지가 쓴 『페르시아 가이드북Guide Book on Persia』

페르시아   381

역이라는 점을 고려해도 키르만은 비교적 덜 개발되었다"라고 아는 체하며 쓰고 있지만, 키르만이 예즈드보다 더 낫다. 넓은 거리가 몇 개 있고, 운 좋게 택시도 한 대 만났다. 그 택시가 유일한 택시라는 것을 알고 하루 종일 타기로 했다. 택시를 타고 마을 밖으로 나가 자발 이 상Jabal-i-Sang을 보러 갔다. 12세기에 지어진 돔이 있는 팔각형 사원으로, 벽돌 대신 돌을 사용했다는 것이 흥미로웠다.

키르만은 고고학적으로 탐사된 적이 없긴 하지만, 그 외에 주목할 만한 유물은 단 두 가지뿐이었다. 하나는 금요일 모스크의 14세기 모자이크로 장식된 미흐라브 패널로, 예즈드 출신의 예술가들이 만든 것으로 보인다. 다른 하나는 간즈 이 알리 칸Ganj-i-Ali Khan 대학으로, 오래되지는 않았지만 못생긴 건물이었고 모자이크 조각이 남아 있었다. 페르시아 도상학에서는 보기 드문 용, 학 및 기타 생물이 묘사되어 있어 일종의 중국풍을 형성하고 있다. 중국 사상이 어떻게 이 외딴 도시까지 침투했는지 수수께끼다.

퍼시 사이크스가 언급한 쿠바 이 사브즈Kuba-i-Sabz는 무너져 내렸다. 티무르 제국 양식의 높고 푸른 돔이 있는 사원이었다. 나는 그 폐허가 현대식 주택의 일부로 포함되어 있다는 것을 알게 되었다.

(1931)을 말한다.

이곳의 와인은 붉은색이며 조로아스터교도들이 만든 것이다. 알리 아스가르가 한 병 샀는데 너무 달아서 호텔 주인에게 팔았다.

페르시아 지인이 현대 세계 시리즈 중에서 페르시아에 관한 책 한 권을 빌려주었다. 페르시아인들은 자신들을 언급한 책은 전부 싫어하지만, 그중 이 책은 입에 발린 소리가 너무 심해서 싫어한다고 그가 말했다. 이 책은 자신의 진실성을 그토록 사랑하는 한 사람, 아널드 윌슨 경*이 세상에 내놓은 놀라운 업적이다.

마훈Mahun**(1,920미터)

—— 3월 25일

인도 국경에서 온 여행자들, 그중에서도 크리스토퍼는 발루치스탄Baluchistan*** 모래사막을 건너 마훈에 도착했

---

*   아널드 탤벗 윌슨Arnold Talbot Wilson(1884~1940). 영국의 보수당 정치인, 식민지 행정관료, 작가이자 편집인.

**   이란 케르만주의 도시. 수피 지도자 샤 네마툴라 발리Shah Nematollah Vali의 무덤과 사원, 샤즈데 정원Shazdeh Garden(왕자의 정원) 유적이 있다.

*** 이란 고원의 동쪽 지역으로 현재 파키스탄 영토에 속한다.

을 때 천국에 온 것 같다고 했다. 키르만에서 오는 길에도 이 사막은 불길한 존재감을 드러낸다. 길에는 모래가 떠다니는데, 이것은 페르시아 끝까지 거의 다 왔음을 의미하는 것이 틀림없다. 페르시아 사막은 돌이 많으니까.

니아마툴라Niamatullah 사원은 생각지도 못한 휴식과 물의 축복, 바스락거리는 나뭇잎 소리를 선사한다. 박태기나무에 핀 보라색 꽃 무리와 흩날리는 이른 과일 꽃잎이 긴 연못에 비친다. 다음 정원에도 십자가 모양의 또 다른 연못이 있는데, 새로 붓꽃을 심은 화단으로 둘러싸여 있다. 여기가 더 시원하다. 더 빨리 자라는 소나무의 흔들리는 가지에 압도된 곧고 검은 사이프러스가 나무 향 짙은 그늘을 드리운다. 그 사이로 검은색과 흰색 거미줄이 교차하는 푸른 돔과 두 개의 푸른 미너렛이 빛나고 있다. 원뿔형 모자에 수 놓인 노란색 양가죽 옷을 입은 데르비시dervish*가 비틀거리며 나온다. 그는 하얗게 칠한 넓은 홀을 통과해 돔 아래 성자의 무덤을 지나 더 큰 세 번째 중정으로 가는 길을 안내한다. 그곳 맨 끝에는 두 번째로 큰 미너렛 한 쌍이 있다. 마지막 문밖에는 격식을 갖춘 연못과 새 수액으로 어슴푸레 빛나는 거대한 플라타너스가 서 있다. 뽕나무 지지대가 포도나무를 지탱하는 롬바르디아Lombardy 평야

---

*   극도의 금욕 생활을 서약하는 이슬람교 집단의 일원.

처럼 시골 전체가 점토로 만든 고깔 모양의 포도나무 지지대로 가득 찬 나인핀스 놀이판 같은 포도밭으로 뒤덮여 있다. 저 멀리 눈과 보랏빛 안개 옷을 입은 높은 산줄기가 지평선을 그리고 있다.

떨어지는 태양이 모래가 날리는 하늘에 타는 듯이 붉은 구릿빛 줄무늬를 그리는 동안, 페르시아의 모든 새가 마지막 합창이라도 하려는 듯 모여들었다. 서서히 어둠이 정적을 부르고, 새들은 마치 어린아이가 이불을 정리하듯 서서히 날갯짓을 멈추고 잠자리에 든다. 그러고 나면 또 다른 음악이 시작된다. 뜨거운 금속성의 푸른 음이 처음에는 소심하게, 용기를 얻고 나면 쉬지 않고 진동한다. 마치 두 번째 바이올린이 살금살금 연주되듯 두 개의 음이 지금은 이것, 그다음에는 저것이 연주되고, 연못 반대편에서 세 번째 음이 이에 응답한다. 마훈은 나이팅게일로 유명하지만 나는 개구리를 찬양한다. 나는 지금 나무 아래 어둠이 깔린 중정에 나와 있다. 갑자기 하늘이 맑아지고 달빛이 돔에 한 번, 미너렛에 두 번, 모두 세 번 반짝 반사되었다. 이에 호응하여 입구 위 발코니에서 둥근 호박색 빛이 새어 나오고 한 순례자가 성가를 부르기 시작한다. 새로 파낸 화단으로 졸졸 흐르는 물소리가 그의 노랫소리를 따라간다. 마침내 나는 침대에 누웠다. 방에는 문 열 개와 창문 열한 개가 있으며, 그 사이로 폭풍 같은 바람과 닭 뼈를 찾는 고양이가 휘파람을 불어대다 재빨리 사라진다. 여전히 개구리들이 서로를 부르고, 생기 넘치는 무지갯빛 음조가 잠결에 스며든다. 잠에서 깨어 고양이가 맹렬하게 내 밥통을 열고 있는 것을 발견했다. 내가 금고털이라면 조수로 써야 할 것 같다. 외풍이 침대를 흔든다. 알리 아스가르가 데르비시에게 더 따뜻하게 대해 주기를 바라지만, 15년 전 사이크스 장군이 마훈을 천국이라고 말한 것도 있고 해서 아침부터 그에게 감히 투덜거릴 수는 없다. 새벽이 임박해 회색 베일이 걷히면 마침내 아침이 도착한다. 새들은 마치 아주 엄격한 지휘자의 지휘에 맞추듯 다시 연주를 시작한다. 태양을 향해 귀가 멍멍해지는 날카로운 소리로 성가를 부른다. 내 방 반대편에서 자기도 잊지 말라는 듯 까마귀 떼가 잊으려야 잊을 수 없는 시끄러운 경쟁을 펼친다. 문득 다시 정적이 흘렀고, 그 사이에 첫 햇살이 이 경쟁의 무대에 슬며시 스며들기 시작했다. 문밖에서 알리 아스가르와 데르비시가 숯이 올라간 쟁반을 부채질하며 찻주전자를 데우고 있다. 발소리가 지나간다. "야 알라Ya Allah!" 데르비시가 "야 알라!"라고 대답한다. 순례자는 발코니에서 아토스산을 연상시키는 길게 끄는 비음의 반음을 사용하여 아침 기도문을 왼다. 금빛 원이 파란 돔을 비추고 하늘은 분홍색으로 물든다. 알리 아스가르가 차 쟁반을 들고 온다.

예즈드

—— 3월 28일

밤새 여행을 마치고 이른 아침 예즈드에 도착한 우리는 조로아스터교 장례식을 보게 되었다. 상여꾼들은 흰색 터번과 긴 흰색 외투를 입고 있었고, 시신은 헐렁한 흰색 관보에 싸여 있었다. 상여꾼들은 관을 좀 떨어진 언덕 위에 있는 침묵의 탑*으로 옮기고 있었는데, 그 탑은 약 4.5미터 높이의 평범한 원형 벽이었다.

오늘 오후 나는 정원을 보러 시골의 한 마을로 차를 몰고 나갔다. 이 마을에는 집이 1천 채 정도 있고, 상수도를 포함하여 약 6만 2,500파운드의 재산 가치가 있다. 임대료는 2,250파운드로 자본 대비 수익은 크지 않다. 정원에는 제비꽃과 아몬드꽃이 피어 있었고, 강한 향기를 풍기는 키 작은 하얀 붓꽃도 있었다. 주인은 두 번이나 접목한 나무 한 그루를 보여 주었는데 자두, 복숭아, 살구가 한 나무에 모두 함께 꽃을 피우고 있었다. 그의 다른 보물

---

* 조로아스터교의 장례법인 조장鳥葬을 하기 위해 지은 건물. 다흐마 Dakhma라고 한다.

은 큐 왕립식물원Royal Botanic Gardens, Kew*이 계속 찾고 있던 씨 없는 석류와 오렌지빛 집이었다. 이 집은 주요 카나트가 연못을 만나 넓어지는 지점에 깊이 7.6미터 밑으로 움푹 들어간 중정에 자리하고 있다. 그는 아르데칸Ardekan에서 여름에 수확하는 피스타치오에 대해 이야기했다. 아르데칸은 예즈드보다 따뜻하고 그들이 좋아하는 소금기 있는 물이 난다고 한다.

이스파한

—— 3월 31일

크리스토퍼가 여기 있다.

그는 테헤란에서 자신의 물건을 챙길 수 있도록 잠정적인 자유를 허용받았다. 이제 신의 뜻에 따라 우리는 함께 아프가니스탄으로 갈 것이다.

이스파한으로 돌아오는 길에 나인Nayin에 들러 모스크를 보았다. 9세기에 세운 페르시아에서 가장 오래된 모스크 중 하나다. 스투코 장식은 포도 다발로 가득했는데 이는 헬레니즘 사상이 사산 제국 예술을 통해 이슬람 예술

---

* 영국 런던 남서부에 위치한 왕립 식물원으로 세계에서 가장 크고 다양한 식물과 균류를 보유하고 있다.

로 전환되었음을 시사한다. 나인을 둘러본 후 아르디스탄 Ardistan*으로 갔다. 이곳의 모스크에서 스투코는 벽돌 위에 일종의 세선 세공 장식을 하는 새로운 방식으로 사용되었다. 이 모스크는 1158년에 지어진 셀주크 양식으로, 이스파한에 있는 금요일 모스크의 작은 돔형 방과 같은 정도는 아니지만 비슷한 정도로 형태의 순수성을 가지고 있다.

테헤란

—— 4월 2일

이스파한 외곽 도로가 산사태로 끊어졌다. 우리는 농부 스무 명의 도움을 받아 허리까지 차오른 물속으로 차를 밀어 넣어 건넜다. 우리가 옷을 갈아입고 엔진 오일과 휘발유, 점화 플러그를 갈아 끼우고 실린더를 말렸을 때쯤에는 물이 다 빠지고, 수동적으로 그냥 기다리던 다른 차들이 우리보다 앞서 나갔다. 영국인의 솔선수범이 다소 어리석어 보였다.

우리는 공사관에 머물고 있다. 내려와 보니 집 안이

---

* 이란 이스파한주에 있는 도시. 사산 제국 시기에 건설되었으며 셀주크 시대의 모스크, 시장, 역사적 건축이 모여 있는 구시가지가 남아 있다.

금요일 모스크의 벽감, 아르디스탄.

요정 분장을 한 아이들로 가득했다. 어린이 연극 리허설 중이다.

── **4월 4일**

사르다르 아사드가 카스르 이 카자르Kasr-i-Kajar 병원에서 '간질로 사망'했다.

카스르 이 카자르는 테헤란을 내려다보는 고지에 위치한 요새다. 전쟁 전 러시아군이 입헌 운동*을 무력화한 곳이 바로 이곳이다. 마조리뱅크스는 이곳을 시범 감옥으로 개조했다. 그리고 진보에 대한 경의가 행여라도 눈에 띄지 않는 일이 없도록 외국인들을 그곳에서 크게 대접했고 그들은 주방과 위생 시설에 깊은 인상을 받았다. 그러나 어제 한 미국인이 말했듯이 이곳은 '상류층 수감자들의 사망률이 신기하게도 높다'고 한다.

---

*   1905년에서 1911년까지 있었던 이란의 입헌 혁명이다. 이 혁명을 통해 카자르 제국은 헌법과 의회를 갖춘 입헌 군주국이 되었다. 그러나 반혁명세력을 지원하는 영국과 러시아는 영·러 협상을 통해 이란을 남북으로 분할하고 영국은 자신의 영향 아래에 있는 남부 지역에서 입헌주의자를 배척하고 왕을 지지했다. 러시아는 영국의 묵인 아래 1911년 타브리즈를 점령하고 의회를 중지시킨다.

어제는 소동으로 정신 없었던 날이었다. 거리에서 마조리뱅크스를 만나고 그의 부하들의 긴장된 박수 소리를 듣는 것만으로도 소동은 충분했다. 공사관으로 돌아오자마자 세상의 종말이 온 듯한 굉음과 함께 말과 수레가 진입로를 미친 듯이 질주하는 바람에 아이들의 놀이를 위해 내려놓았던 벤치들이 여기저기 널브러졌다. 영웅이 되고 싶은 기분이 아니라서 나는 옆으로 길을 비켜 주었다. 수위는 얼른 문을 닫았지만, 문을 부수고 나가지 못한 말은 고릴라처럼 빗장 위로 뛰어올랐고 수레는 그 아래에서 부서져 버렸다. 크게 놀랐지만 말은 다치지 않았다.

그런 다음 연극이 열렸고 뒤이어 차가 나왔다.

R. B.: "케이크 하나 더 드시지 않겠습니까?"

시르 아흐마드: (약간 강하게) "고맙습니다, 아니요, 이미 먹었습니다. (강하게) 벌써 배가 찼어요. (희미하게) 여기까지는 아니고, (목을 만지며 점점 세게) 여기까지(이마를 만지며). 나는 (강하게) 전부 먹어 봤습니다. 식탁 위의 음식은 모두 먹었어요. (조용히) 제 이름이 시르 아흐마드잖아요. 시르는 그러니까 사자를 뜻하죠. (그르렁거리는 아주 큰 소리로) 내가 공격하면 (속삭이며, 아주 조용하게) 끔찍합니다."

크리스토퍼의 억류로 인해 막후에서 제대로 된 사건이 발생했다. 반복되는 문의 끝에 드디어 크리스토퍼를 구금한 이유가 밝혀졌는데, 외무부 장관의 실제 말을 빌리자면 "사이크스 씨가 농민들과 대화를 나눈다"는 것이었다. 우리는 이것이 다르벤드에서 마조리뱅크스의 정원사와 대화한 것을 은밀하게 암시하는 게 틀림없다고 생각했다. 그다지 설득력 있는 이유는 아니지만 아마도 영국인을 거칠게 다루는 것에 대한 런던 외교부의 통상적인 비굴한 묵인 상태로 되돌리기에는 충분할 것이다. 이번에 영국 외무부의 항의는 절묘한 방식으로 이루어졌고 페르시아 정부도 시라즈에서 라이스 신부를 추방하기로 했다. 아마도 바티칸이 그를 더 잘 변호할 것이다. 교황 대사는 격노했다.

크리스토퍼가 오늘 아침 시르 아흐마드를 방문했다.

시르 아흐마드: (약간 강하게) "테헤란에 오래 머무르시나요?"

크리스토퍼: "2주 후에 떠나는데, 각하를 뵙는 기쁨뿐만 아니라, (두 사람 모두 절을 하며) 아프가니스탄으로 가는 것을 허락해 달라고 부탁하러 왔습니다."

시르 아흐마드: (아프가니스탄을 가리키며 포효하듯 아주 큰 소리로) "가십시오."

크리스토퍼: "그렇게 말씀해 주시니 정말 감사합니다. 하지만 제가 페르시아 남부에서 스파이 혐의를 받고 있다는 사실을 먼저 말씀드리는 것이 의무라고 생각합니

다. 그리고 그 결과…"

시르 아흐마드: (조용히) "알고 있습니다."

크리스토퍼: "더 터무니없는 사실은…"

시르 아흐마드: (아주 조용히) "알아요. 알아요."

크리스토퍼: "그들이 더 일찍 말했더라면, 저는…"

시르 아흐마드: (아주 조용하게) "알아요. 하지만 그건 중요하지 않아요."

크리스토퍼: "죄송합니다만 각하, 그것은 중요합니다. 저는 매우 화가 납니다."

시르 아흐마드: (웃으며, 약간 강하게) "당신은 화가 났군요, 하, 하. 화내는 건 잘못되었습니다. 당신 나라의 장관도 화가 났죠. 그것도 옳지 않습니다. 페르시아인들, 하, 하, 그들이 옳아요. (점점 크게) 그들이 옳습니다."

크리스토퍼: "분명 각하께서는 의혹을 그냥 믿기보다는 분별력을 갖고 계시리라 생각합니다."

시르 아흐마드: (약간 세게) "페르시아인들이 맞습니다. 그런데 왜 그들이 당신에게 떠나라고 하는 거죠?"

크리스토퍼: "그들은 제가 농민들과 이야기한다고 합니다."

시르 아흐마드: (의기양양하여, 강하게) "그럼 그들이 옳습니다. 어째서 그들이 옳은지 말씀드리겠습니다. 페르시아, 아프가니스탄, 이라크, 동방에는 (아주 약하게) 신비로움이 없습니다. (강하게) 영국, 러시아, 독일에는 (아주 약하게)

위대한 불가사의가 있습니다. (세계) 영국에는 선박의 신비, 러시아에는 수백만 명의 사람들, 군대의 신비, 독일과 프랑스에는 총의 신비. (약하게) 아프가니스탄, 페르시아에는 (일축하는 듯한 격렬한 몸짓으로) 그런 신비가 없습니다. 군대도 없고, 배도 없죠. (약간 세게) 이것이 페르시아 여러 왕국의 역사입니다."

크리스토퍼: "왜 그런 말씀을 하시는지…"

시르 아흐마드: (약간 강하게) "제가 이야기해 드리지요. 간단합니다. (점점 크게) 들어 보세요. (약간 강하게) 늙은 당나귀 한 마리가 있었어요. 불쌍하고 늙은 나귀는 돌을 너무 많이 날라서 매우 피곤했습니다. 어느 날, 음, 털이 많고 후각도 좋은, 그 이빨이 많은 동물을 뭐라고 부르죠? 개처럼 짖는데."

크리스토퍼: "늑대?"

시르 아흐마드: (아주 강하게) "늑대는 아니오."

크리스토퍼: "자칼?"

시르 아흐마드: (강하게) "자칼! …어느 날 자칼이 불쌍한 늙은 당나귀에게 다가왔습니다. (아주 약하게) 당나귀는 매우 피곤하고 슬퍼 보였죠. (약간 강하게) 자칼이 말하길, '실례합니다, 선생님, 왕이 되시겠습니까? 우리 정글의 왕중의 왕이 되시겠어요?'

(약간 약하게) 당나귀가 대답했습니다. '절대 불가능합니다.'

(약간 세게) 자칼이 말했습니다. '아니요, 아니요. 나는 당신이 왕이 되기를 원합니다. 당신이 이 언덕 위에 서 있어야 합니다.'

(약간 약하게) 당나귀가 대답했습니다. '나는 원치 않아요. 나는 왕이 되어서는 안 됩니다. 저는 돌을 나를게요.'

(약간 약하게) 자칼이 그에게 말했습니다. '걱정하지 마세요. 항상 이 언덕에 서서 이 외투를 입고 있으면 됩니다.'

자칼이 그에게 사자 외투를 주었습니다. 당나귀는 그것을 입고 언덕에 머물렀습니다. (아주 조용하게) 정글에서 자칼은 (아주 강하게) 사자를 만났습니다. (약간 강하게) 그는 '폐하, 언덕에 또 다른 왕이 있습니다. 높은 왕, 폐하보다 더 높아요.'라고 말합니다.

(아주 약하게) 사자는 매우 화가 나 이렇게 대답했습니다. (문자 그대로 포효하며, 아주 강하게) '으르렁! 어떻게 감히! 그는 어디 있느냐? 너희 모두를 잡아먹어 버리겠다!' (이글거리는 눈빛으로 이를 갈면서)

(약간 강하게) 사자는 서둘러 언덕으로 갔습니다. 그는 사자 외투를 입은 당나귀를 보았지요. 보니까 너무 커요. 엉덩이도 너무 크고 키도 너무 커요. 사자는 무서워서 멀리 도망갔습니다. (웃으며 점점 세게) 그러자 모든 동물이 당나귀 앞에 엎드립니다. 그가 이제는 정글을 다스리는 왕 중의 왕입니다. (잠시 멈춤)

(아주 약하게) 어느 날 작은 (점점 세게) 대지가 왔어요."

크리스토퍼: "작은 뭐요?"

시르 아흐마드: (약간 강하게) "대지… 하, 돼지…가 와서 그의 엉덩이 살을 봐요. 그는 (그르렁거리며 강하게) 꿀꿀 돼지 소리를 냅니다. 당나귀 사자는 매우 화가 나 왕 중의 왕(샤 인 샤)처럼 발을 구르며, (형언할 수 없는 소리) 당나귀 소리를 냅니다. (아주 강하게) 그러자 표범, 사자, 호랑이 등 모든 동물은 작은 언덕 위에 서 있는 샤 인 샤가 그저 불쌍한 늙은 당나귀에 지나지 않는다는 것을 알게 됩니다. 아뿔싸! 끝! 불쌍한 늙은 당나귀는 결국 죽고 말았습니다.

(약간 강하게) 아시겠나요, 사이크스 씨? 동양에서도 마찬가지예요. 아프가니스탄과 페르시아는 두 마리 늙은 당나귀입니다. 사자 외투를 입은 페르시아 당나귀, 당나귀 사자인 셈이지요. 그래도 좋습니다. 페르시아는 매우 자랑스럽고 자부심이 높습니다. 그러나 당신이 (점점 세게) 돼지가 그랬던 것처럼 말을 걸면, 당신이 (아주 강하게) 그에게 말을 걸면, (약간 세게) 그는 매우 화를 내요. 왜냐하면 모든 동물, 모든 사람이 그가 당나귀라는 것을 알아 버리거든요. 그러니 당신은 떠나야 합니다."

시르 아흐마드는 페르시아의 자부심을 주제로 계속 이야기를 이어 갔고, 이제는 아프간 국경에서 페르시아 경찰이 살해된 사건과 관련해 마조리뱅크스와 나눈 대화에 대해 이야기했다.

"(약간 강하게) 샤는 매우 화가 났어요. 저는 그에게 말했죠. '안녕하세요? 잘 지내고 계십니까? 기분은 어떠십니까?'

샤가 말하더군요. (아주 강하게) '으르렁!'*

(약간 강하게) 제가 말했습니다. '폐하 왜 갑자기 화를 내십니까? 화내지 마십시오.'

(약간 강하게) 샤가 말했습니다. (아주 강하게) '으르렁!'

(약간 강하게) '왜 화가 나셨습니까?'라고 제가 물었습니다.

샤가 말했습니다. (아주 강하게) '그 살인자 아프간 놈들은 어디 있나요?'

(약간 강하게) 제가 말했습니다. '모릅니다. (약하게) 정말 죄송합니다.'

(약간 강하게) 샤가 말했습니다. (아주 세게) '으르렁!'

(약간 강하게) 제가 물었습니다. '어떻게 하고 싶으십니까?'

샤는 아프간 사람들에 대해 욕을 하고, 군인을 보내 아프간 사람들을 죽이겠다고 했습니다.

저는 그에게 '안 됩니다, 샤께서 저에게 하신 말씀은 잘못되었습니다'라고 말했습니다.

---

* 저자가 모든 말을 다 기록할 수 없어 비언어적 표현 방식으로 그의 분노와 짜증 등을 전달하기 위해 이렇게 쓴 것으로 보인다.

샤가 말하더군요. (포효하듯 아주 강하게) '뭐가 잘못됐습니까? 내가 틀렸다고요?'

(약간 강하게) 저는 그에게 이렇게 말했습니다. '아프가니스탄으로 가십시오, 폐하. 아프간인들을 죽이십시오. (점점 세게) 많이요. (약하게) 그들은 사악한 놈들입니다. (약간 강하게) 하지만 먼저 경찰서장 아이룸 장군을 죽이세요. 그도 사악한 사람입니다. 지난주 나데리Naderi 목욕탕에서 몇몇 남자들이 한 여자에게 나쁜 짓을 했습니다. 그러고 나서 그들은 그녀의 머리를 (끔찍하다는 제스처를 하며 점점 세게) 잘라 버렸습니다! 그리고 피가 잔뜩 묻은 시체를 그냥 내버려 두고 가 버렸습니다. (희미하게) 아이룸 장군은 살인자들을 찾을 수 없었습니다. 우리도 살인자를 찾을 수 없었습니다. 그는 매우 유감스러워합니다. 우리도 정말 죄송합니다. 그러니 아이룸 장군을 죽이고 나서 (아주 강하게) 아프가니스탄으로 가십시오. (약간 강하게) 하지만 먼저 아이룸 장군이 (점점 세게) 죽는 걸 봐야겠습니다! 죽어야 해요! 그도 똑같이 피를 흘려야 합니다!'

(약간 강하게) 샤가 웃었습니다. '각하께서 화내시면 안 되지요. 괜찮습니다.'"

—— 4월 11일

새로운 공사관 사진에는 어린이, 통역관, 전령을 포함해 84명이 찍혀 있다. 모두가 공사관 영내에서 잠을 자지는 않지만 정오가 되면 그곳에서 그들 모두를 찾아볼 수 있다. 그만큼 우리 외교에서 페르시아가 차지하는 비중이 크다.

어젯밤 아메리칸 칼리지American College의 사서인 영이 우리를 주르 하나Zur Khana*로 데려갔다. 그는 학생들이 스웨덴식의 엄격한 체력 훈련에 대해 불평하는 말을 듣다가 이 기관을 처음 알게 되었다고 한다. 주르 하나는 그 역사가 이슬람 이전 시대로 거슬러 올라가며, 조로아스터교 의식에서 발전한 것일 수도 있다.

시장 구역 안에 있는 큰 방 하나가 체취와 하얀 불빛으로 우리를 맞이했다. 벽에는 초상화, 드로잉 몇 점, 누렇게 바랜 사진이 잔뜩 걸려 있어 귀족들의 캐비닛, 이튼에 있는 템스터의 캐비닛, 비엔나의 마담 자허의 캐비닛과 똑같은 인상을 주었다. 이 사진들에는 과거의 챔피언들인 *팔레반pahlevan***이 찍혀 있는데, 팔레반은 루스탐과 같은 신화 속 전사들에게 붙이는 고대 칭호이지만 도덕적 미덕보다는 힘만을 의미한다. 그림 위에는 다른 예쁜 기념품들, 레슬링 시합에서 착용하는 자수 반바지, 철제 원반에

---

* 이란의 전통적인 체력훈련장.
** 이란에서 매년 열렸던 팔레바니pahlevani 대회의 우승자 칭호다. 이 대회는 고대 페르시아 신앙의 여러 요소가 결합된 무술연행으로 고대의 무기를 상징하는 도구를 휘두르며 체조 동작을 하는 의식이다. 신성한 돔형 구조물인 주르 하나에서 거행한다.

줄 대신 느슨한 체인이 부착된 철제 활 여러 개가 걸려 있었다. 옆방에는 나무 방망이와 사각형의 나무 방패가 쌓여 있다.

바닥 한가운데에는 깊이 90~120센티미터에 면적은 약 2.8제곱미터 정도 되는 구덩이가 있었는데, 고운 모래로 채우고 밟아서 단단하게 다진 뒤 그 위에 탄력을 주기 위해 30센티미터 두께로 짚을 꽉 채워 넣었다. 그 안에는 다양한 연령대의 남자 십여 명이 허리에 수건만 두르고 배를 드러낸 채 큰 대자로 드러누워 있었다. 바로 미래의 팔레반들이었다. 구석에 놓인 테이블 위에는 숯을 담은 쟁반이 놓여 있었고, 연주단이 공명을 일으키기 위해 북을 데우고 있었다. 북소리가 울려 퍼지자 무예를 보여 주는 공연자들이 위아래로 몸을 일으켰다 낮췄다를 점점 더 빠르게 반복했다. 연주단이 노래를 시작하고 갑자기 번갈아 가며 종과 북이 핑, 핑, 뺑… 뺑, 피웅, 피웅, 연이어 울리면서 그 동작이 끝났다.

그다음 한 번에 한 명씩 양손에 방망이를 하나씩 들고 돌린다. 방망이는 너무 무거워서 내가 양손으로 바닥에서 하나씩 들어 올리기 힘들 정도였다. 그런 다음 더 많은 신체 운동이 이어졌다. 팔을 쭉 뻗은 채로 빠른 속도로 방망이를 돌리는데, 어찌나 빨리 돌리는지 내가 공연자의 양쪽 옆얼굴과 정면 얼굴을 동시에 선명하게 볼 수 있을 정도다. 드럼, 노래, 종으로 구성된 연주단은 내내 리듬을 늦추었다 빠르게 했다 하면서 연주했다. 운동을 하는 공연자는 그러한 음악적 변화에 재빨리 반응하여 움직였고, 얼굴과 몸은 즐거움으로 활기를 띠었다. 페르시아의 주르 하나에서의 체력 훈련과 대조적으로 스웨덴식 훈련은 정해진 대로 움직이는 자동 장치처럼 기계적인 반복 운동으로 이루어져 있어 즐거움이 동반되지 않아 영의 페르시아 학생들에게보다 우리에게 훨씬 더 불편하고 고통스럽게 느껴졌다.

마지막은 체인이 달린 철제 활을 머리 위로 들어 올려 원반을 엮은 체인이 어깨에서 귀 사이를 왔다 갔다 하도록 하는 운동이었다. 끝에 가서 이 운동의 챔피언은 텍스 매클라우드*와 그의 올가미 스타일로 활 안팎을 들락날락거리며 깡충깡충 뛰면서 춤을 추었다. 다만 그 활의 무게로 인해 마지막에는 너무 지쳐서 구덩이에서 몸을 일으키지도 못했다. 그사이 새로 도착한 사람들은 다음 세션의 차례를 기다리며 옷을 벗고 있었다.

첫 번째 세션이 끝나고 출연자들이 옷을 챙겨 입자 우리는 그들이 어떤 사람들인지 알 수 있었다. 대부분은 상인이나 가게 주인이었고 한 명은 공군 장교였다. 그리고

---

* 텍스 매클라우드Tex McLeod(1889~1973). 미국 텍사스 출신으로 1913년 캐나다 앨버타의 캘거리 스탬피드에서 '올 어라운드 카우보이all around cowboy' 타이틀을 획득한 사람이다.

현재 조수 네 명의 도움을 받아 『브리태니커 백과사전』을 번역하고 있는 학자도 있었다. 그가 영어의 알파벳 순서가 페르시아어와 다르다는 사실을 제때 깨닫지 못했다면 이 노력의 첫 번째 권은 즉시 출판되었을 것이다.

지나치게 긴장하는 사람이 있는지 살피면서 매 공연을 주재하는 책임자가 이 조직에 대해 설명해 주었다. 각 주르 하나는 일종의 클럽이며, 대부분은 이 클럽처럼 시장과 주거 지역이 만나는 지점에 위치해 있어 직장인들이 퇴근길에 운동하러 들를 수 있다. 사용료는 한 달에 3토만, 즉 7실링 6페니다. 가끔 주르 하나들 간에 경쟁이 벌어지기도 한다.

저녁 식사 자리에서 한 스웨덴 청년을 만났는데, 값비싼 보석과 아버지의 재산에 대한 이야기를 들으며 그가 왜 테헤란에 사는지 궁금해졌다.

스웨덴 청년: "저는 케이스 사업을 하고 있습니다."

R. B.: "케이스요?"

스웨덴 청년: "소시지 케이스요."

R. B.: "통조림을 말하는 건가요?"

스웨덴 청년: "아니요, 양의 내장으로 만드는 건데 소시지 속을 담는 얇은 포장집니다. 별로 좋은 사업이 아니라고 생각하는 사람들도 있어서 저는 이 주제로는 잘 이야기하지 않습니다."

R. B.: "저는 그 케이스가 라이스 페이퍼나 뭐 그런 재료로 만들어진 줄 알았습니다."

스웨덴 청년: "전혀 아니에요. 모든 소시지는 내장으로 만든 케이스에 채웁니다."

R. B.: "하, 하, 하 그럼 지름이 15센티미터짜리 소시지는 어떻게 된 거죠?"

스웨덴 청년: (진지하게) "우리는 양의 내장만 쓰는 건 아닙니다. 소의 내장도 사용합니다. 황소 대장으로 만들 수 있는 소시지 중 가장 큰 소시지를 만들 겁니다."

R. B.: "스웨덴 소는 내장이 없나요? 왜 페르시아에 와서 내장을 구하나요?"

스웨덴 청년: "페르시아산은 고급입니다. 첫 번째 등급은 러시아의 칼무키아Kalmuckia* 대초원에서 나옵니다. 두 번째는 호주와 뉴질랜드산이고 다음이 페르시아산입니다. 페르시아에는 중요한 사업입니다. 케이스는 스웨덴-페르시아 무역 협정에 따라 이루어지는 가장 규모가 큰 수출품 중 하나입니다."

R. B.: "케이스 사업을 직업으로 선택하게 된 계기는 무엇인가요?"

---

*   현재 칼미키아 공화국Republic of Kalmykia. 러시아 남부 연방관구에 속하는 자치 공화국이다. 해수면보다 낮은 카스피해 연안의 저지대라는 지형적 특징을 갖고 있다.

스웨덴 청년: "원래는 아버지의 사업입니다."

재산 때문이군. 나는 그렇게 생각했다.

술타니야(약 1,800미터)

── 4월 12일

울자이투Uljaitu의 묘소를 마지막으로 방문했다. 이는 내가 페르시아에서 처음 본 위대한 기념물이었지만 그때는 비교할 기준이 없었고 지금은 실망할까 봐 두려웠다.

괜한 걱정이었다.

멀지 않은 곳에 작은 기념물이 두 개 있는데, 하나는 술탄 체일라비Cheilabi의 것으로 알려진 13세기의 팔각형 무덤탑이고, 다른 하나는 후에 지어진 더 땅딸막한 팔각형 사원으로 물라 하산Hassan의 무덤을 보호하기 위한 것이다. 첫 번째 기념물의 벽돌 공사는 마치 어제 지어진 것처럼 여전히 끝이 뾰족하며 유럽 벽돌 장인인 네덜란드인이 만든 최고의 작품을 능가한다. 두 번째 기념물은 빨간색과 흰색으로 칠해진 돔형 종유석 천장이 주목할 만하다.

좁은 길이 가시가 많은 갈색 수풀을 지나 나중에 지어진 사원으로 이어진다. "여름에 다시 올 수 없다니 정말 안 됐군요. 그때는 큰길에 장미꽃이 만발해서 정말 아름다울 텐데요." 나와 함께 있던 농부가 아쉬워하며 말했다.

테헤란

—— **4월 14일**

돌아오는 길에 카즈빈에 들렀다가 현지의 화이트 와인을 발견하고 호텔에 있는 재고품을 모두 사들였다. 지금은 그 호텔이 얼마나 편안해 보이는지! 예전에 하마단에서 오는 길에 그곳에 들른 후 바그다드의 목탄차 운행자들에게 무슨 일이 있어도 그곳은 피하라고 경고했던 기억이 난다.

페르시아를 여행하는 거의 모든 방문객은 레슈트 Resht나 하마단을 통해 여행하며, 카즈빈의 금요일 모스크 외곽을 반드시 지난다. 하지만 프랑스 유물국의 고다르를 제외하고 1113년에 지어진 이 성소의 셀주크 양식 스투코를 본 사람은 내가 처음일 것이다. 패널, 코니스, 아라베스크 프리즈로 아름답게 장식되어 있으며 명문은 우아하게 늘어선 꽃, 장미, 튤립, 붓꽃과 어우러져 있다. 이는 일반적으로 사파비 왕조가 4백 년 후에 만들었다고 여겨진다.

아직도 여기 있다.

오늘 아침에 떠나야 했지만 폭우 때문에 도무지 떠날 수가 없었다.

학교 교사인 스러시도 남쪽 도로를 따라 카불로 가는 중이다. 그는 아프간 대사관에 모험을 하길 원한다고 말했고, 항상 다른 사람이 원하는 것을 기꺼이 들어주고 싶어 하는 시르 아흐마드는 그에게 러시아 스파이로 위장하는 것이 어떠냐고 제안하면서 그가 총살을 피할 수 있도록 편지를 써 주는 것이 좋겠다고 했다. 오늘 아침 크리스토퍼와 내가 여행에서 만끽하는 편안함의 중요성에 대해 이야기하던 중 그를 만났다. 그는 불편함을 좋아하고 즐긴다고 했다. 나는 이런 유형의 사람을 안다. 그들은 순전히 비효율성 하나 때문에 죽음을 맞는다.

오늘 오후 나는 메셰드 사원의 무타발리 바쉬Mutavali Bashi*인 아사디를 방문했다. 그는 매년 6만 파운드에 달하는 사원의 수입을 관리하는 법원의 임명직이다. 그는 그 수입으로 짓고 있는 병원을 나에게 꼭 보여 주고 싶어 했다. 그러나 나를 사원 안으로 들여보내 주겠다는 약속은 받아내지 못했다.

---

* 사원의 관리자를 무타발리라고 하며, 특히 중요한 사원을 관리하는 사람을 무타발리 바쉬라고 한다.

한 인간으로서 고하르 샤드에 대해 생각보다 더 많은 것이 알려져 있다.

── 4월 21일

여전히 여기 있다.

이번에는 어제 도착한 업햄 포프*를 만나려고 하루 더 머물렀다. 내 사진과 정보 중 일부는 그가 곧 출간할 『페르시아 예술 조사Survey of Persian Art』에 도움이 될 것이다.

그는 무어 부인과 함께 비행기를 타고 왔다. 무어 부인은 일흔이 넘은 수백만 파운드의 재산을 소유한 여장부였다. 그녀의 일행은 두 자매, 하녀 세 명, 그리고 '매니저'였다. 우리는 아메리칸 칼리지에서 그들을 만나 차를 마셨다. 크리스토퍼는 계속되는 아첨 소리에 어안이 벙벙했지만, 일을 사적인 호의에 기대려는 사람에게는 일말의 동정심도 없다.

---

*   아서 업햄 포프Arthur Upham Pope(1881~1969). 미국의 미술사가이자 건축역사학자. 특히 페르시아 예술사 전문가다.

5부

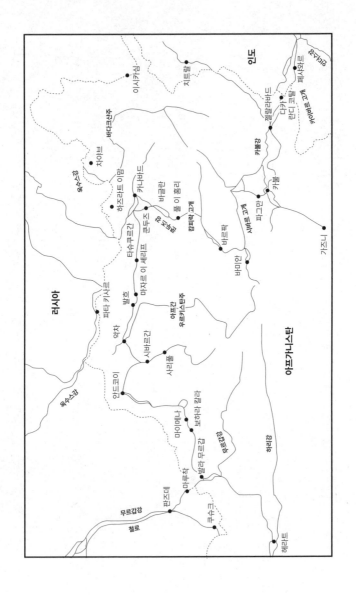

샤히 Shahi*(약 90미터)

—— 4월 22일

오랫동안 계획한 여행의 첫날 저녁.

호어 부인과 조셉은 아침 일찍 일어나 우리와 함께 등나무 아래에서 아침을 먹었다. 빅토리아 시대의 정신병원을 닮은 공사관 건물의 겨울 모습은 이제 봄꽃과 어린 잎사귀에 가려져 있었다. 차를 타고 떠나면서 나는 그 못생긴 작은 집과 그곳의 영국인 사회 전반에서 느꼈던 친절함을 무한한 감사와 함께 떠올렸다. 이러한 친절함은 잊기는 쉬워도 보답하기는 어렵다. 페르시아에서 여행 후 깨끗한 시트 두 장과 목욕이 상징하는 것만큼의 환대를 영국에서 제공하려면 부자여야 한다. 그보다 더 나쁜 것은 감사

---

* 이란 마잔다란주의 도시로 오늘날의 카엠 샤흐르Qaem Shahr다.

함을 잊는 것으로 끝나지 않을 수도 있다는 점이다. 글을 쓰는 사람은 정치적 무분별함으로 이런저런 글을 쓰다 오히려 상처를 주어 안 그래도 어려운 주민들의 삶을 지금보다 더 어렵게 만드는 경향이 있다. 개인적인 관점에서 볼 때 유감스러운 일이지만, 솔직히 말하면 나는 그것이 잘못되었다고 생각하지 않는다. 요즘 같은 시대에는 일몰에 대해 불평하는 것도 정치적으로 경솔한 언동이 될 수 있으며, 칭찬받아야 할 시멘트 공장이 바로 앞에 있어 칭찬하는 것도 마찬가지로 정치적으로 해석될 만한 무분별한 행동이다. 누군가는 인간 이성을 위해 현대 민족주의의 금기를 깨야 한다. 비즈니스는 그럴 수 없다. 외교도 그렇게 하지 않을 것이다. 우리 같은 사람들이 해야 한다.

다시 찾아온 추억이 깃든 호라산 길! 봄이 왔음에도 고원 가장자리를 넘어 카스피해 연안으로 이어지는 고개에는 눈이 내리고 있었다. 하얀 눈보라 아래에서 특별한 변화가 일어났다. 5분 뒤, 우리는 돌과 진흙과 모래의 세계 그리고 다마스쿠스 이후 영원히 계속될 것만 같았던 가뭄에서 벗어나 나무와 나뭇잎, 습기가 가득한 세계로 들어섰다. 그곳의 언덕은 덤불 옷을 입었고, 덤불은 나무로 자라났으며, 눈이 그치자 나무들은 아치형 천장이 하늘을 가리듯 잎이 무성한 맨살을 드러낸 줄기가 모인 빛나는 숲이 되었다. 고원이 주었던 압박감이 홀연 사라졌다. 바람이 휩쓸고 가는 피할 곳 없는 사막과 위협적인 산, 다 허물어져 가는 마을이 영혼에 어떤 형벌을 부과했는지 이제야 알겠다. 안도감은 사실 육체적인 것이다. 우리 몸은 중력의 변화를 겪으며 정상적인 활기를 되찾아 가는 것 같았다.

그 느낌은 날카로운 휘파람 소리와 하얀 연기가 피어오르면서 중단되었다. 계곡 아래쪽에서 마조리뱅크스의 새 철도가 고원을 향해 서서히 기어오르고 있었다. 피루즈쿠Firuzkuh에 있는 엘부르즈산맥에 공사의 두 번째 단계인 삼중 나선형 터널을 만들고 나면 3년 후에는 테헤란까지 이어질 것이다. 그런데 그 비용을 결코 감당할 수 없다. 처음 320킬로미터 건설을 위해 부과된 세금은 이미 농민들에게서 그들의 유일한 사치품인 차와 설탕을 빼앗아 갔다. 그러나 도로 건설의 목적은 경제학보다는 심리학의 문제다. 현대 페르시아인에게 그것은 국가적 자존심의 상징이다. 이 철도는 마침내 다리우스의 업적으로 2천 년을 근근이 살아온 철옹성 같은 허영심을 채워 줄 새로운 식단을 제공한다. 내연 기관에 휘둘리며 시달려 온 우리에게는 증기기관의 끙끙거리는 소리가 사륜마차의 덜컹거리는 소리만큼이나 친근하고 고풍스럽게 들렸다. 우리는 나무와 기차에 두 번이나 친구가 된 듯한 느낌을 받았다.

처음 고개를 넘었을 때 언덕을 타고 굴러 내려오는 목

재와 지붕널을 덮은 처마를 보고 오스트리아가 떠올랐다. 해안 평원은 생울타리와 가시덤불로 나뉘고 그 아래 풀밭에는 고사리와 쐐기풀이 무성하게 자라고 있었다. 그곳에 서면 호랑이 가죽이 현관문 밖에 걸려 있는 것을 보기 전까지는 마치 어느 비 오는 오후의 영국에 있는 것만 같았다. 그래서 그런지 이 목가적인 풍경 속에서 검은 양털 모자를 쓴 맨발의 마잔다라니족 양치기 소년들이 몹시도 이국적으로 보였다. 분명 한때는 유목민이었을 이 사람들에게서 아열대 환경의 영향으로 만들어졌을 것 같은 무기력한 야만의 분위기가 풍겨 나왔다.

샤히는 이란 횡단철도가 개통되면서 생겨난 초창기 개척 마을이다. 난데없이 나타난 주요 거리 네 개가 포장도로와 상점 진열창으로 꾸며진 아스팔트 원형 광장으로 모인다. 호텔은 러시아, 독일, 스칸디나비아의 엔지니어들로 붐빈다.

아스테라바드(90미터)

—— **4월 23일**

샤히에서 아스테라바드까지 가는 도로가 있지만, 철도 가설로 파손된 채 방치되어 있다. 우리는 아슈라프 Ashraf까지만 차로 갈 수 있었다.

샤 아바스가 1627년에 도드모어 코튼 경*을 맞이했던 두 개의 정원과 궁전은 여전히 왕실의 호화로운 모습을 간직하고 있다. 숲이 우거진 언덕 위에 있는 궁전은 멀리서 보면 영국의 시골 저택처럼 보인다. 그러나 실제로는 매우 작고, 타일 작업은 거칠었다. 그리고 일반적인 페르시아의 세속 건물과는 달리 공간을 편리하게 사용할 수 있도록 설계되어 있지 않다. 이 건물의 주요 특징은 창문이다. 러스킨이 피렌체의 15세기 궁전에서 옥스퍼드 교외로 옮겨 놓은 듯한 유형의 창문이다. 참 이상한 우연의 일치다. 두 정원은 건물보다는 낭만적이다. 긴 돌로 만든 수로는 완만하게 경사진 초원을 가로지르며 무굴 양식의 평평한 돌로 된 경사면과 수평을 맞추고 있다. 무굴 양식은 페르시아, 인도 혹은 옥시아나 등 어디에서 유래했건 간에 황량한 풍경에만 어울린다. 풀과 고사리로 둘러싸인 이곳은 아일랜드에 있는 이탈리아 정원처럼 약간 과해 보인다.

둘 중 더 큰 정원은 샤 아바스가 이스파한에서 실현한 것과 같은 생각의 규모를 보여 준다. 뒤쪽 언덕에는 분홍색 난초가 덤불 속에서 피어 있고, 사이프러스가 늘어서 있는 대로는 담으로 둘러싸인 수천 평에 이르는 대지를 가로질러 내려 간다. 그곳에는 영국 공원처럼 사이프러스나무들

---

* 도드모어 코튼Dodmore Cotton(?~1628). 영국 외교관이자 찰스 1세가 임명한 페르시아 아바스 1세 궁정 최초의 공인 영국대사였다.

이 점점이 흩어져 있다. 수로는 길 안쪽을 따라 흘러 빌라 란테Villa Lante와 마찬가지로 두 파빌리온 사이를 지나간다. 파빌리온은 다리 역할을 하는 지붕이 있는 아케이드로 연결되어 있다. 길 아래쪽에는 수문 관리실이 있다. 그 너머로 나무가 쭉 늘어선 길이 아슈라프 마을을 지나 경작지를 가로질러 달려간다. 마침내 그 길이 평원 끝에 이르면 카스피해의 반짝이는 수평선이 시야에 들어온다.

점심을 먹을 장소를 찾아다니다 정사각형 연못 중 하나를 선택했다. 지금은 말라 버린 이 연못에는 한때 물길이 있었으며, 연못의 갓돌에는 기름 위에 떠 있는 심지 형태의 작은 램프를 놓을 수 있도록 구멍도 만들어져 있었다. 나는 피크닉 가방을 들고 연못 바닥의 긴 풀밭으로 뛰어 내려갔다. 하지만 이미 그곳을 차지하고 있는 놈이 있었다. 다행히 나보다 더 겁에 질린 1.5미터 길이의 적갈색 뱀이 내 다리를 휘감아 돌더니 벽돌 틈새로 기어들어 갔다.

기차가 도착하자 차를 무개 화차에 실었다. 하인들은 차 안에 남아 있었고, 우리는 새로운 경이로움을 구경하러 테헤란에서 온 휴가객들과 어울렸다. 객차마다 철도 에티켓으로 다섯 가지 금지 사항이 적혀 있었다. 철도가 끝나는 카스피해에 새로 만들어진 항구 반다르 샤Bandar Shah*

---

* 현재 반다르 토르카만Bandar Torkaman의 옛 이름이다. 이란 골레스 탄주의 카스피해에 면한 항구 도시다.

에는 해변을 찾은 인파가 열차를 맞이했다. 그중에는 현지 경찰서장과 전쟁 사무소 대표도 있었는데, 그들은 우리에게 어디로 가는지 물었다.

굼바드 이 카부스Gumbad-i-Kabus*?

물론이다. 원한다면 부즈누르드Bujnurd와 투르코만 국가를 통과하는 새로운 군용 도로를 달려 메셰드까지 갈 수도 있었다.

정말 반가운 놀라움이었다. 내가 테헤란의 굼바드 이 카부스 방문 허가를 요청하자 내무부 장관 잠은 그곳이 군사 구역이라 허락할 수 없으니 요청을 철회해 달라고 개인적으로 전갈을 보내왔다. 이 소식을 들은 군무관 파이버스는 참모본부에 한번 말해 보겠다고 했다. 우리가 떠날 때까지 그는 아무 대답도 받지 못했지만 우연한 기회에 여기까지 올 수 있었다. 내가 페르시아에 오기로 결심한 것은 바로 디에즈의 굼바드 이 카부스 사진 때문이었다. 이것을 못 보느니 차라리 내가 알고 있는 이 나라의 다른 건물들을 다 안 보는 것이 낫다.

---

* 곤바드 이 카부스Gonbad-e Qabus. 이란의 골레스탄주에 있는 도시. 14~15세기 몽골 침략으로 파괴되었다. 도시 이름의 의미는 카부스의 탑이라는 뜻으로 이곳에는 역사적으로 유명한 같은 이름의 벽돌 탑이 있다. 이 탑은 지야르Ziyarid 왕조의 통치자 카부스의 무덤이다.

어둠 속에서도 우리는 대초원을 알아차릴 수 있었다. 헤드라이트 불빛은 텅 빈 공간 속으로 사라져 버렸고, 지나가는 멧돼지 외에는 아무것도 보이지 않았다. 고향에서 건초를 베기 전 6월의 어느 날 밤처럼 달콤한 풀 냄새가 났다. 아스테라바드에서는 사람들이 모후람을 기념하며 휘장이 드리워진 관 뒤로 삼각형의 등불을 높이 치켜들고 거리를 행진했다. 많은 사람이 눈물을 흘리며 슬퍼하고 비탄에 잠겨 신음했다. 시르 아흐마드가 묘사한 대로 두 손이 자유로운 사람들은 옷을 찢고 자기 몸을 때렸다.

우리는 이곳에서 영국 부영사로 있었던 늙은 튀르크인과 함께 머물고 있는데, 그는 우리에게 호랑이 촬영을 주선해 주겠다고 제안했다.

굼바드 이 카부스(60미터)

— **4월 24일**

반다르 샤 도로를 따라 조금 거슬러 올라간 후, 우리는 나뭇가지를 엮어 만든 울타리 사이의 오른쪽으로 난 길을 따라 내려갔다. 높은 갈대가 시야를 가리고 있었다. 배가 하구를 빠져나가면 광활한 바다를 만나듯, 갑자기 대초원이 우리 앞에 펼쳐졌다. 탁 트인 눈부신 녹색 바다. 전에는 한 번도 본 적 없는 색이었다. 에메랄드, 비취 혹은 공작석, 벵골 정글의 거친 짙은 녹색, 아일랜드의 슬프게 서늘한 녹색, 지중해 포도밭 잎사귀의 녹색, 영국의 여름날 너도밤나무에 무성하게 피어난 녹색 등 다른 수많은 초록색에서는 일부 파란색이나 노란색이 다른 색보다 우세했다. 하지만 이것은 더 이상 다른 색을 분리해 낼 수 없는 순수한 녹색의 정수, 생명 그 자체의 색이었다. 태양은 따뜻했고 종달새는 하늘 위에서 노래하고 있었다. 우리 뒤로는 숲이 우거진 엘부르즈의 안개 자욱한 알프스의 푸른빛이 피어올랐고, 우리 앞에는 빛나는 신록이 땅끝까지 펼쳐져 있었다.

　대서양 한가운데에서 작은 조각배를 타고 있는 듯, 방향도 눈에 보이는 표지도 사라졌다. 우리는 항상 주변 수위보다 낮은 곳에 있는 듯, 녹색 물결의 구유 속에 갇힌 것 같았다. 앉으면 6미터, 서면 35킬로미터 앞까지 볼 수 있을 것 같다. 설령 그렇게 볼 수 있다 해도 35킬로미터나 떨어진 곳에 있는 땅의 굴곡은 자동차가 멈춰 서 있는 둑과 같은 초록색이라서 뭐가 뭔지 구분하기 어려웠다. 우리가 가지고 있는 유일한 지도는 우리가 알고 있는 사물의 축척이었다. 무엇보다 잔디밭에 버섯처럼 점점이 흩어져 있는 하얀 키빗카 무리가 있다. 사실 그것도 버섯이 아니라고 믿으려면 이성의 노력이 필요했다. 그리고 망아지와 암말, 검은 양과 갈색 양, 암소와 낙타 같은 가축 떼─낙타는 키빗카와는 반대 의미에서 기만적이었다. 너무 커서 그들이 대홍수 이전에 존재했던 괴물이 아니라고 믿으려면 또 다른 노력이 필요해 보였다─도 있었다. 오두막과 동물의 크기가 다양했기 때문에 1킬로미터, 2킬로미터, 10킬로미터 등 거리를 가늠할 수 있었다. 하지만 대초원의 크기를 가늠할 수 있게 한 것은 이것들보다는 눈이 닿는 곳이면 어디서든 불쑥 나타나면서도 이웃과 일정하게 2~3킬로미터 정도 떨어져 있는 다양한 유목민 야영지였다. 야영지가 수백 개나 되니 그 광경은 수백 킬로미터에 걸쳐 있는 것처럼 보였다.

도시 계획이 국가의 지도 위에 끼워 맞춰지듯이, 더 큰 축척의 지도가 우리 자동차 바퀴 바로 아래에 놓여 있다. 지도에 표시되지 않는 이곳의 녹색은 평범한 풀로 스며드는 것이 아니라 야생 옥수수, 보리, 귀리로 변해 있었고, 지금 살아 숨 쉬는 생명, 그 생생한 생명의 불꽃을 말해주고 있었다. 그리고 무수히 많은 수염처럼 얽힌 골목 가운데 온갖 꽃들이 피어나고 있었다. 미나리아재비와 양귀비, 옅은 보라색 붓꽃과 짙은 보라색 초롱꽃 등 수많은 꽃은 아이가 처음 보는 정원에서 찾을 수 있는 세상 모든 색과 형태, 경이로움을 보여 줬다. 그때 한 줄기 공기가 훅 불어와 옥수수밭에는 은빛 물결이 굽이치고 꽃들도 거기에 기대어 흔들렸다. 몇 미터 떨어진 곳에는 물결도 어둠도 없지만 구름 그림자가 생기면 잠시 잠자는 것처럼 사위가 전부 어두워지기도 했다. 그래서 이 모든 대초원의 내부 세계는 외부 세계가 갖지 못한 거리에 따른 단계적인 차이를 가진, 무한대로 작아지는 깊이감과 원근감을 부여하는 체계임을 확인할 수 있었다.

고원을 떠나면서 우리는 기운이 솟았다. 지금 우리는 모두 활기가 넘쳤다. 다시 볼 수 없는 첫 장면을 우리에게서 빼앗아 가는 시간이 더 빨리 가지 않도록 우리는 차를 멈추고 환호성을 질렀다. 낙원의 종달새들조차도 평소의 냉담함을 잃었는지 호기심 많은 새 한 마리가 내 모자에 부딪힐 뻔했다.

우리는 깎아지른 듯한 9미터 깊이 아래를 흐르는 구르간Gurgan강을 발견했다. 강을 둘러싼 맨땅의 절벽은 녹색 지대를 가로지르며 고적감의 상처를 그려 내고 있었다. 강 상류는 영국의 세번Severn 강만큼 넓었고, 우리는 높고 뾰족한 아치형의 오래된 벽돌 다리를 건넜다. 북쪽 강둑 위에 있는 이 다리는 수문 관리실이 지키고 있다. 수문 관리실 바깥쪽으로 돌출된 위층은 아펜니노Apennines산맥에서 볼 수 있는 넓은 처마가 있는 기와지붕으로 되어 있다. 여기서부터 부드러운 초록색 길이 대초원을 건너 사방으로 퍼져나가기 시작했다. 가끔 말과 낙타를 탄 사람들과 우리에게 길을 알려 준 높은 바퀴가 달린 이륜마차를 탄 사람이 지나가지 않았다면 길을 거의 찾을 수 없었을 것이다. 그들은 모두 투르코만인으로, 꽃무늬가 가득한 붉은색 무명옷을 입은 여성과 평범한 붉은색 또는 더 드물게는 번개 치는 모양의 지그재그로 짠 다채로운 색의 실크 옷을 입은 남성이었다. 하지만 양털 모자는 많지 않았다. 남자들 대부분은 마조리뱅크스의 대용품이나 적어도 양털 모자 끝에 골판지를 붙인 모자를 쓰고 다녔다.

엘부르즈산이 이제 우리 앞에서 둥글게 휘돌아 녹색의 만을 둘러싸기 시작했다. 그 한가운데 30킬로미터 떨어진 곳에는 작은 크림색의 바늘같이 뾰족한 것이 푸른 산을 배경으로 우뚝 솟아 있었다. 우리가 카부스의 탑으로 알고 있는 바로 그것이다. 한 시간 후, 이 지점을 지나서 우리는 작은 시장 마을에 도착했다. 이 마을의 넓고 쭉 뻗은 거리는 전쟁 이전 러시아가 이 지역을 점령했을 때를 떠올리게 한다. 탑은 마을 북쪽에 서 있으며, 불규칙한 모양의 작은 녹색 언덕으로 인해 하늘로 솟구쳐 날아오르는 것처럼 보인다. 언덕은 인위적으로 만들어졌으며 아주 오래되었다.

카페오레 색 벽돌을 위로 갈수록 체감하도록 쌓아 만든 원통형 탑이 바닥의 둥근 주춧돌에서 뾰족한 회록색 지

굼바드 이 카부스의 탑, 굼바드 이 카부스.

붕까지 솟구쳐 오른다. 지붕은 촛불 소등기처럼 원통형의 탑을 삼킨 듯한 모습이다. 주춧돌의 지름은 15미터, 전체 높이는 약 45미터다. 주춧돌과 지붕 사이의 원통형 몸체를 따라 삼각형 부벽 열 개가 세로로 길게 뻗어 있고, 부벽 사이마다 상단의 코니스 바로 아래와 길쭉한 검은색으로 보이는 입구 위쪽 부분에 각각 한 줄씩 쿠픽 문자를 새긴 좁다란 띠가 가로지르고 있다.

벽돌은 길고 얇으며 가마에서 갓 나온 것처럼 예리하게 각이 살아 있어서 부벽에 비치는 햇빛과 그림자를 칼처럼 선명하게 나눈다. 부벽이 태양 방향에서 멀어질수록 그림자는 부벽 사이의 원통형 곡선 벽면으로 확장되어 다양한 폭의 빛과 그늘의 줄무늬가 놀랍도록 역동적인 무늬를 만들어 낸다. 이 부벽의 수직적 운동성과 쿠픽 띠의 수평적 포용력이라는 대치되는 배치가 이 건물에 다른 어떤 건축물과도 비교할 수 없는 개성을 부여한다.

내부에는 아무것도 없다. 카부스의 시신은 유리관에 담겨 지붕에 매달려 있었다. 그는 1007년에 사망했다. 천년 세월 동안 이 등대는 중앙아시아 바다를 항해하는 유목민들에게 그에 대한 기억과 페르시아의 천재성을 알렸다. 오늘날에는 더 많은 관객이 있다. 그들은 그리스도 이후 두 번째 밀레니엄 초에, 페르시아인이 벽돌을 사용하여 어떻게 이 영웅적인 기념비의 표면에 이 재료가 보여 줄 수 있는 것보다 더 유쾌한 유희를 만들어 냈는지 틀림없이 궁금해할 것이다.

[여행자들은 대부분의 사람은 보지 못했지만 자신들은 본 적이 있는 것에 과장된 미사여구를 붙이는데 그러한 과장은 대개 의심스럽다. 나는 그것을 알고 있고, 그랬던 것에 죄책감을 가져 왔다. 그러나 2년 후, 전혀 다른 환경(베이징)에서 이 일기를 다시 읽으면서 나는 페르시아에 가기 전에 내가 갖고 있던 생각에는 변함이 없다는 걸 깨달았다. 그날 저녁 대초원에서 굼바드 이 카부스가 세계의 위대한 건물들과 어깨를 나란히 한다고 느꼈던 나의 믿음은 지금 더 확고해졌다.]

저녁 식사 시간에 군정 장관이 잠시 들러 예전에 탑 지붕에서 무언가가 번쩍거리곤 했다던 전언에 대해 이야기해 주었다. 그것은 유리나 수정이었으며 당시 사람들은 램프가 들어 있었다고 믿었다고 한다. 그는 러시아가 그것을 가져갔다고 말했지만 어떻게 가져갔는지는 설명하지 않았다. 이 이야기에는 카부스의 유리관에 대한 왜곡된 언급이 포함되어 있을 수도 있지만 카부스가 죽은 직후 아랍의 역사가 잔나비Jannabi도 이를 기록한 것으로 보아 실제 사실인 것으로 보인다.

이곳 주변 지역은 고고학 유물로 뒤덮여 있다. 잠시 멈춰서 찾아볼 시간만 있다면 정말 좋을 것 같다. '알렉산더의 성벽'*은 구르간에서 북쪽으로 불과 몇 킬로미터 떨어진 곳에 있으며, 동쪽으로 흐르는 강변 늪지대에는 아무도 탐험한 적 없는 유적들이 즐비하다고 한다. 선사 시대 유적도 있다. 얼마 전 어떤 투르코만 가족이 청동 그릇으로 가득 찬 고분을 발견하여, 그릇들을 꺼내 집에서 사용했다. 그 후 그들에게 불운이 닥치자, 그들은 신성한 무덤을 훼손한 탓으로 여겨 그릇을 다시 고분에 묻었다. 그는 또한 부즈누르드로 가는 길이 비와 산사태로 막혔다는 나쁜 소식도 전해 주었다. 지나갈 수는 있겠지만 트럭 한 대가 5일 동안의 여정 끝에 반쯤 부서진 채로 이곳에 겨우 기어들어 왔는데, 아프가니스탄을 앞에 두고 위험을 무릅쓰고 차를 몰고 갈 수는 없다. 결국 차는 피루즈쿠로 되돌아가고, 우리는 말을 타고 산을 넘어 샤흐루드까지 가는 방법을 고려하고 있다.

반다르 샤(해수면 높이)

—— 4월 26일

---

* 고르간의 방벽Great Wall of Gorgan이라고도 한다. 오늘날 골레스탄 주 고르간에 있는 사산 제국의 방어체계를 말한다. 알렉산더 대왕이 동진하면서 이곳을 통과했다고 한다.

428

체포됐다! 나는 지금 경찰서 침대에 누워서 글을 쓰고 있다.

우리가 잘못을 저질렀기 때문에 더 짜증 난다. 굼바드이 카부스에서 4시까지 기다렸지만 여전히 말을 구할 수 없어 결국 우리는 차를 타고 돌아가기로 했고, 아스테라바드를 피해서 오느라 밤 10시가 되어서야 이곳에 도착했다. 역 외에는 잠을 잘 곳이 없었고, 만사가 귀찮은 젊은 역장은 우리 때문에 밤늦은 시간에 방해를 받자 달가워하지 않았다. 오늘 아침 기차는 7시에 출발할 예정이었다. 그는 우리에게 6시에 선로 옆에 차를 세워 두라고 말했고, 우리는 그렇게 하겠다고 했다. 그러나 와야 할 트럭은 7시 10분 전까지도 도착하지 않았다. 게다가 역장이 앙심을 품고 우리를 태우지 않은 채로 기차를 출발시켰다는 것을 알게 되었다. 7개월 동안 억눌렸던 짜증이 폭발하면서 우리는 그 남자를 때리고 말았다. 큰 비명이 들렸고 군인들이 달려들어 크리스토퍼의 팔을 묶었다. 어떤 군인은 소총 개머리판으로 크리스토퍼의 등을 때렸다. 키는 간신히 120센티미터 정도 되었을까, 나폴리 테너 같은 목소리를 가진 장교는 크리스토퍼의 얼굴을 계속해서 때렸다. 나는 이런 모욕은 피했지만, 우리를 성가신 존재로 여기는 경찰을 당황스럽게 만들었다는 이유로 함께 감금되었다.

그들은 테헤란 '사건'에 대한 '조사'로 우리를 협박한다. 우리는 어떤 대가를 치르더라도 이 상황을 피하려면 굽신거려야 한다. 몇 주가 걸릴 수도 있다. 도대체 어떤 광기가 우리를 덮쳐서 이런 식으로 우리의 여정을 위태롭게 만들었는지 참 불가사의하다.

삼난(1,220미터)

── 4월 27일

이 '사건'은 수리점의 독일인 감독관인 한 침착한 노인 덕분에 해결되었다. 그는 경찰서로 느릿느릿 걸어들어와 "무슨 일인가요?"라고 물어보고는, 우리가 역장과 악수하는 것을 본 후 우리를 자기 집으로 데려가 하룻밤을 묵게 해주었다. 하룻밤 묵게 해준 것은 더 큰 친절을 베푼 것이었는데, 왜냐하면 그의 딸과 덴마크 은행의 매니저인 사위가 테헤란에서 갑작스럽게 도착했고, 여분의 방이 하나밖에 없어서 우리를 위해 응접실에 침대를 마련해야 했기 때문이다.

오늘 아침 샤히를 떠날 때 비가 내려 고갯길로 올라가는 길이 미끄럽고 위험했다. 모퉁이를 돌면서 제멋대로 움직이는 트럭 한 대가 튀어나왔다. 우리 차가 트럭 옆을 들이받으면서 계곡 위 절벽 쪽으로 기울어졌다. 이걸로 끝이구나… 했는데 다행히 그렇지 않았다. 우리는 그대로 도로에 남아 있었다. 다만 발판에 붙어 있던 내 여행 가방이 트럭 앞바퀴에 깔려 안에 든 옷과 필름, 도화지가 비어져 나온 채, 얇고 푸른 샌드위치처럼 짜부라져 있던 것이 유일하게 한탄했던 일이다. 8개월 동안 지속되었던 보험은 지난주에 만료되었다.

아미리야에서는 15일 동안 계속 비가 내렸는데, 이맘때 이런 날씨는 전례가 없었다고 했다.

담간(1,190미터)

—— **4월 28일**

더 많은 재앙이 일어났다.

삼난에서 32킬로미터 떨어진 곳에서 차 뒤축이 부러졌다. 여분의 차축이 있었지만 장착하는 데 다섯 시간이나 걸렸다. 크리스토퍼와 나는 도와줄 것이 없어 물에 잠겨 반짝이는 사막을 쓸쓸히 헤매면서 막 피기 시작한 노란 난쟁이 튤립을 보며 위안을 얻고, 폐허가 된 찻집에서 가끔 스크램블드 에그를 해 먹었다.

"무슨 언어로 이야기하고 있어요?" 담당 청년에게 크리스토퍼가 물었다.

"저는 삼난어인 차카파카루Chakapakaru어로 말합니다. 당신도 이 언어를 쓰나요?"

우리는 쓰지 않는 언어지만 언어학자에게는 보물이리라.

비는 목욕물처럼 쏟아졌다. 한 번에 몇 킬로미터씩 길은 강이 되었고 사막에는 홍수가 났으며 모든 산은 폭포가 되었다. 그러나 자연의 기이한 현상으로 전신주 옆을 흐르는 강바닥은 주변 지역보다 몇 미터 아래에 있었는데도 완전히 말라 있었다.

한 번의 급류로 이미 트럭 두 대가 속절없이 깊숙이 처박혀 있었다. 지역 주민들은 차를 견인하기 전에 견인 비용을 칼같이 계산해 받아 내고서 우리를 끌어내 주었다. 그렇지 않았다면 차를 가장 깊은 곳으로 끌고 간 다음 떠나 버렸을 것이다. 그 후 도로 사정이 좋아져 시속 64킬로미터로 직진하던 중 폭 90센티미터, 깊이 60센티미터의 관처럼 좁다란 작은 물길이 시야를 스쳐 지나갔다. 이번이야말로 끝장인 줄 알았지만, 또 아니었다. 우리는 그 물길을 뛰어넘고 수렁에 빠졌다가 자갈 더미에 세게 부딪히면서도 간신히 살아남았다.

앞바퀴는 오리 발 모양으로 우그러졌지만 차축이 버텨 줘서 뒤뚱뒤뚱하며 담간에 도착할 수 있었다. 대장장이가 지금 바퀴를 펴고 있다. 여기서 우리는 파이버스 씨의 인도인 부대원을 만났는데, 그는 메셰드에서 돌아오던 그의 주인이 마을 반대편 강에 빠졌다고 했다. 얼마 지나지 않아 파이버스 본인이 그의 짐을 나르는 행렬 선두에 나타 났다. 그중에는 류머티즘으로 히리가 굽은 파란 체크무늬 옷을 뒤집어쓴 노파가 있었는데, 그녀는 죄책감을 덜려는 듯 힘겹게 작은 서류 가방을 들고 있었다.

우리는 우리가 겪은 불행을 들려주며 파이버스를 위로했다. 샤히 와인 세 병과 오렌지 샐러드, 위쇼의 시가가 우리 모두의 기운을 북돋아 주었다.

아바사바드(약 900미터)

—— **4월 29일**

다른 두 번의 여행에서도 사람들이 초록색 동석으로 만든 시가 홀더를 팔고 남자들은 빨간 블라우스를 입고 있던 이 저주받은 바람 많은 곳, 이곳은 불행의 절정처럼 보였다. 이제 우리는 여기서 하룻밤을 보내야 한다.

강물이 파이버스의 차 바로 위로 넘쳐 흘러갔다. 그의 차는 새 리무진이었다. 오늘 아침 그 차는 해왕성의 동굴처럼 보였다. 트럭 두 대가 체인을 이용해 차를 끌어내는데 실패한 후 우리는 갈 길을 재촉했다.

여전히 비가 내렸다. 샤흐루드를 지나면서 우리는 부드러운 사막을 만났다. 모래가 앞 유리에 날아와 들러붙는 데다 시속 48킬로미터 이상으로 달리지 않으면 모래 속에 빠져 오도 가도 못하게 될 수도 있어서 머리를 차 밖으로 내밀고 운전해야 했다. 울퉁불퉁한 언덕과 구름으로 뒤덮인 호라산의 하늘은 여전히 그대로였지만 검은 물이 고인 사막 위에는 새로운 초목이 돋아나고 있었다. 드문드문 보이는 초록색 낙타가시나무, 곧게 뻗은 아스포델, 높이가 90센티미터나 되고 나무만큼이나 굵은 다부진 노란 카우 파슬리 같은 식물들이 자라고 있었다. 카우 파슬리는 못생기고 불길한 꽃이다.

사브제바르로 가는 길에 1.2미터 깊이의 물웅덩이가 있다고 했다. 그래서 우리는 이곳에서 묵기로 했다. 나는 고세*의 책 『아버지와 아들Father and Son』을 들고 잠자리에 들었다. 크리스토퍼는 마치 스키아파렐리**에서 들여온 옷인 듯 호들갑을 떨면서 빨간 블라우스를 샀다.

---

*   에드먼드 윌리엄 고세Edmund William Gosse(1849~1928). 영국의 시인, 작가, 비평가. 대표작이 『아버지와 아들』이다.

**   1927년 아방가르드 이탈리아 패션 디자이너 엘사 스키아파렐리 Elsa Schiaparelli가 만든 오트 쿠튀르 하우스.

메셰드

—— **5월 1일**

"무도회 시간에 딱 맞췄네요!" 우리가 영사관 계단을 비틀거리며 올라가자 개스트렐 부인이 외쳤다.

인도 정치국 전체가 분장 상자를 들고 아시아를 돌아다니는 건가? 개스트렐 부인은 몸에 딱 달라붙는 타이츠와 모자를 쓴 흑인 여인이 되어 있었다. 키가 213센티미터인 개스트렐은 금색 천과 푸른색 비버 모자를 쓰고 푸른 수염 사나이 역을 맡아 스코틀랜드의 릴reel 춤*을 췄다. 같은 정치국 소속의 로즈도 케이트 그리너웨이Kate Greenaway**가 그린 남학생 모습으로 등장했다. 햄버 부인은 양치기 여인이었고, 햄버는 사람 몸통보다 큰 무늬가 들어간 비단옷을 입은 보하라의 고관으로 분장했다. 다시 만나 얼마나 반가운지 미처 말하기도 전에 그들은 나를 가정부로 변신시켰고, 개스트렐 부부에게 붙잡힌 크리스토퍼는 꼼짝없이 아랍 셰이크의 예복으로 갈아입게 되었다. 선교사들이 대거 나섰다. 반평생 시아파 순례자들을 연구해 온 도널드슨

---

*   포크댄스의 일종으로 직jig, 스트라스페이strathspey, 왈츠와 더불어 스코틀랜드의 4대 전통 춤 중 하나다.

** 케이트 그리너웨이Kate Greenaway(1846~1901). 영국 빅토리아 시대의 일러스트레이터이자 그림작가다. 아이들이나 영국 정원의 모습을 잘 묘사한 것으로 알려져 있다.

씨는 아주 제대로 시아파 순례자가 되어 있었다. 하룻저녁 사이에 머리카락을 모두 깎아 버린 것은 너무 큰 희생이 아니냐고 물었더니 그는 "아니요, 딱 맞습니다. 저는 항상 대머리 상태로 여행하는데 마침 내일 아바사바드와 쿠찬Kuchan 사이의 그루지야 마을을 방문하러 여행을 떠납니다. 물론 그곳 사람들은 이슬람교도지만 여전히 우수한 교육 전통을 가지고 있습니다"라고 했다.

가정부는 아파치 듀엣apache duet*을 하는 동안 극에 너무 몰입한 나머지 그 역에 푹 빠져 양산으로 보하라 고관의 등을 찌를 정도로 자신을 잊고 있었다.

—— 5월 2일

은행에서 근무하는 리는 최근 들어 예전보다 더 많은 사업을 하고 있다고 한다. 아프가니스탄에서 유대인들이 추방되었기 때문이냐고 물어보았다. 그는 그럴 수도 있다고 대답했다.

유대인들은 양가죽 무역을 장악하고 있었는데, 크리스마스에 리가 그들의 탈출에 대한 나의 이야기에 관심을 보였던 기억이 난다. 하지만 그 당시에는 그와 나 모두 그것이 정부 명령 때문이라는 것을 알지 못했다. 그가 관심

---

* 프랑스에서 기원한 다소 폭력적 내용을 담고 있는 통속적인 2인극 혹은 2인무. 아파치는 파리 거리의 폭력배를 지칭한다.

을 보인 이유는 이전에는 이 무역의 상당 부분이 메셰드를 통해 마을과 은행의 이익으로 돌아갔기 때문이었다. 하지만 마조리뱅크스가 경제 민족주의 정책을 시작하면서 이 거래는 중단되었다. 모든 거래가 거의 중단되어 마침내 호라산 세관은 세관 수입으로는 임금조차 지급할 수 없게 되었다. 그러나 이제 많은 유대인이 페르시아로 들어왔으니 양가죽 사업을 다시 가져왔을지도 모른다.

'페르시아' 양고기에 대해서는 늘 들어왔고, 이전에 아프가니스탄에 있었을 때는 헤라트 시장에서 양가죽에 관한 대화가 많이 오갔지만, 그 나라에서 이 무역의 경제적 중요성은 깨닫지 못했다. 페르시아가 양고기를 충분히 수출하는 것은 사실이다. 그러나 런던과 파리의 모자 상인들이 가죽 한 장당 최대 7파운드까지 지불하는 고급 모피는 옥시아나의 독점 품목이다. 옥수스 평원에서 자라는 특이한 마른 초목 덕에 양털의 곱슬거림이 다른 지역의 양털보다 더 탄탄하기 때문이다. 따라서 양가죽 무역에서 실제로 수익성이 높은 부분은 러시아와 아프가니스탄이 나누어 갖고 있다. 그런데 왜 아프가니스탄은 그 수익성 좋은 사업을 수행하는 사람들을 추방해야 했는지, 그리고 왜 페르시아의 중개인에게 그 이익을 선물했는지는 여전히 풀리지 않는 미스터리다.

—— **5월 6일**

어제 내 오랜 친구인 아프가니스탄 영사가 이 수수께 끼의 실마리를 풀 단서를 주었다. 우리는 신문에서 본 아 프간 정부가 발흐를 재건하기로 했다는 발표에 대해 이야 기하고 있었다. 그때 내가 아프간 투르키스탄의 수도이자 번성하는 도시인 마자르 이 셰리프가 불과 27킬로미터밖 에 떨어져 있지 않은데 그렇게 할 이유가 있는지 물었다. 그는 발흐가 역사적인 도시로 아리아인의 고향이라고 대 답했다.

이 광기는 독일에서 퍼진 것이 틀림없다.* 1년 전만 해도 아프간인들은 자신들이 이스라엘의 잃어버린 부족인 유대인이라고 주장했다. 그러나 아시아 민족주의에 너무 기상천외한 것은 없다.

이곳에서 기분 좋은 나날들이 흘러가고 있다. 이제 떠 나야 하지만 두 가지가 우리를 붙잡고 있다. 하나는 테헤 란에서 올 예비 차축이고, 다른 하나는 사원이다. 채색 모 자이크라는 면에서 내가 여태껏 보거나 들어본 페르시아 의 건물 중에는 헤라트의 무살라와 비교할 수 있는 건 없 다. 헤라트의 무살라를 지었던 여성이 지은 이곳의 사원을 제외하고는 말이다. 거의 손상되지 않은 이 사원은 아마

---

* 아리아 민족의 우월성을 강조하는 독일의 인종적 이데올로기와 관 련되었을 것임을 암시한다.

도 이슬람 건축을 통틀어 가장 훌륭한 색채의 예가 될 것이다. 전에 이곳에 왔을 때는 이 가능성을 전혀 깨닫지 못했다. 이스파한의 파이앙스 정도가 무살라의 색채와 같거나 능가할 것이라고 생각했다. 그런데 그렇지 않았다. 사실 색채는 셰이크 루트풀라가 더 화려하다. 성 베드로 성당은 리미니Rimini에 있는 성당보다 더 화려하지만 르네상스 시대의 봄빛을 띤 영감은 부족하다. 셰이크 루트풀라도 마찬가지다. 고하르 샤드의 유일한 완전한 건물*을 보지 않고는 이 마을을 떠나지 않을 것이다.

모든 준비 작업을 마쳤다. 우리의 첫 번째 행동은 아사디가 가장 관심을 기울이고 있는 새 병원을 방문하는 것이었다. 그래야 아사디가 테헤란에서 돌아왔을 때 그에게 칭찬할 거리가 생길 테니까. 이 재치 있는 행동에 아사디는 기분이 좋아졌지만 거기까지였다. 그는 여전히 사원 내에서 외국인의 안전에 대해 공식적인 책임을 지는 것을 꺼렸다. 하지만 그를 방문한 덕분에 우리는 스웨이드 장갑을 낀 친절한 젊은 교장 선생님과 안면을 트게 되었다. 그는 재미로 우리를 도와주겠다고 제안했다. 즉, 교회의 어둠의 세력에 맞서 지식의 주먹을 한 방 날려 보는 그런 재미 말이다.

---

*   고하르 샤드 모스크를 말한다.

우리는 영사관에 우리의 계획을 비밀로 하기 위해 먼저 호텔에 방을 잡아 놓고 어젯밤에 그를 만나 그 문제를 논의했다. 그가 도착했을 때 나는 페르시아인이 되어 있었다. 적어도 그는 그렇게 생각했다. 그래서 그는 페르시아식으로 나에게 인사했다. 눈을 내리깔고 소매에 손을 모은 초라한 동양인이 무례하게 큰 웃음을 터뜨리자 깜짝 놀랐다. 이것이 결정적이었다. 그는 오늘 밤 우리를 사원으로 데려다줄 것이다.

오늘 아침 우리는 아스카바드와 러시아 국경으로 가는 길을 따라 치나란Chinaran으로 차를 몰고 나갔다. 여기서부터 수렛길을 따라 9.6킬로미터 거리에 있는 라드칸Radkan의 탑까지 갔다. 우리는 남은 길 내내 걸었다. 처음에는 말 떼들 때문에 끝이 짧게 잘린 질척거리는 잔디밭을 지났고 다음에는 끈적거리는 염수 습지를 건넜다. 우리 안내인은 커다란 수염을 기른 매우 활동적인 키 작은 농부였다.

"라드칸으로 가는 길을 아세요?"

"어떻게 모를 수 있겠습니까?" 그는 발끈해서 소리쳤다. 하지만 그는 라드칸 마을로 가는 길만 알고 있었고, 우리가 그를 습지를 지나 탑이 있는 곳으로 끌고 가자 그의 분노는 극에 달했다.

그만한 가치가 있는 일이었다. 13세기에 지어진 이 거대한 원통형 무덤탑은 높이가 27미터나 되었고 원뿔형 지붕으로 덮여 있었다. 외벽은 서로 맞닿아 있는 60센티미터 두께의 기둥으로 이루어져 있다. 녹슨 듯 붉은 벽돌이 트위드 패턴으로 배열되어 있어 잘 손질된 말처럼 건물이 반들반들 빛이 난다. 굼바드 이 카부스와 달리 이 탑은 두꺼운 벽 안에 계단이 있다.

돌아오는 길에 우리는 주도로를 벗어나 투스를 방문했다. 나는 크리스토퍼에게 오래된 다리와 영묘 말고 현대 페르시아에서 고대의 건축적 취향의 숨결이 아직 남아 있음을 증명하는 피르다우시 기념관을 보아야 한다고 말하고 있었다. 그 순간 말이 내 입술 위에서 얼어붙어 버렸다. 많은 인부가 기념관을 철거하느라 바쁘게 움직이고 있었다. 철제 난간이 연못을 가리고 있었고, 칸나와 베고니아를 심을 화단도 준비되어 있었다. 그리고 그 끝에 11월에 내가 감탄했던 유쾌하고 소박한 피라미드 대신 페르세폴리스에서 본 황소 머리 기둥의 복제품이 반쯤 지어져 올라가 있었다.

나는 나의 열정에 대해 사과하고 차를 몰아 그곳을 떠났다. 마조리뱅크스는 첫 번째 기념관의 사진을 보고 너무 평범하다고 말했다고 한다.

—— 5월 7일

어젯밤 우리는 영사관에 양해를 구하고 호텔에서 저녁을 먹었다. 크리스토퍼는 앞으로 메셰드에 대한 최신 가이드 책에 '이맘 리자 사원을 참배하려는 방문객은 호텔 드 파리에서 식사하고 분장을 해야 합니다'라는 내용이 포함될지도 모른다고 농담을 했다. 우리는 바닐라 아이스크림으로 식사를 마무리하고 끔찍하게 신맛이 나는 코카시안 버건디를 마셨다. 8시에 크리스토퍼의 목덜미에 마지막으로 태운 코르크 조각을 바르고 있을 때 교장 선생님이 영웅들의 출발을 보겠다고 온 아르메니아 여인과 함께 도착했다. 그녀는 망가진 빅토리아식 마차에 올라타는 영웅들을 바라보았다. 우리는 사원 정문으로 마차를 몰고 가서 그곳에서 내렸지만, 바로 안으로 들어가지 않고 원형 도로를 따라 오른쪽으로 돌았다. "준비됐나요?" 우리 안내자가 말했다. 그러고는 어두운 터널로 뛰어들었다. 우리도 토끼처럼 뒤따라가다 보니 작은 마당에 도착했다. 작은 상점과 구매자로 가득한 조명이 켜진 시장을 잰걸음으로 서둘러 나와 고하르 샤드 모스크의 중정으로 빠져나왔다.

성소 앞의 거대한 아치에서는 보이지 않던 호박색 불빛이 적막한 허공 속에서 반짝였고, 맞은편 무덤의 금빛 입구에 불빛이 은은하게 반사되고 있었다. 눈이 어둠에 적응하자 늘어선 아치로 경계가 구분된 광활한 방형의 공간이 모습을 드러냈다. 상층부는 불빛이 닿지 않을 만큼 하늘 높이 솟아 있었고 그 보이지 않는 공간을 지나자 반짝이는 별을 배경으로 검은 난간이 다시 모습을 드러냈다. 터번을 두른 물라들, 흰옷을 입은 아프가니스탄 사람들은 램프의 빛이 비추는 사이사이로 유령처럼 사라졌다가 검은 포석이 깔린 길을 미끄러지듯 지나 황금색 문 아래 엎드려 절했다. 성소에서 찬송 소리가 들려왔고, 희미한 어둠 속에서 작은 형상 하나가 반짝이는 미흐라브 하단부에 엎드려 있는 것이 보였다.

이슬람! 이란! 아시아! 신비롭고, 나른하고, 수수께끼 같다!!

한 프랑스인이 '바보야, 마치 마르세유의 아편 소굴 같잖아'라고 하는 말을 들을 수도 있다. 내가 이 광경을 언급하는 것은 우리는 그와 정반대로 느꼈기 때문이다. 시각, 청각, 불법 침입 등 모든 상황이 지성을 수렁에 밀어 넣으려는 음모를 꾸미는 듯했다. 예술 작품의 메시지는 이러한 음모를 극복하고 그림자에서 벗어나 구조와 비례, 최고 수준에 대한 인상, 그 뒤에 숨겨진 지성을 역설했다. 이 메시지가 어떻게 전달되었는지는 설명하기 어렵다. 흘낏 본 아라베스크는 너무나 유연하고 섬세하게 짜여 있어서 카펫에 바느질 솔기가 보이지 않듯 더 이상 모자이크로 보이지 않는다. 머리 위 어둠 속으로 사라진 커다란 패턴, 캘리그라피로 생생하게 돋보이는 궁륭 천장과 프리즈, 이런 것들이 이 건축이 말하는 실제 단어들이었다. 하지만 그 의미는 더 컸다. 티무르 왕조, 고하르 샤드 자신과 그녀의 건축가 카밤 앗 딘이 밤을 지배하는 바로 그 시대였다.

"코를 풀어요." 우리의 안내자가 크리스토퍼에게 속

삭였다.

"왜요?"

"부탁입니다. 계속 코를 풀고 또 푸세요. 수염을 가려야 합니다."

우리의 안내자는 근무 중인 경찰들과 물라들과 잘 아는 사이였다. 그들은 옆에 있는 허름한 차림의 평민과 그의 발뒤꿈치에 대고 재채기를 하는 사람을 눈치채지 못한 채 그에게 반갑게 인사했다. 우리는 아주 천천히 사각형의 중정을 두 바퀴 돌면서 한 바퀴 돌 때마다 무덤에 절을 하고, 다른 큰 중정 두 개를 빠른 걸음으로 통과하니 두 겹으로 된 은백색 벽감의 천상의 모습이 눈에 들어왔다.

"이제 곧 정문입니다." 그가 쉿 소리를 내며 말했다. "바이런 씨, 밖으로 나가면 제가 당신에게 말을 걸게요. 사이크스 씨, 코를 풀면서 뒤에서 걸어오세요."

경비병, 짐꾼, 성직자들이 그가 오는 것을 보고 정중하게 일어섰다. 청소부의 독백처럼 그는 자신의 대화에 완전히 몰두하는 것처럼 보였는데, 페르시아어로 선명하게 들렸기 때문에 일부러 관심 있는 척할 필요가 없었다. "그래서 나는 그에게 어쩌고저쩌고… 이렇게 말했습니다. 어쩌고저쩌고… 그도 어쩌고저쩌고. 나는 어쩌고저쩌고! 어쩌고저쩌고 어쩌고저쩌고." 모두가 고개를 숙였다. 그는 어깨 너머로 크리스토퍼가 뒤따라오는지 확인했다. 우리는 밖으로 나와 택시를 타고 호텔로 돌아와 얼굴을 닦았다. 그리고 영사관으로 돌아갔다.

우리는 그에게 진심으로 감사했다. 나는 그에게 덕분에 이렇게 많이 보게 되었다고 말해야 했지만, 이와 동시에 감사한 마음이 아무리 크다 해도 체면 불고하고 낮에 다시 그곳으로 데려다 달라고 말해야만 했다. 그가 주저하는 것을 알아차린 크리스토퍼가 자기는 수염 때문에 곤란해서 다시 가지 않겠다고 했다. 그 말을 들은 우리 안내자는 안심하는 듯했다. 그는 오늘 2시에 나를 데리러 오겠다고 약속했다.

오늘 아침 호텔에 들어갔을 때 침실 직원이 요청하지도 않았는데 코르크와 숯을 한 접시 가져다주었다. 이 조잡한 재료는 낮 동안 분장하는 데 필요한 것이다. 콧수염은 검은색이 아닌 녹색으로 보였고 얼룩덜룩하게 변했다. 눈은 여전히 파란색이지만 속눈썹은 반쯤 까만색이며 문질렀더니 눈이 따가웠다. 하지만 의상은 교묘했다. 10센티미터나 짧고 몸에 딱 달라붙는 검은색 바지에 갈색 구두, 회색 코트, 넥타이 대신 금색 장식 단추, 우리 하인이 입는 매킨토시, 발로 차서 낡아 보이게 만든 검은색 팔레비 모자 등, 이런 요소들이 완벽한 마조리뱅크스의 페르시아인을 만들어 냈다. 알라여! 내 예술 작품이 완성되기 바로 직전에 전화로 소식이 왔는데, 마지막 순간에 우리 안내자가 겁을 먹고 오지 않겠다고 알려왔다.

혼자 택시를 탈 엄두가 나지 않아서 사원까지 2.4킬로미터를 걸어가야 했다. 햇볕이 등 뒤에서 내리쬐는 가운데 울퉁불퉁한 돌에 걸려 넘어지지 않도록 보폭을 짧고 높게 하여 페르시아풍의 빠른 걸음으로 가는 동안 매킨토시 아래로 땀이 비 오듯 흘렀지만 나를 쳐다보는 사람은 아무도 없었다. 목표가 점점 가까워졌다. 정문이 있었고 작은 터널도 있었다. 주위도 둘러보지 않고 냉큼 터널 안으로 들어가니 나무가 있는 뜰이 나타났다. 그런 다음 나의 잠재적 공격자인 물라 한 무리가 더 앞쪽에 있는 출구를 완전히 막고 있는 것이 보였다. 그들은 그 앞에서 작은 서점의 상품에 대해 이야기하고 있는 중이었다.

모든 것이 내 속도에 달려 있었다. 나는 내 속도에 집중해야 했다. 만약 주춤거리면 내 신분이 노출될 것이다. 그래서 나는 어뢰가 파도를 가르고 나아가는 것처럼 내 속도를 유지하며 그 물라 무리를 뚫고 나갔다. 그들이 내 무례한 태도에 투덜거리며 나를 알아챌 즈음이면 보이는 것은 내 등밖에 없었을 것이다.

서둘러 어두운 시장을 내려와 왼쪽으로 돌아서서 돔을 찾았다. 중정에서 빠져나오자마자 화려한 색채와 빛의 팡파르가 나를 반겼다. 나는 반쯤 눈이 먼 채로 잠시 멈추었다. 마치 누군가가 다른 태양을 켜 놓은 것 같았다.

사각형 전체가 청록색, 분홍색, 진한 빨간색, 진한 파란색이 어우러진 정원이었고 보라색, 녹색, 노란색이 평범한 담황색 벽돌로 된 길 사이에 살짝살짝 묻어나고 있었다. 거대한 흰색 아라베스크가 이반의 아치를 휘감고 있었다. 이반 그 자체가 그늘진 표범 색깔의 또 다른 정원을 품고 있었다. 성소 옆의 거대한 미너렛은 어린 남자아이만한 쿠픽으로 둘러싸인 기단 위로 솟아올라 있고, 보석으로 장식된 마름모꼴이 그물처럼 덮여 있었다. 그 사이로 노란 덩굴손으로 장식된 둥그렇게 부풀어 오른 초록빛 도는 바다색 돔이 나타났다. 반대쪽 끝에는 금색 미너렛의 꼭대기가 반짝이고 있었다. 이 모든 다양성 속에서 통합의 원리, 바로 타오르는 환영의 생명의 불꽃은 두 위대한 글귀에 의해 불타오른다. 하나는 완전한 사각형의 스카이라인을 따라 청자색 푸른 들판 위에 하얀 가루를 뿌린 듯 하얀색 술스suls* 서체로 쓰인 프리즈다. 다른 하나는 사파이어빛 바탕에 데이지의 흰색과 노란색으로 같은 글귀를 써 넣은 테두리로, 안쪽 가장자리를 따라 서로 얽혀 있는 청록색 쿠픽이 미너렛 사이에 있는 주 이반 아치의 세 면을 둘러싸고 있다. 후자에는 실제로 '티무르 구르카니Timur Gurkani, 타메를란의 아들인 샤 루흐의 아들 바이순구르가 821년(1418년)에 신에 대한 희망을 가지고 설계했다'라고 적혀

---

* 슬루스Thuluth, 솔스sols, 술루스Sülüs라고 하는 이슬람 서체 중 하나다. 쿠픽의 직선, 각진 모양에서 곡선과 비스듬한 모양의 서체로 변화하게 된다.

있다. 유명한 서예가였으며, 고하르 샤드의 아들이기도 한 바이순구르는 이슬람을 통해 느낀 기쁨을 건축물 표면에 글로 새겨 넣어 영원히 이야기할 수 있는 영광을 준 그의 어머니의 관대함을 기념했다.

　이 환상은 아주 짧은 순간이었다. 환상이 사라짐과 동시에 나는 불안해지기 시작했다. 어젯밤에 계획했던 대로 천천히 중정을 한 바퀴 돌아보려 했는데, 주 이반 앞에서 설교를 듣고 있는 군중과 맞은편 무덤 앞에서 기도하고 있는 또 다른 군중 때문에 그럴 수 없었다. 어느 쪽이 되었건 종교적 범절을 어길까 두려웠다. 다른 순례자들은 벽을 따라 쪼그리고 앉아 있었는데 대부분은 아프가니스탄 사람들이었고, 나의 페르시아 중산층의 복장과 태도와는 전혀 달랐기 때문에 내가 두 군중 사이를 오갈 때 그들이 매처럼 찡그린 얼굴로 나를 쳐다보는 모습을 상상했다. 하지만 그것은 이제 상상이 아니었다. 나의 놀란 호기심이 사람들의 시선을 끌었다. 나는 황급히 시장 안으로 다시 들어갔다. 물라들은 이제 통로에 없었다. 거리에는 크리스토퍼가 서 있었는데, 내가 눈을 피한 채 그의 옆을 지나치자 장난치듯 곁눈질을 했다. 영사관으로 돌아가는 길에 태양 아래 내 얼굴이 드러나자, 지나가는 사람들이 고개를 돌려 나를 쳐다보았다. 뭔가 잘못되었다. 그것이 무엇이 되었건, 개스트렐 부인은 무슨 일이 벌어졌는지 눈치채지 못했다. 그녀는 불 옆에서 머리를 말리고 있었고, 그저 정체불명의 현지인이 자신의 사생활을 침해한 것에 매우 화가 나 있었다.

　나는 내가 궁금해했던 것을 알게 되었다. 첫째, 실외에 유색 모자이크를 사용한 것은 티무르 제국의 르네상스에서 절정에 달했다는 것, 둘째, 그럼에도 사원의 모자이크의 아름다움은 헤라트의 미너렛 일곱 개 중 여섯 개 미너렛의 아름다움을 넘어서지 못한다는 것이다. 헤라트의 유적은 훨씬 더 섬세한 질과 훨씬 더 순수한 색을 가지고 있으며 평범한 돌을 썼음에도 그 아름다움을 방해할 수 없다. 사마르칸트와 보하라, 이맘 리자 사원을 방문한 소수의 여행자들은 이 두 마을의 어떤 것도 이맘 리자 사원에 필적할 수 없다고 말한다. 그들이 옳다면 고하르 샤드 모스크는 그 시대에 살아남은 가장 위대한 기념물임이 틀림없고 헤라트 유적은 한때 더 위대했음을 보여 준다.

　페르시아에서 가장 훌륭한 네 개의 건축인 굼바드 이 카부스, 이스파한의 금요일 모스크의 작은 돔이 있는 방, 이곳의 고하르 샤드 모스크, 이스파한의 셰이크 루트폴라 모스크 중 내가 알고 있는 두 곳과의 만남이 이 나라에서 머무는 마지막 2주 동안으로 연기되었던 것을 생각하면 전율이 인다.

카리즈(914미터)

── **5월 8일**

우리는 셍베스트Sengbest에 들러 11세기에 만들어진 영묘와 미너렛을 살펴볼 계획이었다. 이것들은 도로에서 1.6킬로미터 떨어진 곳에서도 보인다. 하지만 비가 내려서 투르바트 이 셰이크 잠Turbat-i-Sheikh Jam으로 이동했다. 그곳의 사원은 실망스러웠다. 점심도 마찬가지였다. 내가 샌드위치만 먹고는 견딜 수 없다고 생각한 것은 이스파한에서부터였다. 그래서 그때 파란색 그릇 하나를 샀는데, 알리 아스가르가 여행을 시작하기 전에 치킨 마요네즈를 그 그릇에 담아가곤 했다. 그런데 오늘 우리의 예상을 뒤엎는 배신이 개스트렐 부부의 주방에서 일어났다. 그 그릇에 치킨 마요네즈가 아니라 양고기가 가득했던 것이다. 설상가상으로 와인마저 다 떨어졌다.

페르시아와 아프가니스탄이 만나는 평원에서 전에도 느꼈었던 세상이 끝난 듯한 느낌이 들기 시작했다. 이제 크리스토퍼도 그런 느낌에 휩싸인 것 같다. 인적이 드문 마을을 둘러싸고 있는 양귀비밭에는 폭풍우 치는 날의 먹빛 하늘을 배경으로 신록의 잎이 반짝거리고 있었다. 지평선 위로 보라색 번개가 춤을 추었다. 이곳에는 이미 비가 내렸고 사막 밖에서는 마치 불에 타는 듯한 향기로운 낙타가시나무 냄새가 났다. 노란 루핀이 연보라색 아욱꽃과 흰색 붓꽃 덤불과 뒤섞여 피어 있었다. 카리즈 자체는 압도적인 향기로 가득하다. 콩꽃처럼 달콤하지만 더 나른하고 시적인 향기. 나는 그 향기가 어디서 오는지 알아보려고 걸어 나갔다. 양귀비꽃이 얼음덩어리처럼 어스름 속에서 반짝거리면서 나를 불렀다. 하지만 그 향기는 양귀비꽃에서 나는 것이 아니었다.

—— 5월 9일

밤에 비가 내렸다. 그래도 우리는 출발했지만 460미터쯤 갔다가 결국 되돌아왔다.

—— 5월 10일

오늘 아침 우리는 도로를 점검하고 군용 안장을 시험해 보기 위해 말을 타고 나가 보았다. 나는 늙고 작은 굶주린 암갈색 암말을 탔고 크리스토퍼는 젊고 크고 사팔뜨기 눈을 가진 흰색 종마를 탔다. 성별이 다를 때 말은 최대한의 속도를 낼 수 있는 것이 확실했다.

사람의 발길이 닿지 않는 곳의 페르시아 요새에서 우리는 그곳에 부임한 지 이틀밖에 안 된 장교를 알게 되었다. 그는 몇 안 되는 기병대원과 사나운 개 한 마리, 그리고 갓 태어난 망아지들과 함께 있는 말라비틀어진 암말들 때문에 이미 말도 못하게 우울한 상태였다. 흠뻑 젖은 사막의 노란 전호 풀이 번지는 것을 막아 줄 만한 나무도, 시냇물도, 정원의 어떤 징후도 없었다. 우리는 그에게 케이크를 건네며 습지를 가로지르는 최악의 도로를 보러 가야 한다고 말했다.

그는 위험하다고 거절했지만, 우리가 이미 결심한 것을 보고 왼쪽 허벅지 아래로 소총을 늘어뜨려 매고 동행해 주었다. 기병대원 두 명도 함께 왔고, 일행은 가능한 한 모든 경로를 정찰하기 위해 일렬로 흩어졌다. 1킬로미터 정도 갔을 때 장교가 잠자고 있는 양치기를 살펴보라고 소리쳤다. 맨다리에 붙어 있는 파리, 너무 많은 그 파리 떼를 보고 또 한 번 겁이 났다. 호박만 한 크기로 부풀어 오른 청갈색 얼굴은 뒤로 꺾여 있었고, 눈은 감은 채 검은 입술을 벌리고 있었다.

그 장교는 혼란스러워했다. 어쩌다 이 남자는 요새 근처에서 죽었을까? 언제 죽은 걸까? 어떤 이유로 죽었을까? 자동차에 치인 것은 아닐까? 사방 16킬로미터 안의 죽음의 평탄지를 둘러보면서, 지나가는 차라고 해봐야 하루에 겨우 트럭 한 대라는 사실을 떠올리곤 그건 아니라고 생각했다. 따라서 좋은 상황은 아니지만 우리 앞에 있는 시체가 발전을 보여 주는 진보의 징조라고 생각하고 싶은 페르시아인들의 마지막 바람이 내동댕이쳐졌다.*

마침내 그는 용기를 내어 말에서 내려 시체를 들어 올렸다. 시신이 덜컹거렸다. 팔다리는 구부러지고 경직되어 있었다. 왼쪽 눈 위와 왼쪽 가슴 위에 각각 총상이 있었다. 그 남자는 카자크족이었다. 그의 회색 턱수염은 가닥을 셀 수 있을 정도로 숱이 적었다. 그가 쓰러진 곳에 떨어져 있던 마디진 그의 지팡이는 거기 누워 있던 그대로 옆에서 썩어 가는 시체보다 더 사람처럼 보였다.

장교는 보고서를 작성해야 하니 당장 돌아가야 한다고 말했다. 물론 그래야겠지만 우리가 계속 가야 한다고 우기자 그는 노발대발했다. 이 딜레마는 이슬람킬라 쪽에서 말 탄 사람 하나가 지평선에서 나타나면서 해결되었다. 크리스토퍼와 나는 그를 만나 정보를 얻어야 한다는 핑계로 출발했다. 장교는 불평을 터뜨리며 따라왔다. 이 이방인은 아프가니스탄의 말 장수였는데, 자기 말도 습지를 가로지를 때 말의 배까지 진흙이 차오르는 등 여러 가지 곤경에 처한다고 했다. 이는 이미 우리도 알고 있는 바였다. 우리가 알아야 할 것은 이것뿐이었다. 요새에서 차를 마신 후, 우리는 보고서를 작성하는 장교를 남겨 둔 채 말을 타

---

* 만약 교통사고라면 이는 페르시아가 발전하는 과정에서 도로가 건설되고 차량 통행이 많아진 탓이라고 페르시아인들은 믿고 싶겠지만, 주변 상황을 볼 때 그럴 가능성은 없다는 것을 묘사하고 있다.

고 다른 길로 돌아가기 시작했다.

유목민 야영지에서 온 개들이 종마를 기습하여 말이 히힝거리며 공포에 떨게 만들었다. 이 일이 있고 난 후 우리는 주둔지 마을인 부수파바드Vusufabad로 갔다. 그곳에서 장교 한 명이 금작화와 아카시아 꽃이 만발한 정원이 내려다보이는 깨끗한 카펫이 깔린 방에서 우리에게 설탕 케이크를 대접해 주었다. 그는 잘생기고 똑똑했으며, 우리가 자기 나라의 기념물에 관심을 갖는 것에 공감할 줄 아는 예의바른 젊은이였다.

그는 프랑스어로 말했다. "선생님들 말이 맞습니다. 이 굼바드 이 카부스 탑은 전 세계에서 유일무이합니다. 이스파한에 가 보셨나요? 당연히 가 보셨겠죠. 정말 멋지지 않나요? 여기에는 아직도 고대 유물이 있습니다…. 네, 아주 가까운 곳에요." 그리고 그는 디에즈가 묘사한 케라트Kerat의 미너렛을 설명해 주었다. 그 미너렛은 어떤 지도에도 표시되어 있지 않고, 어떤 조사로도 그 행방을 알아내지 못했다. 만약 그곳이 너무 멀다면—불행히도 정말 멀었다—대신에 불과 1.6킬로미터 떨어진 타야바드Tayabad에 지은 지 504년 된 마울라나Maulana*가 있었다.

그는 또한 국경을 건너 이슬람킬라로 가는 두 번째 길

---

*   수피파 지도자 자인 알 딘 아부바크르 타이바디Zayn al-Dīn Abūbakr Tāybādi(?~1389)의 영묘다.

을 우리에게 알려 주었다. 이 길은 부수파바드에서 남동쪽으로 언덕에 닿을 때까지 이어져 습지를 피할 수 있을 것이라고 했다. 일반 도로는 햇볕을 쬐어 다 마르려면 한 사나흘은 필요할 테니 시도해 볼 수 있을 것 같다. 말을 타고 카리즈로 돌아갈 때 하늘은 그 어느 때보다 흐렸다.

아프가니스탄

헤라트

—— 5월 12일

친애하는 오랜 친구 헤라트!

나는 다시 흰 벽과 푸른 다도_{dado}*, 기둥으로 떠받친 천장이 있는 아무 장식도 없는 네모난 방에 머물고 있다. 아래에서 금속 세공사들이 금속을 두드리는 소리가 울려 퍼지면 기다림의 연속이었던 우울한 가을날의 기억이 되살아난다. 궁금한 사람들의 기억이 줄지어 떠오른다. 노엘 일행, 인도인들, 헝가리인, 펀자브인 의사, 목탄차 운행자들, 겨울과 도로 폐쇄로 위협받았던 그 모든 사람이 궁금하다. 이제 우리 앞에는 여름이 다가왔지만, 침대에 누워 이른 아침 거리의 북적거림을 바라보는 동안 열린 문

---

* 실내의 벽 윗부분과 다른 재질이나 색을 써서 만든 아랫부분.

으로 여전히 서늘한 공기가 불어온다. 마을에는 진한 파란색 쉐보레 1933년형 새 차가 한 대 있지만, 왕실의 바로슈 barouche*도 있다. 총사령관이 모퉁이에 서 있다. 예전보다 소총을 들고 다니는 사람은 적고, 모두 장미꽃을 한 송이씩 쥐거나 입에 물고 있다. 장미가 소총을 대체한 것처럼 보인다. 확실히 그 '봄에 일어날 문제'의 징후는 없다.

막 차를 마시러 내려오다가 계단 꼭대기에 있는 지붕을 통해 새벽빛 속에 서 있는 미너렛을 보았다. 빛이 변했다. 5개월 전만 해도 날마다 사그라드는 애처로운 어스레한 빛이었다. 빛이라곤 하나도 없고, 양철 지붕 위로 후두둑 소리를 내며 절망적으로 비가 내리던 새벽보다 더 내 영혼을 짓누르던 빛이었다. 이제 매일 아침 그 빛은 더 강해질 것이다. 겨울과 경주하면서 하루씩 낭비하는 대신, 이제는 원한다면 마자르까지 걸어갈 수도 있다.

어젯밤 이곳에 도착했을 때 숙소의 주인만큼이나 우리도 놀랐다. 어제 아침 10시 반쯤, 크리스토퍼와 나는 타야바드의 마울라나에서 하루를 보낼 요량으로 느긋하게 부수파바드로 출발했다. 전날 밤 돌아오는 길에 도로의 여러 저지대 지점은 아직 물이 너무 깊어 차가 지나다닐 수

---

*   19세기에 유행한 마차의 일종으로, 말 두 마리가 끄는 호화로운 4인승 개방형 사륜마차다.

없었다. 그런데 이제는 거의 다 마른 상태였다. 동시에 우리는 페르시아에서 새로운 폭풍이 우리 뒤로 다가오는 것을 보았다. 당장 국경을 넘지 않으면 사흘을 더 기다려야할 것 같았다. 우리는 전날보다 더 잘 달렸다. 크리스토퍼는 차와 짐을 가져오기 위해 다시 전력 질주하여 카리즈로돌아갔다. 나는 전속력으로 달려 청록색 유약을 바른 바탕에 아름다운 스투코로 문구를 새긴 마울라나를 보고 난 다음, 다시 열심히 달려 간발의 차로 차보다 먼저 부수파바드에 도착했다. 내 안장과 안장 가방을 꾸역꾸역 싸서 농부의 안내를 받아 출발했다. 농부는 흰색 나뭇잎이 달린 잔가지 무늬가 있는 긴 진홍색 블라우스를 입고, 단발머리에 중세풍 앞머리를 하고 있었다. 언덕 근처의 작은 마을인 하지아바드Hajiabad까지는 별다른 어려움이 없었다. 하지만 그 후 낮은 경사면을 따라 내려가자 모래가 흩날려 안내원이 없었더라면 길을 찾을 수 없었을 것이다. 모래 한가운데 꼿꼿이 서 있는 괴물 같은 카우 파슬리가 이번 시즌에는 다른 차량의 통행이 전혀 없었다는 것을 보여주었다. 잠시 후 우리는 평원 아래 저 멀리 고독한 요새인이슬람킬라를 볼 수 있었다. 마침내 그곳에서 3.2킬로미터떨어진 헤라트 도로로 나왔지만 국경 규정을 준수하기 위해 성실하게 차를 몰고 다시 되돌아갔다. 국경경비대는 우리에게 보상으로 수란 한 접시를 주었다.

헤라트의 호텔은 전화로 외국인이 온다는 통지를 받았고, 세이드 마흐무드가 입구에 서 있었다. 그는 나를 보자마자 눈이 거의 튀어나올 듯했다. 그러고는 "바이룬 씨, 그는 아팠어요, 바이룬 씨는 아팠어요. 그가 돌아왔어요. 아팠어요, 아팠어요, 돌아왔어요, 돌아왔어요. 바이룬 씨는 아팠어요, 돌아왔어요, 아팠어요, 돌아왔어요"라며 고풍스러운 합창곡 같은 것을 불렀다. 아프가니스탄 사람들의 애정 표현을 전혀 모르는 크리스토퍼가 자기가 정신병원에 온 건 아닐까 하는 생각이 들 때까지 노래를 불렀다. 내가 너무 잘난 척하는 건가? 우리 옷 단춧구멍에는 채송화를 끼워 주었고, 방에는 최고급 카펫을 깔고, 테이블에는 제라늄 화분을 올려놓았다. 두 종류의 셔벗이 나왔다. 내일은 스펀지케이크와 내가 가장 좋아하는 잼이 나올 것이다. 짐 가방은 눈 깜짝할 사이에 방으로 옮겨졌다.

크리스토퍼는 "모든 일이 신속하게 처리되는 나라에 다시 오게 되어 신께 감사드립니다"라고 말했다.

카리즈에서 지체되어 좋았던 것이 하나 있었다. 스러시가 칸다하르로 넘어갔다는 것이다. 그는 세이드 마흐무드의 방명록에 추천 글을 썼는데, 거기에 유럽인의 기준에서 보면 이 호텔이 다소 아쉽게 느껴지겠지만 아프간인의 기준에서는 불만이 없다고 생각한다고 썼다. 그는 불편함을 즐기는 사람이다.

—— 5월 13일

시정을 개선하겠다는 열풍이 페르시아에서 이곳까지 퍼졌다. 이제 작은 야외 음악 무대가 교차로에 있는 경찰관에게 쉴 곳을 제공한다. 거기서 경찰관은 택시가 모퉁이를 돌면 시카고 지하 세계를 겁먹게 할 정도로 빨간 경찰 곤봉과 호루라기로 택시를 위협한다. 또한 지방 당국은 시장을 철거하고 다양한 거래가 이루어지는 작은 광장 여러 개로 대체하고 있다. 이것이야말로 개선된 점이다. 오래된 터널은 오싹하고 겨울에는 지독하게 추우며 건축적 가치도 없다.

자연은 또 다른 변화를 가져왔다. 내가 마지막으로 금잔화와 피튜니아를 보았던 가자르 가의 외곽 중정에 있던 연못은 눈처럼 두껍게 자란 하얀 장미로 뒤덮여 있다. 가을바람의 휘파람 대신 비둘기가 소나무를 희롱하고, 십자형 정자에는 휴가를 보내는 가족들이 있었다. 테라스 밖에서 바라본 산과 한Han강 사이의 평야는 온통 가지각색의 초록빛과 은빛 개울이 어우러진 바다다.

겨드랑이에 일기장을 끼고 무살라로 걸어가면서 글을 쓰기 좋은 평화로운 곳을 찾다 보니, 낯선 옷을 입은 이의 얼굴을 알아보는 정도이기는 하지만 들판 하나하나, 둑 하나하나, 반짝이는 도랑 하나하나를 알아볼 수 있다. 심지어 미너렛이 변한 것도 알겠다. 풍경의 도전에 응답이라도 하듯 미너렛의 파란색은 더욱 선명해졌다. 예전에는 그냥 맨땅에서 솟아오른 것처럼 보였던 거대한 둥근 기단이 이제는 밝은 보라색 투구꽃 무리가 무성하게 자라고 있는 우거진 에메랄드빛 옥수수밭에서, 혹은 양귀비의 반짝이는 하얀색과 회록색 꼬투리가 가득한 곳에서, 혹은 처음 봤을 때는 금빛으로 흩어져 있었고 내가 떠날 때는 앙상했지만 이제는 무성한 짙은 녹색 뽕나무 숲으로 변해 버린 키작은 나무숲에서 솟아오른다. 태양은 온화한 푸른 하늘에서 온화한 열기를 발산한다. 그리고 무엇보다도 카리즈에서 처음 우리를 반겼던 뭐라 말하기 어려운 나른한 향기가 어루만지는 듯한 여름 산들바람을 타고 꽃잎 모양의 동굴에서 불어온다.

영묘 반대편에서는 사람들이 이야기를 나누고 있다. 그곳에 산을 마주 보고 있는 단이 있기에 나는 거기에 앉으려고 했다. 하지만 그러지 못했다. 몇몇 물라가 이미 자리를 차지하고 있었다. 바닥에 책이 펼쳐져 있고, 솜털이 보송보송한 초심자 한 무리가 가르침을 받는 중이고, 다른 두 명은 근처 벽에 기대 앉아 책을 읽고 있었다. 보라색 원뿔 모자에 흰 터번을 감은 한 물라가 일장 열변을 토하고 있었는데, 눈살을 찌푸리며 나에게 멀리 떨어지라고 한다. 나는 그들 맞은편에 적당한 거리를 두고 자리를 잡았는데, 높은 검은색 입구와 그 위에 있는 큰 파란색 멜론 모양의 돔이 단 위의 얼룩덜룩한 무리를 왜소하게 만든다. 그들이 너무 몰두하고 있는 것이 유감이다. 그렇지 않았다면 왜 이곳을 수업 장소로 선택했는지 물어볼 수 있었을 텐데 말이다. 그곳에 묻힌 사람들을 기리기 위해서일까? 그렇다면 그들은 그 사람들에 대해 무엇을 알고 있을까? 고하르 샤드에 관한 이야기는 지난 세기에도 여전히 이곳에서 흔히 들을 수 있는 이야기였다.

이 이야기들이 말하는 것은 그녀의 아름다움이 아니다. 그녀가 예술을 후원한 것에 대해 이야기하는 것은 더더구나 아니다. 60년 동안 그녀를 알고 지낸 헤라트 사람들에게 그녀는 인격자였다. 헤라트가 티그리스에서 신장*까지 뻗어 나간 제국의 수도였던 시대, 그녀의 파란만장한 삶과 강렬한 죽음은 그녀를 그 시대의 전형적인 인물로 만들었다.

우리의 여왕인 엘리자베스와 빅토리아를 떠올리게 된다. 이런 여성은 이슬람 연대기에서는 보기 드물다. 아마도 그런 이유로 모훈 랄은 400년이 지난 지금도 그녀를 "세상 누구와도 비교할 수 없는 여성"으로 묘사했을 것이다. 그러나 티무르족은 이슬람 사회의 지도자이지만 태생과 전통은 몽골인이었다. 가정생활에 대한 생각은 상황 통제에 능숙한 여성들의 천국인 중국에서 온 것이었다. 티무르의 첫 번째 아내는 남편의 초창기 고난과 모험을 곁에서

---

*   중국의 신장위구르자치구를 말한다.

함께했다. 후에 사마르칸트에서 영광의 나날을 보냈던 클라비호*는 왕의 다른 아내들과 며느리들이 남편과는 따로 파티를 열었으며 그들의 주된 오락은 남자들을 취하게 만드는 것이었다고 기록한다. 자가타이Jagatay** 귀족의 딸이었던 고하르 샤드는 몽골의 관습을 이용해 더 진지한 취향에 탐닉했다.

그녀의 아버지는 에미르 기야스 앗 딘Emir Ghiyas-ad-Din이었는데 그의 조상이 칭기즈칸의 목숨을 구해 준 바 있었다. 그녀가 샤 루흐와 결혼한 시기는 아마도 1388년 이후, 울루그 베그가 태어난 1394년 이전인 것은 확실하다. 샤 루흐가 그녀에 대한 사랑을 노래한 헤라트의 발라드를 들어보면 두 사람의 결혼 생활이 행복했으리란 사실을 알 수 있다. 하지만 두 사람이 함께한 첫 40년 동안은 그녀의 건물에 관한 것 외에는 그녀에 대해 알려진 바가 거의 없다. 예를 들면 1405년 메셰드에 모스크를 세웠다든지, 1419년 8월에는 샤 루흐가 모스크의 문양과 솜씨를 칭찬하며 성자의 무덤에 금으로 된 등을 헌납했을 때 그것을 보려고 샤 루흐를 데리고 모스크에 갔다는 것이다. 그

녀가 무대 전면으로 나온 것은 나중 일로 처음에는 샤 루흐의 노년을 함께한 배우자로, 그다음에는 그의 미망인으로만 등장했다.

저쪽에 있는 한 개짜리 미너렛이 그녀가 세운 대학의 일부라고 생각한 것이 옳았다. 1885년 국경위원회의 듀랜드 소령이 그린 스케치에는 파괴되기 직전 무살라 옆에 중정을 감싸고 있는 사각형의 대학 건물과 정문에 붙어 있는 이 미너렛이 그려져 있다. 그래서 나는 상상해 본다. 미너렛은 자신이 세운 대학 시찰 방문을 위해 마을에 도착한 왕실의 여성 설립자와 그녀를 호위하는 숙녀 2백 명을 내려다보고 있었을 것이다. 감정이 앞서기 쉬운 여인들 때문에 대학 학생들은 잠이 들었던 한 명을 제외하고 모두 밖으로 내보내졌다. 아마도 오늘같이 향기로운 어느 여름날 오후였을지도 모른다. 잠에서 깨어난 그 학생은 소리가 나는 창밖을 내다보다 '루비 입술의 여인'과 눈이 마주쳤다. 그녀는 서둘러 그의 방으로 들어갔다. 하지만 나중에 그녀가 왕실 일행과 다시 합류했을 때 '그녀의 옷차림과 태도가 단정하지 못한 것' 때문에 그녀가 한 일이 드러나고 말았다. 이런 종류의 일이 더 발생하지 않도록 예방하거나 아니면 오히려 그들을 축복하기 위해 고하르 샤드는 자리를 피하라는 명령을 받은 학생들과 그녀의 수행원 2백 명 모두를 바로 결혼시켰다. 그녀는 모든 학생에게 옷과 월급, 침대를 제공했다. 그리고 그녀는 남편과 아내는 일주일에 한 번은 반드시 만나야 한다는 규칙을 세웠는데, 남편은 수업에 참석해야 한다는 조건도 붙였다. 모훈 랄은 "그녀는 불륜으로 진행되는 일을 막기 위해 이 모든 일을 했다"고 경건하게 덧붙였다.

샤 루흐는 아들 여덟 명을 두었는데, 그중 장남인 울루그 베그와 다섯째인 바이순구르는 고하르 샤드의 아들이었다. 지성적인 면에서 이 두 사람은 부모의 기대에 부응했으며, 어머니와 함께 르네상스 시대의 중심인물이 되었다. 울루그 베그는 활동 무대를 헤라트에서 트란스옥시아나로 옮겼다. 1410년 그의 아버지는 그를 사마르칸트 총독으로 임명했고, 10년 후 그의 어머니는 새로 세운 천문대를 보기 위해 그를 방문했다. 울루그 베그의 천문학적 계측은 달력을 개혁하는 데 이바지했고, 1665년 옥스퍼드에서 출판된 달력은 사후에 그에게 명예를 가져다주었다.

헤라트에서 부모님과 함께 살았던 바이순구르는 아버지가 이끄는 평의회의 의장직 외에는 어떤 정치적 역할도 하지 않았다. 그의 궁정에는 시인과 음악가들로 넘쳐났고, 그는 건축에 대한 어머니의 열정을 회화와 책 제작으로 확장했다. 40명의 채식사彩飾師, 제본가, 서예가들이 그의 직속으로 일했다. 그 자신도 서예가로서 뛰어났는데, 이러한 평가는 그에게 아첨하려는 것이 아니라는 점은 메셰드에 있는 그의 비문을 보면 알 수 있다. 언젠가 그곳 도서관과 콘스탄티노플의 세라이에 있는 다른 필체본과 비교해 보아야겠다.

그의 가문의 다른 많은 이들과 마찬가지로 이 재능 있는 왕자는 정신과 육체의 쾌락을 구별하지 못했다. 바이순구르는 1433년 술 때문에 사망했다. 40일간의 애도 기간이 선포되었고, 그가 살던 화이트 가든에서 어머니의 대학까지 장례식 행렬이 거대한 중앙 홀을 따라 쭉 늘어섰다. 고하르 샤드는 대학 중정에 영묘를 만들었다. 대학은 미너렛 하나를 제외하고는 모두 사라졌다. 하지만 들판을 둘러보니 묘소는 여전히 신학 연구의 현장이었고, 지금까지도 다른 학생들이 고하르 샤드의 시녀들과 결혼한 행복한 학생들의 무리를 뒤따르고 있다는 것을 알 수 있었다.

고하르 샤드는 환갑이 되었고, 앞으로 사반세기를 더 살아야 했다. 그녀는 남은 생애 동안 손자의 후계자 자리를 지키려 노력했지만 결국 모두 수포로 돌아갔다.

그녀의 편애는 배제하고자 했던 사람들, 특히 그녀의 다른 손자를 적으로 만들었다. 울루그 베그의 아들 압둘라티프Abdullatif는 헤라트에 있는 조부모의 궁정에서 자랐다. 손자 알라 앗 다울라Ala-ad-Daula에게만 쏟아지는 애정에 분노한 그는 사마르칸트에 있는 아버지에게 갔고, 그를 아끼던 샤 루흐는 슬픔에 빠졌다. 그러자 고하르 샤드는 노쇠한 남편을 기쁘게 해주기 위해 한겨울에 압둘라티프를 데리러 내일 우리가 가야 할 길을 따라 출발했다. 압둘라티프가 도망친 데는 이유가 있었을 것이다. 그를 다시 데려온 이 노쇠한 여인은 자신의 분노를 샤 루흐의 막내아들 모하마드 주키Mohammad Juki에게 돌렸고, 혼데미르가 말했듯이 그는 굴욕감을 견디지 못해 죽고 말았다. 그 또한 영묘에 묻혔다.

2년 후 그녀가 준비해 왔던 불행이 일어났다. 그녀는 남편의 힘이 약해졌음에도 군대를 이끌고 페르시아로 가도록 남편을 설득하고 자신도 동행했다. 시라즈까지 진군한 샤 루흐는 지금의 테헤란이 있는 라이에서 겨울을 나게 되었다. 그리고 1447년 3월 12일, 69세의 나이로 그곳에서 죽었다. 티무르 제국 르네상스의 첫 번째 시대가 끝났다. 예술은 정치적 안정, 적어도 시민의 안정 없이는 번성할 수 없다. 샤 루흐 사후 12년 동안 헤라트는 뒤이은 통치자 열 명의 희생양이 되었다.

무정부 상태는 고하르 샤드에게 불리하게 돌아갔고 결국 자기가 쳐 놓은 덫에 걸리고 말았다. 그녀는 아끼는 손자 알라 앗 다울라에게 헤라트를 맡겼다. 압둘라티프를 의심해서 그를 감시하기 위해 어쩔 수 없이 군대와 동행할 수밖에 없었던 그녀는 마침내 손자 압둘라티프의 손아귀에 들어갔다. 그는 권력이 자신에게 있음을 그녀에게 명확하게 보여 주기 위해 그녀의 짐뿐만 아니라 그녀가 소유한 모든 동물도 압수했다. 혼데미르에 따르면, 죽은 왕의 시신이 가마에 실려 헤라트로 돌아가는 동안 당대 가장 유명한 여성이자 일흔이 넘은 미망인은 '평범한 린넨 스카프를 머리에 뒤집어쓰고 손에는 지팡이를 들고' 호라산의 황무지를 걸어서 따라갈 수밖에 없었다. 알라 앗 다울라가 그녀를 이 곤경에서 구출했는데, 그는 압둘라티프를 붙잡아 성채(포병 공원 때문에 내가 곤경을 겪은 곳이다)에 가두었다. 울루그 베그는 제국을 차지하기 위해 사마르칸트에서 군대를 이끌고 출발했지만, 그 소식을 듣고는 아들을 풀어 주는 조건으로 공격을 포기하겠다고 알라 앗 다울라에게 전했다.

고하르 샤드의 계획은 한동안 성공한 듯 보였다. 그러나 울루그 베그와 다른 합의 조건을 놓고 둘 사이에 분쟁이 일어났고, 울루그 베그는 헤라트로 계속 진격해 나갔다. 그곳에서 그는 우즈벡의 습격대가 사마르칸트 교외를 약탈하고 그가 가장 좋아하는 예술품들을 많이 파괴했다는 소식을 들었다. 그는 약탈당하고 파괴된 것들을 보상하기 위해 헤라트에서 고하르 샤드 대학의 청동 문 한 쌍을 포함하여 가능한 한 많은 보물을 가져갔다. 그는 또한 아버지 샤 루흐의 시신을 영묘에서 꺼내 사마르칸트로 돌아오는 길에 보하라에 안치했다. 한편 압둘라티프는 아버지가 제국을 포기하지 않았다면 여전히 감옥에 갇혀 있었을 것이라는 사실은 망각한 채, 분명 아버지가 동생을 더 좋아할 것이라는 병적인 공상에 빠졌음이 틀림없다. 그는 발흐에서 옥수스를 건너 샤흐루키야Shahrukhiya에서 아버지를 물리치고 페르시아 노예를 시켜 그를 처형했다. 가족 중 가장 정감 있고 유일한 과학자였던 울루그 베그는 1449년

10월 27일 그렇게 세상에서 사라졌다.

6개월 후 그 존속 살인자는 울루그 베그의 하인 중 한 명에게 암살당했다.

그 후 7년간 아불 카심 바부르*가 헤라트를 통치했다. 그 역시 바이순구르의 아들이었고 할머니와 평화로운 관계를 유지했던 것 같다. 하지만 할머니가 가장 아끼는 사람은 여전히 바이순구르의 막내아들인 알라 앗 다울라였다. 그리고 1457년 아불 카심 바부르가 아버지처럼 술 때문에 죽었을 때, 그녀는 알라 앗 다울라의 아들인 증손자 이브라힘Ibrahim을 위해 마지막 힘을 다해 그를 지원했다.

그녀는 이제 여든이 넘은 나이였다. 그해 7월, 티무르의 증손자이자 바부르**의 조상인 아부 사이드***가 헤라트

---

*   아불 카심 바부르 미르자Abul-Qasim Babur Mirza(1422~1457, 재위: 1449~1457). 샤 루흐의 손자이자 바이순구르의 아들. 울루그 베그가 트란스옥시아나로 퇴각한 후 공백이 된 호라산을 장악했다. 1454년 바부르가 아부 사이드의 트란스옥시아나를 침공하자 둘은 협상을 통해 아무다리야강을 경계로 서로의 영토를 인정했다.

** 무굴 제국을 세운 자히르 알딘 무함마드 바부르Zahīr ud-Dīn Muhammad Bābur(1483~1530, 재위:1526~1530)를 말한다.

*** 아부 사이드 미르자Abu Sa'id Mirza(1424~1469, 재위:1451~1469). 샤 루흐의 조카 손자이자 울루그 베그의 조카이기도 하다. 무굴제국을 세운 바부르의 할아버지다. 우즈베크족의 도움을 받아 트란스옥시아나, 호라산 일대를 장악했다. 바부르 사후 헤라트에 입성했지만 1469년 우준 하산의 백양조 공격에 실패하고 그곳에서 처형당했다.

앞에 도착했다. 이브라힘을 지켜 주는 건 시타델뿐이었다. 그러나 아부 사이드는 직접 작전을 지휘했는데도 시타델을 점령할 수 없었다. 자신의 계획이 방해받자 이에 격분한 아부 사이드는 고하르 샤드가 은밀히 저항을 부추기고 있다고 생각하여 이 노쇠한 여인을 처형했다.

그녀는 단독 묘소에 묻혔다. 그녀의 묘비에는 이렇게 쓰여 있었다. '이 시대의 빌키스Bilkis.' 빌키스는 시바 Sheba의 여왕*이라는 뜻이다.

1년 후 알라 앗 다울라와 이브라힘이 그녀 옆에 묻혔다. 그러나 바이순구르의 후손인 또 다른 증손자가 야드가르 모하마드Yadgar Mohammad라는 이름으로 살아남았다. 1469년 그는 백양 투르코만White Sheep Turcoman**의 통치자 우준 하산Uzun Hassan과 함께 살고 있었는데, 그때 우준 하산이 아부 사이드의 공격을 받았다. 아부 사이드의 공격은 실패했고 그는 체포되었다. 우준 하산은 그를 자기 손님에게 넘겼는데, 당시 그 손님은 열여섯 살 소년이었다. 그는 필요한 명령을 내리고는 자신의 텐트로 물러났고, 아부 사

---

* 시바 왕국의 여왕. 이스라엘 왕 솔로몬을 위해 값진 선물을 가져왔다고 한다. 이 이야기는 유대교, 이슬람교, 에티오피아의 서사시에도 전해 내려온다.

** 아크 코윤루Aq Qoyunlu라고도 한다. 백양 왕조는 1378부터 1514년까지 존속했던 왕조로 수니파 투르크만 부족 연합이다. 이후 흑양 왕조를 병합하고 사파비 왕조로 교체되었다.

고하르 샤드 영묘와 그녀가 세운 대학의 미너렛, 헤라트.

이드는 즉시 처형당했다. 이렇게 고하르 샤드는 바이순구르의 후손의 손을 빌려 원수를 갚았다.

춥다. 해는 지고 물라들도 제자들과 함께 안으로 들어가 버렸다. 푸른 탑과 풋옥수수에서 빛이 사라지고 그것들의 그림자도 사라졌다. 마법의 향기마저 사라졌다. 여름은 끝났다. 황혼은 춥고 불확실한 봄을 떠올리게 한다. 가야겠다.

잘 있으시오, 고하르 샤드와 바이순구르. 당신의 돔 아래에서 소년들의 수업 소리를 들으며 편히 주무시오. 안녕, 헤라트.

모고르Moghor*(약 914미터, 헤라트에서 193킬로미터)

—— 5월 17일

위쇼의 마지막 시가를 피우며 그를 축복한다. 문득 달콤한 푸른 돔과 연보라색 산들 사이의 그 안전하고 편안한 집으로 돌아가고 싶어졌다. 그래도 현재 상황은 잔디를 굴러 내려간 것에 대한 보상이 있다. 적어도 우리는 칼라 나

---

*   아프가니스탄 북서부 바드기스주의 마을.

오를 지나 크리스토퍼와 함께 새로운 나라에 와 있다.

　　우리는 사흘 전 이른 오후에 헤라트를 떠나 세이드 마흐무드가 준 맥주 한 병을 마시고 속도를 높였다. 카로크에는 소나무 아래 잔디밭이 펼쳐져 있었고, 물고기들은 그물이 쳐진 연못에서 그물에 걸리지 않으려고 쉴 새 없이 물을 거슬러 헤엄치고 있었다. 우리는 그곳에서 하룻밤을 묵고 싶었지만 하늘에 고등어 등 무늬 같은 비늘구름이 깔려 있어 신중하게 생각했다. 만약 우리가 여기서 하루 묵어가다 비가 오면 며칠 동안 발이 묶일 수도 있다고 내가 주장해서 그날 밤 고개를 넘기로 했다. 위험한 결정이었다. 6개월 전에 누군가 나에게 그런 위험을 감수해야 한다고 했다면 나는 그를 어리석은 사람이라고 했을 것이다. 그런데 그 어리석은 사람이 바로 나였다.

　　고갯길로 이어지는 경사면의 흙이 말라 있을 때는 차로 전혀 문제없이 오를 수 있었다. 예전에 이 고개에서 차량 때문에 곤란을 겪었었다. 정상에 오르자 또다시 옹이가 진 여윈 향나무와 멋진 경치가 우리를 맞이했고, 투르키스탄 상공에는 또 다른 폭풍 구름이 끼어 있었다. 최악은 넘겼구나, 우리는 그렇게 생각했다. 바로 그때, 우리는 산의 북면이 여전히 축축하게 젖어 있다는 것을 알아챘다. 1킬로미터쯤 내려가서 차가 멈춰 버렸다.

　　경사도는 3분의 1 정도였고 보닛이 가파르게 아래쪽

계곡을 향하고 있었지만 우리가 있는 힘을 다 합쳐도 꿈쩍하지 않았다. 차체가 바위에 끼어 있었다. 한 시간 반 동안 발목까지 차오르는 진창이 된 눈 속에서 지렛대를 이용해 바위를 들어 올리려 했지만 차는 더 깊숙이 빠져 버렸다. 어둠이 내려앉을 즈음, 하얀 망토를 입은 목동 두 명이 양 떼를 이끌고 지나갔다. 우리는 그들에게 잠시 도와달라고 간청했다. 그들은 늑대들 때문에 그럴 수 없다고 했다. 하지만 그들 중 한 명이 밤새 늑대에게서 우리를 보호할 수 있도록 자신의 소총과 남은 총알 두 발을 빌려주겠다고 했다.

　　우리는 어떻게 해야 할지 의논했다. 운전기사 잠시드는 크리스토퍼와 내가 가장 가까운 마을로 걸어가 도움을 요청할 동안 자신은 총을 가지고 남아 있겠다고 했다. 크리스토퍼는 모두 함께 마을로 가자고 했다. 나는 8킬로미터 떨어진 곳에 마을이 있다는 것을 알지만, 가는 길은 형언할 수 없을 정도로 지루할 것이고, 문제의 마을은 낮 동안에도 호의적이지 않은 데다 도둑질이 빈번해 밤에는 더 불안해질 것이며 어쨌든 날이 밝을 때까지 우리에게 아무런 도움을 주지 않을 것이라고 주장하면서 모두 같이 차에 머물러 있자고 했다. 그러자 크리스토퍼는 늑대들이 헤드라이트나 엔진 소리에 겁먹으리라고 기대하는 것은 말도 안 되며, 우리가 차 안에 있으면 늑대들은 사이드 커튼을 뚫고 들어와 우리 살점을 깨끗이 뜯어 먹을 거라고 했다. 나는 그 얘기에 일리가 있든 없든 차 밖에 있는 것보다 차 안에 있는 것이 더 낫다고 생각했고, 어쨌든 마을의 개들이 늑대보다 더 야만적이라고 강력하게 주장했다. 나는 "제발, 차에서 위스키나 마시면서 편안하게 기다리죠"라고 말했다.

그렇게 차 안에 머물렀다. 이불과 양가죽이 진흙에 흠뻑 젖은 옷을 대신했다. 자동차 후드에 달린 강풍용 랜턴은 차가운 양고기와 파란 그릇에 담긴 토마토케첩, 계란, 빵, 케이크, 그리고 따뜻한 차가 마련된 저녁을 먹을 정도의 빛을 밝혀 주었다. 식사 후 우리는 구석에 자리를 잡고 찰리 챈Charlie Chan* 탐정 이야기 두 편을 화제 삼아 이야기를 나누었다. 잠시드는 앞자리에서 잠이 들었다. 나는 향나무 사이를 스치는 바람 소리와 멀리서 부엉이가 우는 소리를 한참 듣다가 잠이 들었다. 크리스토퍼는 무릎 위에 총을 올려놓은 채 깨어 있었다. 바스락거리는 소리가 들릴 때마다 늑대나 도적이 아닐까 생각하면서.

2시 30분쯤, 그가 늑대보다 더 무시무시한 말로 나를 깨웠다. "비가 와요." 후드 위에 떨어지는 비가 후두둑 소리를 냈고, 곧 그 소리는 점점 커져 북소리로 변했다. 새벽이 되자 잠시드는 도움을 요청하기 위해 길을 떠났다.

---

*   미국의 소설가이자 극작가인 얼 데어 비거스Earl Derr Biggers(1884~1933)가 쓴 소설에 등장하는 하와이 호놀룰루의 형사.

이불을 뒤집어쓴 채 아침 식사로 빵에 버터와 헤라트 잼을 발라 먹으려고 하고 있을 때였다. 고개를 들어 보니 말을 탄 한 남자가 보였다. 총을 든 어제 그 양치기였다. 우리는 감사한 마음으로 총과 총알을 돌려주었다. 그는 아무 말도 하지 않고 비에 젖어 짙어진 나무 사이로 사라졌다.

잠시드는 터번을 두른 도로 건설자 무리를 이끌고 돌아왔다. 그들은 압둘 라힘이 방문한다고 하여 강제 노역에 동원된 사람들이었다. 비가 심하게 왔고, 산은 어디를 봐도 폭포가 쏟아져 내리고 있었다. 오히려 11월보다 하산하기가 더 힘들었다. 그래도 적어도 눈 쌓인 경계선 아래는 말라 있었다. 이제 붉은 봉우리가 구름 위로 솟아오르고 발아래 깔린 구름 사이로 산맥 전체가 모습을 드러냈다. 차는 선반같이 튀어나온 좁은 길을 따라 달렸다. 종종 옆으로 치우쳐서, 그것도 끝에서 절대 60센티미터 이상 떨어지지 않은 가장자리를 따라 통제 불능 상태로 고통스러운 전진을 계속했다. 한번은 빗물에 쓸려 온 붉은 바위가 좁은 길을 막아 그 바위를 우회하도록 시렁을 만들어야 했다. 마침내 우리는 도로 건설자들의 막사에 도착했다. 그들은 거기서부터는 도로를 새로 파서 상태가 좋다고 말했다. 이 나라에서 도로를 파는 것은 재포장하는 것과 같기 때문이라고 했다. 그 길은 이제 목초지로 덮인 탁 트인 경사면으로 이어졌다. 우리는 내내 쏟아지는 비를 맞으며 미끄러지고 부딪히며 나아갔다. 차가 홈에 빠지면 평소 같으면

인력이 여섯 명은 필요했겠지만 지금은 너무 미끄러워 가래 한 자루와 부실한 삽으로도 충분히 해결할 수 있었다. 문제는 그 길을 가는 내내 400미터마다 파고 또 팠다는 점이다.

나는 길가에 핀 꽃을 보면서 걸어갔다. 길가에 길게 이어진 풀밭에는 작은 주홍색 튤립, 크림색과 노란색의 난쟁이붓꽃, 썩은 고기 냄새를 풍기며 나를 쫓아오는 내 단춧구멍에 꽂아 놓은 보라색 양파꽃, 양귀비, 초롱꽃 등 다양한 꽃들이 피어 있었다. 특히 튤립의 이파리가 난 이상한 식물의 꽃은 분홍색 블랑망제blancmange*와 같은 색인데, 컵 속에서 위를 향해 자라면서 꽃잎이 정사각형으로 쪼개진다. 잠시 후 농작물이 나타났는데, 클로버와 밀이었다. 이맘때 영국에 있을 때만큼 키가 작았다.

도움을 받지 않고서는 차를 빼낼 도리가 없는 깊은 도랑에 빠졌을 때 마침 라만 마을이 시야에 들어왔다.

이맘때의 마을은 포플러가 그늘을 드리우고, 성급하게 흐르는 시냇물로 생동감이 돌며, 푸른 잔디밭을 받치고 있는 붉은 절벽으로 둘러싸인 꽤 작은 곳으로 보였다. 작년 12월 어느 새벽의 하얀 안개 사이로 마지막으로 본 마을과는 전혀 다른 모습이었다. 앞서간 크리스토퍼는 상스

---

*   녹말, 우유나 크림, 설탕, 바닐라 향, 아몬드 등을 넣어 만든 일종의 푸딩.

러움과 언짢은 상황을 마주해야 했다. 하지만 내가 도착했을 때 촌장은 칼라 나오 총독에게 전화를 걸어 우리에 대해 알렸고, 마루 한가운데 모닥불을 피워 옷을 말리라면서 우리를 환대했다. 그날 밤 칼라 나오 총독은 말 편으로 우리에게 필래프를 보내 주었다.

오늘 아침 하늘에는 구름 한 점 없었다. 도로가 마를 때까지 한두 시간 정도 기다린 후 우리는 계곡을 따라 내려가면서 10분마다 강을 건넜고, 건넌 후에는 대개 차의 자석 발전기를 말려야 했다. 반쯤 가다가 회색 말을 타고 오는 칼라 나오 총독을 만났다. 그의 뒤로는 수행원들이 따라오고 있어 장관을 이루었다. 그 행렬 맨 끝에 내 펜을 갖고 싶어 했던 비서가 있는 것을 보았다. 총독은 우리가 원한다면 방을 준비해 놓겠다고 했지만, 우리는 오늘 밤 무르갑Murghab까지 가야 해서 사양했다.

계곡이 넓어졌다. 움푹 파인 풀밭에 키빗카 야영지가 나타났다. 무리 지어 있는 키빗카가 길을 가로막고, 개들은 날뛰었으며, 아이들은 우리가 지나가는 것을 보며 놀려 댔다. 살루키들은 여전히 다부지게 생겼다. 절벽 꼭대기의 높은 곳까지 펼쳐진 풀밭에는 주홍색 양귀비꽃이 조각보처럼 군데군데 무리 지어 피어 있었다. 그리고 가끔 길가에는 서양지치꽃이 감청색 꽃망울을 터뜨리고 있었다. 두가지 꽃 모두 마치 애국심의 발로로 심어진 것처럼 신기하게도 인위적인 효과를 만들어 냈다. 우리는 칼라 나오에서 우유를 좀 마신 후, 마침내 강을 따라가던 길에서 벗어나 구불구불한 시골길을 따라 계속 달렸다. 어두워지기 전에 목적지에 도착할 수 있다는 자신감을 갖고 속도를 냈다. 길에는 잠시드가 바닷가재라고 부르는 거북이들이 기어다니고 있었고, 뱀 두 마리를 만났다. 길이가 1.2미터에 연한 녹색을 띤 그 뱀이 달리 해를 끼칠 것 같지는 않았다. 그러나 잠시드는 차를 세우더니 진정한 인도인의 증오심으로 엄숙하게 그것들을 죽였다.

칼라 나오에서 32킬로미터 떨어진 곳에서 앞축이 작은 언덕에 부딪혔다. 약간의 충격이 느껴지는 동시에 엔진이 꺼져 버렸다.

무기력하고 불안한 시간이 계속 이어졌다. 우리는 이리저리 코일을 만지작거리다 코일을 바꾸고, 차 배터리에 소변을 보기도 하고, 스파크가 있는지 전부 테스트했다. 하지만 엔진은 기침조차 뱉지 않았다. 거의 저녁이 다 되었고 도로에는 인적도 드물었다. 특히 이 구간은 도둑들로 악명 높은 곳이었다.

바로 그때, 몸통이 긴 검은 말을 탄 한 신사가 내리막길 모퉁이를 돌아 나왔다. 그는 푸른 터번을 쓰고 수염을 길렀다. 그 뒤에는 안장 앞테에 소총을 멘 수행원 두 명이 따르고 있었다. 한 명은 수염을 길렀고, 다른 한 명은 얼굴을 가리고 있었다.

"당신들은 누구시오?" 선두에 선 남자가 물었다.

"이 신사가 누군지 압니다." 얼굴을 가리지 않은 수행원이 끼어들더니 나를 가리켰다. "칼라 나오에서 제가 아팠을 때 음식을 가져다준 사람입니다."

서로 누구인지 알아보자 안심한 양쪽 일행들은 서로를 더 신뢰하게 되었다. 크리스토퍼는 우리가 처한 난감한 상황을 설명했다.

파란 터번을 쓴 남자는 "제 이름은 하지 랄 모하마드Haji Lal Mohammad입니다. 저는 피스타치오 상인인데 무르갑에서 사업을 하다가 지금은 인도로 돌아가는 길입니다. 이 길은 해가 진 후에는 다니지 않는 것이 좋습니다. 얼마 전에 한 남자가 이곳에서 목이 베이는 사건이 발생했습니다. 가장 가까운 로밧Robat은 1파르사흐밖에 떨어져 있지 않으니, 이 사람들의 말에 올라타시면 우리가 거기까지 태워다 드리고, 다른 말을 보내서 운전기사와 짐을 실어 오도록 하겠습니다"라고 말했다.

우리가 말을 타자 소총을 든 수행원들이 우리 뒤에 앉았다. 베일을 쓴 수수께끼의 남자가 내 배를 두 손으로 꽉 움켜쥐었다.

"그자가 어떤 사람이라고 생각하십니까?" 하지 랄이 내게 물었다.

"얼굴을 볼 수 없는 남자를 어떻게 생각해야 할지 모르겠네요."

"하, 하, 그는 아주 어리지만 훌륭한 살인자입니다. 그는 이미 다섯 명을 죽였어요. 그렇게 많은 사람을 죽이기엔 너무 어리죠, 안 그런가요?"

수수께끼의 남자는 베일 아래에서 수줍게 킥킥 웃으며 내 갈비뼈를 간지럽혔다.

"당신들은 예수를 따르겠지요." 크리스토퍼의 뒤에 앉은 사람이 말했다.

"물론이죠."

"혹시 사흘 전에 헤라트에 계셨습니까?" 하지 랄이 끼어들었다. "그렇다면 카불리Kabuli*와 인도 루피가 얼마에 교환되는지 말해 줄 수 있겠군요. 카라쿨리스Karakulis** 의 가격도요." 양가죽을 말하는 것이었다.

"결혼하셨나요?" 그가 계속 물었다. "자녀는 몇 명이고 돈은 얼마나 있죠? 저는 가끔 런던에 가 보고 싶다는 생각을 합니다. 거기서 하룻밤을 보내려면 얼마나 드나요?"

크리스토퍼는 "어떤 밤을 보내고 싶은지에 따라 달라집니다"라고 대답했다.

그러자 하지 랄은 더 시급한 문제가 떠올랐는지 "짐에 약이 있나요?"라고 물었다.

"네."

---

* 인도에서 재배되는 병아리콩의 한 종류.

** 양의 한 품종인 카라쿨Karakul의 가죽.

"하나만 주시겠어요? 헤라트의 여자들을 기쁘게 할 수 있는 약이 필요해요."

"그런 약이 있는지 잘 모르겠습니다."

우리는 잠깐 아무 말 없이 말을 탔다.

"저 차가 당신 차로군요. 뭐가 문제인가요?" 하지 랄 이 갑자기 말했다.

"모르겠습니다."

"다시 달릴 수 있을까요?"

"모르겠습니다."

"안 되면 어쩔 셈이신가요?"

"말을 타고 가야겠지요."

더 긴 침묵이 흘렀다.

"팔 건가요?" 하지 랄이 물었다.

그 말이 음악처럼 들렸다. 크리스토퍼는 내색하지 않으려고 조심했다.

한 시간 동안 말을 타고 모고르의 로밧에 도착했다. 로밧은 아프간어로 여행자 숙소인 카라반세라이를 뜻한 다. 주요 고속도로에는 4파르사흐 또는 25킬로미터마다 이런 시설이 있어 거리 척도로도 사용된다. 이곳은 아래에 는 마구간, 입구 위에는 다양한 종류의 방 그리고 흔히 있 는 안마당으로 이루어져 있다. 건물을 둘러싼 난간에는 중 요한 사업을 위해 총안이 설치되어 있으며 페르시아보다 일찍 문을 닫는다.

그곳 사람들은 하루 중 이 시간에 잠시드와 우리 짐이 텅 빈 도로에 있는 것은 좋지 않다고 하면서 가능한 한 빨리 그들을 데려오도록 사람을 보냈다.

── 5월 18일

크리스토퍼는 하지 랄의 제안을 받아들여 50파운드에 차를 팔았다. 원래는 60파운드가 아니면 차를 팔지 않겠다고 했다. 수행원 중 한 명이 칼라 나오로 가서 돈의 일부를 가져왔고, 다른 한 명은 인근 마을에서 돈을 자루에 담아 곧 도착할 것이다. 우리 친구는 신용이 좋은 사람임에 틀림없다. 10파운드는 크리스토퍼가 마음에 들어 하는 검은 말 때문에 깎아 주었다. 나중에 우리가 자동차를 구할 때를 대비해 나는 말 한 마리를 빌리기로 했다.

마이메나의 러시아 영사관 비서를 태운 헤라트행 차가 막 지나갔다. 그는 황소가 우리 차를 끌고 가는 것을 보고는 차를 세우고 도울 일이 있는지 친절하게 물었다. 그리고 차가 거의 매일 마이메나에서 마자르 이 셰리프까지 운행한다고 말해 주었다.

그가 떠난 후 한 아프간인이 방으로 들어와 나를 '토바리시Tovarish'라고 불렀다. 나는 "맙소사, 저를 동지라고 부르지 마세요. 저는 영국인입니다." 피부가 하얀 사람이 전부 러시아인은 아니라는 것을 설득하는 데 오랜 시간이 걸렸다. 그러나 우리가 그를 설득하고 보니 그는 탈출한 러시아 국민이었으며, 사실 볼셰비키에 대해서는 할 말이 아무것도 없는 사람이었음이 밝혀졌다.

오늘 저녁에 접시를 씻으러 갔던 로밧 근처에는 강이 있었다. 강 건너편에 마을이 있는 것을 보고 지나가는 청년에게 우유를 구해 줄 수 있냐고 물었다. 우유를 담을 만한 것이 있다면 가능하다기에 우리는 보온병을 건넸다. 하지만 그는 마을로 가는 대신 우리가 접시를 다 씻을 때까지 가만히 서서 눈을 동그랗게 뜨고 광택이 나는 보온병을 만지작거리고 있었다. 그러다 우리가 로밧으로 돌아가려 하자 우리 뒤를 따라 달려오더니 보온병에 대한 보증으로 터번을 벗어 우리에게 주었다.

한 가지 덧붙이자면, 모두 크리스토퍼가 차 때문에 사기를 당했다고 생각하는데, 이 나라에서 차의 가치는 우리가 생각했던 것보다 더 큰 것 같다. 거래에서 가장 이상한 부분을 언급하는 것을 잊었다. 하지 랄이 뉴델리의 건물들을 볼 수 있도록 해달라는 편지를 써 주어야 했다는 것이다. 비록 그곳 공공사업부에 아는 사람은 없었지만 나는 최선을 다했다.

이런 종류의 여행을 시작하려면 우선 응급 처치부터 공부해야 한다. 방금 한 사람이 엄지손가락을 삐었다며 도움을 요청했고, 다른 사람은 기생충 약을 요청했다. 할 수 있는 최소한의 일은 그들을 치료하는 시늉을 하는 것이다.

하지만 주술사인 척하기보다는 효과적인 의료 기술을 가지고 있어서 그들이 치료되리라는 것을 알게 되면 더 기쁠 것 같다.

발라 무르갑Bala Murghab*(457미터, 모고르에서 약 72킬로미터)

—— 5월 20일

우리는 엿새 전에 헤라트를 떠났다. 그때 오후가 아니라 오전에 출발했다면 아마 같은 날 밤에 이곳에 도착했을 것이다.

모고르에서 출발한 우리 일행은 짐을 실을 말 세 마리, 내가 타는 말 한 마리, 우리를 호위하는 '총잡이'를 위한 말 한 마리, 그리고 크리스토퍼의 검은색 말, 이렇게 총 여섯 마리였다. 크리스토퍼의 말은 기관총의 속도로 왼쪽 다리와 오른쪽 다리를 번갈아 가며 앞으로 내딛는 놀라운 페이서**였다. 우리는 자동차 도로를 버리고 낮은 구릉을 가로질러 더 높은 언덕으로 갔다. 그곳은 여전히 풀로 덮

---

*   아프가니스탄 바드기스주의 도시.

**   측대보로 걷는 말. 측대보는 한쪽 앞발과 뒷발을 동시에 내디디며 걷는 방식이다.

여 있었지만 노출된 바위와 군데군데 피스타치오 관목 숲이 있었다. 사실 붉게 변한 열매 송이를 보기 전까지는 피스타치오인지 모르고 야생 무화과나무로 착각했다. 우리는 이 산등성 정상에서 우리 뒤로 비구름에 반쯤 가려진 파로파미수스Paropamisus의 마지막 모습을 바라보았다. 우리 앞, 더 가까운 곳에 반드 이 투르키스탄의 주 산맥이 솟아올라 있었다.

문득 뜨겁고 돌투성이의 넓은 계곡이 끼어들었다. 사막 식생이 다시 나타났고, 멀리서 우리를 본 고독한 여행자는 우리가 지나갈 때까지 골짜기에 몸을 숨겼다. 계곡 반대편에서 다시 등반 준비를 하고 있을 때 강이 시야에 들어왔는데 놀랍게도 산 절벽을 향해 곧장 흐르고 있었다. 그런 강의 흐름은 위에 망루가 있는 한 쌍의 바위로 된 수문 때문이었다. 강은 바로 산악지대를 가로질러 그 문을 통과하고 있었다. 우리는 강을 따라가다가 서쪽 강둑에서 동쪽으로 다 허물어져 가는 다리를 건너갔다. 다리는 돌로 된 아치 두 개 중 하나가 유실되어 나무로 된 버팀대로 교체되어 있었다. 분명 더 남쪽에서 이 강을 만나게 될 자동차 도로도 이 다리를 사용한다. 모고르에서 우리를 방문했던 러시아인에 따르면, 이 다리와 망루는 모두 알렉산더 대왕이 지었다고 한다.

알고 보니 이 문제의 강이 바로 힌두쿠시에서 발원하여 메르브 주변 사막에서 스르륵 사라지는 무르갑강이었다. 갈대와 분홍색 조팝나무 덤불이 늘어선 낮은 풀밭 둑 사이로 흐르면서 물살이 더 거세지기는 했지만 강의 크기는 윈저의 템스강 정도였다. 반대편에는 검은색 텐트 무리가 녹색 산기슭에 점점이 흩어져 있었다.

말을 타고 48킬로미터 넘게 달렸다. 무르갑까지 아직 19킬로미터나 더 가야 했기에 우리는 로밧에서 하룻밤을 묵기로 했다. 이곳 사람들은 어리석고 불친절했다. 우리 방은 공기가 통하지 않는 데다 파리 떼가 극성이었다. 우리는 낮에 이곳에 들렀어야 했다. 아침 일찍 출발하게 되어서 좋았다. 마침내 계곡에서 벗어나자 풀이 우거진 둥근 언덕으로 둘러싸인 넓은 경작지가 나타났다. 이곳은 훨씬 더 더웠다. 길가의 짧은 풀은 이미 갈색으로 타들어 가고, 높이 자란 옥수수에는 분홍 살갈퀴가 잔뜩 엉켜 있었다. 그런데도 일부 언덕에서는 사람들이 밭을 갈고 있었다. 아마도 두 번째 작물을 심기 위해서였을 것이다. 평소와 마찬가지로 마을은 멀리서 보면 숲처럼 보였지만 막상 들어가니 아일랜드의 시장 마을이 떠올랐다. 현관문은 평범한 아무 장식도 없는 벽과 중간에 끼어 있는 중정 대신 단층 주택으로 곧장 이어져 있어 거리에서 그 안의 삶을 엿볼 수 있다.

중앙아시아가 시작되고 있다. 줄무늬와 꽃무늬가 그려진 가운을 입고 쭉 째진 눈매를 한 털이 북슬북슬한 남자들이 떠드는 튀르크어 대화가 한꺼번에 밀려왔다. 버즈비를 쓰고 붉은 옷을 입은 투르코만인이 왔다갔다 하면서 서성이고 있었다. 그들 대부분은 32킬로미터밖에 떨어져 있지 않은 러시아 국경을 넘어 도망쳐 온 사람들이다. 우리는 저마다 다른 붉은색 옷을 입고 마당에 쪼그리고 앉아 음식을 먹는 투르코만 여성들을 보았다. 음식을 먹을 때마다 그들이 쓰고 있는 모자가 끄덕거리는 모습이 마치 제라늄과 수염 패랭이꽃이 흔들거리는 화단처럼 보였다. 놀랍게도 여러 유대인이 자기들 가게 앞에 무심하게 앉아 있는 모습도 보였다.

우리의 총잡이가 우리를 담이 둘러쳐진 정원 안에 자리한 총독의 집으로 데려갔다. 집 외곽을 흐르는 강 위 벼랑에는 현재 작은 수비대가 주둔하는 오래된 성이 있다. 이 성에서 정원까지 이어지는 제방에는 뽕나무가 늘어서 있고, 그 아래에서 마을 사람들은 수다를 떨고, 책을 읽고, 기도도 하고, 말을 씻기고, 풀을 먹이며 한가로운 시간을 보내고 있었다. 크리스토퍼도 자기 말을 데리고 그들 속으로 녹아 들어갔다.

총독은 식사 중이었지만 우리를 잘 대접하라고 지시했다. 우리는 그의 비서실 뒤편 방으로 안내되었다. 그들은 총독이 올해 일흔 살이 되었고, 길고 하얀 수염을 기르고 있으며, 강도를 진압하여 많은 사랑을 받고 있다고 말해 주었다. 정원 반대편에서 족쇄를 찬 강도 중 몇 명이 철커덩거리는 소리를 내고 있었는데 그들은 아주 쾌활해 보였다. 총독은 세습 칸의 지위를 누리고 있는 것으로 보이는데, 80년 전 에미르 도스트 모하마드가 그들의 영토를 아프가니스탄에 통합할 때까지 옥수스와 힌두쿠시 사이에서 번성했던 수많은 독립 통치자의 마지막 대표자일지도 모른다. 스페인 귀족 같은 얼굴에 승마화를 신고, 사격용 옷과 트렌치코트, 빳빳한 화이트칼라로 차려입고 터번은 한쪽 눈 위로 비스듬히 젖혀 쓴 그의 아들은 확실히 왕세자의 분위기가 물씬 풍긴다. 전체적인 분위기는 가부장적이다. 투르코만인, 타지크인, 우즈베키스탄인은 남녀를 불문하고 계속해서 정원을 통해 비서실 창문으로 다가와 정의를 찾아 달라고 요구한다.[*]

검은색 래브라도 리트리버와 스패니얼로 보이는 개가 정원을 돌아다니고 있었다. 둘 다 러시아에서 자랐다.

마이메나 Maimena[**] (880미터, 무르갑에서 약 177킬로미터)

---

[*]   민족적 배경과는 상관없이 그 지역의 많은 사람이 법률적인 문제나 분쟁을 해결해 달라고 총독을 찾아온다는 것을 시사한다.

[**]   오늘날의 마이마나 Maymana. 아프가니스탄 파리야브 Faryab주의 주

—— **5월 22일**

투르키스탄!

나는 지난 사흘 동안 프루스트*를 읽고 있다(그리고 나는 이 일기에 통제되지 않은 시시콜콜한 내용까지 써내려가는 것이 감염병처럼 서서히 번져가는 것을 주시하기 시작한다.). *게르망트 Guermantes***라는 이름이 어떻게 자신을 최면에 빠트렸는지에 대한 그의 묘사는 투르키스탄이라는 이름이 나를 어떻게 최면에 빠트렸는지 떠올리게 한다. 그것은 1931년 가을에 시작되었다. 대공황이 한창이었고, 유럽은 견딜 수 없을 정도로 우울했다. 공산주의가 해결책인지에 대해서도 의문이 들었고, 유일한 탈출구는 우체국조차 갈 수 없는 카쉬가르의 별장뿐인 것 같았다. 그래서 런던 도서관, 중앙아시아 학회 도서관, 동양학 대학에 문의했다. 하지만 건축학적으로나 역사적으로나 러시아의 투르키스탄***이 그렇게 멀리 떨어져 있지 않다면 중국 투르키스탄보다 더 많은 것을 제공할 것 같았다. 결국 나는 카쉬가르를 포기하

도로 아프가니스탄과 투르크메니스탄 국경 지대에 위치한다.

*   마르셀 프루스트Marcel Proust(1871~1922). 프랑스의 작가. 대표작은 연작 소설 『잃어버린 시간을 찾아서』다.

**   프랑스 중북부 일드 프랑스 지역의 마을 이름이자 『잃어버린 시간을 찾아서』의 3부에 등장하는 주인공이 연모하던 공작 부인의 이름이다.

***   투르키스탄의 서쪽 지역. 오늘날의 우즈베키스탄, 투르크메니스탄, 키르기스스탄, 타지키스탄이 이 지역에 속한다.

고 러시아 대사관의 서기관과 친분을 쌓고 탐험대원들을 모아 모스크바로 가서 탐험을 위한 허가를 요청했다. 헛수고였다. 모든 부서에서 러시아 과학자 또는 단 한 명의 차감식가라도 인도 입국이 허용된다면 내가 보하라에 갈 수 있다는 무의미한 말만 들었다. 1932년, 본래의 계획으로 되돌아갔다. 다시 일행을 모아 인도 사무소에 길기트Gilgit 도로를 따라 카쉬가르로 가는 허가를 신청했다. 이 신청서는 인도 사무소 기록 보관소에 인도를 방문하는 동료들에 관한 정보가 있다는 호기심을 불러일으켰고, 그 후 델리와 베이징으로 전달되었다. 하지만 답을 받기도 전에 카쉬가르 정부가 붕괴하고 내전이 신장 지역 전역을 휩쓸었으며, 길기트 도로는 여행자들에게 폐쇄되었다. 남은 세 번째 지역은 아프가니스탄 투르키스탄이었다. 이를 위해 또 다른 탐험대가 구성되었지만, 마지막 순간에 그들은 숯의 연소 특성에 관한 연구를 수행하고 싶어 했다. 나는 혼자 시도하고 실패하고 다시 시도했으며 이제는 성공할 거라는 희망을 품고 있다. 하지만 주 경계를 넘었음에도 아직 마자르까지는 절반밖에 못 왔다.

실제로 프루스트가 공작 부인을 만났을 때 프루스트가 품고 있던 그녀의 이미지는 산산이 부서졌고, 이름이 아니라 그 여성과 어울리는 다른 이미지를 만들어야 했다. 하지만 나의 이미지는 분명해졌고 강화되었다. 지난 이틀 동안 투르키스탄이라는 이름에 내포된 이 모든 참신함과 목가적인 모험담이 실현되었다. 이제 전체 역사가 인쇄된 책에서 내 마음의 눈으로 옮겨 왔다. 이 모든 것은 계절이 좋았기 때문이다. 프루스트를 실망시킨 것은 게르망트 부인의 안색이었다. 우리는 꽃이 만발한 초여름의 투르키스탄을 발견했다.

무르갑 총독의 정원에 차 세 대가 서 있었다. 한 대는 이미 수명이 다한 차체만 남은 회색 포드 쿠페였다. 나머지는 진한 빨간색의 새 복스홀이었는데, 비가 왔을 때 방수포로 덮어 두었다. 우리가 도착한 다음 날 아침 일찍, 총독과 그의 아들은 복스홀을 타고 러시아 국경의 마루착 Maruchak으로 떠났다. 우리는 주변 채소밭에 흩어져 있는 포드의 엔진을 쓸쓸히 바라보며 말을 달라고 했다.

"원한다면 차로 마이메나까지 모셔다 드리겠습니다." 아바스라는 페르시아 소년이 덤불에서 라디에이터를 꺼내며 말했다. "한 시간 후에 출발하겠습니다."

이 터무니없는 차량이 목적지까지의 거리 160킬로미터 중 3킬로미터나 5킬로미터 이상 감당할 가능성은 거의 없어 보였다. 그래서 우리는 출발하기 전에 평소 하던 예방 조치를 전혀 취하지 않았다. 음식도 준비하지 않았으며, 운전자에 대한 예의로라도 차량의 예비 부품을 챙기지 않았다. 심지어 소위 최고의 정장을 갖춰 입기까지 했다. 뒷좌석에 실은 짐은 천장까지 닿을 정도였다. 크리스토퍼와 내가 앞쪽으로 차에 올라타자 마치 슬랩스틱 영화에 나오는 시어머니가 된 것처럼 차대가 한쪽으로 기우뚱 내려앉았다. 아바스는 크랭크 핸들을 감고 있었다. 갑자기 그의 팔이 머리 위로 튕겨 올라가고 대장간에서 날 법한 소리가 아까 주워 온 엔진에서 터져 나왔다. 우리가 탄 차는 총독의 화단을 가로질러 달려갔고, 그사이에 아바스는 날듯이 쫓아와 우리가 막 문을 통과하려 할 때 간신히 운전대를 붙잡았다. 주민들은 큰길로 도망쳤다. 우리는 곧 마을을 지나 황량한 계곡을 가르며 달려가고 있었다. 유리를 끼우지 않은 창문 밖으로 짐이 떨어져 나갔다. 하늘을 향해 분수처럼 솟구친 라디에이터가 먼저 땅을 향해 앞쪽으로 기울어졌다가 다시 뒤를 향해 엔진 위에 떨어져 팬에 얽혀 들었다. 그래서 침낭 끈으로 움직이지 않게 묶어 놓아야 했다. 기계는 덜커덩거리다가 끝내 어떤 리듬도 없이 종말론적이고 바르르 떨리는 소리를 내더니 귀청이 터질 것 같은 대포 소리를 마지막으로 모든 것이 일시에 멈췄다. 아바스는 교향곡을 마친 뒤 박수갈채 속에서 지휘봉을 내려놓은 지휘자의 표정으로 우리를 바라보았다. 한 박자 늦게 뒷바퀴 쪽에서 나도 이젠 쉬어야겠다는 안타까운 보고를 해왔다. 우리가 달린 거리는 자그마치 16킬로미터나 되었다.

여분의 타이어가 없었다. 아바스는 외부 덮개 조각을 모아 꿰맞추었고, 그 사이 크리스토퍼와 나는 여전히 운명이 우리를 돌봐 줄 거라 믿으며 최고의 정장을 벗어서 좀 떨어진 풀밭에 내려놓았다. 오후의 그림자가 길어지고 있었다. 엔진에 생명을 불어넣는 일만 남았다. 그런데 어이없게도 이 일은 아이를 때리듯 망치로 몇 번 여기저기 때리니 빠르게 해결되었다. 그리고 우리는 제때 차에 올라탔다. 우리는 이제 캥거루처럼 달리는 우리 차가 미끄러지듯 달리는 오래된 쉐보레만큼 편안하지는 않지만 쉐보레는 절대로 갈 수 없는 길을 가로질러 우리를 데려다주고 있다는 것을 깨닫기 시작했다.

우리가 따라가고 있는 계곡의 폭은 약 3킬로미터 정도였다. 강은 언덕 가운데 난 좁은 흙벽에 갇혀 서쪽으로 흘러가고 있었다. 양쪽에는 붉은 흙 언덕이 솟아 있었는데, 변화무쌍한 날씨로 인해 둥글게 다듬어진 부드러운 녹색 윤곽이 말의 옆구리처럼 매끈했다. 하지만 서쪽 언덕은 아래로 갈수록 점점 가팔라졌고, 녹색 옷이라곤 하나도 입지 않은 벌거숭이 절벽이 서 있는 계곡과 만난다. 그럼에도 계곡과 언덕은 둘 다 황금빛 초록이 물결치는 목초지로 덮여 있었는데, 일부러 씨를 뿌렸나 싶을 정도로 풍성했다. 정작 다가가서 보니, 농작물은 성기고 여위었다. 쟁기질이나 모종에 방해가 되는 조약돌 하나 없는 이 멋진 땅에는 사람이 거의 살지 않았다.

도로 위에도 자갈 하나 없었다. 계곡을 벗어나 북쪽에서 북동쪽으로 방향을 틀었을 때, 길은 단순히 두 개의 도랑으로 표시되어 있었는데, 도로임을 표시할 목적으로 파 놓은 것이다. 도랑은 낮은 구릉의 골짜기 안팎을 휘감으며 달리고 있었다. 멀리서는 매끈해 보였던 풀밭은 구멍과 움 푹 팬 곳들로 가득했고, 거기에 걸릴 때마다 우리는 전멸당할 듯 위협을 느꼈다. 그러나 마이메나까지의 거리는 어느 사이엔가 점점 줄어들었고, 64킬로미터 정도 왔을 때 길가에 잔디를 입힌 기둥 두 개를 본 아바스가 헤드라이트는 전혀 흠잡을 데가 없기는 하지만 그래도 여기서 하룻밤을 묵어가는 것이 어떻겠냐고 제안했다. 오늘 하루 동안 충분히 운명을 시험했다고 생각한 우리는 동의했다.

기둥 사이에서 갈라져 나온 옆길을 따라가다 홍예다리*를 건너 포플러 숲이 내려다보이는 마당 있는 외딴집으로 향했다. 흰색 터번을 두르고 흰색 옷을 입은 중간 키의 남자가 우리를 맞이하러 나왔다. 곱슬곱슬한 짙은 갈색 수염 사이로 보이는 그의 미소에서 어린아이의 천진난만함이 느껴졌다. 그는 미닫이 나무 창문과 벽난로가 있고 카펫이 깔린 방으로 우리를 안내했다. 문 건너편에는 오래된

---

* 다리 가운데가 둥글게 튀어 올라와 무지개 모양을 한 다리.

책이 꽂힌 벽감이 있었고, 또 다른 벽감에 놓아둔 장미잎 포푸리에서는 영국 응접실 냄새가 풍겼다. 아이들이 짐을 들고 비틀거리며 들어왔다. 우리는 야외 잔디밭에 앉아 금빛으로 물든 푸른 언덕 사이로 서늘한 뱀처럼 드리워진 그림자를 바라보고 있었다. 돌연 그 언덕 위로 서쪽 힌두쿠시산맥의 라일락빛 봉우리가 솟아올랐다. 누군가가 우리에게 차를 가져다주었다.

저녁 무렵이 되자 인근 마을에서 병을 치료받기 위해 기병들이 도착했다. 한 명은 고열에 시달렸고, 한 명은 형벌을 받아 코에 찢어진 상처가 있었으며, 한 명은 아침마다 두통과 구토에 시달린다고 호소했다. 또 다른 한 명은 등 전체에 전염성 피부병이 퍼져 있어 1년 내내 고생하고 있었는데, 매독처럼 보였지만 우리가 할 수 있는 것은 아무것도 없었다. 아스피린, 퀴닌, 연고 등 우리가 가진 것을 전부 주면서, 일부러 주술사의 신비로운 분위기를 가장하여 다른 건 몰라도 곪은 부위는 끓인 물로 반복해서 씻지 않으면 약이 효과가 없을 것이라고 말했다. 오늘 아침에는 더 많은 사람이 모여들었다.

아침 식사 후 포플러 숲으로 산책을 나갔다. 참새들이 나뭇가지 위에 앉아 지저귀고 있었다. 아래쪽은 그늘지고 습했으며 영국 나무 냄새가 나서 고향을 향한 그리움으로 찌르르 아파 왔다. 그때 주인이 우리를 울타리가 쳐진 정원의 포도밭으로 데려갔는데 거기 한가운데에 망루가 하나 있었다. 앉아서 경치도 즐기고 누가 도착하는지도 볼 수 있다. 한쪽 구석에 있는 축축한 작은 구덩이에는 커다란 진홍색 장미 덩굴이 있었다. 그가 우리에게 장미를 한 아름씩 따 주었다.

우리는 숙소 비용이나 적어도 우리가 먹은 음식에 대한 비용을 지불할 수 있는지 물었다. 그는 "아뇨. 우리 집은 가게가 아니니까요. 게다가 당신들은 사람들에게 약을 줬잖아요"라고 말했다.

차를 몰고 떠나면서 아바스는 이렇게 설명했다. "그는 이 길의 모든 여행자를 맞이하는 성스러운 사람입니다. 그래서 그가 이것들을…" 그는 잔디 기둥을 가리키며 말을 이어 갔다. "이걸 세우는 거예요. 자기 집이 여기 있다는 걸 알리려고요. 이곳의 이름은 카리즈입니다."

우리가 국경을 넘어 투르키스탄으로 향하는 내내 차 안은 장미 향기로 가득했다.

이제 길은 다시 파헤쳐 정리되어 있었지만 언덕을 통과하는 내내 무서운 장애물을 만났다. 우리는 바위와 자리다툼을 하면서 274미터 너비의 강을 두 개나 건넜다. 첫 번째 강바닥은 경사가 너무 가팔라 시속 48킬로미터로 차가 물속에서 뒤로 밀려나기도 했다. 비 때문에 부드러운 지표면에 큰 균열이 생겨 결국 우리는 배수 공사를 하지 않은 우마로로 경로를 틀었다. 그 대신 매복하고 우리를 기다린 것은 포드차가 테니스공처럼 들락날락 튕기게 만드는 구덩이었다.

우리는 마이메나에서 19킬로미터 떨어진 보하라 칼라Bokhara Kala 평원에서 연못과 숲이 있는 곳에 들러 자고 새 싸움을 구경했다. 구경꾼들이 빙 둘러섰고 새들은 고리버들로 만든 반구형 우리에서 풀려났다. 하지만 한 마리가 몇 분 후 꼬리를 돌려 우리 발 사이를 비집고 도망치는 바람에 우리 모두 그 뒤를 쫓는 풍경이 펼쳐졌다. 길은 이제 더 붐볐다. 여행자 대부분은 중국과 아랍 품종이 이곳에서 만난 듯한 작은 사냥용 말을 타고 있었다. 그들은 흘러내리는 수염에 화사한 색의 터번을 두르고 꽃무늬가 그려진 가운을 입고 있었으며 말 뒤에는 말아 놓은 카펫이 보였다. 등에 걸치고 있는 소총만 아니라면 티무르 왕조의 그림에서 그대로 걸어 나온 듯한 모습이었다. 동물도 많았는데, 뱀도 많고 거북이도 많았다. 우리가 지나갈 때면 물총새처럼 밝은 인디언 어치들이 구멍에서 튀어나오기도 했고, 땅다람쥐 한 종도 볼 수 있었다. 땅다람쥐는 숲이 없는 지역에서는 으레 그렇듯 연한 색을 띠고 있었으며 제대로 다 자라지 못해 꼬리 길이가 5센티미터밖에 되지 않았다. 마이메나 근처 언덕에는 경작지가 많았고, 종종 녹색의 급경사면 맨 꼭대기까지 쟁기질이 되어 있었다. 거기에는 양귀비가 돋아나 봉우리까지 이어진 황금빛 녹색 사이로 주홍색 꽃이 어루룽더루룽 모여 있었다.

마이메나 총독은 안드코이에 가 있었지만 그의 부관이 차, 러시아 과자, 피스타치오와 아몬드를 내주어 기운을 차리게 한 다음 우리를 가장 큰 시장에서 벗어난 카라반세라이로 안내했다. 나무 아치로 둘러싸인 토스카나Tuscana* 처럼 보이는 오래된 곳이었다. 우리는 각각 방을 배정받았으며 원하는 만큼의 카펫과 몸을 씻을 구리 대야도 받았다. 그리고 뒤축이 높은 승마화를 신은 수염이 덥수룩한 허드레꾼이 소총을 내려놓고 요리를 도와주었다.

특별한 저녁 식사가 될 것이다. 이 풍요로운 땅에서 행복의 기운이 우리를 감쌌다. 우유 여러 통, 건포도를 곁들인 필래프, 소금과 후추로 간을 한 꼬치 케밥, 자두 잼, 갓 구운 빵이 시장에서 이미 도착해 있었다. 여기에 우리가 만든 특제 수프, 토마토케첩, 진에 절인 말린 자두, 초콜릿, 마실 것으로는 오발틴 등을 곁들였다. 위스키는 끝까지 남겨 두었다. 하지만 안타깝게도 도서관에는 읽을 만한 고전이 없어 나는 지금 크롤리가 번역한 투키디데스**의 책을 읽고 있고 크리스토퍼는 많이 파손된 보스웰의 책으로 돌아갔다.

---

*   이탈리아 중부 지방의 주. 주도는 피렌체로 중세 르네상스 시대에 도시 예술을 꽃피운 지역이다.

**   투키디데스Thucydides(기원전 465년경~기원전 400년경). 고대 그리스 아테나의 역사가. 대표적인 저술로는 아테나와 스파르타 간의 전쟁을 기록한『펠레폰네소스 전쟁사』가 있다.

우리가 가지고 온 책 중에는 토머스 홀디치 경*의 『인도의 문The Gates of India』도 있다. 1910년까지 아프가니스탄을 탐험한 내용을 요약하고 1825년 안드코이에서 사망한 무어크로프트**의 여정을 묘사한 책이다. 이 책의 440쪽에 "무어크로프트의 책(30권)을 회수했는데, 가볍고 유용한 장비를 믿는 현대 여행자라면 그 책의 목록을 보고 누구나 놀라게 될 것이다"라는 구절이 나온다. 내가 놀란 것은 무어크로프트가 5년 동안이나 멀리 떠나 있었던 것을 고려하면 책의 수가 너무나 적었다는 사실이었다. 가볍고 편리한 장비! 사람들은 현대 여행자들, 지위에 걸맞지 않은 지역 책임자들 그리고 모래 언덕이 노래하고 눈이 차가운지 확인하기 위해 퇴직한 관리들의 모임이 파견한 사이비 과학자들을 알고 있다. 무제한의 돈과 모든 종류의 공식적인 영향력이 그들을 지원한다. 그리고 그들은 지구의 가장 먼 곳까지 침투한다. 하지만 모래 언덕이 노래

---

*   토머스 헝거포드 홀디치Thomas Hungerford Holdich(1843~1929). 영국의 지리학자이며 영국의 왕립지리학회 회장을 역임했다.

**   윌리엄 무어크로프트William Moorcroft(1767~1825). 동인도회사에 고용되었던 영국의 수의사이자 탐험가. 히말라야, 중앙아시아, 티베트, 부하라 등을 탐험했다. 그는 투르키스탄, 보하라, 카불 등지의 탐험을 마치고 돌아오는 길에 러시아의 동향을 보고하기 위한 스파이 네트워크를 조직하여 소위 중앙아시아의 영-러 간 권력 경쟁인 '그레이트 게임' 초기에 중요한 역할을 했던 것으로 알려져 있다.

하고 눈이 차갑다는 것을 확인하는 것 말고 그들은 인간의 정신을 넓히기 위해 무엇을 관찰할까?

아무것도 하지 않는다.

놀랍지 않은가? 그들은 신체 건강을 관리하고, 훈련을 받고, 규칙을 준수하여 강인함을 유지한다. 그렇게 힘든 과정을 겪다 몸이 약해지면 이를 회복하기 위해 약을 잔뜩 복용한다. 그러나 아무도 그들의 정신 건강은 생각하지 않으며, 소위 관찰 여행에서 정신 건강이 중요할 수 있다는 것에 대해서 생각조차 하지 않는다. 가볍고 편리한 장비로는 초고층에서 먹을 식량, 전함에서 사용할 도구, 군대용 무기가 있다. 하지만 책은 포함되면 안 된다. 내가 지각 있는 여행자에게 상금을 줄 수 있을 만큼 부자였으면 좋겠다. 1주일에 책 세 권을 읽으며 마르코 폴로*의 외항로를 완주한 최초의 사람에게 1만 파운드, 만약 그가 하루에 와인 한 병을 추가로 마시면 1만 파운드를 더 주리라. 그 사람은 여행에 대해 무언가를 말해 줄지도 모른다. 그는 타고난 관찰력이 있을 수도, 없을 수도 있다. 그러나 적어도 그는 자기 눈으로 직접 볼 것이고, 일어나지도 않은 모험과 전문 용어 그 자체보다 더 심오하지도 않은 과학으로

---

*   마르코 폴로Marco Polo(1254년경~1324) 이탈리아 베네치아 공화국의 탐험가. 중국 원나라에 관리로 있으면서 몽골, 베트남을 다녀왔으며 이탈리아로 돌아온 후 『동방견문록』을 펴냈다.

결과를 꾸며 내야겠다고 생각하지도 않을 것이다.

내 말은, 투키디데스 대신 탐정 소설책이 더 있고 미적지근한 위스키 대신 클라레가 몇 병 있다면 나는 아마 여기서 영원히 정착할 수도 있다는 뜻이다.

마이메나

—— 5월 24일

우리가 묵고 있는 로밧의 중정은 아침이면 시장이 된다. 말발굽 소리, 짐짝 던지는 소리, 페르시아어와 튀르크어의 흥정 소리를 들으며 깨어난다. 숙소 베란다 아래에는 흰색, 진한 파란색, 분홍색, 검은색 등의 터번, 납작하고 넓은 터번, 꽉 조이는 호박 모양의 터번, 마치 못 쓰는 천으로 만든 것처럼 엉켜 있는 터번 등 터번의 바다가 넘실거린다. 이 상인들은 주로 우즈벡인들로 매부리코가 특징이며 뻣뻣한 수염을 기르고 있다. 그리고 모두 꽃무늬나 줄무늬 또는 예전에 보하라에서 만들어진 지금은 구식 취급받는 빨강, 보라, 흰색, 노랑의 커다란 번개무늬가 있는 무명이나 비단으로 된 긴 옷을 입는다. 기다란 가죽 부츠의 코는 카누처럼, 뒤축은 하이힐처럼 생겼으며 신발 윗부분은 자수가 빙 둘러 장식되어 있다. 시장에는 다양한 인종이 북적인다. 남쪽에서 온 아프간인, 페르시아어를 사용하는 타지크인, 투르코만인, 하자라인 등이 있다. 투르코만인은 옥수스에서 온 사람들로 서부 지역 부족과는 모자로 구별되는데, 검은색 버즈비 대신 고리 모양으로 거친 담황색 털을 두른 양가죽으로 만든 원뿔형 모자를 쓴다. 털은 물개인 사그 아비sag-abi에서 얻은 것이다. 그런데 그게 옥수스 수달이 맞던가? 몽골계인 하자라인은 티무르 군대의 후손으로 주로 산악지대에 살고 있으며 매우 가난하다고 한다. 우리가 여기서 본 하자라인은 잘생긴 타원형 얼굴에 중국인 같은 태도와 안색을 한 부유하고 건장한 사람들로 백 년 전 레반트Levant* 지역 사람들처럼 짧은 자수 재킷을 입고 있다. 여기에 눈에 띄는 이국적인 모습을 한 사람들도 군중 사이를 비집고 지나간다. 힌두교 상인, 1.2미터나 되는 살아 있는 검은 독사를 목에 감고 있는 데르비시, 흰 오리털 옷과 검은 천 모자를 쓴 키 작은 러시아 영사 등이 그들이다. 평소와 같이 여성은 보이지 않지만 어린 소녀들은 인도 스타일로 사리를 입고 코에는 보석 장신구를 착용했다. 군인들조차 불협화음을 내지 못한다. 오늘 아침 한 연대가 시장을 가로질러 행진했다. 터번을 벗자 피골이 상접한 얼굴에 병색이 완연한 모습이 드러났다. 하지만 모든 소총의 총부리에는 장미가 달려 있었다. 아마 누르 모하마

---

* 일반적으로 시리아, 요르단, 레바논 등을 포함하는 동부 지중해 지역을 이르는 지명이다.

드도 그들 중에 끼어 있었을지 모른다.

이곳에는 큰 주둔지가 하나 있다. 칼라 나오에서 그에게 작별 인사를 하던 날 아침, 그는 이 주둔지로 돌아가는 중이었다.

이 마을에는 건축적인 특징이 하나도 없다. 유일한 특징이라고 하면 폐허가 된 성뿐이다. 그 안에 있는 흙더미가 보여 주듯 예전에는 건물이 있었지만 지금은 신성시되는 무덤 하나가 그 자리를 차지하고 있을 뿐이다.

시장이 끝나는 마을 바깥쪽에는 포플러 숲의 지평선을 배경으로 영국 크리켓 경기장처럼 보이는 넓은 초원이 펼쳐져 있다. 매일 저녁 총사령관 별장 앞에서는 브라스 밴드가 연주를 한다. 총독의 별장은 진흙으로 지어진 단층집으로 장미 울타리가 쳐져 있다. 도로 근처 찻집에서 누군가가 기타를 치자 남자들은 잔을 내려놓고 우울한 노래를 흥얼거린다. 그 옆의 개울이 작은 방앗간을 돌리고 플라타너스 아래 둑에는 흰 비둘기가 모여 있다. 멀리서 밴드가 다시 연주를 시작한다.

입에 장미꽃을 문 남자들이 레슬링 경기를 보기 위해 잔디밭을 가로질러 어슬렁거리고 있다. 각 레슬링 선수는 끝이 뾰족한 스컬캡*을 쓰고 긴 가운을 입었으며 허리에는

---

*   머리에 꼭 맞게 쓰는 반구형의 모자로 주로 성직자들이 쓴다.

상대방이 잡을 수 있도록 붉은 띠를 두르고 있다. 대진이 결정되기 전에 자고새 경기가 발표되고 새 싸움을 위해 경기장을 해체해서 다시 만든다. 새 한 마리가 탈출하자 어린애고 노인이고 할 것 없이 관중 모두 옷을 무릎 위로 걷어붙이고는 새를 잡으려고 이리저리 흩어져 정신없이 쫓아간다.

다가오는 폭풍의 어둠 속에서 옅은 오렌지색 석양이 녹색의 산, 산들바람에 은빛으로 물결치는 포플러 숲, 스포츠에 열광하는 사람들의 형형색색의 옷을 비춘다.

안드코이(33미터, 마이메나에서 132킬로미터)

—— 5월 25일

마자르 이 셰리프로 가기 위해 차를 한 대 빌렸다. 신형 쉐보레로 셀프 스타터, 주행계 등 액세서리가 잘 작동한다. 이곳을 여행하려면 이런 차가 필요하다. 우리는 생필품, 음식, 물병, 카메라, 책, 우리 여정을 기록한 일기장 등 필수품을 의자 위에 펼쳐 놓고 무거운 짐은 차 위에 실었다. 운전기사는 페샤와리Peshawari 출신의 인도인으로 매우 공손하지만 말을 좀 더듬는다. 크리스토퍼와 같이 둘이 말을 더듬으면 대화가 느리게 진행된다. 운전기사 외에 마이메나에서 온 소총을 든 늙은 장화 신은 고양이와 투르코만 사람 두 명이 있다. 그중 한 명은 근위대 장교를 닮았고, 다른 한 명은 에트루리아의 아폴로Etruscan Apollo*를 닮았다.

여행할 때 장화 신은 고양이는 갈색 양가죽 모자와 검은색 펠트 소재의 프록 코트, 같은 소재의 반바지를 입는다. 특히 그는 바지 위에 반바지를 겹쳐 입고 반바지의 앞 단추를 풀어 놓는데, 아주 시선을 끈다. 그의 이름은 가푸르다.

헤라트에서 마이메나까지 주로 북동쪽으로 여행하고 있었다. 마이메나를 떠난 이후 우리는 윌트셔Wiltshire 고지대에서 볼 법한 골짜기를 따라 북쪽으로 향했다. 그곳의 마을은 과수원과 들판을 구불구불 흘러가는 이름 없는 작은 강을 따라 줄지어 있다. 과수원에는 뽕나무와 살구, 들판에는 옅은 파란색 꽃이 핀 아마꽃밭이 있다. 중심 마을인 파이자바드Faizabad를 지나자 언덕은 점점 낮아지고 땅은 척박해졌으며 공기는 더 따뜻해졌다. 우리는 모래밭에서 미끄러지기 시작했다. 평평한 지평선이 펼쳐지면서 불길하고 뜨거운 바람이 훅 덮쳐 왔다. 하늘은 납빛으로 물들었다. 우리는 옥수스 평원에 도착했고, 바다를 보기 전에 바다가 느껴지듯이 80킬로미터 떨어진 곳에서 흐르고

---

* 에트루리아의 예술가 볼카Vulca가 만들었다고 알려진 실물 크기의 채색 테라코타 아폴로상이다. 에트루리아는 로마 이전에 번성했던 고대 이탈리아 문명이다.

있을 강의 존재가 느껴졌다. 마침내 우리는 정상이 평평한 언덕을 발견했다. 그곳에는 노란 석고 사자상이 지키고 있는 가파른 계단 끝에 흉물스러운 벽돌 방갈로가 있었다. 여기에서 우리는 마이메나 총독을 발견했다. 그는 작고 검은 수염과 여성스러운 목소리를 가진 거구의 사나이였으며 안경을 쓰고 있었다. 우리는 그에게 시르 아흐마드의 편지를 건넸다.

그는 "여기와 마자르 사이의 땅은 다 말라서 황량하지만 지훈Jihun이 가까워지면 다시 푸르러집니다"라고 말했다. 그는 옥수스강을 지훈이라고 부르면서 우리가 그 강을 아무다리야라고 부르는 것은 알지 못했다. 그는 안드코이에 우리의 숙소를 잡으라고 지시를 내렸다. 안드코이는 아직 3킬로미터나 떨어져 있었다.

안드코이는 양가죽 무역의 중심지다. 러시아산 휘발유와 아연 도금 철통이 쌓여 있는 시장 안 창고에서 우리는 보리와 소금을 섞은 용액에 양가죽을 담가 보존 처리하여 지붕에 널어 말린 후 포장할 수 있게 묶어서 쌓아 올리는 과정을 지켜보았다. 관리인은 더 이상 '외국인'의 손에 양가죽 거래를 맡기지 않기 위해 유대인들을 이곳에서 헤라트로 추방했다고 말했다. 그리고 대부분의 양 떼는 투르코만인들이 소유하고 있다고 덧붙였다. 가장 좋은 가죽은 안드코이 가죽이며, 악차Akcha의 가죽은 품질이 비슷했고, 3~4주 늦게 새끼를 낳는 마자르의 암양 가죽은 그다지 좋지 않았다. 그는 매년 1라크*(7,500장)의 가죽을 런던으로 보냈다고 한다.

크리스토퍼는 가죽을 좀 살 수 있는지 물었다. 물론 좋은 것으로. 남자는 "이 정도 품질에 인형의 양쪽 소맷동을 만들기에 적합한 크기 정도면 70아프가니(1파운드 15실링)입니다"라고 했다. "좋은 모자에 적합한 최고의 품질은 100아프가니 정도 됩니다. 하지만 그것들은 많이 생산되지 못해요."

금요일 저녁, 사람들이 시장 밖 뽕나무 숲 아래 테이블에 둘러앉아 휴일을 만끽하고 있다. 나는 그들 사이에 앉아 필래프를 기다리며 눈이 들어간 위스키를 마시면서 글을 쓰고 있다.

마자르 이 셰리프(365미터, 안드코이에서 196킬로미터)

—— 5월 26일

---

*   1라크lakh는 인도 숫자 체계에서 100,000을 나타내는 단위다. 특히 루피의 화폐단위로 주로 쓰인다.

오늘 저녁 이곳에 도착한 것은 나에게 매우 엄숙한 순간이었다. 나는 8월에 두 가지 희망을 품고 영국을 떠났다. 하나는 페르시아의 기념물을 보는 것, 다른 하나는 이 마을에 오는 것이었다. 두 가지 모두 그다지 거창한 것은 아니었지만 이 희망을 이루는 데 시간이 좀 걸렸다.

새벽 5시에 안드코이를 떠났다. 해가 떴을 때 우리는 양 떼를 발견하고는 트럭을 멈추고 밟으면 탁탁거리는 소리가 나는 목초지를 건너 양 떼를 향해 걸어갔다. 이 목초지는 양털을 곱슬곱슬하게 만든다고 한다. 목동은 우즈벡 사람이었는데, 우리가 러시아인이라고 생각해서 처음에는 우리와 함께 트럭을 타려 하지 않았다. 그는 나중에 3년 전에 러시아인들이 가장 좋은 양 6만 마리를 훔쳐 갔다고 설명하면서 자신의 무례함에 대해 사과했다. 우리는 쫓겨난 유대인들이 이런 모종의 거래에 연루되어 있지 않았을까 궁금해졌다. 그의 양 떼는 두 가지 품종인데, 카라쿨리스는 더 고운 털이 나는 품종이고, 다른 하나는 아라비스 Arabis다. 그는 카라쿨리스 숫양과 아라비스 암양을 잡아서 꼬리로 두 품종을 구별하는 방법을 보여 주었다. 둘 다 꼬리가 풍성하게 자라지만 아라비스의 꼬리는 둥글거나 콩팥 모양인 반면, 카라쿨리스는 가운데에 펜던트 같은 것이 달려 있다.

더 가자 투르코만의 야영지가 나타났다. 남자들은 나

가고 없었는데 개들이 우리를 공격했다. 여자들이 개들을 말리지 않아 으르렁거리는 짐승들을 물러나게 할 해결책을 찾느라 20분이나 걸렸다. 과부로 보이는 기분 나쁜 노파 두 명이 높은 머리쓰개를 하고 헐렁하고 흉한 회청색의 자루 같은 옷을 입고 우리를 맞이하러 나왔다. 멀리 떨어진 곳에서 검은 벌통 사이를 이리저리 움직이고 있는 젊은 여성들의 아름다운 모습이 눈에 들어왔다. 그들은 분홍색과 흰색의 기다란 옷으로 땅을 쓸면서 다니고 있었고 길쭉한 분홍색 모자에서 늘어뜨린 샤프란처럼 진한 노란색의 긴 베일 뒤에 겸손함을 감추고 있었다. 이 베일은 종종 겉옷의 형태를 취하기도 한다. 우리는 이날 오후에 몇 명의 여성들 옆을 지나쳐 갔는데 그들은 여전히 붉은색 옷을 입고 있었지만 얼굴은 꽃이 수놓인 짙은 수레국화의 푸른색 겉옷에 가려져 있었다.

나는 한 엄마와 두 아이에게 다가갔다. 그들이 키빗카로 달아나길래 나는 멋진 마차 안에서 아기를 안고 있는 젊은 여성에게 걸음을 돌렸다. 그녀는 나뭇가지를 엮어 만든 장막 뒤에 아이를 내려놓고는 마차 기둥을 잡고 그 앞의 먼지 속에 원을 그리듯 내려 중세 기사처럼 내게 다가왔다. 그녀의 얼굴은 분노로 일그러져 있었고, 그녀의 힐난하는 듯한 어조에는 나를 불편하게 만드는 무언가가 있었다. 마치 내가 남자가 없는 틈을 타 비열한 짓을 한다는 듯한 그런 느낌말이다. 두 노파는 그 장면을 보고 킥킥거리며 웃었다. 안드코이에서 새로 합류한 우리 호위병은 부끄러워하며 아프가니스탄이 원래 그런 곳이라고 말했다. 그는 세련된 서양식 매킨토시를 입었으며 뚜껑에는 루비가 박히고 입구는 은으로 된 호리병에 항상 코담배를 넣어서 가지고 다녔다.

키빗카 하나가 비어 있었는데 아마도 게스트하우스였던 것 같다. 우리는 아무런 위협도 받지 않고 살펴볼 수 있었다. 안쪽에는 격자무늬의 다도, 바깥쪽에는 돗자리로 된 다도가 검은색 펠트로 만든 돔의 아랫부분을 둘러싸고 있었다. 돔은 둥근 나무 프레임 위에 얹혀 있고, 그 꼭대기에는 원형 바구니 같은 것이 달려 있는데 하늘을 향해 열려 있어 굴뚝 역할을 한다. 바구니 아래에는 검은색 술이 달린 장식용 줄이 늘어뜨려져 있었다. 튼튼하게 짠 나무틀에서 이중으로 된 문이 열렸다. 둘 다 약간 조각이 되어 있었다. 바닥에는 펠트가 깔려 있었고, 가구로는 조각을 하거나 색을 칠한 상자가 있었다. 전반적인 느낌은 전혀 지저분하거나 초라해 보이지 않았다. 다 둘러보고 떠나면서 우리는 키빗카 중 하나가 해체되는 것을 보았다. 천막의 프레임은 접을 수 있는데, 접으면 얇은 스키와 비슷한 모양이었다. 하지만 꼭대기에 얹는 수레바퀴만큼이나 큰 바구니는 낙타 등 위에서 불안하게 흔들리고 있었다.

끈적끈적하고 납빛이 도는 끔찍한 날이었다. 옥시아나는 인도처럼 무색무취하고 평범해 보였다. 호자 두카

Khoja Duka의 초록빛 목초지가 우리를 다시 멈춰 세워 어미 말과 망아지 무리를 보러 오라고 유혹했다. 그중에는 이 지역에서는 보기 드물게 키가 16핸드hand*나 되는 뼈만 남은 늙은 종마가 한 마리 있었다. 크리스토퍼는 담벼락에 앉아 있는 남루한 아이들을 보니 슬레드미어Sledmere**에 있는 고객들이 생각난다고 말했다. 그런 다음 우리는 성에서 내려다보이는 폐허가 된 시바르간Shibargan으로 갔다. 그곳에서부터 길은 사리풀Saripul을 향해 남쪽으로 달린다. 페리에가 사산 제국의 바위 조각을 발견한 곳이 바로 사리풀 근처였다. 그가 그렇게 말하긴 했지만 마이메나와 안드코이 사이에는 그것을 증명할 만한 확실한 근거를 찾을 수 없었고, 확증 없이 그것을 찾으러 나서기에는 그는 너무 믿을 수 없는 사람이었다.

악차는 더 번성했다. 우리는 성벽 아래에서 아이스크림 행상을 만났는데, 우리가 점심을 먹을 수 있도록 차 안에 테이블을 놓고 음료를 차갑게 만들 눈 한 통을 가져다주었다.

---

*   말의 키를 재는 단위. 1핸드는 10.16센티미터(4인치)에 해당한다.

**   영국 요크셔의 이스트라이딩East Riding에 있는 마을. 이곳에는 1751년 리처드 사이크스가 지은 조지아식 슬레드미어 하우스가 있는데 이후 대대로 사이크스 집안의 소유였다.

악차를 지난 이후 풍경은 납빛에서 알루미늄 빛깔로 바뀌었다. 마치 태양이 수천, 수만 년 동안 세상의 유쾌함을 다 빨아들인 것처럼 창백한 죽음의 빛이 감돌았다. 여기서부터 발흐 평원이었다. 발흐는 세계에서 가장 오래된 도시라고 한다. 무더기로 모여 있는 푸른 나무, 분수처럼 들쭉날쭉 거칠게 자른 풀 한 무더기가 이러한 죽음의 색조를 배경으로 거의 검은색으로 두드러져 보였다. 지나는 길에 종종 보리밭이 보였다. 웃통을 벗어젖힌 투르코만인들이 낫으로 다 익은 보리를 수확하고 있었다. 그러나 보리는 풍요의 신 케레스Ceres*를 떠올리게 하는 갈색이나 황금색이 아니었다. 마치 미친 사람의 머리카락처럼 영양 상태가 나빠 너무 일찍 하얗게 센 것처럼 보였다. 그리고 처음에는 길의 북쪽에서, 다음은 남쪽에서, 이 드넓은 죽음의 벌판에서 비와 태양에 깎여 균열이 생기고 빛이 바랜 지나간 옛날의 낡은 회백색 건물과 무덤이 솟아올랐다. 이것들은 내가 본 어떤 인간의 작품, 예를 들면 뒤틀린 피라미드, 점점 줄어드는 기단, 흙벽 덩어리, 웅크린 짐승의 형상 등

---

* 로마 신화에 나오는 곡물의 여신으로 그리스 신화의 곡물의 여신 혹은 대지의 여신인 데메테르Demeter에 해당한다.

박트리아Bactria*의 그리스인들과 그 뒤에 온 마르코 폴로에게 친숙했던 그 모든 것보다 더 낡았다. 그것들은 사라졌어야 했다. 그러나 잿빛 점토에 끈질긴 생명력을 불어넣어 준 태양이 미친 영향은 로마의 토루土壘나 풀이 무성한 무덤이 갖지 못한 불꽃, 꺼지지 않는 불꽃을 보존해 왔다는 것이다. 그 불꽃은 극심한 좌절을 겪고 스스로를 죽음으로 몰아넣은 사람만이 가질 수 있는 지친 모습으로 자신보다 밝은 세상에 맞서 여전히 깜박거리고 있다.

어느 정도 시간이 지나자 땅이 점점 푸르러지고 목초지가 황량한 대지를 덮고 나무가 무성해졌다. 그러다 갑자기 뼈대만 앙상하게 남은 벽이 땅에서 튀어나와 지평선을 가득 채웠다. 그 안으로 들어서자 우리는 북쪽으로 뻗은 광활한 대도시의 폐허 한가운데 서게 되었다. 반면 도로 남쪽으로는 뽕나무, 포플러, 위풍당당하게 홀로 서 있는 플라타너스의 빛나는 녹색 풍경이 눈앞에 펼쳐졌다. 이런 시원한 풍경은 괴물 같은 고대 유물을 보느라 멍든 눈에 연고를 발라 주는 듯했다. 우리는 모든 도시의 어머니, 발흐바로 거기에 서 있었다.

칭기즈칸 이후 그대로 남아 있던 폐허를 둘러보던 우

---

*   역사적으로 힌두쿠시산맥과 아무다리야강 사이의 지역을 일컫는
다. 오늘날의 타지키스탄 남서부와 우즈베키스탄 남동부, 아프가
니스탄의 북부 지역에 해당한다.

리 경호원은 "8년 전 볼셰비키가 파괴하기 전까지는 아름다운 곳이었습니다"라고 말했다.

1킬로미터를 더 가자 거주지의 중심부, 시장, 상점, 여관, 교차로가 나왔다. 남쪽으로 늘어선 나무 사이로 플루트 모양으로 높이 솟은 골이 진 돔이 보인다. 이 돔은 짙은 신록과 힌두쿠시의 폭풍우를 떠올리게 하는 암회색 하늘을 배경으로 달빛을 머금은 듯한 푸른색으로 빛나고 있었다. 운전기사가 묵을 방을 찾는 동안 우리는 이 건물로 다가갔다. 건물 뒤로 나오자마자 광장 한가운데서 우리가 아는 마이메나 총독을 보고 깜짝 놀랐다. 그의 옆에는 서유럽인이 서 있었는데 그의 반짝거리는 완두콩 모양의 정수리가 그가 독일인임을 말해 준다. 한쪽에는 병사 네 명으로 구성된 분대가, 다른 한쪽에는 장교와 비서들이 모여 있었다. 그들 사이에 카펫을 깔아 놓은 길이 텐트까지 이어졌다. 텐트 앞에서 그 독일인이 품위 있어 보이는 한 남자에게 땅의 형세를 설명하고 있었다. 그는 모피 모자를 쓰고 깔끔하게 다듬은 검은 수염에 앞여밈을 푼 크리켓 셔츠를 입고 있었으며 그의 셔츠 가슴 주머니에는 만년필 세 자루가 꽂혀 있었다.

마이메나 총독이 우리에게 이 남자를 소개해 주었는데, 그는 투르키스탄 내무부 장관 모하마드 굴 칸Mohammad Gul Khan이었다. 그는 도시 재건 상황을 보기 위해 마자르에서 차를 몰고 왔다고 한다. 땅에는 말뚝이 박혀 있었고,

돔이 있는 사원 앞쪽과 맞은편 대학의 폐허가 된 아치 사이는 이미 정비가 이루어졌다. 옆에 있던 독일인은 아프가니스탄에서 3년, 마자르에서 6개월을 지내면서 다리, 운하, 도로, 건물 등 모든 공사에서 다양한 일을 해왔다고 우리에게 말했다.

폭풍이 다가오고 있었다. 모하마드 굴은 우리가 불편한 도로 때문에 너무 힘들지 않기를 바란다는 말을 남기고 차를 몰고 떠났다. 그는 마자르에서 우리가 편안하게 지낼 호텔을 추천해 주었다. 우리는 발흐에 들르는 대신 그의 말을 따르기로 했다. 숙소까지는 24킬로미터 더 가야 했다. 폭우와 어둠이 우리와 함께 마자르에 도착했다.

"게스트하우스는 어디에 있습니까?" 우리는 평범한 페르시아어로 물었다.

"게스트하우스가 아닙니다. '호텔'입니다. 이쪽으로 오세요."

실제로 그랬다. 모든 침실에는 스프링 매트리스가 놓여 있는 철제 침대와 타일이 깔린 욕실이 딸려 있었다. 욕실에서 우리는 양동이에 물을 받아 몸을 씻고 '목욕 매트'라고 적힌 매트 위에서 발을 말린다. 식당에는 셰필드산 포크와 나이프, 핑거볼이 놓인 긴 펜션식 테이블이 놓여 있다. 요리는 페르시아-아프가니스탄-영국-인도 음식 순으로 최악이었다. 화장실 문은 바깥쪽에서만 잠긴다. 매니저에게 고쳐 달라고 말하려고 하자 크리스토퍼가 마음에

든다며 그들을 귀찮게 하지 말라고 했다.

우리는 7실링 6페니를 지불했는데, 현지 기준으로 결코 저렴한 가격이 아니었다. 직원들의 흥분된 표정을 보니 우리가 첫 손님이었던 것이 틀림없다.

—— 5월 27일

이 마을은 꿈 덕분에 존재한다.

12세기 전반기를 통치한 술탄 산자르 시대에 인도에서 발흐로 보고가 하나 들어왔는데, 내용인즉슨 네 번째 칼리프인 하즈라트 알리Hazrat Ali*의 무덤이 발흐 근처에 있다는 것이었다. 하지만 그곳에 있던 물라 중 한 명이 사실이 아니라고 부인했다. 대부분의 시아파가 그렇듯이 그는 하즈라트 알리의 무덤이 아라비아의 네제프에 있다고 믿었다. 이때 알리 자신이 그 물라의 꿈속에 나타나 그 보고가 사실임을 확인시켰다. 무덤이 발견되자 술탄 산자르는 그 위에 사원을 세우라고 명령했고, 1136년에 완공되어 현재 마을의 중심이 되었다.

이 사원은 칭기즈칸에게 파괴되었다. 1481년, 그 이

---

* 알리 이븐 아비 탈리브Ali ibn Abī Tālib(601~661, 재위 656~661). 예언자 무함마드의 계승자로 수니파에서는 4대 칼리프이자 마지막 칼리프로, 시아파에서는 초대 이맘이자 유일한 정통 칼리프로 추앙받는다.

전 해에 옥시아나에서 군사 작전을 지휘하던 후세인 바이카라의 명령에 따라 다른 사원으로 대체되었다. 그때부터 마자르는 순례지가 되었고, 메셰드가 호라산의 투스를 축출한 것과 똑같은 과정으로 열병에 시달리는 발흐의 폐허를 점차 밀어내고 이 지역의 주요 도시가 되었다.

외부에서 보면 후세인 바이카라의 건물은 볼 만한 것이 그리 많지 않다. 하지만 내부와 외부 성소를 나타내는 얕은 돔 두 개는 고하르 샤드의 무살라를 모방한 것으로 추정된다. 외벽은 지난 세기에 흰색, 하늘색, 노란색, 검은색의 거친 기하학적 모자이크로 완전히 재시공되었다. 니더마이어가 이곳에 온 이후에도 추가된 것들이 있었는데, 주요 난간을 따라 설치된 청록색 도자기로 만든 이탈리아식 밸러스트레이드는 그의 사진에는 보이지 않는다. 전체적으로 볼 때 이 부분은 나쁘지 않다. 이런 변화는 베네치아의 산 마르코 성당과 적절하게 변형된 푸른 도자기로 장식된 엘리자베스 시대의 시골집이 서로 만나 조화를 이룬 것과 같다고 설명할 수도 있다.

큰 사원 밖에는 폐허가 된 작은 사원 두 개가 있다. 돔은 무너졌지만 돔의 원통부 주위를 둘러싼 모자이크 패널은 남아 있는데, 지나치게 분홍빛이 도는 황토색 때문에 흉해 보인다. 헤라트의 영묘와 마찬가지로 동쪽의 영묘에는 원통부 안쪽의 회랑 벽 위에 얕은 중간 구조물인 내부 돔이 놓여 있다. 그 위로 원통부 바깥쪽에서 상부의 돔을 지탱하는 곡선형 벽돌 부벽이 아직도 보인다.

메셰드와 마찬가지로 사원 주변의 집들이 정리되어 멀리서 봐도 사원이 다양한 거리의 전망을 완성하고 있는 것을 볼 수 있다. 실제로 최근 마을 전체가 세련되어졌다. 시장 건물은 새로 하얗게 칠했고, 지붕은 말뚝으로 받쳐 그 밑으로 빛과 공기가 들어온다. 호텔과 관공서가 있는 신도시의 도로는 가장자리가 깔끔한 벽돌 배수로로 정리되었다. 차양이 달린 인도식 개리gharry*와 말 목에 높은 나무 멍에를 두른 러시아식 드로시키droshky**가 뒤엉켜 다닌다. 무르갑과 마이메나를 지나고 나니 다시 외부 세계와 접촉하는 느낌이 들었고, 그곳에서 더 오래 머물렀더라면 더 좋았겠다는 생각이 들었다. 그래도 이 마을이 이렇게 개선되어 쾌적해진 것을 인정하지 않는 것은 무례할 것이다. 우리는 확실히 이 호텔을 만끽하고 있다.

우리가 옥수스를 방문하는 것을 반대하는 사람들이 있는 것 같다. 총독과 무디르 이 하리자는 둘 다 하이바크Haibak에 가 있어서 우리는 무디르 이 하리자의 대리인인 미숙하고 건방진 젊은 남자를 상대해야 했다. 그는 우리의 제안을 시큰둥하게 받아들였다. 그는 이 문제에 대해 결정

---

*　　　인도, 이집트의 마차.

**　　덮개가 없는 사륜마차.

권이 없는 게 분명하다. 모하마드 굴이라는 바지르Vazir*의
도움을 요청해야 한다.

── 5월 28일

호텔 밖에는 패랭이꽃, 금어초, 접시꽃, 달맞이꽃이
자라는 공공 정원이 있다. 화단 사이에는 작은 벤치가 있
지만 돗자리가 더 인기 있다. 사람들은 돗자리를 깔고 앉
아 음악을 들으면서 술을 마신다. 두 음악 밴드가 연주를
하고 있었다. 한 밴드는 금관악기를 든 노인들이 햇볕 아
래에 일렬로 서서 유럽의 음악 세 곡을 연주했고 뒤에는
젊은 남자 두 명이 트라이앵글과 드럼으로 박자를 맞추며
반주를 하고 있었다. 다른 밴드는 나무 아래 단상에 무심
하게 앉아서 기타와 다양한 드럼, 작은 하모늄harmonium**
으로 인도 음악을 연주한다. 우리는 방에 앉아 후원의 베
란다 쪽으로 열려 있는 프랑스식 창문을 통해 음악을 듣
는다.

매일 오후 구름이 산 위로 모여들면 참을 수 없는 노
곤함이 내려앉는다. 파리와 끈적끈적한 온기가 방안을 가
득 채운다. 자고새가 꼬꼬꼬 우는 소리는 꿈처럼 9월의 어
느 오후 고향 집으로 나를 데려간다. 그러다 문득 자고새

───────

*   페르시아어로 각료 혹은 장관이라는 의미다.
**   작은 오르간과 같은 악기.

가 싸울 준비를 하고 있었다는 것을 기억해 낸다. 왜 구름이 이럴까? 지금도 몹시 덥기는 한데 사실 여름은 6주 전에 시작되었어야 했다. 이랬던 적은 한 번도 없었다. 우리가 도착한 날 밤에 내린 비로 카불로 가는 길은 한 달 동안 폐쇄되었고, 마을 전체가 하이바크의 협곡에 갇혔다. 만약 우리가 여기서 말을 타고 간다면, 야영을 해야 할 수도 있는데 우리는 너무 게을러서 모기장 몇 개를 만드는 것 외에는 필요한 장비를 준비하지 못했다. 식수를 확보하는 것은 이런 여행에서 겪게 되는 가장 큰 어려움이다. 수많은 인후 매독 환자가 우물에 침을 뱉곤 하기 때문이다.

옥수스를 향한 우리의 희망이 점점 좌절되고 있었다.
호텔에 있는 뚱뚱하고 불쾌한 늙은 관리인은 마치 교도소장처럼 행동한다. 오늘 아침 그는 모하마드 굴의 사무실로 항의하러 가는 우리를 따라왔다. 그곳에서 우리는 바지르가 11시까지 잠을 잔다는 것을 알게 되었다. 11시에 그는 다시 우리를 따라왔고, 바지르는 여전히 잠들어 있었다. 그 후로도 그는 더위에 땀을 뻘뻘 흘리면서 전신국까지 나를 따라왔고, 그가 숨을 헐떡일수록 나는 더 빨리 걸었다. 헤라트에 있는 동료에게서 전해 들은 말로는 전신국 관리인이 사무실에 러시아인 한 명과 같이 있는데, 러시아어 때문에 스트레스를 받아서 영어를 다 잊어버렸다는 것이다. 그는 대신 병원으로 가서 의사를 만나 보라고 제안했다. 병원으로 가는 길에 나는 호텔 관리인을 길에 남겨 두고 조랑말 마차에 올라탔다. 대신에 운전기사가 내 동선에 대한 보고서를 작성해야 할 것 같다.

의사 아불마지드 칸Abulmajid Khan은 케임브리지 졸업생으로 매력적이고 교양 있는 사람이었다. 인도인으로는 드물게 내성적이지만 곧 친절한 모습을 보여 주었다. 그는 이곳에 온 지 8년이 지났다고 한다. 놀랍게도 그는 비협력 운동Non-Cooperation Movement*과 관련된 사건으로 인도 의료 서비스국을 떠나야 했다고 설명해 주었다. 그는 젊은 시절의 무분별한 행동이 자신의 경력을 망쳤다고 다소 아쉬워하며, 비협력 운동은 이제 죽은 것 같다고 덧붙였다. 마치 길 잃은 대의명분을 위해 자신을 희생한 그 많은 노력이 헛된 것이었음을 암시하는 듯했다. 그러나 그의 목소리에는 씁쓸함도 없었고, 인도 민족주의자들이 종종 영국인에 대해 갖는 당혹스러운 저항감도 없었다. 나는 나뿐만 아니라 10년 전보다 더 많은 영국인이 민족주의자에게 공감하고 있다는 것을 진정성 있게 전달하려고 노력했다. 아프가니스탄에 대한 그의 발언에도 쓴소리는 없었다. 그는 내가 이 나라에서 만났던 다른 인도인들과 달리 사람들과 자기 일에 애정을 품고 있었다.

---

* 1920년 인도에서 마하트마 간디가 시작한 정치 운동으로, 인도 자치를 주장하며 영국 정부에 대한 협조를 거부한 운동이다.

그는 연간 1만 아프간 루피, 즉 250파운드에 해당하는 돈으로 병원을 운영해야 하는데 이는 쉬운 일이 아니다. 그늘진 정원에 단층짜리 파빌리온 두세 개가 있는데 병상은 그곳에 놓여 있다. 병상은 투박해 보였지만 깨끗하게 잘 정돈되어 있었다. 주로 백내장, 결석, 매독으로 고생하는 환자들이 찾아온다.

나는 의사에게 옥수스를 방문하고 싶고 모하마드 굴을 만나려 한다고 말했다. 그는 모하마드 굴이 자는 척하는 것이며, 우리와 그 문제를 논의하고 싶지 않다는 뜻을 넌지시 내비치는 것이라고 했다. 그렇다면 다음 단계로 무엇을 해야 하는지 물었다. 그는 바지르에게 영어로 편지를 쓰되 전신국 관리인이 번역할 수 없을 정도로 정교한 문체로 써서 보내 보라고 제안했다. 이 경우 상주하는 인도 상인 중 한 명을 불러야 하는데 그가 우리에 대해 좋은 말을 해줄지도 모른다.

이 제안의 결과, 다음과 같은 편지를 작성했다.

모하마드 굴 칸 각하,
투르키스탄 내무부 장관

각하,
각하께서 공공복지를 돌보시느라 너무 바빠 하루가 짧다는 것을 제 개인적인 경험을 통해 잘 알고 있습니다. 그래서 하이바크의 왈리와 무디르 이 하리자 각하가 부재한 상황에서 사소한 개인적 요청을 각하께 조심스럽게나마 말씀드리는 것도 주저하게 됩니다.

영국에서 아프간 투르키스탄으로 가는 여정에 오르면서 이미 각하께서 자애로운 행정을 베풀어 주신 덕분에 세 번이나 여정의 지루함과 수고로움에 대한 보상을 받았습니다. 본래 저희의 목적은 옥수스강으로 알려진 역사와 낭만으로 유명한, 그리고 매슈 아널드*의 성스러운 펜에서 나온 기념비적 시의 주제가 된 아무다리야강의 물을 우리 눈으로 직접 보는 것이었습니다. 7개월의 기다림 끝에 우리는 이제 그 강둑에서 64킬로미터도 안 되는 지점에 도착했습니다.

무디르 이 하리자 각하의 비서에게서 강을 방문하려면 특별 허가가 필요하다는 말을 들었습니다. 저희는 각하께서 교양 있는 사람의 자연스러운 호기심을 정치적 동기로 오해하지 않으시리라 확신하며 이 허가를 요청합니다.

지혜가 부족한 다른 사람들이 이러한 정치적 오해의 희생자가 될 수 있다는 사실은 아프가니스탄과 러시아가 강으로 분리된 세계 유일의 국가가 아니라는 점을 상기시켜 줍니

---

*   매슈 아널드Matthew Arnold(1822~1888). 영국의 비평가이자 시인. 페르시아의 신화에 등장하는 루스탐의 영웅적 이야기를 담은 피르다우시의 서사시 「샤나메」에 나오는 영웅 루스툼의 이야기를 각색하여 〈소흐랍과 루스툼의 이야기Sohrab and Rustum: An Episode〉라는 시를 썼다.

다. 우리는 아프가니스탄 여행자가 프랑스나 독일에 머무는 동안 라인강의 아름다움을 즐기는 데 아무런 규제도 없으리라고 감히 단언합니다.

실제로 진보의 빛이 아직 중세 시대 야만의 밤을 뚫지 못하고, 외국인 방문객이 오해에서 비롯된 의심으로 곤경에 처하게 될지도 모른다는 예상을 해야 하는 나라들이 일부 있습니다. 그러나 우리는 페르시아에 머무는 동안 곧 아프가니스탄에 도착할 것이며, 따라서 자만심 강하고 신경질적인 여성들 무리에서 벗어나 우스꽝스러운 경고를 받지 않아도 되고, 정당하게 요구하는 자유를 이방인에게 부여하는 것에 행복을 느끼는 당당하고 남자다운 사람들을 만나게 되리라는 생각에 스스로 위안을 찾았습니다.

저희의 기대가 옳았습니까? 조국으로 돌아가서 저희가 옳았다고 말할 수 있을까요? 답은 각하께 있습니다. 물론 우리는 서양의 대도시에서 누릴 수 있는 모든 안락함을 갖추고 있는 마자르 이 셰리프의 호텔, 런던조차도 부러워할 재건 중인 도시, 문명사회의 모든 편의시설이 갖춰진 시장에 관해 이야기할 것입니다. 하지만 각하의 수도는 방문객을 기쁘게 할 모든 것을 갖추고 있으면서도 이 지역에서 가장 중요할 뿐만 아니라 독특하고 매력적인 장소가 방문객에게 허용되지 않는다고 덧붙여야 할까요? 마자르 이 셰리프에 오는 사람이 루스탐이 싸웠던 강변을 한번 디뎌 보고 싶다고 요청하면 스파이, 볼셰비키, 평화의 방해꾼으로 취급받을 것이라고 말해야 할까요? 우리는 귀국의 명예를 지키려는 각하께서 그런 말에 동의하지 않으실 것으로 믿습니다. 또한 각하께서 이 편지를 읽으셨다면 그런 말은 전혀 필요치 않으리라 믿습니다.

저희는 원래 파타 키사르Pata Kissar에서 하즈라트 이맘Hazrat Imam까지 강을 따라 말을 타고 여행하기를 바랐습니다. 이것이 권할 만한 방법이 못 된다면 여기서 파타 키사르까지 말을 타거나 드라이브만 하고 돌아오는 것으로 만족해야 합니다. 저희가 원하는 것은 단 한 가지, 그 강을 보는 것뿐입니다. 그러니 각하께서 다른 곳을 제안하신다면 거기가 어디든 이 목적을 달성할 수 있을 것입니다. 저희가 파타 키사르를 언급한 이유는 그곳이 가장 가까운 지점이고 그곳에서 반대편 강둑에 있는 고대 테르메스Termez* 유적을 볼 수 있기 때문입니다.

외국어로 된 긴 편지로 폐하를 번거롭게 해드려 죄송합니다. 우리는……

이 기괴한 편지를 쓰는 일은 우리에게 크나큰 즐거움을 안겨 주었다. 모하마드 굴이 자신의 자만심으로 인해

---

* 현재 우즈베키스탄 남부, 아프가니스탄의 국경 지역에 있는 도시다. 알렉산더 대왕이 옥수스강변에 세운 도시로 옥수스의 알렉산드리아로 알려져 있다.

이 글에 속아 넘어간다면 그는 보기보다 더 대단한 바보임이 틀림없다.

—— 5월 29일

적어도 답장은 받았다. 거절이었다.

모하마드 굴이 단순히 불허한 것은 아닌 듯하다. 외국인이 강을 방문하려면 카불에서 허가를 받아야 한다는 고위급 정책이 관련되어 있었다. 따라서 허가를 내주고 싶어도 모하마드 굴은 하이바크에서 전신이 끊긴 지금 상황에서 서신 없이는 우리를 보내 줄 수 없었다. 더구나 서신을 받는 데 한 달이 걸릴지도 모른다. 이 외에 현지 상황도 좋지 않았다. 지난 6개월 동안 거대한 투르코만 무리가 러시아에서 강을 건너와 남쪽 강둑의 정글에 정착했다. 그들의 무법성만으로도 우리가 제안한 하즈라트 이맘까지 가는 여정에 방해가 될 것이다. 또한 영국인 두 명이 국경을 정찰하는 것을 막는 것이 자신들의 의무라고 생각하는 볼셰비키 요원들에게 꼬투리를 제공할지도 모를 일이다. 이 마지막 이유는 메셰드에서 우리가 얻은 정보와 일치하지 않았다면 지나친 상상으로 들렸을 수도 있다.

몇 년 전 타슈켄트Tashkent를 방문했지만 그다지 환영받지 못했던 그 의사에 따르면 세관원과 경비원용 텐트 두 개가 있는 파타 키사르를 안 본다고 해서 놓칠 것은 전혀 없다고 했다. 예전에는 건물이 몇 개 있었지만 다 홍수로 휩쓸려 갔다고 했다. 하지만 차야브Chayab나 하즈라트 이맘으로 가는 길은 꿩으로 유명한 아름다운 시골 지역을 지나가니 흥미로울 것이라는 데는 동의했다. 물론 내가 생각했던 것과 달리 호랑이는 없지만 말이다.

그래도 나는 테르메스 유적을 보고 싶었다. 예이트는 남쪽 강둑에서 그곳을 보면 매우 인상적이라고 묘사하고 있으며, 사례가 그린 테르메스 유적 그림 중에 초기 미너렛도 포함되어 있다. 그러나 내 생각에 그 비밀 요원으로 추정되는 이들이 우리가 보는 것을 반대하는 지역은 정확하게 테르메스인 것 같다. 보하라에서 출발한 철도가 거기서 끝나고, 유럽 러시아 연대가 그곳을 점령하고 있다. 테르메스는 러시아 투르키스탄의 페샤와르Peshawar*다

옥수스의 러시아 군대는 장식용이 아니다. 그들은 아마눌라가 퇴위했을 때 실제로 아프가니스탄을 침공했다. 발흐에 있는 우리 경비병의 발언은 충분한 근거가 있는 설명으로, 그에 따르면 심각한 침공은 아니었다. 전체 병력은 군인 약 3백 명, 세 문의 대포, 소규모 의료 서비스진이 다였다. 어느 순간 그들은 데흐다디Dehdadi 요새에 갇히게 되었다. 그 요새는 우리가 이곳과 발흐 사이의 도로를 지나

---

*　현재 파키스탄 북서부 카이베르 파르툰크와Khyber Pakhtunkhwa주의 주도. 페샤와르 계곡의 카이바르 고개 인근에 위치하며 파키스탄과 아프가니스탄을 연결하는 교통의 요지다.

오면서 보았던 곳으로 요새 벽이 무너지지 않고 잘 수리되어 있었기 때문에 알아볼 수 있었다. 이곳에서 러시아군은 투르코만 군대에게 포위되었다. 그들은 요새 한쪽 벽에서 다른 쪽 벽으로 대포를 이리저리 끌면서 투르코만 군대를 물리쳤다. 2만 명이 넘었다고 하는 투르코만군은 형편없는 전투력을 보여 주었다.

이 급습 소식을 들었을 때 인도 정부를 뒤흔들었을 신경질적 반응이 상상된다. 내가 보기에 러시아는 그저 북서부 국경에서 매년 우리가 하는 일, 즉 부족의 불안이 국경 전체 지역으로 확산되기 전에 진압하는 일을 하고 있었을 뿐이었지만 인도 정부의 과잉 반응은 그러한 사실과는 무관한 것이었다. 의심할 여지 없이, 그런 일이 생기면 러시아 군대는 비슷한 상황에서 우리 군대가 나디르 국왕 편에서 행동했던 것처럼 아마눌라 편에서 행동했을 것이다. 하지만 문제가 복잡한 것은 분명하다. 아프간인들이 자기 집안을 정리하지 못하면 우리가 남쪽에서 그랬던 것처럼 러시아는 북쪽에서 그들을 대신하려 할 것이다. 러시아는 이미 이런 모습을 보여 주었다. 지난 11월 내가 헤라트에 있을 때도 다시 이런 모습을 보여 줄 준비가 되어 있었다. 투르키스탄의 이 지역이 아프간에 편입된 지 겨우 80년밖에 되지 않았으니 아프간인들, 특히 이곳의 아프간인들이 긴장하는 것은 당연하다. 카불에서는 힌두쿠시산맥 때문에 접근이 어렵다. 불만을 품은 난민들이 증가하자 러시아는 현지 투르코만인을 반볼셰비키 정서를 퍼뜨리는 잠재적 근원으로 여기고 있다. 당연히 이 지역의 진정한 보호 장치는 러시아가 영국과 얽히지 않는 것과 상황이 안정적이라면 아프가니스탄을 그대로 두는 것이 완충지대로서 양국에 유용하리라는 사실에 있다. 하지만 아프간인들은 이를 인정하는 것이 굴욕적이라고 생각한다. 그렇다 해도 그들은 러시아와 거리를 유지하려면 자국을 평화롭게 유지하해야 하고, 이를 위한 최선의 수단은 전신과 도로를 갖추는 것임을 너무나 잘 알고 있다. 전신은 군대를 소집하기 위해, 도로는 군대를 폭동 현장으로 수송하기 위해 필요하다. 우리는 이 점에서 그들이 어떤 노력을 했는지 쭉 봐 왔다. 그러나 날씨에 휘둘리지 않으려면 국가 통신망은 더욱 개선되어야 한다.

우즈벡인 양치기와 대화한 이후 우리가 의심했듯이, 지난겨울 유대인을 몰아낸 것은 강제적인 것은 아니라 해도 경제적으로 러시아가 침투하는 것에 대한 두려움 때문이었다. 아프가니스탄에는 항상 소수의 유대인이 있었는데, 누추하고 예의 없는 사람들로 부유하지도 중요하지도 않은 존재들이었다. 이러한 유대인들이 남아 있었고, 우리는 무르갑에서 그들 중 일부를 보았다. 내가 칼라 나오에서 만난 이들이 바로 그런 곤궁에 처해 있던 유대인이었다. 그들은 보하라 유대인—아마 그럴 것으로 나는 생각했다—이었는데, 혁명 이후 비자를 발급해 주고 뇌물을 받은 타슈켄트의 아프가니스탄 영사의 도움으로 탈출하여 아프가니스탄에 왔을 뿐이었다. 그러나 유대인들이 늘 그렇듯이 새로운 나라에 정착한 후에도 모국의 공동체와 관계를 유지했고, 아프간 사람들은 양뿐만 아니라 양가죽 무역의 수익 대부분이 러시아로 몰래 빠져나가는 것을 두려워하기 시작했다. 이런 아프간의 질투로 인한 피해자는 유대인들만이 아니었다. 10년 전만 해도 마자르와 그 주변에는 인도 상인 약 4백 명이 있었지만 그 이후로, 특히 모하마드 굴이 온 이후로 그들은 조직적으로 사업에서 손을 떼라는 협박을 받았고 결국 지금은 대여섯 명밖에 남지 않게 되었다. 그들을 돕기 위한 어떤 조치도 취하지 않았던 인도 정부는 그저 노쇠했다고 생각할 수밖에 없다.

불쌍한 아시아! 모든 것의 핵심은 피할 수 없는 민족주의, 자급자족에 대한 열망, 세계에서 두각을 나타내고 싶고 더 이상 배관이 부족해서 흥미롭다는 소리를 듣지 않으려는 소망으로 귀결된다. 아프간 민족주의는 페르시아만큼 품위 없는 것은 아니다. 아프간 관리들은 아마눌라의 서양식 중산모 덕분에 자기들이 민족주의를 불어넣으려 하는 아프간인들이 기술이라는 죽 한 그릇을 얻기 위해 전통을 포기하기에 앞서 전통을 지키기 위해 싸울 준비가 되어 있다는 것을 알기 때문이다. 아프간의 민족주의는 때로는 도로와 우편과 같은 공공의 이익을 위한 합리적인 방향으로, 때로는 이곳의 호텔과 발흐의 재건과 같은 사치스러운 사업을 벌이는 기이한 방향으로 묵묵히 자신의 길을 가고 있다. 이런 것들은 모하마드 굴의 개인적인 계획이다. 이 계획들은 실용성보다 상징을 더 중시하는 극단적인 민족주의자로서 공식 언어를 페르시아어에서 푸슈투Pushtu어로 바꾸기까지 한 아프간의 데 벌레라*의 모습을 보여 준다. 그래도 역시 모하마드 굴은 단순히 거품만 일으키는 사람이 아니다. 발흐에서 그와 대화를 나누며 우리는 한 인간으로서 그의 면모를 보게 되었다. 그는 터키에서 교육을 받았고, 엔베르 파샤Enver Pasha**의 동료가 되었으며, 엔베르 파샤가 러시아인에게 살해될 당시 보하라 근처에서 함께 있었다. 자국에서 그는 부패하지 않고 청렴하다는 특별한 명성을 누리고 있으며, 이것이 투르키스탄의 경계를 넘어서는 그의 권력의 비결이다. 실제로 우리는 이것이 그가 투르키스탄에서도 영향력을 유지하는 이유라고 들었다.

---

* 에이먼 데 벌레라Éamon de Valera, 또는 조지 데 벌레로George de Valero(1882~1975). 미국 뉴욕 출신으로 영국에 대항하여 아일랜드의 독립을 위해 힘썼으며 아일랜드 임시정부의 수반, 이후 아일랜드 자유국과 아일랜드 공화국의 대통령을 역임했다.

** 이스마일 엔베르İsmail Enver(1881~1922). 오스만 제국의 육군 장교. 전제 정부 타도를 외치면서 청년 튀르크당 혁명을 성공시키고 실권을 장악했다. 친독주의자로 제1차 세계대전 당시 전쟁부 장관이었던 그는 독일 편에서 참전을 주도했다.

우리는 오늘 발흐에서 시간을 보냈다.

마을 거주 지역에 있는 이 사원은 호자 아부 나스르 파르사Khoja Abu Nasr Parsa를 기념하기 위해 세워졌다. 그는 더 유명한 성인 호자 모하마드 파르사Khoja Mohammad Parsa의 아들이다. 호자 모하마드 파르사는 다섯 살 때 시인 자미에게 종교를 가르쳤고, 1419년 메디나에서 사망했다. 아부 나스르 파르사는 후세인 바이카라의 어머니 피루자 베굼Firuza Begum이 설립한 헤라트 대학의 신학 강사가 되었다. 이후 1452년 바이순구르의 아들 바부르에게 옥수스를 건너 아부 사이드를 공격하지 말라고 충고하려고 이곳에 왔다가 발흐에 정착한 것으로 보인다. 그는 1460년에 사망했다.

사원 건물의 몸체는 팔각형으로 평범한 벽돌을 쌓아 만들었다. 타일로 된 파사드가 팔각형의 몸체를 덮고 있으며 그 위에 솟아오른 세로로 홈이 새겨진 돔은 높이가 24미터에 이른다. 미너렛 두 개도 팔각형의 건물 위에 서 있으며 돔과 파사드 사이에 무리 지어 있다.

파사드는 흰색, 진한 파란색과 하늘색을 주로 사용했지만 검은색으로 세심하게 마무리하여 푸른색이 더욱 두드러져 보이게 했다. 보라색이나 다른 따뜻한 색조를 쓰지 않아 처음 도착했을 때 우리에게 깊은 인상을 남긴 은빛 효과를 만들어 낸다. 이 효과는 돔까지 이어진다. 돔의 굵고 둥근 늑재는 초록빛이 감도는 청록색 유약을 바른 작은

호자 아부 나스르 파르사 사원, 발흐

벽돌로 덮여 있는데, 상단부에 유약이 마모된 부분의 늑재는 하얀색이어서 마치 눈이 내린 것처럼 보인다. 헤라트와 사마르칸트에 있는 이 유형의 다른 두 돔과 마찬가지로 아부 나스르 파르사의 돔도 기념비적인 긍지를 가지고 있다. 그러나 건물 전체는 비현실적이고 낭만적이다. 알 수 없는 힘이 건물을 위를 향해 쥐어 짜내는 것 같다. 그 결과 환상적이고 어떤 면에서는 이 세상의 것 같지 않은 기괴한 아름다움이 느껴진다.

우리는 사원 안으로 들어갈 수 없어서 돔 하단의 원통부를 빙 둘러싸고 있는 창문 열여섯 개 중 하나로 살금살금 기어들어 갔다가 마을 합창단의 연습 소리에 시달려야 했다. 평소처럼 물라와 그의 제자들이 내는 소리였다.

동문 밖에는 호자 아가차Khoja Agacha 사원으로 알려진 또 다른 사원이 있다. 성 아가차가 누구인지는 모르겠다. 후세인 바이카라의 욕심 많은 세 연인과 바부르의 아내가 그 이름이었다. 그들은 우즈벡 가문 출신이었다.

흥미로운 건물은 아니다. 돔은 사라지고 없었다. 돔을 받치는 원통을 둘러 가며 유약을 바른 쿠픽 명문이 새겨져 있다. 근처에는 발흐에 고고학적 명성을 안겨 준 인위적으로 만든 웅크리고 있는 듯한 모습의 연단이 있다.

우리는 플라타너스 아래 터번을 쓴 인부들 사이에서 점심을 먹었다. 새로운 도시 계획은 캔버라*만큼이나 야심 차지만 이를 돕기 위해 마자르에서 이 열병처럼 뜨거운 곳으로 올 사람은 아무도 없을 것이다. 그럴 바에는 스미르나Smyrna**를 대체할 양으로 에페수스Ephesus***를 재건하는 것이 더 나을지도 모른다. 나중에 사원을 그리고 있는데 카불식 복장을 한 검은 수염을 기른 사람이 다가와서 내 건강에 대해 뭐라고 하더니 사진 촬영은 허용되지만 그림은 허용되지 않으니 내가 그린 스케치는 자기 것이라고 말했다. 그 순간 나는 마비될 것 같은 분노에 사로잡혀 몇 분 동안 말을 할 수가 없었다. 내가 겨우 말을 하려고 하자 호텔의 하인 중 한 명이 내 입에서 나오는 말을 가로채, 그의 표현대로라면, 그 거들먹거리는 짐승 같은 놈과 '싸움을 벌였고' 그 와중에 그가 재건 계획에 고용된 사람이라는 사실을 알게 되었다. 그들의 싸움이 끝났을 때 내 그림과 나는 안중에도 없었다.

---

*   호주의 수도. 1901년 호주가 영국 자치령이 되면서 시드니와 멜버른 간의 수도 유치 경쟁을 끝내기 위해 캔버라를 건설하기로 했다. 1913년 도시 건설이 시작되었고 1929년 임시 수도 멜버른에서 캔버라로 수도를 이전했다.

**   에게 해 연안의 그리스 식민 도시로 이오니아인이 건설했다.

*** 에게 해 연안에 위치한 고대 그리스 식민 도시. 상업을 통해 막대한 부를 축적했다.

아불마지드 의사가 오늘 저녁 나에게 주사를 놓아 주려고 왔다. 그는 주사를 놓기 위해 휴가를 요청해야 했다. 그는 우리와 함께 식사하지 않는 것이 더 신중한 처사라고 생각했지만, 우리는 사진작가에게서 소다수 네 병을 얻어 눈이 담긴 통에 넣어 온지라 그에게 시원한 위스키와 소다수를 주었다. 우리 모두에게 잘된 일이었다. 그러나 나는 위스키의 스모키하고 강한 오크 향의 맛이 그의 청춘과 그 시절의 약속을 슬프게 상기시켰다는 것을 알 수 있었다. 그저께 그의 집에 들렀었다. 평범한 진흙집 중 하나였는데, 의자와 소파가 영국 시골풍의 느슨한 프릴 장식이 달린 무명천으로 덮여 있었다.

그는 몇 년 전만 해도 박트리아의 오래된 그리스 동전이 이곳에서 유통되었지만 푸셰*가 이곳에 와서 모두 사들인 이후 사람들이 그것들을 귀중하게 생각하기 시작했고 박물관 가치의 20~30배를 요구하기 시작했다고 말했다.

과일이 나오기 시작했다. 맛있는 살구가 나왔고 지금은 체리가 나왔다. 모렐로 품종인데 너무 시고 쓴맛이 나서 잼으로 만들었다.

---

*   알프레드 푸셰Alfred Foucher(1865~1952). 인도와 중앙아시아 지역을 탐사했다. 이 지역 불상 양식이 그리스 양식에서 유래했다고 주장했으며 '간다라 연구의 아버지'라고 불린다.

—— 6월 1일

어제 아침 크리스토퍼가 무디르 이 하리자 사무실에
전화를 걸어 러시아 영사관 방문 허가를 요청했다. 그의
핑계는 비자가 필요하다는 것이었다. 보하라가 테르메스
에서 기차로 열다섯 시간밖에 걸리지 않는다고 생각하니
마음이 조급해졌지만 사실 비자를 받을 희망은 없다. 심지
어 무디르 이 하리자의 부관마저도 이제는 우리에게 잠을
자는 척하고 있는 마당에 이 핑계를 써 볼 기회는 아예 없
었다. 그래서 그는 혼자서 그에게 총검을 겨누는 아프간
병사의 주둔지를 뚫고 마침내 나무 아래 앉아 책을 읽고
있던 작고 지적인 부리아첸코를 찾아갔다.

"사마르칸트 비자를 원하십니까? 물론 그러시겠죠.
제가 즉시 모스크바로 전보를 보내 옥스퍼드 대학의 이슬
람 문화 교수(신이 우리를 용서하시길. 우리 둘 다 학위 없이 옥스퍼
드를 떠났다) 두 분이 여기에 도착하여 아무다리야강을 건너
기 위해 허가를 기다리고 있다고 하겠습니다. 아니요, 테
르메스에는 볼 것이 없습니다. 당신이 꼭 가 봐야 할 곳은
아나우Anau입니다. 얼마 전 시미오노프 교수가 그곳에 있
는 티무르 왕조의 기념물에 관한 책을 썼어요. 비자를 즉
시 발급해 줄 수 있으면 좋겠지만 답장을 받으려면 일주일
정도 걸릴 것 같습니다. 어쨌든 잠시 여기에 계셔야겠네요.
중요한 건 그겁니다. 파티를 열어야겠어요. 오실 거죠?" 부
리아첸코가 말했다.

"언제요?" 크리스토퍼는 놀라서 고맙다는 말도 잊은 채 물었다.

"언제냐고요? 언제가 될지는 저도 모릅니다. 그게 무슨 상관이죠? 오늘 저녁쯤? 괜찮으시겠어요?"

"완벽합니다. 몇 시요?"

"몇 시요? 음, 7시, 괜찮으세요? 아니면 6시? 아니면 5시에서 4시? 원하시면 지금 시작할 수도 있어요."

11시 반이 지났는데 타는 듯이 뜨거운 아침이다. 크리스토퍼는 저녁이 더 좋겠다고 말했다.

6시 반에 우리는 관리인이 우리 소리를 듣지 못하도록 까치발로 살금살금 걸어서 호텔을 나와 영사관 문 앞에 도착했다. 경비병들은 전과 마찬가지로 무기를 휘두르고 있었다. 나무 그늘이 드리워진 안뜰에 도착했다. 앞마당에는 빨간 복스홀을 포함해 트럭과 자동차 여러 대가 서 있었다. 부리아첸코는 레닌과 마르크스의 사진이 없는 시원한 방에서 우리를 맞이했다. 그 방은 개인용 전기 발전기로 불을 밝힌다. 나는 그의 이름을 보고 그가 우크라이나 출신이라고 생각했다고 말했다. "네, 키예프Kiev* 출신이고

---

* 우크라이나 수도 키이우Kyiv를 말한다. 키예프는 러시아식 명칭이다. 1991년 우크라이나 독립 이후 키예프 명칭을 키이우로 변경하려는 노력이 지속되어 오던 중, 2022년 러시아의 우크라이나 침공을 계기로 키이우를 정식 명칭으로 사용하게 되었다.

제 아내는 리아진Riazin 출신입니다." 짙은 보라색 옷을 단정하게 입은 젊은 여성이 방으로 들어왔는데, 가운데 가르마를 타고 납작하게 늘어뜨린 머리카락이 온화한 얼굴을 감싸고 있었다. 다른 사람들이 그녀를 따라 들어왔다. 움푹 팬 얼굴에서 비둘기 목소리가 흘러나오는 약간 냄새나는 거대한 몸집의 남자, 금빛 머리카락을 이마에서 곧게 빗어 넘긴 붉은 입술을 가진 그의 아내, 샬리아핀*을 꼭 닮은 다섯 살짜리 부리아첸코의 아들, 두 번째 커플의 아이들인 남자아이 하나와 여자아이 하나, 검은 콧수염에 정육점 주인이 핥아 놓은 것 같은 반질반질한 얼굴의 땅딸막한 동료 의사, 금발 머리를 주름 잡아 머리꽂이로 고정하고 정성스럽게 화장한 또 다른 여인이 뒤따랐다. 전신국에서 본 비만인 남자는 전쟁 중에 캔터베리에서 무선 장교로 있었다고 말했다. 카불에서 막 도착한 멋진 젊은 친구 두 명은 비 때문에 여행에 2주가 걸렸다고 하며, 마지막으로 화장한 여인의 딸인 열네 살짜리 소녀가 있었다. 소녀의 움직임은 아름다웠고 발레 무용수가 될 재능을 타고난 듯했다.

우리와 다른 러시아의 기준으로 판단하면 음식은 사실 그렇게 많지 않았다. 하지만 어떻게 차린 것이 적을 수 있겠는가. 나중에 알게 되었는데 그들은 상당한 비용을 들

---

*   표도르 이바노비치 샬리아핀Feodor Ivanovich Chaliapin(1873~1938). 러시아의 유명한 오페라 가수.

여 마을에 남은 마지막 정어리를 모두 사들였다고 한다. 어찌 됐든 러시아인이 늘 만들어 내는 풍요로운 분위기가 느껴졌고, 새로운 손님이 들어올 때마다 새 테이블과 새 의자를 가져왔다. 아이들은 사람들의 무릎 위에 올라가 앉기도 했다. 접시는 인도산 정어리, 러시아산 파프리카, 양파 샐러드를 곁들인 신선한 고기, 빵으로 가득해 여느 때처럼 풍성한 차림이었다. 과일이 헤엄치는 노란 보드카 디캔터는 끝없이 채워졌다. 보드카를 컵에 담아 꿀꺽꿀꺽 마시는 러시아인들은 우리가 천천히 홀짝거리는 것을 보고 격하게 불평을 늘어놓았다. 그러나 처음에만 그럴 뿐이었다.

카불에서 온 두 청년은 페샤와르에서 주문한 새로운 영국 음반을 여러 장 가져왔는데, 하이바크에서 폭풍우로 트럭이 결딴나면서 모두 망가지고 말았다고 한다. 그 손실은 이 고립된 공동체에는 비극적일 만큼 실망스러운 것이었다. 그들의 사과를 듣다 보니 그 음반이 그들이 아니라 우리를 위해 주문한 것이라는 생각마저 들었다. 「세헤라자데Shehérezade」,* 「보리스 고두노프Boris Godunov」,** 「예브게니 오네긴Eugène Onyegin」***과 번갈아 가며 탱고와 재즈가

---

*   천일야화를 주제로 림스키 코르사코프가 작곡한 오페라.

**   보리스 표도로비치 고두노프Boris Feodorovich Godunov(1552~1605, 재위 1598~1605). 러시아의 섭정 군주. 푸시킨의 드라마와 무소륵스키의 오페라 주인공이다.

***   푸시킨이 9년에 걸쳐 쓴 운문소설을 기반으로 차이콥스키가 작곡

연주되었다. 우리는 춤을 추고, 노래를 부르고, 앉아서 먹다가 다시 춤을 췄다. 대화는 페르시아어로 이루어졌는데, 더 이상한 것은 자기 나라 사람과 대화할 때도 고개를 숙이고 눈꺼풀을 깜빡이는 동작, 가슴에 손을 얹는 동작, 자기를 낮추는 일반적인 암묵적 약속과 같은 페르시아의 제스처를 꼭 한다는 것이다. 부리아첸코와 비둘기 목소리를 가진 남자는 우리를 '사히브Sahib'라고 불렀다. 아마도 그들은 우리가 그들에게 익숙한 페르시아어의 각하와 전하보다 동료, 친구라는 뜻의 이 말이 더 평등하게 들린다고 생각했던 것 같다.

시간은 순식간에 흘러갔다. 술병은 넘쳤고, 전신 기사는 실려 나갔고, 나는 인사불성이 되었으며, 러시아인들은 감정을 쏟아 내기 시작했다. 정신을 차리고 보니 사람들에 둘러싸인 크리스토퍼가 그들을 혼자 상대하느라 거의 질식할 상태에 있었다. 시간은 이미 새벽 2시가 되었고 집에 갈 시간이었다. 호텔은 겨우 몇백 미터 떨어진 곳에 있었다. 하지만 부리아첸코는 '복스홀 영사'*를 불러와 우리를 그곳까지 데려다주겠다고 고집했다. 이것은 진정한 우정 어린 행동이었다. 우리의 걸음이 불안정하든 그렇지 않든, 아프간 사람들이 우리를 관찰할 틈을 주는 위험을 감수하는 것은

<hr />

한 3막의 오페라다.

*   부리아첸코가 자신의 차 복스홀에 붙인 애칭으로 보인다.

현명하지 않았을 것이다. 그래서 보초가 차창에 소총을 들이밀었을 때 우리는 그가 데려다 준 것을 고맙게 생각했다.

오늘 아침은 다른 날 아침과는 비교도 할 수 없을 정도로 고통스러웠다. 차를 마신 후 꽃이 아닌 시가 몇 상자를 들고 영사관에 들렀더니 그들은 모두 게임장에 모여 앉아 있었다. 그곳에는 그네와 평행봉, 양 팀으로 나누어 부드러운 축구공을 주먹으로 쳐서 넘기게끔 높게 설치된 네트가 갖추어져 있었다. 우리가 게임을 시작하자 곧 일행은 서너 명의 남자들로 늘어났다. 그들은 개인 운전기사와 기계공으로 고용된 프롤레타리아 노동자들이었다. 전신 기사는 나이가 더 들어 보였다.

부리아첸코는 이 지역의 유일한 러시아인은 카나바드Khanabad* 주변에 사는 메뚜기 사냥꾼 네 명뿐이라고 말했다. 이 지역에서 메뚜기는 새로운 재앙이다. 메뚜기들은 몇 년 전 모로코에서 날아와 힌두쿠시의 북쪽 경사면에서 번식한 다음 러시아 투르키스탄으로 내려와 면화 작물을 위협하는 중이다.

이곳에서 카나바드까지 가는 길과 그곳에서 하이바크 협곡을 피해 카불로 가는 또 다른 길이 있기 때문에 결

---

* 아프가니스탄의 쿤두즈주에 있는 도시.

국 차를 타지 않기로 했다. 하이바크를 피해 가는 우회로를 이용하면 동쪽으로 241킬로미터 더 가서 바다크샨 Badakshan 끝자락까지 가야 하는데, 하이바크에서 길이 막혀 그렇게 갈 수밖에 없다는 것은 놓칠 수 없는 더없이 좋은 핑계다. 크리스토퍼는 말을 타며 여행하기로 한 것을 후회하지만 우회로가 더 재미있을 것 같다.

쿤두즈Kunduz*

—— 쿤두즈 도착 전 로밧(335미터, 마자르 이 셰리프에서 152킬로미터), 6월 3일

테헤란을 떠나기 전에도 쿤두즈에서는 가능하면 잠을 자지 않기로 결심했었다. 무어크로프트는 이 여정 중 열병에 걸려 사망했다. 쿤두즈를 방문하는 것은 자살과 같다는 말이 있다. 그래서 우리는 물이 고인 웅덩이 옆 뽕나무 숲에 누워 있었다. 그런데 이 웅덩이와 뽕나무 둘 다 치명적인 모기에게는 거부하기 어려운 매력적인 것이었다. 다른 해충도 많았다. 나는 내 침구를 벽 근처에 힘껏 내동댕이쳤다. 바로 내 침구 안에서 말벌 둥지가 발견되었고,

---

* 아프가니스탄 쿤두즈주의 주도. 역사적으로 박트리아에 속하는 지역이다.

사람들은 둥지에 전갈이 가득 차 있다고 경고했다. 내가 이웃 정원으로 옮기자고 제안하자 그들이 그곳에는 뱀이 잔뜩 있다고 말했다. 마자르의 시장에서 모기장을 주문해서 다행이었다. 나는 내 모기장을 카메라 삼각대 위에 걸쳐 놓았고, 크리스토퍼는 뽕나무 가지를 반으로 잘라 모기장을 칠 뼈대를 만들었다. 개구리들이 연못에서 거품을 만들어 내며 연주하고 있다. 남동쪽에는 거대한 눈 덮인 산봉우리들이 첫 달빛을 받아 반짝인다. 경비병 둘은 잠들기 전에 소총을 장전하고 있고, 고양이 한 마리는 아침에 먹을 우유를 노린다. 저녁으로 우리는 스크램블드 에그와 양파를 먹었다. 크리스토퍼가 양파를 떠올리고 호텔에서 양파를 미리 요리해서 준비해 온 덕분에 여기서는 데우기만 해서 먹었다. 기발한 발명품이었다.

우리가 이 여정에 오르던 날은 또 다른 러시아 파티의 여파로 시작부터 복잡했다. 이번에는 자쿠스카zakuska* 파티였을 뿐이지만, 우리는 다시 춤을 추었고 그렇게 깨어난 영혼이 다시 튀어나와 우리에게 달라붙었다. 부리아첸코는 두 개의 산맥처럼 두 개의 위대한 국가는 서로 가까이 다가갈 수 없더라도 그 국가의 개인이 그렇게 하지 못할 이유는 없

---

*   러시아의 전채 요리.

다고 말하면서 자신은 영국을 존중하고 우리를 위해 곧 그곳에서 혁명이 일어나기를 희망한다고 말했다. 그는 우리가 너무 서둘러 떠나지 않고 마자르에 머물러 있으면 영사가 직접 며칠 안에 괜찮은 브랜디를 가지고 돌아올 것이라고 덧붙였다. 그리고 우리의 비자가 발급되기를 희망한다고도 했다.

나는 그런 희망은 갖고 있지 않았다. 그러나 러시아와 영국이 추구하는 투르키스탄과 인도에서 상호 배제하기로 한 정책이 그 의미를 잃어 가고 있다는 사실이 나에게 강하게 와 닿았다. 우리에게 파티를 열어준 부부를 보면, 그들은 클래식 음악에 돈을 쓰는 조용하고 교양있는 사람들이다. 그런 그들에게 인도를 통한 통과 비자조차 내주지 않는 것은 터무니없어 보였다. 게다가 아시아에서 러시아와 영국의 이해관계가 예전처럼 충돌하는 것이 아니라 이제는 사실상 똑같아졌다는 것을 우리는 분명하게 깨닫게 되었다. 특히 양국 간의 완충 국가와 관련하여, 외교 관계에서 양국의 목적이 더 큰 주변국을 집적거림으로써 자신의 요구를 피력하려는 것은 똑같다고 할 수 있다. 러시아가 세계 혁명*의 만단Mandan 신조**에 대해 입에 발린 소리

---

* 세계적인 규모의 급진적인 변화를 가져오는 것을 목표로 하는 사회주의 사상 또는 운동이다. 특히 노동자계급의 의식 혁명을 통해 자본주의를 타도하고 사회주의국가, 궁극적으로 공산주의 국가 건설을 목표로 한다.

** 만단은 미국 노스다코타North Dakota주 지역에 살았던 인디언 원주

나 하면서 계속 인도로 흘려 보내는 돈과 이념의 작은 물줄기를 차단하는 데 동의하기만 한다면, 이러한 이해관계의 정체가 백일하에 드러날지 모른다. 페르시아, 아프가니스탄, 신장, 티베트에 대한 타슈켄트 총독과 식민지 총독 간의 회의는 한편으로는 혁명 선전을 유지하고, 다른 한편으로는 혁명 선전을 두려워하는 양측 모두에게 훨씬 더 많은 이익을 가져다줄 것이다.

우리가 다시 복스홀을 타고 떠날 때 일행 모두 정문까지 나와서 무사히 여행을 마치라고 손을 흔들며 작별 인사를 건넸다.

오늘 아침 마자르 외곽에서 우리는 아가마도마뱀 한 마리를 만났다. 몸길이는 1미터였고 바닥 부분은 노란색이었으며 다리는 치펜데일 가구에 달린 작은 네 개의 다리보다 다소 높았다. 도마뱀은 꼬리를 맹렬히 휘두르며 구멍으로 뛰어들었다. 근처에서 알 세 개가 들어 있는 사막 들꿩의 둥지를 발견했다.

하이바크로 가는 주요 도로가 갈라지는 타슈쿠르간 Tashkurgan에서 아침을 먹기 위해 잠시 멈췄다. 산골짜기를 흐르는 급류 위로 보이는 중국풍의 성 사진을 찍고 있는

민이다. 이들은 선한 영과 악한 영의 존재, 그리고 천국과 지옥에 대한 강력한 종교적 신념을 가지고 있었던 것으로 알려져 있다.

데, 경비원 둘 중 하얀 프록 코트를 입은 가장 연장자인 어머니 같은 노인이 크게 가위표를 그리며 건너와서 사진을 찍는 것은 '불필요'하다고 말했다. 나는 정말로 그렇게 생각한다면 당신은 마자르로 돌아가는 것이 좋겠다고 대답했다. 우리 트럭이었고 트럭 안 공간도 넉넉지 않았다. 심지어 내가 적당한 높이에서 또 다른 옥수스 평원의 사진을 찍고 있을 때, 그가 다시 내 팔을 툭 치면서 방해하기까지 했다. 이번에 나는 그가 놀라 입을 쩍 벌리고 소총을 떨어뜨릴만큼 큰소리로 고함을 질렀다. 그는 그다음에 내가 카메라를 꺼냈을 때는 아무 말도 하지 않았다.

마자르 당국이 왜 경비원을 두 명이나 붙여 주었는지 궁금했다. 이제 경비원들은 우리가 사진을 찍는 것을 막기 위해 있음을 인정한 셈이었다. 이 불쌍한 자들은 자신들의 임무를 다하지 못해 꽤 괴로워하고 있다. 하지만 그들의 괴로움을 덜어 주고픈 마음은 없다.

이 나라는 여전히 황량하지만 이글거리는 우윳빛이 마자르 앞에 펼쳐진 평원의 금속성의 담갈색을 밀어냈다. 그곳의 초원은 메마르고 가시가 까끌까끌한 클로버로 이루어져 있었다. 나무도 없고 생명체도 거의 없었다. 25킬로미터마다 우리는 한적한 로밧을 지나갔다. 한번은 독수리 떼가 웅덩이 주위에 옹송그리며 모여 있는 것을 보았다. 가끔 메뚜기가 작은 무리를 지어 왱왱거리며 지나가

기도 했다. 남쪽의 투르키스탄평야와 맞닿아 있는 샤디안 Shadian산맥의 산기슭이 북쪽으로 곡선을 그리며 휘어지기 시작했고 우리는 서서히 산을 올랐다. 마자르에서 141킬로미터 떨어진 지점에서 갑자기 오르막길이 끊어지고 길은 300미터 아래로 뚝 떨어졌다. 우리 아래로 낙타가 까딱거리며 산비탈을 기어 올라오고 있었는데, 낙타마다 여인들이 타고 있었고 나무로 된 간이침대가 두어 개씩 실려 있었다. 그들 아래로는 쿤두즈와 카타간Kataghan 지방의 반짝이는 습지가 펼쳐져 있었다. 저 멀리 희뿌연 햇살 사이로 바다크샨산맥이 솟아오르자 내 마음의 눈은 와칸을 넘어 파미르고원과 중국까지 바라보고 있었다.

내리막길 기슭에는 또 다른 트럭 한 대가 기둥과 잔디로 만든 다리 문턱에서 기다리고 있었다. 그 다리는 3.7미터 깊이의 깎아지른 듯한 좁은 강을 가로지르고 있었다. 우리 운전기사가 다리를 막 지나려고 할 때 다른 트럭이 갑자기 앞질러갔다. 그러자 다리가 흔들리면서 축 처졌다. 먼지와 나뭇가지의 구름 속에서 비명과 헐떡이는 소리, 목재가 부서지는 소리와 함께 그 트럭은 천천히 공중제비를 돌며 강으로 떨어졌다. 차 지붕이 먼저 물에 잠기고 볼썽사납게 차대를 드러낸 채 바퀴만 속절없이 허공에서 헛돌고 있었다. 승객들은 모두 빠져나왔고, 운전석은 반대편 강둑에 기울어져 있었지만, 운전기사도 다치지 않고 무사히 빠져나왔다. 하지만 누군가 차 안에 여자가 있다고 외쳤고,

크리스토퍼와 나는 넘치는 용맹함으로 사고 차량에 몸을 던져 외부에 묶어 놓은 밧줄을 끊고 들어가 안에 있는 짐 더미를 치우고서야 아무도 없다는 것을 알 수 있었다. 짐 더미를 급류에서 건져 내자 온통 초본이 무성한 무명천의 화단, 분홍색 새틴 모자 과수원, 카펫의 초원이 펼쳐져 한 껏 화사해졌다. 전부 널어서 말렸다.

이미 반쯤 벗은 남자들 무리가 사고를 조사하기 위해 들판에서 뛰쳐나왔다. 쿤두즈 총독은 성난 듯 붉은 수염을 기른 사람으로 빠른 회색 페이서를 타고 나타나 주민들에게 채찍을 휘두르며 아침이 되기 전에 트럭을 끌어내고 다리를 수리하라고 명령했다. 우리는 짐을 말에 옮겨 싣고 강을 건너 여행자 숙소로 갔는데 어찌나 붐비는지 차라리 야외에서 자는 게 더 좋았다.

물에 빠진 차의 승객 중에는 검은 수염을 덥수룩하게 기르고 라운지 정장을 입은 키가 큰 남자가 있었는데 독일어를 사용했다. 그는 자신이 국왕의 비서 중 한 명이며 아프간 여행책을 쓰기 위해 이 여행을 하고 있다고 했다. 그는 강둑에 앉아 오른쪽에서 왼쪽으로 부지런히 글을 쓰고 있었다. 그는 우리가 마시는 위스키를 의심스럽게 쳐다보았다. 우리는 이제 공공장소에서 위스키를 셔벗이라고 부르는 습관을 익혔다.

카나바드(396미터, 쿤두즈 가기 전 로밧에서 43킬로미터)

── 6월 4일

정오가 되어서야 다리가 수리되었고 우리 트럭은 무사히 다리를 건널 수 있었다. 운전기사 세이드 제말 Seyid Jemal은 사고 트럭 운전기사의 동생으로 밝혀졌다. 그는 강철 케이블로 우리 트럭을 사고 차량 잔해에 연결했고, 벌거벗은 남자들이 사고 트럭 아래에 장대를 집어넣어 지렛대 삼아 서서히 위로 끌어올렸다. 페인트가 벗겨진 것 외에는 아무런 손상이 없었으며 시동도 한 번에 걸려 우리 앞에 뻗어 있는 도로를 따라 여정을 다시 시작했다.

키가 큰 습지 갈대 사이로 난 모랫길을 따라 쿤두즈강 옆의 탁 트인 강변에 도착했다. 그곳은 55미터 너비의 분홍빛 도는 눈 녹은 진흙탕 물이 급행열차처럼 빠른 속도로 옥수스강을 향해 굽이쳐 흘러가는 지점이었다. 강변은 사람들로 붐볐고, 반짝이는 금빛 모래에서 뜨거운 열기가 올라왔다. 분홍빛과 푸른빛이 스민 청명한 하늘을 배경으로 한 줄로 줄지어 가고 있는 낙타와 한 줄로 늘어선 버드나무가 서로의 실루엣을 헝클어뜨리고 있었다. 우리가 도착했을 때 맞은편 강둑에서 사람과 말, 상품을 가득 실은 배가 출발하고 있었다. 나룻배는 대충 깎아 만든 선미가 높은 바지선 두 대를 이어 만든 것이었는데, 난간이 있는 단으로 가운데 이어진 부분을 가로질러 서로 고정해 놓았다. 배가 물살에 휩쓸렸다. 그와 동시에 수영꾼들이 한 줄로 예인 줄을 잡고 직각으로 강을 가로질러 헤엄쳐 나갔고, 선미 쪽의 한 남자는 넓은 노를 방향타로 사용하고 있었다. 구부러진 물줄기 덕분에 하류로 400미터 정도 쓸려 내려간 곳에 도착했다. 더 위쪽에서는 다른 수영꾼들이 말과 소를 끌고 헤엄쳐 건너고 있었다. 그들이 뭍에 도착했을 때, 우리는 이 능숙한 남자 인어들의 등에 커다란 박이 묶여 있는 것을 보았다. 드러난 그들의 피부는 짙은 갈색이었고, 몇몇 사람들의 얼굴은 순종적인 원주민인 듯 보였지만 그들이 어떤 특별한 인종에 속해 있는지 아닌지는 아무도 우리에게 알려 줄 수 없었다. 우리에게는 익숙지 않은 아프간인의 그런 당연한 듯한 행동을 존중해서 그들이 다시 강 건너편으로 돌아갈 때 우리는 그들과 함께 건너가지 않았다.

이제 배를 강이 급커브를 만드는 상류 끝까지 다시 끌고 올라가야 했다. 그리고 그곳에서 우리 차를 나룻배의 난간이 있는 단 위에 올려놓았다. 배는 시속 18킬로미터로 더 멀리 있는 강둑에 접근해 갔다. 나는 죽음을 무릅쓰고 헤엄칠 준비를 하고 있었는데 노련하게 방향을 튼 덕분에 충격이 줄어들면서 배가 낮은 흙벽에 부딪혀 삐걱거렸다. 군중의 흥분은 마치 보트 경주 대회가 열리는 날의 푸트니Putney* 같았다. 알몸으로 헤엄쳐 온 검은 피부의 사람들, 꽃무늬 가운을 입은 의젓한 우즈벡인, 쪼그리고 앉아 뭔가를 응시하고 있는 뾰족한 모피 모자를 쓴 투르코만인, 애스콧 햇Ascot hat**처럼 넓은 검은 터번을 쓴 하자라인, 카피르Kaffir인으로 추정되는 멋진 수염을 기른 남자 한두 명이 우리를 강 위쪽 들판으로 끌어 올려 주었다. 스코틀랜드의 사냥꾼 안내인처럼 보이는 붉은 수염을 기른 쿤두즈 총독이 한 손에 채찍을 들고 그들 사이를 활보하고 다니면서 모든 절차를 성실하게 감독하고 있었다.

발흐의 언덕처럼 낡고 오래된 하얀 성벽이 쿤두즈 마을임을 알려 준다. 그 반대편에서 우리는 떠오르는 녹색 평원을 가로질러, 눈 사이사이에 보이는 맨 바위의 표면과 갈라진 틈을 알아볼 수 있을 만큼 더 가까이 남동쪽의 눈 덮인 거대한 봉우리를 향해 다가갔다. 이러한 목초지로 나가 보면 특이한 가시클로버가 가득하다. 가시클로버의 꽃은 클로버 꽃과 비슷하고, 크림색에 끝부분만 분홍색이다. 반면에 잎은 호랑가시나무와 더 비슷하다. 가끔 이곳에는 서둘러 지어진 키빗카가 어수선하게 늘어서 있고, 그 주변

---

*   런던 남쪽 구역으로 템스강변에 위치한다. 매년 옥스퍼드-케임브리지 대학 조정 클럽의 조정 경기가 열린다.

**   영국의 로열 애스콧Roral Ascot 경마 행사에서 착용하는 남성용 정장 모자의 하나.

에는 말과 소 떼가 풀을 뜯고 있다. 90~120센티미터 높이의 노란 아스포델[에리무루스 루테우스Erymurus luteus]은 처음에는 단독으로, 그다음에는 드문드문 무리 지어 나타나더니 마침내 석양의 발그레한 황금빛으로 따뜻하게 물든 대초원 전체를 수선화의 샛노란 바다로 바꾸어 놓았다.

카나바드 사람들은 이 노란색 식물을 '시크sikh'라고 부르는데, 여기에 열리는 녹색 열매로 일종의 실을 만든다.

산 아래에서 우리는 카불에서 이어지는 도로를 타고 달렸다. 그 도로를 따라 바싹 붙여 설치된 이중의 전화선이 우리가 예상한 대로 아시아의 3대 국가인 러시아, 중국, 인도를 구분하는 아프가니스탄의 가장 중요한 협곡인 와칸 계곡 입구까지 뻗어 있다면, 이는 새로운 정치적 의미를 갖게 된다. 급격한 내리막길은 우리를 한 마을로 이끌었고, 그곳에서 무디르 이 하리자는 맹장염으로 겉늙은 열여덟 살의 청년임이 밝혀졌다. 그가 사용하는 페르시아어 어휘에서 '부츠' '프로그램' '설탕' '자동차'라는 영어 단어가 튀어나왔다. 그는 차를 마시라고 우리를 총독 접견실로 데려갔다. 방은 길이가 27미터 정도 되었으며 방 한쪽 끝에 드리워진 주황색 커튼에는 흑백의 국가 문장이 장식되어 있었다.

피곤하고 더러워진 우리는 방을 부탁했다. 그러나 그는 최근에 무너진 게스트하우스 대신에 우리를 느릅나무

만큼이나 높은 바스락거리는 플라타너스 숲으로 안내했다. 그의 말에 따르면 이 숲은 '미르Mir의 시대', 즉 에미르 도스트 모하마드가 바다크샨을 정복하기 이전부터 있었다고 한다. 여기에 텐트를 치고 카펫, 테이블, 의자를 놓고 우리를 맞이하려고 램프도 켜 놓았다. 우리가 올 줄 알았더라면 더 잘 꾸며 놓았을 것이라며 아쉬워했다. 하지만 이곳과 마자르 사이에 전화가 없으니 그에게 알려 줄 수가 없었을 것이다.

우리는 우리 경호원들을 교구 목사와 부목사라고 불렀다. 뒤쪽 세 번째 텐트 안에 새로 파놓은 화장실이 있다는 사실을 모르고, 나는 교구 목사에게 화장실이 어디 있는지 물었다. 내가 평범한 페르시아어를 사용했는데도 처음에 그는 무슨 말인지 이해하지 못했다. 하지만 곧 짐작해 내고는 "아하, '자와브 이 차이jawab-i-chai', 그러니까 차에 대한 반응을 말하는 거군요"라고 말했다.

그 필수적인 사무실에 대한 멋진 완곡한 표현이다.

── **6월 5일**

오늘 아침 우리는 시르 모하마드 칸 총독을 만났다. 그는 온종일 잠든 척하지 않고 우리의 질문에 솔직하게 대답하는 현명한 사람이다.

그는 낮고 우울한 목소리로 말했다. "하즈라트 이맘 사원은 강 근처에 있기 때문에 갈 수 없고, 차야브의 온천도 같은 이유로 갈 수 없습니다. 강은 국경이기 때문에 여러분이 그곳에 가도록 하는 것은 현명하지 못한 일입니다. 치트랄Chitral 도로도 두라Durah고개가 눈 때문에 앞으로 두 달은 더 폐쇄되어 이용할 수 없습니다. 어쨌든 세 가지 경우 모두 카불의 허가를 받아야 할 것입니다."

무디르 이 하리자가 하즈라트 이맘 사원에 타일이 있다고 알려 주었는데 그곳을 보지 못하게 된 것이 아쉽다.

내일이면 마침내 열 달간의 여행을 끝내고 우리는 집으로 돌아간다.

이곳은 쾌적하고 그늘진 캠프를 제외하면 흥미로울 것이 거의 없다. 강을 가로지르는 벽돌 다리가 홍수로 떠내려갔다. 총독의 정원에서 향기를 풍기는 꽃개오동나무는 러시아에서 왔다고 한다. 시장에서는 눈 대신 얼음을 판매한다.

바미안(2,560미터, 카나바드에서 313킬로미터)

── 6월 8일

그저께 카나바드에서 트럭을 타고 막 출발했는데, 무디르 이 하리자가 달려와 우리와 함께 갈 새 수행원 두 명을 찾을 동안 한 시간만 기다려 달라고 했다. 교구 목사와 부목사를 잃을지도 모른다는 생각에 크리스토퍼는 폭발해서 소리를 질렀고 나는 발을 굴렀다. 교구 목사는 일이 어긋나면 우리가 위험해진다고 무디르 이 하리자의 귀에 대고 작게 볼멘소리를 했고, 세이드 제말은 더는 기다리지 않겠다고 화를 냈다. 우리는 우리가 고용한 경호원을 강제로 차에 태워 출발해 버렸다. 한 번도 수도를 본 적이 없는 그들은 이 짧은 여행에 기뻐했지만 돌아왔을 때 마자르에서 자신들에게 무슨 일이 일어날지 불안해했다. 사실 그들은 도움이 된다기보다 우스꽝스러울 뿐인데 왜 그렇게 그들과 함께 가는 것을 중요하게 생각했는지 모르겠다. 교구 목사는 뭔가 해달라는 요청을 받을 때마다 노래하는 듯한 어투로 그 요청을 여러 번 반복해서 되뇌면서, 도움이 되고자 하는 끝없는 열망에 대해 긴 찬사를 늘어놓고, 자신의 행복과 우리의 행복은 하나임을 믿어 달라고 간청하고 나서는 자기가 해야 할 일은 하지 않는다. 부목사는 게으름을 감추려고도 하지 않는다. 그를 움직이게 하려면 강제력을 써야 한다. 하지만 적어도 그들은 우리가 사진을 찍거나 원하는 곳으로 가는 것을 방해하지는 않는다. 새 경비원들은 그렇게 할지도 모른다.

카나바드에서 28킬로미터 떨어진 곳에서 우리는 산악 지대로 흘러 들어가는 쿤두즈강을 다시 만났다. 쿤두즈강은 여전히 이곳 바미안 옆을 흘러간다. 사실 이 강이 없었다면 어떻게 힌두쿠시를 넘어가는 자동차 도로가 만들어졌을지 상상조차 하기 어렵다. 물론 현재로서는 이 강이 성가시고 또 성가심의 원인이었다. 눈이 녹은 물로 불어난 작은 지류 때문에 우리는 바글란Baglan 평원 한가운데서 오도 가도 못하게 되었다.

물이 차오르는지 빠지는지 돌로 표시하며 기다리는 것 외에는 할 일이 없었다. 시원한 목초지에 자리 잡은 우리의 유일한 그늘은 초원 지대의 덤불이었다. 근처에 작은 민달팽이 모양의 언덕이 있었고, 그 위로 무덤 몇 기와 동쪽의 거대한 설산을 향해 솟아 있는 사원이 보였다. 잠시 후 다른 트럭이 우리와 합류했고, 그 트럭에 타고 있던 남자들이 양철통 몇 개를 놓고 사격 경기를 했다. 교구 목사와 부목사, 세이드 제말이 그 경기에 참여했다. 크리스토퍼와 나는 목욕을 했지만 물이 더러워서 나중에는 옷솔로 몸을 닦아 내야 했다. 저녁이 되자 우리는 차 옆에 침대를 내놓았다. 독수리만 한 모기들이 저녁 식사를 알리는 종소리라도 울린 듯 모여들었다.

다음 날 이른 아침, 침대에 누워 있는데 암갈색 말을 탄 한 노신사가 강가에 도착했다. 그는 드문드문 장미 무늬가 있는 빛바랜 초콜릿색 가운을 입고 있었고, 터번 끝은 철회색 수염 위로 얼굴을 둘러싸고 있었다. 안장 위에는 갈색 새끼 양 한 마리를 걸쳐 놓았다. 그 뒤에는 열두 살먹은 아들이 자기만큼이나 큰 흰색 터번을 쓰고 제라늄처럼 붉은색 옷을 펄럭이며 막대기로 검은 암양과 검은 새끼 양을 몰면서 따라오고 있었다.

일행이 모두 모이자 얕은 강을 건너가기 시작했다. 먼저 노인이 힘겹게 말의 머리를 물살 반대 방향으로 유지하면서 강을 건너가 갈색 양을 반대편에 내려놓았다. 그가 돌아올 때까지 아이는 검은 새끼 양을 붙잡고 있었다. 아이는 검은 새끼 양을 아버지에게 건네주었고 아버지는 한쪽 다리에 그 새끼 양을 매달고 다시 물에 들어갔다. 양이 괴성을 지르며 울었다. 안쓰러움에 음매 하고 울면서 어미 양이 따라 들어갔다. 그러나 물살에 휩쓸린 암양은 처음 출발했던 둑으로 밀려갔고, 그사이 반대편 둑에 안전하게 도착한 암양의 새끼는 계속 울어댔다. 노인은 다시 돌아와서 아들이 젖어서 떨고 있는 암양을 개울 상류 쪽으로 90미터까지 몰고 가도록 도와주었다. 그곳에서 물살에 다시 한 번 휩쓸린 암양은 이번에는 더 먼 쪽에 있는 반대편 여울가에 안전하게 닿았고, 거기서 새끼 양 두 마리가 따뜻하게 맞아 주었다. 아버지의 부츠를 신은 어린 소년은 아버지 등에 업혀 막대기로 개울 바닥이 단단한지, 미끄러지지는 않는지 찔러 보면서 개울을 건넜다. 반대편 둑에서 내린 소년은 갈색 양을 아버지의 안장 위에 다시 올려놓고 암양과 검은 양을 재촉하면서 제라늄색 가운을 휘날리며 활기차게 걸어가기 시작했다. 암갈색 말이 그 뒤를 따랐고 행렬은 지평선 너머로 사라졌다.

이제 우리도 말을 타고 가야 할지 그것이 문제였다.

밤사이 수위가 9센티미터나 내려갔고, 세이드 제말은 계약을 지키기 위해 승부수를 던지기로 했다. 어렵게 찾은 마을에서 남자 30명을 모았다. 그중 일부는 차에 밧줄을 연결하여 앞에서 끌고, 다른 사람들은 뒤에서 밀었다. 강가를 향한 경사면에서 차가 앞쪽부터 거꾸로 물속에 처박혀 뒤집히는 통에 앞에서 끌던 사람들을 거의 죽일뻔했다. 10초 만에 물살에 휩쓸려 너무 멀리 떠내려가 강 반대편으로 빠져나올 수 없게 되었다. 트럭을 후진해서 차 머리를 강 흐름과 반대 방향으로 돌리고 시속 48킬로미터로 강을 따라 내려갔다. 스컬캡을 쓰고 상체만 드러낸 수염 난 무리가 고함을 지르며 뒤따라왔다. 그들은 가까스로 하류의 얕은 여울에서 건조한 땅으로 트럭을 밀어붙일 수 있었다. 엔진의 중요한 부분에는 물 한 방울도 닿지 않았다.

바글란은 남쪽 끝 들판 한가운데 마을이 모여 있는 평원으로, 들판에는 이미 옥수수를 수확해 가리로 쌓아 건조하고 있었다. 우리는 풀 이 홈리Pul-i-Khomri 다리를 통해 쿤두즈강을 다시 건넜다. 이 다리는 아치 하나로 지탱하는 오래된 벽돌 다리이며 옆에는 기다란 줄기 위에 피어 있는 작은 흰색 카네이션이 무리 지어 있었다. 그 이후로 도로는 제방까지 이어지거나 좁은 언덕길을 통과하는 완만한 경사로로 적절하게 설계되었지만, 여전히 흙의 나라답게 도로 상태가 잘 유지되지 않아 비가 오면 도로는 치즈처럼 잘려 나갔다. 거의 모든 길이 편리하기는커녕 도로가 없는 맨땅을 우회해야 했다.

이제 전체 여정에서 가장 아름다운 부분이 시작되었다. 말을 타고 싶다는 생각이 간절해졌다. 강에서 출발한 길은 본격적으로 힌두쿠시를 향해 정면으로 달려가기 시작했다. 꼬불꼬불한 길이 아니라 산마루에서 산마루로 이어지는 가파른 경사의 산등성이를 따라 푸르디푸른 힌두쿠시 요새를 올라갔다. 천지 사방 위아래로 눈이 볼 수 있는 한, 풀잎이 물결치는 절벽에는 노란색과 흰색, 보라색과 분홍색의 셀 수 없이 다양한 꽃들이 너무 빽빽하지도 너무 성기지도 않게, 한 종류만 너무 많지도 않게 아주 예술적으로 자라고 있어서 마치 왕실의 정원사, 동양의 베이컨*이 전체 산맥을 꾸며 놓은 것처럼 보였다. 푸른 치커리, 커다란 분홍색 접시꽃, 튼튼한 갈색 마디마다 달린 레몬색 수레국화 무리, 군데군데 있는 재스민처럼 한 꽃대에 여러 송이가 핀 하얀 꽃, 큰 반점이 있는 잎이 달린 바위취, 정원 사향처럼 속은 갈색인 버터 같이 노란 빛이 도는 작은 꽃, 가시가 없는 잎이 달린 파란색과 분홍색 쐐기풀 다발, 그리고 장미빛 분홍색 랍스터 덤불의 줄기는 위로는 구름으

---

* 아마도 영국의 철학자 프랜시스 베이컨Francis Bacon(1561~1626)을 가리키는 것으로 보인다. 베이컨은 『Of Gardens』라는 정원에 관한 에세이를 저술했다. 이 책은 정원의 배치, 정원 디자인Garden Knots, 정원수의 정형을 위한 가지치기 등 왕실 정원에 대한 그의 철학과 사상을 담고 있다.

아프가니스탄

로 둘러싸인 광활한 유약을 바른 듯 매끄러운 잔디밭에서, 아래로는 끊임없이 뒤로 밀려나는 투르키스탄의 파도로부터 우리에게 윙크하는 것 중 아주 일부에 지나지 않았다. 때로는 피스타치오 덤불 아래에서 우리가 크릉크릉 소리를 내며 매연을 씩씩 내뿜는 파괴적인 트럭을 저주하며 캄피락Kampirak 고개 정상으로 향하고 있을 때도 그것들은 우리에게 계속 윙크를 보내 주었다.

초록빛 고지대를 서둘러 지나 3킬로미터 길이의 좁은 골짜기에 도착했는데, 허물어진 돌의 급류로 도로는 엉망이 되어 있었고 트럭은 흩어져 있는 바위를 헤치고 간신히 빠져나올 수 있었다. 이 길을 빠져나오자 우리 아래에는 다시 쿤두즈강이 흐르고 강 건너편에는 거대한 눈 쌓인 봉우리가 솟아 있었다. 어둠이 내려앉아 탈라Tala 또는 바르팍Barfak, 때로는 탈라 바르팍Tala-Barfak이라고 하는 마을에 닿을 때까지 우리는 계곡 아래에서 하얀 하마처럼 우리를 향해 거침없이 달려오는 강을 따라 계속 서쪽으로 향했다.

오늘 아침에 일어나서 중앙아시아를 떠났다는 사실을 새삼 깨달았다. 남쪽에서 북쪽으로 이동하고 있는 부족들, 거무스름한 피부에 반은 인도인처럼 차려입은 진짜 아프가니스탄 사람들이 낙타 2, 3백 마리를 몰고 가고 있었다. 폐허가 된 성과 요새화된 성벽이 반대편 산 정상을 왕관처럼 둘러싸고 있었다. 강은 깎아지른 듯한 암벽이 푸른 하늘로 수백 미터 솟아 있는 협곡에서 강폭이 줄어든 것에 분노한 듯 거품을 일으키며 빠져나가고 있었다. 이 지형은 64킬로미터 내내 중간중간 경작된 골짜기가 나타나면 끊어졌다가 이어지기를 반복했다. 우리는 나무로 된 다리를 열아홉 번이나 건넜다. 주홍색 꽃을 피운 석류나무와 분홍색 조팝나무 관목이 물가에 쭉 늘어서 있었다. 마지막으로 다리 하나를 더 건너 주요 도로에서 서쪽의 바미안 계곡으로 향했다.

옥수스 평원을 떠난 후 우리는 약 1,830미터 정도 높이까지 올라왔다. 루바브 꽃처럼 붉은색을 띤 절벽, 반짝이는 눈으로 덮인 남색 봉우리, 새로 돋아난 눈에 거슬리는 야광 녹색의 옥수수가 만들어 내는 이 특별한 계곡의 다채로움은 맑은 산 공기 속에서 두 배로 밝게 빛났다. 계곡 옆을 따라 올라가다 우리는 폐허와 동굴을 발견했다. 절벽은 창백했다. 그리고 갑자기 거대한 말벌 둥지처럼 무수히 많은 불교 승려의 동굴이 두 거대한 부처상 주변에 매달려 있는 것이 보였다.

강 건너 절벽에서 양철 지붕의 서양식 집이 우리에게 손짓했다. 총독은 부재중이었지만 파란 잠옷을 입은 천식 걸린 돌고래처럼 생긴 그의 부관은 우리가 예고 없이 도착한 것에 당황한 듯 카불에 전화를 걸어 상황을 보고했다.

우리는 발코니로 나가 연두색 들판과 푸른빛 도는 초록색 포플러가 늘어선 회청색 강, 농민들이 가축을 몰고 가는 붉은 흙길을 내려다보았다. 그런 다음 1.6킬로미터 떨어진 곳에서 오후의 방문이라도 한 듯 발코니 안을 들여다보고 있는 두 부처님을 바라보았다. 구름에서 노란색과 보라색 번개가 한 줄기 떨어졌다. 번개의 전율이 계곡을 타고 내려오더니 한바탕 비가 쏟아져 내렸다. 그리고 한 시간 동안 폭풍우가 몰아쳐 집을 흔들어 댔다. 쪽빛 산에는 새로 내린 눈이 가루처럼 흩뿌려져 있었다.

시바르Shibar*(약 2,740미터, 바미안에서 38킬로미터)

── 6월 9일

바미안에서 오래 머물고 싶지 않다. 이곳의 예술은 신선하지 않다. 현장법사**가 이곳에 왔을 때 불상은 청동처럼 금박을 입었고, 불상 옆의 미로에 승려 5천 명이 붐비던 시절이었다. 때는 632년이었다. 그해 무함마드가 죽었고 아랍인들은 그 세기가 끝나기 전에 바미안에 도착했다. 그

---

*   아프가니스탄 바미안주의 서쪽 산간 지역에 위치한 마을이다.

**   현장법사(602~664). 당나라 초기 고승이자 번역가로 인도에 구법하러 갔다가 돌아와서 『대당서역기』를 저술했다.

러나 승려들이 이곳에서 완전히 없어질 때까지 150년이라
는 세월이 걸렸다. 이 핏빛 계곡에서 아랍인들이 불교도와
그들의 우상에 대해 어떻게 느꼈을지 상상할 수 있다. 나
디르 샤도 1천 년 후 이 거대한 불상의 다리를 부러뜨렸을
때 분명 같은 감정을 느꼈을 것이다.

큰 불상은 높이가 53미터, 작은 불상은 35미터이며
두 불상은 약 400미터 간격으로 서 있다. 큰 불상에는 붉
은색으로 밑칠한 석고 베니어의 흔적이 남아 있다. 짐작건
대 금박을 입히기 위해 칠한 것으로 보인다. 둘 다 예술적
가치는 없다. 그것은 참을 수 있다. 마음 아픈 것은 바로 그
들의 감각에 대한 부정과 축 늘어져 탄력 없는 거대한 양
감에 대한 자부심의 결여다. 심지어 재료조차도 아름답지
않다. 절벽은 돌이 아니라 압축 자갈로 이루어져 있다. 인
부에게 곡괭이를 주고 인도나 중국의 끔찍한 헬레니즘적
인 이미지를 적당히 모방하라는 지시를 내렸으리라. 그 결
과물에서는 노동의 존엄성조차도 찾아볼 수 없다.

두 불상이 들어 있는 벽감의 캐노피에는 회반죽을 바
르고 색을 칠해 놓았다. 더 작은 벽감에는 빨강, 노랑, 파
란색으로 칠한 승리의 장면이 있는데, 아캉,* 헤르츠펠트

---

* 조제프 아캉Joseph Hackin(1886~1941). 프랑스 고고학자. 기메 동양
미술관의 큐레이터였으며 1923년 알프레드 푸셰, 앙드레 고다르
와 함께 아프가니스탄을 탐험했다.

등 여러 사람이 사산 제국의 영향을 받은 부분을 구분했다. 사실 그 아이디어의 실마리는 백 년 전 이곳에서 팔레비Palhevi* 비문을 본 매슨**에게서 나왔다. 더 큰 머리 주위에 그린 그림은 더 잘 보존되어 있으며, 바로 머리 위에 서서 가까이에서 살펴볼 수 있다. 아치형 곡선 아래 벽감의 양쪽에는 지름 3미터 정도의 메달 다섯 개가 길게 늘어서 있고 그 안에는 보살상이 새겨져 있다. 흰색, 노란색, 파란색의 말발굽 모양 광배가 보살상을 둘러싸고 있으며, 머리카락은 붉은색을 띤다. 각 메달 주변에는 세 갈래로 갈라진 연꽃 모양이 튀어나와 있다. 다른 상황에서라면 기독교 교회 건축에서 보이는 벽에 튀어나온 유리구슬 세 개를 받치고 있는 가스등 받침으로 볼 수도 있지만 적어도 우리는 그렇다고 추정했다. 위쪽의 다음 구역에는 원근법을 고려하지 않은 사각형 포석이 깔려 있다. 그 위 구역은 공작 깃털 모양의 테두리로 마감된 폼페이식 커튼의 벽판으로 장식되어 있다. 이 위에는 보살상이 두 줄 더 있는데, 광배를 배경으로 왕좌에 앉아 있는 보살상이 번갈아 배치되어 있

---

* 팔라비Pahlavi 문자를 가리킨다. 팔라비는 고대 페르시아에서 사용되던 문자와 언어로 주로 사산 제국 시대에 쓰였다. 팔라비 비문은 팔라비 문자를 사용한 글이나 비문을 가리킨다.

** 찰스 매슨Charles Masson(1800~1853). 제임스 루이스James Lewis의 필명이다. 영국 동인도 회사 군인으로 선구적인 고고학자이자 동전 수집가다. 그리고 하라파 유적을 발견한 최초의 유럽인이다.

고 왕좌는 보석 달린 카펫으로 꾸며져 있었다. 그 사이에는 줄기 위에 커다란 컵이 올려져 있는데 색슨족의 세례용 물그릇과 옹긋옹긋 모여 있는 아기 천사를 닮았다. 머리 위 가장 위쪽 구역은 사라지고 없다. 색상은 평범한 프레스코 색상, 청회색, 자황색, 초콜릿빛 도는 적갈색, 칙칙한 포도색, 밝은 실잔대꽃의 푸른색이다.

이 주제들은 페르시아, 인도, 중국, 헬레니즘 사상이 모두 5세기와 6세기에 바미안에서 만났음을 시사한다. 이러한 만남에 대한 기록이 있다는 것은 참 흥미롭다. 그러나 그 결실은 그다지 유쾌하지 않다. 유일한 예외는 아랫줄에 있는 보살상인데, 아캉은 이 보살상이 나머지 보살상보다 더 오래되었다고 주장한다. 이 보살상들은 불교 도상에서 기대할 수 있는 최고의 것, 우아하지만 공허한 안식의 분위기를 자아낸다.

절벽에 있는 석실들은 당대 건축의 아이디어를 반영한 기록으로서 보존되고 있다. 승려들은 의식을 위해 내부 장식에 어떤 형식을 부여해야 했다. 그러나 그들이 사용할 수 있는 모든 관습 중에서 인도의 석조 돔의 내부는 단일 석재로 재현하기에 가장 적합하지 않은 것은 확실하다. 하지만 그들은 여기에 인도의 방식대로 거대한 펜던트 받침대, 무거운 십자형 대들보, 서툴게 만든 작은 큐폴라가 있는 돔을 조각했다. 사산 제국의 영향은 더 합리적인 결과물을 만들어 냈다. 넓은 홀 하나는 피루자바드의 반원형 지붕이 있는 방과 매우 흡사하며, 스퀸치 위의 활처럼 생긴 곡선 부분을 잠식해 들어가는 몰딩을 보면 원래 사산조 양식의 스투코가 어떻게 적용되었는지 알 수 있다. 다른 석실들은 원형과 팔각형 벽 위에 얹은 돔을 보여 주는데, 어떤 것은 아주 정교하게 조각되어 있다. 또한 6백 년 후에 세워진 카즈빈의 금요일 모스크의 원형일지도 모르는 아라베스크 프리즈가 있는 석실도 하나 볼 수 있다. 그러나 이슬람 건축이 불을 숭배하던 과거의 발명품을 얼마나 직접적으로 차용했는지를 증명하는 가장 놀라운 연결 고리는 정사각형의 석실 안에 있다. 이 석실에는 돔이 각각 다섯 개의 동심원 아치로 구성된 네 개의 스퀸치 위에 놓여 있다. 아치가 하나 더 추가된 이 가장 특이한 장치는 14세기에 지어진 투르키스탄의 카산Kassan에 있는 영묘에서 다시 나타난다.

프랑스 고고학자들은 석실을 양호한 상태로 남겨 두었다. 덧칠된 회반죽을 보수하고 필요한 곳에 계단을 추가했으며 출판된 보고서를 연구할 기회가 없었던 사람들을 안내하기 위해 프랑스어와 페르시아어로 합리적인 안내문을 게시했다. 예를 들면 '그룹 C: 회합의 방Salle de Réunion' '그룹 D: 성소, 이란의 영향Sanctuaire, influences iraniennes' 등이다.

우리가 카불 도로에 다시 합류한 후에도 길은 여전히 쿤두즈강의 마지막 작은 지류와 나란히 달리면서 갈색 땅에 옥수수의 초록빛 새싹이 흩뿌려져 있는 맨 언덕으로 이어지고 있었다. 이 길은 시바르 고개로 우리를 끌고 간다. 그곳에서 우리는 한 남자에게서 고개 반대편에 있는 도로가 산사태로 막혔다는 말을 들었다. 정찰하기에는 너무 늦었다. 그래서 우리는 벌거벗은 봉우리 아래 집들이 모여 있는 고적한 시바르 마을로 돌아왔다.

오늘 아침 바미안에서 크리스토퍼는 단검으로 계란을 휘젓고 있었는데 불이 꺼지자 부목사에게 나무를 더 가져다 달라고 부탁했다. 그는 거듭 부탁했고, 결국에는 단검으로 남자를 쿡쿡 찔러 재촉했다. 시바르에서 교구목사와 부목사는 우리와 방을 같이 쓰고 싶다고 했다. 우리는 공간이 충분하지 않다고 말했다. 그런 대우에 익숙하지 않은 부목사는 우리에게 일장 연설을 늘어놓았다. 그는 우리가 우리만의 서유럽식 풍습을 가지고 있는 것은 당연하지만 아프가니스탄에서는 모든 것이 우정에 달려 있다는 것을 알아 달라고 간청했다. 그가 우리를 위해 무언가를 한다면 그것은 우리가 그의 친구이기 때문이지 우리가 그렇게 하라고 해서 한 것이 아니었다는 말도 덧붙였다. 그리고 자기는 정부에서 고용한 경호원이지 우리의 하인이 아니다, 남은 여정 동안 우리가 좋은 친구가 되길 바라며, 그래야 우리를 위해 일을 할 수 있을 것이라는 등등의 이야기도 쭉 늘어놓았다.

우리가 하인을 따로 두지 않은 것은 우리 잘못이 아니다. 우리는 헤라트 이후 모든 마을에서 하인을 한 명씩 고용하려고 노력했지만 그때마다 당국은 그들이 제공한 경호원이 하인 역할을 할 것이라고 말했다. 따라서 부목사를 괴롭히게 된 것은 우리가 당국의 말을 곧이곧대로 받아들였기 때문이었다. 그럼에도 그의 말은 우리를 부끄럽게 만들었다.

마을 사람들은 저녁 식사 후 음악회를 열어 주었다.

"아프가니스탄, 페르시아, 영국, 인도만이 좋은 음악을 만들죠." 부관이 말했다.

"러시아는 어떻습니까?" 크리스토퍼가 물었다.

"러시아? 러시아 음악은 완전히 쓰레깁니다."

차리카르Charikar*(1,615미터, 시바르에서 119킬로미터)

── 6월 10일

한 번도 아니고 무려 열두 번의 산사태로 인해 오늘 밤 카불에 도착하지 못했다. 우리는 카불에서 불과 64킬로미터밖에 떨어져 있지 않았고, 이미 철교가 수도를 둘러싼

---

* 아프가니스탄 북동부 파르반주의 주도. 현재 이맘 아부 하니파Imam Abu Hanifa 또는 이맘 아잠Imam Azam이라고 한다.

문명의 지대를 말해 주고 있었다. 여기 카라반세라이에서 우리는 의자에 앉아 테이블에서 식사를 했다. 갑자기 우리의 여정이 거의 끝나가고 있다는 것을 떠올렸다. 지난주는 정말 바빴다. 새벽 4시에 일어나 장작불로 죽을 끓이고, 낡은 페르시아 양철로 만든 우리의 빈약한 피크닉 장비에 맞춰 음식을 주문하고, 야외에서 밤을 지새울 때를 대비해 램프에 기름을 채웠는지 확인하고, 샘이 나올 때마다 뛰어나가 물병을 채우고, 이틀에 한 번씩 신발을 닦고, 대원들을 행복하게 만들어 주는 담배를 배급하는 일이 의식하지 않아도 하게 되는 일상이 되어 버렸다. 내일이면 이 모든 것이 끝나리라는 생각이 우리를 맥 빠지게 하고 약간 우울하게 만들었다.

시바르 고개의 높이는 3,048미터다. 옥수스강과 아랄해로 향하는 긴 여정을 시작하는 쿤두즈강의 마지막 물줄기를 떠나기 전 우리는 설선雪線 근처에 있었다. 5분 후 또 다른 물줄기가 인더스강과 인도양으로 향하는 여정을 시작했다. 지리학은 매우 흥미롭다.

고개를 넘어 1.6킬로미터쯤 지나자 우리는 첫 번째 산사태가 난 지점에 도착했다. 진흙탕 물과 자갈 더미 속에 커다란 바위가 숨어 있었다. 이곳에서는 제대로 된 도로 인부들이 일하고 있었다. 하지만 두 번째 장애물과 16킬로미터쯤 더 가서 만난 더 어마어마한 장애물에서 당황한 마을 주민 몇 명이 어린아이처럼 흙을 이기고 있는 것을 발견했다. 내가 직접 감독 역할을 맡아 도로 복구 작업을 진행해야 했다. 이미 진흙탕으로 반쯤 망가진 도로 아래 놓아둔 수확물은 이제 더 큰 홍수의 위협을 받고 있었고, 불쌍한 여인들은 건초용으로 쓸 만한 것이라도 구하기 위해 낫을 들고 달려나갔다. 마을 사람들은 길을 치우는 것이 의무라고 생각했지만, 우연히 지나가던 노새꾼 일행은 이러한 노동을 강요당하는 것에 항의하다 세이드 제말의 주먹세례를 받고 총으로 그들을 조준하고 있는 부목사의 모습을 보고는 공포에 떨며 순순히 말을 따랐다.

인도로 흘러가는 새 강은 분홍색 장미와 하얀 조팝나무로 둘러싸여 있었다. 계곡은 더욱 풍성해졌다. 호두나무 숲이 마을을 둘러싸고 있었고, 그 주변에는 화려한 터번을 꼭 죄어 쓴 인도 상인들이 가게에 앉아 있었다. 갑자기 얼굴에 날아온 주먹처럼 차리카르의 철교가 나타났다.

카불(1,798미터, 차리카르에서 58킬로미터)

—— 6월 11일

헤라트에서 카불까지 1,496킬로미터를 왔는데, 그중 72킬로미터는 말을 타고 달렸다.

구불구불한 언덕길을 따라 차리카르고원에서 산맥

에 빙 둘러싸인 작은 평원으로 내려가니 숲 사이로 흐르는 물과 골이 진 철제가 반짝이는 것이 보였다. 수도로 들어가는 입구에서 경찰이 교구 목사와 부목사의 소총을 빼앗아 큰 곤란을 겪었다. 터번을 쓰고 있어서 아무도 그들이 국가 공무원이라고 믿지 않았기 때문이었다. 우리는 외무부로 차를 몰고 갔는데, 그곳에는 새빨간 영국 덩굴장미가 철제 난간을 타고 뻗어 올라가고 있었다. 호텔에는 침실마다 필기용 종이가 있었다. 러시아 공사관에 가니 부리아첸코의 전보에 그들은 아무런 답신도 하지 않았으며, 독일 상점에서는 무역부 장관의 허가 없이는 독일산 백포도주 판매를 거부했다. 마지막으로 간 우리 공사관에서 리처드 매커너키 경이 우리에게 공사관에서 머물 것을 청했다. 공사관은 기둥 때문에 위엄 있어 보이는 하얀 집이다. 안은 가정집처럼 꾸며 놓았으며 동양을 떠올리게 할 만한 모기장이나 선풍기는 없었다. 크리스토퍼는 벽이 멀쩡한 방에 있다는 게 신기하다고 말한다.

공사관 내부에서는 카불 주재 러시아 외교관들에게 인도 경유 비자를 거부한 것은 어리석다는 의견에 모두 동의한다. 심지어 국경의 젤랄라바드Jelallabad까지 가는 경우에도 인도 정부는 공식적인 항의를 보낸다. 그 결과 영국과 러시아 양국 공사관과 아프간 정부 사이에 영국인은 북쪽을, 러시아인은 남쪽을 여행하지 않는다는 일종의 신사 협정이 이루어졌다. 그래서 마자르 당국은 우리가 옥수스

강에 가는 것을 허락할 수 없었다. 하지만 당국은 아프간의 주권이 제한받는 것처럼 보일까 봐 그러한 이유를 인정하지 않을 것이다. 그래도 우리가 이만큼이나 가까이 올 수 있었던 것은 행운이었다. 차를 구입한 하지 랄 모하마드와 운전기사 잠시드 타로포레발라가 우리가 지도 제작에 관여하는 비밀경호국 요원이라는 이야기를 퍼뜨렸기 때문인 것 같다. 다음에 이런 여행을 하게 되면 미리 첩보 활동에 대해 배워야겠다. 어차피 스파이라는 직업의 단점은 감수해야 하니, 얻을 게 있다면 잘 활용하는 편이 나을 것이다.

카불에서 영국 외교는 지금 장관의 장미에 달려 있다. 6월 3일 영국 국왕의 생일 파티를 공사관에서 열었는데 장미가 만개했다. 장미를 좋아하는 아프가니스탄 사람들은 이렇게 크게 잘 가꾼 장미꽃을 본 적이 없었다며 좋아했다. 다음 날 아침, 궁정 장관의 방문 카드가 최고 좋은 장미 나무에서 펄럭거리고 있었다. 이는 지난밤에 장관의 정원사가 남겨 둔 것이었다. 이제 다른 장관들도 모두 장미를 잘라 주기를 원하고 있으며 내년에 잘라 주기로 한 작약을 기대하면서 흥분해 있었다.

잘 가꾼 장미도 무척 아름답지만 나는 정문 옆에 서 있는 아프간 나무가 더 좋다. 높이가 4.5미터나 되는 이 나무에는 잎이 거의 보이지 않을 정도로 하얀 꽃이 만발했다.

승리의 탑, 마흐무드의 탑과 마수드 3세의 탑, 가즈니.

—— 6월 14일

평온한 날들.

이곳의 정원은 너무 기분 좋은 곳이라 떠날 수가 없다. 잔디밭과 테라스, 그늘진 정자 사이마다 수염패랭이꽃, 초롱꽃, 매발톱꽃이 가득하다. 커다란 하얀 관저 뒤에 있는 보라색 산을 보기 전까지는 이곳이 영국이라고 생각하게 된다. 직원은 총 90명이고, 오늘 저녁 테니스 경기에는 경기 당 유니폼을 입은 볼보이가 여섯 명이나 있었다. 나는 그러고 싶지 않았지만 사람들은 우리 대사관과 공사관이 솔즈베리 경의 긴급 공문에 의존하여 방문객을 돕지 않는 것이 그들의 의무라고 생각한다면서 불평한다. 방문객이 보기에 공사관의 존재 목적이나 이유가 없어 보일 수 있다. 하지만 영국인 방문객은 물론이고 이곳에 오는 미국인들은 대개 어떤 종류의 곤경에 처해 있는데, 우리 공사관에 도움을 요청하고 도움을 받는다. 특히 미국인들은 자체 공사관이 없어 우리 공사관에 온다.

가즈니(2,225미터, 카불에서 157킬로미터)

—— 6월 15일

탑Top사막을 통과하는 꽤 견고한 길을 따라 여기까지 오는 데 네 시간 반이 걸렸다. 이 길은 붓꽃으로 덮여 있었다.

유명한 '승리의 탑'은 로자Rozah 마을로 가는 길에 640미터 간격으로 서 있다. 각각 21미터 높이의 팔각형 별 모양의 하단부 유구가 더 이상 훼손되지 않도록 양철 모자로 지붕을 씌워 놓았다. 1836년에 비뉴Vigne가 이 구조물을 스케치했던 것을 보면 팔각형 위의 원형 상부 구조물이 두 배 이상 높았음을 알 수 있다. 이 건물은 종교적 목적보다는 기념을 위한 미너렛으로 지은 것으로 보이는데, 주변지역에 모스크가 있었다는 증거가 없기 때문이다. 이러한 탑을 세우는 것은 사산 제국의 관습이었고 이슬람이 들어온 후에도 페르시아인들은 14세기경까지 이 관습을 유지했다. 담간과 사브제바르의 미너렛과 이스파한에 있는 많은 미너렛도 그와 비슷하게 홀로 세워져 있다.

이 탑의 창시자에 대해서는 논란이 있어 왔다. J. A. 롤린슨Rawlinson은 1843년에 이 두 탑에 새겨진 명문을 발표했는데, 이 중 더 크고 화려한 탑은 가즈나 제국의 창시자이자 피르다우시와 아비세나의 후원자인 사박타긴*의 아들 마흐무드가 세웠다고 했다. 하지만 롤린슨은 자신이 필기한 내용을 혼동했던 것이 틀림없다. 왜냐하면 1925년에 금석학자 플러리Flury가 사진 몇 장을 입수했는데, 마흐무드와 관련된 명문은 실제로는 작은 탑에 새겨져 있고 큰

---

*   사박타긴 가지Sabaktagin Gazi. 가즈나 왕조의 개창자.

탑에는 그의 후손인 이브라힘의 아들 마수드Masud 3세의 이름이 새겨져 있는 것을 발견했기 때문이다. 따라서 작은 탑은 1030년 이전에, 큰 탑은 1099년에서 1114년 사이에 세워졌을 것이다.

이 둘은 폭이 다르다. 지대석를 제외한 큰 탑의 지름은 약 7.3미터, 작은 탑의 지름은 약 6.7미터다. 둘 다 붉은 빛이 도는 진한 갈색 벽돌로 지었으며 같은 색의 테라코타 조각으로 장식되어 있다. 두 탑 모두 팔각형의 돌출된 별 꼭지점 모서리 사이의 여덟 개 면은 세로로 깊이가 다르게 조각된 여덟 개의 장식 구역으로 나뉜다. 세 번째와 네 번째, 다섯 번째와 여섯 번째, 여섯 번째와 일곱 번째 벽돌 장식 구역 사이에 나무 들보가 가로지르고 있다.

작은 탑에는 벽돌을 교대로 쌓아 만든 지그재그 무늬 외에 가운데에 두 줄의 좁은 테라코타 띠와 굵은 쿠픽 글자가 쓰여 있는 상단의 패널 열여섯 개 말고는 다른 장식이 없다. 여기에는 마흐무드를 '존엄한 술탄, 이슬람의 왕, 사회의 신임을 받는 자, 승리의 아버지, 무슬림의 지지, 가난한 사람들의 지원, 사박타긴 가지의 아들 아불카심 마흐무드Abulkasim Mahmud─신께서 그의 불변을 비추시길─ … 신자들의 사령관'이라고 묘사하고 있다. 이보다 큰 탑의 장식은 더 풍부하다. 벽돌은 더 촘촘하게 배치되어 있으며 여덟 구역 모두 정교한 장식으로 채워져 있고 때로는 더 작게 쓰인 명문으로 테를 둘렀다. 상단을 둘러싼 또 다른 열여섯 개의 패널은 마수드의 칭호를 선언한다. 여기에 쓰인 쿠픽은 더 크고 우아해서 군중 속의 군인처럼 미로 같은 패턴 속에서도 단연 돋보인다. 일반적으로 디자인은 비슷하지만 조성 시기가 다른 두 건물을 비교할 때 오래된 건물의 단순함을 더 선호하는데 이 경우는 그렇지 않다. 더 큰 탑의 섬세한 벽돌쌓기와 장식의 정교함은 기능적 적정성을 갖추고 있다. 이러한 정교한 벽돌쌓기와 공들인 장식은 위로 솟아오른 기둥을 지탱하는 데 필요한 힘과 응집력을 부여하며 탑의 무게를 지면으로 분산시킨다. 1870년경 촬영한 오래된 사진이 카불 공사관에 있는데, 이 사진을 보면 이 수직 기둥의 세부 사항을 확인할 수 있다. 처음 7.6미터는 평범했고 탑을 처음 지었을 때는 나무로 된 발코니에 가려져 있었을 것이다. 그 위로 둥근 장식용 늑재와 평평한 장식용 늑재를 번갈아 사용하면서 탑을 나누었다. 이 장식용 늑재는 여덟 쌍의 가늘고 긴 홈과 마치 쿠픽 명문이 들어 있는 것처럼 보이는 조각된 띠를 받치고 있다.

이 미너렛이 굼바드 이 카부스와 같은 세기에 지어졌다는 사실을 떠올리면 흥미롭다. 각각의 미너렛 모두 기념비적이며 과시의 갈채를 받을 만하다. 그러나 한쪽의 화려함과 다른 한쪽의 단순함 간의 차이는 당시 페르시아 건축에서 두 개의 각각 다른 아이디어가 작용했음을 보여 준다. 그 뒤를 이은 셀주크 건축은 이러한 두 가지 아이디어의 결실이었으며, 두 아이디어의 천재성을 계승하여 장식과 구조 사이에서 완벽한 균형을 이루어 냈다.

　1킬로미터 떨어진 로자 마을에 있는 술탄 마흐무드의 무덤이 탑보다 더 많은 여행객의 관심을 끌었다. 14세기 중엽 이븐 바투타*는 이 무덤 위에 여행자 숙소가 있었다고 했다. 바부르는 당연히 이곳에 들렀고 근처에 있는 술탄 이브라힘과 마수드의 무덤도 보았다. 그다음에는 1836년에 비뉴가 왔고, 6년 후 영국군이 와서 무덤의 문을 떼어 갔다. 어떤 멍청한 역사가—나는 그가 페리슈타Ferishta**라고 믿는다—가 마흐무드가 구제라트Gujerat***를 약탈할 때 훔쳐 온 솜나트Somnath 힌두 사원****의 문이라고 했기 때문이었다. 이 문들(5×4미터 크기)을 아그라Agra*****로

＊　　이븐 바투타Ibn Battuta(1304~1368 또는1369). 중세 아랍의 여행가이자 탐험가. 아프리카 중동, 중앙아시아, 남아시아, 동남아시아, 중국, 이베리아 반도를 여행하고 돌아와『여행기Rihla』를 남겼다.

＊＊　 무하마드 카심 힌두 샤 아스타라바디Muhammad Qasim Hindu Shah Astarabadi(1570년경~1620). 페르시아의 역사가로 후에 인도에 정착하여 데칸 술탄 왕조에서 왕실 역사가로 봉직했다.

＊＊＊　인도 서부의 구자라트주.

＊＊＊＊　11세기 여러 차례 이슬람의 공격을 받았던 힌두 사원이다. 이후 이슬람 사원으로 개조되었으나 인도 독립 후 현재의 솜나트 힌두 사원으로 재건되었다.

＊＊＊＊＊　인도 우타르프라데시Uttar Pradesh주에 있는 고대 도시. 무굴 제국 시기에 황금기를 누렸다. 대표적인 유적으로 타지마할이 있다.

가져가기 위해 엄청난 운송 수단이 동원되었다. 이때 엘런버러 경은 인도 왕자들에게 영국 정부가 '당신의 명예를 우리의 명예로 여겨, 아프가니스탄에 복종한 것을 상징하는 기념비인 솜나트 사원의 문을 인도에 반환하기 위해 무력을 써서라도 당신들에 대한 사랑을 증명하는 것이 얼마나 가치 있는 일인지' 지켜봐 달라고 요청했다. 이 발표는 조롱을 받았고, 이 문은 아그라의 요새 안 영원한 어둠 속에 처박혀 아직도 남아 있다. 이 문은 아프간 삼나무로 만들어졌으며 상인방에는 사박타긴의 아들 아불카심 마흐무드에 대한 신의 용서를 비는 명문이 새겨져 있다. 이러한 역사적 맥락이 있는데도 힌두교 사원에서 유래했다는 전설은 여전히 교과서에 남아 있다. 인도 정부는 이 문을 돌려보내 이 전설을 없애 버리는 것이 마땅할 것이다. 이슬람 예술에서 이 독특한 조각에 대한 공개적 설명이 있다 해도 영국 정부가 이 작품을 강탈한 것은 결코 정당화되지 못했다.

전쟁이 끝난 후 니더마이어가 이곳에 왔을 때 무덤은 파헤쳐져 있었다. 우리는 회랑과 장미 정원을 지나 넓은 돔 아래에서 무덤을 발견했다.

세 노인이 커다란 쿠란을 들고 외우고 있었고, 우리 안내원은 나무 난간에 기대어 관을 덮은 검은 천을 걷었다. 그리고 천 위에 놓인 장미꽃잎을 털어서 무덤 한쪽에 쌓아 놓았다. 길이 1.5미터, 높이 50센티미터의 요람을 뒤집어 놓은 것 같은 역삼각형의 석조관이 넓은 굽도리* 위에 놓여 있는 것이 보였다. 돌은 흰색의 반투명 대리석이다. 메카를 향한 면에는 '고귀한 왕자이자 군주 니잠 앗 딘 아불카심 마흐무드 이븐 사박타긴Nizam-ad-Din Abulkasim Mahmud ibn Sabaktagin에 대한 신의 은혜로운 영접'을 간청하는 쿠픽 명문을 두 줄로 새겨 넣었다. 반대쪽의 삼엽형 식물 장식 패널에는 '그는 421년 라비아트Rabiat 2세의 달이 7일 남은 목요일 저녁에 죽었다'라고 쓰여 있다. 1030년 2월 18일이다.

예술 작품으로서 이 무덤의 미덕은 조각의 깊이와 풍부함, 세월이 쓰다듬은 대리석의 빛, 그리고 무엇보다도 주요 비문에 있다. 쿠픽 서체는 기능적인 아름다움을 지니고 있다. 즉 순수한 디자인으로서 이 비범한 서체는 그 자체로 청각에서 시각으로 언어 전달 방식을 바꾼 웅변의 한 형태로 보인다. 나는 지난 10개월 동안 수많은 쿠픽 서체를 접했다. 그러나 인도, 페르시아, 옥시아나의 정복자 마흐무드**가 죽은 후 900년 동안 그가 통치하던 수도에서 그의 죽음을 애도하는, 춤추는 듯한 당초문과 어우러진 이

---

*   서양 건축에서 플린스plinth라고 불리는 부분으로 기둥 맨 아래 놓이는 사각형의 초석 혹은 건물 외벽에 튀어나온 기저부, 혹은 실내 기둥이나 벽면의 맨 아래에 띠처럼 두른 부분.

**   가즈니의 마흐무드를 가리킨다.

줍고 기다란 율동적인 암호와 비교할 수 있는 것은 아무것
도 없다.

우리가 무덤을 살펴보는 동안 우리를 따라 정원에 들
어온 군중은 무덤에서 쫓겨났다. 이 때문에 기도를 올리려
던 한 남자가 크게 분노하며 "왜 저 이교도들을 안에 들여
보내는 겁니까? 불결합니다"라고 소리쳤다. 군중은 그의
편을 들었고, 우리 경호원들이 같이 소리를 지르기 시작했
다. 난투극이 벌어지기 일보 직전까지 갔다. 무덤 방문을
제안한 것은 바로 그들이었다. 외무부 장관은 우리가 모든
것을 볼 수 있도록 하라고 카불에서 전보를 보냈다.

카불

── **6월 17일**

우리는 가즈니에서 돌아오는 길에 수수께끼 하나를
풀었다.

도로 근처의 개울가에 갯버들 종류의 키 작은 나무 몇
그루가 자라고 있었는데, 세이드 제말이 차를 멈추고 조수
에게 나뭇가지 몇 개를 꺾어 오라고 했다. 그는 꺾어 온 나

뭇가지를 차 뒷좌석으로 던졌다. 그 나뭇가지들이 우리 발 밑에 떨어지자 아프가니스탄 국경에서 우리가 처음 만났을 때부터 여행 내내 퍼져 나갔던 그 알 수 없는 향기와 똑같은 향기가 피어올랐다. 그 강렬한 달콤함으로 인해 지금 또다시 헤라트의 미너렛이 내 눈앞에 어른거렸다. 그 향기는 작은 황록색 꽃무리[보리수나무]에서 뿜어져 나오고 있었다. 멀리서 보면 꽃은 눈에 띄지 않지만 그 향기를 다시 한 번 맡으면 어린 시절을 떠올리게 하는 삼나무 옷장처럼 아프가니스탄이 떠올랐다.

세이드 제말은 우리가 바글란 평원에서 강을 건넌 직후 트럭 두 대가 우리의 일정을 지체시킨 그 강물에 휩쓸려 완전히 부서졌고, 쿤두즈강에서 페리가 뒤집혀 침몰해 여성 다섯 명이 익사했다는 소식을 들었다고 한다.

우리는 지금 인도인이 운영하는 이곳의 호텔에 머물고 있는데, 점잖지 못한 사람들은 아니다. 그들은 얼마 전 별관을 짓고 독일인 요리사를 구하기 위해 전보를 쳤다. 카불은 대체로 좋은 의미에서 발칸반도의 마을처럼 편하고 꾸밈없는 성향을 가지고 있다. 카불은 신록의 평원에서 갑자기 솟아올라 방어벽 역할을 하는 바위 언덕 몇 개를 중심으로 모여 있다. 멀리 눈 덮인 산이 둘러서 있고, 의회는 옥수수밭에 자리 잡고 있으며 긴 도로가 마을 진입로에 음영을 그려 넣고 있다. 해발 1,828미터 높이에서는 겨울의 추위가 불편할 수 있다. 하지만 현재 날씨는 완벽하다. 덥지만 항상 공기는 신선하다. 영화관과 술은 금지되어 있다. 공사관의 의사는 교회의 요청에 따라 여성을 치료하는 것을 포기해야 했지만, 가끔 남자아이로 변장해 찾아오기도 한다. 강제적인 서구화 정책도 전면 금지되었다. 그럼에도 서구화는 시범적으로 진행되고 있어 아프간인들은 아시아가 추구하는 중용에 도달한 것 같다는 생각이 든다. 그들 중 가장 민족주의적인 사람조차도 오늘날 페르시아인의 으스대는 단호함과 유쾌한 대조를 이룬다.

오늘 아침 공사관에서 포터 대령을 만났는데, 그는 내가 맡은 임무가 무엇인지 물었다. 나는 이슬람 건축물을 보고 있다고 말했다.

그러자 그가 "저는 팔레스타인, 이집트, 페르시아에서 이러저러한 이슬람 건축을 많이 봐 왔고, 그에 대해 많은 생각을 해왔습니다. 원하신다면 그 핵심을 말씀드릴 수 있습니다"라고 말했다.

"정말요? 그게 뭔데요?"

"모든 것이 남근적이에요." 그가 불쾌한 낮은 목소리로 말했다.

나는 처음에는 프로이트가 북서부 국경지대에 미친 영향에 놀랐지만 곧 포터 대령에게는 우주 자체가 남근적이라는 것을 알게 되었다.

오후에 공사관의 플레처가 우리를 아마눌라의 이루

지 못한 꿈인 다르 알 아만Dar-al-Aman*과 파그만Paghman**
에 데려다주었다. 전자는 뉴델리, 후자는 아마눌라의 아버
지 하비불라가 한 푼도 쓰지 않고 해마다 모아 두었던 영
국 보조금으로 만든 새로운 심라가 될 예정이었다. 다르
알 아만은 세계에서 가장 아름다운 길 중 하나를 통해 카
불과 연결된다. 이 길은 6.4킬로미터에 이르는 직선 도로
로 영국의 그레이트 웨스트 로드Great West Road만큼이나 넓
고, 줄기가 하얀 키 큰 포플러가 늘어서 있다. 포플러 앞에
는 풀숲으로 둘러싸인 시냇물이 흐르고, 그 뒤로는 그늘진
산책로를 따라 노란색과 흰색 장미가 뒤엉켜 있다. 지금은
꽃이 만개해 진한 향기를 풍긴다. 그리고 그 끝에, 오, 맙
소사, 프랑스식 시골 정원에 황량한 프랑스 지방 사무소의
작은 탑이, 심지어 앞면도 아닌 모퉁이가 보인다. 그 아래
에는 전체 6.4킬로미터에 이르는 풍경의 중심을 차지하는
철근 콘크리트로 지은 농가 스타일의 독일 성냥 공장이 서
있다.

　심라가 될 파그만은 평원 위 600~900미터 높이의 숲
이 우거진 산비탈에 펼쳐져 있다. 포플러와 호두나무 사이

---

* 　1920년대 아마눌라 칸 치세에 지어진 3층 규모의 유럽식 궁전이
　있던 수도 카불 외곽의 마을.

** 　수도 카불 인근 언덕에 있는 마을로, 여름 수도로 사용되었으며 귀
　족들의 휴양지로 인기가 높았다.

로 풀이 무성한 공터가 끼어들고, 산속 개울물이 오케스트라 연주를 하며, 나무 사이로 눈꽃이 예기치 않게 눈앞에 나타나기도 한다. 공터마다 독일의 쿠르하우스Kurhaus[*]와 핌리코Pimlico[**]의 뒷골목이 떠오르는 끔찍한 모습의 집이나 사무실 또는 극장이 있다. 아마눌라가 이 건축물을 설계할 건축가를 어디서 찾아냈는지 짐작도 할 수 없을 정도다. 농담으로라도 말이다. 하지만 정말 농담이 아니었다. 사람이 살지 않는 조잡하고 터무니없는 이 건물들은 숲과 개울, 그리고 저 아래 좁고 그늘진 길이 굽이치며 이어지는 비정형의 들판 풍경을 망쳐 놓고 있다. 이 사이비 문명의 절정은 크리켓 경기장보다 크지 않은 경주 코스로, 코끼리들이 급커브를 돌며 경주를 하는 곳이다.

오늘 저녁에 청금석을 샀는데, 싸거나 색이 좋아서가 아니라 바다크샨의 이시카심Ishkashim 근처에 있는 유명한 광산에서 나온 것으로, 옛날에 화가들이 파란색을 칠할 때 썼던 진짜 돌이었기 때문이다. 정부가 독점 판매하고 있으며 광산에서 나는 청금석은 전부 베를린으로 간다.

---

[*] 온천 혹은 휴양 시설.

[**] 영국 런던의 시티 오브 웨스트민스터City of Westminster에 있는 센트럴 런던의 한 지역. 정원 광장과 독특한 리젠시 건축이 들어서 있는 고급 주택가다.

크리스토퍼는 독일인 교장과 맥주를 마시러 나갔고, 그동안 나는 마르타Martha*처럼 짐을 싸고 비용을 지불했다. 자정이다.

---

*   신약 성서의 「루가의 복음서」와 「요한 복음서」에 등장하는 인물.
여러 가지 일을 시중들고 부지런히 움직이는 여인으로 묘사된다.

인도

페샤와르(366미터, 카불에서 304킬로미터)

—— 6월 19일

두 시간 정도 기다릴 것을 예상하고 미리 대처한 나의 현명함 덕분에 다음 날 아침 5시에 평소처럼 세이드 제말이 차를 몰고 올라왔을 때 문 앞에는 이미 짐이 준비되어 있었고 같은 날 저녁 페샤와르에 도착할 수 있었다. 여행용 차량으로 이동해도 보통 이틀이 걸린다. 앙상한 검은 맨땅을 드러낸 산을 지나 인도의 견고한 안개 속을 뚫고 내려가는 험난한 여정이었다. 우리는 1시쯤 젤랄라바드에 도착해 멜론을 하나 사서 더위로 이글거리는 회색 자갈밭을 지나 카이버Khyber 고개를 향해 서둘러 갔다. 상점 몇 개와 주유 펌프, 지금은 광활한 카불강 위 절벽에 고사한 나무 한 그루가 있는 외딴 마을 다카Dacca에서 국경 수속은 빠르게 끝났다. 산이 우리를 덮쳐 온다. 세이드 제말은 자신이 아프리디Afridi족*임을 자랑스럽게 말했다. 두 그루의 나무 아래 앉아 있던 아프간인들이 우리 여권을 다시 한 번 살펴봤다. 모퉁이를 돌자 높은 철제 장벽과 철제 헬멧을 쓴 보초병, 그리고 마치 그 지역의 주차장을 표시하는 것 같은 영국령 인도를 알리는 이정표가 나타났다. 새 여권 사무소는 꽃이 만발한 관목 정원에 있는 방갈로였다. 벤치에 앉아 이스파한에서 가져온 파란 그릇에 담은 마지막 치킨 샐러드를 먹고 있는데 여권 담당자가 와서 이미 4시 반이 지나서 유럽인이 통과하기에는 너무 늦었으니 3시 반에 고갯길에 들어섰다고 말해야 한다고 했다.

길을 따라 가면 갈수록 카이버 고개는 더할 나위 없이 완만하다. 바로 이 때문에 이곳은 엄청난 공사의 현장이 되었다. 중앙아시아의 길과 앙상한 나무 기둥에 매달린 전화선 하나가 로마의 역작이라 할 수 있는 도로를 대체한다. 하나가 아니라 두 개의 등급으로 나뉜 길이 좁은 길을 따라 구불거리며 오르내리고 있었다. 하나는 피커딜리Piccadilly**처럼 매끄럽고 도로 양옆으로 낮은 보호벽이 세워져 있는 아스팔트 도로이고, 나머지 하나는 아스팔트 도로 이전에 사용되던 낙타가 다니는 길이다. 이 도로는 다

---

*　　파키스탄과 아프가니스탄에 있는 파슈툰 부족.

**　　영국 런던의 주요 거리 중 하나. 피커딜리 서커스와 하이드파크 코너 사이의 직선 도로다.

마스쿠스를 떠난 이후로 보지 못했던 종류의 고속도로다. 이들 도로와 얽혀 있는 세 번째이자 더 큰 도로인 철도가 있다. 이 철도는 터널과 터널 사이에서 반짝이며 고갯마루로 이어졌고, 이제 곧 그 너머로 확장될 것이다. 붉은 석재로 둘러싸인 터널의 검은 입은 저 멀리 황량한 회색 속으로 사라진다. 도로와 철로는 산과 산을 잇는 잘 다듬어진 석축 위에 방죽으로 둘러싸여 있으며, 계곡에는 차량과 기차가 지나갈 수 있게 철제 구름다리를 놓았다. 반짝이는 흰색 절연체로 금속 기둥에 고정된 전화선 다발, 뜨거운 안개 속에 보석처럼 빛나는 빨간색과 초록색 신호등, 골동품 석관처럼 생긴 식수통, 30미터 간격으로 란디 코탈Landi Kotal, 잠루드Jamrud, 페샤와르까지 거리가 줄어들고 있음을 표시하는 이정표 등, 이 모든 것은 절벽 끝에 튀어나온 좁은 길과 봉우리에 정갈한 회색 요새가 자리 잡고 있다는 것을 말해 준다. 만약 영국이 인도 방어에 신경을 써야 한다면 개인적인 불편을 최소화해야 할 것이다.* 이것이 우리의 느낌이었다. 지독한 더위와 부족민들의 누추한 거처, 순례자와 정복자들의 유구한 인연 속에서 우리를 정말 전율하게 하는 것은 바로 이러한 상식적이고 이성적인 광경,

---

* 이 지역에 이미 여러 인프라가 구축되어 있으므로 전략적으로 훌륭한 방어 시설이 될 것이며 개인의 불편도 덜 수 있을 것이라는 저자의 의견을 피력한 것이다.

자기 만족적이고 애국심을 고취하는 광경이었다.

세이드 제말은 미칠 것 같은 기분이었다. "세상에, 이렇게 엉망진창이라니!" 그는 반들거리는 도로를 보고 어이없는 웃음을 지으며 외쳤다. "오늘 밤 우리 집으로 오십시오." 우리는 햄버의 구르카Gurkha* 연대가 하키 경기를 하고 있던 란디 코탈을 지났지만, 테니스 복장에 모리스 자동차를 타고 지나가는 사람들 말고 다른 장교들은 보이지 않았다. 그래서 우리는 햄버의 메시지를 전달할 수 없었다. 집마다 망루와 요새 같은 울타리가 있는 전형적인 고갯길 마을인 카이버에서 세이드 제말이 차를 세웠다. 피부샘병에 걸린 아이들이 우리의 존재나 짐에는 눈길도 주지 않고 차에 뛰어들어 아버지를 맞이하고 있었다. 부유한 자본가인 차 주인은 부리나케 집에서 나와 자신의 재산이 아프간 도로에서 어떻게 잘 견뎌 왔는지 확인했다. 세이드 제말의 조수가 앞좌석을 들어 올려 비밀리에 비축해 둔 마자르에서 구입한 러시아산 설탕을 공개했다. 그의 친척들도 도착했고, 마을 전체가 3개월 만에 돌아온 그를 환영하기 위해 한자리에 모였다.

우리는 세이드 제말의 초대를 받아들이고 싶었다. 다

---

* 네팔 출신의 용병을 일컫는 말이다.

음 날 란디 코탈 막사로 걸어가 운전기사와 함께 길 아래에서 머물고 있다고 아무렇지 않은 듯 밝혔더라면 재미있었을 것이다. 하지만 지금도 우리는 봄베이에서 말로하Maloja 호를 잡을 수 있을지 확신할 수 없다. 평소 유머가 많은 세이드 제말은 가족을 남겨 두고 우리를 데리고 다시 출발했다. 언덕이 사라지면서 나무가 흩어져 있는 인도의 영겁의 평원이 펼쳐졌다. 7시 반에 우리는 딘스 호텔의 대리석 라운지에서 진 피즈를 마시고 있었다.

우리는 정말 아쉬운 마음으로 세이드 제말과 작별 인사를 나눴다. 그는 마자르와 페샤와르 사이 총 1,350킬로미터를 운전해 주었다. 그는 한 번도 장애물 때문에 화를 내거나 우울해하지 않았다. 항상 침착하고 유쾌했으며 시간을 잘 지키고 예의 바르고 효율적이었다. 전체 여정 동안 엔진이 감당할 수 있는 가장 험난한 도로를 달리는 동안에도 공구 상자가 열리거나 타이어가 교체되는 것을 보지 못했다.

차는 쉐보레였다.

프론티어 메일Frontier Mail호

—— 6월 21일

우리는 델리에서 하룻밤을 묵고 다음 날 아침 해가 뜨

기도 전에 루티엔스*의 기념 아치 아래에 서 있었다. 총독이 관저로 들어간 이후 몇 가지 기발한 것들이 추가되었다. 재거**의 아시리오 카르티에Assyrio-Cartier 코끼리, 자이푸르Jaipur 기둥 기단에 금칠을 하는 도시 계획, 대궁전을 공용화한 어윈Irwin***과 레딩****의 동상 건립 등이 그것이다. 나는 어윈 경에게 그의 조각상은 엡스타인*****이 맡아야 한다고 제안했다. 그는 "그렇게 말할 줄 알았다"고 대답하면서 리드 딕****** 옆에 앉았다. 킹스웨이King's Way*******

---

*　에드윈 랜드시어 루티엔스Edwin Landseer Lutyens(1869-1944). 영국의 건축가로 인도 델리의 라슈트라파티 바반궁(현재 인도 대통령궁), 인디아 게이트, 전쟁기념관 등 공공건물을 주로 설계했으며 뉴델리 도시 계획에도 참여했다. 여기서 말하는 기념 아치는 인도의 문 Indian Gate을 말한다.

**　찰스 사전트 재거Charles Sargeant Jagger(1885-1934). 영국의 조각가.

***　에드워드 프레더릭 린들리 우드Edward Frederick Lindley Wood. 인도 제국 부왕으로 내정되면서 1925년 12월 귀족 작위를 받아 어윈 남작으로 불렸다. 1925~1931년까지 인도 총독을 지냈으며 그 후에는 외무장관, 워싱턴 주재 영국대사를 역임했다.

****　루퍼스 다니엘 아이작스(1860~1935). 영국 자유당 정치인. 레딩백작(The Earl of Reading)이라고도 한다. 영국 최초로 대법원장이 된 유대인이다.

*****　제이콥 엡스타인Jacob Epstein(1880~1959). 미국 출신의 영국 조각가.

******　윌리엄 리드 딕William Reid Dick(1878~1961). 스코틀랜드 출신의 조각가. 기념비 조각의 양식화와 초상화에서 단순성을 추구했다.

*******　라즈파스Rajpath를 말한다. 인도 뉴델리에 있는 의식용 대로로 인도 대통령궁에서 인디아 게이트를 거쳐 국립 경기장까지 이어진다.

의 경사도에 관한 한 베이커*가 악의적으로 계산한 것으로 기억되지 않는다 해도 내 책임은 아니다.

쿠트브에서 스투코 대신 돌로 조각한 셀주크 스타일의 장식을 본 것은 흥미로웠다. 돌이라는 이 색다른 재료에서 나오는 미덕은 사라지고 인도식으로 공은 많이 들어갔지만 자유로움은 잃어버렸다.

이 기차는 우리가 떠난 지 열다섯 시간 만에 페샤와르에서 출발하는 바람에 말로하호를 타려면 시간 여유가 많지 않았다.

SS 말로하호

—— 6월 25일

2만 톤급의 큰 배가 잉크처럼 짙은 푸른 바다를 헤치며 나아가고 있다. 물보라 구름, 소금과 땀, 지루함이 사방에 가득하다. 구역질하는 소리와 텅 빈 식당.

---

*   허버트 베이커Herbert Baker(1862~1946). 뉴델리의 주요 정부 건축물을 설계한 영국의 건축가다. 1931년 루티엔스와 함께 인도 뉴델리의 총독관저, 국회의사당, 킹스웨이 등을 건설하는 데 참여했다.

성수기에도 P&O 선박회사*의 배를 타고 정말 유쾌한 항해를 했던 경험이 있지만 그래도 나는 두려운 마음으로 배에 올랐다. 그 항해는 4년 전이었고 이탈리아와 경쟁이 막 시작되던 때였다. 이제 나는 직원들의 행동이나 친절함이 이전보다 더 나아졌음을 느낄 수 있었다. 또한 배는 승객이 반만 차 있어서 하숙집 같은 공동생활에서 벗어날 수 있었다. 그렇지만 여전히 끔찍한 벌칙이다. 막대한 비용을 내고 내 인생에서 지워 버린 2주였다.

—— 7월 1일

우리는 치체스터 부부와 윌스 양과 친구가 되었다. 아바사바드에서 산 반바지와 빨간 블라우스를 입고 갑판 위를 어슬렁거리는 크리스토퍼를 본 윌스 양은 "탐험가이신가요?"라고 물었다.

크리스토퍼가 대답했다. "아니요. 하지만 아프가니스탄에 가 본 적이 있습니다."

"아, 아프가니스탄이요? 거긴 인도에 있죠?" 치체스터가 말했다.

---

*   Peninsular and Oriental Steam Navigation Company. 19세기 초 설립된 영국의 해운 및 물류회사.

영국

세이버네이크Savernake[*]

—— 7월 8일

마르세유에서 크리스토퍼와 작별했다. 그는 바스무스 양을 만나러 베를린으로 갈 예정이었다. 기차에서 내다보는 영국은 가뭄 때문에 생기 없고 추해 보였다. 패딩턴에서부터 나는 멍해지기 시작했다. 이제 곧 기차가 멈추고 11개월에 걸친 이동성과 사랑하는 집의 부동성 사이의 충돌이 임박했다는 생각에 어지러워졌다.

카불을 떠난 지 19일하고 반나절 만에 드디어 충돌이 일어났다. 우리 개들이 달려들었다. 그리고 이제 모든 기록이 완성되어 어머니께 전달한다. 어머니가 내게 보라고 가르친 것을 내가 보았는지, 내가 그 약속을 지켰는지

---

[*]   영국 윌트셔 주의 한 교구.

말해 줄 것이다.

끝

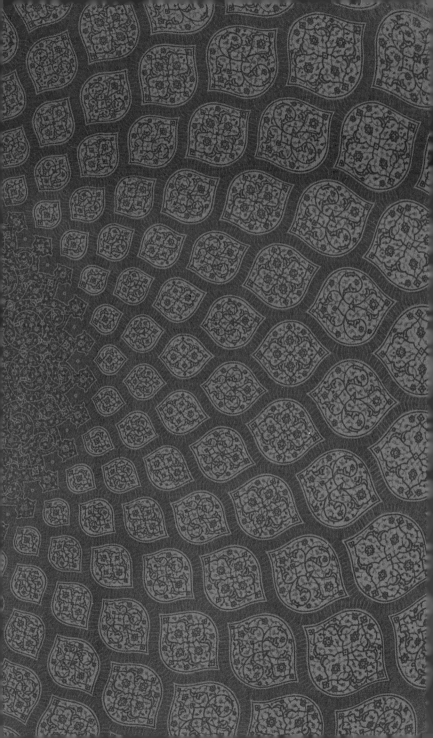

옥시아나로 가는 길

1판 1쇄 펴냄   2024년 4월 5일

지은이   로버트 바이런
옮긴이   민태혜
발행인   김병준
발행처   생각의힘

등록   2011. 10. 27. 제406-2011-000127호
주소   서울시 마포구 독막로6길 11, 우대빌딩 2, 3층
전화   02-6925-4183(편집), 02-6925-4188(영업)
팩스   02-6925-4182
전자우편   tpbook1@tpbook.co.kr
홈페이지   www.tpbook.co.kr

ISBN   979-11-93166-49-9 (03840)